Chłopy Tom III-IV
Wiosna - Lato
Władysław Reymont

Chłopy Tom II-IV
Copyright © JiaHu Books 2015
First Published in Great Britain in 2015 by JiaHu Books – part of Richardson-
Prachai Solutions Ltd, 34 Egerton Gate, Milton Keynes, MK5 7HH
ISBN: 978-1-78435-177-9
A CIP catalogue record for this book is available from the British Library
Visit us at: jiahubooks.co.uk

TOM TRZECI: WIOSNA

TOM CZWARTY: LATO

TOM TRZECI: WIOSNA

ROZDZIAŁ 1

Czas był wiosenny o świtaniu.

Kwietniowy dzień dźwigał się leniwie z legowisk mroków i mgieł jako ten parob, któren legł spracowany, a nie wywczasowawszy się do cna zrywać się ano musi nade dniem, by wnetki imać się pługa i do orki się brać. Poczynało dnieć.

Ale cichość była jeszcze całkiem drętwa, tyle jeno, co rosy kapały rzęsiście z drzew pośpionych w mącie nieprzejrzanym.

Niebo, kiej ta płachta modrawa przejęta wilgotnością i orosiała, przecierało się już ździebko nad ziemią czarną, głuchą i zgoła w mrokach zagubioną. Mgły niby mleko wzburzone przy udoju zalewały łęgi i pola nizinne.

Kokoty zaczęły piać na wyprzódki gdziesik po wsiach jeszcze niewidnych. Ostatnie gwiazdy gasły kiej oczy śpiączką morzone.

Na wschodzie zaś, jako zarzewie roztlewające spod ostygłych popiołów, jęły się rozżarzać zorze czerwone.

Mgły się zakolebały z nagła, wzdęły i ruchający ciężko, niby wody roztopów wiosennych, biły w czarne pola albo zasie, kieby dymy kadzielne, wionęły sinym przędziwem ku niebu.

Dzień się już stawał i przepierał z blednącą nocą, która przywierała do ziem grubym, przemoczonym kożuchem.

Niebo się rozlewało z wolna światłościami, zniżając się coraz barzej nad światem, że już kajś niekaj wydzierały się na jaśnię czuby drzew, oprzędzone mgłami, a gdzie znów, na wyżach, jakieś pola szare, przesiąkłe rosą, wyleniały się z nocy; to stawy zamigotały poślepłymi lustrami albo strumienia kiej długachne, orosiałe przędze wlekły się wskroś mgieł rzednących i świtów.

Dzień się już czynił coraz większy, zorze rozsączały się w martwe siności, że na niebie poczynały gorzeć jakoby krwawe łuny pożarów jeszcze nie dojrzanych, i tak się galanto rozwidniało, iż ano bory wyrastały dokoła czarną obręczą, a wielka droga, obsiadła rzędami topoli pochylonych, utrudzonych jakoby w ciężkim chodzie pod wzgórze, dźwigała się coraz widniej na światłość, zaś wsie, potopione w mrokach przyziemnych, wyzierały gdzieniegdzie pod zorze, kieby te czarne kamienie spod wody spienionej, i poniektóre już drzewa co bliższe srebrzyły się całe w rosach i brzaskach.

Słońca jeszcze nie było, czuło się jeno, że leda pacierz wyłupie się z tych zórz rozgorzałych i padnie na świat, który dolegiwał ostatków, ozwierał ciężko mgławicami zasnute oczy, poruchiwał się ździebko, przecykał z wolna, ale jeszczech się lenił w słodkim, odpoczywającym dośpiku, bo cichość padła barzej w uszach dzwoniąca, jakoby ziemia dech przytaiła - jeno wiater, jako to dychanie dzieciątka, cichuśki powiał od lasów, aż rosy potrzęsły się z drzew.

Aż z tej omdlałej szarości świtów, z tych sennych jeszcze, omroczałych pól, jakoby w kościele rozmodlonym i oniemiałym, kiedy dobrodziej ma wznieść na Podniesienie Hostię Przenajświętszą - wystrzelił z nagła głos skowronkowy...

Wyrwał się gdziesik z roli, zatrzepotał skrzydłami i jął świergotać, jako ta z czystego srebra sygnaturka, jako ten wonny pęd wiośniany tlił się w bladym niebie, bił w górę, głośniał, iż w onej świętej cichości wschodów rozdzwaniał się na świat cały.

Wraz i drugie jęły się zrywać, skrzydełkami bić, w niebo się drzeć i śpiewać zawzięcie, a poranek głosić wszemu stworzeniu czującemu.

A po nich wnet i czajki zakwiliły jękliwie na moczarach.

Boćki też wzięły klekotać rozgłośnie gdziesik po wsiach, jeszcze nie rozpoznanych w szarościach.

Słońce zaś było już ino, ino...

Aż i ono pokazało się zza lasów dalekich, wychylało się z przepaści i kieby tę ogromną, złocistą i rozgorzałą ogniami patynę wynosiły Boże, niewidzialne ręce nad sennymi ziemicami i żegnając światłością świat, żywe i umarłe, rodzące się i struchlałe, rozpoczynało świętą ofiarę dnia, że wszystko jakby z nagła padło w proch przed majestatem i zamilkło przywierając oczy niegodne.

I oto dzień się stał, jako to nieobjęte morze weselnej światłości.

Mgły kiej wonne dymy z trybularzów biły z łąk ku rozzłoconemu niebu, a ptactwo i stworzenie wszelkie uderzyło w wielki krzyk śpiewań, jakoby w ten pacierz serdecznych dziękczynień.

Słońce zaś urastało wciąż, wynosiło się nad bory czarne, nad wsie nieprzeliczone, coraz wyżej, i wielkie, gorejące, ciepłe kiej to święte oko miłosierdzia Pańskiego brało we władną i słodką moc panowanie nad światem.

W ten czas właśnie, na wzgórzu piaszczystym pod lasem, spod dworskich stogów łubinowych, stojących wpodle szerokiej i wyboistej drogi, pokazała się stara Agata, powinowata czy krewniaczka Kłębów.

Powracała ona z żebrów, na któren to chleb Jezusowy była poszła jeszcze w kopania, a teraz ci z nawrotem do Lipiec ciągnęła jako ci ptakowie, zawżdy wracający o wiośnie do gniazd swoich.

Stare to było, schuchrane, słabe i ledwie dychające, iż się widziała jako ta wierzba przydrożna, pokrzywiona, spróchniała, co to się już ledwie tli i domiera w piachach; w łachmanach juści była, z kosturem dziadowskim w ręku, z tobołkami na plecach, obwieszona różańcami.

Wylazła spod brogów o samym wschodzie i śpiesznie drepcąc podnosiła do słońca twarz szarą i wyschłą jako te płone ugory zeszłoroczne; jeno jej siwe, zaczerwienione oczy rozbłyskiwały radością.

Jakże!... po długiej i ciężkiej zimie do swojej wsi rodzonej wracała, to biegła aż truchcikiem, że ino torbeczki wyskakiwały po bokach i dzwoniły różańce, ale iż ją spierało, a zadychliwość raz wraz chwytała się bolących piersi to musiała przystawać, wolnieć i już szła ciężko, z utrudzeniem, jeno tymi głodnymi oczyma latając po świecie i pośmiechując się do tych pól szarych, w zielonawe mgły przysłonionych, do wsi wynurzających się z wolna z mgielnych topieli, do tych nagich jeszcze drzew stróżujących nad drogami lebo samotne stójki odbywających po polach, do całego świata!

Słońce się już było podniesło na parę chłopów, że dojrzał choćby i najdalsze kraje pól; wszystko błyszczało różaną rosą, czarne role połyskiwały się w słońcu, wody grały po rowach, skowronkowe głosy dzwoniły w chłodnym powietrzu, gdzie zaś pod kamionkami tliły się ostatnie płaty śniegów, żółte bazie na poniektórych drzewach trzęsły się kieby te bursztynowe paciorki, w zaciszach zaś albo i pod nagrzanymi kałużami spośród rdzawych, zeszłorocznych liści przedzierały się złotawe źdźbła traw młodych, gdzie znów patrzyły żółte oczy kaczeńców, wiaterek też wziął przygarniać leciuchno i roztrząsał wilgotne, rzeźwe zapachy pól, pławiących się leniwie w słońcu, a wszędy było tak wiośniano, rozlegle, jasno, chociaż i jeszczech ździebko szarawo, i taką lubością tchnęło, że już się dusza Agaty wyrywała, by lecieć, jako ten ptak radością opity niesie się z krzykiem w cały świat.

- Jezus mój! Jezusiczku kochany! - pojękiwała ledwie przysiadując nieco i jakby zgarniając ten świat wszystek w roztrzęsione radością i wielce czujące serce.

Hej! zwiesna ci to szła przeciech nieobjętymi polami, skowronkowe pieśnie głosiły ją światu i to słońce święte, i ten wiater pieszczący, słodki a ciepły kiej matczyne całunki, i to przytajone jeszczech dychanie ziemic, tęsknie czekających na pługi i ziarno, i to wrzenie wesela unoszące się wszędy, i to powietrze ciepłe, orzeźwiające i jakoby nabrzmiałe tym wszystkim, co wnetki się stanie zielenią, kwiatem i kłosem pełnym.

Hej! zwiesna ci to szła, jakoby ta jasna pani w słonecznym obleczeniu, z jutrzenkową i młodą gębusią, z warkoczami modrych wód, od słońca płynęła, nad ziemiami się niosła w one kwietniowe poranki, a z rozpostartych rąk świętych puszczała skowronki, by głosiły wesele, a za nią ciągnęły żurawiane klucze z klangorem radosnym, a sznury dzikich gęsi przepływały przez blade niebo, że boćki ważyły się nad łęgami, a jaskółki świegotały przy chatach i wszystek ród skrzydlaty nadciągał ze śpiewaniem, a kędy tknęła ziemię słoneczna szata, tam podnosiły się drżące trawy, nabrzmiewały lepkie pęki, chlustały zielone pędy i szeleściły listeczki nieśmiałe, i wstawało nowe, bujne, potężne życie, a zwiesna już szła całym światem, od wschodu do zachodu, jako ta wielmożna Boża wysłanniczka, łaski i miłosierdzie czyniąca...

Hej! zwiesna ci to ogarniała przyziemne, pokrzywione chaty, zaglądała pod strzechy miłosiernymi oczyma, budząc struchlałe, omroczone role serc człowiekowych, że dźwigały się z utrapień i ciemnic, poczynając wiarę na lepszą dolę, na obfitsze zbiory i na tę wytęsknionej szczęśliwości godzinę... Ziemia się rozdzwaniała życiem kieby ten dzwon umarły, gdy mu nowe serce uwieszą, serce ze słońca uczynione, że bije górnie, dzwoni, huczy radośnie, budzi struchlałe i śpiewa takie rzeczy i sprawy, takie cuda i moce, aże serca biją do wtóru weselnego, aże same łzy leją się z oczu, aże dusza człowiekowa zmartwychwstaje w nieśmiertelnych mocach i klęczący ze szczęścia ogarnia sobą oną ziemię, ów świat cały, każdą grudkę napęczniałą, każde drzewo, każden kamień i chmurę każdą, wszystko ano, co uwidzi i co poczuje...

Tak ci to i czuła Agata kusztykając z wolna i żrąc spragnionymi oczyma tę ziemię kochaną, tę ziemię świętą, że szła jak pijana.

Aż dopiero gdy sygnaturka zaświegotała na lipieckim kościele kiej ten ptaszek zwołujący na modlitwę, ocknęła stara z nagła padając na kolana.

...iżeś swoją świętą przyczyną sprawił, jakom powróciła...

...iżeś, Panie, pokazał miłosierdzie nad sierotą...

Mogła to mówić! kiej łzy jako ten deszcz rzęsisty zalały jej serce i spływały po wynędzniałej twarzy, że jeno mamrotała cosik, a tak się trzęsła w sobie, że ani weź naleźć różańca, ni tych słów pacierza, które się rozsuły po duszy palącą rosą, to porwała się z mocą i poszła, pilnie patrząc po polach i powiadając w głos jakie słowo modlitwy, przypomniane z nagła...

Że zaś dzień był już duży i mgły całkiem spadły, Lipce jawiły się przed nią jakby na dłoni, leżały nieco w dole nad ogromnym stawem modrzącym się kiej lustro spod białawej a leciuchnej przysłony, obsiadły wodę kręgiem niskich, szerokich chałup, co jak kumy w sobie wielce podufałe, przysiadły w sadach jeszcze nagich, dymy kajś niekaj rwały się nad strzechami, gdzie zaś szyby przebłyskiwały w słońcu albo bieliły wskroś czarniawych sadów świeżo pobielone ściany.

Każdą chałupę mogła już dojrzeć z osobna. Młyn ano, którego bełkotliwy turkot dochodził coraz żywiej, stał na kraju wsi przy drodze, którą szła, a naprzeciw prawie, na drugim końcu kościół wznosił wysokie, białe mury wśród drzew olbrzymich i grał oknami i złotym krzyżem na bani, a wpodle niego czerwieniły się dachówki plebanii. Wokół zaś, jak jeno dojrzeć, stały sinym wiankiem lasy i rozlewały się pola nieprzejrzane, leżały wsie dalekie, wsie kieby te szare liszki przywarte do ziemi, a w sady pochowane; drogi kręto powyciągane, kamionki, rzędy drzew przechylonych, piaszczyste wydmy, z rzadka porosłe jałowcami, i wąska przędza rzeczki, ciekącej połyskliwie i wlewającej się do stawu, między chałupami.

Bliżej zaś, dokoła wsi, wielgachnym kręgiem leżały lipieckie ziemie, pokrajane w pasy, kieby te postawy zgrzebnego płótna, rozciągnięte pod wzgórza i poćwiartowane na działki. Pola wiły się i wydłużały przy polach, porozdzielane krętymi miedzami, na których gęsto rozrastały się grusze rozłożyste, górzyły się kamionki cierniem obrosłe, w złotawym świetle ostro wyrzynały się szare i utytłane kiej ścierki ugory; to płachty zielonawe ozimin, to zeszłoroczne kartofliska czerniały abo i już latosie podorówki, miejscami zaś w dołkach siwiały wody i wlekły się kiej to szkliwo roztopione; za młynem rozlewały się łąki rudawe po których brodziły bociany raz wraz poklekujące, i kapuśniska tak jeszczech pod wodą, że jeno grzbiety zagonów przemiękłych łyśniły się kiej piskorze, czajki białobrzuszne kołowały nad nimi, a po rozstajach stróżowały święte drzewa krzyżowe i jensze wyobrażenia Pańskie, zaś nad tym całym światem, zaklęsłym ździebko w miejscu, kędy wieś przywarła, wisiało rozgorzałe, złotawe słońce, pobrzmiewały skowronkowe śpiewania, rozlegały się niekiedy od obór tęskliwe ryki bydła, to gęsi gdziesik pokrzykiwały gęgliwie i leciały rozgłośne wołania ludzkie, a wraz i wiater tchnął lubym, ciepłym powiewem zgarniając wszystkie te głosy, że ziemia stawała niekiedy w takiej cichości a zadumaniu, jakoby w tej świętej chwili rodów i poczynań.

Jeno na polach mało gdzie dojrzał robotę, tyle tylko, co zaraz pod wsią gmerało się kilka kobiet rozrzucających nawóz, że ostry, przenikliwie w nozdrzach wiercący zapach płynął smugą całą.

- Zaspały próżniaki czy co, dzień taki wybrany, a na rolę mało kto ciągnie... ziemia aż się prosi pługa! - mruczała zgorszona.

I aby być bliżej jeszcze zagonów, zlazła z drogi na ścieżkę ciągnącą się za rowem, gdzie już czerwone rzęsy stokrotek otwierały się do słońca i gęściej zieleniła się trawa.

Juści, że tak pusto było na polach, aże dziw brał! Przecie dobrze baczyła, jako po inne lata w tę porę to jeno się czerwieniło po zagonach od kiecek i aż się trzęsło od przyśpiewek i wrzasków dzieuszych; rozumiała też, jako przy takiej pogodzie najwyższy już czas do wywożenia gnojów, do podorówek, do siewów, a dzisiaj co? Jeden jedyny chłop, którego dojrzała gdziesik w pośrodku pól, siał cosik, szedł pochylony i zawracał, rozrzucający w półkole jakieś ziarno.

- Musi być, że groch sieje, kiej tak wcześnie... Dominikowej chłopaki, widzi mi się, bo akuratnie tam ich pola wypadają... A niech wama darzy i plonuje Bóg miłosierny, gospodarze kochane! - szeptała serdecznie.

Ścieżka była ciężka, nierówna, zawalona świeżymi kretowiskami, kamieniem, a miejscami błotna, ale nie zwracała na to uwagi wpatrując się z lubością i rozczuleniem w każden zagon, w każde pólko z osobna.

- Księże żyto, bujne, sielnie się ruszyło!... Prawda kiej wędrowała we świat orał pod nie rolę parobek, a dobrodziej siedzieli se gdzieś tutaj, baczę dobrze...

I znowu kusztykała wzdychając ciężko i łzawo wlokąc oczyma.

- Cie, Płoszkowe żyto... musi być późne albo i wymiękło ździebko.

Nachyliła się z trudem, dotykając drżącymi, starymi palcami wilgotnych

9

ździebeł i głaszcząc je z miłością, jakoby te włosy dziecińskie.

- Borynowa pszenica, sielny kawał! Juści!... bo to nie gospodarz pierwszy na Lipce?... ale cosik przyżółta, musiało ją przemrozić czy co... ciężką zimę tu przeszła... - medytowała spostrzegając po przypłaszczonych zagonach i wbitych w ziemię, obwalanych mułem źdźbłach ozimin ślady wielkich śniegów i wód roztopowych.

- Wycierpieli się ludziska niemało, nabiedowali! - westchnęła przysłaniając oczy dłonią, bo naprzeciw od wsi szły jakieś chłopaki.

- Juścić, co Michał organistów z którymś organiściakiem. Po wielkanocnym spisie do Woli idą, kiej z tylachnymi koszykami... Juści, że nie kto drugi.

Pochwaliła Boga, gdy nadeszli, rada wielce zagadać z nimi coś niecoś, ale chłopcy odburknęli pozdrowienie i przeszli prędko, rozgadani ze sobą.

- Dyć od tylich skrzatów, baczę ich, a nie poznali mnie! - Markotność ją przejęła. - Cie! a skąd by i taką dziadówkę pamiętały! Ale Michał wyrósł galanto, pewnikiem już dobrodziejowi przygrywa na organach...

Rozmyślała wpatrując się znowu w drogę, że to wyszedł ze wsi Żyd jakiś pchając przed sobą sporego cielaka.

- A od kogo to kupione? - zagadnęła.

- Od Kłębowej! - odparł mocując się z biało-czerwonym ciołkiem, któren się opierał, zawracał i pobekiwał żałośnie.

- To ani chybi po granuli... juści... pognała się była jeszcze przed żniwami... a może i po siwej... Sielny ciołek...

Obejrzała się za nim z gospodarską lubością, ale już ich nie było na drodze: ciołek wyrwał się z rąk, skoczył na pole i podniósłszy ogon rwał ku wsi na przełaj, a Żyd z rozwianym chałatem zabiegał mu drogę.

- W ogon go pocałuj, a poproś pięknie, to ci wróci... szepnęła z kuntentnością przyglądając się gonitwie.

- A i na Kłębowych morgach ni żywej duszy! - zauważyła przy tym, ale nie było już czasu na pomyślunki: wieś była już tak blisko, że poczuła zapach dymów i dojrzała po sadach wietrzące się pierzyny, to jeno ogarniała oczyma wieś całą i najgłębsza, wdzięczna radość zatrzęsła jej sercem, że to Jezus pozwolił dożyć tej zwiesny i powraca ją oto do swoich, powraca do rodzonych...

A przeciech mogła zamrzeć zimą między obcymi, chorzała bowiem ciężko, ale Jezus ją powrócił...

Dyć tym ano żywiła duszę przez długą zimę, tym się jeno krzepiła w każdej godzinie i tym się broniła od mrozów, nędzy i śmierci...

Przysiadła pod krzakami, aby się ździebko przygarnąć, nim wejdzie między chałupy, ale miała to siły, kiej ją tak rozebrała radość, że każda kosteczka trzęsła się z osobna i serce tłukło się boleśnie niby ten ptak duszony?

- Są jeszczech dobre i miłosierne ludzie, są... - szeptała opatrując troskliwie torbecki. Jakże, uciułała sobie tyla, że musi starczyć na pochowek.

Przeciech od dawnych już lat o tym jeno deliberowała i w to całą duszę kładła, że skoro śmierci porę Pan Jezus spuści, aby się to mogło stać we wsi swojej, w chałupie, na łóżku zasłanym pierzynami, pod rzędem obrazów, tak jako umierały gospodynie wszystkie. Całe życie zbierała na chwilę oną świętą i ostatnią.

Miała ci już u Kłębów na górze skrzynię, a w niej pierzynę sporą, poduszki i prześcieradła, i wsypki nowe, a wszystko czyste, nie używane zgoła, by nie marać, zawsze mieć gotowe, no i że nie było gdzie rozłożyć tej pościeli. Miała to kiej swoją izbę albo i łóżko? Kątem zawżdy, na barłogu jakim, to w obórce, jak się zdarzyło i kaj ludzie dobre pozwolili przytulić głowę. Nie cisnęła się ta ona nigdy naprzód, między możne i władne, nie wyrzekała na dolę, bo wiedząca była dobrze, że wszystko urządzenie na świecie z woli Bożej pochodzi, a nie zmienić go człowiekowi grzesznemu.

To se jeno tajnie, po cichuśku, przepraszając Boga za pychę, o tym jedynie marzyła, by mieć gospodarski pochowek - o to jeno prosiła lękliwie...

Nie dziwota więc, że skoro się teraz przywlekła do wsi ostatkami sił, czując, że już ten czas ostatni przychodzi na nią, to wzięła sobie przypominać, czy aby czego nie przepomniała.

Ale nie, wszystko miała potrzebne - gromnicę niesła z sobą, co ją ano wyprosiła stróżując jakiegoś umarlaka, i buteleczkę z wodą święconą miała, i nowe kropidło kupiła, i obrazik poświęcany Częstochowskiej, jaki musi mieć w ręku w skonania godzinie, i te kilkadziesiąt złotych na pochowek... a może i starczy na mszę świętą przy trumnie, ze światłem i pokropieniem choćby w kruchcie! Juści, że i myśleć nie śmiała, by ją ksiądz eksportował na cmentarz.

Gdzieby zaś to mogło być!... Nie każden gospodarz dostępuje takiego honoru i szczęścia, a przy tym i wszystkich pieniędzy na to jedno by nie starczyło!

Westchnęła żałośnie podnosząc się na nogi.

Dziwnie jednak zasłabła, kłuło ją w piersiach, kaszel męczył, że ledwie się mogła ruchać, odpoczywając co chwila.

- Żeby choć do sianokosów dociągnąć albo i do żniw pierwszych - marzyła, słodko przywierając oczyma do chałup coraz bliższych.

- A potem już się położę i zamrę ci, Jezu kochany, zamrę... - jakby się tłumaczyła lękliwie z tych grzesznych nadziei.

Ale wraz spadła na nią troska: kto to ją przyjmie do chałupy na ten czas skonania?

- Poszukam se dobrych i czujących ludzi, a może i jaki grosz przyobiecam, to się łacniej zgodzą... Juści! komu ta niewola kłopotać się cudzymi, a chałupę sobie mierzić.

Aby się to mogło stać u Kłębów, krewniaków, nawet pomyśleć nie śmiała.

- Tylachna dzieci, w chałupie ciasno, a to i drób teraz się lęgnie i trza mu miejsca, i niehonor byłby dla takich gospodarzy, by pod ich dachem krewniackie dziadówki pomierały...

Rozmyślała bez żalu wchodząc na drogę biegnącą po grobli wyniesionej nieco, by chronić staw od wylewów na niskie łąki a kapuśniska.

Młyn stojał pobok grobli, jeno tak nisko, że omączone dachy wystawały nieco nad drogą, trząsł się cały i z głuchym łoskotem pracował.

A z lewa staw świecił się ano, słońce wlekło się złotymi włosami po cichej, rozmodrzonej od nieba wodzie, na brzegach, obrosłych przychylonymi olchami, trzepały się z krzykiem gęsi, na drogach zaś, jeszcze nieco błotnych, dzieci przeganiały stadami pokrzykując z uciechy.

Lipce ano siedziały z obu stron stawu jak przódzi, jak zawdy chyba od początku świata, całe w sadach rozrosłych a w opłotkach.

Agata wlekła się z trudem, chyżo jeno biegając oczyma, a wszystko widząc. W młynarzowym domu, co stał odsunięty od drogi, a podobien się zdał choćby i do dwora jakiego, przez wywarte okna powiewały białe firanki, a sama młynarzowa siedziała przed progiem w pośrodku piskliwego stada gęsiąt żółciuchnych kiej z wosku, które przygarniała.

Pochwaliła stara Boga i przeszła cicho, rada, że jej nie poczuły psy, wylegające się pod ścianami.

Przeszła most, pod którym woda z hukiem przewalała się na młyńskie koła; drogi stąd rozchodziły się kiej ręce ogarniające cały staw.

Kolebała się w sobie przez chwilę, ale chęć obejrzenia wszystkiego przemogła i wzięła się na lewo, dłuższą nieco drogą.

Kuźnia, stojąca pierwsza zaraz z brzega, była zamknięta i głucha; jakiś przodek od wozu i niecoś zardzewiałych pługów leżało pod ścianami okopconymi, ale kowala ani widu, jeno kowalowa, rozdziana do koszuli, kopała grządki w sadzie wzdłuż drogi.

Przystawała teraz przed każdą chałupą wspierając się o niskie, kamienne płoty i przeglądając ciekawie obejścia, opłotki, wywarte sienie i okna. Psy, ujadały na nią niekiedy, ale obwąchawszy i jakby snadź poznając swojaczkę, wracały legać na przyzby w słońce.

A ona ci teraz szła wolniuśko, krok za krokiem, ledwie dychając z utrudzenia, a barzej i z uciechy serdecznej.

Sunęła się tak cichuśko jako ten wiatr, który raz po raz powiewał po stawie i gmerał w rudych baziach olch, a szara była i niewidna kiej te płoty albo ta ziemia, miejscami już przesychająca, abo zaś kieby ten chudy cień, od drzew nagich padający na ziemię, że jakby jej nikto i nie spostrzegał.

A radowała się całym sercem, że wszystko tak znajduje, jako i była zostawiła jesienią.

Śniadania musieli warzyć, bo kurzyło się z kominów, a gdzieniegdzie z wywartych okien buchały zapachy gotowanych ziemniaków.

Choć to i dzieci krzykały tu i owdzie abo i gęsi stróżujące przy gąsiętach podnosiły często strwożone gęgoty, a dziwnie cicho i pusto było we wsi.

Słońce się już ano podniesło na pół drogi do południa i siało kieby tym szczerym złotem, i jęło się przeglądać w stawie, a nikto się jeszcze nie kwapił w pole, żaden wóz nie turkotał z opłotków ni poskrzypiwały pługi, ciągnięte na rolę.

- Na jarmark musiały pojechać abo co? - myślała, baczniej się jeszcze rozglądając po chałupach.

Wójtowe stodoły żółciły się nowym drzewem spośród sadów bezlistnych, a Gulbasowa chałupa, obok stojąca, miała oberwane poszycie, że łaty dachu widać było kiej te żebra nagie.

- Wiatry zerwały, ale wałkoniowi nie chciało się naprawić! - mruczała.

Wpodle zaś Pryczki siedziały w starej pokrzywionej chałupinie, powybijanych szyb wyzierały słomiane wiechcie.

A oto i sołtysowa chałupa, szczytem do drogi, na starą modę.

Za nim też Płoszków dom, na dwie strony zamieszkany.

Potem Balcerków posiedzenie; poznałaby nie wiem gdzie, bo dom był znaczny, że to dzieuchy popstrzyły wapnem szare ściany i pofarbowały ramy okien na niebiesko.

A tam znów, w szerokim, starym sadzie rozsiadły się Boryny, pierwsze gospodarze i bogacze lipeckie. Słońce jeno grało w czystych szybach; ściany jaśniały jakby z nowa pobielone; obejście było obszerne, budynki w rząd stawiane, a proste i tak galante, że niejeden i chałupy takiej nie miał, płoty całe i wszystko w takim porządku, kieby u jakiego Olendra na koloniach a lepiej nie było.

A dalej dom Gołębiów.

I inszych, które wszystkie jako ten pacierz na pamięć wiedziała. Ale wszędy jednako było cicho i pusto, jeno w sadach czerwieniły się pościele wietrzone i różny przyodziewek, a jeno gdzieniegdzie uwijały się porozdziewane do koszul kobiety przy kopaniu grządek.

W zacisznych miejscach sadów kapuściane wysadki już puszczały zielone warkocze z ogniłych łbów, to zaś pod ścianami one lilije wyrastały z szarej ziemie bladymi kłami, rozsady wschodziły pod przykrywą tarniowych gałązek, drzewa stały w nabrzmiałych, lepkich pąkach, a wszędzie pod płotami burzyły się pokrzywy i chwasty różne, i krze agrestowe obwiane były jasną, młodziuchną zielenią.

A choć to i najprawdziwsza zwiesna siała się prosto z nieba i tętniąca była w każdej grudce ziemi napęczniałej, a tak jakoś smutnie się widziało w Lipcach, cicho i dziwnie pusto.

- A chłopa to ni na lekarstwo nigdzie. Nic, jeno na sądy poszły albo na zebranie je zwołały.

Tłumaczyła tak sobie wchodząc do kościoła otwartego na rozcież.

Po mszy już było, dobrodziej spowiadał w konfesjonale, kilkanaścioro ludzi z dalszych wsi siedziało w ławkach w cichości a skupieniu, że jeno chwilami ciężkie wzdychy rwały się na kościół albo to jakie słowo pacierza głośniejsze.

Od lampki płonącej, uwieszonej na sznurze przed wielkim ołtarzem, wlekły się pasma dymów niebieskawych ku wysokim oknom, przez które padało słońce; za szybami ćwierkały wróble fruwając niekiedy pod nawami ze źdźbłami w dziobach, a czasem jaskółki wpadały ze świegotem przez wielkie drzwi, pokołowały błądząco w cichościach i chłodach murów i uciekały chyżo na świat jasny.

Zmówiła jeno krótki pacierz, tak już było jej pilno do Kłębów, ale przed kościołem zaraz spotkała się oko w oko z Jagustynką.

- Jagata! - krzyknęła tamta z wydziwem niemałym.

- Dyć żywie jeszcze, gospodyni! żywie! - Chciała ją w rękę pocałować.

- A powiedali, żeście już nogi wyciągnęli gdziesik w ciepłych krajach... Ale wama ten letki chleb Jezusowy na zdrowie nie poszedł, bo coś mi na księżą oborę patrzycie... - mówiła, szydliwie ją rozglądając.

- Wasza prawda; gospodyni... a tom ledwie już dowlekła kosteczki... dojdę se już pomaluśku a wrychle, dojdę...

- Do Kłębów śpieszycie?

- A gdzież bym to szła? Krewniaki przeciech...

- Radzi was przyjmą, torbeczki dygujecie niezgorsze, a jakiś grosz też być musi w supełkach, to juści, że chętliwie przypuszczą waju do krewniactwa.

- Zdrowi bych są? nie wiecie? - markotne jej były te przekpinki.

- Zdrowi... jeno Tomek, że słabował ździebko, to się teraz lekuje w kreminale.

- Kłąb! Tomasz! Nie powiedajcie, bo mnie nie do śmiechu !

- Rzekłam, a dołożę, że nie sam siedzi, a z dobrą kompanią, bo z całą wsią... I morgi nie pomogą, kiej sąd przyskrzybnie drzwiami a okratuje.

- Jezus Maria, Józefie święty! - jęknęła, jako słup stając w zdumieniu.

- Bieżcież rychlej do Tomkowej, to się tam napasiecie nowinkami barzej drujkimi niźli miód. Hi, hi! świętują se chłopy aż miło! - zaśmiała się urągliwie, a złe jej oczy strzeliły nienawiścią.

Agata powlekła się ogłuszona, nie mogąc jeszcze uwierzyć w słyszane, spotkała kilka znajomych kobiet, które ją przywitały dobrym słowem zagadując o tym i owym, ale jakby nie słyszała pogwary, rozdygotana w sobie strachem coraz zjadliwszym, że już z umysłu przywalniała, bych jeno opóźnić sprawdzenie tych nowin piekących. Długo siedziała pod sztachetami plebanii, bezmyślnie patrząc na księży dom. Na ganku stojał bociek na jednej nodze i jakby naglądał psów, baraszkujących po żółtych uliczkach ogrodu, a Jambroży z dziewką okładali nową darnią boki klombu, które się już rudział kieby szczotką żelazną tymi młodymi chlustami kwiatów przeróżnych.

Dopiero wzmógłszy się na siłach chyłkiem ruszyła w opłotki Kłębowego domu, stojącego tuż w rząd z plebanią.

Z dygotem juści szła czepiając się płotów i latając przetrwożonymi oczyma po sadzie i chałupie, siedzącej w głębi, ale jeno krowy pod oknami chlipały głośno z cebratek, sień wywarta była na przestrzał, że dojrzała maciorę z prosiętami wylegujące się w błocie podwórza i kury pilnie grzebiące w gnoju.

Podjąwszy próżną już cebratkę, bo śmielej było jej z czymścić w garści

14

wejść, wsunęła się do wielkiej mrocznej izby.

- Niech będzie pochwalony! - ledwie wykrztusiła.

- A na wieki! Kto tam? - ozwał się po chwili zajękliwy głos z komory.

- Dyć to ja, Agata! - Jezus, jak ją spierało pod piersiami!

- Agata! Widzieliście no, moi ludzie! Agata! - gadała prędko Kłębowa ukazując się na progu z pełną zapaską piszczących gąsiąt, stare zaś z sykiem i gęgotem dyrdały za nią. - No, to chwała Bogu! A powiadali ludzie, jakoście jeszcze na Gody pomarli, nie wiada było ino kaj, że nawet mój zbierał się do kancelarii na przewiady. Siadajcież... strudzeni pewnikiem jesteście. Gęsi się ano lęgną...

- Pieknie się wywiedły, kiej ich aż tyla!

- A będzie kopa bez mała, przez pięciu. Chodźcie przed dom, bo trza ich podkarmić i przypilnować, aby stare nie stratowały.

Wybrała je starannie z zapaski na ziemię, iż zaroiły się kiej te żółciuchne pępuszki, a stare jęły radośnie gęgotać a wodzić nad nimi dziobami Kłębowa wyniesła na deseczce posiekanego jajka wraz z pokrzywami i kaszą i przykucnęła przy nich pilnie bacząc, bo stare kuły w drobiazg, tratowały i kradły jedzenie, jak ino mogły, rejwach czyniąc krzykliwy.

- Siodłate wszystkie będą - zauważyła siadając na przyzbie.

- Juści, a z wielkiego gatunku. Organiścina odmieniła mi jaja, że trzy swoje dawałam za jedno... Dobrze, iżeście już ściągnęli do chałupy... roboty tyla, że nie wiada, gdzie przódzi pazury zaczepić.

- Zaraz się wezmę do roboty, zaraz... jeno mocy nieco nabierę... chorzałam i całkiem się wyzbyłam z sił... ale niechaj ino wydycham... to zaraz...

I chciała się podnieść, chciała iść... by się wziąć za robotę jaką, ale chudzina jeno się potoczyła na ścianę i z jękiem padła.

- Do cna, widzę, zwątleliście, nie do roboty już wama, nie! - rzekła ciszej rozpatrując jej twarz siną, obrzękłą i dziwnie pokurczoną postać.

Zakłopotała się tym oglądem i strapiła, że nie tylko wyręki mieć z niej nie będzie, ale gotów się jeszcze kłopot nawiązać.

Snadź przeczuła to Agata, bo się lękliwie, przepraszająco ozwała:

- Nie bójcie się, nie będę waju zawalała miejsca ni cisnęła się do miski, nie, wydychne se ino i pójdę... chciałam jeno obaczyć wszystkich... popytać... ale se pójdę... - Łzy cisnęły się do oczu.

- Nie wyganiam was przeciech, siedźcie, a wola wasza będzie iść, to se pójdziecie...

- A kaj to chłopaki? pewnikiem w polu z Tomkiem? - zapytała wreszcie.

- To nic nie wiecie? A dyć wszystkie w kreminale!

Agata jeno ręce spletła w niemym krzyku boleści.

- Powiedziała mi już to słowo Jagustynka, jeno uwierzyć nie mogłam.

- Najczystszą prawdę wam rzekła, tak ci jest, tak!

Wyprostowała się na te wspominki, a po wynędzniałej twarzy posypały się ciężkie łzy.

Agata patrzała w nią jak w obraz, nie śmiejąc już dopytywać.

- Mój Jezu! Sąd ci tu był we wsi ostateczny, kiej ano wzięli wszystkich i do miasta powiedli, ostatnia godzina, powiadam wam, że dziw, jako żywię jeszcze i ten dzień jasny oglądam! A to już jutro będzie całe trzy tygodnie, a mnie się widzi, jakby to wczoraj się stało. Ostał jeno w chałupie Maciek, wiecie, i dzieuszyska, które teraz gnój powiezły w pole, i ja sierota nieszczęsna!

- A poszły! ścierwy... to własne dzieci tratują jako te świnie! - krzyknęła naraz na gęsi: - Pilusie, pilu, pilu, pilu !

Nawoływała gąsięta, bo całym stadem, z matkami na czele, ruszyły w opłotki.

- Niech się zabawią, gap nikaj nie widać, przypilnuję bacznie.

- Ruchać się nie możecie, a gdzie wam za gąsiętami biegać !..

- Już me ździebko chorość odeszła, skorom jeno w te progi stąpiła.

- To pilnujcie... narządzę wama co jeść... a może mleka uwarzyć?

- Bóg wam zapłać, gospodyni, ale sobota to ci wielkopostna, to z mlekiem jeść mi się nie godzi... wrzątku dajcie jaki garnuszek, chleb mam, to se wdrobię i pojem galanto.

Jakoż Kłębowa wnet jej przyniosła osolonego wrzątku na miseczce, w którem stara wdrobiła chleb i pojadała z wolna dmuchając w łyżkę, a Kłębowa zaś przysiadła w progu i oganiając oczyma gąsięta, skubiące pod płotami, znowu powiedała:

- O las poszło. Dziedzic sprzedał go kryjomo przed Lipcami Żydom. Jeli go wnet rąbać! Krzywda była taka i sprawiedliwości znikąd, to i co miały począć? do kogo iść ze skargą? A do tego zawzioł się na cały naród, że ni jednego komornika ze wsi do roboty nie zawołał. Zmówili się też i całą wsią poszli swojego bronić, ile ino narodu było. Powiedali, że wszystkich karać nie pokarzą, jeśliby na to przyszło, ale nikto o tym nie pomyślał, bo jakże? za co to mieli karać? przeciech o swoje jeno zabiegali. Poszli do poręby, pobili rębaczów, że po dobrej woli nie ustąpili, pobili dworskich i wszystkich ano z boru wygnali... Na swoim postawili, a po sprawiedliwości, bo póki z lasu nie wydzielą, co jest czyje, ruchać go nikt prawa nie ma. Ale się dużo przy tym pomarnowało naszych, starego Borynę przywieźli z rozłupaną głową: borowy ci go tak uszlachtował, a tego ci znowuj Antek Boryniak zakatrupił za ojca.

- Jezus! zakatrupił, na śmierć?!

- Na śmierć, a stary do dzisiaj ano choruje i bez rozumu zgoła leży, juści, on najbardziej ucierpiał, ale i drugie też niemało: Szymek Dominikowej miał przetrącony kulas, Mateusz Gołąb był tak pobity, że go aż przywieźć musieli, Płoszce Stachowi rozwalili łeb, a drugim dostało się też dosyć, że i nie spamiętać, co i komu! Nikto się tym zbytnio nie frasował ni narzekał, bo swoje dokazali, wrócili też bujno, ze śpiewami kiej po tej wojnie wygranej, całą noc w karczmie z uciechy pili, a barzej pobitym gorzałkę do chałup nieśli.

A na trzeci dzień jakoś, w niedzielę, śnieg padał mokry i zrobiła się taka plucha od samego rana, iż trudno było nosa wyścibić na dwór. Zbieraliśmy się właśnie do kościoła iść, kiedy Gulbasowe chłopaki poczęły na wsi krzyczeć: "Strażniki jadą!"

Jakoż może w pacierz przyjechało ich ze trzydziestu, a z nimi urzędniki i cały sąd, rozłożyli się na plebanii. No, że już i nie wypowiem, co się działo, kiej zaczęły sądzić, wypytywać, zapisywać, a naród po kolei brać pod stróżę... Nikto się nie opierał, każden pewny był swojego, a wszystkie kiej na spowiedzi przyświarczały i prawdę szczerą mówili. Dopiero pod wieczór skończyli i chcieli zrazu całą wieś wraz ze wszystkimi kobietami brać, ale podniósł się taki krzyk a ten płacz dzieciński, że chłopy już się za kołami oglądali... Dobrodziej musiał cosik przełożyć starszym, że nas poniechali, nawet Kozłowej, silnie wygrażającej wszystkim, nie wzięli, chłopów jeno samych zabrali do kreminału, Antka zaś Borynowego w postronki przykazali wiązać!

- Jezus! w postronki przykazali wiązać!

- I związali, ale porwał ci je kiej te nicie nadgniłe, aż się przelękły wszystkie, bo wydał się, jakby mu dur do łba przystąpił albo i zły opętał, a on stanął przed nimi, a w oczy im rzekł:

- Skujcie mię mocno w kajdany i pilnujta, bo wszystkich zakatrupię i sobie co złego zrobię...

Tak się ano zapamiętał, że mu ojca zabili, sam ano ręce podał w żelaza, sam nogi nastawił i tak go powieźli...

- Jezu mój miłościwy! Maryja! - jęczała Agata.

- Widzę zawdy i do samej śmierci nie zabaczę, jak ich brali...

- Wzieni mojego z chłopakami... wzieni Płoszków...

- Wzieni Pryczków...

- Wzieni Gołębiów...

- Wzieni Wachników...

- Wzieni Balcerków...

- Wzieni Sochów...

-...a tyla jeszczech drugich wzieni, że więcej niźli pięćdziesiąt chłopa popędzili do kreminału...

Że i rozum ludzki nie poradzi wypowiedzieć, co się tutaj działo... jakie płacze się krwawiły, tych wrzasków lamentliwych... ni tych przekleństw strasznych.

A tu zwiesna nadeszła, śniegi rychło spłynęły, role podeschły, ziemia aż się prosi o obróbkę, czas na orki, czas na siewy, czas na wszystkie roboty, a robić nie ma kto!

Wójt jeno ostał, kowal i tych kilku staruchów ledwie się ruchających, a z parobków jeden ino głupawy, Jasiek Przewrotny !

A tu i czas przychodzi rodów, że już poniektóre zległy, krowy się też cielą, ląga wszędzie, o chłopach też trza myśleć i podwozić im to pożywienie, to grosz jaki albo i tę czystą koszulę, a roboty innej tyla, że już i nie wiada, za co się pródzi brać, samym przeciech nie uradzi, a najemnika dostać nie można po drugich wsiach, boć kużden sobie przódzi obrobić musi...

- Nie puszczą ich to rychło?

- Bóg ta wie kiedy! Jeździł do urzędu ksiądz, jeździł i wójt i powiedają, że kiej śledztwa skończą, to ich popuszczają, że to sądy mają być później, ale już trzy niedziele przeszło, a jeszcze ni jeden nie wrócił. Rocho też we czwartek pojechał dowiadywać się.

- Boryna żywie to jeszcze?

- Żywie, jeno ledwie dycha i do rozumu nie przychodzi, jako ten klocek leży... Zwoziła Hanka dochtorów, to znających się, nic nie pomaga...

- Juści, pomogą tam dochtory, gdzie chto na śmierć chory!

Zmilkły wyczerpane wspominkami. Kłębowa zapatrzyła się wskroś sadu na daleką topolową drogę, wiodącą do miasta, i popłakiwała z cicha nos cięgiem ucierając...

Potem zaś krzątając się pilnie kiele narządzania obiadu opowiadała z wolna wszystko, co się stało we wsi przez zimę, a czego Agata zgoła nie wiedziała.

Aż stara rozpletła ręce i pochyliła się ku ziemi ze zgrozy i zdumienia, bo te nowinki kiej kamienie spadały na nią i przejmowały duszę taką zgryzotą i bólem, że chlipać cicho poczęła.

- Mój Boże, tam we świecie cięgiem myślałam o Lipcach, ale żeby takie sprawy się działy, to mi nawet i do rozumu nie przychodziło... a tom nawet póki życia długiego i nie słyszała o podobnym! Złe się tutaj osadziło na dobre czy co?

- Juści, że jakby na to przychodziło!

- A może jeno dopust Boży za złość ludzką i grzechy!

- Pewnie, że nie inaczej. Pan Jezus karze choćby za takie śmiertelne grzechy, jako to Antka z macochą. Nowe zaś przewiny idą, stają się na wszystkich oczach!...

Już Agata bojała się rozpytywać o więcej, tylko podniesła roztrzęsioną rękę i jęła się śpiesznie żegnać pacierz mamląc gorący.

- Nieszczęście takie padło na cały naród i Boryna też leży bez duszy, a powiedają - ściszyła głos obzierając się strachliwie - jako Jagusia już się na dobre z wójtem sprzęgła... Nie stało Antka, brakło Mateusza, brakło i drugich parobków, to dobry pierwszy z brzega, byle jeno wygodził... O świecie, świecie!... - jęknęła załamując ręce ze zgrozy.

Stara się już nie ozwała, poczuła się z nagła utrudzoną i tak przejętą tymi nowinkami, że powlekła się do obórki wypoczywać.

Dopiero o samym zachodzie dojrzeli ją wlekącą się na wieś do znajomków, powróciła zaś, kiej już u Kłębów siedzieli przy wieczerzanych miskach.

Łyżka na nią czekała i miejsce, juści nie pierwsze, ale zawżdy nie ostatnie, bo przy Kłębowej, jeno że pojadała mało wiele, kiej to dzieciątko przebierne, pogadując z cicha o świecie, to o tych odpustowych miejscach, które była schodziła, aż się niemało temu nadziwowali.

Zaś kiej już noc zapadła, że nawet i zorze grające po szybach przygasły, i wieś do cna ogłuchła, zapalili w izbie światło i jęli się z wolna do snu sposobić, wtedy Agata wyniosła swoje torbeczki pod światło wyjmując z wolna różne różności, jakie przyniosła.

Otoczyli ci ją zwartym kołem tając przydechy i dziw jej nie zjadając rozgorzałymi oczyma.

A ona najpierw po obraziku poświęcanym rozdała każdemu, potem zaś sznury paciorków dziewuchom, a tak pięknych, że ino grały farbami, wrzask się bez to uczynił w izbie, tak jedna przez drugą cisnęły się do lusterka, przymierzając, cieszyć się sobą i szyję wzdymać kiej te indory napuszone; a to i koziki sielne, prawdziwie misiarskie nalazły się la chłopaków, i cała paczka machorki dla Tomasza, w ostatku i la Kłębowej wyjęła fryzkę szeroką, wzburzoną i kolorową nicią obdzierganą, że gospodyni aż wręcz plasnęła z wielkiej kontentności...

I wszyscy radowali się niemało, nie raz i nie dwa oglądając te śliczności i ciesząc oczy podarunkami, a ona rada wielce, z niemałą lubością powiedała, co ile kosztuje i gdzie to kupione.

Długo w noc przesiedzieli poredzając jeszcze o nieobecnych.

- Aż strach za grdykę łapie, tak cicho na wsi! - zauważyła w końcu Agata, gdy przymilkli i opadło ich głuche, martwe milczenie. - Gdzie to po inne roki, w tym zwiesnowym czasie, to aże się wieś trzęsła od wrzasków i śmiechów !...

- Bo jako ten grób otwarty widzi się cała wieś, że jeno kamieniem przywalić i krzyże postawić... że nawet pacierza nie będzie miał kto zmówić ni na mszę dać... - potwierdziła smutnie Kłębowa.

- Prawda! Pozwolicie, gospodyni, to bym ano na górkę poszła, kości me bolą po drodze i oczy już śpik morzy.

- A śpijcie, gdzie wama do upodoby przylegnąć, miejsca nie brakuje.

Stara wnet pozbierała sakwy i jęła się w sionce skrobać po drabce, gdy Kłębowa zaczęła mówić za nią przez wywarte drzwi:

- Hale! małom nie zabaczyła wama powiedzieć, że wzielim waszą pierzynkę ze skrzyni... Marcycha chorzała w zapusty na krosty... ziąb był taki, przyodziać nie było czym... tośwa se pożyczyli od waju... pierzyna już wywietrzona i choćby jutro a zaniesie się ją na górę...

- Pierzynę... wasza wola... juści, kiej było potrza... juści...

Chyciło ją tak cosik za gardziel, że urwała, dowlekła się po omacku do skrzyni, przykucnęła i podniósłszy wieko jęła śpiesznie drżącymi rękoma błądzić i obmacywać swoje wiano śmiertelne...

Juści... pierzyny nie było... a nową całkiem ostawiła... w czystym obleczeniu... ni razu nie używaną... dyć ją z tych należnych piórek po pastwiskach uścibała... byle mieć na tę ostatnią skonania godzinę...

A wzieni ją... wzieni...

Płacz ją taki chycił żałośliwości pełen, że dziw jej serce nie pękło.

I długo pacierz mówiła łzami go polewając gorzkimi, długo płakała i boleśnie a cichuśko skarżyła się Jezusowi kochanemu na krzywdę swoją...

Noc musiała już być duża, bo ano kury piać zaczynały na północek albo i na odmianę.

ROZDZIAŁ 2

Nazajutrz była Palmowa Niedziela.

Jeszcze dobrze przed słońcem, ale już o dużym dniu, wyjrzała z Borynowej chałupy Hanka, w wełniak jeno przyodziana i jakąś chuścinę, że to ziąb był na świecie galanty.

Zajrzała aż za opłotki na drogę czarniawą, rosami opitą, a gdzieniegdzie oszronialą. Pusto było jeszcze i ni znaku życia, świt jeno skrzył się suchy i przyodziewał zmartwiałe czuby drzew w modre obleczenia, zaś resztki nocy czaiły się strachliwie pod płotami.

Powróciła na ganek i z trudem przyklęknąwszy, że to leda tydzień spodziewała się rodów, jęła mówić pacierz błądząc po świecie zaspanymi oczyma.

Dzień zaś roznosił się z wolna białawą pożogą, zorze przecierały się kieby przez sito, brzaskami osypując wschodnią stronę, która podnosiła się coraz wyżej niby ten złoty baldach nad promieniejącą już, ale jeszcze niewidną monstrancją.

Że zaś przymrozek był z nocy, to płoty, mostki, dachy, i kamienie polśniewały szronem, a drzewa stały kiej chmury przebielone.

Wieś jeszcze spała w przyziemnych mrokach utopiona, że jeno poniektóre chałupy bardziej przy drodze wyłupywały się nieco jaśnią bielonych ścian, zaś po omglonej gładzi stawu wlekły się długachne, czarniawe pasma prądów, jakoby szkliwa tężejące.

Młyn gdziesik hurkotał bez przestanku, a jakaś niewidna rzeczka mrowiła się po kamieniach cichuśkim, przytajonym bełkotaniem.

Kokoty piały już na umor i ptaszyny różne zgwarzały się z cicha po sadach jakoby w tym pacierzu społecznym, kiej Hanka przecknęła, śpik ją ano zmorzył i strudzone, niewywczasowane kości ciągnęły pod pierzynę, ale się nie dała, szronem przetarła oczy i nalazłszy to zagubione słowo pacierza poszła w podwórze naglądać chudoby a budzić śpiące.

Najpierw wywarła drzwi do wieprzka, który usiłował na przednie kulasy się zwlec, ale że spaśny był wielce, zwalił się na gruby zad i jeno chrząkającym ryjem wodził za nią, gdy mu żarcie przegarniała dorzucając niecoś świeżego.

- Portki tak ciężą, że ci i na kulasy niełacno; jak nic ma na cztery palce słoniny. - Obmacała mu boki z lubością.

Otwarła potem do kur porzuciwszy przed progiem na przynętę świńskiego jedzenia przygarścią, że sfruwały z grzęd skwapliwie, koguty zaś piać wzięły rozgłośnie.

Gęsi, zawarte pobok, przyjęły ją gęganiem i sykami; wygnała precz gęsiory, iż wnetki wojnę uczyniły z kurami, a zaczęła wyciągać spod matek, siedzących w gniazdach, jaja i przepatrywać je pod światło.

- Leda godzina kluć się będą - myślała nasłuchując cichego, ledwie odczutego dziobania w jajach.

Rychtyk i Łapa wylazł z budy, kiej szła ku stajni, przeciągnął się a ziewał, nie bacząc na syczące nań gąsiory.

- Hale! próżniaczysko, niby parob noc przesypia, coby stróżował!

Pies pomachał ogonem, szczeknął radośnie, buchnął przez kury, aż się pierze posypało, i dalejże drzeć się do niej, skakać do piersi, a polizywać ręce, że rada nierada pogłaskała go po łbie.

- Drugi człowiek a tak czujący nie będzie, jako to stworzenie. Miarkuje jucha gospodarza! - Wyprostowała się ździebko wodząc oczyma po oszroniałych dachach, bo jaskółki, siedzące rzędem na kalenicy, zaświegotały pieściwie.

- Pietrek! Dzień ano kiej wół! - zakrzyczała bijąc pięścią we drzwi stajni, a posłyszawszy mruczenie i odsuwanie zawory wywarła drugie zaraz drzwi do obory.

Krowy leżały rzędem przed żłobami.

- Witek! A to śpi pokraka, kiej po weselu!

Chłopak się wraz przebudził, skoczył z pryczy i jął pośpiesznie wciągać portczyny i cosik mamrotać strachliwie.

- Przyrzuć krowom siana, by przejadły do udoju, i zaraz przychodź skrobać ziemniaki. A łysuli nie dawaj, niech ją sama pasie - dodała twardo, bo była to krowa Jagusi.

- Tak ją pasą, aże krowa ryczy i z głodu słomę spod siebie wyjada.

- A niech zdycha, nie moja strata! - szepnęła zawzięcie.

Witek jeszcze tam cosik mruknął, ale skoro wyszła, gruchnął się w poprzek barłogu z obertelkiem w garści, byle jeszcze z pacierz zadrzemać.

Hanka zaś poszła jeszcze do stodoły, gdzie na klepisku okryte słomą leżały ziemniaki przebierane do sadzenia i zajrzała pod szopę, kędy składali wszelki sprzęt gospodarski. Łapa wyskakiwał przed nią, co chwila zbaczając do gęsiorów i wojnę z nimi czyniąc, aż wszystko obejrzawszy bacznie, czy jakiej szkody z nocy nie ma, jak to czyniła co dnia, polazła do przełazu, wyjrzeć w pola na oziminy.

Zaczęła znowu mówić przerwany pacierz.

Słońce też już wstało, wskroś sadów powiała wichura płomieni, że szrony się zaiskrzyły i rosy jęły skapywać z drzew; wiatr też się poruszył i gmerał cichuśko w gałęziach, skowronki dzwoniły coraz rzęsiściej, a we wsi, na drogach czynił się ruch, słychać było chlustanie wody przy nabieraniu ze stawu, wrótnie kajś niekajś darły się zardzewiałe, to gęsi gdziesik krzyczały i pies naszczekiwał abo i głos ludzki rozbrzmiewał w porankowej cichości.

Wieś się budziła później ździebko, że to niedziela była i każden rad dłużej wylegiwał pod pierzyną spracowane kości.

Hanka na nic nie baczyła, zstępując w siebie, w te różne myśle, jakie ją oprzędły, że pacierz jeno wargami mówiła, daleko od niego duszą i cała we wspomnieniach utopiona.

Podniosła ciche, opite radością oczy na pola szerokie, zawarte ścianą dalekiego lasu, po którym rozlewały się płomienie wschodu, iż spośród modrawych gąszczów wybłyskiwały bursztynowe, grubachne chojary; zaś wszystkie ziemie jakoby drgały w złotych, budzących brzaskach; ozime zboża mokrą, zielonawą wełną otulały zagony, a kajś niekaj po bruzdach lśniły się poniki wody kiej te srebrne strużyny, niesły się z pól wilgotne, chłodne przydechy wraz z tą świętą cichością wiośnianą, w jakiej to rośnie wszystko i na świat się jawi...

Nie za tym jednakże patrzała i nie tego.

Jawiły się ano w niej przypominki bied, głody, krzywdy, Antkowe przeniewierstwa, bóle kiej góźdź raniące i tych smutków i utrapień tylachna, że aż ją dziw brał, jako to poredziła przemóc i przemogła, i doczekała się, że oto Pan Jezus przemienił wszystko na lepsze...

Przeciech na gospodarce jest znowu, na ziemi.

A kto mocen jest wyrwać ją stąd? Któren poredzi!

Zmogła już tyla, przecierpiała bez te pół roku, że drugi człowiek bez całe życie nie przecierpi, to udźwignie, co ta na nią Panu Jezusowi spuścić się spodoba, wydzierży i doczeka się Antkowego ustatkowania i że te ziemie będą ich na wieki.

Trzy niedziele całe, a jej się widzi, jakoby to wczoraj się stało, kiej chłopy szły na las...

Nie poszła z inszymi, bo ano w jej stanie ciężko było i nieprzezpiecznie...

Turbowała się jeno o Antka, bo zaraz jej rzekli, jako z narodem się nie złączył i nie poszedł; rozumiała, iż tu na złość staremu zrobił, a może i la tego, by się w ten czas gdzie z Jagusią zwieść...

Żarło ją to, ale wypatrywać go przeciech nie poszła.

Aż tu przed samym południem przylatuje Gulbasiak i wrzeszczy:

- Pobilim dworskich! pobilim! - i kiej wściekły pognał dalej.

Zmówiła się z Kłębową i poszły naprzeciw. Dominikowej chłopak nadbiegał i już z dala krzyczy:

- Boryna zabit, Antek zabit, Mateusz i drugie!... - zatrzepał rękoma, cosik zamamrotał i padł, że trza mu było nożem zęby ozwierać, by wlać wody, tak go ścisnęło z utrudzenia.

A jej wtedy dusza ze strachu zakrzepła na ten lity kamień.

Szczęściem, że nim jeszcze chłopaka docucili, wywalili się z boru na drogę i powiedali, jak było, a może w pacierz sama już dojrzała przy ojcowym wozie Antka żywego: jako trup był siny, okrwawiony, zgoła nieprzytomny.

Juści, że ją płacz chwycił i boleść ozdzierała, ale się przemogła, ile że ją ociec, stary Bylica, odciągnął na bok i cicho powiedział:

- Stary wnet zamrze, Antek o Bożym świecie nie wie, a w Borynowej chałupie nikogój, j jeszcze się kowal tam wniesie i nikt go już nie wygoni!...

Zmiarkowała rychło, że w dyrdy poleciała do chałupy, zabrała dzieci i co było na podorędziu ze szmat, resztę zaś zdała na Weronczyną opiekę i przeniosła się chybcikiem na dawne miejsce, po drugiej stronie Borynowej chałupy.

Jeszczech Borynę opatrywał Jambroży, jeszczech ludzie byli się nie rozeszli, jeszczech cała wieś wrzała uciechą a gdzie jękami pobitych, a ona cichuśko się wniesła i osiadła na amen.

A stróżowała pilnie: toć Antkowy też był gront, a stary ledwie zipał i mógł leda pacierz wyciągnąć kulasy.

Wiadomo przecież, iż który pierwszy dopadnie dziedzictwa i wczepi weń pazury, to i niełacno go oderwać, i prawo za sobą będzie miał.

Co jej tam znaczyły kowalowe krzyki i groźby, którymi jej bronił wstępu, srodze zgniewany, iż go uprzedziła!

Pytać się to miała kogój o przyzwoleństwo, chyciła się ziemi, a jak ta suka warowała i broniła swojego, pewna rychlej śmierci starego i że Antka wezmą, bo ją był o tym uprzedził Rocho.

To i komu się to miała oddać w opiekę? Kiej wiadomo, że jak się sam człowiek nie przyłoży, to mu i Pan Jezus nie dołoży.

Nie płaczem i skamlaniem dochodzi się swego, a jeno tymi kwardymi, nieustępliwymi pazurami - wiedziała ci ona już o tym, wiedziała!

Więc choć i Antka wzieni, uspokoiła się rychło, bo co poredzisz przeciw doli, człowieku? czym się oprzesz, kruszyno?

Gdzie zaś to był i czas na długie lamenty i wyrzekania, kiej tylachne gospodarstwo wzięła na swoją głowę!

Przeciech sama ostała kiej ten kierz na rozdrożnym wywieisku, jeno że się nie cofnęła przed robotą ni ludzi nie ulękła. A przeciwko niej była Jagna; byli kowalowie, zawzięci na nią, że niech Bóg broni; był wójt, który był swoje zamysły na Jagnę powziął i bez to sielnie się nią opiekował; był nawet dobrodziej, rychtowany na sprzeciw przez Dominikową.

Tyle że jej nie przemogli, nie dała się niczemu, co dnia głębiej wrastając w ziemię i krzepciej dzierżąc w garściach rządy, iż ledwie po dwóch niedzielach, a już wszystko szło jej wolą, rozumem a mocą.

Ona zaś ni dojadła, ni dospała, ni wypoczęła harując nikiej ten wół w jarzmie od świtania do nocy późnej.

Jeno że to niezwyczajna była ni takiej pracy, ni stanowienia o wszystkim swoją głową, a wielce z natury nieśmiała i przez Antka zahukana, to jej tak ciężko nieraz przychodziło, aż ręce opadały.

Ale krzepił ją strach, by z gospodarki nie wysadzili, a i ta zawziętość przeciw Jagnie.

Zresztą z czego ta jej moc szła, to szła, dość że się nie dała, urastając we wszystkich oczach na niemały podziw i uważanie.

- A to! próździ się widziała, jako trzech nie zliczy, a teraz ci już za dobrego chłopa stanie - powiedały o niej co najpierwsze we wsi gospodynie, że nawet Płoszkowa i drugie rade przyjacielstwa z nią szukały, chętliwie wspomagając dobrym słowem i czym jeno mogły.

Juści, że wdzięcznym sercem przyjmowała nie stowarzyszając się jednak zbytnio i nie ciesząc z ich łask, bo niełacno zapominała krzywd niedawnych.

Nie lubiła pleść bele czego, to i nie potrza jej było sąsiedzkich ugwarzań ni tego w opłotkach wystawania la obmowy.

Mało to swoich miała frasunków, bych się jeszcze cudzym turbować!...

Właśnie wspomniało się jej o Jagnie, z którą wiedła zażartą, milczącą i nieustępliwą wojnę, o Jagusi, której samo przypomnienie było jako to żgnięcie w serce, że i teraz poderwała się z miejsca żegnając się śpiesznie, a bijąc w piersi na dokończenie pacierza.

Zeźliła się jeszcze bardziej, iż w chałupie spali, a i w podwórzu było cicho. Skrzyczała Witka, spędziła z barłogu Pietrka, dostało się przy tym i Józce, że słońce na chłopa, a ona się wyleguje.

- Jeno z oka spuścić na ten pacierz, a wszystkie po kątach śpią !

Mamrotała rozpalając ogień na kominie.

Wywiedła dzieci na ganek i wetknąwszy im po glonku chleba przywołała Łapy, by się z nimi zabawiał, a sama poszła zajrzeć do Boryny.

Ale na ojcowej stronie było jeszcze całkiem cicho, że ze złością huknęła drzwiami; nie przebudziło to Jagny, stary zaś tak samo leżał, jak go była ostawiła wieczorem: na pasiatoczerwonej pościeli leżała jego sina, obrosła twarz, wychudła i tak zmartwiała, że podobien się stał do onych świątków w drzewie rzezanych; otwarte szeroko oczy patrzyły przed się nieruchomo nic zgoła nie widzące, głowę miał owiązaną szmatami, a rozwiedzione szeroko ręce zwisały martwo kiej te nadrąbane gałęzie.

Poprawiła mu pościeli strzepując pierzynę bardziej na nogi, że to gorąco było w izbie, a potem nalewała mu po ździebku do ust świeżej wody: pił z wolna, aże mu grdyka chodziła, ale się nie poruszył; leżał wciąż kiej ta kłoda zwalona, jeno w oczach zaświeciło mu cosik, jak kiedy rzeka spod nocy się przetrze i rozbłyśnie na jedno oczymgnienie.

Westchnąwszy nad nim żałośnie; trzasnęła znowu trepem w wiaderko ciskając rozsrożonymi oczyma po śpiącej.

Ale Jagusia i tak nie przecknęła; leżała ano na bok, twarzą na izbę, pierzynę snadź z gorąca zepchnąwszy do pół piersi, że ramiona i szyja leżały nagie, zrumienione i ździebko ruchające się w cichym dychaniu; przez rozchylone, wiśniowe wargi lśniły się jej zęby kiej te paciorki najbielsze, a rozplecione włosy burzyły się po białej poduszce spływając aż na ziemię kiej ten len najczystszy, w słońcu wysuszony.

- Zedrzeć ci ino pazurami tę gębusię, a nie wynosiłabyś się urodą nad drugie! - szepnęła Hanka z taką nienawiścią, aż ją w sercu zakłuło i same palce się sprężyły do darcia, ale bezwolnie przygładziła sobie włosy i zajrzała w lusterko, wiszące na okiennej ramie; cofnęła się jednak prędko dojrzawszy swoją twarz wynędzniałą, pokrytą żółtymi plamami, i zaczerwienione oczy.

- Niczym się nie umartwi, dobrze się naźre, w cieple się wyśpi, dzieci nie rodzi, to nie ma być urodna! - pomyślała z taką goryczą, że wychodząc drzwiami trzasnęła, aż szyby zabrzęczały.

Obudziła się wreszcie Jagna. Jeno stary leżał wciąż bez ruchu, wpatrzony przed się.

Leżał już tak całe trzy niedziele, od kiela go z lasu przywieźli. Czasem się jeno jakby budził, Jagny wołał, za ręce ją brał, cosik chciał rzec i znowuj drętwiał nie przemówiwszy ni słowa jednego.

Już mu i Rocho przywoził z miasta doktora, któren go obejrzał, na papierku cosik przepisał, dziesięć rubli wziął, leki też kosztowały niemało, a rychtyk pomogło tyle, co i te darmowe Dominikowej zamawiania.

Zrozumieli rychło, jako się już nie wyliże, i ostawili go w spokojności. Wiadomo jest, że kiej kto na śmierć choruje, to żeby mu już nie wiem jakie leki a doktory zwoził, zamrzeć musi, a ma zaś ozdrowieć, i bez niczyjej pomocy ozdrowieje.

Więc mieli kole niego tyle już jeno starunków, co mu ta często odmieniali na głowie zmoczone szmaty, wody pić podając albo i ździebko mleka, bo jeść nie mógł, że mu się to wszystko zwracało.

Miarkowali też ludzie, a najbardziej Jambroży, jako praktyk był wielki, iż jeśli Boryna do rozumu nie przyjdzie, to śmierć będzie miał letką i rychłą. Spodziewali się jej co dzień i nie przychodziła; aż się już mierziło to długie czekanie, boć trza go było pilnować i jaką taką dawać opiekę.

Jagny to było psie prawo doglądać i przy nim dulczyć - cóż, kiej nie poredziła i godziny w chałupie wysiedzieć? Stary obmierzł jej do cna i ciążyła ta ciągła wojna z Hanką, która ją odsuwała od wszystkiego i pilnowała gorzej złodzieja - to i nie dziwota, że ciągnęło ją na świat, że chciało się jej lecieć na te ugrzane przypołudnia, pomiędzy ludzi, na wolność, to zdawała pilnowanie Józce i niosła się nie wiada gdzie, iż nieraz dopiero wieczorami wracała...

Józka zaś tyle go jeno doglądała, co przy ludziach: skrzat był to jeszcze głupi a latawiec. Hanka więc i to musiała wziąć na swoją głowę i o chorego dbać, bo chociaż i kowalowie mało dziesięć razy na dzień zaglądali, to jeno po to, by jej pilnować, czy czego z chałupy nie wynosi, a głównie czekali; iż może stary przemówi jeszcze i majątkiem rozporządzi.

Żarli się przy tym jako te psy kiele zdychającego barana i przepierali z warkotem, kto pierwej chyci kłami za lelita i jaką sztuczkę la siebie wyszarpie; tymczasowie zaś kowal, co ino upatrzył, co mu tylko w pazury wpadło, to porywał, choćby i stary postronek albo kawał deski z garści trza mu było wyrywać i na każdym kroku pilnować, że dzień nie przeszedł bez kłótni a srogich pomstowań.

Powiadają: kto rano wstaje, temu Pan Bóg daje, i prawda, ale kowal umiał wstawać i o północku, lecieć choćby na dziesiątą wieś, jeśli jeno szło o dobry zarobek; chłop był chciwy na grosz i tak zabiegliwy, jak mało który.

Oto i teraz, ledwie co Jagna z łóżka wylazła i wełniaki na się wdziała, drzwi skrzypnęły i on się cicho wsunął prosto idąc do chorego.

- Nie gadał czego? - zajrzał mu z bliska w oczy.
- Dyć leży, jak leżał! - odburknęła zbierając włosy pod chustkę.

Bosa jeszcze była, w koszuli, ździebko rozespana i taka urodna, a jakowymś prażącym ciepłem buchająca i lubością, że powiódł po niej zmrużonymi ślepiami.

- Wiecie - przysunął się tuż do niej - organista wygadał się przede mną, że stary musi mieć sporo gotowego grosza, bo jeszcze przed Godami chciał dać chłopu z Dębicy całe pięćset rubli; o procenta się jeno nie zgodzili. Muszą te pieniądze być schowane gdzie w chałupie... Uważajcie pilnie na Hankę, bo jakby chyciła przed nami, już by ich ludzkie oko nie zobaczyło... Moglibyście z wolna, kryjomo przepatrywać wszystkie kąty, jeno by nikto się nie pomiarkował... Słuchacie to?

- Co by zaś nie! - okryła ramiona zapaską, bo jakby ją obmacywał tymi złodziejskimi ślepiami.

Przeszedł się kołujący po izbie i niby od niechcenia zaglądał za obrazy, wyszukując przy tym pilnie, gdzie popadło.

- Macie to klucz od komory? - łypnął ślepiami na małe, zawarte drzwi.
- A wisi na Pasyjce pod oknem.
- Dłutam mu pożyczył, będzie już z miesiąc, a teraz mi potrzebne i nikaj go naleźć nie mogę. Myślę, co tam w rupieciach zarzucone...
- Szukajcie sami, ja go wama nie wyślipiam.

Odstąpił od drzwi, bo rozległ się w sieni głos Hanki, klucz na miejscu powiesił i za czapkę wziął.

- To jutro poszukam... pilno mi bieżyć do dom... Rocho przyjechał?
- Ja to wiem? Spytajcie Hanki!

Postał jeszcze ździebko, poskrobał rudych wąsów, a oczy to mu jak te złodzieje latały po kątach; zaśmiał się cosik do siebie i poszedł.

Jagna zrzuciła zapaskę i jęła się słania łóżka i drugich uprzątań, rzucając niekiedy przyczajone spojrzenia na męża, i tak zawżdy chodziła po izbie, by się nie natknąć na jego oczy, wciąż rozwarte.

Juści, że był jej obmierzły, bojała się go i nienawidziła całą mocą za wszystkie krzywdy doznane, a ile razy ją wołał i brał w swoje rozpalone i lepkie ręce, zamierała z obrzydzenia i strachu, tak śmiercią wiało od niego i trupem, ale pomimo wszystkiego może jeno ona jedna najszczerzej pragnęła, by wyzdrowiał.

Teraz ci dopiero miarkowała, co straci, skoro go nie stanie; przy nim gospodynią się czuła, słuchali jej wszyscy, a drugie kobiety czy dzieuchy rade nierade uważać ją i ustępować pierwszego miejsca musiały - jakże! Borynową przeciech była - Maciej zaś, chociaż w domu był kąśliwy kiej pies i dobrego słowa nie dał, ale przed ludźmi wielce dbał o nią i strzegł, by jej kto nie śmiał nie poszanować.

Nie rozumiała ona tego przódzi, dopiero kiej Hanka zwaliła się do chałupy i górę nad nią brać poczęła, odsuwając od panowania, poczuła swoje opuszczenie i krzywdy.

Nie o gront jej szło przecież - co jej tam były majątki?... tyle stała o nie akuratnie, co o łońskie lato, a chociaż już się wzwyczaiła do rządów i rada była wielce wynosić się a puszyć bogactwem, i rozpierać na swoim, to i za tym by nie płakała, bo u matki było jej też niezgorzej - ale jedno ją ano gnębiło boleśnie, że przed Hanką ustępować musi, przed Antkową kobietą: to ją przypiekało do żywego budząc złość i chęć robienia na sprzeciw.

Juści, że ją i matka podmawiała, i kowal rychtował codziennym podjudzaniem, bo sama z siebie to by może rychło ustąpiła. Tak ją już mierziły te wojny, że nieraz chciała wszystko ciepnąć i przenieść się do matki.

- Ani się waż! siedź, póki nie zamrze! waruj swojego! - nakazywała srogo stara.

To i siedziała, choć ckniło się jej niewypowiedzianie - jakże? całe dni nie było do kogo gęby otworzyć ni pośmiać się z kim, ni wybiec do kogo...

A w domu pojękiwał stary, była Hanka zawżdy gotowa do kłótni, szła ciągła wojna, że już zgoła było nie do wytrzymania.

U matki też było nie sposób wysiedzieć.

To latała z kądzielą po chałupach - ale mogła to i tam wytrzymać, kiej we wsi były same kobiety, rozkisłe, rozpłakane, rozwrzeszczane, jako te dni marcowe, a wszędy, jako ta nie ustająca litania, wyrzekania, a nikaj żadnego parobka, choćby na lekarstwo!

Że już ni miejsca, ni rady dać sobie nie mogła.

Do tego zaś często, coraz częściej nawiedzały ją wspominki o Antku.

Prawda, jako pod sam koniec, nim go wzięli, wielce ku niemu ochłodła i te spotykania już były jeno strachem i męką; na ostatku zaś ukrzywdził ją jeszcze tak bardzo, aż dusza pęczniała żalem na przypominki... ale miała wyjść do kogo, wiedziała, że tam, pod brogiem, o każdym zmierzchu czeka na nią i wypatruje... że jest ktosik, któremu lubo się słuchać... To choć się trzęsła z trwogi, by nie wypatrzyli, choć i on nieraz skrzyczał za długie czekanie, ochotnie biegła zapominając o całym świecie, gdy ją przygarnął do siebie krzepko, niby ten smok ognisty, i brał, ni pytając o przyzwoleństwo... Ni w myśli postało opieranie, kiej ściskał, aż ją mdliło w dołku, i takim warem przejmował.

Nieraz do północka zasnąć nie mogła, chłodząc rozpaloną całunkami twarz o zimną ścianę wzburzona do dna i pełna w kościach onych słodkich, prażących ogniem wspominań!

A teraz jest jak ten kołek, sama, nikt jej nie podpatruje, nikt nad nią prawa nie ma, ale i do nikogo się nie wydziera, nikto już jej tam za przełazem nie czeka, i nikto nie przyniewala...

Że wójt za nią chodzi, podskubuje, słodkie słówka prawi, do płotów przyciska, do karczmy na poczęstunek ciągnie i rad by ją dla siebie zniewolił, to ino bez to mu przyzwala, że ckni się jej wielce i nie ma z kim drugim się pośmiać, ale tak mu do Antka kiej psu do gospodarza!

I przez złość to jeszcze robi la całej wsi i la tamtego.

Sposponował ci on ją i sponiewierał na ostatku! Jakże - całą noc i cały dzień przesiedział w chałupie przy starym, nawet spał na jej łóżku, krokiem się prawie z izby nie ruszał, a jej jakby nie dojrzał, choć wciąż stawała przed nim jak ten pies, skamląc oczyma o zmiłowanie:

Nie spojrzał na nią, ojca jeno widział a Hankę i dzieci, psa nawet.

To może i bez to już do cna straciła serce do niego, i całkiem się w niej przemieniło naprzeciw, bo kiej go brali w kajdany, wydał się jakimś drugim, obcym zgoła i tak obojętnym, że nie potrafiła go żałować, a nawet ze skrytą radością przyglądała się Hance, jak ta włosy rwała łbem tłukąc o ścianę i wyjąc niby suka za topionymi szczeniętami.

Cieszyła się mściwie z jej udręki, odwracając z odrazą oczy od jego twarzy strasznej, jakoby wpółobłąkanej.

Tak się wtenczas obcym stał dla niej, że nawet nie umiałaby go sobie teraz przypomnieć, jak człowieka raz jeden widzianego.

Ale tym ci lepiej baczyła tamtego Antka, tamtego z dni miłowań i szałów, z dni schadzek i przytulań, całunków i uniesień... tamtego, ku któremu teraz, w nie spane często noce wydzierała się jej dusza i rozprężone udręką serce krzyczało żalem i tęsknicą nieopowiedzianą.

Do tamtego... z tamtych dni szczęścia rwała się Jagusina dusza, ani wiedząc, kędy jest i żywie-li on gdzie we świecie szerokim...

Ano i teraz snuł się jej przez pamięć jako ten sen luby, z którym się ciężko rozstawać, kiej znowu rozległ się wrzaskliwy głos Hanki.

- Kiej pies odarty tak się wydziera i dunderuje!- szepnęła rozbudzona z przypominków.

Słońce już bokiem zaglądało rozczerwieniając mrocznawą izbę, ptaki radośnie ćwierkały w sadzie, podnosiło się ciepło, bo z dachów kieby szklanymi paciorkami spływał przymrozek, a przez wywarte okno wraz z wietrzykiem porannym buchał krzyk gęsi trzepiących się w stawie.

Krzątała się po izbie kiej szczygieł, z cichą przyśpiewką, boć to niedziela była i czas nadchodził szykowania się do kościoła z palmami, już owe pędy łozy czerwonej, pokryte srebrzystymi kotkami, stały w dzbanku od wczoraj, pomdlałe nieco, że to im wody zapomniała nalać. Poczęła je właśnie troskliwie cucić, gdy Witek wrzasnął przez drzwi:

- Gospodyni kazali, byście swoją krowę napaśli, aż z głodu ryczy!

- Powiedz, że wara jej do krowy mojej! - odkrzyknęła w cały głos nasłuchując, co tamta wyszczekuje na odzew.

- A pyskuj, póki ci gęba nie ustanie: nie dowiedziesz me dzisiaj do złości!

I jęła najspokojniej wybierać ze skrzyni ubiory rozkładając je po łóżku, rozpatrując, w jakie by się przyodziać do kościoła; naraz, kiej ta chmura padnie na słońce, iż się wszystek świat przyciemni, tak ci i w niej dziwnie pomroczało. Po cóż się to przybierać będzie i stroić? dla kogo?

La tych babskich ślepiów, zazdrośnie taksujących każdą jej wstążkę i potem za to obnoszących ją na ozorach?

Odbiegła strojów z niechęcią i siadłszy w oknie czesała jasne, bujne włosy, smutnie spozierając na wieś, w słońcu już całą i w topliwych rosach połyskującą; domy kajś niekaj przebielały się ze sadów i słupy niebieskich dymów buchały w górę, zaś na drodze, po drugiej stronie stawu, całkiem przysłonionej drzewcami, przechodziły niekiedy kobiety, bo widziała czerwień wełniaków odbitą we wodzie i jak się przesuwały wskroś mdlejących już cieniów drzew nadbrzeżnych; potem gęsi przepływały białymi sznurami, że się wydawało, jakoby płynęły wskroś modrej topieli nieba odbitego, ostawiając za sobą te czarniawe, półkoliste kręgi kiej węże cicho pełznące; to chybotliwe jaskółki przewijały się niziutko łyskając białymi brzuchami, a gdziesik znowu u wodopojów krowy porykiwały lub pies naszczekiwał.

Zagubiła wnet pamięć tych rzeczy topiąc oczy w górze, wysoko, gdzie na modrym niebie pasły się stada chmur, białym, wełnistym barankom podobne, bo gdziesik spod nich, w wysokościach ciągnęło jakieś niedojrzane ptactwo, że jeno krzyk długi a jękliwy rozsypywał się nad ziemią rzewliwie, aż ją od tych głosów sparło cosik pod piersiami, a nagła, z dawna już czająca się tęsknica ścisnęła serce, że wodziła przygasłymi oczyma po rozruchanych drzewach po wodzie, kaj i owe chmury zdały się płynąć zanurzone w niebieskościach, po wszystkim świecie, nic jeno nie rozpoznając spoza wezbranej tęskności, że łzy ważne pociekły po zbladłych policzkach kieby te paciorki lśniące rozerwanego różańca i suły się wolno jedna za drugą, i gdziesik na samo dno duszy spływały.

Mogła to zmiarkować, co się jej stało?

Jeno czuła, iż ją cosik rozpiera, podrywa i ponosi, że oto poszłaby na kraj świata, gdzie oczy poniosą, gdzie jeno powiedzie ta tęskność niezmożona. I płakała tak bezwolnie i prawie bezboleśnie, jako to drzewo, obciążone kwiatem w wiośniane poranki, kiej słońce przygrzeje, a wiatry zakolebią, rosi obficie, wpiera się w ziemię, nabrzmiewa sokami rodnymi, a kwietne gałęzie ku niebu podaje...

- Witek! a poproś pięknie tej dziedziczki na śniadanie! - wrzasnęła znowu Hanka.

Jagna, kieby przecknęła, otarła łzy, doczesała włosów i poszła śpiesznie.

W Hanczynej izbie już wszyscy siedzieli przy śniadaniu. Z michy kurzyły się ziemniaki, właśnie je była Józka omaszczała śmietaną przesmażoną z cebulą, gdy reszta już bodła łychami wlepiając łakome ślepie w jadło.

Hanka wzięła pierwsze miejsce w pośrodku przed ławą, na której jedli, Pietrek siedział w końcu, a pobok niego przykucał na ziemi Witek, Józka zaś pojadała stojący pilnując dokładania, a dzieci siedziały pod kominem przy niezgorszej miseczce oganiając się łyżkami przed Łapą, który kiedy niekiedy pojadał razem z nimi.

Jagna miała swoje miejsce od drzwi, naprzeciwko Pietrka.

Jedli z wolna spozierając niekiedy spod łbów.

Darmo Józka trzepała trzy po trzy i Pietrek rzucał jakie słowo, a w końcu i Hanka zagadywała tknięta jej zapłakanymi, smutnymi oczyma, Jagusia ni pary z gęby nie puściła.

- Witek, a które ci takiego guza nabił? - pytała Hanka.

- Zwaliłem się o żłób! - Rozczerwienił się kiej rak i potarł bolące miejsce, porozumiewawczo spoglądając na Józkę.

- Przyniosłeś to już gałązek z palmami?

- Zaraz polecę, ino zjem - tłumaczył się, śpiesznie dojadając.

Jagna położyła łyżkę i wyszła.

- Znowuj bąk ją jakiś ukąsił! - szepnęła Józka dolewając barszczu Pietrkowi.

- Nie każden umie trajkotać tak cięgiem jak ty. Doiła to już krowę?

- Zabrała szkopek, to pewnie poszła do obory.

- Hale, Józia, trza dla siwuli makuchu ugotować.

- Już siarę odpuszcza, próbowałam dzisiaj.

- Odpuszcza, to leda dzień się ocieli...

- Ciołka będzie miała! - rzekł Witek podnosząc się od jadła.

- Głupi! - szepnął pogardliwie Pietrek popuszczając ździebko obertelek, że to był niezgorzej podjadł, i zapaliwszy od głowni papierosa wyszedł razem z chłopakiem.

Kobiety w milczeniu wzięły się do roboty. Józka zmywała naczynia, a Hanka słała łóżka.

- Pójdziecie do kościoła z palmami?

- Idź z Witkiem, Pietrek też może, niech jeno konie obrządzi; ja ostanę, przypilnuję ojca i może Rocho wróci akuratnie i co nowego przyniesie od Antka...

- Nie powiedzieć to Jagustynce, żeby jutro przyszła do ziemniaków? co?

- Juści, same nie wydołamy, a na gwałt trza je przebierać.

- A i gnój już by rozrzucać!

- Pietrek jutro na południe ma skończyć wywózkę, to od obiadu weźmie się z Witkiem do rozrzucania; co czasu zbędzie, to i ty pomożesz...

Wrzask gęsi podniósł się przed oknami, wpadł zadyszany Witek.

- Że to nawet gęsiorom spokoju nie dajesz!

- Szczypać me chciały, tom się ino obraniał!

Rzucił na skrzynię cały pęk wilgotnych jeszcze od rosy złotakowych rózeg osypanych baźkami, Józka jęła je układać zwięzując czerwoną wełną.

- Bociek to kujnął cię w czoło? - spytała go po cichu.

- Juści, że nie kto drugi, nie wydaj me ino... - Obejrzał się na gospodynię, wybierającą ze skrzyni świąteczne szmaty. - A to ci powiem, jak było... Wypatrzyłem, że na noc przed gankiem ostaje... podkradłem się późną nocą, kiej już wszyscy na plebanii spali... i jużem go brał... a choć me kujnął... byłbym spencerkiem go okręcił i wyniósł... kiej psy me zwietrzyły... znają me przeciech, a tak docierały zapowietrzone, że musiałem uciekać, jeszcze mi nogawice ozdarły... ale nie daruję...

- A jak się ksiądz dowie, żeś mu wziął boćka?

- A kto mu to powie?... A odbierę mu, bo mój.

- A kaj go schowasz, by ci nie odebrali?
- Już ja taki schowek umyśliłem, że i strażniki nie zwąchają... A potem, kiej przepomną, sprowadzę go do chałupy i powiem, com se nowego znęcił i obłaskiwał - rozpozna to kto, Józia? Ino me nie wydaj, to ci jakich ptaszków przyniosę albo i młodego zajączka.
- Chłopak to jestem, bym się ptaszkami bawiła? Głupi, przebierz się zaraz, to razem pójdziem do kościoła.
- Józia, dasz mi ponieść palmę? co?
- Zachciało mu się!... dyć ino kobiety mogą nieść do poświęcania!
- Przed kościołem ci oddam, ino przez wieś...
Prosił tak gorąco, aż przyobiecała, zwracając się prędko do wchodzącej właśnie Nastki Gołębianki, już wyszykowanej do kościoła i z palmami w ręku.
- Nie miałaś czego o Mateuszu? - zagadnęła Hanka po przywitaniu.
- Tyle jeno, co wójt wczoraj przywiózł: jako zdrowszy.
- Wójt akuratnie tyle wie co nic albo i wymyśli, czego nie było.
- To samo pono i dobrodziejowi mówił.
- A o Antku to i słowa rzec nie umiał.
- Pono Mateusz siedzi z drugimi, Antek zaś osobno.
- I... tak jeno szczeka, żeby się miał z czym do chałup zamawiać...
- Był to z tym i u was!
- Co dnia zachodzi, ale do Jagusi; ma z nią jakieś sprawy, to się schodzą i przed ludźmi uredzają w opłotkach.
Powiedziała ciszej, z naciskiem, wyglądając oknem, bo w sam raz Jagna schodziła z ganku, wystrojona sielnie, z książką w ręku i z palmami. Długo patrzała za nią.
- Spóźnita się, dzieuchy, ludzie już całą drogą walą.
- Nie przedzwaniali jeszcze.
Ale wraz i dzwony się ozwały hukliwie nawołując w dom Pański i bimbały wolno, długo i rozgłośnie.
Że w jaki pacierz, a wszyscy poszli z chałupy do kościoła.
Hanka ostała sama, nastawiła obiad, przyogarnęła się nieco i zabrawszy dzieci siadła z nimi na ganku, by je wyczesać i przeiskać, że to w tygodniu nie starczyło nigdy czasu.
Słońce podniosło się już dość wysoko i ludzie zewsząd zbierali się do kościoła, co trocha wysypując się z opłotków, że po drogach niby te maki czerwieniały się kobiece przyodziewy i brzmiały pogwary z krzykami dzieci, zabawiających się ciskaniem kamieni po wodzie i za ptakami; niekiedy wozy turkotały, pełne ludzi z drugiej wsi, to chłopy jakieś, snadź obce, przechodziły pochwalając Boga, aż z wolna wszyscy przeszli i opustoszałe drogi pomilkły.
Hanka wyiskawszy dzieci do czysta zaprowadziła je na słomę przed doły, by się same zabawiały, zajrzała do parkocących garnków i wróciła na dawne miejsce modląc się półgłosem na koronce, że to na książce nie

umiała.

Dzień już się podnosił ku południowi, cichość zgoła świąteczna ogarniała wieś, że nikaj głosów żadnych nie było, tyle jeno, co te wróble ćwierkania i świegoty jaskółek lepiących gniazda pod okapami. Czas był ciepły, pierwsza wiosna ledwie co trąciła ziemię i tknęła drzew; niebo wisiało młode; przemodrzone i dziwnie łyskliwe; sady stały bez ruchu, ku słońcu podając gałęzie, nabite spęczniałymi pąkami, zaś olchy, staw brzeżące, niby w cichuśkim dychaniu poruchiwały żółtymi baziami, a pędy topól rdzawe, lepkie i pachnące, a jakoby miodem ciekące, otwierały się na światło niby te dzioby pisklęce...

Pod chałupami dogrzewało galanto, że już muchy wyłaziły na ogrzane ściany, a czasem i pszczoła się pokazywała, z brzękiem padając na stokrotki, patrzące spod płotów, albo się pilnie nosiła po krzach, co niby zielone płomienie buchały młodymi listkami.

Ale z pól i od borów zawiewał jeszcze ostry, wilgotny wiatr.

Msza już musiała być w połowie, bo w cichym i jakoby wrzącym wiosną powietrzu prężyły się głosy śpiewów dalekich, organowe grania i czasem jako ten deszcz rzęsisty rozsypywały się w mdlejące dźwięki dzwonków.

Czas snuł się wolno i cicho, bo kiej słońce stanęło najwyżej, to nawet ptaki zamilkły, jeno że wrony, czające się złodziejsko za gąsiętami, przewijały się nisko nad stawem krzyk niecąc gąsiorów; bociek też raz jeden zaklekotał gdziesik i przeleciał blisko, że ino jego cień wielgachny poniósł się po ziemi.

Hanka modliła się żarliwie, bacząc na dzieci, a i do starego zaglądając niekiedy.

Ale cóż, leżał jak zawżdy, bez ruchu i przed się zapatrzony.

Domierał se tak z wolna, dochodził swojego czasu po ździebku z dnia na dzień, jako to zboże kłosne w słońcu pod ostry sierp dojrzewające... Nie rozpoznawał nikogo, bo nawet wtedy, kiej Jagny wołał i za ręce ją brał, w inszą stronę patrzał; Hance się jeno wydawało, co na jej głos poruchuje wargami, a oczy mu chodzą, jakby chciał cosik rzec...

I tak było wciąż bez przemiany, aż płacz chwytał patrzących.

Mój Jezu, kto by się był tego spodziewał! Taki gospodarz, taki mądrala, taki bogacz, że trudno znaleźć drugiego, a teraz ci leży niby to drzewo piorunem rozłupane, gałązków zielonych jeszcze pełne, a już śmierci na pastwę wydane...

Nie pomarł przeciech i nie żywie, jeno wszystek już w rękach boskiego miłosierdzia.

O dolo człowiekowa, dolo nieustępliwa!

O boskich przeznaczeń mocy, która się jawisz, kiej się nikto nie spodzieje, czy w dzień biały, czy też li w noc ciemną, a jednako kruszynę ludzką mieciesz w gorzkiej śmierci strony!...

Dumała nad nim żałośnie poglądając ku niebu, westchnęła raz i drugi, skończyła koronkę i wziąć się musiała do południowych udojów, bo wzdychy wzdychami, a robota pierwsza przed wszystkim.

Kiej wróciła z pełnymi szkopkami, już wszyscy byli w chałupie. Józka powiedała, o czym ksiądz mówił z ambony i kto był w kościele; gwarno stało się w izbie i na ganku, że to kilka rówieśnic z nią przyszło i społecznie łykali te kotki poświęcane, chroniące pono od bólów gardzieli.

Śmiechu było niemało, że to niejedna przełknąć nie mogła i zakrztusiła się, aż wodą popijając, albo ją musiano pięścią grdykać w plecy, by łacniej przeszło, co Witek z wielką uciechą robił.

Jagna jeno nie wróciła na obiad widzieli ją idącą z matką i kowalami. A ledwie co wstali od misek, kiej wszedł Rocho. Rzucili się witać radośnie, bo bliskim im się stał niby ten dziaduś rodzony, a on się witał cicho, każdemu coś rzekł i w głowę całował, ale gdy mu podano jeść, nie jadł: strudzony był srodze i troskliwie obzierał się po izbie. Hanka warowała jego oczu, a nie śmiejąc pytać.

- Widziałem się z Antkiem! - rzekł cicho nie patrząc na nikogo.

Zerwała się ze skrzyni, strach ją przejął i za serce ścisnął, że słowa nie mogła wykrztusić.

- Zdrowy całkiem i dobrej myśli. Choć strażnik nas pilnował, rozmawiałem z nim dobrą godzinę.

- W tych żelazach siedzi? - wykrztusiła strachliwie.

- Cóż znowu!... zwyczajnie, jak i drudzy!... nie jest mu tam tak źle, nie bójcie się.

- Bo Kozioł rozpowiadał, jako tam biją i do ściany przykuwają.

- Może tak i bywa gdzie indziej... za co inszego... ale Antka nie tknęli - powiadał.

Spletła ręce z radości, a uśmiech kiej słońce przemknął po niej.

- A na odchodnym zapowiedział, byście na nic nie bacząc wieprzka zabili jeszcze przed świętami, bo i on chce święconego zażyć.

- Głodzą go tam chudziaka, głodzą! - jęknęła zawodliwie.

- Kiej ociec mówili, że jak się podpasie, to przedadzą - zauważyła Józka.

- Mówili, ale kiej Antek przykazują zabić, to jego teraz wola pierwsza po ojcowej - podniosła ostry, nieustępliwy głos.

- I jeszcze mówili, abyście na roli kazali robić wszystko, co potrzeba, na nic się nie oglądając. Powiedziałem, jako tu sobie zmyślnie poczynacie.

- Rzekł to co na to ? powiedział?

Radość ją warem oblała.

- To mi powiedział, że jak zechcecie, poredzicie wszystkiemu...

- A poredzę, poredzę! - szepnęła z mocą i oczy jej rozbłysły nieustępliwą wolą.

- Cóż tu u was nowego?

- A nic, jak było... Puszczą go to rychło? - zapytała z dygotem trwogi.

- Może zaraz po świętach. może ździebko później, jak śledztwo skończą... A to się przewlecze że to wieś cała, tyle ludzi... - odpowiadał wymijająco nie patrząc jej w oczy.

- Pytał się to o chałupę, o dzieci, o... mnie... o wszystkich?... - zaczęła trwożnie.

- Pytał juści, kolejno powiadałem.

- I... o wszystkich we wsi?..

Strasznie się jej wiedzieć chciało, zali o Jagnę też pytał, cóż, kiej nie śmiała zagadać otwarcie, a ubocznie zaś, tak, by nie miarkując niczego samu się wygadał, długo się biedząc, nie potrafiła, że i sposobny czas przeszedł, bo się już rozniesło po wsi o jego powrocie, i wkrótce, jeszcze przed nieszporami, zaczęły się schodzić kobiety, ciekawe wielce posłyszeć niecoś o swoich.

Wyszedł do nich przed dom i siedząc na przyźbie rozpowiadał co się był o każdym z osobna wywiedział, i choć nic złego nie mówił, a to babskie ciche chlipanie jęło się wzmagać w gromadzie, gdzie zaś i płacz głośny, a gdzie i słowo żałośliwe się wyrwało...

A potem zaś na wieś poszedł wstępując do każdej prawie chałupy, a widział się jako ten świątek z ową białą brodą i wzniesionymi oczyma, któren wszędy niósł te słowa pociechy, a kaj wstąpił, to jakby jasnością napełniały się izby, a w sercach zakwitały nadzieje i dufność krzepiła chwiejne, ale i łzy rzęściej płynęły, i odnowione wspominania ciężej przygniatały, i żałośliwość teskliwiej wstawała...

Bo prawdę była rzekła wczoraj Klębowa do Agaty, iż wieś stała się podobna do grobu otwartego; prawda, bo niby po zarazie widziało się w Lipcach, kiej to większą część narodu wywiezą pod mogiłki albo zaś i wtedy, kiej to wojna przetratuje a chłopów wybije, że jeno po chałupach opustoszałych ostają babie lamenty, dziecińskie płacze, wyrzekania i te wzdychy, i ta żywa a silnie boląca pamięć krzywd.

Że już i nie wypowiedzieć, co się w umęczonych duszach działo!

Trzecia niedziela się kończyła, a Lipce jeszcze się nie uspokajały, naprzeciw zaś, bo cięgiem wzrastało poczucie krzywdy i niesprawiedliwości, to i nie dziwota, jako o każdym świtaniu, kiej przecknęli jeno ze śpiku, w każde przypołudnie i na odwieczerzu każdym - w chałupach czy na dworze, gdzie się jeno naród kupił, nieustannie i lamentliwie, niby ten pacierz dziadowski, rozlegały się wyrzekania i żądza odemsty pleniła się w sercach kiej to diabelskie, złe zielsko, że same pięści się zaciskały i krwawe, zawzięte słowa rwały się piorunami.

To juści, że Rochowe słowa, kiej ten kijaszek, jakim niebacznie rozgrzebią przytajony ogień, iż płomię znowu siłą wybucha, to jedno sprawiły, co we wszystkich wszystka pamięć krzywd wywlekły przed oczy, iż nawet mało kto poszedł na nieszpory, zbierali się jeno po opłotkach, po drogach stowarzyszali, to do karczmy szli, poredząjąc, płacząc a pomstując...

Jedna Hanka spokojniejsza się uczuła i tak rada z mężowej pochwały, tak nią skrzepiona na duszy i pełna nadziei, żądna roboty i pokazania, że poradzi wszystkiemu, iż nie sposób tego wypowiedzieć.

Skoro się rozeszły kobiety, wraz też przyszła kowalowa posiedzieć przy chorym, Hanka zaś z Józką udały się do chlewu wieprzka oglądać. Wypuściły go na podwórze, ale że świńtuch był spasiony, to uwalił się zaraz w gnojówce i ani chciał się ruszyć.

- Nie dawaj mu już dzisiaj jeść, niech się oczyści.
- Akuratnie i zapomniałam dać mu po poledniu...
- To i dobrze na ten raz, trza by go jutro sprawić. Wołałaś Jagustynki?
- Przyjść obiecała jeszcze dzisiaj, na odwieczerzu...
- Odziej się i bieżyj do Jambroża, niech jutro, choćby i po mszy, a przychodzi ze statkami oporządzić wieprzka.
- Będzie to mógł, kiej dobrodziej zapowiadał, co jutro dwóch księży przyjedzie słuchać spowiedzi?
- Czas znajdzie!... wie, że gorzałki żałować nie będę, a on jeno poradzi galanto szlachtować i mięso sprawić. Jagustynka też pomoże.
- To bym raniuśko jechała do miasta po sól i przyprawy...
- Zachciało ci się przewietrzyć!... nie potrza: wszystkiego dostanie u Jankla, sama tam zaraz pójdę i przyniosę.
- Józka! - krzyknęła jeszcze za nią - a gdzie to Pietrek z Witkiem?
- Pewnikiem poszli na wieś, bo Pietrek wziął skrzypice.
- Spotkasz ich, to przypędź, niechby z szopy koryto przynieśli przed chałupę, trza je będzie rankiem wyparzyć.

Józka rada, że mogła się wyrwać na wieś, pognała do Nastki, by spólnie poszukać Jambroża.

Ale Hanka nie wybrała się do karczmy, zaraz bowiem przywlókł się jej ociec, stary Bylica, więc dała mu podjeść nieco, opowiadając radośnie, co był Rocho przywiózł od Antka, i nie skończyła wszystkiego, kiej wpadła z krzykiem Magda:

- Chodźcie prędzej, ojcu cosik jest!

Jakoż Boryna siedział na kraju łóżka rozglądając się po izbie. Hanka przypadła ku niemu trzymać, aby nie zleciał, a on wodził oczyma po niej wlepiając je naraz we drzwi którymi właśnie kowal wchodził niespodzianie.

- Hanka!

Powiedział wyraźnie i mocno, aż struchlała w sobie.

- Dyć jestem. Nie ruchajcie się ino, doktór wzbrania - szeptała zestrachana.
- Co tam na świecie?

Głos miał rozbity, obcy jakiś.

- Zwiesna idzie, ciepło... - jąkała.
- Wstali to?... czas w pole...

Nie wiedzieli, co rzec, spoglądając na siebie; ino Magda ryknęła płaczem.

- Swojego bronić! nie dajta się, chłopy!

Krzyczał, ale słowa mu się rwały, jął się trząść i gibać w Hanczynych ręku, że kowalowie chcieli ją wyręczyć; nie popuściła jednak, mimo że już mdlały jej ramiona i grzbiet. Patrzali w niego z trwogą czekając, co powie.

- Jęczmiona by siać pierwsze... Do mnie, Chłopy!... ratunku!... - krzyknął naraz strasznie, wyprężył się i padł w tył, oczy mu się zwarły, zarzęział.

- Umiera!... Jezus!... umiera!... - wrzeszczała Hanka targając nim z całej mocy.

A Magda wnet zapaloną gromnicę wtykała mu w bezwładną rękę.

-Księdza, prędzej, Michał!...

Ale nim kowal wyszedł, Boryna otworzył oczy puszczając z rąk gromnicę, że się potrzaskała w kawałki.

- Już mu przeszło, szuka czegoś...

Szeptał nachylając się nad nim, ale stary odepchnął go dość silnie i zawołał zupełnie przytomnie:

- Hanka, wypraw tych ludzi.

Magda z płaczem rzuciła się do niego, ale snadź jej nie poznał.

- Nie chcę... nie potrza... wypędź... - powtarzał uporczywie.

- Choć do sieni ustąpcie, nie sprzeciwiajcie się... - błagała.

- Wyjdź, Magda, ja się z tego miejsca nie ruszę - wycedził nieustępliwie kowal miarkując, że stary chce coś tajnego Hance powiedzieć.

Dosłyszał to stary i uniósłszy się, tak groźnie spojrzał wskazując mu ręką drzwi że się wyniósł kiej ten pies kopnięty, z przekleństwem skoczył do płaczącej na ganku Magdy, ale z nagła przycichł, rozejrzał się i wpadł do sadu i przebrawszy się chyłkiem pod szczytowe okno przywarł pod nim nasłuchiwać, bo jak raz tam dotykały głowy łóżka, że przez szyby można było posłyszeć coś niecoś.

- Siądź przy mnie...

Rozkazał stary po jego wyjściu.

Juści, że przysiadła na brzeżku, ledwie płacz powstrzymując.

- W komorze znajdziesz nieco grosza... schowaj, by ci go nie wydarli...

- Gdzie?

Trzęsła się już ze wzruszenia.

- We zbożu...

Mówił wyraźnie, odpoczywając po każdym słowie, a ona, tłumiąc strach jakiś, cała była w jego oczach, świecących dziwnie.

- Antka broń... pół gospodarki sprzedaj, a nie daj go... nie daj... twoje...

Nie skończył już, posiniał i zwalił się na pościel, oczy mu przygasły i zasnuły się mgłą, bełkotał jeszcze cosik, i jakby próbował się podnieść.

Hanka zakrzyczała ze strachu, przybiegli wnet kowalowie, cucili, wodą zlewali, ale już nie oprzytomniał i jak przódzi leżał drętwy, nieruchomy, z otwartymi oczyma, daleki od tego, co się przy nim działo.

Długi czas przesiedzieli przy nim, kobiety płakały cicho, a nikto nie rzekł i słowa; zmierzch już zapadał, izba pogrążała się w cieniach, kiej wyszli społem na dzień dogasający, że już jeno w stawie tliły się resztki zórz zachodnich.

Co wam powiedział? - zagadnął ostro przestępując jej drogę.

- Słyszeliście.

- Ale co później mówił?

- Co i prźódzi, przy was...
- Hanka, nie doprowadzajcie me do złości, bo będzie źle...
- Tyle się waszych gróźb bojam, co tego psa...
- I wtykał wam cosik w garście... - dorzucił podstępnie.
- A co, to jutro za stodołą znajdziecie... - szydziła urągliwie.
Rzucił się ku niej i może by doszło do czego gorszego, żeby nie
Jagustynka, która nadeszła na ten czas i po swojemu zaraz rzekła:
- Tak se zgodliwie, po przyjacielsku poredzacie, że się po całej wsi
roznosi...
Sklął ją, co wlazło, i poniósł się na wieś.
Noc wkrótce zapadła ciemna, chmurzyska przysłoniły niebo, że ni jeden
gwiezdny migot się nie przedzierał, wstawał wiatr i mieścił z wolna
drzewinami, iż poszumiwały głucho i smutnie: szło znowu na jakąś
odmianę.
W Hanczynej izbie było jasno i dość gwarno, ogień trzaskał na kominie,
wieczerza się dogotowywała, kilka starszych kobiet z Jagustynką na czele
pogadywały różności, Józka zaś z Nastką i z Jaśkiem Przewrotnym
siedziały na ganku, bo Pietrek wyciągał na skrzypicach taką nutę żałosną,
aż się im na płacz zbierało; jeno Hanka nie mogła usiedzieć na miejscu,
wciąż rozmyślając nad Borynowymi słowami, a co trocha zaglądając na
drugą stronę...
Ale cóż?... nie sposób teraz było w komorze szukać: Jagna siedziała w izbie
układając świąteczne szmaty we skrzyni.
- Pietrek, a przestań, przecież to już prawie Wielki Poniedziałek, a ten
dudli a dudli, grzech!
Zgromiła, tak roztrzęsiona w sobie, że jej się płakać chciało. Juści, że
przestał i wszyscy przyszli do izby.
- O tym dziedzicowym bracie, głupim Jacku, mówimy - objaśniała któraś.
Nie mogła jednak wyrozumieć, o czym mówią, gdyż psy zaczęły coś
głośno szczekać w opłotkach, aż znowu wyjrzała podszczuwając jeszcze.
Łapa rzucił się zajadle w sad...
- Huzia go, Łapa!... Weź go, Burek!... Huzia!...
Ale psy zmilkły nagle i powróciwszy skamlały radośnie.
I niejeden raz tego wieczoru było tak samo, że wstało w niej jakieś
strachliwe podejrzenie.
- Pietrek, a zawrzyj wszystko na noc, bo musi być, ktosik to penetruje, a
swój, że psy nie chcą docierać.
Rozeszli się wnet wszyscy i wkrótce śpik ogarnął cały dom, jeno Hanka
poszła jeszcze sprawdzić, czy drzwi pozawierane, a potem długo stojała
pod ścianą trwożnie nasłuchując...
- We zbożu... to juści w którejś z beczek... By ino me kto nie ubiegł!...
Zimny pot strachu ją oblał i serce gwałtownie zakołatało.
Prawie że nie spała tej nocy.

ROZDZIAŁ 3

- Józia, rozpal na kominie i co jest garnków, zbierz, nalej wodą i przystaw do ognia, ja polecę do Żyda po przyprawy.
- A śpieszcie, bo Jambroża ino patrzeć.
- Nie bój się, równo z dniem nie przykusztyka, kościół musi pierwej obrządzić.
- Hale, przedzwoni i wnet się zjawi, bo Rocho mają go zastąpić.
- Zdążę jeszczech, a krzyknij no na chłopaków, by rychlej wyskrobali koryto i przywlekli je na ganek. Jagustynka przyjdzie, to niechby pomyła cebrzyki, beczki też trza wynieść z komory i zatoczyć do stawu, niech odmiękną; jeno nie zabacz kamieni nakłaść, by ich woda nie wzięła. Dzieci nie budź, niech se śpią robaki, przestroniej będzie... - nakazywała ostro Hanka i przyokrywszy się zapaską na głowę, wysunęła się śpiesznie na wczesny i galanto rozkisły poranek.

Dzień co się był dopiero stał, chmurny, mokry i przykrym ziąbem przejęty; siwe mgły dymiły z przemiękłej ziemi opadając drobnym i zimnym dżdżem, oślizgłe drogi siwiły się opite wodą, a poczerniałe chałupy ledwie co były widne w szarudze, a przemiękłe drzewiny, skurczone, jawiły się kajś niekaj dygotliwym cieniem, kieby z tych skłaczonych, szklistych mgieł uczynione, i naglądały w staw ledwie siniejący, że jeno spod skołtunionych przysłon grążył się drżący, cichy bulgot kropel bijących nieustannie w wodę, a wszędy szła plucha, że świata Bożego ledwie dojrzał, i pusto było jeszcze.

Dopiero kiej sygnaturka jęła przedzwaniać, zaczerwieniły się gdzieniegdzie przyodziewy kobiet, przebierających się suchszymi miejscami do kościoła.

Hanka przyśpieszała, rachując, że może się z Jambrożym spotka już na skręcie przed kościołem. ale nie wyszedł jeszcze, jeno jak co dnia o tej porze kręcił się przed stawem ślepy koń księdzowy ciągając na płozach beczkę, przystawał wciąż i utykał na wybojach, jeno węchem zmierzając ku wodzie, bo parob był właśnie przykucnął od pluchy w opłotkach i kurzył papierosa.

I wraz też przed plebanię zajeżdżała bryczka w spaśne kasztanki, z której wysiadał tłusty i czerwony ksiądz z Łaznowa.

- Spowiedzi słuchał będzie, a to i dobrodzieja ze Słupi jeno co patrzeć.

Pomyślała obzierając się na próżno za Jambrożym, że wnet ruszyła pobok kościoła, drogą barzej jeszcze błotną, bo obsadzoną rzędami wielgachnych topoli, ale tak potopionych w szarudze, że jakby za szybą zapoconą majaczyły ruchającymi się cieniami; minęła karczmę i wzięła się na prawo roztaplaną, polną dróżką.

Miarkowała, iż zdąży jeszcze odwiedzić ojca i z siostrą pogwarzy, z którą się już była całkiem pojednała od czasu przeprowadzki do Boryny.

Siedzieli wszyscy w chałupie.

- Bo to Józka pytlowała wczoraj, że ociec słabują - zaczęła wstępnie.
- I... by nie pomagał, to się wyleguje pod kożuchem i stęka, i chorobą się
wymawia - odparła chmurnie Weronka.
- Ziąb tu u ciebie, że jaże po łystach liże.
Wzdrygnęła się, bo jakoż chałupa przeciekała kiej przetak i maziste błocko
pokrywało podłogę.
- A bo to jest czym palić! Któż to przyniesie suszu? Mam to siły bieżyć do
lasu tyli świat i dygować na plecach, kiej tyle inszej roboty, że nie wiada, za
co pierwej ręce zaczepić! Uradzę to sama wszystkiemu!
Westchnęły obie na swoje sieroctwo i opuszczenie.
- Kiej Stacho był, to się zdało, że nic w chałupie nie stoi, a skoro go brakło,
to widno dopiero, co chłop znaczy. Nie jedziesz do miasta?
- Juści, że chciałabym najprędzej, ale Rocho się dowiedział, co dopiero we
święta będą do nich puszczali, to w niedzielę się zbierę i powiezę
chudziakowi niecoś święconego.
- Poniesłabym i ja mojemu niejedno, ale cóż mogę? tę skibkę chleba?
- Nie frasuj się, narządzę więcej, by la obu starczyło, i razem powieziemy.
- Bóg ci zapłać za dobrość, w porę to choćby odrobkiem odpłacę.
- Ze szczerego serca dawam. Nie za odrobek. Kumałam ci się niezgorzej z
biedą i wiem, jak ta suka gryzie, pamiętam... - szepnęła żałośnie.
- Człowiek całe życie przyjacielstwo z nią trzyma, że chyba do grobu przed
nią uciecze. Miałam niecoś zapasnego grosza; myślałam: na zwiesnę kupię
jakiego prosiaka, podkarmię i na kopania przyrosłoby kilka złotych.
Stachowim dać musiała kilkanaście złotych, tu grosz, tam dwa, i kiej ta
woda wyciekło wszystko, a nowego się nie złoży. Tyleśmy się dorobili, że z
gromadą trzymał!...
- Nie powiadaj bele czego, po dobrej woli poszedł z drugiemi swojego się
dobijać, i wy tam jaką morgę lasu mieć będziecie...
- Będzie!... nim słońce wzjedzie, oczy rosa wyje: który pieniądz ma, temu
duda gra, a ty, biedaku, handluj głodem i ciesz się, że jeść kiedyś
będziesz!...
- Braknie ci to czego? - spytała nieśmiało.
- A cóż to mam? Tyle co żyd albo młynarz na borg dadzą! - zawołała
rozwodząc ręce z rozpaczą.
- Nie poredzę ci, żebym i z duszy chciała: nie na swoim jestem i sama
oganiać się muszę kiej od psów i pilnować, by mnie nie wyciepnęli z
chałupy... że już nieraz i rozum odchodzi z turbacji!
Wspomniała się jej noc dzisiejsza.
- Za to Jagusię o nic głowa nie zaboli: nie taka głupia, używa se do woli...
- Jakże?
Podniosła się niespokojnymi oczyma ogarniając siostrę.
- Nic wielkiego, jeno to, że się nażyje dobrego po grdykę; stroi się, po
kumach spaceruje i święto se robi co dnia. Wczoraj na ten przykład widzieli
ją z wójtem w karczmie, w alkierzu siedzieli, a Żyd ledwie nadążył donosić

półkwaterki... Nie taka głupia, bych starego żałowała... - dorzuciła przekąśliwie.

- Wszystko swój koniec ma! - szepnęła ponuro Hanka naciągając zapaskę na głowę.

- Ale co się naużywa, tego jej nikto nie odbierze, mądra jucha...

- Łacno o rozum temu, któren się na nic nie ogląda! Hale, wieprzka dzisiaj szlachtujemy, zajrzyj na odwieczerzu, pomożesz... - przerwała te gorzkie wywody Hanka i wyszła.

Zajrzała do ojca na drugą stronę, do dawnej swojej izby, stary ledwie był widny w barłogu, jeno postękiwał z cicha.

- Ociec, co to wama jest?

Przykucnęła przy nim.

- Nic, córuchno, nic, tyle że me frybra trzęsie i w dołku okrutnie ściska...

- A bo tu ziąb i wilgoć kiej na dworze. Wstańcie i przyjdźcie do nas, dzieci przypilnujecie, bo wieprzka bijemy. Jeść się wama nie chce?

- Jeść!... juści ździebko... bo to zapomniały mi wczoraj dać... jakże... i sami jeno ziemniaki ze solą... a to Stacho w kryminale... Przyjdę, Hanuś, przyjdę... - pojękiwał radośnie gramoląc się z barłogu.

Hanka zaś, pełna myśleń o Jagnie, które ją bodły kiej te noże ostre, poleciała śpiesznie do karczmy czynić zakupy.

Juści, że już teraz Żyd nie żądał z góry pieniędzy, a jeno skwapliwie odważał i odmierzał, czego zechciała, jeszczech podsuwając pod oczy coraz to nowe la zachęty.

- Niech Jankiel daje, co mówię!... nie dzieckom, wiem po co przyszłam i czego mi potrza ! - zgromiła go wyniośle, nie wdając się w rozmowę.

Żyd się jeno uśmiechał, bo i tak nabrała za kilkanaście złotych, jako że gorzałki wzięła więcej, aby już i na święta starczyło, a przy tym chleba pytlowego, parę rządków bułek, śledzi coś z mendel, a nawet w końcu dobrała małą buteleczkę araku, że ledwie mogła udźwignąć tobół.

- Jagna może używać, a ja to pies? haruję przeciek kiej wół!

Myślała tak wracając do domu, ale żal się jej zrobiło wydatku zbędnego, iż gdyby nie wstyd, byłaby arak odniesła Żydowi.

W chałupie już zastała niemały rwetes przygotowań. Jambroży nagrzewał się przed kominem wiodąc swoim zwyczajem przekpinki z Jagustynką, tęgo zajętą wyparzaniem statków, aż para zapełniła całą izbę.

- Czekałem na was, bych przedzwonić pałą po łbie świntuchowi!

- Żeście to pośpieszyli tak rychło!

- Rocho me zastępuje w zakrystii, Walek księży zakalikuje organiście, a Magda kościół podmiecie. Narychtowałem wszystko, by ino wama zawodu nie zrobić! Księża dopiero po śniadaniu wezmą się do spowiedzi. Ale też ziąb dzisiaj, jaże kości truchleją! - wykrzyknął żałośnie.

- Zęby w ogniu suszą i na ziąb narzekają! - zdziwiła się Józka.

- Głupia, na wnątrzu zimno, jaże mi ten drewniany kulas stergnął.

- Zaraz naszykuję wama rozgrzywkę, Józia, namocz duchem śledzie.

- Dajcie, jakie są, jeno sporo gorzałką zalać, to galanto sól wyciągnie.
- A wy zawdy po swojemu, bych o północku w kieliszki zadzwonili, wstaniecie radzi na pijatykę - zauważyła złośliwie Jagustynka.
- Prawda wasza, babciu, ale widzi mi się, że wama cosik ozór skiełczał i radzi byście go też w gorzałce pomoczyć, co? - śmiał się zacierając ręce.
- Jeszczech byś me, stary zbuku, nie przepił.
- Ludzi coś mało ciągnie do kościoła - przerwała im Hanka, wielce nierada tym przymówkom do gorzałki.
- Bo wczas, jeszcze się zlecą, w dyrdy bieżyć będą wytrząchać grzechy.
- I polenić się, co nowego posłyszeć i świeżych grzechów nabrać...
- Od wczoraj już się dziewuchy szykowały - pisnęła skądciś Józia.
- Juści, bo im przed swoim dobrodziejem wstyd - dogadywała stara.
- Babciu, wam byłby już czas siąść na pokutę w kruchcie i te paciorki prząść, a nie ogadywać drugich!
- Poczekam, byś siadł wpodle, kuternogo!
- Mam czas, pierwej waju pięknie przedzwonię i łopatą oklepię...
- Nie tykajcie me, bom zła! - warknęła cicho.
- Kijaszkiem się zastawię i nie ugryziecie, a ząbków szkoda, ile że ostatnie...
Jagustynka cisnęła się ze złością, ale nie odrzekła, bo i właśnie Hanka nalewała kieliszek przepijając do nich, a Józka podała śledzia, którego otrząsał o drewno nogi, ze skóry obłupił, na wąglikach przypiekł i ze smakiem zjadł.
- Dosyć zabawy! do roboty, ludzie! - zawołał naraz zrzucając kożuch, zakasał rękawy, poostrzył jeszcze na osełce noża, wziął z kąta tęgą pałę do rozcierania ziemniaków la świń i ruszył żwawo na dwór.
Wszyscy też poszli za nim w podwórze, on zaś z Pietrkiem wywodził z chlewu opierającego się silnie wieprzka.
- Nieckę na krew, a prędko! - krzyknął.
Przynieśli wnet, wieprzek czochał się o węgieł i pokwikiwał z cicha...
Stali kołem w milczeniu patrząc w jego białe boki i tłusty, obwisły brzuch, a mokąc galanto, bo deszcz mżył coraz gęstszy i mgły zwalały się na sad. Łapa jeno naszczekiwał obiegając dokoła. Jakieś kobiety przystawały w opłotkach i kilkoro dzieci wieszało się na płotach, ciekawie naglądając.
Jambroż się przeżegnał, pałę nieco wziął za się i jął zachodzić wieprzkowi z boku. Naraz przystanął, rękę odwiódł, przechylił się bokiem tak mocno, jaże mu guzik pod szyją puścił u koszuli, naprężył się i kiej nie huknie w wieprzkowy łeb między uszy, aż świńtuch z kwikiem padł na przednie nogi, a potem kiej mu nie poprawi już obu rękoma, że zwalił się na bok wierzgając kulasami, wtedy mu w mig przysiadł na brzuchu, nożem błysnął i aż po osadę wbił w serce.
Podstawili niecki, krew chlusnęła kiej z sikawki, aż na ścianę chlewa, i jęła z bulgotem spływać parując niby wrzątek.
- Pódzi, Łapa! widzisz go, juchy mu się chce, post przeciek! - ozwał się

wreszcie odganiając psa i dysząc ciężko. Zmęczył się był nieco.

- W ganku oparzycie?

- Do izby wniosę koryto, przecież trza go uwiesić do rozbierania. .

- W izbie ciasno, myślałam.

- Macie drugą stronę, ojcową, tam dużo miejsca, staremu to nie przeszkodzi... ino prędzej, bo nim ostygnie, łacniej mu szerść puści! - rozkazywał obdzierając mu tymczasem ze grzbietu szczecinę co dłuższą.

A w parę pacierzy wieprzek już oparzony, obrany ze szczeciny, wymyty, wisiał w Borynowej izbie, rozpięty na orczyku przywiązanym do belki.

Jagny nie było, poszła zaraz z rana do kościoła, ani się spodziewając, co ma nastąpić; jeno stary jak zwykle na łóżku leżał, wpatrzony gdziesik nieprzytomnymi oczyma.

Zrazu sprawiali się cicho, często obzierając się na chorego, ale że się nie poruchiwał nawet, zabaczyli wnet o nim, mocno zajęci wieprzkiem, który nie zawiódł przewidywań, bo słoninę na grzbiecie miał grubą dobrze na sześć palców i sielne sadło.

- Zaśpiewalim mu, przewieźlim, czas go już gorzałką skropić! - wołał Jambroży myjąc ręce nad korytem.

- Chodźcie na śniadanie, znajdzie się czym przepić.

Juści, że nim się zabrał do ziemniaków z barszczem, wypił z niezgorszą przylewką, ale przy jadle siedział krótko, wnet się zabierając do roboty i wszystkich poganiając, zwłaszcza Jagustynkę, z którą pospólnie robił, że to zarówno się znała na soleniu i przyprawie mięsa.

Hanka też pomagała, co ino mogła, Józka zaś rada czepiała się bele czego, by ino przy wieprzku ostawać i w chałupie.

- Pomagaj gnój nakładać, niech prędko wywożą, bo widzi mi się, że dzisiaj nie skończą próżniaki! - krzyczała na nią.

Z żalem juści niemałym leciała w podwórze, całą złość wywierając na chłopaków, że cięgiem słychać było jej jazgoty - bo i jakże!... wyganiała ją, kiej w chałupie czyniło się coraz gwarniej, bo co trocha wpadała jaka kuma zamawiając się bele czym, po sąsiedzku, a ujrzawszy wiszącego wieprzka rozwodziła ręce i dalejże w głos wydziwiać, że taki wielgachny, taki spaśny, jakiego nie miał i młynarz albo organista.

Hanka była tym wielce rozradowana, puszyła się sielnie, że szlachtuje świniaka, i choć było jej nieco żal gorzałki, trudno, skoro musiała, jak to było we zwyczaju u gospodarzy przy takim święcie, częstowała, chleb z solą podając na przegryzkę i rada słuchając tych słówek przypochlebnych, i ugwarzając się niemało, bo to ledwie jedna za próg, już drugie w sieniach trepy z błota obijały, wstępując niby po drodze do kościoła i na te krótkie Zdrowaś - że kiej na odpust waliły, a dzieci się też sporo plątało po kątach i do okien zaglądając, aż je nieraz Józka musiała rozganiać.

Bo to i we wsi czynił się ruch nadspodziewanie, coraz więcej ludzi człapało po drogach, to wozy z drugich wsi raz po raz turkotały, że nad stawem kieby w procesji wciąż się czerwieniły babskie przyodziewy, naród bowiem ciągnął do spowiedzi, nie bacząc na złe drogi ni na dzień płaksiwy, przykry a tak zmienny, iż co kilka pacierzów padał deszcz, to ciepły wiater przewalał się po sadach albo zaś nawet sypały śnieżne krupy grube kiej pęczak, a przyszedł i taki czas, że słońce przedarło się z chmur i kieby złotem posuło świat - jak to zresztą zwyczajnie bywa na pierwszą zwiesnę, kiej czas podobien się czyni w matyjaśności do dziewki poniektórej, której to posobnie i śmiech, i płacz, i wesele, i żałoście biją do głowy, a sama nie miarkuje, co się z nią wyprawia.

Juści, że ta u Hanki nikto na pogodę nie baczył i robota a pogwary szły, jaże się rozlegało. Jambroży się zwijał, poganiał drugich, przekpinki wedle zwyczaju wiódł, ale że musiał co parę pacierzy do kościoła zaglądać, czy tam wszystko sprawnie idzie, to na ziąb narzekał i o rozgrzewkę wołał:

- Pousadzałem dobrodziejów, narodem ich obwaliłem, że do połednia się nie ruszą.

- Hale, łaznowski proboszcz długo nie strzyma, powiadali, że mu gospodyni cięgiem porcenelę podawać musi!

- Babciu, pilnujcie nosa, poniechajcie księży!

Nie lubił tego.

- A o tym ze Słupi też powiadają, że zawdy przy spowiedzi flaszuchnę z pachnącym w garści trzyma i nos se przytyka, bo mu ano naród śmierdzi, że po każdym wyspowiadanym złe powietrze chustką rozgania i wykadza...

- Zawrzyjcie gębę: wara wam od księży! - wybuchnął zeźlony.

- Rocho są w kościele? - podjęła śpiesznie Hanka, również wielce nierada pyskowaniom Jagustynki.

- Siedzą od samego rana, do mszy służył i co potrza, obrządza.

- A kajże to Michał?

- Poszedł z organiściakiem do Rzepek, po spisie.

- Gęsią orze, piaskiem sieje i niezgorzej im się dzieje! - westchnął Jambroży.

- Jeszcze by, już najmniej jak za każdą duszę zapisaną jajko dostają...

- A za kartki do spowiedzi osobno przeciek bierze po trzy grosze z duszy. Co dnia widzę; jakie torby dygują z różnościami. Samych jajów sprzedała organiścina w zeszłym tygodniu coś dwadzieścia i dwie kopy - rzekła Jagustynka.

- Kiej nastał, to pono piechty przyszedł z jednym węzełkiem, a teraz by go i we cztery dworskie wozy nie wywiózł.

- Organista z górą dwadzieścia roków w Lipcach siedzi; parafia duża, pracuje, zabiega, grosza szczędzi, to się i dorobił - tłumaczył Jambroży.

- Dorobił się! Drze z narodu, jak ino może, a nim co komu zrobi dobrze, w garście cudze patrzy, po trzydzieści złotych od pochowku bierze za to, co ta pobeczy po łacińsku i na organach poprzebiera.

- Zawdy uczony jest we swoim i nieraz dobrze musi się nagłowić!

- Juści, że nauczny, kaj cieni beknąć, a kaj grubiej i jak wycyganiać.

- Jenszy by przepił, a ten syna na księdza kieruje.

- To i honor będzie miał niemały, i profit! - dogadywała stara zajadle.

Przerwali w najlepszym miejscu, gdyż Jaguś wpadła stając naraz w progu kiej wryta.

- Dziwujesz się wieprzkowi? - zaśmiała się Jagustynka.

- Nie mogliście to po swojej stronie szlachtować! Izbę mi całkiem zapaskudzą - wykrztusiła, w pąsach cała stając.

- Masz czas, to se wymyjesz! - odrzekła zimno, z naciskiem Hanka.

Jaguś cisnęła się naprzód kieby do kłótni, ale dała spokój, zakręciła się jeno po izbie, wzięła różańce z Pasyjki, a przyokrywszy rozbabrane łóżko jakąś chuściną wyszła bez słowa, choć wargi trzęsły się jej ze złości utajonej.

- Pomoglibyście, tyle roboty! - powiedziała jej w sieniach Józka.

Wywarła na nią gębę w takiej złości, że nawet słów nie można było rozeznać, i poleciała jak wściekła. Witek za nią wyjrzał i mówił, jako prościutko do kowala się poniosła.

-A niech se idzie, poskarży się ździebko, to jej ulży!

- Wojować wama znowuj przyjdzie! - zauważyła ciszej Jagustynka.

- Moiście, dyć jeno wojną żyję! - odparła spokojnie, choć trwożna była, boć rozumiała, że musi tu lada chwila przylecieć kowal i bez srogiej kłótni się nie ubędzie.

- Ino ich patrzeć! - szepnęła ze współczuciem Jagustynka.

- Nie bójcie się, wytrzymam, nie ustraszą me - ozwała się z uśmiechem.

Jagustynka aż głową pokiwała z podziwu nad nią spoglądając porozumiewawczo na Jambroża, któren właśnie składał robotę.

- Zajrzę do kościoła, południe przedzwonię i zaraz na obiad wrócę! - rzekł.

Jakoż wrócił rychło opowiadając, że już księża przy stole siedzą, że młynarz przysłał ryb cały więcierz i że po obiedzie będą jeszcze spowiadali, gdyż siła narodu czeka.

Po prędkim i krótkim obiedzie, jeno tęgo zakropionym, bo Jambroż wyrzekał żałośliwie, jako gorzałka za słaba do tak przesłoniałych śledzi, wzięli się znowu do roboty.

Właśnie był Jambroży ćwiertował wieprza i obrzynał mięsiwo na kiełbasy, a Jagustynka, rozłożywszy połcie na stole; uczynionym ze drzwi, narzynała słoninę, troskliwie ją przesalając, gdy wleciał kowal.

Widno mu było z twarzy, że ledwie się hamował.

- Nie wiedziałem, żeście aż tylego wieprzka sobie kupili! - zaczął z przekąsem.

- A kupiłam i szlachtuję, widzicie!

Strach ją ździebko przejął.

- Sielny wieprzak, daliście ze trzydzieści rubli...

Oglądał go pilnie.

- A słoninę to ma grubą, że szukać! - zaśmiała się stara podsuwając mu pod oczy połeć.

- I... niecałe trzydzieści dałam, niecałe! - odpowiedziała z prześmiechem

Hanka.

- Borynowy wieprzek! - wybuchnął naraz nie mogąc już powstrzymać złości.

- Jaki to zmyślny, nawet po ogonie rozpozna czyj!- szydziła stara.

- Niby jakim prawem żeście zarżnęli! - zakrzyczał wzburzony.

- Nie wykrzykujcie, bo tu nie karczma, a takim prawem, że Antek przez Rocha przykazał go zarznąć.

- Cóż tu Antek ma do rządzenia? jego to?

- A juści, że jego!

Skrzepła już w sobie, nabrała mocy do walki.

- Do wszystkich należy!... drogo wy za niego zapłacicie!

- Nie przed tobą będziem zdawać sprawę!

- Ino przed kim? Do sądu pójdzie skarga.

- Cichocie, przywrzyjcie pysk, bo chory tu ano leży, a jego to wszyćko...

- Ale wy będziecie jedli.

- Pewnie, że wama nie dam i powąchać.

- Pół świni dacie i piekła wam robić nie będę - szepnął łagodniej.

- I jednego kulasa przez mus nie dostaniecie.

- To po dobroci dacie tę oto ćwierć i połeć słoniny.

- Antek każe wam dać, to dam, ale bez jego przykazu ni kosteczki.

- Wściekła się baba!... Antków to wieprzak czy co?- złość go znów ponosiła.

- Ojcowy, to jakby było Antkowy, bo skoro ociec chorzy, to on tu rządzi za niego i jego głową wszyćko stoi. A potem będzie, jak Pan Jezus da...

- W kreminale niech se rządzi, jak mu pozwolą... Smakuje mu gospodarka, powloką go w kajdanach na Sybir i tam se będzie gospodarzył! - wykrzyknął spieniony.

- Wara ci od niego!... może i powleką... jeno że i tak nie ogryziesz tych zagonów, byś latego i gorszym jeszcze judaszem stał się la narodu! - mówiła groźnie, roztrzęsiona nagłym strachem o męża.

Kowalowi aż kulasy zadygotały i ręce jęły drżeć i trzepać się po odzieniu, taką chęć poczuł za gardziel ją chycić, powlec po izbie i skopać, ale się jeszcze zdzierżył, ludzie byli - jeno ciskał w nią rozsrożonymi ślepiami, słowa nie mogąc wykrztusić. Ale ona się nie ulękła, biorąc nóż do krajania mięsa i bystro a urągliwie patrząc w niego, aż przysiadł na skrzyni, papierosa skręcał i czerwonymi ślepiami izbę oblatywał rozważając cosik w sobie i kalkulując, bo wstał rychło i rzekł dobrotliwie:

- Chodźcie no na drugą stronę, rzeknę coś waju na zgodę.

Otarłszy ręce poszła, pozostawiając wywarte na oścież drzwi.

- Nie chcę się z wami prawować tu i kłócić - zaczął zapalając papierosa.

- Bo nic ze mną nie zwojujecie!

Uspokoiła się znowu.

- Mówił co jeszcze ociec wczoraj?

Łagodny już był, uśmiechał się do niej.

- Ni... leżał cicho, jako i dzisiaj leży...

Podejrzliwa czujność w niej wstała.

- Wieprzak fraszki małe ptaszki, zarzynajcie go sobie i zjedzcie, wasza wola... nie moja strata. Człowiek nieraz plecie, czego potem żałuje. Nie pamiętajcie, com rzekł! O ważniejszą sprawę idzie... Wiecie, powiadają we wsi, jako ociec mają mieć sporo gotowego grosza gdziesik w chałupie schowanego... - Przerwał wwiercając się oczyma w jej twarz. - Opłaciłoby się poszukać, broń Boże śmierci, to jeszcze się kaj zapodzieją albo kto obcy złapie.

- A powie to, kaj schował!

Głęboką nieprzenikliwość miała w oczach.

- Wam by wyśpiewał, byście go ino mądrze za język pociągnęli.

- Niech ino mu rozum przyjdzie, popróbuję wypytać...

- Byście mądrą byli i język za zębami trzymali, to o tym, gdyby się pieniądze znalazły, możem ino na spółkę wiedzieć. Znalazłby się większy grosz, to by było łacniej i Antka wykupić z kreminału... a po co drugie wiedzieć mają?... Jagna ma dosyć zapisu... i można by też na proces mieć, by jej te morgi wyprawować... A Grzeli mało to posyłali do wojska! - szeptał nachylając się do niej.

- Prawdę mówicie... juści... - jąkała strzegąc się, by z czym się nie wyrwać.

- Rachuję, że musiał kaj w chałupie schować... jak uważacie?

- Wiem to, kiej mi o tym ni słówkiem nie zatrącił?..

- O zbożu wam cosik wczoraj prawił... nie baczycie to? - podsuwał.

- Juści, że o siewach wspominał.

I o beczkach cosik powiadał - przypominał nie spuszczając z niej oczu.

- Jakże! boć w beczkach stoi zboże do siewu! - zawołała, niby nie rozumiejąc.

Zaklął z cicha, ale się teraz utwierdzał coraz bardziej że ona coś wie; wyczytał to z jej twarzy zamkniętej i z oczu zbyt przyczajonych i trwożnych.

- A com waju zawierzył, nie rozpowiadajcie...

- Pleciuch to jestem, któremu pilno z nowinkami po kumach?...

- Dyć przestrzegam ino... Ale pilnujcie dobrze, bo skoro już raz staremu zaświtało we łbie, to może mu się leda pacierz całkiem rozwidnić...

- No... niechby przyszło do tego co rychlej!...

Obrzucił ją lepkimi ślepiami raz i drugi, poskubał wąsów i wyszedł, odprowadzany jej oczyma, pełnymi przytajonej szydliwości.

- Judasz, ścierwo, zbój!

Buchnęła nienawiścią, postępując za nim parę kroków; boć to nie po raz pierwszy ciska jej w oczy groźby i strachania, że Antka na Sybir poślą i do taczek przykują.

Juści, że nie całkiem wierzyła rozumiejąc, iż głównie przez złość pyskuje, aby ją przetrwożyć i bez to łacniej z chałupy wygryźć.

Ale mimo tego żarła ją trwoga o niego niemała. Przewiadywała się też nieraz i kaj jeno mogła, co go może za kara spotkać, miarkując ze smutkiem, iż całkiem na sucho ujść mu nie ujdzie.

- Po prawdzie, że ojca rodzonego bronił, ale borowego zakatrupił, to juści pokarać go muszą, jakże...

Mówili co rozważniejsi, że się nijakiej prawdy dobić nie mogła, bo kużden inszą wywodził. Adwokat w mieście, do którego ją ksiądz z listem posłał, powiedział, jako może być różnie, i całkiem źle, i niezgorzej, trza jeno pieniędzy na sprawę nie skąpić i cierpliwie czekać. We wsi zaś najbarzej ją trwożyli, że to kowal podmawiał swoje wymysły i wszystkich podrychtowywał.

Nie dziwota też, że i teraz jego słowa kamieniami padły na duszę. Nogi pod nią truchlały przy robocie, mówić nie mogła, tak ją strach zatykał, a do tego zaś i Magda po jego odejściu przyleciała i siadła przy chorym oganiając go niby od much, których nie było, a śledząc wszystko bacznymi ślepiami.

Ale snadź jej to wrychle obmierzło, gdyż się w robocie pomagać ofiarowywała.

- Nie trudź się, uradzim sami, mało się to w chałupie nahárujesz!

Odradzała Hanka takim głosem, że Magda dała spokój, pogadywała jeno niekiedy a lękliwie, że to już z samego przyrodzenia nieśmiała była i milcząca.

A jakoś na samym odwieczerzu zjawiła się znowu Jaguś, ale wespół z matką.

Witały się, kieby w najlepszej zgodzie żyły, i tak przyjacielsko a przychlibnie, aż to Hankę tknęło, i chociaż odpłacała im tym samym, nie żałując dobrych słów ni nawet gorzałki, miała się jednak na baczności. Ale Dominikowa odsunęła kieliszek.

- Wielki Tydzień! Gdzieżbym to gorzałkę piła!

- Nie w karczmie i przy okazji, toć nie grzech!- usprawiedliwiała Hanka.

- Człowiek chętliwie se folguje i rad zawżdy sposobnością wymawia...

- Przepijcie, gospodyni, do mnie, ja to nie organista!- wykrzyknął Jambroż.

- Niech ino szkło brzęknie, to was zarno grzysi ponoszą - mruknęła Dominikowa zabierając się do opatrzenia głowy chorego.

- Cie... komu sygnaturka sprawia, że bije się pięścią pokutnie, a drugiemu zaś flaszkowy pobrzęk to czyni, że wpodle za kieliszkiem maca...

- Leży se ten chudziaczek, leży i o Bożym świecie nie wie! - zawołała żałośnie nad Boryną.

- I jadł kiełbasy nie będzie, i gorzałki nie posmakuje?- ciągnęła tym samym sposobem, a wielce szydliwie Jagustynka.

- Wama ino prześmiechy na pamięci! - zestrofowała ją gniewnie.

- A cóż to? płakaniem biedy se odejmę? Tyla mojego, co się pośmieję.

- Kto sieje zło, niech se smutki zbiera i pokutę odprawuje!...

- Nie darmo powiadają, że Jambroż, choć przy kościele służy, a gotów się by i z grzychem pokumać, bych jeno sobie pofolgować i użyć! - rzekła wyniośle Dominikowa obrzucając go srogimi oczyma.

- Przeciwić się dobremu i ze złym kumać potrafi, który jeno nie baczy, jaką potem weźmie zapłatę - dodała ciszej, jakby grożąc.

Milczenie padło na izbę. Jambroż zakręcił się gniewnie, ale zdzierżał w sobie ostrą odpowiedź, boć wiedział, że i tak każde jego słowo znał będzie dobrodziej najpóźniej jutro po mszy; nie darmo Dominikowa przesiadywała cięgiem w kościele... A i reszta zwarzyła się też pod jej sowimi ślepiami, nawet nieustępliwa Jagustynka przymilkła trwożnie.

Jakże, cała wieś się jej bojała; już pono niejeden poczuł na sobie moc jej złych ślepiów, niejednego już pokręciło albo rozchorzał, gdy nań urok rzuciła.

Pracowali w cichości z pochylonymi trwożnie twarzami, że jeno jej biała gęba, sucha i poradlona, kieby z blichowanego wosku, nosiła się po izbie. Nie odzywała się również zabierając się z Jagną do pomagania tak ostro, że Hanka wzbronić nie śmiała.

Że zaś Jambroża odwołał księży parobek do kościoła, ostały jeno same, pilnie układając mięso i połcie w cebrzyki a beczkę.

- Po tej stronie w komorze będzie chłodniej la mięsa, mniej się w izbie pali... - zarządziła stara, wraz zataczając statki z Jagusią.

Tak się to prędko stało, że nim się Hanka mogła sprzeciwić, nim pomiarkowała, już one powtaczały do komory, więc srodze rozżelona zaczęła śpiesznie przenosić na swoją stronę, co ino pozostało, przywołując Józkę i Pietrka do pomocy.

O samym zmierzchu, gdy już zapalili światło, zabrali się pośpiesznie do robienia kiełbas, kiszek i onych grubaśnych salcesonów. Hanka siekała mięso z jakąś ponurą wściekłością, tak była jeszcze wzburzona.

- Nie zostawię w tamtej komorze, żeby zechlała albo wyniosła! Niedoczekanie twoje! To ci fortelnica! - szepnęła wreszcie przez zęby.

- Rano, po cichuśku, jak pójdzie do kościoła, przenieść wszystko do swojej komory i będzie po krzyku! Nie odbije wam przeciech! - radziła Jagustynka szprycując mięso w długachne flaki, że się skręcały po stole, kiej te węże czerwone a tłuste, i co trochu rozwieszała je na żerdce nad kominem.

- Niech spróbuje! Zmówiły się i z tym przyleciały?

Nie mogła się uspokoić.

- Nim Jambroż wróci, kiełbasy będą gotowe... - zagadywała stara.

Ale Hanka zmilkła, zajęta pracą, a głównie rozmyślaniem, jak by odebrać połcie owe i szynki.

Ogień trzaskał na kominie i tak się galanto buzowało, że w całej izbie było czerwono, w garach parkotały gotujące się różności, z których czyniono kiszki, a dzieci cosik trwożnie gaworzyły nad nieckami z krwią.

- Laboga, jaże me mdli od tych smaków! - westchnął Witek pociągając nosem.

- Nie wywąchuj, bo możesz co oberwać! Krowy ano pój, siano zakładaj i sieczkę na noc zasypuj... Późno już! Kiedy to obrządzisz?...

- Pietrek zaraz przyjdzie, sam przeciek nie uredzę...
- A kajże to poszedł?
- Nie wiecie?... pomaga sprzątać po drugiej stronie!...
- Co? Pietrek! ruszaj bydło obrządzać!

Krzyknęła naraz Hanka w sień z taką mocą, że Pietrek w ten mig poleciał
w podwórze.

- A przyłóż kulasów i sama se izbę wyporządź!... widzisz ją!... dziedziczka
jakaś, rączków se szczędzi, parobkiem się wyręcza! - wołała rozłoszczona
do ostatka wywalając jednocześnie na stół z garnka dymiącą się wątrobę i
dutki, gdy jakiś wóz zaturkotał i dzwonek zajęczał na dworze.
- A to ksiądz z Panem Jezusem jedzie do kogoś!...- objaśniał Bylica
akuratnie wchodząc do izby.
- Któż by zachorzał? nie słychać było!...
- Za wójtową chałupę pojechali! - krzyknął przez okno zadyszany Witek.
- Ani chybi do któregoś z komorników...
- A może do waszych, do Pryczków, tam ano siedzą...
- Hale! zdrowe były, takim ścierwom nic się złego nie stanie - szepnęła
Jagustynka, ale chociaż w niezgodzie żyła z dziećmi, a w ciągłych
procesach, zadrżała.
- Przewiem się nieco i zaraz przyletę...
Wybiegła śpiesznie.

Ale kawał wieczoru się przewlekło i Jambroży zdążył z nawrotem, a ona
nie powróciła; właśnie był stary powiadał, iż księdza wzywali do Agaty,
Kłębowej krewniaczki, co to w sobotę z żebrów przyciągnęła.

- Jakże? nie u Kłębów to siedzi?
- U Kozłów czy ta u Pryczków pono się przytuliła na skonanie.

Tyle jeno o tym przerzekli, zajęci wielce robotą, jeszcze i bez to opóźnianą,
że Józka, a to i sama Hanka cięgiem odbiegały roboty, by lecieć w
podwórze do wieczornych obrządków.

Wieczór się ciągnął z wolna i przykrzył się wielce a dłużył, że to i ciemnica
zwaliła się na świat, iż pięści nie dojrzał, deszcz zacinał ziębiący, wiatr
ciepał się raz po raz o ściany i tratował sady, że drzewiny z szumem tłukły
się w ciemnościach, a niekiedy buchał w komin, aż głownie wyskakiwały
na izbę.

Prawie przed samą północą skończyli, a Jagustynka jeszcze nie wróciła.
- Plucha i błocko, to się jej nie chciało po omacku utykać! - myślała Hanka
wyzierając na dwór przed spaniem.

Juści, czas był taki, że psa żal by na świat gonić, wiejba, aż dachy
trzeszczały, chmurzyska opite deszczem, bure i napęczniałe przewalały się
po zmętniałym niebie, a nikaj w wysokościach ni jednej gwiazdy, ni też
ogniowego migotu w chałupach, zgoła przepadłych w nocy. Wieś już
dawno spała, wiatr jeno hulał po polach i barował się z drzewami, a wody
stawu przegarniał ze świstem.

Zaraz poszli spać, już nie czekając.

Jagustynka zaś dopiero nazajutrz rano się zjawiła, ale mroczna kiej ten dzień przebłocony, wiejny i zimny; ugrzała jeno w chałupie ręce i zaraz poszła do stodoły przebierać ziemniaki, już tam z dołów na kupę zwalone.

Robiła prawie w pojedynkę, bo Józka odbiegała często nakładać gnój, któren od świtania wywoził śpiesznie Pietrek, niemało już dzisia skrzyczany od Hanki, że to wczoraj się lenił i nie zdążył; poganiał też tęgo, na Witka hukał, konie batem prażył i jeździł, aż błoto się otwierało.

- Wałkoń jucha, na bydlątkach tera się odbija! - rzekła stara ciskając na gęsi, bo się przywiedły całym stadem na klepisko i nuż szczypać ziemniaki a przykry gęgot czynić. Zagadnęła potem do niej Józka: nie odezwała się siedząc kiej ten mruk i pilnie kryjąc pod nasuniętą na czoło zapaskę oczy zaczerwienione jakoś.

Hanka zrazu jeno raz jeden zajrzała do nich czatując w izbie na wyjście Jagny, by wtedy zabrać mięso do swojej komory i spenetrować zarazem beczki ze zbożem, ale jakby na złość Jagna ni krokiem nie ruszała się z chałupy, że już nie mogąc wstrzymać, zaglądała do chorego, to zamówiwszy się o coś, wlazła do komory.

- Czegoj szukacie? dyć wiem, gdzie co jest, to wama pokażę! - wołała Jagna idąc za nią, że trzeba było wychodzić, ledwie co wraziwszy ręce we zboże, a pieniądze mogły być głębiej, na spodzie...

Zrozumiała też rychło, że tamta jej stróżuje, więc choć po niewoli, dała spokój odkładając swoje zamysły na sposobniejszą porę.

- Trza się wziąć do szykowania podaronków - pomyślała żałośnie przyglądając się kiełbasom, rozwieszonym na drążku; we zwyczaju bowiem było u Borynów i co pierwszych gospodarzy, iż któren świnię zaszlachtował, ten zaraz nazajutrz rozsyłał w podarunku najbliższym krewniakom albo z którymi przyjacielstwo trzymał, po kiełbasie lebo czego inszego po kawale.

- Juści, łacno nie jest, ale dać musisz, powiedziałyby, co żałujesz... - rzekł naraz Bylica utrafiając w sam raz w żałośliwe strapienia.

Więc chocia serce ściskał żal, jęła rychtować na talerzach i miseczkach z ciężkim westchnieniem zmieniając nie po raz jeden zbyt krótkie kawałki na dłuższe, to przydając niektórym po kawale kiszki, to znowu odbierając, aż w końcu, zmęczona i rozbolała, przywołała Józki.

- Przyodziej się pieknie i rozniesiesz po ludziach...

- Jezus, tylachna wszystkiego!...

- Cóż poredzić, kiej trzeba! Sam Maciek słoczy, ale sam nie wyskoczy! Te dłuższe nieś stryjnie najpierw, zbójem na mnie patrzy, pyskuje, ale nie ma rady; to ci z miseczkom wójtom, łajdus on, ale z Maciejem żyli w przyjacielstwie i może być w czym pomocny; cała kiszka, kiełbasa i kawał boczku la Magdy, la kowali, niech nie szczekają, że sami zjadamy ojcowego świniaka, juści, całkiem im tym pyska nie zatka, ale przyczepkę będą miały mniejszą... Pryczkowej tę tu kiełbasę, harda, wyniośliwa, pyskata, ale z przyjacielstwem szła pierwsza... Kłębowej ten ostatni...

- Dominikowej to nie ślecie?

- Później się da, po połedniu... juści, że trzeba... z taką to jak z tym łajnem, nie porusz i jeszcze z dala obchodź. Noś posobnie, ino nie zagaduj się tam z dzieuchami, bo robota czeka.

- Dajcie i Nastce, one takie biedne, nawet na sól nie mają... - prosiła cicho.

- Niech przyjdzie, to dam niecoś. Ociec, la Weronki zabierzecie, miała wczoraj zajrzeć...

- Młynarzowa ją przed wieczorem wezwała sprzątać pokoje, bo pewnikiem goście do nich zwalą na święta.

I długo jeszcze jąkał nowinki, ale Hanka, wyprawiwszy Józkę, przyodziała się nieco cieplej i pobiegła pomagać Jagustynce a poganiać chłopaków.

- Czekalim na was z kolacją - zaczęła, zdziwiona milczeniem starej.

- I... najadłam się tam patrzeniem, jaże me jeszcze dzisiaj w dołku gniecie...

- To Agata pono zachorzała?

- Juści, u Kozłów se dochodzi sierota.

- Jakże, nie u Kłębów leży?

- Krewniakiem przyznają, któremu niczego nie potrza albo i z pełną garścią przychodzi, na inszych, choćby rodzonych, piesków się ano spuszcza...

- Co wy też! przeciek jej nie wygnały!

- Hale, przywlekła się do nich w sobotę i zaraz w nocy zachorzała... Powiedają, że Kłębowa wziena jej pierzynę i prawie nagą we świat puściła...

- Kłębowa! Nie może być, taka poczciwa kobieta, cheba plotki pletą.

- Swojego nie mówię, ino co mi w uszy wlazło...

- I u Kozłowej leży! A któż by się spodział, że taka litościwa!

- Za pieniądze to i ksiądz litościwy. Kozłowa wzięła od Agaty dwadzieścia złotych gotowego grosza i za to mają ją przetrzymać u siebie do śmierci, bo stara liczy, że lada dzień zamrze. Ale pochowek osobno, a stara se nie dzisia, to jutro dojdzie, niedługo jej czekać... nie...

Zmilkła naraz, usiłując na próżno powstrzymać chlipanie.

- Cóż to wama, chorzyście? - pytała Hanka ze współczuciem.

- Tyle się już ludzkiej biedy najadłam, że me w końcu do cna rozebrało. Człowiek nie kamień, broni się przed sobą choćby tą złością na cały świat, ale się nie obroni, przyjdzie taka pora, co już nie zdzierży więcej i w ten piasek dusza mu się rozsypie żałosny.

Zaniesła się płaczem i długo się trzęsła nos głośno wycierając, aż znowu jęła mówić boleśnie, że te jej słowa kiej łzy gorzkie i palące kapały na Hanczyną duszę.

- I nie ma końca tej ludzkiej marnacji. Siadłam przy Agacie, kiej już ksiądz odjechał, aż tu przylatuje Filipka zza wody z krzykiem, że jej najstarsza kończy... Poleciałam juści... Jezus, w chałupie żywy mróz siedzi... Okna wiechciami pozatykane... jedno łóżko w chałupie, a reszta w barłogu kiej psy się gnieździ... nie pomarła dzieucha, ino ją tak z głodu sparło...

ziemniaków już brakło, pierzynę już przedali... każdą kwartę kaszy wymodlają u młynarza, nikt nie chce zborgować i pożyczyć do nowego... bo i kto? Poratunku nie ma, Filip przecież w kreminale z drugimi... Ledwiem wyszła od nich, powieda Grzegorzowa, że Florka Pryczkowa zległa i pomocy potrzebuje... Łajdusy to i krzywdziciele moi, choć dzieci rodzone... zaszłam, nie czas krzywdy pamiętać... No i tam niezgorzej bieda kły szczerzy, drobiazgu pełno, Florka chora, grosza jednego w zapasie nie ma i pomocy znikąd... grontu przeciek nie ugryzie... jeść nie ma kto uwarzyć, pole odłogiem stoi, choć zwiesna idzie... bo Adam jak drugie w kreminale... Chłopaka urodziła zdrowego kiej krzemień, żeby się jeno odchował, bo Florka wyschła kiej szczapa i tej kropli mleka w piersiach nie ma, a krowa dopiero na ocieleniu... I wszędzie tak źle, a u komorników to już trudno wypowiedzieć... Ni komu robić, ni gdzie zarobić, ni grosza, ni poratunku znikąd... Mógłby już to Jezus sprawić, by choć letką śmiercią pomarły, nie męczyłby się naród co nabiedniejszy.

- A komuż się to we wsi przelewa? wszędzie bieda i ten skrzybot serdeczny.

- Hale, i gospodarze turbacje niemałe mają... jeden się frasuje, czym by lepszym kichy nadział, a inszy, komu by na większy precent pieniądz rozpożyczył, ale żaden się nie poturbuje o biedotę, chociażby ta pode płotem zdychała... Mój Boże, w jednej wsi siedzą, przez miedzę, a nikomu to śpiku nie psuje... Juści, każden Jezusowi ostawia starunek o biedotę i na zrządzenie boskie zwala wszystko, a sam rad przy pełnej misce brzuchowi folguje i choćby ciepłym kożuchem uszy odgradza, by ino skamlania biedujących nie posłyszeć...

- Cóż poredzić? któryż to ma tylachna, by wszystkiej biedzie zaradził?

- Kto nie ma chęci, ten wie, jak wykręci! Nie do was piję, nie na swoim siedzicie i dobrze wiem, jak wam ciężko, ale są takie, co by mogły pomóc, są: a młynarz, a ksiądz, a organista, a drugie...

- By im kto podsunął o tym, to może by się zlitowały... - tłumaczyła.

- Kto ma czujną duszę, ten sam dosłyszy wołanie cierpiących, nie potrza mu o tym z ambony krzykiwać! Moiściewy, dobrze one wiedzą, co się z narodem biednym dzieje, boć tą biedą ludzką się ano pasą i na niej tłuścieją... Młynarzowi to żniwo teraz, chociaż do przednówka daleko, procesjami ludzie ciągną po mąkę i kaszę; za ostatni grosz, na bórg, za odrobek albo dobry precent, a choćby pierzynę Żydowi sprzedać, a jeść trza kupić...

- Prawda, darmo nikto nie da...

Przypomniała sobie własne, niedawne nędze i westchnęła ciężko.

- Przesiedziałam do późna przy Florce, kobiet się też naschodziło i powiadały, co się we wsi dzieje, powiadały...

- W imię Ojca i Syna! - krzyknęła naraz Hanka zrywając się na równe nogi, bo wiatr tak ano trzasnął wrótniami, że dziw się nie rozleciały. Wywarła je z trudem, mocno podparłszy kołkami.

- Wieje sielnie, jeno ciepły jakiś, by deszczu nie sprowadził.
- Już i tak wóz się w polu po sękle zarzyna.
- Parę dni dobrego słońca i wnet przeschnie, zwiesna przeciech.
- Żeby choć zacząć sadzić przed świętami!
Przegadywały niekiedy, pilnie zajęte, aż i całkiem przycichły, jeno pacanie
przebieranych ziemniaków słychać było, że to drobne rzucały na jedną
kupę, a nadbutwiałe na drugą.
- Będzie czym podpaść maciorę i la krów też starczy na picie...
Ale Hanka jakby nie słyszała przemyśliwając wciąż, jak by się do tych
ojcowych pieniędzy dobrać najsprawniej, że tylko niekiedy spoglądała
przez wrótnie na świat, na drzewiny rozciapane i szamocące się z wichurą.
Postrzępione, sine chmurzyska przewalały się po niebie kiej roztrzęsione
snopy, a wiater jeszcze się wciąż wzmagał i tak jakoś ci podwiewał z dołu,
iże poszycia na chałupie jeżyły się niby szczotka. Ziąb przy tym ciągnął
wilgotny i srodze przejęty nawozem, którem wybierali z gnojowiska. W
podwórzu zaś było prawie pusto, jeno niekiedy przebiegały rozczapierzone
kury, poganiane przez wiater, gęsi siedziały w zaciszu pod płotem na
gąsiętach, cicho piukających, a co parę pacierzy podjeżdżał ostro Pietrek z
pustym wozem, zakręcał dookoła, stawał rychtyk na prost klepiska, zabijał
ręce, koniom podrzucał kłak siana i nakładłszy wespół z Witkiem gnoju,
podpierał wóz na wybojach i ruszał w pole.
Czasami znów Józka wpadała z krzykiem, zaczerwieniona, zdyszana,
przejęta tym roznoszeniem kiełbas, i trajkotała.
- Zaniesłam wójtom, teraz polecę do stryjecznych... W chałupie siedzieli,
izby już bielą na święta, tak dziękowali, tak dziękowali...
Rozpowiadała szeroko, choć nikto jej za język nie ciągnął, i znowu leciała na
wieś, niosąc ostrożnie, w chustkę białą owiązane, miseczki z podarunkami.
- Trajkot dzieucha, ale zmyślna - zauważyła Jagustynka.
- Juści, co zmyślna wielce, jeno że do psich figlów i gdzie by się zabawić...
- Cóż chcecie?... skrzat to jeszcze, dzieciuch...
- Witek, obacz no, kto tam wszedł do chałupy! - zawołała naraz Hanka.
- Kowal poszli dopiero co!
Tknięta jakimś złym przeczuciem, pobiegła prosto na ojcowską stronę;
chory leżał jak zwyczajnie wznak. Jagna cosik szyła pod oknem, w izbie nie
było więcej nikogo.
- A kajże się to Michał podział?...
- Muszą być gdziesik, szukają klucza od wozów, którego byli kiejś
pożyczyli Maciejowi - objaśniała, nie podnosząc oczu.
Hanka zajrzała do sieni, nie było go; zajrzała na swoją stronę, jeno Bylica
siedział z dziećmi przy kominie i wystrugiwał im wiatraczki; nawet w
podwórzu szukała; nikaj ni znaku po nim, więc już prosto rzuciła się do
komory, choć drzwi były przywarte.
Jakoż kowal stał tam przy beczce z rękoma po łokcie we zbożu i pilnie w
nim grzebał.

- W jęczmieniu to by klucz chowali? co? - wyrzuciła zdyszana, ledwie zipiąc ze wzburzenia i stając groźnie naprzeciw.

- Patrzę, czy nie spleśniały, czy aby zda się do siewu... - jąkał zaskoczony niespodzianie.

Nie wasza sprawa!... Po cóście tu wleźli? - krzyknęła.

Wyjął niechętnie ręce i ledwie hamując wściekłość, zamruczał:

- A wy pilnujecie me, kiej złodzieja...

- Niby to nie wiem, po cóżeście tu przyszli, co? Hale, do cudzej komory właził będzie i penetrował po beczkach, kłódki może będziecie ukręcać, do skrzyń otwierać... co?- wrzeszczała coraz głośniej.

- Nie powiadałem wama wczoraj, czego nam szukać potrza...

Wysilał się na spokój.

- Przede mną cyganiliście, jedno by mi piaskiem oczy zasypać, a robicie drugie. Przejrzałam już wasze judaszowe zamysły, przejrzałam...

- Hanka, stul pysk, bo ci go przymknę! - zaryczał złowrogo.

- Spróbuj, zbóju jeden! tknij me choć palcem, a takiego wrzasku narobię, że pół wsi się zbiegnie i obaczy, coś ty za ptaszek! - groziła.

Rozejrzał się dobrze po ścianach i ustąpił wreszcie klnąc siarczyście.

Popatrzyli sobie w oczy z bliska i z taką mocą, że bych mogli, na śmierć by się przebodli tymi rozgorzałymi ślepiami.

Hanka aż wodę piła, długo nie mogąc się opamiętać po tym wzburzeniu.

- Trza je naleźć i schować przezpiecznie, bo niechby ich dopadł, ukradnie rozmyślała wracając do stodoły, ale naraz zawróciła z pół drogi.

- Siedzisz w chałupie, stróżujesz, a obcych do komory puszczasz! - krzyknęła z góry na Jagnę otwierając drzwi.

- Michał nie obcy, ma takie prawo jak i wy! - wcale się nie ulękła jej krzyku.

- Szczekasz kiej ten pies, zmówiłaś się z nim, dobrze, ale bacz, że niech jeno co z chałupy zginie, to jak Bóg w niebie, do sądu podam i ciebie wskażę, żeś pomagała... Zapamiętaj to sobie!... -wrzeszczała rozsrożona.

Jagna skoczyła z miejsca, chwytając w garść, co było na podorędziu.

- Bić się chcesz! bij! popróbuj ino, to ci te cacaną gębusię tak sprawię, aż się czerwoną oblejesz i rodzona matka cię nie pozna!...

Dunderowała, zajadle krzykając nad nią, co tylko ślina i złość na język stoczyła.

I nie wiada zgoła, na czym by się to skończyło, bo już pazury rozczapierzały drąc się coraz bliżej siebie, gdyby nie Rocho, który akuratnie w samą porę nadszedł, że Hanka, przywstydzona jego patrzeniem, ochłonęła nieco i zmilkła zatrzaskując jeno za sobą drzwi z całej złości.

Jagna zaś ostała na izbie, ruchać się nie mogąc z przerażenia, wargi jej latały niby we febrze i serce kołatało, łzy posypały się kiej groch. Aż w końcu oprzytomniała, rzucając w kąt maglownicę ściskaną w garści, buchnęła się na łóżko, w boleściwym, nieutulonym płaczu roztrzęsiona

Hanka tymczasem opowiadała Rochowi, o co im poszło.

Słuchał cierpliwie jazgotliwych i szlochem przeplatanych powiadań, a nie mogąc z nich wiele wymiarkować, przerwał ostro i jął ją surowo gromić, odsunął nawet podawane jedzenie i wielce rozgniewany po czapkę sięgał.

- Już mi we świat iść przyjdzie i nigdy Lipiec na oczy nie oglądać, kiejście tacy. Złemu to wszystko na pociechę albo Żydowinom, co się ze swarliwości a głupoty chrześcijańskiego narodu prześmiewają! Jezus mój miłosierny, to mało bied, mało chorób, mało głodowań, to się jeszcze w pojedynkę za łby biorą i złością dokładają.

Zadyszał się tą przemową, Hankę zaś przejęła taka żałość i strach, by w gniewie nie odszedł, że pocałowała go w rękę przepraszając z całego serca...

- Byście wiedzieli, co z nią już wytrzymać ciężko, na złość wszystko robi, a na moją szkodę. Przecież z krzywdą naszą tu siedzi... jakże, tylachna gruntu ma zapisane... A nie wiecie to, jaka jest?... co to wyprawiała z parobkami... jaka... (- nie, nie potrafiła wypomnieć o Antku -)... a teraz już się pono z wójtem zmawia... - dodała ciszej. - To juści, że skoro ją dojrzę, to się jaże we mnie gotuje ze złości, iż prosto bym nożem pchnęła...

- Pomstę ostawcie Bogu! ona też człowiek i krzywdy czuje, a za swoje grzechy ciężko odpowie. Powiadam wam, nie krzywdźcie jej!

- To ja ją krzywdzę?

Zdumiała się wielce, nie mogąc wymiarkować, w czym się Jagnie krzywda dzieje.

Rocho przegryzał chleb wodząc za nią oczyma, a cosik medytując, wreszcie pogładził dziecińskie głowiny, tulące mu się do kolan, i zabierał się do wyjścia.

- Zajrzę do was którego dnia wieczorem, a teraz wama jeno rzeknę: Poniechajcie jej, róbcie swoje, a resztę Pan Jezus sprawi...

Pochwalił Boga i poszedł na wieś.

ROZDZIAŁ 4

Rocho włókł się wolno drogą nad stawem, raz, że wiatr tak w niego siepał, iż ledwie się na nogach utrzymał, a po drugie, jako strapiony był wielce tym wszystkim, co się we wsi działo, to jeno raz po raz wznosił rozpalone oczy na chałupy, przemyśliwał ważnie i wzdychał żałośnie. Tak źle się bowiem działo w Lipcach, że już zgoła gorzej nie mogło.

Zaś nie to było najgorsze, że niejeden głodem przymierał, że choroby się krzewiły, że się kłócili barzej i za łby brali, że nawet śmierć wybierała swoje gęściej niźli po inne roki - takusieńko było i łoni, i drzewiej, do tego się już był naród wezwyczaił rozumiejąc dobrze, jako inaczej być nie będzie... Złe i o wiele gorsze było całkiem co inszego - oto, że ziemia stojała odłogiem, bo nie miał w niej kto robić...

Zwiesna już szła całym światem wraz z tym ptactwem, ciągnącym do łońskich gniazd, na wyżnich miejscach podsychały role, wody opadły i ziemia się prawie prosiła o pługi, o nawozy i o to ziarno święte...

A któż miał iść w pole, kiej wszystkie robotne ręce były w kreminale!... Przeciech prawie same kobiety ostały we wsi, a nie ich to moc ni głowa poredzić wszystkiemu.

A tu na niejedną przychodziła pora rodów, jak to na zwiesnę zwyczajnie, a tu krowy się cieliły, drób się lągł, maciory się prosiły, w ogródkach też czas był zasiewać i wysadki sadzić, ziemniaki trza było przebierać z dołów przed sadzeniem, wodę z pól spuszczać, gnój wybierać i wywozić - to choć uróbb kulasy po łokcie, a bez chłopa nie wydolisz... A tu jeszcze trza obrządzać inwentarz, rznąć sieczkę, poić, drwa rąbać lebo i z lasu wieźć, a tylachna inszej, codziennej roboty, choćby na ten przykład z dzieciskami, których było wszędzie kiej maku, że Jezus! gnatów już nie czuły, krzyże im ano drętwiały na odwieczerzy z utrudzenia, a i połowy nie było zrobione - bo kaj to jeszcze te ze wszystkich najpierwsze - polne roboty?...

A ziemia czekała; wygrzewało ją młode słońce, suszyły wiatry, przejmowały na wskroś te ciepłe i płodne deszcze, stężały owe mgliste i nagrzane noce zwiesnowe - że trawy już puszczały zieloną szczotką, oziminy podnosiły się w chyżym roście, skowronki przedzwaniały nad zagonami, boćki brodziły po łęgach, kwiaty też kajś niekaj buchały z moczarów ku niebu połyskliwemu, ku niebu, co się co dnia, niby ta płachta jasna i obtulna, podnosiła coraz wyżej, że już coraz dalej sięgały tęskliwe oczy, aż po owe wręby wsi i borów, niedojrzanych w zimowych mrokach; cały świat przecykał z martwego śpiku i prężył się a przystrajał do zwiesnowych godów wesela i radości...

Zaś wszędy po sąsiedztwach, kaj jeno okiem dosięgnąć, robili tak pilno, że całe dni, deszcz był czy pogoda, rozlegały się wesołe przyśpiewy i kukania, po polach błyskały pługi, ruchali się ludzie, konie rżały i wozy turkotały wesoło, a jeno lipeckie role stały puste, ciche, zgoła obumarłe i jako ten smętarz żałosne...

A kieby na dobitkę jeszczech te ciężkie strapienia o uwięzionych...

Mało jeśli co dnia nie ciągnęło do miasta po kilkoro ludzi z węzełkami, a i z tym płonym skamłaniem, bych wypuścili niewinowatych.

Hale! będzie ta kto miał miłosierdzie nad pokrzywdzonym narodem, jeśli on sam sobie sprawiedliwości nie wydrze!...

Źle się działo, tak źle, że nawet obce ludzie, z drugich wsi, zaczęli już miarkować, jako krzywda Lipiec jest krzywdą wszystkiego narodu chłopskiego. Jakże, jeno małpa małpie zajdy szarpie, a człowiek za człowiekiem powinien trzymać, bych i jemu na taki sam koniec nie przyszło.

Więc i nie dziwota, jako drugie wsie, choć ta przódzi koty darły z Lipcami o granice i różne szkody sąsiedzkie albo i z czystej zazdrości, że to Lipczaki wynosiły się hardo nad wszystkie, a wieś swoją uważały za najpierwszą, teraz poniechali sporów otrząchając z siebie zawziętość, bo często chłop jakiś z Rudek, to z Wólki, to z Dębicy, a nawet i z rzepeckiej szlachty niejeden przebierał się do Lipiec na kryjome przewiady.

Zaś w niedzielę po sumie albo jak wczoraj przy zjeździe do spowiedzi rozpytywali się pilnie o uwięzionych srożąc przy tym twarze, siarczyście klnąc, a zarówno z lipeckimi pięście zaciskając na krzywdzicieli i wielce się litując nad dolą pokrzywdzonego narodu.

Właśnie był teraz nad tym Rocho medytował postanawiając zarazem jakieś przedsięwzięcie ważne, gdyż jeszcze barzej zwolnił kroku, często przystawał, chroniąc się od wiatru za grubsze drzewa i jakby nic dokoła nie widzący, we świat poglądał daleki...

A widniej się jakoś zrobiło i cieplej, jeno ten uprzykrzony wiatr wzmagał się z godziny na godzinę, że jeden szum niósł się całym światem, i już co cieńsze drzewiny pokładały się z jękiem, trzepiąc gałęziami po stawie, snopki ano wyrywał z dachów i co kruchsze gałęzie odzierał, a wiał już teraz górą i z taką mocą, że wszyćko się ruchało: i sady, i płoty, i chałupy, i pojedyńcze drzewa, aż się zdało, jako z nim w jedną stronę lecą, a nawet to blade słońce, co się spoza rozwalonych chmur wysupłało, wydało się również uciekającym po niebie, zawlekanym kieby piaskami rozwianymi, zaś nad kościołem jakieś stado ptaków z rozczapierzonymi skrzydłami nie mogąc się uporać z pędem, dały się nieść wichurze i ze strachliwym krzykiem rozbijały się o wieżę i rozchwiane drzewa.

Ale wiater, choć był przykry i nieco szkodliwy, sielnie też przesuszał role, bo już od rana galanto zbielały zagony, a drogi ociekały z wody...

Rocho długo stojał w medytacji onej, o Bożym świecie zapomniawszy, aż poruszył się z nagła, doszły go bowiem z wichurą jakieś swarliwe głosy.

Rozejrzał się bystro: po drugiej stronie stawu, przed sołtysową chałupą, w opłotkach, czerwieniła się kupa kobiet z jakimiś ludźmi w pośrodku...

Pośpieszył tam z ciekawością, co by się stało nie wiedząc.

Ale dojrzawszy z dala strażników z wójtem, skręcił w najbliższe opłotki, a stamtąd jął się ostrożnie przebierać sadami ku gromadzie; nie lubił jakoś leźć w oczy urzędom.

Gwar zaś był coraz wrzaskliwszy, kobiet wciąż przybywało, dzieci też całą hurmą zbiegały ze wszystkich stron cisnąc się do starszych, a poszturchując między sobą, aż ciasno się uczyniło w opłotkach, i wywalili się na drogę, nie bacząc na błoto ni na rozkolebane drzewa, siekące gałęziami. Jazgotali cosik spólnie, to jakieś osobne głosy się wydzierały, ale co by, nie mógł wymiarkować, bo wiater porywał słowa. Dojrzał jeno przez drzewa, że Płoszkowa rej wiodła: gruba, spaśna, z rozczerwienioną gębą, wykrzykiwała cosik najgłośniej i tak zajadle podjeżdżała pięściami pod wójtowy nos, że się ten cofał, a reszta przytwierdzała jej wrzaskiem, kiej to stado indorów rozwścieczonych. Kobusowa zaś uwijała się po bokach, próżno chcąc się przedrzeć do strażników, nad którymi co chwila trzęsły się zaciśnięte pięście, a gdzieniegdzie już i kij albo utyłana mietlica...

Wójt cosik tłumaczył drapiąc się frasobliwie po głowie, a powstrzymując na sobie babski napór, że strażnicy wysunęli się ostrożnie z kupy nad staw i poszli ku młynowi; wójt ruszył za nimi odszczekując się niekiedy, a grożąc chłopakom, bo zaczęli frygać za nim błotem.

- Czego chcieli? - pytał Rocho wchodząc między kobiety.

- Czego! aby wieś dała dwadzieścia wozów i ludzi do szarwarku, by w ten mig jechali naprawiać drogę w lesie... - objaśniała go Płoszkowa.

- Jakiś większy urząd ma przejeżdżać tamtędy i bez to przykazują zawozić wyrwy...

- Powiedzielim, że wozów ni koni nie damy.

- Któż to pojedzie?

- Niech pierwej puszczą naszych chłopów, to im drogę narządzą.

- Dziedzica by zaprzęgły!

- Same by się wzięły do roboty, a nie penetrowały po chałupach!

- Ścierwy, ukrzywdziciele! - wołała jedna przez drugą, a coraz głośniej.

- Jeno dojrzałam strażników, zaraz mnie cosik niedobrego tknęło...

- Przeciek z wójtem już od rana naradzały się w karczmie.

- Nachlały się gorzałki i dalejże chodzić po chałupach, a ludzi pędzić do roboty...

- Wójt dobrze wie, powinien był w urzędzie przełożyć, jak jest w Lipcach - ozwał się Rocho, próżno chcąc przekrzyczeć wzburzone głosy.

- Hale, dobrze on z nimi trzyma!

- I pierwszy na wszystko naprowadza.

- A o to jeno stoi, z czego ma profit - zakrzyczały znowu.

- Namawiał, aby dać tamtym po mendlu jajek z chałupy albo po kurze, tu poniechają i drugie wsie do szarwarku wygonią.

- Tych kamieni bym dała!

- Kijaszkiem przyłożyła!

- Cichocie, kobiety, by was nie skarali za ubliżenie urzędowi!

- Niech karzą, niech wezmą do kozy, do oczu stanę choćby największemu urzędowi i wypowiem wszystko, w jakim to ukrzywdzeniu żyjemy!...

- Wójta bym się bojała!... Figura zapowietrzona!... Tyle mi znaczy, co ta kukła do strachania wróbli!... Nie pamięta o tym, że chłopy go wybrały, to i one mogą z tego urzędu zesadzić... - wrzeszczała Płoszkowa.

- Karać by jeszcze mieli!... A nie płacim to podatków, nie dajem chłopaków w rekruty, nie robim, co ino każą!.. Mało im jeszcze, że nam chłopów pobrali!...

- A niech się zjawią, wnet jakaś bieda pada na kogoś.

- Psa mi ano we żniwa w polu ustrzelili!...

- Mnie zaś do sądu podali, że się sadze zapaliły!...

- A mnie to nie, żem to łoni len suszyła za stodołą?

- A jak to sprały Gulbasiaka, że kamieniem na nich puścił!...

Krzyczały spólnie, ciżbiąc się do Rocha, aż uszy zatykał od wrzasku.

- A dyć przyciszcie się! Gadaniem nic nie poredzi! Cichocie!... - wołał.

- To idźcie do wójta i przedstawcie, albo wszystkie tam pociągniem z mietłami!... - darła się zawzięcie Kobusowa.

- Pójdę, ino już się rozejdźcie!... Przecież tyle roboty ma każda w chałupie...
już ja przedstawię dobrze!... - prosił gorąco bojąc się powrotu strażników.

Że zaś w tę porę przedzwonili południe na kościele, tu się zaczęły z wolna
rozchodzić rajcując głośno i przystając przed chałupami.

Rocho zaś prędko wszedł do sołtysowego domu, gdzie był teraz mieszkał,
nauczał bowiem dzieci w pustej izbie Sikorów, na drugim końcu wsi, za
karczmą. Sołtysa nie było doma, podatki powiózł do powiatu.

Opowiedziała mu zaraz Sochowa spokojnie, po porządku, jak to było.

- Bych jeno z tych wrzasków nie wyszło co złego!... - zauważyła w końcu.

- Wójtowa wina. Strażniki robią, co im przykazali, on zaś wie, jako we wsi
ostały same prawie kobiety, że w polu nie ma kto robić, a nie dopiero na
szarwarki jeździć. Pójdę do niego, niech załagodzi sprawę, by sztrafów nie
kazali płacić!...

- To wszystko patrzy, jakby się na Lipcach mściły za las!... - powiedziała.

- Któż by?... - dziedzic?!... Moiściewy! a cóż on ma do urzędów?

- Zawżdy pan z panem łacniej się zmówi, w przyjacielstwie żyją, a mścić
się na Lipcach zapowiadał!...

- Boże! że to i dnia spokojnego nie ma!... Cięgiem coś nowego!...

- Bych ino gorsze już nie przyszło!... - westchnęła składając ręce jak do
pacierza.

- Zleciały się kiej sroki, a pyskowały, że niech Bóg broni!...

- Jakże, ten się drapie, kogo swędzi!...

- Wrzaskiem nie poradzi, jeno nową biedę można sprowadzić!...

Rozdrażniony był i zestrachany, by znowu na wieś co złego nie padło.

- Wracacie to do dzieci?

Podniósł się był z ławy.

- Rozpuściłem swoją szkołę: święta; a po drugie, że muszą w chałupach
pomagać, tyle wszędzie roboty!...

- Byłam rano za najemnikami na Woli, po trzy złote obiecywałam od orki,
jeść bym dała i ni jednego nie namówiłam. Każden swoje pródzi obrabia:
gdzie mu to dbać o kogo! Obiecują przyjść za niedzielę abo i dwie!...

- Jezu! że to człowiek ma ino te dwie, i słabe, ręce!... westchnął ciężko.

- Pomagacie wy i talk narodowi, pomagacie!... Kiejby nie wasz rozum i to
serce dobre, to już nie wiada, co by się z nami wszystkimi stało!...

- Bym to mógł, co chcę, nie byłoby biedy na świecie nie!

Rozwiódł ręce w onej niemocy ciężkiej i wyszedł śpiesznie do wójta. Jeno
że tam nierychło doszedł wstępując po chałupach:

Wieś się już uspokoiła nieco; jeszcze tam kajś w poniektórych opłotkach
pyskowały co najzawzięsze, ale większość rozeszła się szykować warzę
obiednią, a po drogach jeno wiater hulał jak pródzi i drzewinami miotał.

Ale wnetki po przypołudniu, mimo wichury uprzykrzonej, zaroiło się
wszędy od ludzi, że w obejściach, po ogrodach, przed chałupami, w
sieniach i izbach zawrzało kiej w ulach od roboty i nieustających jazgotów

babich - boć to przeciech ino same kobiety się zwijały a dziewczyniska, zaś trafił się chłopak, to jeszcze taki z koszulą w zębach, a najwyżej do pasionki przydatny, gdyż co starsze wraz z ojcami siedziały.

Zwijali się żwawo, jeszczek popędzając do pośpiechu, że to wczoraj z powodu zjazdu księży do spowiedzi dziadoskie świątko se zrobili przesiadując prawie dzień cały w kościele, a dzisiaj znowu zabałamucili przez strażników.

A tu i święta nadchodziły, Wielki Wtorek już był na karku, toć i roboty przybyło, i różnych turbacji niemało - to kiele chałup trza było porządki czynić, to dzieci obszyć, siebie też ździebko obrządzić, do młyna wieźć, o święconym pomyśleć i tyle jeszcze inszych różności, że już w każdej chałupie głowiły się ciężko gospodynie, jak tu wszystkiemu zaradzić, a przepatrywały pilnie komory, co by karczmarzowi przedać albo do miasta wywieźć na ten grosz potrzebny. Nawet już kilka kobiet pojechało zaraz po obiedzie wioząc cosik pod słomą na przedanie.

- By was tam gdzie drzewo nie przywaliło! - ostrzegał Rocho Gulbasową, przejeżdżającą właśnie taką mizerną koniną, że ledwie szła pod wiatr.

I skręcił zaraz do jej chałupy, dojrzawszy, że dziewczyny, wylepiające szpary, nie mogą sięgnąć nad okna. Pomógł im w tym i jeszcze wapno w szaflu rozrobił do bielenia ścian i galanty pędzel wyrychtował ze słomy.

I polazł dalej.

U Wachników gnój wywoziły na pobliskie pole, ale tak sprawnie im to szło, że połowa wytrząchała się z desek po drodze, a dzieuchy we dwie konia za uzdę ciągnęły, bo słuchać pono nie chciał. Wszedł tam Rocho, gnój na wozie oklepał, jak się należało, i konia batem złoił, iż ciągnął posłusznie kiej dziecko...

U Balcerków znowu Marysia, ta, co po Jagnie Borynowej za najgładszą była we wsi uważana, siała groch tuż za płotem w czarną i sielnie znawożoną ziemię; jeno że się ruchała kiej mucha w smole, okręcona na głowie w chustkę i w ojcowej kapocie do ziemi, by jej kiecki nie rozwiewało.

- Nie śpiesz się tak, jeszcze wydolisz!... - zaśmiał się wchodząc na zagon.

- Jakże... kto groch sieje w Wielki Wtorek - za garniec zbierze worek! - odkrzyknęła.

- Nim dosiejesz, już ci pierwszy wzejdzie! Ale za gęsto, Maryś, za gęsto... niechby wyrósł, to zwieje się w kołtuny i położy!

Pokazywał, jak siać z wiatrem, bo głupia nie zmiarkowała się, siejąc jak popadło.

- A Wawrzon Socha mi powiedział, jakoś do wszystkiego sposobna! - rzekł od niechcenia idąc wpodle bruzdą pełną błota.

- Mówiliście to z nim?... - wykrzyknęła przystając nagle, by tchu złapać.

Sczerwieniła się strasznie, ale bojała pytać.

Rocho się jeno uśmiechnął, ale odchodząc powiedział:

- We święta mu powiem, jak się to sielnie przypinasz do roboty!...

Zaś u Płoszków, stryjecznych Stacha, dwóch chłopaków podorywało tuż przy drodze kartoflisko: jeden poganiał, drugi niby to orał, a skrzaty były oba, ledwie nosem ogona końskiego sięgające i przez żadnej mocy, to jużci, że pług im chodził kiej chłop napity, a koń co trocha do stajni zawracał, prały go też wciąż na spółkę i klęły swarząc się między sobą.

- Poredzim, Rochu, poredzim, ino bez te ścierwy kamienie pług wyskakuje, a i kobyła ciągnie do źróbka... - tłumaczył się z płaczem starszy, kiej mu Rocho odebrał pług i rznął skibę założną, przyuczając zarazem trzymania kobyły.

- Teraz już całe staje podorzem do nocki!... - wykrzykiwał zuchowato, rozglądając się strachliwie, czy kto nie dojrzał Rochowej pomocy, a gdy stary poszedł, przysiadł wnet na pługu od wiatru, jak to ociec robili, i zakurzył papierosa.

A Rocho szedł dalej po chałupach miarkując, gdzie może być w czym pomocny.

Przyciszał kłótnie, spory łagodził, doredzał, a gdzie było potrza, i w robocie, choćby najcięższej, pomagał, bo jak u Klębów drew narąbał widząc, że Klębowa nie mogła poradzić sękatemu pniakowi, a Paczesiowej wody przyniósł ze stawu; gdzie znowu rozswawolone dzieci do posłuchu napędzał...

A zauważył, że się kajś zbytnio smucą i wyrzekają - żarty stroił ucieszne i te prześmiechy... Z dzieuchami też rad o pannowych sprawach radził i chłopaków wspominał; z kobietami pogadywał o dzieciach, o kłopotach, o sąsiadkach i o tym wszyćkim, w czym jeno babi gatunek pociechę najduje - byle jeno naród ku lepszym myślom podprowadzić...

A że człowiek był mądry, pobożny, we świecie niemało bywały, to wiedział zaraz z pierwszego spojrzenia, co rzec i komu, jaką przypowiastką wyrwać duszę smutkowi, komu był potrzebny śmiech, komu wspólny pacierz albo to twarde, mądre słowo lub i pogroza...

Taki zaś dobry był i spółecznie czujący, że choć i nieproszony, a niejedną nockę przesiedział przy chorych krzepiąc swoją dobrością nieboraków, że go już nawet więcej uważali niźli dobrodzieja...

Aż w końcu to się już narodowi począł widzieć jako ten świątek Pański, po zagrodach roznoszący Boże zmiłowanie a pociechy.

Hale! mógł to zaradzić biedzie wszystkiej? mógł to przeprzeć dolę i przekarmić głodne, uzdrowić chore albo wystarczyć swoimi za brakujące ręce?...

Nad moc jednego człowieka się trudził pomagając i broniąc narodu - jeno że la wszystkiej wsi było to jedną okruszyną, tym, jakoby kto w spiekocie wargi spragnione rosą odwilżał, pić nie podając!...

Jakże! wieś przecież była ogromna, samych chałup stojało ponad pięćdziesiąt i ziemi do obróbki leżał szmat wielgachny, i lewentarza do obrządków, a i gąb do przeżywienia czekało co niemiara.

A zaś to wszystko, od czasu wzięcia chłopów, trzymało się więcej boską

Opatrznością niźli ludzkimi zabiegami, więc i nie dziwota, że z dniem
każdym więcej się mnożyło bied, potrzeb, skamłań i turbacji...

Rocho dobrze to wszystko czuł i wiedział, ale dopiero dzisiaj, chodząc od
chałupy do chałupy, dojrzał, jaki to upadek wszędy się wkrada...

Mało bowiem, że pola leżały odłogiem, że nikto nie orał, nie siał, nie
sadził, boć co tam w roli paprali, za dziecińską zabawę starczyło - ale już
ruinę i opuszczenie widać było na każdym kroku: płoty się ano waliły
miejscami, gdzie zaś przez odarte dachy krokwie i łaty wyłaziły, to
oberwane wrótnie zwisały, kiej przetrącone skrzydła trzepiąc o ściany, a
niejedna chałupa się wypinała, daremnie prosząc podpory.

A wszędy wody gniły pod chałupami, błoto po kolana i nieporządki pod
ścianami, że przejść było niełacno, a na każdym kroku taka marnacyja, że
aż za serce ściskało; toć często krowy porykiwały z głodu i konie prosto w
gnój obrastały, bo nie było komu oczyścić.

I tak się działo ze wszystkim, że nawet cielaki utytłane w błocie kiej świnie
łaziły samopas po drogach, statki gospodarskie niszczały na deszczu, pługi
rdza zjadała, w półkoszkach wylegiwały maciory, a co się zaś pochyliło, co
oberwało, co nadłamane padło - już tak ostać ostawało, bo któż to miał co
podjąć? któż naprawiać? kto złemu zaradzić i gorszemu zapobiec?...
Kobiety?...

Ależ tym chudzinom ledwie już sił i czasu starczyło na to, co najpilniejsze!
Juści, niechby chłopy wróciły, a w mig byłoby inaczej...

Czekali też na ich powrót jak na zmiłowanie Pańskie, czekali z dnia na
dzień, krzepiąc się tą nadzieją...

Ale chłopy nie powracali i ni sposobu było się dowiedzieć, kiej ich
puszczą. Więc tymczasowie jeno zły miał uciechę i profit z tej marnacji
narodu, z tych kłyźnień, swarów a bitek, z tego umęczenia serc w biedzie a
żałościach...

Już siwy zmierzch zasiewał świat, kiej Rocho wyszedł z ostaniej za
kościołem chałupy, od Gołębiów, i powlókł się do wójta na drugi koniec
wsi...

Wiater wciąż hurkotał ciskając się coraz barzej, a tak miecąc drzewinami,
że nie było przepiecznie iść, bo raz po raz leciały na drogę odłamane
gałęzie.

Stary też, zgarbiony, przemykał pod samymi płotami, ledwie widny w tej
dziwnej szarości zmierzchu, kieby ze startego na proch szkła uczynionego.

- Jeśli do wójta idziecie, we młynie pono, w chałupie go nie ma! -
Jagustynka zjawiła się przed nim niespodziewanie.

Zawrócił ku młynowi bez słowa, nie cierpiał bowiem tego pleciucha.

Dopędziła go wnet i drepcąc pobok, zaszeptała prawie w same uszy:

- Zajrzyjcie do moich Pryczków abo i do Filipki... zajrzyjcie!...

- Bym co pomógł, to zajrzę...

- Tak skamlały, abyście do nich zajrzeli... przyjdźcie!... - gorąco prosiła.

- Dobrze, jeno przódzi muszę z wójtem pomówić.

- Bóg zapłać!

Pocałowała go w rękę roztrzęsionymi wargami.

- A wam co?

Zdumiał się, bo zawżdy byli z sobą jakby we wojnie.

- Co by zaś, jeno na każdego przychodzi taki czas, że jako ten pies zgoniony a bezpański, rad, kiej go poczciwa ręka pogłaszcze... - szepnęła łzawo, ale nim nalazł dla niej to dobre słowo, odeszła śpiesznie.

A on i we młynie wójta nie nalazł; ze strażnikami pono do miasta pojechał - powiedział młynarczyk zapraszając na odpocznienie do swojej izdebki, gdzie już dosyć siedziało lipeckich bab i chłopów z drugich wsi, oczekujących na swoją kolej mielenia. Byłby tam Rocho chętnie posiedział dłużej, ale Tereska żołnierka, siedząca z inszymi, przysiadła wnet do niego i jęła nieśmiało a cichuśko wypytywać o Mateusza Gołębia.

- Byliście u chłopów, tościе i jego musieli widzieć... a zdrowy? a dobrej myśli? a kiej go puszczą?.. - przycierała, w oczy mu nie spoglądając.

- A jak się ma wasz we wojsku? zdrowy? rychło wraca?... - spytał w końcu również cicho uderzając ją srogimi oczyma.

Sczerwieniła się i uciekła za młyn.

Pokiwał głową nad jej zaślepieniem i poszedł, chcąc cosik przełożyć a strzec przed grzechem, ale na młynicy, choć się paliły lampki, w tym roztrzęsionym kurzu mącznym i mroku nie mógł jej odnaleźć: schowała się przed nim. Młyn zaś tak turkotał, wody z takim krzykiem nieustannym waliły na koła, a wiater kieby tymi największymi worami rypał raz po razie we ściany i dachy, że wszystko było w takim dygocie i roztrzęsieniu, jakby leda mgnienie rozlecieć się miało, aż Rocho dał spokój szukaniu i zaraz poszedł do tych nieboraczek.

Tymczasem noc się już stała zupełna; wskroś rozkolebanych drzew trzęsły się gdzieniegdzie zapalone światła, jako te ślepia wilcze, ale na świecie było dziwnie jasno, że dojrzał chałupy pokryte w sadach, a nawet pól mogły sięgnąć oczy, niebo zaś wisiało wysokie i ciemne, granatowe, prawie czyste, bo ino kajś niekaj jakby śniegiem przyprószone, i gwiazdy się coraz rzęściej wysypywały, tylko wiater nie ścichał, a naprzeciw, mocy jeszczech nabierał większej i całym światem już się przewalał.

I wiał tak bez mała całą noc, że mało kto poredził oczy zmrużyć choćby na pacierz, gdyż chałupy srodze przewiewał, drzewa chlastały po ścianach i szyby gniotły, a tak we ściany rypał i tłukł, kieby tymi barami, iż myśleli nieraz, co całą wieś wyrwie i po świecie roztrzęsie.

Uspokoiło się dopiero nad ranem, ale ino co kokoty przepiały na świtanie i pomordowany naród zasnął, grzmoty jęły huczeć i przewalać się nad światem, a łyskawice zamigotały krwawymi postronkami, potem zaś deszcz spadł ulewny. Nawet powiadali, że pioruny gdziesik biły nad borami.

Ale dobrym już rankiem całkiem się uspokoiło, deszcz przestał i ciepło prosto buchało z pól, a ptaki jęły świergotać radośnie, a choć słońce się nie pokazało, jednak miejscami rozrywały się niskie, białawe chmury i niebo galanto modrzało. Mówili, że na pogodę idzie.

Zaś we wsi lament powstał i krzyki, bo się pokazało tyle szkód po wichurze, że i nie zliczyć: na drogach leżały pokotem połamane drzewa, kawały dachów, płoty, iż nie można było przejechać.

U Płoszków zwaliło chlewy i wszystkie gęsi przygnietło. I tak w każdej chałupie pokazała się jakaś szkoda, że wszystkie opłotki zaroiły się kobietami, a biadania i płacze sypały się jako ten deszcz rzęsisty.

Właśnie i Hanka wyszła na świat, by obejrzeć gospodarstwo i sprawdzić szkody, gdy na podwórze wpadła Sikorzyna.

- A to nie wiecie?... Stachom rozwaliło chałupę!... cud boski, że ich nie pozabijało! - wrzeszczała już z daleka.

- Jezus Maria!...

Zmartwiała z przerażenia.

- Przyleciałam po was, bo oni tam prosto przez rozumu, płaczą ino...

Hanka, chwyciwszy jeno zapaskę na głowę, w dyrdy pobiegła, ludzie zaś, rychło zwiedziawszy się o nieszczęściu, gęsto ciągnęli za nią.

Jakoż prawda się okazała: z chałupy Stachowej zostały tylko ściany, ino barzej jeszcze pogięte i w ziemię wbite; dachu nie było całkiem, tyle co jakieś nadłamane krokwie chwiały się nad szczytem; komin też się zwalił, że ostał z niego niewielki osztych, kiej ten ząb wypróchniały sterczący; ziemię dokoła zaścielały potargane snopki a rupiecie potrzaskane.

Weronka zaś siedziała pod ścianą na kupie zwalonych rzeczy i ogarniając rękoma rozpłakane dzieci, ryczała w głos.

Przypadła do niej Hanka, ludzie też kołem otoczyli pocieszając, ale nie słyszała nic i nie widziała zanosząc się coraz cięższym szlochaniem.

- O sieroty my biedne, sieroty nieszczęśliwe!... - jęczała boleśnie, że niejednej łzy się puszczały z żalu.

- I gdzie się podziejem nieszczęśliwe? kaj głowy przytulim? kaj pójdziem?!... - krzyczała bez pamięci przytulając dzieci.

A stary Bylica, skurczony i siny kiej trup, obchodził wciąż rumowiska i kury zganiał do kupy, to krowie uwiązanej do trześni kłak siana podrzucał albo przykucał pod ścianą, gwizdał na psa i patrzał na ludzi kiej ten głupi... Myśleli, że rozum do cna stracił.

Naraz poruszyli się wszyscy, rozstępując a chyląc pokornie do ziemi, bo proboszcz ano nadszedł niespodziewanie.

- Ambroży dopiero co powiedział mi o tym nieszczęściu. Gdzież Stachowa?

Odsłonili ją, w bok się odsuwając, ale ona nic nie dojrzała przez płacz.

- Weronka, dyć sam dobrodziej przyszli! - szepnęła jej Hanka.

Zerwała się wtedy, a spostrzegłszy księdza przed sobą rymnęła mu do nóg wybuchając płaczem jeszcze jękliwszym i barzej zawodzącym.

- Uspokójcie się, nie płaczcie!... cóż poradzić?... wola Boża... no, mówię: wola Boża! - powtórzył, ale tak wzruszony, że sam ukradkiem łzy ocierał.

- Na żebry przyjdzie nam iść, na żebry, w cały świat!
- No, nie krzyczcie, dobrzy ludzie nie pozwolą wam zginąć i Pan Bóg was w czym innym zapomoże. Nie potłukło was? co?
- Bóg jeszcze łaskaw!
- Cud się stał prawdziwy.
- Mogło co do jednego wydusić, jak te gąski Płoszkowej.
- Że i żywa noga mogła nie wyjść! - powiadały jedna przez drugą.
- A w inwentarzu macie jaką stratę? co? W inwentarzu, mówię!
- Bóg jakoś ustrzegł, w sieni było wszystko, a ona w całości ostała.

Ksiądz zażywał tabakę rozglądając łzawymi oczyma tę kupę rumowisk, która jeno ostała z chałupy, boć dach się zwalił do cna i razem z sufitem runął do środka, że przez wygniecione szyby widać było tylko kupy połamanego drzewa i przegniłej słomy z poszycia.

- Macie szczęście, bo mogło wszystkich przygnieść... no, no!
- A niechby przygniotło, niechby nas wszystkich zabiło, to już bym na ten upadek nie patrzała, to już bym tego biedowania i marnacji nie dożyła... O Jezu mój, Jezu! Bez niczego ostałam z tymi sierotami... A kaj się teraz podzieję? co pocznę? - zaryczała znowu drąc się za włosy rozpacznie.

Ksiądz rozłożył bezradnie ręce przestępując z nogi na nogę.

- Suszej będzie! - szepnęła któraś nieśmiało podsuwając mu kawał deski, bo w błocie po kostki stojał, przestąpił na nią i zażywając tabaki rozmyślał, co by tu powiedzieć na pocieszenie.

Hanka zajęła się gorliwie siostrą i ojcem, a reszta ciżbiła się przy dobrodzieju wlepiając w niego oczy.

Ze wsi nadchodziło coraz więcej kobiet i dzieci, że ino błocko chlupało pod trepami, a przyciszone, trwożliwe głosy poszemrywały w zwiększającej się kupie, to płacz dzieciński albo Weronczyne, słabnące już szlochanie, zaś na twarzach, ledwie widnych spod nasuniętych na czoło zapasek, żal się tail i leżała troska chmurna jako to niebo wiszące nad głowami, a nie po jednym policzku łzy skapywały gorące...

Ale w sobie byli wszyscy spokojni, z poddaniem się znosząc ten dopust Boży. Jakże? gdyby tak kużden człowiek jeszcze cudze biedy brał w serce, to bych mu na swoje mocy nie starczyło, a przy tym: odrobi to, kiej się już złe stanie? zapobieży?...

Ksiądz naraz przystanął do Weronki i rzekł:

- A najpierw to Panu Bogu powinniście podziękować za ocalenie...
- Juści, prawda i choćby prosię przedam, a na mszę zaniosę...
- Nie potrzeba, schowajcie pieniądze na pilniejsze potrzeby, ja i tak zaraz po świętach mszę odprawię na waszą intencję.

Ucałowała mu gorąco ręce i za nogi obłapiła w serdecznym dziękczynieniu za dobroć i miłosierdzie, on zaś przeżegnał ją błogosławiący i za głowę ścisnął, a dzieci tulące mu się z piskiem do kolan przytulił poczciwie i kiej ten najlepszy ociec popieszczał...

- Tylko dufności nie traćcie, a wszystko się na dobre obróci. Jakże to było?

- Jak? Poszlim spać zaruteńko z wieczora, bo gazu nie było w lampce, a i drew brakowało na opał. Wiało juści sielnie, aż chałupa trzeszczała, ale się nic nie bojałam, bo nie takie wichry przetrzymała. Nie spałam zrazu, tak cugi przez izbę wiały, ale musiałam potem zadrzemać. Aż tu naraz kiej nie huknie, kiej się nie zatrzęsie, kiej cosik nie rypnie w ściany! Jezus!... myślałam, że wszystek świat się przewala. Skoczyłam z łóżka i ledwiem co dzieci zgarnęła w naręcze, a tu już wszystko trzeszczy, łamie się, na głowę leci... ledwiem co do sieni zdążyła i chałupa się za mną zapadła... Jeszczem i myśli nie zebrała, kiej i komin obalił się z hukiem... Na dworze zaś tak wiało, że na nogach trudno było ustoić i wiater roznosił poszycie. A tu noc, do wsi kawał drogi, wszyscy śpią i ani sposób, by krzyki posłyszeli... Do dołu ziemniaczanego wciągnęłam się z dziećmi i tak do świtania przesiedzielim.

- Opatrzność boska czuwała nad wami. Czyjaż to krowa przy trześni?
- A dyć moja to, moja żywicielka jedyna!
- Mleczna będzie, grzbiet jak belka, kłęby wysokie... Cielna?
- Leda dzień powinna się ocielić.
- Przyprowadźcie ją do mojej obory, zmieści się, do trawy może tam postać.,. Ale gdzie się wy podziejecie?.. mówię: gdzie?...

Naraz pies jakiś zaczął szczekać i na ludzi rzucać się zajadle, a kiej go odegnali, w progu usiadł i przeraźliwie zawył.

- Wściekł się czy co? czyj to? - pytał ksiądz chroniąc się ździebko za baby.
- Dyć to Kruczek, nasz... juści, żal mu szkody... czujący piesek... - jąkał Bylica idąc go przyciszać.

A ksiądz pochwalił Boga na pożegnanie, skinął na Sikorzynę, by szła za nim, i wyciągnąwszy obie ręce do kobiet, cisnących się je całować, odchodził z wolna.

Widzieli, że długo z nią na drodze o czymś rozprawiał.

Naród zaś babski, ugwarzywszy się ździebko i naużalawszy nad pokrzywdzoną, jął się rozchodzić dość śpiesznie, przypominając sobie z nagła o śniadaniach i pilnych robotach.

Przy rumowisku ostała jeno sama rodzina i właśnie medytowali, jak by tu co niebądź wydobyć z zawalonej izby, gdy powróciła zadyszana Sikorzyna.

- A to do mnie się przenieście, na drugą stronę, kaj Rocho dzieci nauczał... Juści, komina braknie, ale wstawicie cyganek i waju wystarczy... - rzekła prędko.

- Moiście, a czymże to wama za komorne zapłacę!
- Niech was o to głowa nie boli. Znajdziecie jaki grosz, zapłacicie, a nie, to przy robocie jakiej pomożecie, albo prosto i za Bóg zapłać siedźcie. Pustką przecież ta izba stoi! Z duszy serca proszę, a ksiądz ten papierek wama przysyła na pierwsze wspomożenie!

Rozwinęła jej przed oczyma trzy ruble.

- Niech mu Bóg da zdrowie! - wykrzyknęła Weronka całując ten papierek.
- Poczciwy, że drugiego nie naleźć! - dodała Hanka.

- Krowie na księżej oborze też będzie niezgorzej! juści... - stary powiedział. I zaraz zaczęły się przenosiny.

Chałupa Sikorów stała tuż przy dróżce, na skręcie do wsi, może o jakie dwa stajania od Stachów, zaraz też jęli tam przenosić pozostałą chudobę i co się jeno poradziło naprędce wydostać spod rumowisk ze statków i pościeli. Hanka aż parobka swojego przyzwała do pomocy, a w końcu i Rocho nadszedł, raźno zabierając się do pomagania, że nim przedzwonili południe, Weronka już była osiedlona na nowym pomieszkaniu.

- Komornica teraz jestem, dziadówka prawie! Cztery kąty i piec piąty, ani obrazu nawet, ni jednej całej miski! - wyrzekała gorzko rozglądając się.
- Obraz ci jaki przyniosę, a i statków, co ino najdę zbędnych. Stacho wrócą i chałupę przy ludzkiej pomocy rychło podźwigną, że nie ostaniesz tak długo... - uspokajała ją Hanka poczciwie. - A kaj to ociec?

Chciała go zabrać do siebie.

Stary ostał przy rumowiskach, w progu ano siedział opatrując bok pieskowi.

- Zbierajcie się ze mną, u Weronki na nowym ciasno, a u nas przeciech znajdzie się la was kąt jakiś.
- Nie pójde, Hanuś... juści... ostanę... urodziłech się tutaj, to i zamrę.

Co się go naprosiła, co mu się naprzekładała, nie chciał i nie.

- W sieni se legowisko wyszykuję... juści... a jeśli każesz... to do waju jeść przyjdę... dzieci ci za to przypilnuję... juści... Pieska ino zabierz, bok mu skaleczyło... juści... stróżować ci będzie... czujny wielce.
- Zwalą się ściany i jeszcze was przygniecie! - prosiła przekładając.
- I... dłużej przetrzymają niźli człowiek niejeden... Pieska weź...

Nie nalegała już więcej, skoro nie chciał. Po prawdzie i u niej było ciasno, a ze starym nowy kłopot by był.

Przykazała Pietrkowi wziąć Kruczka na postronek i do chałupy prowadzić.

- Stanie za Burka, któren gdziesik uciekł. Niezguła dopiero! - krzyknęła niecierpliwie, gdyż Pietrek nie mógł dać rady psu.
- Głupi... gryzł tu będzie... tam żreć co dnia dostaniesz... juści, a w cieple się wyleżysz... Kruczek! - napominał go stary pomagając brać na sznurek.

Pobiegła przodem, bych jeszcze na odchodnym zajrzeć do siostry.

Zdziwiła się, zastawszy w izbie kilka kobiet i Weronkę znowuj rozpłakaną.

- A czym to sobie u was zasłużyłam na tyle dobrości? czym? - biadoliła.
- Niewiela możem, wszędy bieda, ale co przynieślim, bierzcie, bo ze szczerego serca dajem - przemówiła Kłębowa wtykając jej w garść spory węzełek.
- Takie nieszczęście was spotkało!
- Nie z kamienia przeciech naród i kużden z biedą się zna.
- I przez chłopa jesteście, jak drugie.
- To w taką porę waju ciężej niźli inszym.
- I barzej was Pan Jezus doświadcza... - powiadały wraz składając przed

nią węzełki, bo ano spółecznie się zmówiły i naniesły jej, co ino która mogła: to grochu, to krup jęczmiennych, to mąki...

- Ludzie kochane, gospodynie, matki rodzone! - szlochała rzewliwie, obłapiając się z nimi tak gorąco, aż się wszystkie popłakały.

- Są jeszcze dobre na świecie, są!... - myślała Hanka z rozczuleniem.

A tu i organiścina wtaczała się we drzwi, bochen chleba dźwigając pod pachą i kawał słoniny w papierze.

Hanka nie czekając już na jej przemowę, że to południe akuratnie przedzwaniali, śpiesznie poleciała do chałupy.

Jasno było na świecie, słońce się nie pokazywało, ale mimo to dzień posiewał dziwnie przesłonecznioną widność; niebo wisiało wysoko, niby ta modrawa płachta, z rzadka jeno pozarzucana białymi chustami strzępiastych chmur, dołem zaś role rozlewały się w roztocz nieobjętą, widną kiej na dłoni, pozieleniałą miejscami, a gdzie płową od rżysk i ugorów, strugami wód łyskającą, jakby tymi szybami.

Skowronki wyśpiewywały rozgłośnie, a z pól, od borów, z niebieskawych dali, całym światem płynęło rzeźwe, wiośniane powietrze, przejęte ciepłą wilgocią i miodnym zapachem topolowych pąków.

A po drogach wsi roiło się od ludzi: ściągali w opłotki gałęzie i drzewa przez wichurę wyłamane.

W powietrzu zaś było tak cicho, że drzewiny, jakby obwiane jeno puchem pierwszej zieleni pąków, ledwie się poruchiwały.

Nieprzeliczona chmara wróbli kotłowała się przy kościele, że czarno było jakby od sadzy na klonach i lipach rozłożystych, aż wrzask i ogłuszający świergot rozchodził się na całą wieś.

Zaś nad wygładzonym, lśniącym stawem krzyczały gęsiory stróżujące gęsiąt i klepały ostro kijanki, gdyż prano w wielu naraz miejscach.

A wszędy był rajwach, pośpieszna robota, przekrzyki między chałupami, chmary dzieciaków i czerwieniejących po sadach kobiet.

Sienie i izby stały na przestrzał wywarte, po płotach suszyli przeprane dopiero co szmaty, wietrzyli po sadach pościele, ściany bielono tu i owdzie, psy wojnę czyniły ze świniami bobrującymi po rowach, a kajś znów krowy wynosiły rogate łby zza ogrodzeń, porykując tęskliwie.

Niejeden też wóz wyjechał do miasteczka po świąteczne zakupy. A zaraz z południa nadjechał długim wasągiem stary handlarz Judka ze swoją Żydowicą i bachorem.

Jeździli od chałupy do chałupy, przeprowadzani przez pieski sielnie docierające, a mało skąd Judka wychodził z pustymi rękoma, bo nie był okpis, jak karczmarz albo i drugie, płacił niezgorzej, a nawet, jak komu na przednowku było potrza, to na niewielki procent wygodził. Mądry był Żyd, znał wszystkich we wsi i wiedział, jak do kogo przemówić, to i raz po raz ciągał na wóz ciołka albo zboża jakiego ćwiartkę wynosił, a Żydowica osobno na swoją rękę handlowała znosząc jajka, koguty, to jakąś wypierzoną kokoszkę albo i tego płótna półsztuczek, że to głównie na zamianę wycyganiała za owe fryzki a wstążki, a tasiemki, a szpilki, i cały ów kram do przystrajania, na którem babski gatunek zawżdy łakomy, a co w wielgachnym pudle nosiła z sobą kusząc nim co łakomsze...

Zajeżdżały właśnie przed Borynów dom, gdy Józka przy padła z piskiem:

- Hanuś, kupcie czerwonej tasiemki!... a i tej brezylii do jajek potrza farbowania... nici też zabrakło! - prosiła skamląco Hanki.

- Jutro pojedziesz do miasta, to nakupisz, co potrzeba.

- A nawet w mieście taniej i tak nie ocyganiają! - upewniała, rada też jeździć, że już bez nakazu wyleciała do handlarzy krzycząc, iż niczego im nie potrza i nic nie przedadzą.

- A spędź kury, by się jaka do żydowskiego woza nie zaprzęgła! - krzyknęła za nią Hanka wyglądając przed dom.

Tereska żołnierka skręcała właśnie w opłotki, jakby uciekając przed Żydowicą, która za nią cosik wykrzykiwała.

Wpadła do izby, słowa nie mogąc przemówić a jąkając się jeno i czerwieniąc okrutnie, a tak jakoś strapiona, że aż łzy zasiwiły się u jej rzęs długich.

- Co to wam, Teresko? - spytała wielce rozciekawiona.

- A bo te oszukańce dają mi tylko piętnaście złotych, a wełniak całkiem nowy! Tak mi potrza pieniędzy, że dziw się nie skręcę...

- Pokażcie... a drogi? - łakoma była na przyodziewę.

- Choćby ze trzydzieści złotych! Wełniak nowiutki ma całe siedm łokci pół piędzi, samej czystej wełny wyszło na niego więcej niźli cztery funty, farbierzowi też płaciłam.

Rozwinęła go na izbie, że zabłysnął i zamigotał kiej tęcza i grał farbami aż oczy trza było mrużyć.

- Śliczności, nie wełniak! Wielka szkoda, ale cóż?... sama potrzebuję grosza na święta. Nie możecie to poczekać do Przewodów?

- Hale, kiej mi choćby w tej godzinie potrzeba!

Zwijała prędko wełniak odwracając twarz jakby zawstydzona.

- Może wójtowa kupi... łatwiej u nich o grosz.

Wzięła go raz jeszcze oglądać, a do boku przymierzać i z westchnieniem żalu oddała.

- Swojemu chcesz posłać pieniędzy do wojska?

- Juści... pisał... skamle, że mu bieda... Ostajcie z Bogiem!

I prawie pędem wybiegła z chałupy, a Jagustynka rozcierająca w cebratce ziemniaki la maciory zaczęła się śmiać na całe gardło.

- Przyparliście ją, że dziw kiecki nie zgubiła z pośpiechu! Pieniędzy jej potrza la Mateusza, nie la chłopa.

- To one się tak znają! - zdumiała się wielce.

- Cie! jakbyście w lesie siedzieli...

- Skądże to mam wiedzieć?

- A dyć Tereska co tydzień lata do Mateusza i jak pies dni całe waruje pod kryminałem, a zanosi mu, co ino może.

- Bójcie się Boga!... nie ma to swojego chłopa?

- Wiadomo, ale tamten we wojsku, daleko i nie wiada, czy wróci, a kobiecie samej się cni, Mateusz zaś był blisko, na podorędziu, i chłop kiej smok. Cóż to ma sobie żałować?!

Hance przyszedł na myśl Antek z Jagną. Głęboko się zamedytowała.

- A jak Mateusza wzieni, skompaniła się z jego siostrą, z Nastką, nawet siedzi w ich chałupie i razem już do miasta latają. Nastka niby to do brata, a głównie, bych Szymkowi Dominikowej się przypominać...

- Że to wy wiecie o wszystkim! no, no!

- Na oczach głupie szyćko robią, to przejrzeć łacno. Wełniak przedaje ostatni, by Mateuszowi święta sprawić! - szydziła złośliwie.

- No, no, co się to nie wyrabia z ludźmi... I mnie by trza jechać do Antka.

- Tyli świat drogi w waszym stanie, jeszcze się pochorujecie... Nie może to Józka albo kto drugi? - ledwie się wstrzymała, by Jagny nie wymienić...

- Sama pójdę, da Bóg, że mi się nic nie stanie. Rocho mówili, że we święta będą puszczali do niego, pojadę... Ale, trza by już te boczki poprzekładać na drugą stronę.

- Trzeci dzień słonieją, juści, że nie zawadzi, zaraz tam pójdę.

I poszła, ale jeszcze rychlej wróciła zmieszana jakoś, oznajmiając, że mięsa z połowę brakuje.

Porwała się do komory Hanka, poleciała za nią Józka i stanęły wystraszone nad cebrzykiem, deliberując, kaj się mogło podziać.

- To nie psia robota: wyraźnie znać odkrojenie nożem... złodziej obcy też nie przyszedł po parę funtów... To Jagusina sprawka! - zawyrokowała Hanka rzucając się zajadle do izby, ale Jagny nie było, jeno stary leżał jak zawżdy z wytrzeszczonymi ślepiami.

Dopiero Józce się przypomniało, jako Jaguś wychodząc rano z domu cosik kryła pod zapaską, ale myślała, iż to jakiś stroik, którem sobie szykowała na święta wespół z Balcerkówną.

- Do matki wyniosła... Komu smakuje, nie pyta czyje...

Ale na te słowa Jagustynki Hanka zakrzyczała w złości:

- Józka! wołaj Pietrka!... trza tę resztę przenieść do mojej komory.

W mig też przenieśli; chciała przy tej okazji beczki ze zbożem przetoczyć na swoją stronę, by w nich swobodnie przeszukać, ale poniechała: za wiele ich było, i mogliby o tym donieść kowalowi.

I już całe popołudnie jak pies warowała na Jagnę i gdy ta nadeszła o zmierzchu, wsiadła zaraz na nią z góry o mięso.

- A zjadłam!... tak moje, jak i wasze, to urznęłam kawał zjadłam! - odpowiedziała hardo i mimo że już prawie cały wieczór Hanka nie dawała jej spokoju dunderując zawzięcie, nie odezwała się więcej ani słowa, jakby z rozmysłem drażniąc. Nawet przyszła na kolację jakby nigdy nic i z uśmiechem w oczy jej poglądała.

Hanka dziw się nie wściekła ze złości, że to jej przemóc nie poredziła.

Przez to już cały wieczór dopiekała wszystkim o byle co, spać nawet wcześniej wyganiając, że to jutro Wielki Czwartek i trza się będzie brać do porządków.

I sama też legła rychlej niźli zazwyczaj, ale długo w noc nie zasnęła i posłyszawszy zajadłe naszczekiwania piesków wyjrzała na dwór.

U Jagny jeszcze się świeciło.

- Późno, gazu szkoda, za darmo go nie dają! - warknęła w sieni.

- Palcie i wy choćby całą noc! - odpowiedziała jej przez drzwi.

Tak się znowu zeźliła, że dopiero po pierwszych kurach zadrzemała.

A wczesnym rankiem, na samym świtaniu, Józka, choć śpioch był największy, pierwsza się zerwała z łóżka przypominając jazdę po zakupy i biegnąc budzić chłopaków, żeby konie szykowali, a nawet potem hardo się postawiła, kiej Hanka przykazała Pietrkowi założyć do wozu gniadą.

- Ja w deskach i ślepą kobyłą nie pojadę! - wrzeszczała z płaczem. - Cóżem to dziadówka, by mnie w gnojnicach wozili? Wiedzą przeciek w mieście, czyjam córka! Ociec by nigdy na to nie pozwolili...

Narobiła tyle piekła, że postawiła na swoim i wyjechała bryką i parą koni, z parobkiem na przednim siedzeniu, jak to gospodynie zazwyczaj jeździły.

- A czerwonego kup, a złocistego i jakie ino będą papiery! - wołał za nią Witek z ogródka, gdzie już równo ze świtaniem rozbijał na zagonikach pecyny i spulchniał ziemię, gdyż Hanka jeszcze dzisiaj zamierzała tam posiać rozsadę. A gdy gospodyni dłużej się nie pokazywała z chałupy, leciał na drogę i z drugimi chłopakami grzechotał pod płotami, że to od rana dzwony umilkły, jak to było we zwyczaju w kużden Wielki Czwartek.

Pogoda się ustalała podobna wczorajszej; smutniej jeno było jakoś na świecie i jakby ciszej. W nocy przyszedł ziąb, to ranek podnosił się osiwiały rosami, przemglony a chłodny, że już na dużym dniu, a jeszcze świegotały jaskółki na dachach pokulone i rozgłośniej krzyczały gęsi wypędzone nad staw, ale wieś, skoro jeno rozedniało, wstała od razu na równe nogi.

Jeszczech do śniadań było daleko, a już powstał rwetes i krętanina, dzieci zaś wypędzane z chałup, by nie przeszkadzały, nosiły się po drogach, grzechocąc a klekotając w kołatki.

Nawet mało która poszła na mszę, odprawiającą się dzisiaj bez grania i dzwonienia.

Szła już bowiem ostatnia pora, bych się zabierać do porządków świątecznych, a głównie do wypieku chlebów i zaczyniania na placki a owe wymyślne kukiełki, toteż prawie w każdej chałupie okna i drzwi stały szczelnie poprzywierane by ciast nie zaziębić, buzowały się ognie, a z kominów biły dymy w pochmurzone niebo.

Po oborach zaś ryczały inwentarze, żłoby ogryzając z głodu, świnie pyskały w ogródkach, drób się wałęsał po drogach, a dzieci robiły, co chciały, za łby się wodząc i po drzewach łażąc za wronimi gniazdami, gdyż nie było komu przeszkodzić, bo wszystkie kobiety tak się zajęły rozczynianiem i toczeniem bochenków, otulaniem w pierzyny dzież i niecek z ciastem, wsadzaniem do pieców, że jakby o całym świecie zapomniały, tym się jedynie frasując, by zakalec nie wlazł do placka albo się nie spaliły.

A wszędzie szło to samo: u młynarza, u organistów, na plebanii, u gospodarzy czy komorników, bo żeby najbiedniejszy i choćby na bórg albo za tę ostatnią ćwiartkę, a musiał sobie narządzić jakie takie święcone, żebych chocia raz w rok, na Wielkanoc, podjeść se do woli mięsiwa i onych smakowitych różności.

Że zaś nie wszędzie mieli szabaśniki do wypieku, to w sadach między chałupami gęsto krążyły dzieuchy z naręczami szczap, a niekiedy ukazywały się nad stawem kobiety umączone, rozbabrane i kieby na procesji owe feretrony, ostrożnie dźwigające wielgachne stolnice i niecki pełne placków, ponakrywanych poduszkami.

Nawet w kościele szła robota: parobek księży zwoził z lasu świerczaki, a organista wespół z Rochem i Jambrożym jął przystrajać grób Panajezusowy.

A nazajutrz, w piątek, robota się jeszcze wzmogła tak bardzo, że nawet mało kto dojrzał organistowego Jasia, któren z klas na święta przyjechał i spacerował po wsi w okna jeno zaglądając, gdyż ani sposobu zajrzeć było do kogo, ni z kim pogadać.

Jakże, ani wleźć do której chałupy, bo wszędzie przejścia i nawet sady stały zawalone szafami, łóżkami a sprzętem przeróżnym, że to izby bielili dzisiaj na gwałt, szorowali podłogi, a przed domami myli do czysta obrazy, powystawiane pod ściany.

Wszędy zaś taki gwałt panował i krętanina, że w dyrdy biegali poganiając się jeszcze do pośpiechu i wrzawę czyniąc coraz większą, dzieci nawet pędząc do zgarnywania błota w obejściach i wysypywania żółtym piaskiem opłotków.

A że wedle starego obyczaju od piątku rana aż do niedzieli nie godziło się jeść ciepłej warzy, więc głodowali ździebko na chwałę Pańską poprzestając na suchym chlebie i ziemniakach pieczonych.

Juści, iż przez te dni takusieńko kaj indziej działo się i u Borynów, tyle jeno różnie, że więcej było rąk i z groszem skrzybot mniejszy, to i rychlej pokończyli przygotowania.

W piątek, już o samym zmierzchu, Hanka wespół z Pietrkiem skończyła bielenie izb i chałupy, więc zaczęła się śpiesznie myć i przyogarniać do kościoła, bo już szły drugie kobiety na złożenie do grobu Ciała Jezusowego.

Na kominie huczał duży ogień i w grapie, którą dwojgu ciężko było podjąć, gotowała się cała świńska noga, naprędce wczoraj przywędzona, w mniejszym zaś saganie kiełbasy parkotały, że po izbie chodziły takie wiercące w nozdrzach smaki, aż Witek strugający cosik wpośród dzieci raz po raz nosem pociągał i wzdychał.

A pod kominem, w samym świetle ognia, siedziały zgodnie Jagna z Józką, zajęte pilnie kraszeniem jajek, a każda swoje z osobna chroniła i kryjomo, aby się barzej wysadzić. Jagusia najpierw myła swoje w ciepłej wodzie i wytarte do sucha dopiero znaczyła w różności roztopionym woskiem, a potem wpuszczała we wrzątek bełkocący we trzech garnuszkach, w których je kolejno zanurzała. Żmudna była robota, bo wosk miejscami nie chciał trzymać albo jajka w rękach się gniotły lub pękały przy gotowaniu, ale w końcu naczyniły ich przeszło pół kopy i nuż dopiero okazywać sobie i przechwalać się piękniej kraszonymi.

Kaj się ta było Józce mierzyć z Jagusią! Pokazywała swoje, w piórkach żytnich i cebulowych gotowane, żółciuchne, białymi figlasami ukraszone i tak galante, jak mało która by potrafiła, ale ujrzawszy Jagusine, gębę ozwarła z podziwu i markotność ją chyciła. Jakże, to aż mieniło się w oczach, czerwone były, żółte, fiołkowe, i jak lnowe kwiatuszki niebieskie, a widać było na nich takie rzeczy, że prosto nie do uwierzenia: koguty piejące na płocie, gąski na drugim syczały na maciory, uwalone w błocie; gdzie znów stado gołębi białych nad polami czerwonymi, a na inszych wzory takie i cudeńka, kiej na szybach, gdy zamróz je lodem potrzęsie.

Dziwowali się temu oglądając raz po raz, a kiej Hanka powróciła z Jagustynką z kościoła, też wzięła patrzeć, ale nic nie rzekła, jeno stara, przejrzawszy wszystkie, szepnęła w zdumieniu:

- Skąd się to bierze u ciebie?... no, no...

- Skąd?... a samo tak z głowy pod palce przychodzi!

Uradowana była!

- Dobrodziejowi by parę zanieść!

- Święcił jutro będzie, to mu podam, może weźmie...

- Takie śliczności, że dobrodziej nie widzieli!... zdziwiają się wielce! - mruknęła urągliwie Hanka, gdy Jagna poszła na swoją stronę, bo już późno było.

Na wsi też długo w noc siedzieli tego wieczora.

Chmurno było na świecie i ciemno, choć spokojnie; młyn jeno turkotał zawzięcie, a po chałupach prawie do północka świeciło się w oknach, że kładły się światła na drogach, a kajś niekaj aż na stawie się trzęsły wraz z wodą: majstrowali ano świąteczne przyodziewy i kończyli jeszcze roboty.

Sobota zaś przyszła całkiem ciepła i mgłami rzadkimi otulona, ale tak jakoś weselnie było na świecie, że naród, chociaż po ciężkiej pracy wczorajszej, żwawo się podnosił do nowych utrudzeń i turbacji.

A przed kościołem wnet się zatrzęsło od przekrzyków i biegów, bo jak to było we zwyczaju odwiecznym, w każdą Wielką Sobotę zebrali się zaraz rankiem chować żur i grzebać śledzia, jako tych najgorszych trapicieli przez Wielki Post. Nie było parobków ni starszych, to zmówiły się na to same chłopaki, jeno z Jaśkiem Przewrotnym na czele, porwali gdziesik wielki garnek z żurem, do którego jeszcze dołożyli różnych paskudności.

Witek dał się namówić i poniósł garnek na plecach w siatce od serów, drugi zaś chłopak wlókł pobok na postronku śledzia, wystruganego z drzewa. Żur ze śledziem szły w parze przodem, a za nimi całą hurmą reszta, grzechocąc, kołatając a wrzeszcząc, co ino gardzieli starczyło. Jasiek wiódł wszystkich, bo chociaż głupawy był i niemrawa, ale do psich figlów głowę miał i sprawność. Obeszli w procesji cały staw i koło kościoła skręcali już na topolową drogę, kaj się to miał odbyć pochowek, gdy wtem Jasiek walnął łopatą w garnek, że rozleciał się w kawałki, a żur z onymi różnościami polał się po Witku.

Uciecha zapanowała, że aż przysiadali na drodze, ale Witek się zeźlił i prosto z gołymi rękoma rzucił się na Jaśka, pobił się i z drugimi; aż wyrwawszy się poleciał z rykiem do chałupy.

Dołożyła mu jeszcze Hanka od siebie za zniszczony całkiem spencerek i w las pognała po borowinowe gałązki i wąsy zajęcze.

Jeszcze się z niego ześmiał Pietrek, a i Józka nie pożałowała, pilnie wysypując szerokie opłotki, aż do drogi, piaskiem, przywiezionym spod cmentarza, bo tam był najżółciejszy; wysypała też cały zajazd przed gankiem i ścieżka pod okapem, że jakby opasała chałupę w żółtą wstęgę.

A w Borynowej izbie już się wzięli szykować święcone.

Izba była wymyta i piaskiem wysypana, okna czyste i ściany, a obrazy omiecione z pajęczyn, Jagusine zaś łóżko pięknie chustką przykryte.

Hanka z Jagusią i Dominikową, choć nie mówiły prawie z sobą, ustawiły pod szczytowym oknem, w podle Borynowego łóżka, duży stół, nakryty cieniuśką, białą płachtą, której wręby oblepiła Jagusia szerokiem pasem czerwonych wystrzyganek. Na środku, z kraja od okna, postawili wysoką Pasyjkę, przybraną papierowymi kwiatami, a przed nią na wywróconej donicy baranka z masła, tak zmyślnie przez Jagnę uczynionego, że kiej żywy się widział: oczy miał ze ziarn różańcowych wlepione, a ogon, uszy, kopytka i chorągiewkę z czerwonej, postrzępionej wełny. Dopiero zaś pierwszym kołem legły chleby pytlowe i kołacze pszenne z masłem zagniatane i na mleku, po nich następowały placki żółciuchne, a rodzynkami kieby tymi gwoździami gęsto ponabijane; były i mniejsze, Józine i dzieci, były i takie specjały z serem, i drugie jajeczne cukrem posypane i tym maczkiem słodziuśkim, a na ostatku postawili wielką michę ze zwojem kiełbas, ubranych jajkami obłupanymi, a na brytfance całą świńską nogę i galanty karwas głowizny, wszystko zaś poubierane jajkami kraszonymi, czekając jeszcze na Witka, by ponatykać zielonej borowiny i tymi zajęczymi wąsami opleść stół cały.

A tyle co skończyły, sąsiadki jęły z wolna znosić swoje na miskach, niecułkach a donicach i ustawiać je na ławie pobok stołu, gdyż ino w kilku chałupach co przedniejszych gospodarzy zbierać się ze święconym ksiądz nakazywał, że mu to czasu brakowało chodzić po wszystkich.

Lipce miał najbliżej, to święcił na ostatku, nieraz już o samym zmierzchu.

Porozchodziły się bez dłuższej pogwary, by zdążyć jeszcze do kościoła na uroczystość poświęcenia ognia i wody, zalewając przedtem ogniska w chałupach, by je znowu rozniecić tym młodym, poświęconym ogniem.

Poleciała na to i Józka zabrawszy dzieci z sobą.

Ale siedzieli dość długo, bo dopiero w samo południe powracały kobiety, ostrożnie przysłaniając i chroniąc świece zapalone w kościele...

Józka przyniosła wody całą flaszkę i ogień, którym zaraz Hanka rozpaliła drwa przygotowane i pierwsza też wody święconej popiła dając kolejnie wszystkim - od chorób gardzieli pono strzegła - a potem skropiła nią inwentarz i drzewiny rodne w sadzie, że to się przyczyniało do urodzajów i dawało bydlątkom letkie lągi.

A później widząc, że ni Jagna, ni kowalowa nie pomyślały o starym, umyła go w ciepłej wodzie, przyczesała jego skołtunione włosy i przewlekła mu koszulę i pościele. Boryna dozwalał z sobą robić wszystko, nie poruszywszy się ani razu, leżał jak zawżdy wpatrzony przed siebie i martwy jak zawżdy...

Zaraz z południa zrobiło się na wsi jakby święto, jeszcze tu i owdzie doganiali grubszej roboty, ale już głównie zajęli się przyodziewkiem świątecznym, czesaniem, myciem i szorowaniem dzieci, że nie z jednej chałupy wydzierały się krzyki obronne.

I wypatrywali niecierpliwie księdza, któren przyjechał ze dworów dopiero przed zmrokiem i zaraz zjawił się na wsi, w komżę ubrany.

Michał organistowy niósł za nim miednik z wodą święconą i kropidło.

Hanka wyszła go przyjmować aż na drogę.

Spieszył się, wpadł prędko do chałupy, odmówił modlitwę, pokropił dary Boże i zajrzał w siną, obrosłą twarz Borynową.

- Bez zmiany? co?
- A juści, rana się prawie zagoiła, a im nic nie lepiej.

Zażył tabaki, powlókł oczyma po kupiących się przy progu i w sieniach.

- Gdzie to ten chłopiec, który mi sprzedał bociana?

Józka wypchnęła spod komina na środek zawstydzonego Witka.

- Naści dziesiątkę, udał ci się: tak kury goni z ogrodu, że ni jedna nie zostaje!... A jutro które do mężów idą?
- Z pół wsi się wybiera!
- To dobrze, byle tylko zgodnie i cicho, a na rezurekcję przychodzić, o dziesiątej zacznę, mówię: o dziesiątej! A śpijcie w kościele, to Ambrożemu każę wyprowadzić! - dodał groźnie, wychodząc powoli.

Ruszyli z nim całą gromadą odprowadzając do młynarzów.

A Witek, pokazując Józce miedzianą dziesiątkę, szepnął ze złością:

- Niedługo będzie mój bociek księże kury płoszył, nie!..

Rozbiegli się we dwie strony, bo gospodyni wracała na ganek.

Ściemniało się z wolna, zmierzch cichuśko sypał się na ziemię zatapiając sady, domy i pola okólne w modrawym, ledwie przejrzanym mącie, bielały kajś niekaj ściany z przypadłych do ziemi chałup i trzęsły się wskroś sadów zapalone światła, górą zaś na niebie jasnym wyrzynał się blady sierp młodego miesiąca.

Świąteczną cichością osnuła się wieś i mrokiem, w kościele wyniesionym nad chałupami zagorzały wszystkie okna i z otwartych wielkich drzwi biła szeroka smuga światłości.

Wkrótce zaturkotały pierwsze wozy zajeżdżając przed cmentarz i ludzie z dalszych wsi nadchodzić poczęli gromadami, z chałup lipeckich też raz po raz wychodzono do kościoła, bo często z wywieranych drzwi padała w noc struga światła topiąc się w omroczałym stawie, i tupoty a przyciszone pogwary mrowiły się w ciepłym i omglonym powietrzu. Pozdrawiali się na drogach, nie dojrzawszy w nocy, i niby ta rzeka, wzbierająca z wolna a bezustannie, ciągnęli na rezurekcję.

U Borynów na gospodarstwie do pilnowania ostawały ino psy, stary Bylica i Witek, któren pilnie majstrował wespół z Maćkiem Kłębowym kogutka, co to z nim mieli pójść po dyngusie.

Hanka wyprawiła najpierw Józkę z dziećmi i parobka; sama później miała nadejść. Ubrana już była, ale ociągała się z wyjściem, jakby na coś oczekując, że wciąż wystawała w ganku i stróżowała na drodze. Dopiero gdy Jagna poszła z kowalową i dosłyszała kowala idącego z wójtem ku kościołowi, wróciła do izby, przykazując cosik po cichu staremu. Stanął na straży w opłotkach, a ona wsunęła się na palcach do ojcowej komory... Po dobrej półgodzinie wyszła stamtąd, coś pilnie zapinając stanik; oczy jej gorzały i ręce się trzęsły.

Nagadała, czego nikt nie pojął, i poszła na rezurekcję.

ROZDZIAŁ 5

Na drogach było pusto i ciemno, w chałupach gasły światła i przechodzili już ostatni ludzie, jeno na kościelnym placu stały gęstwą wozy z wyłożonymi końmi, że tylko tupoty a parskania roznosiły się w mroku, a pod dzwonnicą czerniały dworskie powozy.

Hanka jeszcze raz w kruchcie cosik pomajdrowała kiele stanika i spuściwszy chustę na plecy, jęła się ostro przepychać do przednich ławek.

Kościół już był jakby nabity, ściżbiony naród kłębił się i wrzał niby woda, z poszumem pacierzy, wzdychań, kaszlów a pozdrawiań, i kołysał się od ściany do ściany, aż się od tego naporu kolebały chorągwie w ławki pozatykane i te świerczaki, którymi umaili ołtarze i ściany wszystkie.

Ledwie co się przepchała do swojego miejsca, kiej proboszcz wyszedł z nabożeństwem, i wraz też jęły się z gęstwy rwać głośne wzdychy i te ręce szeroko rozwodzone. Klękali kornie cisnąc się coraz barzej, że wnet cały naród był na kolanach, ramię przy ramieniu, dusza przy duszy, jako to pole nasadzone głowami, że ino w tym rozkołysanym ździebko, człowieczym łanie oczy się mrowiły, połyskliwie kiej motyle niesąc się ku ołtarzowi wielkiemu, na figurę Jezusa zmartwychwstałego, któren stojał nagi, skrwawiony, ranami pokryty i w płaszcz czerwony jeno przyodziany z chorągiewką w ręku.

Cichość z nagła objęła kościół, jakby tego zwiesnowego przypołudnia, kiej to słońce przypiecze pola, wiatr ustanie i przygięte zboża se kłosami gwarzą, a jeno gdziesik wysoko, pod niebem modrym, skowronkowe pieśni słodko podzwaniają...

Rozmadlali się z wolna, że wargi się wszędy trzęsły i pacierze ze wzdychaniami szemrały cichuśko a rzęsiście kiej ten deszczyk trzepiący po liściach; głowy pochylały się coraz niżej, czasem jęk wyrwał się skądciś, to czyjeś rozmodlone ręce wychynęły prosząco ku ołtarzowi albo i płacz zakwilił pisklęcy, żałosny, z tej ciżby, co jak krze przyziemne tuliła się trwożnie w cieniach naw wyniosłych i mrocznych, niby bór odwieczny, bo chociaż na ołtarzach gorzały światła, gęsty mrok zalegał kościół, że to oknami a głównie przez wielkie drzwi wywarte noc się cisnęła czarna i zaglądał blady sierp księżyca zza chmur.

Jeno Hanka nie mogła się przyłożyć do pacierza, trzęsła się w sobie tak zalękniona, jakby to jeszcze tam była, w komorze ojcowej.

Dreszcz ją przejmował, czuła na rękach sypkie zimno zboża i raz po raz ściskała ramiona, aby poczuć między piersiami wtulony węzełek.

Tak ją roztrzęsła radość i strach jakiś zarazem, że często różaniec wysuwał się z palców, zapominała słów modlitwy wodząc rozpalonymi oczyma po ludziach, a nie dostrzegając nikogo, choć pobok siedziała Józka, Jaguś z matką i drugie.

W ławkach stojących z boku ołtarza modliły się na książkach dziedziczki z Rudki, z Modlicy i dziedzicówny z Wólki, a dziedzice stojały we drzwiach zakrystii, poredzając cosik; na stopniach ołtarza stojała z daleka młynarzowa i organiścina, sielnie wystrojone. Zasie przed kratą, tam, kaj było miejsce la najpierwszych gospodarzy lipeckich, które zawżdy stróżę trzymali w czas nabożeństwa, baldach nosili nad dobrodziejem i pod ręce go wiedli na procesjach, klęczały teraz gęstą ławą chłopy z drugich wsi, że ledwie było można dojrzeć między nimi wójta, sołtysa i ten czerwony łeb kowalowy.

Niejedne kobiece oczy się tam niesły wypatrując tęskliwie swoich... ale na darmo: były tam chłopy z Dębicy, z Woli, z Rzepek, z całej parafii, jeno lipeckich nie dojrzał, jeno tych najpierwszych dzisia nie stało. Zatrzepotały się też dusze kobiece kiej ptaki spłoszone, że niejedna głowa z płaczem do ziemi przywarła, niejeden jęk żałosny rwał się z gęstwy, a bolesne przypominki sieroctwa żywym ogniem zapiekły.

Jakże, największe święta w całym roku, Wielkanoc, i tyla obcego narodu się zebrało, a na wszystkich twarzach choć ździebko przychudłych z postu, radość się rozlewa, puszą się ano, paradują strojami, rozpierają w kościele kieby dziedzice, toczą hardo oczyma, zajmują pierwsze miejsca, a tamte, lipeckie mizeraki, cóż teraz czynią, co? W ciemnicach ano o głodzie i chłodzie krzywdę gorzką gryzą i żalem się pasą, i tęsknicą...

La wszystkiego stworzenia dzień radości nastaje, jeno nie dla nich... chudziaków pokrzywdzonych... Wszystkie społem do chałup powrócą radośnie zażywać świąt, odpoczynku, jadła, zwiesnowego słońca, przyjacielskich ugwarzeń, jak Pan Bóg przykazał, jeno nie te opuszczone lipeckie sieroty...

Same rozbolałe, chyłkiem rozejdą się do pustych domów i ze łzami przegryzać będą ten placek świąteczny, a z tęsknicą i turbacjami społem do snów legną...

Jezus mój, Jezu! rwały się żalne, przyduszone skowyty dokoła Hanki, aż przecknęła dojrzawszy naraz znajome twarze i oczy łzami przeszklone... Nawet Jaguś zwiesiła głowę nad książką i na białe karty lała ciężkimi łzami, aż ją matka szturchaniem przywodziła do opamiętania, hale! poredziła się utulić, kiej właśnie Antek jawił się w pamięci tak żywo, że jak wtedy w Boże Narodzenie słyszała głos jego gorący i zdało się jej, iż wpodle klęczy cisnąc głowę do jej kolan... to żal ją ścisnął za serce i same łzy się polały z nagłej tęskności...

Szczęściem, co dobrodziej w tę porę rozpoczynał kazanie i rumor się czynił w kościele, gdyż powstawali z klęczek, cisnąc się jeszcze barzej ku ambonie i zadzierając głowy w górę, ku księdzu, któren o Męce Pańskiej powiadał i o tym, jak go to paskudne Żydowiny ukrzyżowały, że to świat przyszedł zbawić, że sprawiedliwość chciał dawać pokrzywdzonym, że za biedotą się upominał. Tak rzewliwie owe krzywdy Pańskie na oczy przywodził, jaże się gorąco robiło i niejedna pięść chłopska zwierała się na odemstę, a babi naród w głos szlochał czyniąc sprawę wedle nosów.

Długo nauczał wykładając wszystko dokumentnie, jaże kajś niekaj oczy kleiły się śpikiem, a po kątach już na dobre drzemali, ale pod koniec zwrócił się prosto do narodu i wychylony z ambony, jął sielnie wytrząchać pięściami a krzyczeć, jako co dnia, co godzina i na każdym miejscu Jezus umęczon jest przez grzechy nasze, zabit przez złości, bezbożności a nieposłuszeństwo prawom boskim, jako każden człowiek krzyżuje Go w sobie, nie pomnąc na Jego rany ni krew świętą, wylaną dla naszego zbawienia!

Ryknął ci na to cały naród i płacze, szlochania kiej wicher rozniesły się jękiem wstrząsającym po kościele, aż przestał mówić. Dopiero kiej przycichli, zaczął znowu, ale już radośnie i krzepiąco, o Zmartwychwstaniu Pańskim powiadać. O onej zwieśnie, jaką Pan w dobroci swojej czyni co rok człowiekowi grzesznemu i czynić będzie aż do owej pory, kiej Jezus powróci znowuj na świat, by sądzić żywe i pomarłe, by harde poniżać, grzeszne w ogień piekielny na wiek wieków spychać, a sprawiedliwe po prawice swojej sadzać w chwale wiekuistej! Jako przyjdzie ten czas, iże wszelka niesprawiedliwość ustanie, wszelka krzywda weźmie zapłatę, a płakania cierpiących ustaną i zło panować nie będzie...

I tak gorąco to mówił, tak poczciwie, że każde słowo kiej słodkość lało się w serca i kieby słońce rozpalało w duszach, że dziwna błogość przejmowała wszystkich, jeno lipeckie ludzie zatrzęsły się z żalu i przypomnienia krzywd tak boleśnie ścisnęły dusze, jaże ryknęli wraz z płaczem, krzykiem, szlochaniem i walili się krzyżem na podłogę, tym jękiem żalnym, tym skrzybotem serdecznym wołając o zmiłowanie i poratunek...

Zakotłowało się w kościele, płacz się podniósł powszechny i krzyki, ale wnet pomiarkowali drudzy i jęli podnosić lipeckie kobiety, usadzać je a krzepić dobrymi słowy, a dobrodziej poczciwy ocierając łzy rękawem wołał, że Pan Jezus doświadcza tych, których miłuje, iż chociaż zawinili, kara rychło się skończy, bych jeno dufali w miłosierdzie Pańskie, a lada dzień powrócą wszystkie chłopy...

Uspokoili się po tych słowach, ulżyło im galanto i dufnuść wstąpiła w serca.

A gdy wnet potem ksiądz zaintonował u ołtarza pieśń Zmartwychwstania, kiej organy wtórem huknęły z całej mocy, kiej dzwony zaśpiewały na cały świat, a dobrodziej z Przenajświętszym Sakramentem jął zstępować ku narodowi w sinym obłoku kadzideł i dzwonnej wrzawie, pieśń buchnęła ze wszystkich gardzieli, zakolebała się ciżba, palący wicher uniesienia osuszył łzy i porwał dusze, iż naraz społem, kiej ten bór człowieczy, rozchwiany i śpiewający jednym, ogromnym głosem, ruszył procesją za proboszczem, któren monstrancję dzierżył przed sobą, że jakoby słońce złociste, słońce promieniejące rozgorzało nad głowami, płynąc z wolna skroś gęstwy nieprzeliczonej, wskroś świateł jarzących, w kadzielnych dymach ledwie dojrzane, śpiewaniami opowite i przez oczy wszystkiego narodu, i przez serca wszystkie z miłością niesione...

Obchodzili kościół we środku a wolniuśko, noga za nogą, cisnąc się w strasznej ciasnocie i śpiewając z całej mocy, a organy wciąż grały, a dzwony bezustannie biły...

Alleluja! Alleluja! Alleluja! Huczał kościół, aż mury się trzęsły, śpiewały serca wszystkie i gardziele, a te głosy płomienne i ogniem nabrzmiałe niby żar-ptaki rwały się z krzykiem wesela ogromnym, kołowały pod sklepieniami, kiejby poślepłe w upale, i w noc wiośnianą płynęły, na słońca się gdziesik niosły, we wszystek świat, kaj jeno uniesieniem dusze człowiecze sięgają...

Prawie przed północkiem skończyło się nabożeństwo i ludzie jęli się śpieszno na świat wywalać. Tylko Hanka ostała jeszcze, bo się tak rozmodliła gorąco, tak ją ano słowa księże przejęły otuchą, a te śpiewy radosne, nabożeństwo i pamięć tego, czego to dzisiaj dopięła, tak ją ukrzepiły, iże całą radość składała pod Jezusowe nogi, zapomniawszy w pacierzu o całym świecie. Dopiero Jambroży brząkaniem kluczów przyniewolił ją do wyjścia z pustego już kościoła.

Że nawet i ten strach o Antka, któren od tyla czasu żył w niej i skowyczał za leda powodem, jakby w niej pomarł nagle, tak bardzo poczuła się spokojna i dufna w sobie.

Rozglądała się za swoimi posuwając się wolno ku domowi, gdyż wozy toczyły się nieprzerwanym łańcuchem i ludzie szli całymi kupami bokiem drogi, ledwie dojrzanej, bo księżyc już zaszedł i ciemno było na świecie, bure chmurzyska ciągnęły górą, co trocha przesłaniając te granatowe pola nieba, kaj się jarzyły gwiazdy dalekie.

Noc szła ciepła, cicha i od ros obfitych wilgotnawa, z pól pociągał mięciuchny wiaterek, przejęty surowizną ziemic i mokradeł, a po drogach roznosiły się miodne zapachy topoli i brzózek. Ludzie mrowili się w cieniach wsi, że ino kajś niekaj zamajaczyły głowy na jaśni powietrza nieprzysłonionego; wszędy rozlegały się kroki a głosy, pieski też zajadlej docierały z opłotków, a po chałupach tu i owdzie rozbłyskiwały światła.

Hanka, opatrzywszy po drodze stajnie i obory, poszła do chałupy. Już się tam kładli spać.

- Niech jeno wróci a gospodarzy, to ni słówkiem mu przypomnę przeszłe. - Postanawiała rozdziewając się do snu. - A jeżeli znowuj się z nią sprzęgnie? - pomyślała naraz, dosłyszawszy Jagusię wracającą na swoją stronę.

Legła w pościel, nasłuchując czas jakiś. Na wsi było cicho, jeno z dróg dalekich trzęsły się ostatnie turkoty wozów i głosy zamierające w pustych oddalach.

- Boga by nie było ni sprawiedliwości na świecie!- szepnęła groźnie, ale zbrakło jej sił do rozmyślań, bo śpik ją zaraz z miejsca zmorzył.

. . . .

Nazajutrz bardzo późno obudziły się Lipce.

Dzień się już rozwierał kiej to modre oko, jeszczech bielmem śpiku zasnute, ale już widne do cna i połyskujące, a wieś spała w najlepsze.

Nie kwapili się zrywać z barłogów, choć dzień ci to szedł Pańskiego Zmartwychwstania. Słońce wyniosło się zarno od wschodu i zagrało w stawach a rosach, i płynęło po bladym, wysokim niebie, jakby śpiewając wszemu światu ciepłem a światłością: Alleluja!

Niesło się ogromne i płomienne wskroś mgieł przyziemnych; wskroś sadów i chałup, i pól, że ptaki zaśpiewały radośnie, wody dzwoniły weselnym bełkotem, bory zaszumiały, wiater powiał, zatrzęsły się młode liście, a ziemia zadrgała, że gęste runie zbóż zakolebały się cichuśko i rosy kiej łzy posypały się na ziemię.

Hej! wesoły dzień nastał! Chrystus nam zmartwychwstał! Alleluja!

Zmartwychwstał On, umęczon i lutą złością zabit! Powstał ci znowu w żywe, z ciemności, z mrozów, z pluch się wyniósł Najmilszy! Śmierci srogiej się wydarł, zmógł niezmożone ku człowiekowemu szczęściu i oto w ten czas wiośniany, w tę porę rodną unosi się nad ziemiami, w tym słońcu przenajświętszym utajony, i rozsiewa wokół wesele, budzi omdłałe, ożywia martwe, wznosi przygięte, jałowe zapładnia.

Alleluja! Alleluja! Alleluja!...

Tym ci to świat wszystek się rozlegał onego dnia Pańskiego.

Jeno w Lipcach było ciszej i smutniej niźli po inne roki w tę porę.

Zaspali galanto, bo już o dużym dniu, kiej słońce wciągało się nad sady, dopiero ruch się czynił po chałupach, skrzypiały wierzeje i rozczochrane głowy wyglądały rozziewane na świat Boży, który stojał w słońcu,

skowronkowymi świergotami dzwoniący i młodą zielenią przytrząśnięty.
I u Borynów zaspali. Jedna Hanka, co się ździebko poraniła, by obudzić
Pietrka do szykowania konia i bryki, sama zaś zajęła się przygotowaniem
święconego. Józka. tymczasem z niemałym piskiem pucowała dzieci, sama
się też we świąteczne szmaty przyodziewając, a pod studnią na podwórzu
Pietrek z Witkiem domywali się do czysta; tylko stary Bylica zabawiał się z
pieskiem na ganku, często nosem pociągając, czy już krają kiełbasy.
  Wedle zwyczaju nie rozpalono ognia w kominie, kontentując się zimnym
święconym. Właśnie je była Hanka przynosiła z ojcowej izby, rozdzielając
po talerzach, że każdemu po równo wypadło po kawale kiełbasy, szynki,
sera, chleba, jajek i placka słodkiego.
  Dopiero kiej się i sama ogarnęła, zwołała wszystkich do jadła i nawet
poszła po Jagusię; przyszła ci zaraz sielnie zestrojona i tak piękna, że kiejby
zorza się widziała, a modre oczy niby gwiazdy jarzyły się spod lnowych,
gładko przyczesanych włosów. Ale wszyscy zarówno byli w szmatach
świątecznych, że ino grały w oczach wełniaki i gorsety, a i Witek, choć
boso, w nowym był spencerku ze świecącymi guzikami, co je był uprosił od
Pietrka, który dzisiaj wystąpił w całkiem nowej przyodziewie: w
granatowym żupanie i portkach pasiastych żółtozielonych, wygolił się do
czysta, włosy obciął, jak drugie, równo nad czołem i koszulę na czerwoną
wstążkę zawiązał, że skoro wszedł, zdumieli się przemianą, a Józka jaże w
ręce zaklaskała:
  - Pietrek ci to? a to by cię rodzona nie poznali!
  - Burkową skórę zrzucił i parobek kiej świeca... - zauważył Bylica.
  Prześmiechnął się ino parob tocząc oczyma za Jagusią a robiąc grdyką,
gdyż Hanka, przeżegnawszy się, przepijała gorzałką do każdego i
niewoliła zasiadać do stołu. Zajęli ławki, że nawet Witek, choć nieśmiało,
przysiadł na kraju.
  I pojadali z wolna, w cichości smakując święconego, że to bez tyle tygodni
niezgorzej się wypościli. Kiełbasy czujne były, czosnkiem dobrze
przyprawione, gdyż po izbie rozniesły się zapachy, jaże psy się wierciły
między ludźmi skamląc żałośnie.
  Nikto się nie ozwał, póki pierwszego głodu nie zapchali tęgo pracując, że
ino w onej uroczystej cichości spożywania glamania się rozchodziły,
przysapki a bulgoty gorzałki, bo Hanka nie żałowała nikomu, sama jeszcze
przyniewalając do picia.
  - Rychło to pojedziem? - ozwał się pierwszy Pietrek.
  - Zaraz choćby, po śniadaniu.
  - Jagustynka chciała się z wami zabrać do miasta - wtrąciła Józka.
  - Przyjdzie na czas, to pojedzie, czekać nie będę.
  - Obroków to wziąć?
  - Na jeden popas, wieczorem wrócimy.
  I znowuj jedli, aż niejednemu ślepie wyłaziły z onej lubości, twarze
czerwieniały i sytność rozpierała serca gorącem i głęboką radością.

Wolniuśko pojedali nadziewając się z rozmysłem, by jak najwięcej zmieścić i jak najdłużej czuć w gębie smakowitości. Dopiero kiej Hanka się podniosła, wzięli się też dźwigać od mich z dobrą już wagą w kałdunach, a Pietrek z Witkiem, czego byli nie dojedli, do stajni ponieśli z sobą.

- Szykujże zaraz konie! - zarządziła Hanka i przyrychtowawszy la męża toboł święconego, co go ledwie uniosła, odziewać się jęła do drogi.

Już ano konie czekały przed chałupą, kiej wpadła zadyszana Jagustynka.

- Mało co nie czekałam na waju!...

- Tościе już po święconym? - westchnęła żałośnie pociągając nosem.

- Znajdzie się jeszcze la was, siadajcie, przegryźcie coniebądź...

Juści, nie potrza było wygłodzonej biedoty przyniewalać, przypięła się do jadła kiej wilk i zmiatała, co ino było na podoredziu.

- Pan Jezus wiedział, na co świńtucha stworzył!- szepnęła, podjadłszy nieco. - Jeno to dziwna, że choć mu za życia w błocie legać pozwalają, to po śmierci radzi go w gorzałce moczą! - prześmiewała po swojemu.

- Pijcie na zdrowie a prędko, bo czas nagli.

I może w pacierz pojechały. Hanka już z bryki nakazywała Józce, by nie zapominała o ojcu, tak że dziewczyna zaraz nadrobiła różności na talerz i poniosła. Nie ozwał się na jej zagadywania ni nawet spojrzał na nią, ale co mu wetknęła w zęby, zjadł chciwie, patrząc wciąż martwym wzrokiem jak zawdy. Może by nawet i więcej pojadł, ale Józce się przykrzyło i poleciała na dwór patrzeć, jak prawie z każdej chałupy wyjeżdżały lub wychodziły kobiety z tobołkami, że kilkanaście wozów toczyło się do miasta i nad rowami ciągnęły rzędem kobiety, czerwono przyodziane, z węzełkami na plecach.

A kiej się rozwiały ostatnie turkoty, padła na wieś dziwnie smutna cichość i pustka; dzień się powlókł wolno, głuche milczenie zaległo drogi, ni gwarów zwyczajnych w taką porę, ni śpiewań, ni ludzi, tyle jeno, co tam nieco dzieci uwijało się nad stawem śmigając kamieniami na gęsi.

Słońce szło w górę, jasnością zalewając świat, ciepło się podnosiło, że już muchy brzęczały po szybach, jaskółki zapamiętałe chlustały wskroś przejrzystego powietrza, staw mienił się w ogniach, drzewa zaś, kiejby spławione w zieleni, połśniewały świeżyzną rozlewając miodne zapachy; z pól ogromnych, opłyniętych niebieskością, bił niekiedy chłodnawy, ziemią przejęty ciąg i skowronkowe śpiewania; wszystek świat tchnął zwiesnową cichą lubością, a od wsi, ledwie widnych w dalekościach, słoneczną pożogą przemglonych, niosły się czasami jędrne krzykania i huki pistoletowych strzelań!

Jeno w Lipcach było pusto i żałobnie kiejby po pogrzebie, tyle co wypuszczone do picia bydło łaziło, kiej chciało, cochając się o drzewa i porykując ku polom zieleniejącym. Pustką zarówno stojały opłotki, jak i. sienie powywierane, jeno miejscami na słonecznej stronie wygrzewali się pod białymi ścianami, gdzie zaś dziewczyny czesały się w oknach otwartych, a staruchy rozsiadłe na progach przeiskiwały dzieci.

I tak oto przechodziły godziny cichości sennej i smutnej, niekiej wiater zatrząsł drzewinami, że poszumiały cichuśko ważąc się ku chatom i lękliwie jakby poglądając w puste izby, to wróble stado z wrzaskiem przenosiło się z sadu na drogę albo zaszarpały się krótkie krzyki dzieci, odganiających wrony od kurcząków.

Mój Jezu, nie tak było prźódzi w ten dzień, nie tak!...

Słońce się już wspinało ku południowi, nad kominy, kiej Rocho przylazł do Borynów, zajrzał do chorego, pogadał z dziećmi i zasiadł w ganku na słońcu. Poczytywał cosik na książce i bacznie wodził oczyma po drogach. A wkrótce nadeszła kowalowa z dziećmi i odwiedziwszy ojca, przysiadła na przyźbie.

- Wasz w domu? - zapytał Rocho po długiej chwili.
- Gdzie zaś!... do miasta zabrał się z wójtem.
- Cała wieś tam dzisiaj.
- Juści, pocieszą się nieco święconym, chudziaki.
- Wyście to z matką nie pojechali? - pytał Jagny wychodzącej.
- A cóż tam po mnie! - wyszła w opłotki spoglądając tęsknie na pola.
- Nowy wełniak ma dzisiaj! - szepnęła z westchnieniem Magda.
- Po matuli, nie poznajecie go to, co? A i korale wszystkie zawiesiła, i bursztyny te wielgachne też po matusi! - pouczała ją Józka żałośnie. - Jeno chustkę na głowie ma swoją...
- Prawda, tylachna szmat ostało po nieboszczkach, to nama ich tknąć nie pozwolili, a jej wszystko oddał, i paraduje se teraz...
- Hale, jeszczech kiejś wyrzekała przed Nastką, co są zleżałe i śmierdzą...
- Żeby jej tak zapachnęło to łajno diabelskie!
- Niech jeno ociec ozdrowieją, zarno upomnę się o korale, pięć sznurków ostało długich kiej bicze i jak groch największy!

Magda się już nie odezwała; westchnąwszy ciężko zaczęła iskać najmłodsze dziecko. Józka się też zaraz poniosła na wieś, Witek pod stajnią majstrował jeszcze cosik kiele kogutka, dzieci zaś baraszkowały razem z pieskami przed gankiem, pod okiem Bylicy, któren czuwał nad nimi kiej kokosz, a Rocho jakby ździebko zadrzemał.

- Skończyliście polne roboty?
- Tyle jeno, że ziemniaki wsadzone i groch posiany.
- U drugich i tyla nie zrobione!
- Zdążą jeszcze; powiedali, co puszczą chłopów na Przewody.
- Któż to taki wiedzący powiadał?
- A różni mówili w kościele! Kozłowa zbiera się iść prosić dziedzica...
- Głupia, dziedzic to ich więzi czy co?
- Bych się wstawił, to może by puścili...
- Wstawiał się już nieraz i nie pomogło...
- Żeby ino chciał, ale nie chce przez złość la Lipiec, mój powiada... - urwała nagle pochylając zmieszaną twarz nad dziecińską głową, trzymaną między kolanami, że Rocho na próżno czekał jakiegoś słowa.

- Kiedyż się tam Kozłowa wybiera? - pytał ciekawie.
- A zaraz po południu iść mają...
- Tyle wskórają, co się przelecą i powietrza innego zachwycą.

Nie odrzekła, gdyż w opłotki skręcał z drogi pan Jacek, dziedziców brat, o którym powiadali, że głupawy był nieco, bo zawżdy ze skrzypkami się nosił, na rozstajach pod figurami grywał i tylko z chłopami przestawał. Szedł przygięty ze skrzypicą pod pachą, z fajeczką w zębach, chudy, wysoki, z żółtą bródką i rozbieganymi oczyma. Rocho wyszedł naprzeciw. Musieli się znać, bo poszli razem nad staw i długo tam siedzieli na kamieniach, cosik cicho poredzając, że już dawno przedzwonili południe, kiej się rozeszli. Rocho wrócił na ganek, ale był jakiś osowiały i markotno patrzał.

- Schuchrało się panisko, że ledwiem go poznał! - ozwał się Bylica.
- Znaliście go? - ściszył głos oglądając się na kowalową.
- Jakżeby... Niemało dokazywał za młodu, niemało... Kat ci był la dzieuch... we Woli ni jednej nie przepuścił... dobrze baczę, w jakie to cuganty jeździł... jak se używał... baczę... - pojękiwał stary.
- Wziął za to ciężką pokutę, ciężką! Tościе i najstarsi we wsi, co? Jambroży musi być starszy, bo jak ino baczę, on zawdy był stary.
- Sam rozpowiada, co śmierć o nim zapomniała! - wtrąciła kowalowa.
- Kostucha ta o nikim nie zabaczy, jeno tego ostawia se, by lepiej skruszał, bo kwardy, juści... wycygania się, jak może... juści... - jąkał cicho.
Zamilkli na długo.
- Baczę, kiej to w Lipcach wszystkiego piętnastu gospodarzy siedziało - zaczął znowu Bylica wyciągając nieśmiało palce ku tabace Rochowej.
- A teraz siedzi czterdziestu! - podsunął mu tabakierkę.
- I nowe już czekają na działy, urodzi rok czy nie, a naród zawsze jednako plonuje, juści... a ziemi nie przybywa... jeszcze niecoś lat, a zbraknie la wszystkich... - Kichał rzęsiście.
- A bo to już dzisiaj we wsi nie ciasno! - rzekła kowalowa.
- Prawda, a kiej się chłopaki pożenią, to już la ich dzieci nie ostanie i po morgu, juści...
- To we świat iść muszą! - zauważył Rocho.
- Z czym to pójdą? z gołymi pazurami ten wiater zagrabiać?
- A Niemcy ano na Słupi wykupiły dziedzica i teraz się stawiają... po dwie włóki na osadę - mówił Rocho dość smutnie.
- Juści... powiadali o tym... hale Niemcy naród inszy, uczony i zasobny, handlują wespół z Żydami, a krzywdą ludzką se pomagają... a niechby tak po chłopsku z gołymi palicami chytały się ziemie, to by i trzech siewów nie przetrzymały... i co do jednego wykupiły... W Lipcach ciasno, duszą się ludzie, a tamten ma tylachna pola, że ugorem prawie leży... - wskazał dworskie ziemie za młynem, wzgórzem pod las biegnące, kaj czerniały łubinowe stogi.
- Na Podlesiu?

- Rychtyk przyległe do naszych, w sam raz do wykupna, ze trzydzieści gospodarstw tam by wymierzył, juści... ze trzydzieści... ale bo to dziedzic przeda, kiej mu pieniędzy nie potrza?... bogacz taki...

- Hale! bogacz, a kręci się za groszem kiej piskorz za błotem, że już od chłopów pożycza i kaj ino może. Żydy go przyduszają o swoje, co na las dały, podatki winien, dworskim nie płaci, jeszczek ordynarii na Nowy Rok należnej nie dostały, wszędzie winien, a skąd to weźmie oddać, kiej boru zabronił urząd ciąć, póki się z chłopami nie ugodzi? Nie wysiedzi on długo na Woli, nie! Powiadali, co się już za kupcami ogląda... - rozgadała się niespodzianie kowalowa, ale kiej Rocho chciał ją więcej pociągnąć za język, zacięła się jakoś i zbywszy go bele czym, dzieci zwołała i do dom poszła.

- Sporo musi wiedzieć od swojego, jeno się boja popuścić... Juści, że przyległe ziemie rodne, łąki dwukośne, juści... - rozmyślał głośno stary, wpatrzony w podleskie pola, kaj widać było za stogami dachy zabudowań folwarcznych, jeno że Rocho nie słuchał, bo dojrzawszy Kozłową stojącą nad stawem z kobietami, poszedł do nich prędko.

- Hi... hi... zmogły dziedzica... Mój Jezu, a pożywiłybv się chłopy niezgorzej... Juści... druga wieś by stanęła, rąk nie zbraknie ni głodnych na ziemie... juści... - rozmarzył się Bylica dyrdając za dziećmi, bo jaże na drogę się wytoczyły.

Na nieszpory zaczęli dzwonić.

Słońce się już przetaczało ku borom i drzewa poczęły kłaść długie cienie na drogi i staw, a przedwieczorna cichość tak przywalała świat, że słychać było dalekie jeszcze dudnienie wozów, krzyki ptactwa na ogorzeliskach i ciche, przejmujące granie organów w kościele.

Że zaś powracały już niektóre z miasta, zaklekotały od trepów wszystkie mostki, tak biegli nowin posłuchać.

Zaś po nieszporach, o samym zachodzie, dobrodziej pojechał drogą do Wólki. Jambroży powiedział, że do dworu na bal, a zaraz po jego wyjeździe organisty z całym domem walili w goście do młynarzów; Jasio wiódł matkę sielnie zestrojoną i wesoło pozdrawiał dzieuchy, wyzierające z opłotków.

Zmierzch się roztrząsał cichy po ziemiach, słońce zaszło i zorze się rozlewały coraz szerzej, że z pół nieba stanęło w krwawych ogniach, kieby tym zarzewiem przysypane, wody się krwawo zatliły i szyby rozgorzały, od miasta zaś coraz więcej nadjeżdżało wozów i coraz rozgłośniej wrzały krzyki przed domami.

Hanki jeno nie było widać, ale mimo to przed chałupą gwarno było i wesoło; dzieuch rówieśnych naszło się do Józki, że kiej te szczygły świergotliwe obsiadły przyzbę i ganek, zabawiając się prześmiechami z Jaśkiem Przewrotnym, któren przyleciał za Nastusią, choć go ta już całkiem odpędzała od siebie, na kogo innego rachując. Józka ugaszczała je, jak ino mogła, plackiem jajecznym a kiełbasą.

Nastusia rej wiedła, jako najstarsza i że to najbardziej się przekpiwała z chłopaka, co to był niezguła, a siarczystego parobka chciał udawać. Stojał

właśnie przed wszystkimi, w pasiastych portkach, w nowym spencerku i w kapelusie na bakier, ujął się pod boki, a ze śmiechem powiadał:
- Musita o mnie stoić, bom sam jeden parobek we wsi!
- Nie bój się, za krowami dyrdać ma kto jeszcze!
- Pokraka jedna, do skrobania ziemniaków sposobny!
- Dzieciom nosy obcierać! - wrzeszczały jedna przez drugą, rozgłośnym śmiechem wybuchając, ale Jasiek się nie stropił, strzyknął śliną przez zęby i rzekł:
- O takie głupie skrzaty nie stoję!... Gęsi wama paść jeszcze!
- Sam łoni za krowim ogonem tańcował, a tera parobka udaje...
- I co dnia portki gubił, tak przed bykiem uciekał.
- Ożeń się z Magdą od Jankla, ta ci pasuje w sam raz.
- Żydowskie bachory niańczy, to i tobie nos będzie umiała ucierać.
- Albo z Jagatą, to ją na odpusty poprowadzisz - rzucały w niego szydliwie.
- A jakbym do której z wódką posłał, to by się do Częstochowy ochfiarowała i wszystkie piątki suszyła z radości! - odpowiedział.
- A pozwoli ci to matka, kiejś w chałupie potrzebny do mycia garnków i macania kur! - zawołała Nastka.
- Bo się ozgniewam i pójdę do Marysi Balcerkówny!
- Idź, już tam Marysia czeka na cię z pomietłem albo czymś gorszym...
- A niech cię jeno dojrzy, to zaraz pieski pospuszcza.
- I nie zgub czego po drodze! - śmiała się Nastuś pociągając go ździebko za portki, bo miał wszystką przyodziewę kiejby na wyrost.
- Po dziadku dodziera buciarów.
- Kamizelę ma ze wsypy, co ją to świnie podarły.
Leciały słowa kiej grad wraz ze śmiechem; śmiał się zarówno i skoczył, by Nastkę wpół ująć, ale mu któraś podstawiła nogę, że runął jak długi pod ścianę, nie mogąc powstać, bo go wciąż popychały.
- Dajta mu spokój, jakże... - przyciszała Józka pomagając mu wstać, bo choć niedojda, gospodarskim był synem i jej powinowatym przez matkę.
A potem zabawiali się w ślepą babkę.
Jaśka na nią obrały i zawiązawszy mu oczy, ustawiły go wprost ganku rozbiegając się naraz z krzykiem na wsze strony kiej wróble. Pogonił za nimi z rozczapierzonymi rękoma natykając się co trocha na płoty i ściany; kierował się za śmiechami, ale niełacno którą przychwycił, bo śmigały kole niego kiej jaskółki, potrącając w przelocie, że zatętniało przed chałupą, jakby to stado źrebaków przeganiał po grudzi, a piski, wrzawa, śmiechy się zatrzęsły, aż na całą wieś się rozlegało.
Mrok już gęstniał, zorze się dopalały i zabawa trwała w najlepsze, kiej naraz w podwórzu buchnął wrzask kurzy.
Józka poleciała tam w te pędy.
Witek stojał pod szopą chowając cosik za siebie, a Gulbasiak przywarował za pługami, że mu ino łeb się bielił.

- Nic, Józia... nic... - szeptał pomieszany.
- Kuręście dusili... pióra jeszcze ano lecą...
- Inom kogutowi trochę z ogona wyrwał, bo mi potrza la mojego ptaka.
Ale nie nasz kogut, nie, Józia! Gulbasiak skądciś przyniósł... swojego...
- Pokaż! - rozkazała surowo.
Cisnął jej pod nogi na pół żywego ptaka, całkiem oskubanego z piór.
- Pewnie, że nie nasz! - rzekła nie mogąc rozpoznać.- Ale pokaż swojego
cudaka.
Wyniósł na jaśnię już całkiem gotowego kogutka: z drzewa był
wystrugany i oblepiony ciastem, w które powtykano piórek, że kiej żywy
się widział, bo i łeb z dziobem miał prawdziwego, na patyk nadziany.
Na desce se stojał czerwono ukraszonej, a tak zmyślnie przyrychtowanej
do maluśkiego wozika, że skoro Witek zaruchał długim dyszelkiem, kogut
jął tańcować i skrzydła rozkładać, do tego zaś zapiał Gulbasiak, jaże się
kury z grzęd odezwały.
- Jezu, a tom póki życia takiego cudaka nie uwidziała! - przykucnęła
pobok.
- Dobry jest, co? Utrafiłem, Józia, co? - szeptał z dumą.
- Sameś to wystroił? ze swojej głowy?
Dziw ją rozpierał.
- A sam! Jędrek mi jeno koguta żywego przyniósł... a sam, Józia...
- Moiściewy, a to kiej żywy się rucha, choć z drewna. Pokaż go
dzieuchom!... dopiero to będą wydziwiać!... Pokaż, Witek!
- Ni, jutro pójdziemy po dyngusie, to obaczą. Jeszcze sztachetków brak
kiele niego, żeby nie sfrunął.
- To opatrz krowy i do izby przychodź robić, widniej ci będzie...
- Przyjdę, jeno jeszczech na wsi cosik sprawię...
Wróciła przed dom, ale dziewczyny już skończyły zabawę i zaczęły się
rozchodzić, bo noc się robiła, światła zapalali po domach, gwiazdy się też
kajś niekaj pokazywały, a chłód wieczorny zaciągał z pól.
Już wszystkie kobiety powróciły z miasta, a Hanka nie nadjeżdżała.
Józka narządziła sutą wieczerzę: barszcz na kiełbasie i ziemniaki tłusto
omaszczone. Zaczęła ją podawać na ławę, gdyż Rocho czekał, dzieci jeść
skamlały, a Jagna raz po raz zaglądała do izby, kiej Witek wsunął się
cichuśko i zaraz przykucnął przed dymiącymi michami. Dziwnie był
czerwony, mało jadł i łyżką po zębach dzwonił, tak mu się ręce trzęsły, a
nie dojadłszy do końca, poleciał.
Złapała go Józka w podwórzu przed chlewem, jak nabierał w połę
świńskiego żarcia z cebratki, a ostro nastawała: co mu się stało?
Wykręcał się, jak mógł, wycyganiał, ale w końcu prawdę powiedział:
- A to odebrałem dobrodziejowi swojego boćka!
- Jezus, Maria, a nie dojrzał cię kto?
- Nie, dobrodziej pojechali, psy poszły żreć, a bociek w ganku stojał!
Maciuś to wypatrzył i przyleciał powiedzieć! Kapotą Pietrkową go

przydusiłem, by me nie kujnął, i poniesłem do schowka. Ino pary z gęby nie puść, moja złociuśka! Za parę niedziel przywiedę go do chałupy, obaczysz, jak parodował na ganku będzie, a nikto go przeciech nie rozpozna. Nie wydaj me ino!

- Hale! kiej cię to z czym wydałam? Dziw mi jeno, żeś to się ważył, Jezu!

- Swoje odebrałem. Pedziałem, co nie daruję, i odebrałem... Po tom go pewnie łaskawił, żeby drugie uciechę miały, juści!... - szepnął i poleciał gdziesik w pole. Niezadługo się jawił z nawrotem i zasiadł przed kominem wraz z dziećmi do wykończania kogutka.

A w izbie zrobiło się jakoś sennie i smutno. Jaguś poszła na swoją stronę, zaś Rocho siedział przed domem razem z Bylicą, któren już żydy woził, tak go śpik morzył.

- Idźcie do dom, bo tam na was czeka pan Jacek!- szepnął mu Rocho.

- Na mnie czeka... pan Jacek... dyć lecę... na mnie?... no... no - jąkał zdumiony, całkiem wytrzeźwiawszy, i poszedł.

A Rocho na przyźbie ostał, pacierz szeptał, wpatrzony w noc, w owe nieprzejrzane dalekości nieba, kaj się aż trzęsło od gwiezdnych migotów, dołem zaś, nad ziemiami wynosił się już srodze rogaty miesiąc i bódł ciemności.

W chałupach światła gasły posobnie, kiej oczy snem zwierane; milczenie, przejęte cichuśkim dygotaniem listeczków i głuchym, dalekim bełkotem rzeczki, rozlewało się dokoła. Tylko jeszcze u młynarzów gorzały okna i zabawiali się do późna.

W izbie Borynów już przycichło, spać wszyscy legli gasząc światło, że ino koło garnków z wieczerzą ustawionych w kominie żarzyły się węgle, a świerszcz poskrzypiwał gdzieś w kącie, ale Rocho wciąż siedział na dworze oczekując na Hankę, że dopiero koło samego północka zadudniły kopyta na moście koło młyna i wkrótce wtoczyła się bryka.

Hanka była dziwnie smutna i milcząca, że dopiero kiej zjadła wieczerzę i parobek poszedł do stajni, odważył się pytać:

- Widzieliście męża?

- Całe popołudnie z nim przesiedziałam! Zdrowy jest i dobrej myśli... kazał was pozdrowić... I drugich chłopów też widziałam... mają ich puścić, jeno nikto nie wie kiedy... U tego, co ma na sądach Antka bronić, też byłam... Nie mówiła tego, co jej kamieniem zaciężyło na sercu, a jeno takie różności drugie, Antka się nie tyczące, aż rozpłakała się nagle, i choć przysłoniła twarz rękoma, łzy pociekły przez palce.

- Przyjdę rano... odpocznijcie sobie: strząśliście się mocno... by wam nie zaszkodziło.

- A niechbym już raz zdechła i więcej nie cierpiała! - wybuchnęła.

Pokiwał głową i wyniósł się bez słowa, jeno przed chałupą pieski cosik rozszczekane gniewnie przyciszał do budy zapędzając.

Ale Hanka, choć się zarno do dzieci przyłożyła, usnąć nie mogła mimo utrudzenia. Jakże!... toć Antek ją przyjął kiej tego psa uprzykrzonego...

Święcone ze smakiem jadł, te kilkanaście złotych wziął, nie pytając, skąd
miała, i nawet się nie użalił nad jej umęczeniem daleką drogą!...
   Opowiadała mu, co i jak się robi w gospodarce - nie pochwalił, a
naprzeciw niejednemu ze złością przyganiał... O całą wieś rozpytywał, a o
dzieciach ni wspomniał... Szła ku niemu z tym sercem wiernym i
kochającym, utęskniona wielce łask jego; żoną mu przeciech ślubną była i
matką jego dzieci, to jej nawet nie przyhołubił, nie pocałował, nie zatroskał
się o jej zdrowie... Kiej obcy się widział i kiej na obcą sobie spoglądał, nie
bardzo słuchając jej rozpowiadań, że już w końcu i mówić nie mogła, żal ją
dusił, łzy zalewały, to jeszcze krzyknął, by mu z bekami nie przyjeżdżała!
Jezus kochany, dziw, że trupem nie padła... To za tę ciężką służbę kole jego
dobra, za pracę nad siły, za te cierpienia wszyćkie - nic w zapłacie: ni
jednego słowa łaski, ni jednego słowa pociechy!
   - Jezu, wejrzyj miłościwie, wspomóż, bo nie zdzierżę! - jęczała cisnąc głowę
w poduszki, bych dzieci nie rozbudzić, a każda kostka w niej z osobna się
trzęsła płakaniem, żałością, poniżeniem i strasznym poczuciem krzywdy!
Nie mogła sobie popuścić duszy tam przy nim ni potem z powrotem przy
ludziach, więc teraz dopiero oddawała się rozpaczy, teraz pozwalała męce
rozdzierać serce i łzom gorzkim płynąć.

                . . . .

   Zaś nazajutrz, w świąteczny poniedziałek, dzień się podnosił jeszcze
jaśniejszy, barzej jeno skąpany w rosach i modrawych omgleniach, ale i
barzej rozsłoneczniony i jakiś zgoła weselszy. Ptaki śpiewały rozgłośniej, a
ciepły wiatr przeganiał po drzewinach, że szemrały jakby pacierzem
cichuśkim; ludzie zrywali się raźniej wywierając drzwi a okna, na świat
Boży lecieli spojrzeć, na sady przytrząśnięte zielenią, na te nieobjęte ziemie
zwiesną oprzędzone, całe rosami skrzące, w słońcu radosnym utopione, na
pola, kaj już oziminy, wiatrem kolebane, niby płowe, pomarszczone wody
ku chałupom spływały.
   Myli się przed domami, przekrzyki się niesły wskroś sadów, kajś już dym
walił z komina, konie rżały po stajniach, skrzypiały wierzeje, wodę czerpali
ze stawu, bydło szło do picia, krzyczały gęsi, a kiej dzwony uderzyły i
ogromne, niebosiężne głosy jęły huczeć i rozlewać się na wieś, na pola, na
bory dalekie, wzmogły się jeszcze krzyki, a serca żywiej i weselej zabiły.
   Chłopaki już latały z sikawkami, sprawiając sobie śmigus, albo
przyczajone za drzewami nad stawem, lały nie tylko przechodzących, ale
każdego, kto ino na próg wyjrzał, że już nawet ściany były pomoczone i
kałuże siwiły się pod domami.
   Zawrzały wszystkie drogi i obejścia, wrzaski, śmiechy, przegony narastały
coraz barzej, bo i dzieuchy gziły się niezgorzej, lejąc się między sobą i
ganiając po sadach, że zaś ich dużo było i dorosłych, to wnet dały radę
chłopakom rozganiając ich na wszystkie strony, a tak się rozswawolili, że

nawet Jaśka Przewrotnego, któren się z sikawką od gaszenia pożarów zaczajał na Nastkę, dopadły Balcerkówny, wodą zlały i jeszcze do stawu zepchnęły na pośmiewisko...

Ale ozgniewany za despekt, iż to dzieuchy górę nad nim wzięły, przyzwał w pomoc Pietrka Borynowego i tak się zmyślnie zasadzili na Nastkę, aż ją dostali w pazury i pod studnię zawlekli, a tak srodze spławili, jaże wniebogłosy wrzeszczała... Zaś potem, dobrawszy jeszcze Witka, Gulbasiaka i co starszych, chycili Marysię Balcerkównę i taką jej kąpiel sprawili, aż matka z kijem leciała na pomoc; przyparli też gdzieś Jagnę i tęgo utytłali, nawet Józce nie przepuszczając, choć się prosiła i z bekiem leciała na skargę do Hanki.

- Skarży się, a rada, oczy się jej skrzą do figlów!
- A i mnie zapowietrzone do żywej skóry dojęły!- użalała się wesoło Jagustynka wpadając do chałupy.
- Niby te obwiesie komu przepuszczają! - biadoliła Józka przewłócząc się w suche szmaty, ale mimo strachu wyszła potem na ganek, bo aż dudniało na drogach od przeganiań i wieś się trzęsła wrzaskami: chłopaki dziw nie oszalały z uciechy, chodzili całą hurmą, zaganiając, kto się napatoczył, pod sikawki, aż sołtys musiał rozganiać swawolników, bo nie sposób się było pokazać z chałupy.
- Wama cosik niezdrowo po wczorajszym? - szepnęła Jagustynka susząc plecy przed kominem.
- Juści, trzęsie się we mnie i cięgiem me kopie, mgli me przy tym...
- Połóżcie się. Trzeba by się wam napić maciórkowego naparu! Strzęśliście się wczoraj! - zafrasowała się bardzo, ale że zapachnęła kiszka przysmażona, siadła wraz z drugimi do śniadania, łakomie wypatrując większego kawałka.
- Pojedzcie i wy, gospodyni: głodzeniem zdrowiu nie pomoże...
- Kiej mi się mierzi mięso; arbaty se zgotuję.
- Na przepłukanie flaków niezgorsze, ale byście się gorzałki przegotowanej z tłustością i korzeniami napili, rychlej by pomogło...
- Juści, zmarlaka by postawiły takie leki!... - zaśmiał się Pietrek, któren wziął miejsce kole Jagusi, w oczy jej zaglądał podając usłużliwie, na co jeno spojrzała, i cięgiem, ją zagadując, ale że go zbywała bele czym, jął rozpytywać Jagustynkę o Mateusza, o Stacha Płoszkę i drugich.
- Jakże, widziałam wszystkich, spólnie se siedzą, a pokoje mają dworskie zgoła, wysokie, widne, z podłogą, jeno że z tą żelazną pajęczyną w oknach, bych się im na spacer nie zachciało. A przekarmiają ich też niezgorzej. Grochówkę im przynieśli w połednie, spróbowałam: kieby na starym bucie zgotowana i smarowidłem od woza omaszczona. Na drugie zaś prażonych jagieł im postawili... no, Łapa by kulas na nie podniósł, a nie powąchał nawet. Za swoje się żywią, który zaś nie ma grosza, pacierzem se to jadło doprawia - opowiadała urągliwie.
- Rychło zaczną puszczać?

- Powiedały, że już na Przewody niektóre wrócą! - szepnęła ciszej
obzierając się trwożnie na Hankę, a Jagnę jakby coś podrzuciło z miejsca, że
uciekła z izby, jeść nie skończywszy, stara zaś o Kozłowej zaczęła mówić.
- Późno wróciły i z niczym, przetrzęsły się jeno po kiełbasach i dworowi
się napatrzyły! Powiedają, że czymś innym pachnie niźli chałupą!...
Dziedzic im powiedział, co nikomu poradzić nie może bo to sprawa
komisarza i urzędu, a kiejby nawet mógł, też by się nie wstawił za żadnym
Lipczakiem, boć przez nich sam jest szkodny najbarzej! Wiecie, że to las mu
sprzedawać wzbronili, a kupce go teraz po sądach włóczą. Klął pono
siarczyście i krzyczał, że kiej on przez chłopów ma iść z torbami, to niech
całą wieś zaraza wytraci!... Kozłowa już z tym od rana po chałupach lata i
pomstą odgraża.
- Głupia, co mu ta zrobi pogrozą!
- Moiście, a bo to wiada, kiej kto komu miętkie miejsce wymaca, że i
najlichszy... - urwała porywając się podtrzymać Hankę, lecącą na ścianę.
- Laboga! By to prędzej nie przyszło przed czasem - szeptała wystraszona
ciągnąc ją do łóżka, bo jej w ręku zemglała, pot kroplisty wystąpił na jej
twarz, żółtymi plamami okrytą. Leżała ledwie dychając, stara zaś octem
wycierała jej skronie i dopiero kiej chrzanu pod nos nakładła, Hanka
oprzytomniała otwierając oczy, zgudka ją jeno chyciła.
Rozeszli się do obrządzeń gospodarskich, Witek tylko ostał i upatrzywszy
sposobną porę, jął prosić gospodyni, aby go puściła z kogutkiem.
- A idź, przyodziewy jeno nie ściarachaj i sprawuj się dobrze! Psy uwiąż,
by za wami na drugie wsie nie poleciały! Kiedyż pójdzieta?
- A zarno no kościele.
Jagustynka wraziła głowę przez okno i zapytała:
- Kaj to psy, Witek? Wyniosłam im jeść, wołam i ni jednego!
- Prawda, dyć i w oborze rano nie były! Łapa! Burek! na tu! - nawoływał
wybiegając przed dom, ale się nie odezwały.
- Musiały na wieś polecieć, bo suka Kłębów się goni... objaśnił.
Nikomu do głowy nie przyszło myśleć, kaj się psy podziały - zwyczajna
przeciech rzecz. Dopiero po jakimś czasie Józka posłyszała gdziesik w
podwórzu jakby głuche skamlenie, a nic tam nie nalazłszy, pobiegła w sad
myśląc, że to Witek się rozprawia z jakimś psem obcym. Zdziwiła się nie
dojrzawszy nikogo, sad był pusty i to skomlenie ucichło; ale powracając
natknęła się na Burka; leżał nieżywy pod szczytową ścianą - łeb miał
rozwalony.
Narobiła takiego wrzasku, że się wszyscy zlecieli.
- Burek zabity! Złodzieje pewnie!
Trwoga powiała nad nimi.
- A dyć nie co insze, w imię Ojca i Syna! - krzyknęła Jagustynka
dojrzawszy naraz kupę ziemi wywalonej i dół wielki pod przyciesiami.
- Podkopali się do ojcowej komory!
- Jama, że konia by przewlókł!

- A zboża pełno w dole.
- Jezu, a może tam jeszcze są zbóje! - zakrzyczała Józka.

Rzucili się na Borynową stronę, Jagusi już nie było, stary ino leżał twarzą do izby, w komorze zaś, zawdy mrocznej, widno było, światło buchało dziurą, że łacno dojrzeli, jako wszystko było pomieszane kiej groch z kapustą, zboże powysypywane zalegało ziemię razem ze szmatami, pościąganymi z drągów; nawet motki przędzy i wełna leżały potargane i zwichlone. Nie sposób było na razie zmiarkować, czego brakowało.

Ale Hanka od razu pomiarkowała, że to kowalowa być musi robota; goręc ją przejął na myśl, iż kiejby się jeden dzień opóźniła, nalazłby pieniądze i zabrał... Nachyliła się nad dołem kryjąc przed ludźmi kuntentność, a sprawdzając cosik sobie za stanikiem.

- Czy aby nie brak czego w oborze? - rzekła, niby tknięta podejrzeniem.
Na szczęście, nic nigdzie nie brakowało.

Dobrze były drzwi pozawierane! - ozwał się Pietrek i skoczył naraz do ziemniaczanego dołu, odwalił z wejścia ocipkę wielgachną i wyciągnął stamtąd Łapę skowyczącego.

- Juści, że złodzieje go tam wrzucili, ale to dziwne, pies zły i dał się...
- I nikto w nocy nie słyszał szczekania!

Dali znać o sprawie sołtysowi, rozniosło się też migiem po wsi, że w dyrdy lecieli oglądać, wyrzekać a deliberować. Sad zapełnił się ludźmi, cisnęli się kiej do konfesjonału, kużden głowę wtykał do dołu, powiadał swoje i Burka pilnie oglądał.

Zjawił się i Rocho, a uspokoiwszy rozpłakaną i wrzeszczącą Józkę, która każdemu z osobna opowiadała, jak to było, poszedł do Hanki, leżącej znowu na łóżku, ale jakoś dziwnie spokojnej...

- Zląkłem się, byście tego zbytnio do serca nie wzięli!- zaczął.
- I... niczego chwała Bogu nie wziął... zapóźnił się... - przyciszyła głos.
- Miarkujecie, kto?...
- Dałabym głowę, że kowal.
- To chyba na cosik upatrzonego polował?
- Juści... jeno że mu się wypsnęło, do waju tylko mówię...
- Juści, za rękę trza by złapać albo świadków mieć... No, na co się to człowiek waży la grosza!...
- Nawet przed Antkiem się nie wygadajcie, moi drodzy! - prosiła.
- Wiecie, żem nieskory do zwierzeń, a łacniej przecież zabić człowieka niźli go urodzić. Znałem go, że krętacz, ale o taką rzecz bym nie posądził.
- Jego stać na najgorsze, znam ja go dobrze...

Wójt nadszedł z sołtysem i wzięli oglądać szczegółowo, wypytując się Józki o wszystko.

- Żeby Kozioł nie siedział, myślałbym, co to jego sprawka... - szepnął wójt.
- Cichojcie, Pietrze, bo Kozłowa ku nam zmierza - trącił go sołtys.
- Spłoszyli się, że nic pono nie unieśli.
- Pewnie, strażnikom trza by dać znać... nowa robota diabli nadali, że

człowiek świąt nawet zażyć spokojnie nie może...

Sołtys naraz się schylił i podniósł żelazny, okrwawiony pręt.

- Tym ci zakatrupili Burka!

Żelazo przechodziło z rąk do rąk.

- Pręt, z jakiego zęby do bron kują.

- Mogli ukraść choćby i z kuźni Michałowej.

- Kuźnia już od piątku zawarta.

- Kowala trza wypytać, czy mu nie zginęło.

- Tak mogli ukraść, jak mogli przynieść z sobą, wójt to wama mówi, a kowala w chałupie nie ma, co zaś robić, moja to sprawa z sołtysem! - podniósł głos, krzycząc, by się nie tłoczyli po próżnicy i do dom szli.

Nikto się go nie ulęknął, jeno że czas się było zbierać do kościoła, to wnet się porozchodzili, bo już i ludzie z drugich wsi nad płotami ciągnęli gęsiego, i wozy coraz częściej dudniały na moście.

A kiej się do cna wyludniło, wsunął się do sadu Bylica i nuże dopiero oglądać swojego pieska, cucić go a przemawiać do niego cichuśko.

Dom też opustoszał, do kościoła poszli, Hanka jeno w łóżku ostała, pacierze se przepowiadając, a myśląc o Antku, że zaś cicho się zrobiło, bo stary dzieci powiódł na drogę, zasnęła kwardo.

Już ano stanęło przypołudnie, galancie przygrzane i tak cichuśkie, jaże śpiewy narodu rozchodziły się z kościoła i brzęczały po szybach, już i przedzwonili na Podniesienie, a ona cięgiem spała. Zbudził ją dopiero turkot wozów pędzących po wybojach, bo jak to było we zwyczaju, w drugie święto Wielkanocy, po sumie, ścigali się, który pierwej dopadnie swojej chałupy, że ino migały przez drzewa bryki, zapchane ludźmi, i konie prane batami. Ścigali się tak siarczyście, że Chałupa się trzęsła i wrzawa turkotów i śmiechów wichrem przeleciała. Chciała się podnieść, obaczyć, ale domowi wracali i Jagustynka, krzątając się kiele obiadu, jęła opowiadać, jak zwaliło się tylachna narodu, co i połowa nie miała miejsca w kościele, że wszystkie dwory zjechały, a po sumie dobrodziej zwoływał gospodarzy do zakrystii i cosik z nimi uredzał, Józka zaś znowuj rozpowiadała o dziedziczkach, jak to były wystrojone.

- Wiecie, a to panienki z Woli to ci takie kupry dźwigają na zadzie, jakby te indory, kiej se ogony rozczapierzone postawią.

- Sianem se te miejsca wypychają lebo gałganami - pojaśniała stara.

- A w pasie wcięte kiej osy, batem bych je poprzecinał, że ani poznać, kiej te brzuchy dziewają... Z bliskam wypatrywała.

- Kaj? a pod gorsety wpychają. Powiadała mi jedna dwórka, co za pokojową była w modlickim dworze, jak to poniektóre dziedziczki się głodzą i pasami na noc ściągają, by ino nie pogrubieć. Taka moda dworska, aby każda pani cieniuśką się wydawała, niby tyczka, na zadzie jeno wydęta.

- We wsi inaczej, boć z chudych przekpiwają się parobki.

- Zaśby nie! dzieucha musi być kiej lepa, rozrosła wszędzie, taka, co to jak się człek do niej przyprze, to jakby do pieca gorącego... - powiedział Pietrek, wpatrzony w Jagusię, wystawiającą garnki z komina.

-Widzisz go, pokrakę, wypróżnował się, podjadł se mięsem i jakie mu to już smaki na ozór przychodzą! - zgromiła go Jagustynka.

- Jak taka się przy robocie rucha, to dziw się jej wełniak nie rozpęknie...

Chciał jeszcze cosik trefnego dodać, ale Dominikowa przyszła opatrywać Hankę, i wygonili go z izby.

Obiad też zaraz podawali na ganku, gdyż ciepło było i słonecznie. Młoda zieleń polśniewała, trząchając się cichuśko na gałązkach i gmerząc kiej motyle, ptasie świegoty roznosiły się ze sadów.

Dominikowa zakazała Hance ruszać się z pościeli, a że zaraz po obiedzie nadeszła Weronka z dziećmi, do łóżka przystawili ławę i Józka naniosła święconego i flachę gorzałki z miodem, bo Hanuś, choć z trudem nieco, ale godnie, po gospodarsku podejmowała siostrę i sąsiadki, które wedle zwyczaju jęły posobnie przychodzić w goście użalać się nad nią, gorzałki pociągać, słodkim plackiem wolniuśko się delektować i różności sąsiedzkie rozpowiadać, głównie zaś o tym podkopie pod komorę trajkotać.

Zasie domowi przed chałupą się wygrzewali poredzając z ludźmi, jacy wciąż do sadu szli, a srodze medytowali nad jamą jeszcze nie zawaloną, gdyż wójt wzbronił do czasu przyjazdu pisarza i strażników.

Właśnie Jagustynka była rozpowiadała o tym, nie wiada już dzisiaj po raz który, kiej z podwórza wywalili się chłopaki z kogutkiem. Witek ich wiódł, wystrojony sielnie, w butach nawet i kaszkiecie Borynowym, srodze na bakier nadzianym, a pobok w kupie szedł Maciuś Kłębów, Gulbasiak, Jędrek, Kuba Grzeli z krzywą gębą syn i drugie. Kije mieli w rękach i torbeczki przez plecy, Witek zaś tulił pod pachą skrzypice Pietrkowe.

Wywiedli się na drogę z paradą i najpierwej ruszyli do dobrodzieja, bo tak po inne roki parobki poczynały. Śmiało weszli do ogrodu, przed plebanię, ustawili się w rząd, wysuwając przed się kogutka. Witek zagrał na skrzypicy, Gulbasiak jął kręcić cudakiem i piać, a wszyscy, rypiąc kijami i nogami do wtóru, wraz zaśpiewali piskliwie:

Przyszliśmy tu po dyngusie!
Zaśpiewamy o Jezusie,
O Jezusie, o Maryje -
Dajcie nam co, gospodynie!...

I długo śpiewali, a coraz śmielej i rozgłośniej, aż wyszedł dobrodziej i po dziesiątku im rozdał, kogutka pochwalił i z łaską ich odpuścił...

Witek jaże spotniał ze strachu, czy o boćka nie zagada, snadź go jednak wśród drugich nie rozpoznał, ale na pokoje odszedł, przysyłając jeszcze przez dziewczynę słodziuśkiego placka, że huknęli mu śpiewkę na podziękę i do organistów pociągnęli.

Potem zaś już chałupy nawiedzali wraz z całą chmarą dzieci

rozwrzeszczanych i tak się cisnących, że musieli obraniać kogutka przed naporem, gdyż każde piórek chciało tykać i kijaszkiem zaruchać.

Witek ich prowadził rej wiodąc i na wszystko mając czujne oko, nogą znać dawał, by zaczynać, a smykiem rządził, kaj nutę wyciągać cieniuśką, a kiej grubą; jemu też oddawali gościńce. A z taką paradą się wodzili i tak szumnie, jaże na całą wieś roznosiły się śpiewania i przygrywki skrzypicy, a ludzie wielce się dziwowali, że to skrzaty, ledwie odrosłe od ziemie, a poczynają sobie niby parobki.

Pod zachód się już miało, poczerwieniałe ździebko słońce przetaczało się nad bory, a po niebie modrym rozwłóczyły się białe chmurki, kiej te nieprzeliczone stado gęsi, wiatr się też ruchał kajś górą chwiejąc czubami ordzawiałych topoli, a we wsi czyniło się coraz rojniej i gwarliwiej: starsi poredzali przed chałupami zasiedając progi, dzieuchy gziły się nad stawem lub ująwszy się wpół chodziły kolebiąco, piesneczki zawodząc, iż kiej kwiaty makowe lebo nasturcji roiły się między drzewinami, we wodzie się odbijając niby w lustrze, dzieci latały z dyngusiarzami, zaś jeszcze insi w pola szli miedzami.

Na nieszpór już przedzwaniali, kiej gruba Płoszkowa, odwiedziwszy pródzi Borynę, wchodziła do Hanki.

- Byłam u chorego. Jezu, a to leży, jak leżał... Zagadywałam: ani spojrzał na mnie. Słońce mu świeci na łóżko, to je palicami zagrabia, jakby w garście chciał ująć i kiej to maluśkie dzieciątko w nim grzebie! Prosto płakać, co się to z człowieka zrobiło! - rozpowiadała siadając przy łóżku, ale przepiła jak i drugie, sięgając do placka. - Jada to teraz, bo widzi mi się potłuściał?

- Już niezgorzej, że może mu ku zdrowiu idzie!...

- Chłopaki poszły z kogutkiem do Woli! - zatrajkotała Józka wpadając, ale dojrzawszy Płoszkową, wyniosła się przed dom do Jagusi.

- Józka, bydło czas obrządzać! - zawołała.

- Pewnie komu święta, to święta, a brzuch zawdy o głodzie pamięta! Byli z kogutkiem i u mnie... sprawny ten wasz Witek i ze ślepiów mu dobrze patrzy.

- Juści, co do figlów pierwszy, do roboty jeno go trza kijem napędzać!

- Moiście, a dyć ze służbą wszędy jednaka bieda! Młynarzowa się przede mną uskarżała na swoje dziewki, że pół roku utrzymać nie może.

- Prędko się tam dorabiają dzieciaków... Świeży chleb pomaga!

- Chleb jak chleb, ale to czeladnik sprawi, to synek, ten z klas, do domu zajrzy, a powiadają, że i sam młynarz żadnej nie przepuści... to i trudno dziewki dotrzymać do roku. Co prawda, to i służba hardzieje... Mój ano chłopak do pasionki, że to chłopaków w domu brak, za psa me uważa i każe se mleka na podwieczorek podawać! Słyszane to rzeczy!

- Parobka mam, to mi nie nowina, czego im się zachciewa, ale godzić się na wszyćko muszę, bo pójdzie se we świat w największą robotę i cóż pocznę przez niego w tylim gospodarstwie!

- Żeby go wama tylko nie odmówiła która - rzekła ciszej.

- Wiecie to co? - zatrwożyła się niemało.

- Doszło me cosik z boku... może cyganią, to nie rozpowiadam. Hale, gadu, gadu, a z czym to ja przyszłam? Obiecały się przyjść niektóre, ugwarzym się, sieroty, przyjdźcie i wy... jakże, Borynowej by nie było, kiej co najpierwsze się zbierą.

Przypochlebiała, ale Hanka wymówiła się słabością, po prawdzie, bo już poczuła się ździebko napitą.

Płoszkowa, wielce markotna odmową, Jagnę poszła zapraszać.

Ale i Jagusia się wymawiała, że to już kajś indziej z matką się obiecały...

- Poszlibyście, Jagna, ckni się wama za chłopami, a do Płoszkowej ani chybi co Jambroży zajrzy albo który z dziadków i zawżdy chocia portkami zaleci... - szepnęła Jagustynka spod chałupy.

- A wy to po swojemu tym słowem kieby nożem żgacie...

- Wesoło mi, tom rada kużdemu, czego mu potrza! - szydziła.

Jaguś ciepnęła się ze złości i na drogę wyszła, bezradnie wodząc oczyma po świecie i ledwie płacz wstrzymując. Juści, że się jej strasznie ckniło!

Cóż, że święta czuć było wszędzie, że ludzie się roili, że śmiechy i krzyki trzęsły się nad wsią, że nawet po szarych polach czerwieniały kobiety i piesneczki kajś niekaj dzwoniły?... - jej było smutnie i tak ckno czegoś, że już wytrzymać nie mogła. Od samego rana tak ją cosik rozpierało i ponosiło, że po znajomych latała, po drogach, w pole wychodziła i nawet coś ze trzy razy się przeoblóczyła, na darmo wszystko, nie pomogło: rwało ją coraz barzej, by gdziesik lecieć, coś robić, szukać czegoś...

Że i teraz się poniosła aż na topolową drogę i szła zapatrzona w czerwoną, ogromną kulę słońca, spadającego nad bory, szła przez te progi cieniów i lśnień, które zachód rzucał przez drzewa.

Chłód mroków ją owionął, a ciche, nagrzane dychanie pól przejmowało na wskroś lubym dygotem; od wsi goniły słabnące gwary, a skądciś zawiewał zawodliwy głos skrzypicy i czepiał się serca, kiejby ta złotymi rosami brzęcząca pajęczyna, jaże rozsnuła się w cichuśkim trzepocie topoli, w mrokach, co już pełzały bruzdami i czaiły się w krzach tarnin.

Szła przed siebie, ani wiedząc, co ją niesie i dokąd.

Wzdychała głęboko, czasami ręce rozwodząc, czasami przystając bezradnie i tocząc rozpalonymi oczyma, jakby zaczepki dla udręczonej duszy szukała, ale szła dalej przędąc myśli wiotkie i nikłe, jako te świetliste nici na wodzie, że nie uchycisz, bo zmącą się i przepadną od cienia ręki. Patrzała w słońce, nie widząc niczego, topole, co rzędami pochylały się nad nią, zdały się jej jako zamglone przypomnienia... Siebie jeno mocno czuła i to, że ją rozpiera aże do bolu, do krzyku, do płaczu, że ją ponosi gdziesik, iż czepiłaby się tych ptaków lecących pod zachód i na kraj świata pofrunęła. Wzbierała w niej jakaś moc paląca i tak rzewliwa, że łzy przysłaniały oczy i ognie się po niej rozlewały; rwała lepkie, pachnące pędy topoli, chłodząc nimi rozpalone usta i oczy...

Czasem przysiadała pod drzewem i skulona, wsparłszy twarz na pięściach, zapadała w siebie bez pamięci, cisnąc się jeno do pnia i prężąc... i ledwie dysząc...

Jakby i w niej wiosna zaśpiewała swoją pieśń upalną, że burzyło się w niej i cosik poczynało, jako w tych ziemiach rodnych, ugorem leżących, poczyna się o wiośnie, jako w tych drzewinach, opitych mocą rostu, śpiewa i jako wszędy się rozpręża, kiej pierwsze słońce przygrzeje...

Dygotała w sobie, paliły ją oczy, zaś omdlałe nogi stulały się bezwolnie i ledwie ją niosły. Płakać się jej chciało, śpiewać, tarzać po runiach zbóż mięciuchnych i chłodnymi rosami operlonych, to brała ją szalona chęć skoczyć w ciernie, przedzierać się wskroś szarpiących gąszczów i poczuć dziki, luby ból przepierań i szamotań.

Zawróciła naraz z powrotem i dosłyszawszy głosy skrzypicy pobiegła ku nim. Hej, tak zakręciły się w niej, taką zawrotną lubością przejęły, że w tany by się puściła, w ścisk karczmy rozhukanej, w tumult, w pijatykę nawet, że choćby w samo zatracenie, hej!...

Dróżką od cmentarza do topolowej, całą w czerwonych ogniach zachodu, szedł ktosik z książką w ręku i pod białymi brzózkami przystawał.

Jasio to był, organistów syn.

Zza drzewa chciała popatrzeć na niego, ale ją dojrzał.

I uciec nie poredziła, nogi jakby się ziemi czepiły i oczu nie mogła oderwać od niego; zbliżał się z uśmiechem, zęby mu grały w czerwonych wargach, smukły był, rosły i biały na gębie.

- Jakbyście mnie, Jaguś, nie poznali?

Aż ją w dołku ścisnęło od tego głosu.

- Co bym ta nie poznała!... jeno pan Jaś taki tera galanty, taki inszy...

- Pewnie, lata idą... Byliście u kogo na Budach?

- Tak sobie ino chodziłam, święto przeciek. Nabożna? - tknęła nieśmiało książki.

- Nie, o krajach dalekich i o morzach!

- Jezu! o morzach! A te obraziki też nie święte?

- Zobaczcie! - podsunął jej pod oczy książkę i pokazywał.

Stali ramię w ramię, bezwolnie wpierając się w siebie biedrami, a tykając głowami nisko przychylonymi. Pojaśniał ją niekiedy, wtedy podnosiła na niego oczy podziwu pełne, nie śmiejąc dychać ze wzruszenia, a cisnąc się coraz barzej, bych lepiej dojrzeć, gdyż słońce opuściło się już za bory.

Naraz wstrząsnął się cały i odsunął ździebko.

- Mroczeje, czas do domu! - szepnął cicho.

- A to pódźmy!

Szli w milczeniu, nakryci prawie cieniami drzew. Słońce zaszło, modrawe mroki trzęsły się na pola, zórz dzisiaj nie było, jeno przez grubachne pnie topoli widniał na niebie złocisty rozlew, świat przygasał.

- I to wszystko prawda, co tam pokazane? - przystanęła.

- Wszystko, Jaguś, wszystko.

Jezu, takie wody wielgachne, takie światy, że uwierzyć trudno.

- Są, Jaguś, są! - szeptał coraz ciszej zaglądając jej w oczy z tak bliska, że wstrzymała oddech, dreszcz ją przeszedł i podała się piersiami naprzód, czekała, iż ją obejmie i do pnia przyprze, jaże ramiona się jej ozwarły i gotowa się była dać, ale Jasio odsunął się śpiesznie.
- Muszę iść prędzej, dobranoc Jagusi! - i poleciał.
Z dobry pacierz przestojała, nim się poredziła ruszyć z miejsca.
- Urzekł me czy co! - myślała wlekąc się ociężale, mąt jakiś miała w głowie, ciągotki ją rozbierały.
Wieczór się robił, światła błyskały tu i owdzie, a z karczmy roznosiło się granie i przytłumione rozmowy.
Zajrzała przez okno do izby rozświetlonej: pan Jacek stojał w pośrodku i rznął na skrzypcach, zaś przed szynkwasem kolebał się Jambroży, krzykliwie cosik rozpowiadał komornicom, często po kieliszek sięgając.
Naraz ktosik ją wpół krzepko ujął, że krzyknęła kurcząc się i wydzierając.
- Przydybałem cię i nie puszczę... napijem się ździebko... pódzi... - szeptał wójt nie zwalniając z pazurów i pociągnął ją bocznymi drzwiami do alkierza.
Nikto nie dojrzał, bo już prawie ciemno było na świecie i mało kto przechodził drogą.
Wieś już przycichała, milkły gwary i pustoszały opłotki, naród rozchodził się po chałupach, dobiegały święta i dni słodkich wczasowań, powszednie jutro stojało za progiem i w mrokach ostre kły szczerzyło, że niejedną duszę lęk ściskał i turbacje obsiadały na nowo...
Posmutniała wieś i przygłuchła, jakby do ziemi barzej przywierając i tuląc się w sady oniemiałe, jeszcze tam kajś niekaj siedzieli na przyźbach dojadając święcone i z cicha gwarząc, gdzie zaś spać się rychlej wybierali, pieśnie pobożne przyśpiewując.
Tylko u Płoszkowej rojno było i gwarno, zeszły się były sąsiadki, a obsiadłszy ławy, poredzały godnie między sobą. Wójtowa na pierwszym miejscu siedziała, zaś pobok pękata, wyszczekana Balcerkowa swojego dowodziła; była i chuda Sikorzyna, była i jazgocząca cięgiem Borynowa, stryjeczna chorego, była i kowalowa z najmłodszym przy piersi, ugwarzająca się z pobożną, cichą sołtysową, i drugie były co najpierwsze we wsi.
Siedziały napuszone i odęte kiej kwoki w barłogu, a wszyćkie we świątecznych sutych wełniakach, w chustkach, lipecką modą do pół pleców opuszczonych, w czepcach kiej koła bieluchne, a rzęsiście skarbowane nad czołami, we fryzkach po uszy nastroszonych, na które tyle korali nawiesiły, ile która miała. Zabawiały się galanto. gęby z wolna czerwieniały i kuntentność rozpierała, poprawiały pilnie wełniaków, by się nie przygniotły, i już jęły do się przysiadać coraz bliżej, a ciszej poredzać biorąc się wzajem na ozory.
A kiej kowal się jawił, powiedał, co prosto z miasta wraca, na dobre się rozweseliły. Chłop był wyszczekany, jak mało który, że zaś był już

zdziebko napity, to jął wycyganiać takie rzeczy do śmiechu, jaże za boki się brały; izba się zatrzęsła, on zaś śmiał się najgłośniej, jaże ten jego rechot słychać było u Borynów.

Długo se używali, bo coś trzy razy Płoszkowa po gorzałkę posyłała do Żyda.

Zaś u Borynów jeszcze siedzieli przed chałupą. Hanka wstała i otulona w kożuch, gdyż ziąb wziął po zachodzie, była z drugimi.

Póki dnia starczyło, Rocho im czytał z książki, że nieraz Hanka, rozglądając się, przykazywała cicho Józce:

- Wyjrzyj no na drogę...

Ale nikogój nie było i czytał, póki wieczór nie zamroczył ziemi, a potem powiadał jeszcze różności, gdyż srodze się rozciekawili. Noc ich okrywała, iż ledwie się znaczyli na białej ścianie chałupy; wieczór się stawał ciemny i chłodny, gwiazdy nie wzeszły, głucha cichość ogarniała świat, jeno co woda bełkotała kajściś i psy warczały.

Zbili się w kupę, że Nastuś z Józką, Weronka z dziećmi, Jagustynka, Kłębowa i Pietrek prawie u nóg Rochowych przysiedli, a Hanka nieco z boku na kamieniu.

Rozpowiadał o całym polskim narodzie historie różne, to przypowieście święte, to cudeńka takie o świecie, że kto by je ta pojął i zapamiętał!

Zasłuchali się, nie ważąc odsapnąć ni poruszyć się z miejsc i całą duszą pijąc te słowa miodne, jak wyschła ziemia pije dżdże rosiste i ciepłe.

On zaś, prawie niewidny la oczu, uroczystym, cichym głosem powiadał:

- "Po zimie zwiesna przychodzi każdemu, któren jej czeka w pracy, modlitwie a gotowości."

- "Dufajcie, bo pokrzywdzone zawżdy górę wezmą."

- "Ochfiarną krwią i trudem trza posiewać człowieczą szczęśliwość, a któren posiał, wzejdzie mu i czas żniwny miał będzie."

- "Ale kto jeno o chleb powszedni zabiega, do stołu Pańskiego nie siądzie."

- "Kto ino wyrzeka na złe, nie czyniąc dobra, ten gorsze zło rodzi."

Długo powiadał, a tak mądrze, że nie spamiętać, i coraz ciszej a rzewliwiej, że zaś go noc całkiem okryła, to się zdawało, jakoby ten głos święty z ziemie wychodził albo że to głos pomarłych pokoleń Borynowych, co w noc tę Zmartwychwstania Bóg je na świat odpuścił i prawią teraz ze zmurszałych ścian, z drzew pochylonych, z gęstej nocy, ku przestrodze a opamiętaniu rodzonych.

Dusze się wszystkie ważyły na tych słowach, bijących w serca jak dzwon, i niesły się w omroczone utęsknienia, w niepojęte dziwy marzeń.

Nikto nie dosłyszał nawet, że psy zaczęły w całej wsi ujadać, ktoś krzyczał na drogach i zadudniały bieganiny.

- Podlesie się pali! - zawrzeszczał jakiś głos przez sad.

Wybiegli na drogę.

Prawda była: dworskie budynki na Podlesiu stały w ogniu, płomienie kiej czerwone krze wybuchały z ciemności.

- A słowo ciałem się stało! - szepnęła Jagustynka Kozłową wspominając.
- Kara boska przychodzi.
- Za naszą krzywdę! - krzyżowały się w ciemnościach głosy.

Drzwi chałup trzaskały, ludzie w dyrdy a na pół odziani wpadali na drogi, a coraz większą kupą cisnęli się na most przed młynem, skąd widać było najlepiej, że może w jakiś pacierz cała wieś już się stłoczyła.

Pożar zaś urastał co chwila, folwark stojał na wzgórzu pod lasem, więc chociaż o parę wiorst od Lipiec, widać było jak na dłoni wzmaganie się ognia. Na czarnej ścianie lasu roiły się ogniste języry i wybuchały krwawe, skłębione chmury. Nie było wiatru i ogień wynosił się coraz wyżej, budynki płonęły kiej smolne szczapy, czarne dymy waliły słupami, a krwawy, zwichrzony brzask rozlewał się w ciemnościach rzeką ognistą i chwiał się już nad borem.

Przeraźliwe ryki rozdarły powietrze.
- Wołowina się pali, nie uratują wiele, bo jedne drzwi.
- Stogi się teraz zajmują!
- Już stodoły w ogniu! - wołali strwożeni.

Ksiądz nadbiegł, kowal, sołtys, a w końcu i wójt skądciś się zjawił, ale choć pijany, że ledwie się trzymał na nogach, zaczął wrzeszczeć i wyganiać ludzi, bych na pomoc lecieli dworowi.

Ale nikt się z tym nie śpieszył, a jeno zły pomruk zerwał się w ciżbie:
- Niechaj chłopów puszczą, to polecą ratować!

I nie pomogły klątwy ni groźby, ani nawet proboszczowe płaksiwe błagania: naród stojał nieporuszony i w ogień ponuro patrzał.
- Psiekrwie paroby dworskie! - zakrzyczała Kobusowa pięścią grożąc.

Że tylko wójt wraz ze sołtysem i kowalem pojechali do ognia, i to z gołymi rękoma, gdyż ani bosaków, ni wiader nie pozwolili zabierać z chałup.
- Kijami tego, któren ruszy! Na stracenie ścierwę! - zawrzeszczały jak jedna.

A cała wieś się już zebrała, do najmłodszych, co je rozkrzyczane na ręku przyhuśtywali, i kłębili się wielką, ponurą ciżbą, że mało kto się odzywał, a i to szeptem, paśli jeno chciwe oczy i wzdychali, bo w każdym sercu krzewiły się przytajone srogo radoście, że to za lipeckie krzywdy Pan Bóg dziedzica ogniem pokarał.

Do późna w noc się paliło, a nikto do dom nie poszedł: czekali cierpliwie końca, że to już jedno morze ognia przewalało się nad folwarkiem i biło spiętrzonymi falami w niebo, zapalone snopki z dachów i gonty roznosiły się krwawym deszczem, a od czerwonych łun, co jak ogniste płachty wiewały w ciemnościach, zrumieniły się czuby drzew i dachy młynicy zaś staw jakby kto potrząsł bladym zarzewiem.

Turkoty wozów, krzyki łudzi, ryki, straszna groza zniszczenia biły z pożaru, a wieś wciąż stała, jakby ten żywy mur w ziemię wrosły, a pasący oczy i dusze odemstą...

Zaś od karczmy rozlegał się ochrypły głos pijanego Jambroża:

Dziś Maryś moja, Maryś!
Da dobre piwo warzysz!

ROZDZIAŁ 6

Na taką dziwną wieść Hanka aż się uniesła z pościeli, że Jagustynka
przechwyciła ją jeszcze w porę i do poduszek przygnietła.
- Dyć się nie ruchajcie, nie pali się nikaj!
- Bo taką rzecz powiedzieli, jakby im we łbie zamroczyło; przemyjcie sobie
ciemię święconą wodą, to wama dur przejdzie.
- Nie, Hanuś, rozum swój mam i prawdę rzekłem, jako pan Jacek od
wczoraj siedzi wraz ze mną... juści... - jąkał Bylica przyginając się do
kichania po tęgim zażyciu.
- Widać już do cna ogłupiał! Obaczcie; czy nie wracają, dziecko mi
zagłodzą.
- Od kościoła nikogój jeszcze nie widno! - objaśniła po chwili Jagustynka,
znowu zabierając się do uprzątania izby, posypując ją piaskiem.
Stary kichał zawzięcie raz po razie, że aż na ławie przysiadł.
- Trąbicie kiej w mieście na rynku!
- Bo krzepka tabaka pana Jackowa, całą paczkę mi dał... całą...
Rano jeszcze było, oknem zazierało jasne i ciepłe słońce drzewa się w
sadzie chwiały od wiatru, zaś przez wywarte drzwi do sieni cisnęły się
pogięte gęsie szyje i czerwone, syczące dzioby, a całe stado utaplanych w
błocie i piszczących gąsiąt skrabało się na próg wysoki. Naraz pies gdziesik
zawarczał, że gęsi podniosły krzyk, a kwoki siedzące na jajach gdakać
poczęły strachliwie i sfruwać z gniazd.
- A dyć chociaż do sadu wypędźcie, może się trawą zabawią.
- Wypędzę, Hanuś, i od gap przypilnuję...
Wnet przycichło w izbie, jeno szum drzew dochodził ze dworu i kolebały
się zdziebko światy, wiszące u czarnego pułapu.
- Co tam chłopaki robią? - zapytała Hanka po długiej chwili.
- Pietrek orze ziemniaczysko pod górką, a Witek we wałacha bronuje
zagony pod len na świńskim dołku.
- Mokro tam jeszcze?
- Juści, trepy całkiem więzną, ale po zbronowaniu rychlej przeschnie.
- Nim się też ziemia wygrzeje do siewu, może już wstanę...
- O sobie teraz pamiętajcie, a roboty wama nikto nie ukradnie!
- Wydojone to krowy?
- Samam doiła, bo Jaguś pod oborą szkopki ustawiła i gdziesik poszła.
- Nosi się cięgiem po wsi jak ten pies, że żadnej pomocy ni wyręki. Hale,
powiedzcie Kobusowej, że zagony pod kapustę dam i Pietrek gnój od niej
wywiezie i zaorze, ale po cztery dni odrobku z jednego. Przy sadzeniu
ziemniaków odrobiłaby połowę, a resztę we żniwo.
- Kozłowa też chciałaby zagon pod len na odrobek.

- Tyla odrobi, co pies napłacze. Niech se kaj indziej szuka, dosyć się łoni naszczekała przed całą wsią na ojca, że ją ukrzywdził.

- Jak wam do upodoby, wasz gront, to i wasza wola! Filipka tu wczoraj podczas waszych rodów zachodziła o ziemniaki.

- Za pieniądze chciała?

- Odrobiłaby; tam grosza w chałupie nie poświeci, głodem przymierają.

- Z pół korczyka do jedzenia zaraz niech weźmie, a potrza jej więcej, to dopiero po sadzeniu, boć nie wiada, wiela ostanie. Przyjdzie Józka, to odmierzy, choć robotnica z Filipki, no!... zbywa jeno...

- A z czego to nabierze mocy? Nie doje, nie dośpi, a co rok rodzi.

- Marnacja, mój Jezu, żniwa jeszcze za górami, a przednówek za progiem.

- Za progiem! W chałupach już siedzi, za brzuchy ściska, że ledwie zipią.

- Wypuściliście to maciorę?

- Legła pod ścianą, ale prosiaki śliczne, okrągluchne kiej te bułeczki.

Bylica stanął we drzwiach i zająkał:

- Gęsi pod jangrestami ostawiłem. A to przyszedł niby pan Jacek we święto i powiada: "Wprowadzę się do ciebie, Bylica, na komorne i dobrze zapłacę..." Myślałech: przekpiwa se z chłopa, jako u panów zwyczajnie, i rzekę: "Grosza mi potrza i pokoje wolne mam!" Zaśmiał się, dał mi paczkę peterburki, chałupę obejrzał i mówi: "Wy możecie tu wysiedzieć, to i ja poradzę, a chałupę z wolna wyporządzim, że za dwór starczy!"

- Cie, taki szlachcic, dziedziców brat! - dziwiła się stara.

- Zrobił se legowisko pobok mojego i siedzi. Wychodziłem, to na progu papierosa kurzył i wróble ziarnem przynęcał.

- A cóż to jadł będzie?

- Garnuszki ze sobą sprowadził i arbatę cięgiem warzy a popija...

- Na darmo tego nie robi, cosik w tym być musi, że taki pan...

- A jest, że do cna ogłupiał! Człowiek każden zawdy zabiega i turbuje się o lepsze, a taki pan chciałby mieć gorzej? Nic inszego, jeno rozum stracił - mówiła Hanka unosząc głowę, gdyż w opłotkach rozległy się głosy.

Wracali już z kościoła od chrztu. Przodem Józka niosła dziecko w poduszce, chustą przykrytej, pod stróżą Dominikowej, a za nimi walili wójt z Płoszkową, w kumy proszeni, z tyłu zaś kusztykał Jambroży nie mogąc nadążyć.

Ale nim próg przestąpili, Dominikowa odebrała dziecko i przeżegnawszy się jęła z nim, wedle starego obyczaju, obchodzić cały dom, na węgłach jeno przystając i przy każdym z osobna mówiąc:

- Na wschodzie - tu wieje...

- Na północy - tu ziębi...

- Na zachodzie - tu ciemno...

- Na południu - tu grzeje...

- A wszędy strzeż się złego, duszo ludzka, i jeno w Bogu miej nadzieję.

- Niby nabożna, a taka guślarka z Dominikowej! - śmiał się wójt.

- Pacierz pomaga, ale i zamawianie nie zaszkodzi, wiadomo! - szepnęła

Płoszkowa.

Szumno weszli do izby. Stara rozpowiła dzieciątko i jak je Pan Bóg stworzył, nagusieńkie i kiej rak czerwone, matce do rąk podała.

- Prawego chrześcijanina, któremu Rocho na imię przy chrzcie świętym dano, przynosim wam, matko. Niech się zdrowo chowa na pociechę!

- I niechaj z tuzin Rochów wywiedzie! Tęgi parobek: krzyczał, że nie trza go była szczypać przy chrzcie, a sól wypluwał, jaże śmiech brał...

- Bo idzie z rodu, któren się gorzałki nie wyprzysięgał - ozwał się Jambroży.

Chłopak piszczał i majdał kulasami na pierzynie, Dominikowa przetarła mu wódką oczy, usta i czoło i dopiero go Hance przystawiła do piersi. Przypiął się kiej smok i ścichnął.

Hanka dziękowała serdecznie kumom całując się ze wszystkimi, a przepraszając, że chrzciny nie takie, jak być powinny Borynowego dziecka.

- Urodzicie za rok czwartego, poprawim sobie wtedy i odbijem! - żartował wójt ocierając wąsy, bo już kieliszek szedł ku niemu.

- Chrzciny bez ojca to jakby grzech bez odpuszczenia- ozwał się niebacznie Jambroży.

Rozpłakała się na to Hanka, aż kobiety jęły do niej przepijać na pocieszenie i w ramiona brać, że utuliwszy żałoście zapraszała, bych się do jadła brali, gdyż jajecznica na kiełbasie już pachnęła z michy.

Jagustynka czyniła przyjęcie, bo Józka przyśpiewywała dzieciątku usypiając je w dużej niecce, że to u starej kołyski biegunów brakowało.

Długo skrzybotały łyżki, a nikto słowa nie wypuścił.

Że zaś dzieci do sieni się naszło i coraz to głowiny do izby wtykały, wójt rzucił im przygarść karmelków, iż z piskiem a bijatyką wytoczyły się przed dom...

- Nawet Jambroż zapomniał języka w gębie! - zaczęła Jagustynka.

- Bo se po cichu miarkuje, że chłopakowi gospodarkę trza szykować i dzieuchę.

- Gront - ojcowy to kłopot, a dzieucha - kumów.

- Nie zbraknie tego nasienia, nie! Proszą się z nim i by kto wziął, dopłacają.

- Musi być, co wójtowej ckni się do małego; widziałam, jak wietrzyła na płocie przyodziewę po swoich nieborakach!

- Pono na jesień wójt obiecują sprawić chrzciny!

- Przy takim urzędzie, a o czym potrza, nie zapominają!

- A bo smutno w chałupie bez dziecińskich wrzasków! - rzekł poważnie.

- Prawda, że i utrapień z nimi niemało, ale i wyręka jest, i pociecha...

- Specjały! I na złocie straci, kto je przepłaci! - mruknęła Jagustynka.

- Pewnie, że bywają i złe, za nic mające ojców, kwarde, ale jaka mać, taka nać, to się zbiera, co się zasiało! - westchnęła Dominikowa.

Rozsrożyła się Jagustynka, czując, że to jej przymawia.

- Łacno wam prześmiewać z drugich, że macie takich dobrych chłopaków, co to i oprzędą, i wydoją, i garnki pomyją jak najsprawniejsze dzieuchy.

- Bo w poczciwości chowane i w posłuszeństwie.
- Prawda, same nawet pysków nastawiają do bicia! Wypisz, wymaluj - podobne do swojego ojca! Juści, jaka mać, taka nać, prawdęście rzekli; a że pamiętam, coście za młodu z chłopakami wyprawiali, to mi nie dziwota, co Jagusia do was się całkiem udała, bo takusieńka jako i wy: niechby kołek, bele w czapie na bakier, zechciał... nie odmówi z poczciwości - syczała jej nad uchem, aż tamta pobladła chyląc głowę coraz niżej.

Jagna właśnie sień przechodziła, zawołała jej Hanka, wódką częstując: wypiła i nie patrząc na nikogo, na swoją stronę poszła.

Wójt schmurniał, na próżno oczekując, że powróci.

Rozmowy jakoś nie szły, nasłuchiwał i chodził oczyma kryjomo za nią, gdy znowu się ukazała i na podwórze przeszła.

I kobietom odechciało się pogwary; stare jeno się żarły rozwścieklonymi ślepiami, zaś Płoszkowa poredzała z cicha z Hanką. Jeden Jambroży nie przepuszczał flaszce i choć nikto nie słuchał, plótł cosik i wycyganiał niestworzone rzeczy.

Wójt się naraz podniósł i niby za dom się wyniósł, a chyłkiem, przez sad na podwórze poszedł. Jagusia siedziała na progu obory dając pić po palcu srokatemu ciołkowi.

Obejrzał się trwożnie i pchając jej za gors karmelki szepnął:
- Naści, Jaguś, przyjdź o zmierzchu do alkierza, to dam ci cosik lepszego. I nie czekając odpowiedzi, do izby śpiesznie powracał.
- Ho, ho, ciołek wam się zdarzył, dobrze go przedacie - mówił rozpinając kapot.
- Na chowanie pójdzie, bo to z dworskiego gatunku.
- Profit będzie pewny, ile że młynarzowy byk już do niczego. Ucieszy się Antek z takiego przychowku.
- Mój Jezu! kiej on go obaczy? kiej?
- Niezadługo, ja to wama powiadam, to wierzcie.
- Dyć wszystkich z dnia na dzień czekają.
- Mówię, że leda dzień się zjawią, cosik się ta przeciek z urzędu wie...
- A najgorsze, co pola nie chcą czekać.
- Jak się w porę nie obsieje, to straszno myśleć o jesieni!

Wóz jakiś zaturkotał. Józka wyjrzawszy za nim powiedziała:
- Proboszcz z Rochem przejechali.
- Ksiądz po wino do mszy się wybierał - objaśniał Jambroży.
- Że to Rocha wziął na probanta, nie Dominikową! - drwiła stara.

Nie zdążyła się odciąć Dominikowa, bo kowal wszedł i wójt podniósł się do niego z kieliszkiem.
- Spóźniłeś się, Michał, to gońże nas teraz!
- Prędko was, kumie, zgonię, bo tu już po was lecą...

Co jeno domówił, wpadł zadyszany sołtys.
- A chodźże, Pietrze, pisarz ze strażnikami na was czekają.
- Psiachmać, że to ni pacierza spokojności! Hale cóż, urząd pierwszy...

- Odprawcie ich prędko i powracajcie.
- Abo to chwaci czasu; o pożar na Podlesiu i o wasz podkop będą penetrowali...
Wybiegł wraz z sołtysem, a Hanka wpierając oczy w kowala rzekła:
- Przyjdą opisywać, to im rozpowiecie wszystko, Michale.
Skubał wąsy i wbił ślepie w dzieciaka, niby się to mu przypatrując.
- Cóż to im powiem? tyla, co i Józka poredzi!
- Dzieuchy przeciek do urzędników nie wyślę, nie przystoi, a powiecie, że ile wiadomo, z komory niczego nie wynieśli, czy zaś co inszego nie zginęło, to już... Bogu jednemu wiadomo... i... - strzepnęła pierzynę pokaszlując, by nie pokazać mu twarzy szydliwej, ale on się jeno ciepnął i wyszedł.
- Świędlerz jucha! - prześmiechnęła się leciuchno.
- Że krótkie były, to się jeszcze urwały! - narzekał Jambroż po czapkę sięgając.
- Józka, urznij im kiełbasy, niech se chrzciny w domu przydłużą.
- Gęś to jestem, bym suchą kiełbasę ćkał?
- Podlejcie se gorzałką, byście nie wyrzekali.
- Mądre ludzie powiadają: rachuj kaszę, kiej ją sypiesz do garnka, paliców przy robocie nie oglądaj, ale kieliszków przy poczęstunku nie licz...
- Kaj grzysi przydzwaniają, tam pijak do mszy służy!
Przegadywali, nie szczędząc gorzałki, ale nie wyszły i dwa pacierze, kiej sołtys jął oblatywać chałupy i wołać, by się wszyscy schodzili do wójta przed pisarza i strażników.
Ozgniewało to Płoszkową, że ująwszy się pod boki pysk na niego wywarła:
- A mam gdziesik... za pazuchą... wójtowe przykazy! Nasza to sprawa? prosilim ich? czas mamy la strażników, co? Nie psy jesteśmy, co na leda gwizd do nogi się zlatują! Potrza im czego, niech przyjdą i pytają! Jedna droga! Nie pójdziemy! - zawrzeszczała wybiegając na drogę do gromadki wylękłych kobiet, zbierających się nad stawem.
- Do roboty, kumy, w pola, kto ma sprawę do gospodyń, powinien wiedzieć, kaj nas szukać. Hale, niedoczekanie ich, byśmy na bele przykaz rzucały wszystko i szły wystawać pod drzwiami kiej psy, trąby jedne! - krzyczała, srodze zaperzona.
Gospodynią była po Borynach pierwszą, to posłuchały jej rozlatując się kiej spłoszone kokoszki, że zaś już większość w polach robiła od rana, pusto się zrobiło na wsi, dzieci jeno kajś niekaj bawiły się nad stawem i staruchy wygrzewały pod słońce.
Juści, że pisarz się zeźlił i sielnie sklął sołtysa, ale rad nierad musiał poleźć w pola... Długo uganiali się po zagonach rozpytując ludzi, czy kto czego nie wie o pożarze na Podlesiu. Rychtyk to samo powiedali, co i on wiedział, bo kto by się to wydał z tym przed strażnikami, co la siebie tail?
Czas jeno stracili do południa, nałazili się po wertepach i zabłocili po pasy, gdyż role były jeszcze miejscami przepadziste, a na darmo.

Tak byli tym rozgniewani, że skoro przyszli do Boryny opisywać ów podkop, starszy klął na czym świat stoi, a natknąwszy się w ganku na Bylicę, z pięściami do niego skoczył i krzyczał:

- Ty, mordo sobacza, czemu to nie pilnujesz, że ci się złodzieje podkopują, co! - i już od maci jął mu wywodzić.

- A pilnuj sobie, od tegoś postanowiony, ja nie twój parobek, słyszysz! - odciął z miejsca stary, do żywego dotknięty.

Aż pisarz ryknął, by pysk stulił, kiej z osobą urzędową mówi, bo do kozy pójdzie za hardość, ale stary się rozwścieklił na dobre. Prostował się hardo i groźny, miotający oczyma, zachrypiał:

- A tyś co za osoba? Gromadzie służysz, gromada ci płaci, to rób, coć masz przez wójta nakazane, a wara ci od gospodarzy! Widzisz go, łachmytek jeden, pisarek jakiś! Odpasł się na naszym chlebie i będzie tu ludźmi pomiatał... i na ciebie się znajdzie większy urząd i kara...

Wójt z sołtysem rzucili się go przyciszać, bo srożył się coraz barzej i już kole siebie za czymś twardym macał drżącymi rękoma.

- A zapisz me do štrafu, zapłacę i jeszczech ci na gorzałkę dołożę, jak mi się spodoba! - wołał.

Nie zwracali na niego uwagi opisując wszystko podrobno i rozpytując domowych o podkop, a stary mruczał cosik do siebie, obchodził dom, zazierał po kątach, psa nawet kopnął, nie mogąc się uspokoić.

Po skończeniu chcieli co przegryźć, ale Hanka kazała powiedzieć, że mleka i chleba zbrakło akuratnie, są jeno ziemniaki od śniadania.

Ponieśli się do karczmy, w żywe kamienie Lipce wyklinając.

- Dobrześ zrobiła, Hanuś, nic ci nie zrobią. Jezu, to nawet nieboszczyk dziedzic, choć miał prawo, a tak me nigdy nie sponiewierał, nigdy...

Długo nie mógł zapomnieć obrazy.

Zaraz po południu któraś wstąpiła powiadając że jeszcze w karczmie siedzą i sołtys poleciał sprowadzić Kozłową.

- Szukaj wiatru w polu! - zaśmiała się Jagustynka.

- Pewnie po susz do lasu poleciała!

- We Warsiawie siedzi od wczoraj, po dzieci pojechała do szpitala, ma dwoje przywieźć na odchowanie, niby z tych podrzutków...

- By je głodem zamorzyć, jak to było z tamtymi dwa roki temu.

- Może to i lepiej la chudziaków, nie będą się całe życie tyrały kiej psy...

- I bękart człowiecze nasienie... już ona ciężko przed Bogiem odpowie.

- Przeciek z rozmysłu nie głodzi, sama nieczęsto naje się do syta, to skąd i la dzieci weźmie...

- Płacą na utrzymanie, nie z dobrości je przytula! - rzekła Hanka surowo.

- Pięćdziesiąt złotych na cały rok od sztuki, niewielka to obrada...

- Niewielka, bo przepija z miejsca, a potem dzieciska z głodu mrą.

- Dyć nie wszystkie: a nie wychował się to wasz Witek, a i ten drugi, co to jest w Modlicy u gospodarza!

- A bo Witka ociec wzięli takim skrzatem, co jeszcze koszulę w zębach nosił, i w chałupie się odgryzł. Tak samo było i z tamtym.

- Bronię to Kozłowej?... powiadam ino, jak się mi widzi. Musi kobieta szukać jakiego zarobku, bo do garnka nie ma co wstawić.

- Juści, Kozła nie ma, to nie ma kto ukraść.

- A z Jagatą się jej nie udało: stara miasto umrzeć pozdrowiała galanto i wyniesła się od niej. Wyżala się teraz po wsi, że Kozłowa co dnia jej wymawiała, iż ze śmiercią zwłóczy, by ją poszkodować.

- Wróci pewnie do Kłębów: gdzież jej szukać schronienia?

- Nie wróci: rozżaliła się na krewniaków. Kłębowa nierada ją puściła od siebie, boć to i pościel stara ma, i grosz pewnie spory, ale nie chciała ostać; przeniesła skrzynie do sołtyski i upatruje se, u kogo by mogła pomrzeć spokojnie.

- Pożyje jeszcze, a w każdej chałupie teraz się przyda, choćby gęsi popaść albo za krowami wyjrzeć. Kaj się to znowu Jagna zadziała?

- Pewnikiem u organistów panience fryzki wyszywa.

- Pora na zabawę, jakby w chałupie brakowało roboty!

- Dyć od samych świąt przesiaduje tam cięgiem - skarżyła Józka.

- Zrobię z nią porządek, że mnie popamięta... Pokażcie mi dziecko.

Wzięła je do siebie i skoro posprzątały po obiedzie, rozegnała wszystkich do roboty. Sama jeno w izbie ostała nasłuchując niekiedy za dziećmi, bawiącymi się przed domem pod okiem Bylicy, a po drugiej stronie Boryna leżał jak zawdy samotnie, patrzał w słońce, co się przez okno kładło na izbę smugą rozdrganą i gmerał w niej palcami, a cosik do siebie gwarzył z cicha, jak to dzieciątko sobie ostawione.

Na wsi też pustką wiało, bo czas się zrobił wybrany i kto jeno mógł się ruchać, wychodził w pola, do roboty.

Od samych świąt pogoda się już ustaliła, że co dzień było cieplej i jaśniej. Dni już szły długachne, rankami omglone, szarawe i cicho nagrzane w południa, a zorzami o zachodzie rozpalone, prawej zwiesny dni.

Poniektóre wlekły się cichuśko, kiej te strumienia w słońcu roziskrzone, chłodnawe jak one i jak one przejrzyste i zdziebko pluszczące o brzegi, puste i sinawe, a jeno kajś niekaj żółte od mleczów, to stokrótkami rozbielone albo rozzieleniałe wierzbowymi pędami.

Przychodziły i ciepłe całkiem, nagrzane, wilgotnawe, przesiane słońcem, pachnące świeżyzną i tak przejęte rostem, tak zwiesną nabrzmiałe, tak mocą opite, że z wieczora, kiej ptasie głosy przycichły i wieś legła, to zdawało się czuć w ziemi parcie korzeni i wynoszenie się ździebeł i jakby słyszał cichuśkie szmery otwierających się pąkowi, pęd rostów i głosy stworzeń, wydających się na świat Boży...

Szły zaś i drugie, do tamtych zgoła niepodobne.

Bez słońca, przemglone, szaromodrawe, niskie, chmurzyskami brzuchatymi przywalone a parne, ciężkie i bijące do głowy kiej gorzałka, iż ludzie czuli się jakby pijani; drzewiny kurczyły się w dygocie, a wszelkie stworzenie, rozpierane jakąś lubością, darło się gdziesik i po- nosiło nie wiada kaj i po co, że ino krzyczeć się chciało, przeciągać albo tulać choćby i po tych trawach mokrych, jako te psy ogłupiałe czyniły.

To przychodziły już od samego świtania zadeszczone, jakby zgrzebnym przędziwem obmotane, że świata nie dojrzał ni dróg, ni chat skulonych pod przemokłymi sadami. Deszcz padał wolno, ciągle, bezustannie, równiuśkie, drżące nici szare jakby się odwijały z jakiegoś wrzeciona niedojrzanego, wiążąc niebo z ziemią, że ino przygięło się wszystko cierpliwie i mokło, nasłuchując rzęsistego trzepotu i bulgotów strug, co się z białymi kłakami staczały z pól czarniawych.

Zwyczajnie to było, jak każdego roku na pierwszą zwiesnę, nikto się też nad nimi nie zastanawiał, nie pora była na deliberowanie, świt bowiem wyganiał naród do roboty, a późny mrok dopiero spędzał, że ledwie czasu starczyło, by pojeść i nieco wytchnąć.

Lipce też przez to całe dni stojały pustką, pod strażą tylko staruch, psów i tych sadów coraz gęściej przysłaniających chałupy; czasem się jeno dziad jakiś przewlókł, odprowadzany psimi jazgotami, albo wóz do młyna i znowu drogi leżały puste, a oniemiałe chałupy przezierały wskroś sadów przepalonymi szybkami na pola szerokie, na pola nieobjęte, co jakby morzem ziem wieś całą okrążały, na pola, co niby matka rodzona tuliła na podołku dzieciny swoje i przy piersi wezbranej trzymała w żywiącym objęciu.

Juści, co dnie to szły robotne, ciepłe, deszczami przekrapiane, raz nawet śnieg pierzasty jął walić, że przysiwił pola, jeno co na krótko, bo go wnet słońce do cna zeżarło - to i nie dziwota, że na wsi przycichały swary, kłótnie a sprawy wszelkie, bo robota zaprzęgała w twarde jarzma i do ziemi wszystkie łby przygięła.

Że już co rano, jeno świt rosisty otwarł siwe ślepie; a pierwsze skowronki zaśpiewały, wieś zrywała się na równe nogi, rejwach się podnosił, trzaskanie wrótni, płacze dzieci, krzyki gęsi wypędzanych nad rowy i wnet wyprowadzali konie, chłopaki pługi wiodły, ziemniaki wynosili na wozy i rozchodzili się tak prędko w pola, że w pacierz abo dwa cicho już było na wsi a pusto. Nawet na mszę prawie nikto nie wstępował, że często granie organów huczało w pustym kościele, rozlewając się na pola co bliższe, a dopiero na głos sygnaturki klękali po rolach do rannych pacierzy.

Wychodzili wszyscy do roboty, a prawie tego znać nie było na ziemiach; dopiero przyjrzawszy się baczniej, to tam kajś niekaj dopatrzył pługi, konie przygięte w pracy, gdzie wóz na miedzy i kobiety, co jak liszki czerwone gmerały się wśród pól ogromnych, pod niebem jasnym i wysokim.

A wokół od Rudki, od Woli, od Modlicy, od wszystkich wsi, widnych czubami sadów i białymi ścianami w niebieskawym powietrzu, roztrzęsały się gwarliwe, pełne krzykań i śpiewów odgłosy robót. Kaj jeno okiem sięgnął za kopce graniczne, wszędy dojrzał chłopów siejących, pługi w orce, ludzi przy sadzeniu ziemniaków, zaś po piaszczystych rolach już kurz się podnosił za bronami.

Jeno lipeckie ziemie leżały w odrętwiałej cichości, smutne, ogłuchłe, jako te niepłodne wywieska albo drzewiny schnące wśród lasu młodego. Bo i w opuszczeniu sierocym leżały, mój Boże, odłogiem prawie, gdyż te kobiece ręce nie znaczyły i za dziesięciu chłopów, choć się wieś cała trudziła w pocie od świtu do nocy.

Cóż to mogły same poradzić? Zwijały się jeno kole ziemniaków a lnów, a po reszcie pól kuropatki skrzykiwały się coraz głośniej, to zajączek często kicał, a tak wolno, że mogli zrachować, ile razy zabielił podogoniem z ozimin; wrony łaziły stadami po ugorujących zagonach, leniwie wyciągających się w słońcu, na próżno czekając ręki ludzkiej.

Cóż to naród miał z tego, że dni przychodziły wybrane i cudne, że wynosiły się rankami, jakby we srebrze skąpane złote monstrancje, że zielone były, pachnące ziołami, nagrzane i śpiewające ptasimi głosami, że każdy rów złocił się od mleczów, każda miedza mieniła się kiej wstęga szyta w stokrocie, a łęgi kiej tym puchem zróżowionym kwiatami były potrząśnięte, że każda drzewina tryskała wezbraną zielenią, a wszystek świat wzbierał taką zwiesną, aż ziemia zdawała się kipieć i bulgotać od tego wrzątku zwiesnowego!

A cóż z tego, kiej pola nie zaorane, nie obsiane, nie obrobione leżały, niby paroby zdrowe i krzepkie, przeciągające się jeno na słońcu, a całe tygodnie trawiąc na niczym, zasie na tłustych, rodnych ziemiach miasto zbóż ognichy się pleniły, osty strzelały w górę, lebiody trzęsły się po dołkach, rudziały szczawie, perze kłuły się gęsto po podorówkach jesiennych, a na rżyskach wynosiły się smukłe dziewanny i łopiany kiej te kumy podufałe zasiadały szeroko, że co ino tliło się w przytajeniu i strachem dotela żyło, kiełkowało teraz weselnie, szło chyżym rostem, pchało się z bruzd na zagony i panoszyło się bujnie po rolach.

Aż lęk jakiś przewiewał po tych polach opuszczonych.

Że zdawało się, jakby bory, chylące się nisko nad ugorami, gwarzyły zdumione, że strumienie lękliwiej wiły się skroś pustek, a tarniny już obwalone białymi pąkami, grusze po miedzach, przelotne ptactwo, to jakiś wędrownik z obcych stron i nawet te krzyże i figury, stróżujące nad drogami, wszystko się rozgląda w zdumieniu i pyta dni jasnych i tych odłogów pustych:

- A kaj się to podziały gospodarze? kaj to te śpiewy, te bujne radości kaj?...

Jeno ten płacz kobiecy im powiadał, co się w Lipcach stało.

I tak schodził dzień po dniu bez żadnej przemiany na lepsze; naprzeciw, gdyż co dnia prawie mniej kobiet wychodziło w pole, że to w chałupach zaległej robocie ledwie poradził.

Tylko u Borynów szło wszystko jak zwyczajnie, wolniej jeno niźli po inne lata i ździebko gorzej, że to Pietrek dopiero się przyuczał do polowych robót, ale zawdy szło jakoś, boć i rąk pomocnych nie brakło.

Hanka, choć jeszcze z łóżka, rządziła wszystkim tak zmyślnie i kwardo, że nawet Jaguś musiała z drugimi stawać do roboty, i o wszelkiej rzeczy równą pamięć miała: o lewentarzu, o chorym, kaj orać i co gdzie siać, o dzieciach, gdyż Bylica już od chrzcin nie przychodził, zachorzał pono. Juści, że całe dni leżała w samotności, tyle jeno ludzi widując, co w obiad i wieczorem, albo Dominikową, zaglądającą do niej raz w dzień; żadna z sąsiadek nie pokazywała się, nawet Magda, a o Rochu to jakby słuch zaginął: jak pojechał wtenczas z proboszczem, tak i nie powrócił. Strasznie mierziło się jej to leżenie, więc aby rychlej ozdrowieć i sił nabrać, nie żałowała sobie tłustego jadła ni jajków, ni mięsa, nawet przykazała zarznąć na rosół kokoszkę, nie nieśną po prawdzie, ale zawdy wartałą ze dwa złote.

Toteż tak prędko zmogła chorobę, że już w Przewody wstała, postanawiając iść na wywód do kościoła; odradzały jej kobiety, ale się uparła i zaraz po sumie poszła z Płoszkową.

Chwiała się jeszcze na nogach i często wspierała na kumie.

- Jaże mi się w głowie kołuje, tak zwiesną pachnie.

- Dzień, dwa i wzwyczaicie się.

- Tydzień dopiero, a zmiany na świecie za cały miesiąc.

- Na bystrym koniu zwiesna jedzie, że nie przegoni.

- Zielono też, mój Jezu, zielono!

Juści, sady wisiały nad ziemią kiej ta chmura zieloności, że ino kominy z niej bielały i dachy się wynosiły. Po gąszczach ptastwo świergotało zapamiętale, dołem zaś od pól ciepły wiatr pociągał, aż się burzyły chwasty pod płotami, a staw marszczył się i pręgował.

- Tęgie pąki wzbierają na wiśniach, ino patrzeć kwiatu.

- By mróz nie zwarzył, to owocu będzie galanto.

- Powiadają, że kiedy chleb nie zrodzi, sad dogodzi!

- Ma się na to w Lipcach, idzie po temu!... - westchnęła smutnie, spoglądając łzawo na nie obsiane pola.

Prędko się uwinęły z wywodem, bo dzieciak się rozkrzyczał, a i Hanka poczuła się tak utrudzoną, że zaraz po powrocie do izby przyległa nieco na pościeli, ale nie odzipnęła jeszcze, kiej Witek z krzykiem wleciał:

- Gospodyni, a to Cygany do wsi idą!

- Masz diable kaftan, tego jeszcze brakowało. Zawołaj Pietrka drzwi pozamykać, bych czego nie porwały.

Przed dom wyszła zatrwożona wielce.

Jakoż wkrótce rozleciała się po wsi cała banda Cyganek, obdartych, rozmamłanych czarnych kiej sagany, z dziećmi na plecach, a uprzykrzonych, że niech Bóg broni; łaziły żebrząc, wróżyć chciały i do izb gwałtem się cisnęły. Z dziesięć ich było, a narobiły wrzasku na całą wieś.

- Józka, spędź gęsi i kury w podwórze, dzieci przywiedź do chałupy, jeszcze ukradną! - siadła w ganku pilnować, a dojrzawszy jakąś Cyganichę zmierzającą w opłotki, poszczuła ją psem. Łapa się rozsrożył i nie puścił, że czarownica pogroziła kijem i cosik na nią mamrotała.

- Hale, gdzieś mam twoje przekleństwa, złodziejko!

- Nie urzekłaby, gdybyście ją puścili - szepnęła Jagna z przekąsem.
- Aleby co ukradła. Takiej nie upilnuje, choćby jej na ręce patrzał, a chcecie wróżenia, to gońcie se za nimi.

Snadź trafiła w przytajone chęci, bo Jagna poniesła się na wieś i całe to niedzielne popołudnie łaziła za Cygankami. Nie poredziła wyzbyć się jakiejś głuchej obawy ni przezwyciężyć ciekawości wróżby, że po sto razy zawracała do chałupy i niesła się znowu za nimi, aż dopiero na zmierzchu, kiej Cyganichy pociągnęła ku lasowi, dojrzawszy, że jedna wstąpiła do karczmy, wsunęła się za nią i z wielkim strachem, żegnając się raz po raz, kazała sobie wróżyć, nie bacząc na ludzi przy szynkwasie stojących.

Wieczorem, po kolacji, zeszły się do Józki na ganek dziewczyny i rajcowały o Cyganach, opowiadając, co której wywróżyły: że Marysi Balcerkównie wesele przepowiedziały na kopaniu, Nastce wielgi majątek i chłopa, Ulisi Sochównie, że ją zwiedzie kawaler, tej pękatej Weronce Bartkowej chorobę, zasie Teresce żołnierce...
- Pewnikiem bękarta! - zawarczała Jagustynka, siedząca z boku.

Nie zważali na nią, bo właśnie Pietrek się przysiadł i jął im prawić różności, jak to Cygany swojego króla mają, który cały we srebrnych guzach chodzi, a taki ma posłuch, że kiejby przykazał la śmiechu tylko powiesić się któremu, a w mig to robią.
- Złodziejski król, mocarz taki, a psami go szczują- szepnął Witek.
- Pieskie nasienie, pogany zatracone! - mruknęła stara i przysunąwszy się rozpowiadała, jak to Cygany dzieci kradną po wsiach.
- I żeby czarne były, to je kąpią we wywarze z olszyny, że i rodzona matka potem nie rozpozna, zaś cegłą ścierają jaże do kości te miejsca, kaj przy chrzcie Oleje święte kładli na nie, i prosto w diablęta przemieniają.
- A pono takie czary i zamawiania potrafią, jaże strach mówić! - pisnęła któraś.
- Prawda, niechby cię ochuchała, a już by ci wąsy wyrosły na łokieć.
- Prześmiewacie!... Opowiadają, że chłopu ze słupskiej parafii, co ich pono wyszczuł psami, to Cyganicha jeno mignęła jakimś lusterkiem przed ślepiami, a zaraz całkiem zaniewidział.
- I podobno ludzi, w co chcą, przemieniają, nawet we zwierzaki.
- Kto się spije, ten się sam najlepiej we świnię przemienia.
- Hale, a ten gospodarz z Modlicy, co to łoni na odpuście beł, nie łaził to na czworakach, nie szczekał?...
- Zły go opętał, przeciek dobrodziej wypędzali z niego diabła.
- Jezu, że to są na świecie takie sprawy, jaże skóra cierpnie!...
- Bo złe wszędy się czai, jak ten wilk kiele owiec.

Trwoga wionęła przez serca, że skupiły się barzej, a Witek rozdygotany strachem cicho szepnął:
- A u nas też cosik straszy...
- Nie pleć bele czego! - powstała na niego Jagustynka.
- Śmiałbym to, kiej chodzi cosik po stajni, obroków przysypuje, konie rżą...

i za bróg chodzi, bo widziałem, jak Łapa tam leciał, warczał, kręcił ogonem i łasił się, a nikogój nie było... To pewnikiem Kubowa dusza przychodzi...- dodał ciszej oglądając się na wszystkie strony.

- Kubowa dusza! - szepnęła Józka żegnając się raz po raz.

Zatrzęsły się wszystkie, mróz przeszedł kości, a kiej drzwi jakieś skrzypnęły, zerwały się z krzykiem. To Hanka stanęła w progu.

- Pietrek, a kaj te Cygany stoją?

- Mówili w kościele, że siedzą w lesie za Borynowym krzyżem.

- Trza stróżować w nocy, bych czego nie wyprowadzili.

- W bliskości pono nie kradną.

- Jak się im uda, dwa roki temu też tam stali, a Sosze maciorkę wzięli... Nie trza się na to spuszczać! - ostrzegła Hanka - i kiej się dziewczyny rozeszły, pilnowała chłopaków, by za sobą dobrze pozamykali oborę i stajnię, zaś powracając zajrzała na ojcową stronę, czy już jest Jagusia.

- Skocz no, Józka, po Jagnę, niech przychodzi do chałupy, nie ostawię dzisiaj drzwi na całą noc wywartych.

Ale Józka rychło oznajmiła, że u Dominikowej ciemno i na wsi już prawie wszędzie śpią.

- Nie puszczę latawca, niech se do rana posiedzi na dworze - wygrażała zasuwając drzwi.

Musiało też być już bardzo późno, kiej posłyszawszy targanie drzwiami zwlekła się otwierać i aż się cofnęła, tak od Jagny buchnęło gorzałką. Niezgorzej musiała być napita, gdyż długo macała za klamką i słychać było z izby potykanie się o sprzęty i to, że jak stała, buchnęła się na łóżko.

- Cie! Że i na odpuście galanciej by się nie uraczyła, no, no!...

Ale już ta noc nie miała przejść spokojnie, gdyż na samym świtaniu zatrząsł się na wsi taki wrzask i lament, że kto jeszcze spał, w koszuli śpiesznie wybiegał na drogę myśląc, iż się kaj pali...

To Balcerkowa z córkami darła się wniebogłosy, że jej konia wyprowadzili złodzieje.

W mig cała wieś się zleciała przed chałupę, a one rozmamłane opowiadały nieprzytomnie pośród płaczów i lamentów, jako Marysia poszła o świcie przysypać obroku, a tu drzwi wywarte, stajnia pusta i konia przy żłobie nie ma.

- Ratuj, Jezu miłościwy! ratujcie, ludzie, ratujcie! - ryczała stara drąc się za łeb i tłukąc się o płoty kiej ten ptak spętany.

Przyleciał sołtys, po wójta też posłali, ale go w domu nie było, zjawił się dopiero w parę pacierzy, jeno że się ledwie na nogach utrzymał: napity był, rozespany i zgoła nieprzytomny, bo jął cosik mamrotać i ludzi rozganiał, aż go sołtys musiał usunąć z oczu.

Ale i tak mało kto zważał na niego w tym ciężkim strapieniu, co jak kamienie przywaliło wszystkie dusze; słuchali wciąż opowiadań drepcząc ze stajni na drogę i z nawrotem, nie wiedząc, co począć, bezradni i do cna wystraszeni, aż któraś rzuciła w głos:

- To cygańska robota!
- Prawda, w lesie stoją! penetrowały wczoraj!
- Nie kto drugi ukradł, nie! - zerwały się burzliwe głosy.
- Lecieć do nich i odebrać, a sprać złodziejów! - wrzasnęła Gulbasowa.
- Na śmierć zakatrupić za taką krzywdę!

Wrzask buchnął ogromny ku wschodzącemu właśnie słońcu, kołki zaczęły rwać z płotów, trząchać pięściami, kręcić się w kółko, to gdziesik już naprzód wybiegać z krzykiem, kiej nowa sprawa się wydała.

Sołtyska z płaczem przybiegła, że i im wóz ukradli z podwórza.

Osłupieli, jak kieby piorun trzasnął gdziesik z bliskości, że długi czas jeno wzdychali rozwodząc ręce i spoglądając na sie ze zgrozą.
- Konia z wozem ukradły, no, tego jeszcze we wsi nie bywało.
- Jakaś kara spada na Lipce.
- I co tydzień gorzej!
- Prźódzi bez całe roki tylachna się nie zdarzało, co teraz przez miesiąc.
- A na czym się to jeszczech skończy, na czym! - poszeptywały trwożnie.

Naraz rzucili się za sołtysem do Balcerkowego sadu, kaj widne były końskie ślady, znaczne po rosie i na świeżej ziemi, aż do sołtysowej stodoły; tam konia wprzęgli do wozu złodzieje i kołując po rolach, wyjechali koło młynarza na drogę, biegnącą do Woli.

Pół wsi poszło rozpatrując w cichości ślady, które dopiero pod stogami spalonymi, przy skręcie na Podlesie, urwały się z nagła, że nie sposób ich było odszukać.

Ale ta kradzież tak sturbowała wszystkich, że choć dzień był bardzo cudny, mało kto wziął się do roboty: łazili powarzeni, łamali ręce użalając się nad Balcerkową, przejmując się coraz większym strachem o swój dobytek.

Zaś Balcerkowa siedziała przed stajnią, jakby przy tym katafalku, zapuchła z płaczu i ledwie już zipiąc, wybuchała niekiedy wśród jęków:
- O mój kasztan jedyny, moje konisko kochane, mój parobku najlepszy! A to mu dopiero na dziesiąty rok szło, samam go od źrebięcia wychowała, jak to dzieciątko rodzone, dyć w tym samym roku się ulągł co i mój Stacho! A cóż my teraz sieroty poczniemy bez ciebie, co?

Zawodziła tak żałośliwie, iż co miętsi płakali z nią razem rozżalając się nad stratą, gdyż bez konia to jak przez rąk, zwłaszcza teraz na zwiesnę i kiej chłopów nie było.

Juści, co sąsiadki obsiadły ją, z całego serca pocieszając; a pospólnie wspominały kasztana chwaląc go niemało.
- Piękny był koń, krzepki jeszcze, kiej dziecko łagodny.
- Skopał mi chłopaka, kumo, ale po prawdzie wałach był przedni.
- Prawda, grudę miał w kulasach i ździebko ślepiał, ale zawdy czterdzieści papierków daliby za niego.
- A figlował kiej pies, nie ściągał to pierzyn z płotów? co?
- Szukać takiego drugiego, szukać! - wyrzekały bolejąco, niby nad jakimś

umarlakiem, a Balcerkowa co spojrzała na żłób, to ją nowy ryk wstrząsał i nowe żałoście chwytały za gardziel i ta pusta stajnia, kiej świeży grób, budziła pamięć straty nieodżałowanej i krzywdy. Uspokoiła się dopiero, kiej powiedzieli, jako sołtys wziął Pietrka od Hanki, księżego Walka, młynarczyka i pojechali szukać u Cyganów.

- Hale, szukaj wiatru w polu: kto ukradnie, schowa ładnie.

Dobrze już było pod wieczór, kiej powrócili rozpowiadając, że ani śladu nikaj, jakby kamień rzucił we wodę.

Wójt też się pokazał we wsi i choć już mrok zapadał, zabrał sołtysa na brykę i pojechał donieść strażnikom i kancelarii, a Balcerkowa z Marysią poszły na sąsiednie wsie szukać na swoją rękę.

Ale wróciły z niczym, dowiedziały się jeno, że po inszych wsiach również mnożyły się kradzieże. Bez to na ludzi padło jeszcze cięższe udręczenie, bo strach o dobytek, jaże wójt ustanowił stróże i w braku parobków po dwie kobiety wespół ze starszymi chłopcami miały co noc obchodzić wieś i pilnować, a oprócz tego i w każdej chałupie z osobna czuwali, wszystkie zaś dziewki poszły spać do stajni i obór.

Jednako i to nie pomogło, a trwoga jeszcze barzej urosła, gdyż mimo tych stróżowań zaraz pierwszej nocy Filipce zza wody złodzieje wyprowadzili maciorę na oprosieniu.

Prosto nie opowiedzieć, co się z tą chudziaczką wyrabiało: tak rozpaczała, że i po dziecku nie poredziłaby ciężej, boć to był jej dobytek jedyny, za któren rachowała się przeżywić do żniw; ryczała też tłukąc się o ściany, jaże strach było patrzeć. Nawet do dobrodzieja poleciała z lamentami, że litując się nad nią, dał jej całego rubla i obiecał prosiaka z tych, co się dopiero miały ulać na żniwa.

A naród już nie wiedział, co począć i jak zapobiec kradzieżom. Dzień nastał iście pogrzebowy, że zaś i pogoda się przemieniła, deszczyk siepał od rana i szare, ciężkie niebo przygniatało świat wszystek, to smutek ogarniał dusze, ludzie chodzili w utrapieniu, wzdychający i żalni, ze strachem myśląc o nocy najbliższej.

Jakby na szczęście przed samym wieczorem zjawił się Rocho i biegając po chałupach roznosił nowinę tak dziwną, że zgoła nie do uwierzenia. Oto rozpowiadał radośnie, jako we czwartek, pojutrze, zjadą się całą hurmą sąsiedzi pomagać Lipcom w polnych robotach.

Nie mogli zrazu uwierzyć, ale kiej i dobrodziej wyszedłszy na wieś potwierdzał najuroczyściej - radość buchnęła po ludziach, że już o zmierzchu, kiej deszcz przestał, a ino kałuże poczerwieniały od zórz przeciekających spod oparów, zaroiły się drogi, rozbrzmiewając weselnymi krzykami. Zagotowało się po chałupach od gwarów, biegali po sąsiadach rozważać i dziwować się tej nowinie, zapominając całkiem o kradzieżach i tak się ciesząc serdecznie tą pomocą niespodzianą, że nawet mało kto pilnował tej nocy.

Nazajutrz, jeno się świt przetarł chyla tyla, cała wieś stanęła na nogi;

wyprzątali chałupy; brali się do pieczenia chlebów, rychtowali wozy, krajali ziemniaki do sadzenia, szli w pola rozrzucać nawóz, leżący na kupach - a w której chałupie turbowano się wedle jadła i napitku la tych gości niespodzianych, rozumiano bowiem, jako trza wystąpić godnie, po gospodarsku, iż bez to niejedna kura i gąska, ostawiona na przedanie, dały gardło, i niemało znowu nabrali na bróg w karczmie i we młynie, że jak przed wielkim świętem uczyniło się w Lipcach.

A Rocho może najbardziej radosny i wzruszony, cały dzień uwijał się po wsi popędzając jeszcze tu i owdzie do przygotowań, a tak był jaśniejący i na podziw rozmowny, że kiej zajrzał do Borynów, Hanka, która znowu leżała czując się chorą, rzekła cicho:

- Oczy się wam świecą kiej w chorobie...

- Zdrowym, jeno radosny, jak nigdy w życiu. Miarkujecie: tyla chłopów się zwali na całe dwa dni do Lipiec, że najpilniejsze roboty obrobią. Jakże się nie radować?

- Dziwno mi jeno, że tak za darmo, przez zapłaty, za jedno Bóg zapłać chcą robić... tego jeszcze nie bywało...

- A za Bóg zapłać przyjadą pomagać, jak prawe Polaki a chrześcijany powinny! Juści, co tak nie bywało, ale i bez to złe panoszy się we świecie. Przemieni się jeszcze na lepsze, zobaczycie! Naród przyjdzie do rozumu, pomiarkuje, że nie ma się na kogo inszego oglądać, że nikto mu nie pomoże, jeno on sam sobie, wspierając jeden drugiego w potrzebie! A rozrośnie się wtenczas po wszystkie ziemie kiej ten bór niezmożony i nieprzyjacioły jego sczezną niby śniegi! Obaczycie, przyjdzie taka pora! - wołał promieniejąc, a ręce wyciągał gdziesik, jakby chciał kochaniem objąć wszystek naród i wiązać go miłością w jeden pęk nieprzełamany...

Ale uciekł zaraz, gdyż zaczęła wypytywać, kto sprawił taki cud, że przyjadą z pomocą? Chodził po wsi, gdyż do późnej nocy świeciło się po chałupach, że to dzieuchy prawie świąteczne obleczenia szykowały, spodziewając się, iż coś parobków jutro przyjedzie.

A nazajutrz, ledwie świt pobielił dachy, wieś już była gotowa, z kominów się kurzyło, dziewczyny kiej oparzone latały między chałupami, chłopaki zaś skrabały się po drabinach na kalenice, patrząc na drogi. Świąteczna cisza padła na wieś. Dzień przyszedł chmurny, bez słońca, ale ciepły i dziwnie jakoś tęskny. Ptactwo zajadle świergotało po sadach, zaś głosy ludzkie cichły, ciężko się ważąc w tym nagrzanym wilgotnym powietrzu.

Długo czekali, bo dopiero kiej przedzwonili na mszę, zadudniały głucho drogi, a spod sinych rzadkich mgieł jęły się wytaczać szeregi wozów.

- Jadą z Woli!
- Jadą z Rzepek!
- Jadą z Dębicy!
- Jadą z Przyłęka!

Wrzeszczeli ze wszystkich stron na wyprzódki biegnąc przed kościół, kaj już pierwsze wozy zajechały, a wkrótce wszystek plac ludźmi się zapchał i zaprzęgami. Chłopi, świątecznie przyodziani, zeskakiwali z wasągów rzucając pozdrowienia kobietom nadchodzącym zewsząd, dzieci zaś jak zawdy wrzask podniesły, otaczając przybyłych.

I szli zaraz na mszę, bo już w kościele zahuczały organy.

A skoro ksiądz skończył, prawie cała wieś wysypała się za wrótnie cmentarza pod dzwonnicę, gospodynie wystąpiły na przedzie, dzieuchy kręciły się na bokach wiercąc ślepiami parobków, a komornice zbiły się osobno w kupę kiej kuropatki, nie śmiejąc cisnąć się na oczy dobrodzieja, który wnet się ukazał, pozdrowił wszystkich i razem z Rochem jął rozporządzać, który do jakiej chałupy ma jechać robić, bacząc jeno, by bogatszych do bogatszych kwaterować.

Tak ano w mig wszystko rozporządził, że nie przeszła i pół godziny, a już rozdrapali chłopów, przed kościołem ostały jeno spłakane komornice, na darmo czekające, że i im któryś przypadnie, po wsi zaś rwetes się czynił: wystawiali ławy przed chałupy, duchem podając śniadania i częstując gorzałką na prędsze skumanie. Dziewki rade usługiwały, ledwie tykając jadła, gdyż większość była parobków i tak wystrojonych, jakby na zmówiny, a nie do roboty zjechali.

Nie było czasu na rozgadki, tyle jeno mówili, z których są wsi i jak się wołają, nawet jedli mało wiele wymawiając się wielce politycznie, jako jeszcze nie zarobili na sutsze jadło.

Wrychle też, pod przewodem kobiet, zaczęli wyjeżdżać w pola.

Jakby to uroczyste świątko uczyniło się na świecie.

Puste i zdrętwiałe pola ożyły, potrzęsły się głosy, ze wszystkich podwórz wytaczały się wozy, wszystkimi dróżkami ciągnęły pługi, wszystkimi miedzami ludzie ruszali, a wszędy, skroś sadów i przez pola rwały się pokrzyki, leciały radosne pozdrowienia, konie rżały, turkotały rozeschłe koła, psy ujadały zapamiętale ganiając za źrebakami, a bujna, mocna radość przepełniała serca i po ziemiach się niesła - i na poletkach pod ziemniaki, na jęczmiennych rolach, na rżyskach, na zachwaszczonych ugorach stawali i wesołym pogwarem, szumnie i rozgłośnie kiej do tańca.

Naraz przycichło wszystko, baty świsnęły, zaszczękały orczyki, sprężyły się konie i rdzawe jeszcze pługi jęły się z wolna wpierać w ziemię i wywalać pierwsze skiby czarne i lśniące, a naród się prostował, nabierał dechu, żegnał, potaczał oczyma po rolach, przyginał i pracy a trudu się imał.

Zgoła nabożna i święta cichość ogarnęła pola, jakby się rozpoczęło nabożeństwo w tym niezmierzonym kościele. Naród w pokorze przywarł do zagonów, ścichnął i ze wzdychem serdecznym rzucał święte, rodne ziarna, posiewał trud na plenne jutro, matce ziemi oddawał się wszystek i z dufnością.

Hej! ożyły znowu lipeckie pola, doczekały się gospodarzy tęskniące, a toć, jak okiem sięgnął, od borów chmurnych aż po wyżnie polnych granic, po wszystkich ziemiach w tym szarozielonawym, mgławym powietrzu, niby pod wodą, jaże roiło się od czerwonych wełniaków, pasiastych portek, białych kapot, koni przygiętych w pługach i wozów po miedzach.

Niby pszczelny rój obsiadł ziemię pachniącą i roił się pracowicie w cichości bladego zwiesnowego dnia - że jeno skowronki rozgłośniej śpiewały ważąc się gdziesik niedojrzane, wiater też przewiał niekiedy, zatargał drzewiny, rozwiał przyodziewy kobietom, przygładził żyta i w bory uciekał z chichotem.

Długie godziny pracowali bez wytchnienia, tyle jeno odpoczywając, co tam ktoś grzbiet wyprostował, odzipnął i znowuj się przykładał do zagona. Że nawet na południe z ról nie zjeżdżali, przysiedli jeno na miedzach pojeść z dwojaków i kościom dać folgę, ale skoro tylko konie przejadły, za pługi się imali, nie leniąc ni ociągając. Dopiero o samym zmierzchu zaczęli ściągać z pól.

Wnetki rozbłysły chaty i zawrzały gwarem a krętaniną, cała wieś stanęła w łunach ogni, co się z okien i drzwi wywartych darły na drogę, w każdej chałupie zwijali się kiele obrządków i wieczerzy. Rwetes się podniósł, przekrzyki, rżenia koni, skrzypy wierzei, cielęce beki, gęgoty gęsi na noc spędzonych do zagród, dziecińskie wrzaski, że cała wieś huczała i trzęsła się tym dziwnie radosnym bełkotem.

Przycichło dopiero, kiej gospodynie do mich zapraszały, tak sielnie honorując chłopów, że sadzały ich na pierwszych miejscach, podtykając co najlepsze, nie żałowały bowiem ni mięsa, ni gorzałki...

We wszystkich chałupach wieczerzali, wszędy przez wywarte okna i drzwi widne były głowy w krąg zebrane i gęby ruchające, skrzybot łyżek się rozchodził, a smaki słoniny przysmażonej wiały po drogach, aż w nozdrzach wierciło.

Tylko jeden Rocho nikaj nie przysiadł na dłużej, chodził od domu do domu, siał dobrym słowem, poredzał i szedł dalej do drugich, jako ten gospodarz zapobiegliwy i o wszystkim jednako baczący, a tak samo jak cała wieś pełen wesela i może barzej jeszcze przejęty radością.

Nawet u Hanki czuć było to dzisiejsze świątko, bo choć pomocy nie potrzebowała, to by drugim ulżyć, zaprosiła do siebie na kwaterę dwóch Rzepczaków, które robiły u Weronki i Gołębowej.

Tych se wybrała, że to Rzepczaki za szlachtę się miały.

Juści, co w Lipcach przekpiwali się zawdy z takiej szlachty i za psi pazur ich nie mieli, gorzej niźli na miejskich łachmytków i prefesjantów powstając; ale skoro weszli do chałupy, Hanka zaraz spostrzegła, że to inszy gatunek, znaczniejszy.

Chłopy były drobne i chuderlawe, z miejska w czarne kapoty odziane, ale sielnie miniaste; wąsiska im sterczały kiej wiechy konopne i oczyma toczyli górnie, jednako rozmowni byli, a obejście mieli delikatne i mowę zgoła pańską. Obyczajny był naród, bo tak wszyćko grzecznie chwalili, a każdej poredzili tym słowem zabasować, że kobiety jaże urastały z kuntentności.

Sutszą też wieczerzę kazała Hanka narządzić i podać im na stole pokrytym czystą płachtą.

Sielnie ich obserwowała, przykazując wszystkim uważnie, że prawie na palcach kiele nich chodziły, z oczu odgadując potrzeby, Jagna zaś, jakby całkiem głowę straciła, wystroiła się kieby na odpust i siedziała zapatrzona w młodszego niby w obraz.

- Ma on swoje dwórki, na bose ani spojrzy - szepnęła Jagustynka, jaże Jaguś w ogniach stanęła i na swoją stronę uciekła.

Rocho wszedł był właśnie, za stołkiem się rozglądając.

- Temu się najbarzej zdumiewają nasze chłopy, co ludzie z Rzepek zjechali Lipcom pomagać! - rzekł cicho.

- Nie o swoją sprawę pobilim się w lesie, to nikt z nas zawziętości nie żywi - odpowiedział starszy.

- Bo zawdy bywa, że kiej się dwóch za łby bierze, trzeci korzysta!

- Prawda, Rochu, ale niech no dwóch się zgodnie zmówi w przyjacielstwo, to ten trzeci może niezgorzej oberwać po łbie - co?

- Mądrze mówicie, panie Rzepecki, mądrze...

- A co dzisiaj Lipcom dolega, jutro może przyjść na Rzepki.

- I na każdą wieś, panie Rzepecki, jeśli miasto za sobą obstawać i pospólnie się bronić, kłyźnią się, dzielą i przez złoście wydają wrogowi. Mądre i przyjacielskie sąsiady to jak te płoty a ściany bronne: świnia się bez nie nie przeciśnie i zagona nie spyska...

- Wie się już o tym, Rochu, między nami, jeno chłopy jeszcze tego nie miarkują i stąd bieda idzie...

- I na to już pora przychodzi, panie Rzepecki: mądrzeją...

- Wytoczyli się wnet po wieczerzy na ganek, kaj już Pietrek przygrywał na skrzypicy dziewczynom, co się były zleciały posłuchać.

Wieczór szedł cichy i ciepły, mgły białymi kożuchami zsiadały się na łęgach, czajki kwiliły z mokradeł i młyn po swojemu turkotał, a czasem drzewa zaszumiały. Niebo było wysokie, ale zawalone burymi chmurzyskami, że jeno na obrzeżach zwałów przecierały się miesięczne brzaski, a miejscami z wyrw głębokich kieby w studniach gwiazdy bystro świeciły.

Wieś huczała kiej ul przed wyrojem. Do późna jarzyły się wszystkie okna, do późna też w opłotkach i po drogach wrzały przyciszone szepty i śmiechy buchały wesołe; dziewki szczerzyły zęby do kawalerów i rade się z nimi wodziły nad stawem, starsze zaś zasiadłszy z gospodarzami na progach, ugwarzały się godnie zażywając chłodu i odpocznienia.

A nazajutrz, ledwie się niebo zarumieniło zorzami, jeszcze w świtowych, przyziemnych sinościach, zaczęli się zrywać ze śpiku i sposobić do pracy.

Słońce weszło pięknie, że świat, kieby tym srebrem szronami potrząśnięty, w ogniach stanął cały, w skrzeniach mokrawych i w chłodnym a rześwym poranku. Ptactwo uderzyło w krzyk ogromny, zaszumiały drzewa, zabełtały wody, podniosły się ludzkie głosy i wiatr otrząsając krze roznosił po wsi terkoty, wołania, ryki, dzieuszyne śpiewki, co kajś zatrzepotały, i cały ten rwetes i krętaninę wychodzących na robotę. Na łęgach mgły jeszcze leżały białe kiej śniegi, jeno na wyższych rolach porzedły i słonecznymi biczami pocięte i spędzone, dymiły już kiej z trybularzów i ku czystemu niebu darły się strzępiastym przędziwem; w szronach leżały jeszcze pola, kuląc się w dośpiku i nabrzmiewając niby pąki; a naród z wolna wpierał się wszystkimi stronami w orosiałe, senne zagony, wtapiał się w przesłoneczniane tumany i przywierał do poletek w cichości - bo od ziem, od drzew, z sinych dalekości, od wód błyskających krętowinami, od mgieł i od nieba, wynoszącego rozgorzały krąg słońca - wszystkim światem taka wiosna waliła i bił taki czad mocy i upojenia, że jaże w piersiach zapierało, jaże dusza się trzęsła w takiej przenajświętszej radości, co to jeno łzami skapuje cichymi, wzdychem się wypowie albo klękaniem przed tym zwiesnowym cudem i w najlichszej trawce widomym.

To i mnogi ów naród obzierał się długo dokoła, żegnał pobożnie, pacierze szeptał i w cichości za robotę się brał, że kiej przedzwaniali na mszę, już wszyscy byli na swoich miejscach.

Mgły rychło się rozwiały i pola stanęły na słonecznej jaśni, że jak okiem sięgał po lipeckich ziemiach, pociętych pasami zielonych ozimin, wszędy czerwieniały wełniaki, orały pługi, wlekły się brony, wodzone przez dziewki, gmerały się rzędy kobiet, sadzących ziemniaki, a gęsto po czarnych i długich zagonach chodziły chłopy przepasane płachtami: pochyleni ździebko i nabożnym, sypkim rzutem ręki rozsiewali ziarna w spulchnione, czekające role...

Tak zaś wszyscy pracowali gorliwie, głów nawet nie podnosząc, iż ani spostrzegli dobrodzieja, który zaraz po mszy jawił się przy swoim parobku, orzącym nade drogą, a potem ku zdumieniu chodził po poletkach, pozdrawiał wesoło, częstował tabaką, komu i papierosa udzielił, tam rzucił jakieś słowo łaskawe, ówdzie dziecińskie głowy przygładził i z dzieuchami zażartował, indziej zaś to wróble stado, na zasiany jęczmień spadłe, pecyną zgonił, a często pierwszą garść siewu krzyżem błogosławił albo i sam rozrzucił, a wszędy do pośpiechu przynaglał, jakby i ekonom nie poredził lepiej.

I zaraz po obiedzie razem ze wszystkimi do roboty się stawił objaśniając kobietom, że choć to dzisiaj wypadało świętego Marka, ale procesja odbędzie się dopiero w oktawę, trzeciego maja.

- Nie pora dzisiaj, szkoda czasu, bo chłopy drugi raz nie przyjadą pomagać!

Tłumaczył i sam też z pola nie zeszedł aż do samego końca; sutannę podkasał, kijem się wspierał, że to tęgie brzucho musiał dźwigać, i chodził niestrudzenie, niekiedy jeno przysiadając po miedzach, by pot obetrzeć z łysiny a odzipnąć.

Radzi mu byli serdecznie, iż pod jego okiem robota jakby szła prędzej i lekciej, chłopy zaś za honor sobie miały, co im sam dobrodziej ekonomuje.

Słońce już czerwone i pełne nad bory się zwieszało, ziemie gasły, a dale jęły modrzeć, kiej pokończywszy co najpilniejsze roboty zaczęli ściągać do wsi; śpieszyli się, bych jeszcze za widoku do dom zdążyć.

Wielu i za wieczerzę dziękowało, przegryzając jeno co niebądź naprędce, a insi z pośpiechem brali miski wczas narządzone; konie, już założone do wozów, rżały przed domami.

Ksiądz się znowu pokazał na wsi wraz z Rochem, obchodził wszystkich i każdemu chłopu z osobna raz jeszcze dziękował za poczciwą pomoc Lipczakom.

- Bo co dasz potrzebującemu, jakbyś samemu Jezusowi dawał! No, mówię wam, że choć nieskorzy jesteście dawać na mszę, choć o potrzebach kościoła nie pamiętacie, choć już od roku wołam, że dach mi zacieka na plebanii, co dzień modlić się za was będę, za waszą poczciwość Lipcom okazaną... - wołał ze łzami, całując chylące mu się po drodze głowy.

Właśnie byli kiele kowala, skręcali na drugą stronę wsi, kiej im zastąpiły drogę zapłakane komornice z Kozłową na przedzie.

- A to dopraszam się dobrodzieja, szlim pytać: czy to nam chłopy pomagać nie będą?

Zaczęła hardo, podniesionym głosem.

- Bo czekalim, że i na nas przyjdzie kolej, a oni już odjeżdżają...
- I my sieroty ostaniem przez żadnego wspomożenia... wraz mówiły.

Ksiądz zafrasował się, srodze poczerwieniawszy.

- Cóż wam poradzę?... nie wystarczyło dla wszystkich... i tak całe dwa dni poczciwie pomagali... no, mówię... - bełkotał latając po nich oczyma.
- Juści! pomagali, ale gospodarzom, bogaczom jeno... zaszlochała Filipka.
- Nama jako zapowietrzonym nikt się nie pokwapił wspomóc...
- Nikogój głowa nie zaboli o nas, sieroty...
- Żeby choć kilka pługów do ziemniaków to i tego nie! - szeptały łzawo.
- Moiście... odjeżdżają już... no... zaradzi się jakoś... prawda, że i wam ciężko... i wasi mężowie z drugimi... no mówię, że się zaradzi.
- A o czym to będziem czekać tej pomocy?... a jak się jeszcze i tego ziemniaka nie wsadzi, to już ino postroneczka szukać! - zawiedła Gulbasowa.
- No, mówię, że się zaradzi... Dam wam swoich koni, choćby na cały dzień, jeno mi ich nie zgońcie... młynarza też uproszę, wójta, Boryny, może dadzą...
- Może! Czekaj tatka latka, jaż kobyłę wilcy zjedzą! Chodźta, kobiety, nie skamlajta po próżnicy!... żebyśta nie potrzebowały, to by wama dobrodziej pomogli... La gospodarzy jest wszystko, a ty, biedoto, kamienie gryź i łzami popijaj! Owczarz jeno stoi o barany, bo je strzyże, a z czegóż to nas oskubie, cheba z tych wszy! - wywierała pysk Kozłowa, jaże ksiądz zatkał uszy i poszedł.

Zbiły się w kupkę i rzewnymi łzami płakały, w głos wyrzekając, a Rocho utulał je, jak umiał, obiecując poczciwie pomoc jaką wyjednać. Odwiódł

gdziesik pod płot, bo już zaczęli się rozjeżdżać na wszystkie strony, drogi zaczerniały od koni a ludzi, zaturkotały wozy i ze wszystkich progów leciały gorące słowa dziękczynień:
- Niech wama Bóg zapłaci!
- Bywajcie zdrowi!
- Odpłacim się jeszcze w sposobną porę!
- A zawdy w niedzielę zajeżdżajcie do nas kiej do krewniaków!
- Ojców pozdrówcie! A kobiety nam swoje przywieźcie!
- W potrzebie się któren znajdzie, z całej duszy pomożem!
- Ostajta z Bogiem i niech wama plonuje, ludzie kochane! - krzykali czapami trząchając do się i rękoma wymachując.
Dziewczyny i co ino było dzieci szły przy wozach odprowadzając ich za wieś. Największą kupą tłoczyli się na topolowej, gdyż tamtędy aż z trzech wsi jechali. Wozy toczyły się wolno, rozmawiali wesoło buchając częstym śmiechem i baraszkując.
Mrok się już sypał, zorze gasły, jeno wody kajś niekaj gorzały czerwono, mgły się zwijały na łęgach i wieczorna, zwiesnowa cichość przędła się po ziemiach. Żaby jęły gdzisik daleko a zgodnie rechotać...
Doprowadzili się do rozstajów i tam żegnali się wśród śmiechów i krzykań, ale nim jeszcze konie ruszyły z kopyta, kiej któraś z dziewczyn zaśpiewała za nimi:

Dasz, Jasiu, na zapowiedzie!
Słuchaj ino, tatuś jedzie,
Dudni na moście -
da dana!
Dudni na moście!
A chłopaki im na to odwracając się z wozów:
Teraz, Maryś, takie zięby -
Zskrzytwiałyby dziewosłąby ;
Dam w Wielkim Poście...
da dana!
Dam w Wielkim Poście!...

Dzwoniły młode głosy po rosie i we wszystek świat się niosły radosne.

ROZDZIAŁ 7

Chłopy wracają!
Piorunem ta wieść runęła i kiej płomień rozniosła się po Lipcach!
Prawda-li to? I kiedy? I jak?...
Nikto jeszcze nie wiedział.
To jeno pewne było, że stójka z gminy, któren jeszcze przed wschodem leciał do wójta z jakimś papierem, rzekło tym Kłębowej, wypędzającej

właśnie gęsi na staw, ta się w ten mig rzuciła z nowiną do sąsiadów, zaś Balcerkówny rozkrzyczały od siebie najbliższym chałupom, że nie wyszło i Zdrowaś, a już całe Lipce zerwały się na nogi trzęsąc radosną wrzawą, aż się zakotłowało w izbach.

A rano było jeszcze, tyle co się świt przetarł i majowy, wczesny dzień wstawał, jeno że jakiś poczerniały i mokry; deszcz mżył kiej przez gęste sito i pluskał cichuśko po rozkwitających sadach.

- Chłopy wracają! Chłopy wracają! - rwał się krzyk nad wszystką wsią, przez, sady leciał hukliwie, z każdej chałupy bił kiej dzwon radosny, z każdego serca buchał płomieniem i z każdej gardzieli się wydzierał.

Dzień dopiero co wstał, na wieś już wrzała kiejby na odpuście; dzieci wylatywały z krzykiem na drogi, trzaskały drzwi, kobiety odziewały się na progach, już wypatrując tęskliwie wskroś drzewin rozkwitłych i szarugi przysłaniającej dalekości.

- Wszystkie wracają! Gospodarze, parobcy, chłopaki, wszystkie! Już idą! Już wyszli z lasa, już są na topolowej! - wołali na przemiany i ze wszystkich progów darły się krzyki, a co gorętsze wybiegały kiej oszalałe; gdzie już płacz się rozlegał i tętenty biegnących naprzeciw...

Jeno trepy kłapały i błoto się otwierało, tak wyrywali za kościół na topolową - ale na długiej, zadeszczonej drodze jeno mętne kałuże stały i siwiły się koleiny, głęboko wyrznięte.

Ni żywej duszy nie wypatrzył pod sczerniałymi od pluchy topolami.

Choć srodze zawiedzeni, bez namysłu i w dyrdy rzucili się na drugi koniec wsi, za młyn, na drogę od Woli, boi tamtędy mogli powracać.

Hale cóż, kiej i tamój było pusto! Deszcz zacinał przysłaniając szarą kurzawą szeroki, wyboisty gościniec; gliniaste wody rowami waliły, w bruzdach burzyła się woda i drogą też szorowały strugi spienione, a rozkwitłe ciernie, brzeżące zielonawe pole, skulały zziębłe kwiaty.

Wrony kołują górą, to plucha przejdzie! - rzekła któraś próżno wypatrując.

Posunęli się jeszcze ździebko, gdyż od spalonego folwarku ktosik zamajaczył na drodze i ku nim się zbliżał.

Dziad to był ślepy i wszystkim znany; pies, któren go wiódł na sznurku, zaszczekał zajadle i jął się ku nim rwać, ślepiec zaś nasłuchiwał pilnie, kij gotując ku obronie, ale dosłyszawszy rozmowy przyciszył pieska i pochwaliwszy Boga rzekł wesoło:

- Miarkuję, co to lipeckie ludzie... hę? I coś sporo narodu...

Dziewczyny go obstąpiły i nuże rozpowiadać jedna przez drugą.

- Sroki me opadły i wszystkie naraz skrzeczą! - mruknął nasłuchując uważnie na wsze strony, gdyż cisnęły się z bliska.

Kupą już wracali, dziad w pośrodku włókł się huśtający na kulach i nogach pokręconych, wypierał naprzód ogromną, ślepą twarz.

Policzki miał czerwone i spaśne, oczy bielmem zasnute, brwie siwe i krzaczaste, nochal kiej trąbę, a brzucho niezgorzej wzdęte.

Cierpliwie słuchał, aż wymiarkowawszy przerwał im trajkoty:

- Z tymem i śpieszył do wsi. Niechrzczony jeden powiedział mi w sekrecie, co Lipczaki dzisiaj wracają z kreminału! Wczoraj mi rzekł, myślę sobie, jutro do dnia skoczę i pierwszy dam znać. Jakże, szukać takiej wsi jak Lipce! A które to wpodle drepcą? - bo nie poredzę po samym głosie rozeznać?!
- Marysia Balcerkówna!... Nastka Gołębiów!... Ulisia sołtysowa!... Kłębowa Kasia!... Sikorzanka Hanusia! - wołały wszystkie.
- Ho! ho! sam ci to kwiat pannowy wyszedł! Widzi mi się, co wam było pilno do parobków, a dziadem musita się kontentować!... he?
- A nieprawda! po ojców wyszlim - zawrzeszczały.
- Loboga, dyć ślepy jezdem, ale nie głuchy! - aż baranicę głębiej nacisnął.
- Powiedziały we wsi, że już idą, tośmy wyleciały naprzeciw!
- A tu nikaj nikogo!
- Jeszczek za wcześnie; dobrze, by na połednie zdążyli gospodarze, bo chłopaki to może i do wieczora nie ściągną...
- Jakże; razem ich puszczą, to i razem przyjdą!
- A może się w mieście zabawią? mało to tam pannów?... cóż to im za niewola do waju się śpieszyć?... he! he! - przekomarzał się śmiejący.
- A niech się zabawią! nikto za nimi nic płacze!
- Juści, w mieście nie brakuje tych, co w mamki poszły albo w piecach u Żydów palą... takie będą im rade - szepnęła chmurnie Nastusia.
- Który mieskie wycieruchy przekłada, o takiego żadna nie stoi!
- Dawnoście, dziadku, w Lipcach nie byli? - zagadnęła któraś.
- A dawno, coś na jesieni! Zimowałem se u miłosiernych ludzi, we dworzem przesiedział zły czas.
- Może we Wólce? u naszego? co?
- A we Wólce! Ja ta zawdy za pan brat z dziedzicami i z dworskimi pieskami: znają me i nie ukrzywdzą! Dały mi ciepły przypiecek, warzy, ile wlazło, tom bez cały czas powrósła kręcił i Boga chwalił. Człek się wyporządził i pieskowi też niezgorzej boki wydobrzały! Ho! ho! dziedzic mądry: z dziadami trzyma i wie, że torbę i wszy za darmo miał będzie... he! he! - aż brzuchem trząsł i łypał powiekami od śmiechu, a wciąż rajcował.
- A dał Pan Jezus zwiesnę, sprzykrzyły mi się pokoje i dworskie przypochlebstwa, zaniło mi się za chałupami i tym światem szerokim... Hej, deszczyk ci to siepie kiej czyste złoto, ciepły i rzęsisty, i rodzący, jaże świat pachnie młodą trawą... Kaj to lecita? Dzieuchy?!
Dosłyszał naraz, że poniesły się z miejsca, ostawiając go przed młynem.
- Dzieuchy!
Ale żadna już nie odkrzyknęła: dojrzały kobiety, ciągnące nad stawem ku wójtowej chałupie, i do nich śmigały. Z pół wsi już się tam zbierało, by się coś rzetelnego dowiedzieć.
Wójt snadź wstał niedawno, bo jeno w portkach siedział na progu owijając onucami nogi, a o buty krzyczał na żonę.
Przypadły do niego z wrzaskiem, zadyszane, obłocone, które jeszcze nie

myte ni czesane, a wszystkie ledwie zipiące z niecierpliwości.

Dał się im wyrajcować, buty co ino sadłem wysmarowane naciągnął, umył się w sieni i, poczesując kudły w otwartym oknie, rzucił drwiąco:

- Pilno wama do chłopów, co? Nie bójta się, wracają dzisiaj z pewnością Matka, daj no papier; co go to stójka przyniósł... za obrazem leży.

Obracał go w garściach, aż trzepnąwszy weń palcami rzekł:

- Wyraźnie stoi o tym jak wół... "Tak jak krześcijany wsi Lipec, gminy Tymów, ujezda..." - a czytajta se same! Wójt wama mówi, co wracają, to prawda być musi!

Rzucił im papier, którem szedł z rąk do rąk, i chociaż żadna nie wymiarkowała ni literki, że to był urzędowy, przypinały się do niego, wlepiając oczy z jakąś trwożną radością, kiejby w obraz, aż dostał się Hance, która, wziąwszy przez zapaskę, oddała z powrotem.

- Kumie, czy to wszystkie wracają? - spytała lękliwie

- Napisane, co wracają, to wracają!

- Razem brali całą wieś, to i razem puszczą! - ozwała się któraś.

- Wstąpcie, kumo; przemiękliście ździebko! - zapraszała wójtowa, ale Hanka nie chciała, naciągnęła zapaskę na czoło i pierwsza ruszyła z nawrotem.

Wolniuśko jeno szła, ledwie dychająca z radości a strachu zarazem.

- Juści, co i Antka wrócą, juści! - pomyślała wspierając się naraz o płot, bo tak ją w dołku ścisnęło, że omal nie padła. Długo łapała powietrze zgorączkowanymi wargami... Nie, niedobrze się jeszcze czuła, dziwnie słabo.- Wróci Antek, wróci! - radość ją rozpierała do krzyku, a jednocześnie jęły ją przenikać strachy jakieś, niepewności, obawy jeszcze zgoła ciemne.

Coraz wolniej szła i ciężej, usuwając się pod płoty, bo całą drogą waliły kobiety, leciały szumnie, że śmiechami, rozwrzeszczane i jaśniejące radością, a nie bacząc na pluchę, kupiły się pod chałupami, to nad stawem i rajcowały zawzięcie.

Dopędziła ją Jagustynka.

- Juści, że wiecie! no, to dopiero nowina. Czekam na nią co dnia, a kiej przyszła, zwaliła me kiej pałą w ciemię. Od wójta idziecie?

- Przytwierdził i nawet z papieru o tym przeczytał.

- Przeczytał, to juści, że pewne! Chwała ci, Panie, powrócą chudziaki, powrócą gospodarze! - szeptała gorąco rozwodząc ręce.

Łzy posypały się jej z wyblakłych oczu, aż Hanka się zdumiała.

- Myślałach, że zapomstujecie, a wy w bek, no, no!...

- Co wy?! w taką porę bych pomstowała! Człowiek jeno z biedy da czasem folgę ozorowi, ale w sercu co inszego siedzi, że czy chce, czy nie chce, a z drugimi radować się musi albo i smucić... Nie poredzi żyć z osobna, nie...

Przechodziły koło kuźni: młoty biły hukliwie, ogień buchał czerwony z ogniska, a kowal obręcz naciągał na koło pod ścianą. Spostrzegłszy Hankę wyprostował się i wparł oczy w jej rozgorączkowaną twarz.

- A co?... doczekały się Lipce święta!... wracają pono niektóre:

- Wszystkie wracają, wójt o tym czytał! - poprawiła go Jagustynka.
- Wszystkie, zbójów przecież tak zaraz nie wypuszczą, nie...
Hance aż się w głowie zakotłowało i serce dziw nie pękło z bólu, ale
zdzierżyła uderzenie i odchodząc rzekła mu ze straszną nienawiścią:
- By ci ten psi ozór przyrósł do podniebienia!
Przyśpieszyła kroku uciekając od jego śmiechu, co jakby kłami chwytał za
serce.
Dopiero z ganku obejrzała się na świat.
- Maże się i maże... ciężko będzie z pługiem, wyjechać na rolę
Udawała spokój:
- Ranny deszcz i starej baby taniec niedługo trwają.
- Trza będzie tymczasem sadzić ameryki pod motyczkę.
- Kobiet ino patrzeć; spóźniły się bez tę nowinę, ale przyjdą... byłam u nich
z wieczora, wszystkie się obiecały na odrobek.
W izbie już ogień buzował; ciepło było i jaśniej niźli na dworze. Józka
skrobała ziemniaki, a dzieciak wrzeszczał wniebogłosy mimo zabawiań
starszych dzieci. Hanka przyklęknąwszy przed kołyską jęła go karmić.
- Józia, niech Pietrek narządzi deski, gnój będzie wywoził od Florki na te
zagony kiele Paczesiowego żyta. Nim plucha przejdzie, parę fur
wywiezie... co się ma wałęsać po próżnicy!
- Przy was to nikto z leniem się nie stowarzyszy.
- Bo i sama kulasów nie żałuję! - powstała chowając piersi.
- Hale, ady bym na śmierć zapomniała, przeciek to od połednia świątko!
Proboszcz procesję zapowiadał, odłożoną ze świętego Marka na oktawę...
- Przeciek to ino w krzyżowe dni bywają procesje!...
- Z ambony zapowiadał na dzisiaj, to musi, co i bez krzyżowych dni
można chodzić do figur i święcić granice.
- Chłopaki będą brały dzisiaj na pokładankę po kopcach! - zaśmiała się
Józka do wchodzącego Witka.
- Idą już, idą. Bieżyjcie z nimi, a zarządźcie, co potrza. Ja ostanę w
chałupie, obrządzę i śniadanie zgotuję. Józka z Witkiem będą donosili
ziemniaki na pole! - zarządzała Hanka wyzierając na komornice, które
pookręcane w płachty i zapaski, że ledwie im było oczy widać, z
koszykami na ręku i motyczkami, schodziły się pod ścianę otrzepując trepy
o przyciesie.
Powiedła je zaraz Jagustynka przez przełaz nad polną drogą, kaj tuż przy
brogu leżały czarne, przesiąkłe wodą zagony.
Stanęły wnet do roboty, po dwie na zagonie, głowami do siebie - dziubały
motyczkami dołki, a wrazíwszy weń ziemniak, przygarniały go ziemią,
okopując zarazem w poprzeczne rządki.
Cztery robiły, stara była jeno na przyprzążkę, do poganiania.
Cóż, kiej robota szła niesporo!... ręce grabiały z zimna i w bruzdach było
mokro, w trepy nabierało się wody, a szmaty na nic się marały w błocie, bo
deszcz, choć ciepły i coraz drobniejszy, mżył cięgiem, rozpryskując się po

skibach, a trzepiąc po sadach, co zwiesiły okwiecone gałęzie nad drogę i z jakąś lubością nastawiały się na pluchę.

Ale już szło na odmianę: kokoty piały, niebo się stronami podnosiło niezgorzej przetarte, jaskółki jęły śmigać powietrzem kiejby na zwiady, a zaś wrony uciekały z kalenic i niosły się cichuśko a nisko nad polami.

Baby gmerały przygięte do zagonów, podobne do kłębów szmat przemoczonych, poredzając, wolniuśko robiąc, a z długimi odpoczynkami, że to na odrobek przyszły, aż dopiero stara, obsadzająca grochem piechotą nadbruździa" zaczęła w głos rozglądając się dokoła:

- Niewiela dzisiaj gospodyń w polu ni na ogrodach.
- Chłopy wracają, to nie robota im w głowie!
- Pewnie, tłuste jadło narządzają i pierzyny grzeją...
- Prześmiewacie, a samej jaże łysty do nich drygają! - rzekła Kozłowa. - Nie wyprę się, co mi już Lipce obmierzły bez chłopów. Staram przeciek, ale prosto powiem, że choć to są juchy, łajdusy, świędlerze i zabijaki, a niech się jawi choćby i ta najgorsza pokraka, to zarno z nim raźniej i weselej; i lekciej na świecie. Która co inszego powie, zełże jak pies.
- Wyczekały się na nich kobiety kiej kania na deszcz! - westchnęła któraś.
- Niejedna to czekanie ciężko przypłaci, a dzieuchy najprzódziej...
- Że i trzy kwartały nie miną, a dobrodziej chrzcić nie nadąży...
- Stare, a bają trzy po trzy: dyć na to Pan Jezus stworzył kobietę! nie grzech mieć dziecko! - podniosła głos przekornie Grzeli z krzywą gębą kobieta.
- A wy cięgiem swoje: zawdy za bękartami stoicie!
- A zawdy, jaże do samej śmierci każdemu do oczu stanę i rzeknę: bękart czy nie - zarówno ludzkie nasienie, prawo ma na świecie jedno i jednako je Pan Jezus szanuje, wedle zasług jeno a grzechów...

Zakrzyczały ją wyśmiewając wzgardliwie. Zabiła ręce i pokiwała głową.
- Szczęść Boże na robotę! jakże idzie? - krzyknęła Hanka z przełazu.
- Bóg zapłać! dobrze, ino mokro.
- Nie brakuje ziemniaków?

Przysiadła nieco na żerdce.
- Donoszą, ile potrza; jeno mi się widzi, co za grubo krajane...
- Za grubo, dyć ino na pół, przeciek u młynarza co

drobniejsze ziemniaki całe sadzą. Rocho powiedział, że takie są dwa razy plenniejsze.
- Musi, miemiecka to moda, bo jak Lipce Lipcami, zawdy się ziemniaki krajało na tyla, chyla oczków miały - kwękała sprzeczliwie Gulbasowa.
- Moiście, przeciek dzisiejsi ludzi nie głupsi wczorajszych...
- Hale, tera jajo chce być mędrsze od kury i stadu przewodzić...
- Rzekliście! Ale po prawdzie, co poniektóre, choć lata mają, rozumu nie nabyły! - zakończyła Hanka cofając się z przełazu.
- Zadufana w sobie, jakby już na całej gospodarce Borynów siedziała - mruknęła Kozłowa obzierając się za nią.
- Poniechajcie jej: szczere złoto, nie kobieta! Nie wiada, czyby się nalazła

od niej lepsza i mądrzejsza. Co dnia z nią siedzę, a oczy i rozumienie mam. Nacierzpiała się ona i przeszła krzyże, że niech Bóg broni...

- Czeka ją jeszcze niejedno... Jagna w chałupie, i skoro Antek wróci, cudeńka się tu zaczną i breweryje, będzie czego słuchać...

- Że Jagna z wójtem się sprzęgła, cosik mi o tym bąknęli - prawda to? Zaśmiały się z Filipki, że pyta, o czym już wróble świergocą.

- Nie rozpuszczajta ozorów: i wiater czasem słucha i roznosi, kaj nie potrzeba! - zgromiła Jagustynka.

Przygięły się do roli, dziabki migały szczękając niekiej o kamienie, a one rajcowały zawzięcie całą wieś obgadując:

Zaś Hanka szła od przełazu chyłkiem pod wiśniami, bo ją chwytały za głowę obwisłe i przemoczone gałęzie, jakby nabite zbielałym już pąkowiem i listeczkami.

Poszła w podwórze przeglądać gospodarstwo.

Od samych świąt prawie się nie wychylała z domu, że to pogorszyło się jej po wywodzie. Dzisiejsza nowina zerwała ją z łóżka i trzymała na nogach, że choć się chwiała na każdym kroku, zaglądała po kątach źląc się coraz barzej.

A to krowy były jakoś osowiałe i do pół boków w gnoju, prosiaki coś za mało przyrosły, nawet gęsi wydawały się dziwnie niemrawe, jakby zamorzone.

- Ady byś choć wiechciem wytarł wałacha! - wsiadła na Pietrka, wyjeżdżającego do gnoju, ale parobek cosik mruknął złego i pojechał.

W stodole nowa zgryzota: w kupie ziemniaków, leżących na klepisku, pyskał se w najlepsze Jagusin wieprzek, zaś kury grzebały w pośladzie, któren dawno miał być zniesiony na górę. Skrzyczała za to Józkę i do Witkowych kudłów skoczyła, ledwie się chłopak wyślizgnął i uciekł, a dziewczyna bekiem i skargą się zaniosła:

- Haruję cięgiem kiej koń, a wy krzyczycie: Jagnie, co się całe dnie wałkoni, to przepuszczacie!

- No, cicho, głupia, cicho! Sama widzisz, co się tu wyrabia...

- Mogłam to wszyćkiemu uradzić? co?

- No, cicho! Nieśta ziemniaki, bo zbraknie kobietom!

Dała już spokój krzykom. - Prawda, dziewczyna wszystkiemu nie uradzi, a najemniki!... Boże się zmiłuj. Od rana już zachodu wyglądają. Dorabiać się w najemników to jakby wilki zgodził do owiec wodzenia. Przez sumienia są ludzie:

Rozmyślała z goryczą, wywierając całą złość na wieprzaku, jaże z kwikiem pognał, że go to i Łapa jeszcze po swojemu za ucho odprowadzał...

Do stajni potem zajrzała, ale jakby po nową zgryzotę - ano klacz obgryzała pusty żłób, a źrebak, utytłany kiej świnia, słomę wyciągał z podściółki.

- Kubie by serce pękło, kiejby cię takim zobaczył - szepnęła zakładając im za drabkę siano i głaszcząc po mięciuchnych a ciepłych chrapach.

Ale już nie poszła dalej: ogarnęło ją naraz zniechęcenie i taki płacz chycił za gardziel, że wsparłszy się o barłóg Pietrkowy zaryczała, sama nie wiedząc laczego.

Tak zbrakło jej sił, że opadła w sobie kiej ten kamień ciężki Już nie mogła uredzić doli, mój Jezu, nie mogła, a toć poczuła się taka opuszczona na świecie, jako to drzewo rosnące na wywieisku, samotne i na każdą zła przygodę wystawione! Ani wyżalić się przed kim! I ani końca przewidzieć złej doli! Nic, jeno cięgiem truć się zgryzotą i płakaniem... nic kromie udręki wiecznej i czekania na gorsze...

Źrebak lizał ją po twarzy, że bezwolnie przytulała głowę do jego karku i zanosiła się coraz boleśniej.

Cóż jej ta po gospodarce, po bogactwie, po ludzkim uważaniu, kiej la siebie nie miała ani jednej chwili szczęśliwości w całym życiu, nic zgoła! Skarżyła się tak żałośnie, jaże klacz zarżała ku niej, targając się na łańcuchu.

Zawlekła się do izby i przysadziwszy do piersi rozkrzyczanego chłopaka zapatrzyła się bezmyślnie w zapocone szyby, zbrużdżone ociekającymi kroplami.

Dziecko jakoś matyjasiło skamląc i popłakując.

- Cicho, maluśki, cicho!... wróci tatulo, przywiezie ci kuraska... wróci, synka na koń wsadzi... cicho, maluśki: A, a, a! kotki dwa! szare bure obydwa!... Wróci tatulo, wróci! - przyśpiewywała huśtając go i chodząc po izbie.

- A może i wróci! - potwierdziła sobie przystając nagle.

Płomień ją ogarnął, moc rozprężyła przygięte plecy i taka radość wstąpiła w serce, że się już rwała do komory rznąć kawał świniny la niego, że już po gorzałkę chciała posyłać la niego, nawet już ku skrzyni szła, by się przyodziać świątecznie la niego - ale nim to uczyniła, przypominki słów kowalowych spadły na obolałe serce kiej jastrzębie ostrymi pazurami, zmartwiała na miejscu, obzierając się jeno po izbie rozpalonym wzrokiem, jakby za ratunkiem, nie wiedząc znów, co myśleć, co poczynać...

- A jak nie wróci? Jezu! Jezu! - jęknęła chwytając się za głowę,

Bała się tego mówić, a głos ten huczał w niej kiej w studni: gotował się, wrzał i wzbierał w piersiach krzykiem strachu.

Dzieci jęły się za łby wodzić i krzyczeć, wyciągnęła je za drzwi, zabierając się do narządzania śniadania, bo już Józka zaglądała do izby wietrząc łakomie, czy zgotowane.

Łzy ustać musiały i boleście przytaić się w duszy, bo jarzmo codziennego trudu w kark się wpijało przypominając, że robota czekać nie może...

Uwijała się też, jak mogła, choć nogi się pod nią plątały i wszystko leciało z rąk. Jeno wzdychała żałośnie, łzę jaką puszczając niekiedy, a we świat zamglony tęsknie spoglądając...

- Czy to Jagusia nie wyjdzie do sadzenia? - wrzasnęła Józka przez okno.

Hanka odstawiła gar z barszczem i na drugą stronę pobiegła.

Stary leżał na bok, twarzą do okna, jakby patrząc na Jagnę, czeszącą długie, jasne włosy przed lusterkiem, na skrzyni ustawionym.

- Czy to dzisiaj święto, że do roboty nie wychodzicie?...
- Z rozplecionymi włosami nie poletę...
- Od świtania, mogłaś je już dziesięć razy zapleść!
- Mogłam, ale nie zapletłam!
- Jagna, wy tak ze mną nie igrajcie!
- Bo co? Odprawicie mnie może albo wytrącicie z zasług? - warknęła hardo nie śpiesząc się z czesaniem- nie u was siedzę i nie na waszej łasce!
- A ino kaj? co?
- U siebie jezdem, byście sobie to baczyli...
- Niech ociec zamrą, to się pokaże, czy u siebie jesteś!
- Ale póki żyją, to ja waju mogę drzwi pokazać.
- Mnie! mnie! - skoczyła jakby biczem podcięta.
- Przyczepiacie się cięgiem do mnie kiej rzep do ogona! Marnego słowa wam nie mówię, a wy ino huru buru jak na tego łysego konia...
- Podziękuj Bogu, że gorszegoś nie oberwała! - rozczapierzyła się groźnie.
- Spróbujcie: inom jedna sierota, ku mojej obronie nikto nie stanie, ale uwidzicie, czyje ostanie na wierzchu!
Odgarnęła włosy z twarzy i srogie, pełne zawziętości oczy uderzyły kieby nożem, jaże Hankę z miejsca taka złość poniosła, iż jęła wytrząsać pięściami a krzyczeć, co ino ślina przyniosła.
- Grozisz! Zacznij ino, zacznij! Niewiniątko, sierota pokrzywdzona... Juści... Dobrze ludzie wiedzą, co wyrabiasz! W całej parafii wiedzą o twoich sprawkach. Nie raz cię już widzieli z wójtem w karczmie, nie dwa! A wtedy, com ci po północku drzwi otwierała, wracałaś z pijatyki, z łajdactwa, pijana byłaś kiej świnia... Do czasu dzban wodę nosi, do czasu... Nie bój się, kto w głośności żyje, o tym cicho mówią! Skończy się twoje panowanie, że ni wójt, ni kowal cię nie obronią, ty... ty!...
Jaże się zakrztusiła z krzyków.
- Robię, co robię, a każdemu wara do mnie jak temu psu! - wrzasnęła nagle, odrzucając włosy na plecy, kiejby tę przygarść lnu najczystszego Rozjuszona już była i gotowa nawet do bitki, bo jaże się cała trzęsła; ręce jej latały kole bioder i tak srogo ciepała ślepiami, że w Hance opadło serce, zmilkła i trzasnąwszy jeno drzwiami uciekła z izby.
Ale po tej kłótni ruchać się nie mogła, siadła z dzieckiem pod oknem, a Józka zajmowała się podawaniem śniadania.
Dopiero kiej się znowu porozchodzili do roboty, zebrała się jakoś w sobie i, poniechawszy robót, wybrała się do ojca, któren zachorzał już parę dni temu, ale z pół drogi zawróciła do chałupy.
Tak się w niej roztrzęsło, że ani sposób iść było.
A zaś potem, choć przyszła nieco do sił, rękoma jeno robiła, bezwolnie prawie, a głównie myślała o Antku, we świat się zapatrując daleki...
Pogoda się też robiła, deszcz ustał, kapało jeno z dachów i z drzew, że to wiater jął otrząsać gałęzie, drogi siwiły się kałużami, świat stawał się coraz jaśniejszy.

Rachowali, co na przypołudnie słońce pokaże się niechybnie, bo już jaskółki latały górą; białe, przezłocone chmury szły po niebie stadami, a z pól ciepło buchało i ptasi wrzask podnosił się w sadach, jakby ośnieżonych kwiatami. Zaś wieś galanto pogłośniała; kurzyło się ze wszystkich prawie kominów, smaczne jadła narządzali, radość wydzierała się z chałup i babie jazgoty niesły się od chałupy do chałupy, dzieuchy przyodziewały się świątecznie; wstęgi zaplatając w kosy, niejedna w dyrdy leciała po gorzałkę, bo Żyd, ucieszony powrotem chłopów, dawał na bórg, ile kto ino chciał, a coraz to ktosik właził na drabinę i z dachów przepatrywał pilnie wszystkie drogi biegnące od miasta...

Tak się zajęły porządkami, że mało która szła w pole; nawet gęsi zapomniały powyganiać nad rowy, że gęgały wrzaskliwie w podwórzach, zaś dzieciska, puszczone dzisia na wolę i nie przykarcane, wyprawiały po drogach takie breweryje, że niech Bóg broni! Starsze, z długachnymi tykami; zwijały się na topolowej, skrabiąc się na drzewa i spychając wronie gniazda, że wystraszone ptaszyska, kiej chmura sadzy; kołowały wysoko z żałosnym, jękliwym krakaniem; a znowuj drugie, mniejsze, ganiały ślepego konia księżego, założonego do beczki na saniach, chcąc go napędzić z wyższego brzegu do stawu, jeno co koń mądrala nie dał się zażyć z mańki. Niekiedy, już nad samiutką krawędzią, przystawał jakby na złość, łeb spuszczał, głuchnął na wrzaski, cierpliwie się otrząsając z błota i grud, których mu nie szczędzili. Ale skoro poczuł, że mu na beczkę włażą i do uzdy już sięgają, rżał groźnie i ponosił, skręcając z nagła w największą kupę zbereźników iż rozlatywali się z krzykiem. Dobre parę pacierzy tak się zabawiali, jaże go w końcu i zmanili podtykając pod chrapy wiecheć zapalony, że konisko zestrachane rzuciło się w bok, akuratnie prosto na przywarte opłotki Borynowe. Wywalił wrótnie i tak się w nie zaplątał orczykami, że go dopadły z bliska i dalejże prać batami, co ino wlazło.

Kulasy byłby sobie połamał w żerdkach, kieby nie Jagna, która dosłyszawszy krzyki kijem rozpędziła wisusów i wywiedła go na drogę, ale że koń wystraszony stracił wiatr, nie wiedząc, w jaką stronę się obrócić, a chłopaczyska czaiły się za drzewami, powiedła go na plebanię.

Dróżką między księżym ogrodem a Kłębami go poprowadziła, gdy właśnie bryczka organistów zajechała przed ich dom stojący w głębi. Organiścina już była na siedzeniu, a Jasio całował się przed progiem z rodziną.

- Konia przywiedłam, bo dzieci go płoszyły... - zaczęła nieśmiało.

- Ojciec, krzyknij na Walka, niech go odbierze! Te, ryfo jedna, konia samego porzucasz, żeby nogi połamał, co? - gruchnęła na parobka.

Jasio, spostrzegłszy Jagnę, jeno śmignął oczyma po ojcach i rękę do niej wyciągnął.

- Zostańcie, Jaguś, z Bogiem.

- Do klasów to już?

Za serce ją cosik ścisnęło, jakby żal cichy.

- Na księdza go odwożę, moja Borynowo! - napuszała się dumnie.
- Na księdza!
Podniosła zdumione oczy na niego. Siadał właśnie na przednim siedzeniu, plecami do koni.
- Będę dłużej patrzał na Lipce! - zawołał ogarniając przytulającym spojrzeniem opleśniałe dachy ojcowej chałupy i te sady, lśniące rosami a kwiatami obwalone.
Konie ruszyły truchcikiem.
Jagna poszła w trop tuż za bryczką. Jasio krzyczał jeszcze cosik do sióstr, buczących pod domem, a patrzał jeno na nią jedną: w jej modre, zwilgotniałe oczy, kieby ten dzień majowy bardzo cudne; na jej głowę jasną, oplecioną warkoczami, co jak grubachne postronki leżały potrójnie nad białym czołem, zwisając jeszczek półkoliście kiele uszu, na jej twarz bialuchną i tak śliczną, iż do róży polnej podobną.
Ona zaś szła prawie bezwolnie, jakby urzeczona jego oczyma jarzącymi, wargi się jej trzęsły, że zębów zawrzeć nie mogła, serce lubo dygotało, a oczy szły za nim pokornie, zgoła truchlejąc z dziwnej słodkości...
Jakby ją sen zmorzył nagły i tym pachnącym kwiatem niepamięci zasypywał... Dopiero kiej bryka skręciła ku topolowej, rozerwały się ich oczy, puściły te parzące ogniwa i rozprysnęły się tak doszczętnie, jaże uderzyła się pojrzeniem o pusty świat i przystanęła nagle.
Jasio machał czapką na pożegnanie. Wjeżdżali już w mrok topoli.
Rozglądała się dokoła, oczy trąc, jakby ze snu wyrwana.
- Jezu, taki to by ślepiami do samego piekła zaprowadził...
Otrząsnęła się jakby z tych parzących, spojrzeń Jasiowych.
- Organistów syn, a kiej dziedziców się widzi... I księdzem ostanie, może jeszcze do Lipiec go dadzą!...
Obejrzała się; bryka już zniknęła, turkot jeno dochodził i głosy pozdrowień zamienianych z przechodzącymi.
- Taki mleczak, dzieciuch prawie, a niech spojrzy, to jakby kto drugi wpół objął, jaże ciągotki biorą i w głowie się mąci...
Wzdrygnęła się oblizując czerwone wargi, a przeciągając się prężąco, z lubością...
Chłód ją nagle przejął. Dopiero spostrzegła, że jest z gołą głową, boso i prawie w koszuli, bo tylko w jakiejś podartej chuścinie na ramionach.
Sczerwieniła się przywstydzona i jęła stronami przebierać się ku domowi.
- Chłopy wracają, wiecie to? - krzykały do niej dzieuchy z opłotków, to kobiety, to dzieci nawet, a wszystkie zadyszane i ledwie zipiące z radości
- No to co? - rzekła którejś już prawie ze złością.
- Wracają!... mało to? - zdumiewały się jej oziębłości.
- Tyla z nimi, co i przez nich! Głupie! - mruczała, przykro tknięta, że to każda kiej zwariowana wyglądała swojego...
Zajrzała do matki. Jędrzych był jeno, pierwszy raz dopiero zwlókł się z barłogu, przetrącony kulas miał jeszcze spowity w szmaty, koszyk

wyplatał na progu i pogwizdywał srokom, łażącym po płotach.

- Wiesz to, Jaguś?... Wracają nasi!...
- Dyć już kiej te sroki cały świat to jedno rozpowiada!
- Wiesz, a Nastusia to prosto od rozumu odchodzi, że i Szymek wróci...
- Czemuż to? - Błysnęła ślepiami srogo, po matczynemu.
- I... nic... A to me znowuj kulas rozbolał... - zająkał strachliwie. - Cichoj, ścierwy - rzucił patykiem w sień na rozgdakane kwoki.

Niby to rozcierał nogę bolącą, a pokornie zaglądał w jej twarz dziwnie omroczałą.

- Kaj to matka?
- Na plebanię poszli... Jaguś, o Nastce to mi się ino tak wypsnęło...
- Głupi; myśli, co o tym nikto nie wie! Pobierą się i tyla...
- A bo to matka pozwoleństwo dadzą, kiej Nastuś ma jeno morgę?
- Pytał się będzie, to nie pozwolą. Hale, lata już parob ma, to i rozum swój powinien mieć, bych wiedzieć, co i jak...
- A ma, Jaguś, ma, i kiej się uweźmie i pójdzie, udry na udry, to i matki nie posłucha, na złość się ożeni, swój gront odbierze i na swoim postawi.
- Pleć, kiej ci ciepło, pleć, bych cię jeno matka nie posłyszeli!

Markotność ją przejęła. Jakże! taka Nastka, a i to zabiega o chłopa, i to ma swoje radoście, a drugie dzieuchy to samo. Wściekną się chyba dzisiaj, boć do każdej ktosik powróci, do każdej.

- Prawda, dyć wszystkie powrócą... - Porwała ją nagła, niecierpliwa radość, że porzuciła wystraszonego Jędrzycha i skwapnie poniosła się do chałupy szykować i robić porządki na przyjęcie, jak i drugie, i czekać gorączkowo powracających, jak i cała wieś w tej chwili.

Zwijała się tęgo, jaże przyśpiewując z radości a z utęsknieniem, i nie raz jeden wybiegała patrzeć na drogi, kaj i wszystkie wisiały oczyma.

- Kogo to wyglądacie? - zagadnął ją ktosik niespodzianie.

Jakby ją kto przez ciemię zdzielił, zbladła, ręce jej opadły kieby te skrzydła przetrącone i serce zadygotało z żałości.

Prawda, na kogoż to czeka? przeciek nikomu do niej nieśpieszno, przeciek na wszystkim świecie sama jest jako ten kołek!... - Tyle co może Antek!... - dodała trwożnie.

- Antek! - wyszeptała cichuśko, serce jej wezbrało westchnieniem i przypominki przewiały przez pamięć kiej te mgły nikłe i kiej sen cudny, ale dawno już śniony. Może i wróci! - dumała.

...Choć kowal jeszcze wczoraj upewniał, że go z drugimi z kreminału nie puszczą, że na długie lata tam pozostanie:

- A może go i puszczą! - Przywtórzyła głośniej, jakby już wychodząc myślą i oczekiwaniem naprzeciw, ale bez radości, bez uniesienia i z jakąś przyczajoną w sercu trwożną niechęcią.

- A niech se wróci! co mi tam z niego! - ciepnęła się niecierpliwie. Stary jął cosik bełkotać...

Zadem się odwróciła od niego z obmierzłości, nie podając jeść, choć wiedziała, że o to skamle po swojemu.

- Byś już raz zdechł! - rozsrożyła się nagle i aby go stracić z oczu, na ganek znowu poszła.

Kijanki trzepały nad stawem i kajś niekaj pod drzewami czerwieniły się kobiety piorące. Suchy, leciuśki wiater ledwie co tykał wierzb zielonych, że zatrzęchły się niekiedy. Słońce co ino miało się wyłupać zza białych chmur, że już polśniewały kałuże i po gładzi stawu tańcowały złotawe migoty. Deszczowe mgły już opadły, że z szarych, kamiennych płotów wynosiły się coraz barzej na jaśnię powietrza rozkwitające sady, kieby te wielgachne snopy kwietne, wionące zapachami i pełne ptasich świegotów, młyn turkotał ostro, a z kuźni rozlatywały się dźwiękliwe, przejmujące bicia młotów, zaś ludzkie głosy i cały ten rwetes przygotowań był jako to pszczelne brzęczenie wśród drzewin.

- A może go i obaczę! - dumała wystawiając twarz na wiater i na te rosy skapujące z obsychających kwiatów i liści.

- Jaguś. nie wyjdziecie to do roboty? - wrzasnęła Józka z podwórza.

Ani jej do głowy przyszło się opierać: zabrała motyczkę i zaraz poszła do kobiet. Odpadła ją moc i chęć sprzeciwu, a nawet rada poddała się przykazowi, który ją wyrywał z myśleń i niepewności. Przejmowała ją jeno dziwna tęskność, że jaże łzy nabiegały do oczu, a dusza się kajściś rwała. Tak się przypięła do roboty, że komornice ostały daleko na zajdach, ale nie ustawała, nie zważając na Jagustynkowe przycinki ni widząc babich ślepiów, co ją obiegały cięgiem, kiej te psy przyczajone dokąśliwego chwytu.

Tylko niekiedy prostowała się nagle, jako ta grusza ociężała kwiatem prostuje się na miedzy pod tknięciem wiatru i chwieje się ździebko, i patrzy po świecie tysiącami oczu, i płacze białym, wonnym okwiatem po rozchwianych, zielonych zbożach, i może zimy srogie spomina...

Jaguś o Antku myślała niekiedy, a częściej Jasiowe oczy jarzące i Jasiowe wargi czerwone stawały w pamięci, i Jasiowy głos luby odzywał się w sercu tak słodko, jaże smutki pierzchały i pojaśniało w niej, że przygiąwszy się barzej nad zagonem, czepiła się całą mocą utęsknień tych wspominków. Naturę bowiem już taką miała, kieby te wiotkie trzmieliny czy chmiele dzikie, które zawdy czepić się muszą jakiej gałęzi lebo kole pnia wyniosłego owinąć - bych rosnąć mogły i kwitnąć, i żyć - zaś oderwane podpory i sobie ostawione, na pastwę złej przygodzie łacno idą.

A komornice, naszeptawszy się o niej do syta, że to ciepło już się zrobiło galante, pozrzucały z głów płachty i zapaski i wzięły raźniej pogwarzać, częściej się przeciągać, na połednie tęskliwie wyglądając...

- Kozłowa, wyższaście - to obaczcie, czy chłopów nie widać na topolowej?

- Ani widu, ani słychu! - odrzekła, próżno się na palcach wspinając.

- Gdzieby zaś tak rychło... nie zdążą przed mrokiem... karwas drogi...

- I pięć karczmów na rozjazdach! - zakpiła po swojemu Jagustynka.

- Chudziaki, biedota, kaj im tam karczmy będą w głowie!

- Wymizerowali się tylachna czasu, nacierzpieli...
- Taka im była krzywda, że się w cieple wyspali i najedli po grdykę...
- Juści, tyle tej dobroci zażyły, co te karmiki na pokrzywach z plewami.
- Dyć o suchym ziemnioku, a lepiej na wolności - rzekła Grzeli kobieta.
- Dopiero to smaki taka wolność!.. ho, tyla z niej biednemu, że może sobie zdychać z głodu, kaj mu się spodoba, bo sztrafu za to płacić nie każą, ni go strażnik do kreminału nie pojmie!... - wydziwiała.
- Prawda, moiściewy, prawda! ale co niewola, to niewola!..
- A co groch ze sperką, to nie rosół na osikowym kołku! - przedrzeźniała Jagustynka, jaże wszystkie śmiechem gruchnęły.

Odcięła się cosik Filipka, ale mogła tó utrzymać wtór z takim pyskaczem i ozornicą? Jagustynka nawydziwiała nad nią, co ino wlazło, i jęła cudeńka wygadywać o młynarzu, jako na bórg daje stęchłą kaszę, a za pieniądze też oszukuje na wadze. Zaś potem już z Kozłową na spółkę używały na całej wsi, nie przepuszczając nawet dobrodziejowi; a przewłócząc każdego złymi ozorami kieby przez te ostre ciernie...

Grzelowa spróbowała bronić poniektórych, ale ją zakrzyczała Kozłowa:
- Wy byście radzi bronić nawet takich, co kościoły rozbijają...
- Bo wszystki człowiek zarówno potrzebuje obrony! - szepnęła łagodnie.
- A już najbarzej Grzela przed waszą maglownicą...
- Nie wam przestrzegać poczciwości, któraście Bartka Kozła kobieta!.. - rzekła twardo, prostując się wyniośle.

Struchlały wszystkie czekając, że skoczą sobie do kudłów, ale one jeno przewlekły po sobie srogimi ślepiami. Dobrze, co w samą porę Witek przyleciał zwoływać na obiad i kosze zbierać, że to świątkować mieli od południa.

Mówiły już mało wiele nawet przy obiedzie, któren Hanka kazała podać na ganku, bo słońce się już całkiem wykryło, cały świat się rozjaśnił, a wszystkie dachy i drzewa kwitnące, kiej tym bieluchnym śniegiem przyprószone - pławiły się w przejrzystym, pachnącym powietrzu.

Dzień się roztoczył słoneczny i cichy, wiater ździebko przegarniał po drzewinach, ale tak mięciutko, kieby te ręce matczyne gładziły pieściwie dziecińskie gębusie.

Świątko też szczere stanęło, bo już od poobiedzia nikt w pole do roboty nie wyszedł, nawet bydło zegnali z pastwisk, że jeno poniektóra biedota swoje zamorzone karmicielki wywodziła na postronkach popaść kajś po miedzach lub nad rowami.

A kiej słońce odtoczyło się na parę chłopa z południa, jęli się ludzie zbierać pod kościołem, wygrzewali się pod murami, przegwarzając z cicha jako ci ptakowie świergocący w klonach i lipach, co wyniosłym kręgiem jaże ku dachom kościoła sięgały gałęziami, ledwie przytrząśniętymi zielenią.

Słońce przypiekało niezgorzej, jak to zwyczajnie bywa po rannym deszczu. Kobiety zestrojone świątecznie postawały kupami, a poniektóre wyglądały tęskliwie za mur, na topolową, zaś ślepy dziad siedział wraz z pieskiem we wrótniach smętarza i pobożne pieśnie wyciągał jękliwie, uszami strzygł na wsze strony i potrząsał miseczką do wchodzących.

Wyszedł rychło i dobrodziej w komżę ubrany i stułę, z gołą głową, że mu jaże łysina błyskała w słońcu.

Pietrek Borynów krzyż ujął, bo Jambroż nie uradziłby lecieć tyla drogi, zaś wójt, sołtys i któraś z tężrzych dzieuch wynieśli chorągwie, co się jęły zaraz rozwijać na wietrze, trzepać i błyskać kolorami. Michał organistów poniósł wodę święconą i kropidło, Jambroży rozdał brackim świece, a organista z książką w ręku stanął wpodle dobrodzieja, któren dał znak, i ruszyli w cichości przez wieś okwieconą; nad stawem, jaże we wodzie cichej odbijała się cała procesja.

Sporo jeszcze kobiet i dzieci przyłączało się po drodze, zaś na ostatku młynarz z kowalem pobok księdza się dociskali.

A na samym końcu, za wszystkimi, wlekła się Agata, często pokaszlując, i ślepy dziad kolebał się na kulach, jeno że od mostu zawrócił i pono do karczmy pociągnął.

Dopiero za młynem zastawionym, bo i umączony młynarczyk przystał do kompanii, zapalili świecie, ksiądz nadział czarną, rogatą czapeczkę, przeżegnał się i zaintonował: "Kto się w opiekę..."

Zawtórowali z całego serca, jak kto umiał, i ruszyli wzdłuż rzeki, łąkami, kaj pełno było jeszcze kałuż, a miejscami tak grząsko, że po kostki zapadali. Osłaniając światło rękoma; rozwłóczyli się po wąskiej drożynie, kiej różaniec uwity z czerwonych, pasiastych wełniaków.

Rzeka migotała w słońcu i wiła się pokrętnie wskroś łąk zielonych, nabitych kajś niekaj kępami żółtych i białych kwiatków.

Chorągwie wiały się nad głowami, niby te ptaki wielgachne żółtoczerwonymi skrzydłami, krzyż kołysał się na przedzie, a głosy rozśpiewane roznosiły się z wolna w cichym, przejrzystym powietrzu, spadając na trawy, na kępy łozin jasnozielonych, na cierniowe krze, całe w białościach kwiatów kieby w tych gzłach przenajświętszych.

Woda pluskała o brzegi, gęsto upstrzone kaczeńcami, kieby do cichego wtóru pieśniom i oczom lecącym przed się w dale jasnego nieba, w rzekę rozmigotaną złotymi łuskami, w te wsie widniejące na wyżniach suchych, a ledwie znaczne w modrawym powietrzu wstęgami sadów biało kwitnących.

Ksiądz szedł z asystą tuż za krzyżem i śpiewał wraz z drugimi.

- Coś dużo kaczek się podrywa! - szepnął zezując na prawo.

- Przelotne, krzyżówki - odparł młynarz patrząc za rzekę w niziny, zarosłe żółtą, zeszłoroczną trzciną i olchami, skąd raz w raz podrywały się ciężko całe stada.

- I bociaków coś więcej niźli zeszłego roku.

- Mają co żreć na moich łąkach, to się z całego świata zwłóczą.

- A ja swojego straciłem, w same święta się gdzieś zapodział.

- Do stada się pewnie przyłączył, na przelocie.

- Co to jest w tych uwałowanych redlinach?

- Końskiego zęba wsadziłem całą morgę... trochę tu mokro, ale że mówią, co na suchy rok idzie, to może się uda.

- Byle nie tak, jak mój zeszłoroczny: schylać się nie było po co.

- Kuropatkom się udał: sporo się ich tam wywiedło - żartował cicho.

- Juści, pan jadł kuropatwy, a moje siwki zębami dzwoniły o żłób...

- Obrodzi się, to już księdzu dobrodziejowi z furkę jaką użyczę.

- Bóg zapłać, bo i koniczyna zeszłaroczna nietęga; jeśli susze przyjdą, przepadnie! - westchnął żałośnie i zaczął znowu śpiewać.

Dochodzili właśnie pierwszego kopca, któren był tak pokryty krzami rozkwitłych tarnin, że wynosił się kiej biała kopa, nastroszona kwiatami rozbrzęczonymi pszczelnym rojem.

Otoczyli go kręgiem świateł rozchwianych, krzyż się wzniósł zatknięty w krzach, chorągwie się rozwinęły nisko pochylone i ludzie przyklękli kołem, jakby przed ołtarzem, na którym, w kwiatach i pszczelnym brzęku zwiesny, objawił się majestat święty!...

Wraz też ksiądz odczytywał modlitwę od gradu i kropił wodą święconą wszystkie cztery strony świata; i drzewiny, i ziemię, i wody, i te głowy chylące się pokornie, cały ten świat rozdygotany cichą radością rostu i· mocy, i szczęścia, wszystko, co dolę swoją poczynało i co martwe jest.

Naród zaszumiał nową pieśnią i podnosił się raźniej i weselniej.

Ruszyli dalej, biorąc się od razu na lewo, w poprzek łąk, pod łagodne wzgórza. Dzieci jeno dłużej się zatrzymały, że to Gulbasiaki z Witkiem, wedle starego obyczaju, sprawiały na kopcu poniektórym chłopakom tęgą łaźnię, że podniósł się taki wrzask, jaże ksiądz im z dala wygrażał.

A za łąkami weszli na szeroki wygon graniczny, w gąszcz smukłych jałowców, rosnących z kraja, jakby na straży pól rodnych. Wygon był szeroki, a kręcił tędy i owędy kiej rzeka zieloną falą traw gęsto nabitych kwiatuszkami, że nawet w starych koleinach mrowiły się żółte mlecze i białe stokrotki. Kajś rozwalały się wielkie kamionki, obrosłe w ciernie, że trzeba je było potem obchodzić, a gdzie znów stojały samotnie dzikie grusze, całe we kwiatach i pszczelnym brzękiem rozśpiewane i tak bardzo cudne i święte, jako te Hostie unoszące się nad polami, jaże się klękać chciało przed nimi a całować ziemię, co je na świat wydała.

A gdzie znowu brzózka się pochylała, przyodziana w bieluśkie gzło i cała owionięta zielonymi, rozplecionymi warkoczami, a tak czysta i drżąca w sobie, kiej ta dziewczyna do pierwszej komunii stająca.

Podnosili się z wolna na wyniosłość, obchodząc lipeckie pola od północy, wzdłuż młynarzowych ról, szumiących żytem.

Ksiądz szedł za krzyżem, za nim cisnęły się kupkami dziewczyny i co młodsze kobiety, zaś w końcu, w pojedynkę albo i po parze w rządku, wlekły się staruchy z Agatą, kusztykającą daleko za wszystkimi. Dzieci jeno plątały się na bokach, chroniąc się księżych oczu, bych śmielej baraszkować.

Aż wynieśli się na równię, kaj i cichość stanęła większa, wiatr ustał zupełnie, choręgwie zwisły, a naród się rozwlókł na staje, że jako te kwiaty widniały kobiety wśród zieleni, zaś płomyki świec drżały skrami niby złotawe motyle.

Niebo wisiało wysokie i czyste, tylko niegdzie leżała jakaś biała chmura, kieby owca na modrawych, nieobjętych polach, przez które niesło się ogromne, rozgorzałe słońce, zalewając świat ciepłem i blaskami.

Jeno pieśń się wzmogła: huknęli z całej mocy i tak rozgłośnie, jaże ptaki uciekały z drzew pobliskich; czasem kuropatka wystraszona furknęła spod nóg albo i zajączek wyrywał się gdziesik spod kotyry i gnał na oślep.

- Oziminy dobrze idą - szepnął ksiądz.
- Ba! wczoraj już piętkę w życie znalazłem.
- A któż to tak spaprał?... - połowa gnoju na skibach.
- Ziemniaki którejś komornicy, jakby w krowę przyorywała.
- Przecież brona wszystko wywlecze. Paskudziarze juchy!
- Dyć to parobek dobrodziejów przyorywał - wtrącił cicho kowal.

Dobrodziej się rzucił, ale zamilkł i przyśpiewując narodowi, chodził oczyma po tym nieobjętym rozlewie pól rodnych, co pogarbione i miejscami ździebko wzdęte, jako te piersi matki karmiącej, zdały się dychać w słodkim wzbieraniu, bych co ino przypadnie do rozwartego łona, pożywić się mogło i przytulić, i o doli srogiej zapomnieć.

Hej! szeroko niesły się oczy, i daleko, i przestrono, że cała procesja zdała się jeno ciągiem mrówek wśród zbóż, a głosy ludzkie tyle ważyły nad polami, co te skowronkowe świergotania.

Słońce się przetaczało ku zachodowi, że już pozłociały zboża, okwiecone drzewa rzucały cienie, zaś lipecki staw wybłyskiwał rozgorzałą szybą z obrzeży sadów, spienioną bielą kwiatów przytrząśniętych. Wieś leżała niżej, jakby we dnie michy wielgachnej, a tak przysłoniona drzewami, że ino kajś niekaj dojrzał szarą stodołę; jeden kościół, co się wynosił białymi murami ponad wszystko i złotym krzyżem na niebie świecił.

Zaś po prawej ręce idących rozlewały się równie, niby te nieprzejrzane wody szarozielone, z których wynosiły się wsie gęstymi kępami drzew okwieconych, krzyże przydrożne i drzewa samotnie rosnące. Oczy się tam niesły jak ptaki, ale nie sięgnęły w kołującym locie innych granic, kromie tych borów czerniejących dokoła.

- Coś za cicho... aby deszcz w nocy nie przyszedł... - zaczął ksiądz.
- Nie będzie: wytarło się na dobre i chłód zawiewa.
- Rano lało, a teraz wody ani znaku.
- Zwiesna przeciek, to w mig przesycha - wtrącił swoje kowal.

Dosięgli drugiego kopca, węgłowego. Wielki był kiej usypisko; powiedali, że pod nim leżą pobite na wojnie. Krzyż stał na nim niski a struchlały całkiem, przystrojony w zeszłoroczne wianuszki a obraziki, ubrane firaneczkami, zaś z boku tuliła się wypróchniała, rosochata wierzba, okrywając jego rany młodymi pędami. Strasznie tur było jakoś i pusto, że nawet wróble nie gnieździły się w dziuplach, a chociaż naokół leżały rodzajne ziemie, kopiec był prawie nagi, odarte boki żółciły się piachami, że jeno rozchodniki, kiej te liszaje, czepiały się niegdzie i sterczały suche badyle dziewanny i szalejów łońskich.

Od moru odprawili nabożeństwo i przyśpieszając kroków, wzięli się jeszcze barzej na lewo, na skroś do topolowej drogi, mierząc pod sam las, jak wiodła wąska i wyjeżdżona mocno dróżka.

Już zwartą kupą ruszyli, tylko Agata ostała przy kopcu, kryjomo odarła szmatę z krzyża i podążając z dala za procesją zagrzebywała ją strzępkami po miedzach la jakiegoś zabobonu.

Organista zaintonował litanię, ale ciągnęli ją ospale, że śpiewał ino kto niekto, w pojedynkę, bo kobiety rajcowały z cicha, rzucając jeno w potrzebnym miejscu wrzaskliwie: "Módl się za. nami" - zaś dzieciska wyparły się na wyprzódki i baraszkowały swawolnie, jaże Pietrek Borynów, obzierając się na proboszcza, mruczał zeźlony:

- Obwiesie, juchy! zbereźniki!... bo jak paś spuszczę!

Ksiądz, znużony już sielnie, pot ocierał z łysicy, a rozglądając się po sąsiednich rolach pogadywał z wójtem:

- Ho, ho! tym już groch powschodził...

- A prawda!.. wczesny być musi, rola doprawiona i idzie kiej bór.

- Ja siałem jeszcze na Palmową, a dopiero kły puszcza

- Bo u do dobrodzieja na tym dołku zimnica, a tu grunt cieplejszy.

- I jęczmiona już im powschodziły, a równe, jakby siewnikiem posiane.

- Modliczaki dobre gospodarze, na dworską modę w polu robią.

- Tylko na naszych polach ani znaku jeszcze owsów i jęczmionów.

- Spóźnione wszystko, deszcze też przybiły, że nieprędko się ruszą.

- I spaprane, że niech Bóg broni! - westchnął ksiądz żałośnie.

- Darowanemu koniowi w zęby nie zaglądają - zaśmiał się kowal.

- Te, wisusy, uszy poobrywam, jak nie przestaniecie! - krzyknął proboszcz na chłopaków śmigających kamieniami za stadkiem kuropatw, szorujących w poprzek zagonów.

Przycichły z nagła rozmowy, chłopaki przywarły po bruzdach, organista znów jął beczeć, kowal zawtórował, jaże w uszach zawierciało, a cieniuśkie głosy kobiet podniesły się jękliwym chórem, że litania rozwlekła się nad polami, niby ten ciąg ptaków zmęczonych długim lotem i już z wolna i coraz niżej opadających.

Parli się tak wśród pól zielonych długim i rozśpiewanym zagonem, że ludzie, pracujący na modlickich polach, a nawet i na dalszych, podnosili się od roboty czapy zdejmując, to przyklękając na zagonach, gdzie zaś bydło zaryczało, podnosząc ciężkie, rogate łby, a kajś znowu spłoszony źrebak odbiegł maci, w cały świat gnając.

Ze staje mieli jeszcze do trzeciego kopca i figury przy topolowej, gdy ktosik wrzasnął z całych sił:

- Chłopy jakieś z lasu wychodzą!

- A może to nasi?
- A nasi! nasi! - buchnęło z kupy i kilkanaścioro rzuciło się naprzód.
- Stać! Nabożeństwo pierwsze - nakazał ostro ksiądz.
Juści, że ostali, przedeptując z niecierpliwości. Zbili się jeno barzej w kupę, stowarzyszając jak popadło, bo każdego dziw nie podrywało z miejsca, ale ksiądz nie puścił, przyśpieszał jednak kroku.
Wiater skądciś zawiał, że świece pogasły, chorągwie zatrzepały i żyta, krze i ukwiecone drzewa jęły się kolebać, jakby kłaniając i do nóg się chyląc procesji. Ale naród, choć śpiewał coraz głośniej, w dyrdy już sunął i oczy wpierał w bór niedaleki, między drzewa przydrożne, kaj już wyraźnie bielały się kapoty chłopskie.
- Nie pchajcieże się, głupie: chłopy wam nie uciekną! - zgromił ksiądz, bo mu już następowały na pięty tłocząc się jedna przez drugą.
Hanka, co była szła w rzędzie z najpierwszymi gospodyniami, aż krzyknęła dojrzawszy kapoty. Wiedziała przeciek, jako tam Antka nie zobaczy, a mimo to zatrzęsła się radością i pijana zgoła nadzieja rozsadzała jej duszę, że zeszła na bok, w bruzdę, i oczy wypatrywała...
Zaś Jagusia, idąca wpodle matki, porwała się z miejsca, bych lecieć, ognie ją przejęły i taki dygot, co zębów nie poredziła zewrzeć; a drugie kobiety też nie mniej się rwały ku tym wytęsknionym. Jeno poniektóre dzieuchy i chłopaki nie wstrzymały długo, bo naraz chlasnęły z kupy, kiej woda z cebra wstrząśniętego, i mimo wołań pognały na przełaj do drogi, jaże im łysty bielały. Procesja rychło dosięgła krzyża Borynów, za którym tuż zaraz był kopiec, na skraju ziem lipeckich i dworskiego boru.
Chłopy już tam stojały kupą w cieniu brzóz wielgachnych, stróżujących przy krzyżu; z dala już odkrywali głowy i oczom kobiet pokazały się lube twarze mężów, ojców, braci a synów utęsknionych, twarze pochudłe, wymizerowane a pełne radości, pełne uśmiechów szczęścia.
- Płoszki! Sikory! Mateusz! Kłąb! i Gulbas! i stary Grzela! i Filip! Mizeraki kochane! Biedota! Jezus Maria, Matko Przenajświętsza! - rwały się wołania i pokrzyki a szepty gorące, i już oczy gorzały radością, już się ręce wyciągały, już tłumione płacze kwiliły i krzyk nabrzmiewał w gardzielach, już ponosiło wszystkich, ale ksiądz jednym gromkim słowem powstrzymał i uciszył naród, a dowiódłszy pod krzyż, czytał spokojnie modlitwę "od ognia"; jeno czytał wolno, bo niechący a cięgiem obzierał się na strony i poczciwymi oczyma chodził po twarzach wynędzniałych.
Wszyscy też przyklękęli w półkole i wraz z żarliwą i dziękczynną modlitwą łzy płynęły z oczu, uwieszonych na Chrystusie przybitym do krzyża. Dopiero kiej zakończył i wodą skropił głowy chylące się do ziemi, zdjął rogatą czapeczkę i wesoło a w cały głos huknął:
- Niech będzie pochwalony! Jak się macie, ludzie kochane!
Juści, co chórem odkrzyknęli, cisnąc się do niego kiej te owce do pasterza, a w ręce całując, a za nogi obłapiając, a on ci każdego brał do serca, po głowach całował, po zbiedzonych twarzach głaskał, troskliwie pytał j i z

dobrym słowem odpuszczał, aż utrudzony siadł pod krzyżem, pot obcierając i te łzy poczciwe

A naród skotłował się kiej ten wrzątek kipiący.

Buchnęła wrzawa, śmiechy, cmokania, płacze radosne dziecińskie jazgoty, gorące słowa i szepty, krzyki, co jak śpiew się wydzierały z serc uszczęśliwionych, wołania tęsknic z nagła zapomnianych; każda swojego na stronę odciągała i każden kiej ten chojak kolebał się wpośród krzyków w kupie kobiet i dzieci, w radosnej wrzawie gwaru i płaczów... Dobrze ze dwa pacierze trwały powitania i byłyby się przeciągnęły do nocy, aż ksiądz się spamiętał, że pora, i dał znak.

Ruszyli do ostatniego kopca, drogą wzdłuż lasu, niskimi zaroślami jałowców i sośnianej młodzi.

Ksiądz zaśpiewał: "Serdeczna Matko", a wszystkie jak jeden człowiek zawtórowali wielkim głosem, aż bór zajęczał i echami oddawał, wesele bowiem przepełniało duszę, taką moc dając piersiom, że śpiew zrywał się kiej burza wiośniana i chlustał nad bory słupem rozognionych uniesień...

A że sporo narodu przybyło, to już zapchali całą drogę, szli także i borem między drzewami, szli i nad polami, że całe Podlesie zaroiło się ludźmi, a hukało pieśnią niebosiężną.

Jeno co rychło śpiew opadł kiej chmura, gdy już pierun ze siebie wypuści, że tylko i ze samego przodka jeszcze nutę wyciągali, mnogim zaś zrobiło się pilno zgwarzać ze swoimi. Ciąg się też porwał i rozpierzchał na strony, chałupami szli, wiela dzieci pomniejsze na ręce wzięło, drugie a co młodsze parami szli, cosik se rozpowiadając, a insze już się w gąszcz wywodzili, od ludzkich oczu, zaś dzieuchy spłonione kiej wiśnie przywierały do swoich chłopaków nie bacząc na nikogo. A kiej niekiej, snadź la ulżenia sobie w kuntentnościach, śpiewem znów gruchali rozgłośnym, jaże wrony z gniazd wylatywały na pola, jaże świece gasły od pędu, a bór odhukiwał z wolna i bełkotał, kieby z tej głębokiej, nieprzejrzanej gardzieli.

To cichość się rozpościerała, że ino tupot nóg się rozlegał i pryskały w gąszczach rozognione śmiechy, ściszone słowa lub te pacierze staruch, mamrotane jękliwymi nawrotami.

Zachód już nadchodził, niebo się wyniosło, jakby wzdymając w rozzłoconą, szklaną banię, że jeno kilka chmur przesiąkłych czerwienią mdlało w sinych wysokościach, słońce zesunęło się na sam wrąb i nad borami zawisło,. a wśród pni ogromnych, w zielonych podszyciach roztrzęsały się brzaski złotawe, zaś na polanach samotne drzewa zdały się żywym ogniem płonąć, rozgorzały wody, przytajone w gąszczach, i cały bór jakby w ogniach stanął i w krwawych dymach, że tylko miejscami, kaj wyniosłe chojary stały zwartą gęstwą i kieby chłopy wsparte o się ramionami, tam czarne mroki zalegały, a i to jeszcze prześwietlone niegdzie tym dżdżem słonecznym.

Bór pochylał się nad drogą i na pola zdał się patrzeć, wygrzewając w zachodzie czuby wielgachne, a stojał tak cichuśko, iż kucie dzięciołów trzaskało przenikliwie, kukułka gdziesik kukała zawzięcie, a z pól dochodziły ptasie świergotania:

Droga kręciła się miejscami samą krawędzią pól, że chłopy przestawali opowiadać i cisnąć się nad bruzdą przydrożną, szli pochyleni, obejmując oczyma te niwy zielone, kaj gęsto kwitnące drzewa gorzały w zachodzie, te długie zagony, co wlekły się ku nim pokornie, te kiej wody ździebko rozkolebane pola ozimin, chylące się jakby pod nogi gospodarzom z chrzęstem radosnym. Żarli ci też ślepiami tę mać żywicielkę, że niejeden się żegnał, niejeden "Pochwalony" mówił czapę zdejmując, a zaś wszystkim zarówno dusze klękały w niemej, gorącej czci przed tą świętą i utęsknioną.

Juści, co po tych pierwszych przywitaniach nowe gwary się podniesły i nowe radoście rozpierały serca, jaże chciało się niejednemu huknąć po lesie albo i przypaść do tych zagonów i zapłakać.

Tylko Hanka poczuła się jakby za całym światem. A toć tuż przed nią i za nią, i wszędy chłopy szły szumno, a kiele każdego kobiety i dzieci tulą się radośnie niby te krze wątłe, a toć gwarzą, cieszą się, w oczy sobie zaglądają, cisną się do siebie, a ona jedna przemówić nie ma do kogo! Cały naród wre ukropem radości niepowstrzymanej, a ona, choć idzie w pośrodku, tak się czuje opuszczona i nieszczęsna, jako to drzewo usychające w gąszczach, na którym nawet wrona gniazda nie uwije ni żaden ptak nie przysiądzie. Nawet mało kto ją przywitał - jakże! każdemu było pilno do swoich... co im tam ona?... a tylachna ich wróciło... nawet Kozieł, że znowu będzie trzeba pilnować komory i chlewy zamykać... nawet i te największe buntowniki: Grzela, wójtów brat, i Mateusz... Antka jeno nie puścili... może go już nigdy nie zobaczy...

Nie, nie mogła już wytrzymać, bo te rozmysły przygniatały ją kieby kamienie, że ledwie nogi zbierała, ale szła z głową podniesioną, harda na oko i pyszna jak zawdy. Kiej zaśpiewali, śpiewała z drugimi donośnie; kiej modlitwę ksiądz zaczynał, pierwsza powtarzała zbielałymi wargami, jeno w tych długich przerwach, gdy posłyszała wokoło ściszone od żarów szepty, wpierała ciężkie oczy w krzyż błyszczący i szła, strzegąc się jeno tych łez zdradzieckich, co jak złodzieje wymykały się niekiej spod rozpalonych powiek. Nie poważyła się nawet pytać o Antka - jeszcze bych się mogła wydać z męki przed ludźmi!... Nie, nie, tyle zniosła, to i więcej przemoże, przecierpi... udźwignie... Nakazywała sobie czując zarazem, jak w niej łzy piekące wzbierają, jak żal za gardziel dusi, mrokiem przesłaniają się oczy i jak ta męka rośnie z minuty na minutę.

Nie samać jedna tak biadoliła, nie, boć i Jagusia czuła się nie lepiej: szła ona z osobna, przemykając się lękliwie kiej ta sarna spłoszona. I ją poniosły radoście, że pobiegła naprzeciw i prawie pierwsza chłopów dopadła, a nikto do niej nie wyskoczył, nikto nie przytulił i nie całował. Jeszcze z dala dojrzała Mateuszową głowę nad insze wyniesioną, więc ku niemu rzuciły się jej oczy rozgorzałe, ku niemu porwały ją nagle dawno już zapomniane tęsknoty, że przepychała się przez ciżbę z wrzaskiem radosnym. Ale on jakby jej nie dojrzał... Nim go dosięgła, już matka wisiała mu na szyi, Nastusia wpół trzymała i młodsze dzieci wieszały się dokoła, zaś Tereska żołnierka, czerwona jak burak, rozbeczana, trzymała go za rękę, nie strzegąc się już oczu niczyich.

Jakby ją kto wodą zimną. oblał, że wypadła z kupy i w las pognała, sama nie wiedząc, co się z nią wyprawia. Jakże to, miała straszną ochotę poczuć się w gromadzie i ścisku, w tej przejmującej wrzawie powitań, chciała się cieszyć jak i drugie; przeciek, kiej wszystkie, miała serce pełne żarów i gotowe do uniesień i szlochów radosnych, a oto sama iść musi, z dala od ludzi niby ten pies oparszywiały.

Rozdygotała się też ciężkim żalem, ledwie już łzy wstrzymując a wyrzekania i wlekła się jako ta chmura posępna, co to leda chwila deszczem rzęsistym zapłacze.

Parę razy próbowała uciekać do dom, ale nie porediła: żal jej było ostawiać procesję, to i plątała się potem pomiędzy ludźmi, jak ten Łapa szukający w ciżbie swoich gospodarzy. Nie ciągnęło jej do matki ni do brata, który przemyślnie zagubiał się w jałowcach i kole Nastusi kołował, a kto drugi też się z nią nie stowarzyszył, zajęty swoimi. Aż w końcu złość ją zatrzęsła, że byłaby z lubością puściła kamieniem w całą kupę i w te rozradowane, śmiejące się gęby.

Szczęściem, że już wychodzili z boru.

Ostatni kopiec stojał na rozdrożu, skąd jedna z dróg skręcała prosto ku młynowi.

Słońce już zachodziło i zimny wiatr powiał z nizin, ksiądz przyśpieszał nabożeństwo, że to i Walek czekał na niego z bryczką.

Śpiewali ta jeszcze coś niecoś, ale już wszystko szło na rzadki pytel, bo utrudzeni byli, zaś chłopy rozpytywały z cicha o folwark spalony we święta, którego rumowiska okopcone sterczały niedaleko, a przy tym i na dworskich polach działy się ciekawości.

Dziedzic ano skakał po zagonach na swojej bułance za jakimiś ludźmi, jakby rozmierzającymi role długimi prętami, a zaś przy krzyżu, na rozwidleniu dróg i kole stogów spalonych widniały bryki żółto malowane.

- Co to może być? - zauważył ktosik.

- Juści, co pole wymierzają, jeno że to nie omentry.

- Kupce pewnikiem, niej wyglądają na chłopów.

- Na Miemców patrzą.

- Pewnie: kapoty granatowe, faje w zębach i portki na cholewach.

- Rychtyk, podobni do Olendrów z Grunbacha.

Szeptali oczy wytrzeszczając ciekawie, ale jakiś głuchy niepokój zaczął przejmować gromadę, że nawet nie spostrzegli, jak kowal wyniósł się cichaczem i prawie chyłkiem, bruzdami, przebierał się ku dziedzicowi.

- Podleski folwarek kupują czy co?

- Już we święta powiadali, co dziedzic ogląda się za kupcami.

- Ale niech ręka boska broni od miemieckich somsiadów!

Poniechali rozważań, bo skończyło się nabożeństwo ksiądz wsiadał na bryczkę wraz z organistami.

Naród się rozbił na kupy i z wolna pociągnął do wsi, rozwlekli się po drodze, to miedzami szli gęsiego, jak ta komu bliżej było do chałupy.

Słońce już zaszło i mroczało nad ziemiami, na zielonkawym zaś niebie rozżarzały się zorze ogniste. Z łąk za młynem ruszały się białe opary, rozwłócząc kieby przędzę na wszystkie niziny. W cichości, jaką się przyodziewał świat, jeno bociek klekotał gdziesik rozgłośnie.

Bo nawet głosy ludzkie pogasły i cała procesja wsiąkała z wolna w pola, że jeno gdzieniegdzie czerwieniał wełniak, lebo białe kapoty mgliły się w zapadających, modrawych cieniach.

A pokrótce wieś jęła się napełniać i rozbrzmiewać, bo już wszystkimi stronami a gwarnie walili, każden zaś chłop krzyżem świętym witał dawno nie widziane progi, a nie-jeden na ziem rymnął przed obrazami, w głos rycząc szczęścia

Ponowiły się witania, a babie i dziecińskie jazgoty, a opowiadania, przerywane wybuchami gorących całunków i śmiechów.

Kobiety, rozognione i jakby oszalałe z wrzasku, jęły usadzać swoich nieboraków przed michami, podtykając im jadło i niewoląc ze wszystkiego serca.

Że i krzywd zapomnieli, i pamięci bied, i długich miesięcy rozłąki się zbyli, bo każden z całego serca cieszył się powrotem i swoimi, które raz po raz obłapiał i do serca przyciskał, a o różności wypytywał.

Kiedy zaś już sobie podjedli do sytu, ruszyli gospodarki oglądać i radować się dobytkiem, że choć już dobrze ściemniało, a łazili po obejściach i sadach, lewentarze poklepując albo i tykając palcami obwisłe pod kwiatem gałęzie, kieby te kochane, dziecińskie główiny.

Że już i nie opowiedzieć, jakim weselem rozgorzały Lipce.

Tylko u jednych Borynów było zgoła inaczej.

Dom ostał prawie pusty, Jagustynka poleciała do swoich, Józka też z Witkiem poniesła się, kaj ludniej było i weselej, że jedna Hanka chodziła po ciemnej izbie pohuśtując na ręku dziecko kwiłące i już puszczając wodze żalom i bolesnym, palącym łzom.

Jeno że i w tym nie ostała dzisiaj sama jedna, bo ano Jaguś tak samo ciskała się w mrocznym obejściu, rychtyk tymi samymi smutkami szarpana i tak samo tłukąc się kiej ten ptak o klatkowe pręty.

Tak się już bowiem spletło dziwnie.

Jagna przyleciała jeszcze przed drugimi, a chociaż mroczna była kiej noc i rozeźlona, rzuciła się do roboty, robiła, co ino jej wpadło pod oczy, za wszystkich; wydoiła krowy, napoiła cielaka, nawet świniom żarcie poniesła, jaże Hanka zdumiała się, ledwie wierząc własnym oczom. A ona nie bacząc na nikogo pracowała, jakby się chcąc zarobić i tak umęczyć, by zapomnieć krzywdy jakiejś i zabić w sobie smutki a żale.

Ale cóż, choć ręce mdlały z utrudzenia i krzyż dziw nie pękał, łzy i tak cięgiem stały jej w oczach i często palącym sznurem ciekły po twarzy, a w duszy krzewił się coraz bujniejszy i sroższy smutek

Zapłakane oczy nic nie widziały wpodle siebie, nawet Pietrka, któren już od samego przyjścia na krok jej nie odstępował i pomagając zagadywał z cicha i rozżarzonymi ślepiami obejmował, a przycierał się nieraz tak z bliska, jaże bezwolnie się odsuwała. Aże przyszło do tego, że kiej w stodole nabierała w opałkę sieczki, chwycił ją wpół, do sąsieka przypierał mamrocząc cosik i do jej warg chciwie sięgając...

Nie sprzeciwiła się, nie miarkując, do czego idzie i dając się na jego wolę, jakby nawet rada temu, że ją jakaś moc pojena i ponosi, ale skoro ją rzucił na słomę i poczuła na twarzy jego wilgotne wargi, porwała się niby wicher i odrzuciła go precz kiej ten wiecheć, jaże bęcnął na klepisko...

Straszna złość ją zatrzęsła...

- Ty pokrako zapowietrzona!... ty świniarzu!... Poważ się jeszcze kiej mnie tknąć, to ci kulasy poprzetrącam!... Dam ja ci jamory, jaże się juchą oblejesz!... - krzyczała rzucając się z grabiami.

Ale wnet zapomniała o wszystkim i pokończywszy obrządki, do chałupy poszła.

W progu natknęła się na Hankę: zajrzały sobie w oczy przeszklone łzami a bólem ociężałe i śpiesznie się rozbiegły.

Z obu izb drzwi stały wywarte do sieni i w obu już się paliły światła, że co chwila, jakby z niewytłomaczonego musu, spozierały z dala na siebie.

Zaś potem, narządzając wspólnie kolację, kręciły się z bliska siebie, ale żadna nie puściła pary, żadna i słowa nie powiedziała, jeno kryjomo kiej złodzieje chodziły za sobą ślepiami. Juści, dobrze wiedziały, co każda dzisiaj cierpi, że często złe i mściwe oczy przyskakiwały do siebie kiej noże ostre, a zaciśnięte nieme usta mówiły urągliwie:

- Dobrze ci tak! dobrze!

Ale przychodziły i takie chwile, że zaczynało im być siebie żal, że byłyby zagwarzyły przyjaźnie, że każda ino czekała zaczepki, by odrzeknąć poczciwym słowem, że nawet przystawały wpodle, zezując ku sobie wyczekująco, gdyż ustępowała zawziętość, przymierały zadawnione gniewy, a pospólna dola i opuszczenie kłoniły je ku sobie coraz bliżej... jeno co nie skłoniły, bo zawdy je cosik powstrzymywało: to płacz dziecka, to wstyd jakiś, to nagłe ocknienie w pamięci krzywd, jaże i w końcu rozniosło je daleko i zawziętość znowu w sercach zawrzała, złoście sprężyły dusze i oczy poczęły się żgać błyskawicami nienawiści.

- Dobrze ci tak! dobrze - syczały z cicha, prażąc się ślepiami, znowu gotowe do kłótni, do bitki nawet, bych całą złość wywrzeć na drugiej.

Na szczęście, do tego nie przyszło, bo Jagusia zaraz po kolacji wyniesła się do matki.

Wieczór był ciemny, ale cichy i ciepły; gwiazdy jeno z rzadka przebłyskiwały w płowych głębokościach; na moczarach leżały białe, grube kożuchy oparów, żaby zaczynały rechotać, a niekiedy zabłąkało się jękliwe kwilenie czajek. Ziemię zaś otulały mroki, że jeno kajś wynosiły się na jaśnię nieba drzewa pospane, sady szarzały jakby wapnem skropione, a bijące zapachami niby z trybularzówv rozżarzonych; wiśniowy kwiat pachniał i bzy ledwie roztlałe, pachniały zboża, wody i te ziemie przewilgocone, a każden kwiat czuć było z osobna i wszystkie razem wionęły upajającym, słodkim zapachem, jaże w głowie się kręciło.

Wieś jeszcze nie spała, ciche pogwary trzęsły się od progów i przyźb, tonących w ciemnościach, zaś drogi, przysłonione cieniami drzew, a jeno niegdzie porznięte świetlistymi pręgami z okien bijącymi, mrowiły się od ludzi. Jaguś niby to do matki zmierzała, a jęła kręcić nad stawem, kołować, przystając coraz częściej, bo prawie co krok natykała się na jakąś parę, mocno splecioną i cicho gwarzącą.

Spotkała i brata z Nastusią: trzymali się wpół całując zapamiętale.

Wlazła też niechcący na Marysię Balcerkównę z Wawrzkiem: gdziesik pod płotem, w grubym cieniu stojali, przytuleni do siebie i o Bożym świecie nie wiedzący.

Rozpoznała po głosach i drugie, że z każdego cienia nad wodą, spod płotów, zewsząd roznosiły się szepty, dyszące słowa, upalne westchnienia, jakieś dygoty i szamotania. Cała wieś zdała się wrzeć ukropem miłowań i lubością, że nawet i te skrzaty ledwie odrosłe, a i to wodziły się z chłopakami, gżąc się a przeganiając po drogach.

Obmierzło jej to nagle, że wzięła ich wymijać, kierując się prosto do matki, ale przed domem spotkała się oblicznie z Mateuszem; nie spojrzał nawet na nią mijając kiej to drzewo; wiódł się z Tereską trzymając ją wpół i cosik jej prawiąc... Przeszli, a ona jeszcze słyszała ich głosy i przytłumione śmiechy.

Zawróciła nagle i już w dyrdy, jakby goniona przez wszystkie psy, uciekała do chałupy.

A wieczór cichy, wiośniany, pachnący, nabrzmiały radością powitań, przejęty świętą cichością szczęścia, płynął niepowstrzymanie.

Gdziesik w nocy, w rozpachnionych sadach czy na polu, fujarka zaświergoliła tęskną nutą, jakby do wtóru tym szeptom i całunkom, i radościom.

Zaś na moczarach żaby zarechotały wielkim chórem, niekiedy jeno przerywanym, a drugie, we stawie przymglonym kiej oko zasypiające, odpowiadały im przeciągłym, sennym, coraz cichszym hukaniem... aż dzieci, baraszkujące po drogach, jęły się z nimi przemagać i krzyczeć przekomarzając:

Reh! reh! reh!
Bocian zdechł!
Ja rada, ty rada, obie my rade!
Rade! rade! rade!... .

Dzień wstawał cudny, ciepły, a jędrny, niby ten chłop dobrze wyspany, który ledwie przecknąwszy na równe nogi się zrywa i szepcąc pacierze, trąc oczy, a ździebko poziewając za robotą się rozgląda.

Słońce wschodziło pogodnie; czerwone i ogromne, z wolna wtaczało się na wysokie niebo, jakoby na to pole nieobjęte, kaj w sinych oprzędach mgieł, leżały nieprzeliczone stada białych chmur.

I wiater się już wałęsał po świecie, kieby ten gospodarz budzący wszystko na świtaniu; przegarniał zboża pomdlałe, dmuchał we mgły, że rozpierzchały się na wsze strony, targał obwisłymi gałęziami, kajś na rozstajach huknął, to chyłkiem przebrał się ku uśpionym jeszcze sadom i rymnął w gąszcze, że z wiśni posypał się ostatni kwiat i kiej śnieg trząsł się na ziemię; kiej łzy na wody stawu padał.

Ziemia się budziła, ptaki zaśpiewały w gniazdach, drzewa też jęły szemrać niby tym pacierzem pierwszym; kwiaty się otwierały podnosząc do słońca ciężkie, zwilgocone i senne rzęsy, a lśniące rosy sypały się gradem perlistym.

Długi a luby dygot zatrząsł wszystkim, co znowu się budziło do życia zaś gdziesik z ziemie, ze dna wszelkiego stworzenia buchnął niemy krzyk i jak głucha błyskawica przeleciał nad światem, jak kiedy człowieczą duszę w twardym śpiku zmora dusi, że targa się, stracha, zamiera, aże raptem oczy ozewrze na słoneczną światłość i krzykiem szczęsnego oniemienia dzień wita i to, że między żywymi jest jeszcze, niepomna, jako to nowy dzień trudów a boleści, jak wczoraj było; jak z jutrem przyjdzie, jak zawdy będzie...

Więc i Lipce jęły się budzić i raźno zrywać na nogi; niejedna głowa rozczochrana wyzierała, wodząc zaspanymi oczyma po świecie; kajś już się myli przed chałupami, to po wodę do stawu wypadały rozdziane jeszczek kobiety, ktosik drwa rąbał; wozy też wytaczano na drogę, dymy niekajś wykwitały z kominów, a tu i owdzie roznosiły się krzyki na leniących się wstawać.

Rano było jeszcze, słońce ledwie co na parę chłopa wyniosło się nad wschodem i z boku przez mrocznawe sady bodło czerwonymi płomieniami, a już ruchano się wszędy galanto.

Wiater się kajścić zapodział, że w lubej cichości wszystko się syciło rzeźwym, pachnącym porankiem, słońce grało we wodach i rosy skapywały z dachów sperlonymi sznurkami, jaskółki śmigały w czystym powietrzu, boćki leciały z gniazd na żer, kokoty piały po płotach wytrzepując radośnie skrzydłami, a gęsi z gęgotliwym krzykiem wywodziły młode na staw sczerwieniony. Bydło ryczało po oborach, zaś wszędy przed progami a w opłotkach doili pośpiesznie krowy i z każdego obejścia wyganiali inwentarz na drogi, że szedł kolebiąco rycząc przeciągle, a cochając się o płoty i drzewa, zaś owce z zadartymi łbami pobekując cisnęły się środkiem drogi w tumanie kurzu. Spędzali wszystko na plac przed kościołem, kaj paru starszych chłopaków na koniach, trzaskając batami a klnąc siarczyście, oganiało rozłażące się stado i wrzeszczało na opóźnionych.

A kiej ruszyli, stłaczając się na topolowej, bo jaże pod lasem leżały wspólne pastwiska, przykryła ich kurzawa orosiała i czerwonawo mieniąca się w słońcu, że jeno belki owiec i pieskowe szczekania rwały się z ciężkich tumanów, znacząc drogę, kaj się podzieli.

Zaś pokrótce za nimi i gęsiarki wypędzały białe, rozgęgane stada, to ktosik cielną krowę wiódł na miedzę albo konia spętanego prowadził za grzywę na ugory.

Ale i potem niewiele się przyciszyło, że to wieś jęła się szykować na jarmarek. Było to jakoś w tydzień po powrocie chłopów z kreminału.

Wszystko już w Lipcach wracało z wolna do dawnego, jakoby po tej burzy srogiej, co szkód narobiła niemałych, że naród, ochłonąwszy z trwogi, wyrzekając a żaląc się na dolę, imał się po ździebku pracy wetującej.

Juści, co nie szło jeszcze, jak było iść powinno, chociaż chłopy już ujęły rządy w swoje kwarde ręce, jeszczech się bowiem lenili niecoś poranić, do późna nieraz wylegując się pod pierzynami; jeszczech niejeden często gęsto do karczmy zaglądał, niby to nowin zasięgając w sprawie; jeszcze ten i ów pół dnia przewałęsał po wsi i przegadał z kumami, a zaś drugie spychali jeno co pilniejsze roboty, boć niełacno było po tylim próżnowaniu brać się na ostro - ale już co dnia przemieniało się na lepsze, co dnia puściej robiło się w karczmie i po drogach i co dnia gęściej mus chytał za łby i przyginał do ziemie, do ciężkiej, znojnej pracy zaprzęgając.

Że zaś dzisiaj akuratnie wypadał jarmarek w Tymowie, to mało kto do roboty wychodził, szykując się na niego.

Przednowek wcześniej latoś zawitał i tak ciężki, jaże skwierczało po chałupach, więc co jeno kto miał jeszcze do przedania, śpiesznie wyprowadzał, zaś drugie szły la zgwarzenia się ze somsiady, la obaczenia świata i wypicia choćby tego kieliszka.

Każden miał swój frasunek, a kajże się to naród pocieszy, wyżali, skrzepi, a nowin dowie, jeśli nie na jarmarku lebo na odpuście?...

Więc skoro powypędzano inwentarze na paszę, zaczęli się zbierać, rychtować wozy, a wychodzić, kto piechty iść musiał.

Biedota ruszyła najpierwej, bo Filipka z płaczem pognała sześć starych gęsi, oderwanych od młodzi ledwie co porosłej, że to chłop zachorzał po powrocie i do garnka nie było co wstawić.

Któryś też z komorników ciągnął za rogi jałowicę, co się była teraz na zwiesnę pognała... Że zaś bieda ma długie nogi a ostre pazury, to Grzela z krzywą gębą, choć na ośmiu morgach siedział, a dojną krowę poprowadził na powróśle, somsiad zaś jego, Józek Wachnik, maciorę z prosiętami popędzał.

Ratowały się chudziaki, jak jeno mogły, bo już niejednego tak przypierało, że ostatnią koninę wyprowadził, jak to Gulbas musiał, sprocesowała go bowiem Balcerkowa za piętnaście rubli, które był kiejś pożyczył na krowę, i teraz gotowym wyrokiem groziła, że wśród płaczów całej rodziny a wyrzekań i gróźb siadł nieborak na kasztanka i przedawać go pojechał.

Wozy się z wolna wytaczały jeden za drugim, boć i gospodarze wywozili, co któren miał, gdyż wójt o podatki wołał i karami straszył, zaś gospodynie też się wybierały ze swoim dobrem, że często gęsto kokoszki gdakały spod zapasek lub tęgi gęsior zasyczał z wasąga, a drugie piechty idące jajka niesły w chustach; to masło kryjomo przed dziećmi zbierane, a poniektóre to i świąteczne wełniaki lub zbędne płótna dźwigały na plecach.

Bieda ano popędzała, a do żniw, do nowego, było jeszcze daleko.

Tak się wszystkim śpieszyło, że nawet msza odprawiała się dzisiaj znacznie wcześniej. Jeno parę kobiet klęczało przed ołtarzem, nie mogąc nadążyć za księdzem, bo ledwie odmówiły na Podniesienie, a już Jambroż gasił świece i kluczami podzwaniał.

Tereska żołnierka, która z jakąś sprawą przyszła do proboszcza, trafiła rychtyk, kiej już wychodził na śniadanie. Nie śmiała go juści zaczepić, więc jeno stanęła przed sztachetami wypatrując, kiej się na ganku pokaże. Nim się jednak zebrała przystąpić, siadł na bryczkę i przykazywał ostro ruszać do Tymowa.

Westchnęła żałośnie, długo patrząc na topolową, kaj kurz wisiał i szarą chmurą kładł się na pola; wozy turkotały coraz dalej, a ino czerwień kobiet ciągnących gęsiego nad drogą mignęła niekiedy między drzewami.

Lipce ścichły pokrótce, młyn nie turkotał, kuźnia stała zamknięta i drogi do cna opustoszały, bo kto ostał, dłubał cosik w obejściach i na ogrodach za chałupami.

Tereska sielnie sfrasowana wróciła do domu.

Mieszkała za kościołem, pobok Mateusza, w chałupinie o jednej izbie z półsionką, gdyż drugą przy działach brat oderznął i przeniósł na swój grunt, że kiej rozcięte w poprzek żebra sterczały przepiłowane ściany i dach, przypierające do okopconego komina.

Dojrzała ją z proga Nastka, że to ino wąski sadek ich dzielił.

- No cóż? co ci wyczytał? - zawołała biegnąc ku niej.

Tereska z przełazu opowiadała, co ją spotkało.

- A może by organista przeczytał?... pisane musi poredzić.

- Juści, co poredzi, ale jak tu z gołymi rękoma iść do niego?

- Weź parę jajków.

- Matka wszystkie ponieśli do miasta; kacze ino zostały.

- Nie turbuj się: weźmie on i kacze..

- Poszłabym, a czegoś się boję! Bym to wiedziała, co tu napisane! - Wyjęła zza gorsu list od męża, który był jej wójt przywiózł wczoraj wieczorem z kancelarii - Co tam może stoić?

Nastka wzięła jej z rąk zaczerniony papier i, przykucnąwszy pod przełazem, rozpostarła go na kolanach i znowu z niemałym trudem próbowała odczytywać. Tereska przysiadła na żerdce i wsparłszy brodę na pięściach patrzyła z lękiem na te jakieś kreski, z których tyle jeno Nastka wysylabizowała, że Pochwalony stojało na początku.

- Nie rozbierę więcej, to darmo. Mateusz to by pewnikiem poredził.

- Nie, nie! - poczerwieniała strasznie i cicho jęła prosić: - Nie mów mu o liście, Nastuś, nie powiadaj...

- Żeby drukowane, to na każdej książce przeczytam, litery znam dobrze i baczę, jaka która jest, ale tutaj niczego złożyć nie poredzę: same jakieś kulasy i wykrętasy, jakby muchę uwalaną w czernidle puścił kto na papier.

- Nie powiesz, Nastuś, co?

- Dyć już ci wczoraj rzekłam, że nic mi do waju. Wróci twój z wojska, to i tak wszyćko musi się wydać! - rzekła powstając.

Tereska jakby się zachłysnęła płaczem, że ino robiła gardłem, słowa nie mogąc wydobyć.

Nastka cosik zeźlona odeszła, kury zwołując po drodze, a Tereska, zawiązawszy w węzełek pięć jajek kaczych, powlekła się do organisty.

Ale nieletko jej być musiało, przystawała co trocha i kryjąc się w cienie, z bojaźnią wpatrywała się w niezrozumiałe litery listu.

- A może go już puszczają?...

Trwoga chwytała ją za gardło, nogi się uginały, serce się tak rozpaczliwie tłukło, że przyciskała się do drzew, zapłakanymi oczyma biegając jakby za ratunkiem.

- A może ino o pieniądze pisze!

Szła coraz wolniej; mężowy list tak jej ciężył a parzył, co cięgiem przekładała go zza gorsu do rąk i aż w róg chustki zawinęła.

U organistów jakby nikogo nie było: drzwi stały powywierane do pustych izb, że tylko w jednej, kaj okno było przysłonione spódnicą, ktosik chrapał rozgłośnie spod pierzyny. Z nieśmiałością przesunęła się przez sień, rozglądając się po podwórzu, tylko dziewka siedziała przed kuchnią z kierzanką między kolanami, masło wybijając, i oganiała się gałęzią przed muchami.

- A kaj to pani?

- Na ogrodzie, zaraz ją tu posłyszycie...

Tereska pobok stanęła miętosząc list w ręku i chustkę naciągając barzej na czoło, gdyż słońce wyłaziło za budynków.

Z księżego podwórza, płotem jeno odgrodzonego, roztrzęsały się wrzaskliwe głosy drobiu, kaczki trzepały się w kałużach, młode indyczki biadoliły kajściś pod płotem, zaś indory gulgocąc rozczapierzały skrzydła, podskakując zajadle ku prosiętom, wylegującym w błocie, gołębie podrywały się sprzed stodoły, krążyły w powietrzu i spadały co trocha na czerwone dachy plebanii kiej ta chmura śniegowa. Wilgotnawe a rześwe ciepła buchało z pól, sady rozkwitłe pławiły się w słońcu, jabłonie obwalone kwiatem wynosiły się z zieleni kiej białe chmury opylone zorzami; pszczoły z cichuśkim brzękiem leciały na pracę, kajś już i motyl zamigotał kiej ten płatek kwiatowy, to stado wróbli z niemałym wrzaskiem spadało z drzew na płoty.

Teresce naraz łzy się puściły z oczu i ciurkiem pociekły.

- Organista jest w domu? - spytała, twarz odwracając.

- A kajby. Dobrodziej wyjechał, to się wyleguje kiej ten wieprz.

- Dobrodziej pewnie na jarmark?

- Juści, byka mają kupować.

- A mało to już ma różnego dobra? co?

- Kto ma dosyć, to chciałby jeszczek więcej - mruknęła dziewka.

Tereska zmilkła, zrobiło się jej strasznie żałośnie, że to ludzie mają wszystkiego po grdykę, a ona ledwie się, pożywi, głodując często.

- Gospodyni idą! - zawołała dziewka, ruchając mocno koziełkiem w kierzance, jaże śmietana wypryskiwała wokoło.

- To twoja sprawka, próżniaku!... umyślnie puściłeś konie w koniczynę! - rozległ się w sadzie jazgotliwy głos organiściny. - Nie chciało ci się na ugór pędzić. Jezus, że to na nikogo się spuścić nie można! Ze dwa pręty koniczyny spasione! Czekaj, powiem zaraz, a wuj takie ci fryko sprawi, darmozjadzie jeden, że popamiętasz.

- Wygnałem na ugór, sam spętałem i na lince przywiązałem do kołka! - tłumaczył się płaczliwie Michał.

- Nie cygań. Wuj się z tobą rozmówi, no...

- Ja nie wygnałem, mówię ciotce.

- A kto? ksiądz może? - wrzeszczała urągliwie.

- Zgadła ciotka: ksiądz wypasł swoimi końmi - podniósł głos.

- Wściekł się!... - przywrzyj pysk, żeby się nie rozniesło!

- Nie przywrę, w oczy mu powiem, bo widziałem. Ciotka na mnie krzyczy, a to ksiądz wypasł: Poszedłem do dnia po konie: gniady leżał, a klacz się pasła; były tam, gdzie je zostawiłem na noc. Dosyć zostawiły śladów, można sprawdzić, jeszcze gorące. Rozpętałem je i wsiadłem na gniadego, a tu widzę, że w naszej koniczynie jakieś konie. Świtało dopiero, dostałem się przegonem pod księży ogród, żeby im drogę zastąpić, wyłażę na dróżkę Kłębową, a tu proboszcz stoi z brewiarzem, rozgląda się dokoła i raz po raz popędza je batem coraz głębiej w koniczynę, to...

- Cicho, Michał! Słyszane to rzeczy, żeby sam ksiądz... Dawno już mówiłam, że to siano w przeszłym roku... cicho, tam jakaś kobieta stoi.

Potoczyła się naprzód śpiesznie, właśnie i organista krzyczał spod pierzyny na Michała.

Tereska oddała jej węzełek z jajkami, a podejmując za nogi, prosiła nieśmiało o przeczytanie listu od męża.

Kazała jej zaczekać.

A dopiero w parę dobrych pacierzy zawołano ją do izby. Organista rozmamłany całkiem, w gaciach jeno, popijając kawę jął czytać.

Słuchała z zamierającym sercem, bo właśnie mąż jej zapowiadał swój powrót na żniwa, razem z Kubą Jarczykiem z Wólki i z Grzelą Borynowym.

List był poczciwy, troskał się o nią, wypytywał o wszystko, co się dzieje w domu, przesyłał pozdrowienia znajomym i buchał radością powrotu, a w końcu Grzela dopisywał prosząc, by zawiadomiła jego ojca o powrocie. Chudziaczek nie wiedział, co się stało z Maciejem.

Zaś Tereskę te ciepłe, poczciwe słowa prażyły kiej baty i do ziemi przyginały. Mocowała się, bych nie poznali po niej, bych zdzierżyć spokojnie tę wieść straszną, ale zdradliwe łzy same jakoś pociekły rozpalonymi paciorkami.

- Jak się to cieszy z powrotu chłopa! - szepnęła urągliwie organiścina.

Teresce jeszczech rzęsistszy grad posypał się z oczu. Uciekła biedota, aby krzykiem nie wybuchnąć, i długo się tuliła kajś w opłotkach.

- Co ja teraz pocznę, sierota? co? - wyrzekała z bezradną żałością.

Juści, chłop wróci, dowie się o wszystkim! Strach ją porwał jako ten zły, luty wicher. Jasiek był poczciwy, ale zawzięty jak wszystkie Płoszki: krzywdy nie przepuści, jeszcze go zabije! Jezus, ratuj, Jezus! Ani pomyślała o sobie. Popłakując a szarpiąc się w sobie, znalazła się u Borynów. Hanki nie było: pojechała do miasta jeszcze wczas rano; Jagna też u matki robiła, że w chałupie była jeno Jagustynka z Józką: płótno zmoczone rozpościerały w sadzie.

Powiedziała o Grzeli, chcąc się wynieść czym prędzej, ale stara odwiedła ją na bok i dziwnie dobrotliwie szepnęła:

- Tereska, opamiętaj się, miejże rozum, ozorów złych nie utniesz... Jasiek wróci, to się i tak dowie. Pomiarkuj, parobek na miesiąc, a mąż na całe życie! Dobrze ci radzę.

- Co wy powiedacie? co? - bełkotała, niby nie rozumiejąc.

- Nie udawaj głupiej, wszyscy wiedzą o was, Mateusza odpraw, póki czas, to Jasiek nie uwierzy, stęsknił się do ciebie, łacno wmówisz, co ino zechcesz. Mateusz się znarowił do twojej pierzyny, ale przeciek nie przyrósł, wypędź go, póki czas. Nie bój się, Jasiek też nie ułamek... A kochanie przejdzie jako ten dzień wczorajszy, nie wstrzymasz, choćbyś życiem płaciła; kochanie to jeno suta omasta przy niedzieli; jedz co dnia, a rychło ci zmierznie i odbekiwać będziesz. Kochanie płakanie, a ślub grób - powiadają. Może i prawda, jeno że ten grób z chłopem i dzieciskami lepszy niźli wolność w pojedynkę. Nie bucz, a ratuj się, póki pora. Jak cię twój bez to kochanie sponiewiera i z chałupy wygna, kaj to pójdziesz? We świat na zatracenie i pośmiewisko! Hale, pomieniał się stryjek za siekierkę kijek! Zlecisz z woza, to biegnij potem za rozworą z wywieszonym ozorem! pod wiatr rychło dech strasisz i sił się wyzbędziesz, i rychło cię odjadą! Głupia, każden chłop ma portki, Mateusz mu czy Kuba, każden jednako przysięga, jak sięga, każden jak miód, pókiś mu miła. Pomiarkuj sobie i do głowy weź, coć mówię, wuj nam ci przeciek i dobra la ciebie pragnę.

Ale Tereska już nie mogła wytrzymać, uciekła w pole a buchnąwszy gdziesik w żyto, tam dopiero popuściła żalom i płakaniom.

Darmo próbowała rozważać słowa starej, gdyż co chwila chwytał ją taki żal za Mateuszem, że z rykiem tłukła się po bruździe jako ten poraniony zwierz.

Dopiero jakieś niedalekie wrzaski podniosły ją na nogi.

Jakby przed wójtową chałupą rozlegała się sroga kłótnia.

Juści: to wójtowa z Kozłową przezywały się od ostatnich.

Stojały naprzeciw siebie, płotami a drogą podzielone, w koszulach jeno i wełniakach, a ledwie już zipiąc ze złości, pomstowały ze wszystkiej mocy, pięściami do siebie wygrażając.

Wójt konie zakładał do wasąga, zagadując niekiedy do chłopa z Modlicy siedzącego w ganku, któren jaże tupał z uciechy, pokrzykując judząco na kobiety.

Krzyki roznosiły się daleko, że kiej na dziwowisko zbiegali się ludzie: sporo już ich stojało na drodze, a spoza wszystkich płotów sąsiedzkich i węgłów wyściubiały się głowy.

Bo też kłóciły się, że niech Bóg broni! Wójtowa, cicha zazwyczaj i zgodliwa kobieta, jakby się dzisiaj wściekła, srożyła się coraz barzej, zaś Kozłowa z rozmysłu nieco przycichała i nie przepuszczając niczego, żgała ją powoluśku naśmiechliwymi słowami.

- Jazgocz se, pani wójtowo, jazgocz, pieski cię nie przeszczekają! - wołała.

- A bo to pierwszy raz, a bo to drugi! Nie ma tygodnia; by mi co z chałupy nie zginęło! Kokoszki nieśne, kurczęta, kaczki, a nawet stara gęś, że już nie wypowiem tych szkód na ogrodzie i w sadzie! A bodajś się struła moją krzywdą! żeby cię pokręciło! żebyś stergła pode płotem...

- Ozdzieraj się, wrono, krzycz, to ci ulży, pani wójtowo...

- A tom dzisiaj! - zwróciła się do Tereski, wyłażącej na drogę - a tom rano pięć kawałków płótna wyniosła na bielnik. Zachodzę po śniadaniu; aby je zmoczyć. Brakuje jednego! Szukam! Jakby pod ziemię się zapadł! Dyć kamieniami przycisnęłam, a wiatru nie było! Płótno cieniuśkie, paczesne, że kupne nie byłoby lepsze, i zginęło!

- Kiej świni tłuszcz ci ślepie zalewa, toś nie dojrzała!...

- Boś mi płótno ukradła! - wrzasnęła.

- Ja ci ukradłam! Powtórz to jeszcze, powtórz!

- A ty złodzieju jeden! Przed całym światem zaświarczę. Przyznasz się, kiej cię w dybach do kreminału popędzą.

- Złodziejką me przezywa! Słyszyta, ludzie! Do sądu podam, jak Bóg w niebie, wszyscy słyszeli. Ja ci ukradłam, masz świadki, ty torbo?..

Wójtowa, chyciwszy jakiś kołek, na drogę wypadła i docierając kiej pies rozwścieczony, jazgotała zajadle:

- Ja ci kijem przytwierdzę! ja ci zaświarczę! jak ci...

- Podejdź, pani wójtowo! Tknij me jeno, świńska kumo! tknij me, ty sobacza pokrako! - zawrzeszczała wybiegając naprzeciw.

Odepchnęła męża, który ją powstrzymywał, i rozkraczywszy się pod boki się ujęła krzycząc urągliwie:

- Bij me, bij, a kryminał cię nie minie, pani wójtowo!...

- Zawrzyj pysk, bym cię pierwej do kozy nie zapakował! - krzyknął wójt.
- Psy se wściekłe zamykaj, boś od tego, babę swoją weź lepiej na postronek, bych się ludzi nie czepiała! - gruchnęła nie mogąc już wytrzymać.
- Urzędnik do cię mówi, pomiarkuj się, kobieto! - zawołał groźnie.
- Gdziesik mi twój urząd - rozumiesz! Groził mi będzie, widzisz go, sameś może płótno wzion la jakiej kochanicy na koszulę. Gromadzkich pieniędzy już ci nie starczyło, boś je przechlał, pijanico. Nie bój się, wiedzą, co wyrabiasz. Posiedzisz se i ty, panie urzędniku, posiedzisz!
Ale tego już było za wiele la obojga, że kiej wilki skoczyli na nią; pierwsza wójtowa chlasnęła ją kijem przez pysk i z dzikim kwikiem w kudły się wczepiła pazurami, zaś wójt jął prać pięściami, kaj popadło.
Bartek w ten mig skoczył na pomoc swojej.
Zwarli się kiej psy w nierozplątaną kupę, że ani rozeznał, czyje pięście młócą kieby cepami, czyje głowy się taczają i czyje są krzyki. Przywarli się do płota i przetoczyli się znowu na drogę kiej snopy wichurą zakręcone, aż w końcu, zmagając się coraz zajadlej, runęli na ziem, w piasek.
Kurz ich zakrył, iż jeno krzyki a pomstowania się rozlegały; tulali się po drodze bijąc a wrzeszcząc wniebogłosy.
Czasem ktosik wyrywał się z kupy, czasem i wszystkie naraz podnosiły się na nogi, a chytając w garście, co popadło, znowu bili na siebie, za łby się wodząc, za orzydle, za szpondry.
Wrzask się rozniósł na całą wieś, wystrachane kury gdakały po sadach, psy jęły szczekać, baby podniosły lamenty, tłocząc się dokoła bezradnie, aż dopiero nadbiegłe chłopy rozerwali bijących.
Co tam było jeszcze przekleństw, płaczów a wygrażań, to i nie wypowiedzieć. Somsiady porozlatali się zaraz, aby ich na świadków nie podano; ale rozpowiadali wszędy, niby pod sekretem, jak wójtowie srodze zbili Kozłów. .
A nie wyszło i paru pacierzy, wójt z zapuchłym pyskiem wraz z kobietą, też niezgorzej zasinioną i podrapaną, pierwsi pojechali skargę podawać. Zaś dopiero w jaką godzinę ruszyli Kozłowie.
Stary Płoszka, nawet wielce chętliwie, bo za darmo, zgodził się ich powieźć do miasta, byle się jeno po przyjacielsku przysłużyć wójtowi.
Jechali podawać skargę, więc jak się byli podnieśli z bitki ni ździebka się nie ogarniając, tak ruszyli.
Umyślnie też przez wieś jechali stępa, by móc rozpowiadać swoje krzywdy, a rany okazywać każdemu, kto jeno chciał patrzeć.
Kozioł miał łeb rozwalony do kości, jaże mu krew zalewała całą twarz, szyję i piersi, widne spod porozrywanej koszuli. Niewiela go już bolało, ale co trocha za boki się chwytał i przeraźliwie wrzeszczał:
- Laboga, nie zdzierżę! Wszystkie ziobra mi przetrącił! Ratujta, ludzie, ratujta, bo pomrę!...
A Magda wtórowała lamentliwie:

- Kłonicą go prał! Cichoj, chudziaku! sponiewierał cię kiej psa, ale jest jeszcze sprawiedliwość i kara na zbójów, jest! Cichoj, mizeraku! dobrze ci on zapłaci! Na śmierć chciał go zabić, widzieli ludzie, ledwie go obronili, to zaświarczą w sądzie poczciwie! - darła się, raz po raz wybuchając strasznym rykiem, a tak była sponiewierana, że ledwie ją poznawali. Z gołym łbem jechała, włosy miała powyrywane wraz ze skórą, naderwane uszy, oczy zakrwawione i całą twarz podartą pazurami, jakby ją kto pobronował, że choć wiedzieli, co to za ziółko, a niejeden szczerze się litował.

- Żeby tak pobić ludzi, no!

- Wstyd i obraza boska; toć ledwie żywi jadą.

- Niezgorzej poszlachtowani, co? I rzeźnik lepiej nie poredzi... Ale panu wójtowi przeciek wszystko wolno, nie urzędnik to, nie figura? - dorzucał urągliwie Płoszka zwracając się do narodu.

Stropili się tym wielce, bo choć Kozły dawna już przejechali, wieś jeszcze długo nie mogła się uspokoić.

Tereska, która ze strachu schowała się w czas bitki, wylazła skądciś dopiero, kiej już obie strony pojechały do sądów.

Zajrzała zaraz do Kozłów, że to Bartek pociotkiem jej wypadał z matczynej strony. W chałupie nie było nikogo, jeno na dworze pod ścianą siedziało tych troje dzieci przywiezionych z Warszawy.

Tuliły się do siebie, łapczywie ogryzając ziemniaki nie dogotowane, a broniąc się piskiem i łyżkami od prosiąt. A tak były zabiedzone, wychudłe i obrosłe brudem, jaże litość ją wzięła. Przeniesła je do sieni, a pozawierawszy drzwi, już w dyrdy poleciała z nowinami.

U Gołębiów jeno Nastka była.

Mateusz jeszcze przed śniadaniem poszedł był do Stacha, Bylicowego zięcia. Właśnie wraz z nim penetrował rozwaloną chałupę, czyby się nie dała podnieść. Bylica chodził za nimi, jąkając niekiedy swoje.

Pan Jacek zaś siedział jak zawdy na progu, papierosa kurzył i pogwizdywał na gołębie kołujące nad trześniami.

Słońce się już podnosiło ku południowi, ciepło było galante.

Nagrzane powietrze mieniło się nad polami kiej woda, zboża i sady stały jakby w słońce zapatrzone, że jeno niekiedy z trześni Bylicowych spadał okwiat chwiejąc się na trawach niby biały motyl.

Dochodziło południe, kiej Mateusz skończył oglądanie; a dzióbiąc toporem jeszcze tu i owdzie po bokach, rzekł stanowczo:

- Zetlałe do cna, samo próchno, nic z tego nie postawi, to darmo...

- Dokupiłbym niecoś nowego, może by... - szepnął błagalnie Stacho.

- Dokupcie na całą chałupę, z tego gnoju nie wybierze ni jednego bala.

- Bójcie się Boga!

- Dyć przyciesie jeszcze by wytrzymały, węgary jeno dać nowe... ściany też by podporami wesprzeć... klamrami ściągnąć... dyć... - jąkał stary Bylica.

- Kiejście taki majster, to sobie stawiajcie, ja z próchna nie poredzę - rzucił gniewnie naciągając spencerek.

Nadeszła na to Weronka z dzieckiem na ręku i jęła wyrzekać:

- A cóż my teraz poczniemy, co?

- Ze dwa tysiące trzeba by na nową! - westchnął frasobliwie Stacho.

- Hale, cheba o jednej izbie ze sionką.

- Przeciech coś by drzewa dostał z naszego lasu... juści, żeby tylko chyla tyla... a resztę dokupię... juści... chwaciłoby... W urzędzie prosić...

- Dadzą to teraz, kiej bór w procesie!... przecież nawet zbieraniny wzbronili. Poczekajcie z chałupą do końca sprawy! - radził Mateusz.

- Czekaj tatka latka, a kajże się to na zimę podziejem? kaj? - wybuchnęła Weronka i zapłakała żałośliwie.

Pomilkli. Mateusz zbierał swoje porządki ciesielskie, Stacho drapał się w głowę, a Bylica nos wycierał za węgłem, że w tej smutnej cichości jeno Weronczyn płacz chlipał.

Naraz pan Jacek się podniósł i głośno rzekł:

- Nie płaczcie, Weronka, drzewo się na chałupę znajdzie.

Osłupieli stając z rozdziawionymi gębami, aż dopiero Mateusz pierwszy się pomiarkował i śmiechem gruchnął:

- Mądry obiecuje, a głupi się raduje! To głowy nie ma kaj przytulić, a chałupy będzie drugim rozdawał! - powiedział ostro, spode łba patrząc na niego, ale pan Jacek już się nie ozwał, siadł znowuj na progu, zakurzył papierosa i jak przódzi, skubiąc bródkę, po niebie wodził oczyma.

- Poczekajta ino, a niezadługo i cały folwarczek wama przyobieca.

Zaśmiał się Mateusz i rzuciwszy ramionami poszedł.

Na lewo się wziął zaraz z miejsca, ścieżką wiodącą pod stodołami.

Mało ludzi robiło dzisiaj na ogrodach, bo jeno kajś niekaj czerwieniała kobieta albo jakiś chłop naprawiał dach, to cosik majdrował we wrótniach stodół, powywieranych na pola.

Nieśpieszno było Mateuszowi, gdyż rad przystawał poredzając z chłopami o wójtowej bitce, do dzieuch zęby szczerzył i wesoło zagadywał, a gdzie znów babom tak trefnie przysolił, jaże śmiech zarechotał na ogrodach, że niejedna wzdychając szła za nim oczyma.

Jakże, urodny był i wyrosły kiej dąb, a jakby król wszystkich we wsi parobków, bo i mocarz po Antku Borynie pierwszy, i tanecznik równy Stachowi Płoszce, a i mądrala. Że zaś przy tym sprawny był do każdej roboty, bo i wóz zrobił, i komin postawił, i chałupę wyrychtował, i na fleciku pięknie wygrywał, to chociaż prawie nie miał grontu i grosz się go nie utrzymał, iż szczodry był la drugich, a niejedna matka rada by z nim przepiła choćby całego cielaka, bych go jeno na zięcia przysposobić, zaś niejedna dziewczyna już go przypuszczała do podufałości rachując, co potem prędzej zaniesie na zapowiedzie.

Ale na nic szły wszystkie zabiegi, z matkami pił, z córkami jamorował, a od ożenku wykręcał się kiej piskorz.

- Niełacno wybrać, bo każda dobra, a jeszcze lepsze podrastają, poczekam... - powiadał swachom, rającym mu różne dziewuchy.

A zimą zmówił się był z Tereską i żył z nią prawie na oczach wszystkiej wsi, nie bacząc na gadania ni pogrozy.

- Wróci Jasiek, to mu ją oddam, jeszczek gorzałki postawi, żem mu kobiety pilnował - prześmiewał się z przyjacioły jakoś wkrótce po powrocie, że to już przykrzyła mu się i z wolna od niej odstawał.

I teraz, na obiad idąc, dłuższą drogę wybrał, bych se po drodze pożartować z dzieuchami a uszczypnąć, którą się da.

I całkiem niespodzianie natknął się na Jagnę: pełła cosik na matczynym ogrodzie.

- Jagusia! - wykrzyknął radośnie.

Jagusia podniosła się i strzeliła nad zagonem kiej ta malwa wysmukła.

- Żeś to me dojrzał? Cie, jaki prędki, już tydzień we wsi, a dopiero...

- Dyć jeszcześ śliczniejsza! - szepnął z podziwem.

Ugięta była do kolan, spod czerwonej chusty, pod brodą zawiązanej, modrzały ogromne; słodkie oczy, białe zęby grały w wiśniowych wargach i cała gębusia, zarumieniona kiej jabłuszko, a śliczna, jaże się prosiła o całowanie. Ujęła się hardo pod bok i biła w niego skrzącymi ślepiami z taką mocą, że dreszcze go przeszły. Obejrzał się dokoła i bliżej podszedł.

- Od tygodnia cię szukam i wypatruję po próżnicy.

- Cygań se psu, to ci może uwierzy. Co wieczór zęby suszy po opłotkach, co wieczór innej basuje, a teraz będzie mi co inszego wmawiał!

- Tak mię to, Jaguś, witasz? co? tak?..

- Jakże to mam inaczej? Może cię za kolana podjąć i dziękować, żeś se o mnie przypomniał?

- Baczę, jakeś to me łoni przyjmowała.

- Co było łoni, to nie teraz - odwróciła się twarz kryjąc, a on się przysunął nagle, obejmując ją chciwymi rękoma.

Wyrwała mu się z gniewem.

- Poniechaj, bo mi Tereska ślepie wydrapie za ciebie!

- Jagusia! - ledwie jęknął.

- Do swojej żołnierki wróć se z jamorami... wysługuj się, póki tamten nie wróci. Odpasła cię w kreminale, naszkodowała się na ciebie, to jej teraz odrabiaj! - chlastała kiej batem, a tak wzgardliwie, że Mateusz zapomniał języka w gębie.

Wstyd go przejął, poczerwieniał kiej burak, przygiął się i uciekł po prostu.

A Jagnę, choć powiedziała, co czuła i z czym się już cały tydzień nosiła, żal teraz ogarnął: nie myślała, iż się ozgniewa i pójdzie sobie.

- Głupi, przeciech ja ino tak sobie powiedziałam, przez złości! - myślała, markotnie patrząc za nim. - I żeby się zaraz ozgniewać! ...Mateusz!

Ale nie usłyszał, śmigając przez sad jakby poszczuty.

- Zła osa, ścierwo! - mruczał lecąc już prosto do domu. Gniew nim miotał na przemian z podziwem. Jakże, zawdy była taka trusia, gęby ozewrzeć nie poredziła. Toć go sponiewierała kiej psa! Wstyd nim zatrząsł, że zobejrzał się, czy aby kto nie słyszał jej pyskowania.

- Tereskę mu wypomina! Głupia!... co mu ta żołnierka?... zabawa i tyla! A jak to ślepiami sypnęła! jak to harno pod bok się ujęła! jak to buchnęło od niej lubością!... Jezu, i w pysk wziąć od takiej nie wstyd, bele się jeno dostać do miodu... - Cięgotki go wzięły, zwolnił kroku przed chałupą.

- Ozgniewała się, żem o niej przepomniał... Bogać, com winowaty... i o Tereskę... - skrzywił się jak po occie. Dosyć już miał tej płaksy, zbrzydły mu te ciągłe kwiki. Nie ślubował przeciek, bych się jej musiał trzymać jak ten ogon krowy! Ma przeciek chłopa! I ksiądz gotów go jeszcze wypomnieć z ambony! Z taką to i człowiek flaczeje. Psiakrótka z tymi babami! - srożył się w sobie.

Obiad się dopiero dogotowywał, skrzyczał więc Nastkę za mitrężenie i zajrzał do Tereski. Właśnie krowę doiła w sadzie; podniosła na niego oczy dziwnie smutne, ledwie co obeschłe z płaczu.

- Czegoś to buczała?

Tłumaczyła się cicho, miłującymi oczyma ogarniając twarz jego.

- Wymion byś lepiej pilnowała, strzykasz ano mlekiem na wełniak.

Kwardy był dzisiaj i przez dobroci, że łamała sobie głowę, co mu się stało, sprawując się już kiej trusia, gdyż za każdym odezwaniem złością pryskał i ślepiami toczył.

Niby to czegoś po sadzie szukał i kole domu, a głównie przyglądał się jej kryjomo dziwując się coraz barzej:

- A gdzież to miałem oczy? Takie to cherlawe i wymiękłe... Ni to z pierza, ni z mięsa! Gnat rozkwaszony. Cyganicha prosto. Ni postury, ni...

Prawda, jedne oczy to miała piękne, równe może Jagusinym, ogromne, jasne kiej niebo i czarnymi brwiami opięte, a ilekroć spotkał się z nimi, odwracał głowę i klął z cicha:

- Wytrzeszcza ślepie niby cielak, kiej ogon podniesie!

Niecierpliwiło go to patrzenie i w sroższy gniew wprowadzało.

- Na złość na cię nie spojrzę, ślepiaj se psu w ogon! Nie przeciągniesz me.

Razem jedli obiad, ale ni razu do niej się nie ozwał, ni nawet spojrzał w jej stronę. Nastce jeno przygadywał co trocha:

- Pies by się nie chycił za taką kaszę: jak uwędzona!...

- Bogać ta, ździebko jeno przypalona i kiej cie w zęby kłuje...

- Nie przeciwiaj się! Muchami ją zmaściłaś, więcej ich niźli skwarków.

- Już mu muchy szkodzą! jaki przebierny! nie strujesz się!

Zaś przy kapuście wyrzekał na stare sadło.

- Mazią od woza omaścić, też gorsze by nie było.

- Poliż osi, to obaczysz, ja ta nie probantka! - odpowiadała twardo.

Czepiał się bele czego i piekłował. Że Tereska cały czas się nie odzywała, to zaraz po obiedzie wziął się i do niej, dojrzał bowiem jej krowę cochającą się o węgieł.

- Obrosła gnojem kiej skorupą: nie możecie to jej wycierać, co?

- Mokro w oborze, to się wala.

- Mokro! Są w lesie kolki, są; czekacie jeno, by wam kto nagrabił i do chałupy przyniósł. Dyć odparzy sobie kłęby w tym gnoju, zgnije! Tyla bab w chałupie, a porządku ani za grosz! - wrzeszczał, ale Tereska ustępowała mu pokornie, nie śmiejąc się już bronić, a jeno prosząc ślepiami o pomiłowanie.

Cicha przecież była jak zawsze, uległa i pracowita jak mrówka, nawet rada, że wziął nad nią górę i kwardo panuje. A właśnie on i bez to srożył się coraz barzej. Gniewały go jej kochające, lękliwe oczy, gniewał chód cichy, gniewała twarz pokorna, gniewało i to, że cięgiem plątała się kole niego. Miał już ochotę krzyknąć, by mu z oczu ustąpiła.

- Żeby to morówka wziena, psiakrew! - buchnął wreszcie i zabrawszy porządki ciesielskie, nawet nie wytchnąwszy przypołudnia, poszedł do Kłębów, kaj miał jakąś robotę przy chałupie.

Siedzieli tam jeszcze przy michach, na dworze.

Zakurzył papierosa siedząc pod ścianą.

Kłęby pogadywali o powrocie z wojska Grzeli Borynowego.

- Wraca to już? - zapytał spokojnie.

- Nie wiecie to? Dyć razem z Jaśkiem Tereski i Jarczakiem z Woli.

- Na żniwa się obiecują. Tereska latała dzisia z listem do organisty, bych przeczytał. Powiadał mi o tym.

- To ci nowina! Jasiek powraca! - zawołał bezwolnie.

Zmilkli wszyscy, jeno ślipia obleciały po sobie, a kobiety się sczerwieniły powstrzymując śmiech. Nie pomiarkował i jakby rad wieści, powiedział spokojnie:

- Dobrze, co powraca; może przestaną obgadywać Tereskę.

Jaże łyżki zawisły nad michą, tak się zdumieli, a on tocząc zuchwałymi ślepiami dodał:

- Wiecie, jak jej nie szczędzą. Nic mi do niej, chociaż mi powinowata z ojcowej strony, ale żeby tak na mnie padło, dobrze bym pleciuchom gęby pozatykał: zapamiętaliby! A już kobiety la drugich najgorsze: niechby najbielsza, nie przepuszczą i błotem obwalą.

- Pewnie co tak, pewnie! - przywtórzyli wbijając oczy w michę.

- Byliście już u Boryny? - zagadnął niespokojnie.

- Dyć zbieram się i zbieram, a co dnia cosik przeszkodzi.

- Za wszystkich cierpi, a nikto o nim nie pamięta.

- Zaglądałeś to do niego? co?

- Hale, pójdę sam, to powiedzą, co do Jagny ciągnę:

- Cie! uważny kiej dziewka po przypadku - mruknęła stara Agata, siedząca pod płotem z miseczką na kolanach.

- A bo mi już obmierzły szczekania.

- I wilk się statkuje, kiej mu kły spróchnieją - śmiał się Kłąb.

- Albo kiej się za barłogiem rozgląda - podpowiedział Mateusz.

- Ho, ho, to ino patrzeć, jak do której z wódką poślesz - żartował Kłębiak.

- Właśnie, cięgiem już deliberuję, do której by przepić.

- Prędko wybieraj, a w druhny me proś, Mateusz - pisnęła Kasia, najstarsza.

- Cóż, kiej niełacno: wszyćkie zarówno wybrane i jedna w drugą najlepsze. Magdusia najbogatsza, ale już przez zębów i ze ślepiów jej ciekne; Ulisia niby kwiat, jeno co ma jedno biedro grubsze i beczkę kapusty we wianie; Franka z przychowkiem; Marysia zbyt szczodra dla parobków; Jewka, choć ma całe sto złotych samą koprowiną, wałkoń, pod pierzyną cięgiem wyleguje. A wszystkie by tłusto jadły, słodko popijały i nic nie robiły. Czyste złoto takie dzieuchy! A zaś jeszcze drugie mają la mnie za krótkie pierzyny.

Gruchnęli śmiechem, jaże się gołębie porwały z dachów.

- Prawdę mówię. Przymierzałem u niejednej, ledwie mi do pół łyst sięgają, jakże bym to zimą wyspał? cheba w butach, co?...

Zgromiła go Kłębowa, iż zbereżeństwa gada przy dzieuchach.

- La śmiechu jeno mówię. Przeciek powiedają, co poczciwe żarty nie szkodzą i pod pierzyną.

Ale dziewczyny rozczapierzyły się kiej te jendyczki.

- Hale, jaki przebierny!... będzie się tu przekpiwał ze wszystkich! Kiej ci w Lipcach malo, na drugich wsiach se szukaj! - jazgotały.

- Jest ich w Lipcach, jest: przeciek łacniej o dostałą pannę niźli o całą złotówkę. Po dydku i już z ojcowym litkupem je przedają. Bych jeno kupce się nalazły! Tyle tego, jaże się wieś trzęsie od skrzeków pannowych, wszyćkie gotowe pod kozik, że co sobota w każdej chałupie już od świtania pucują się do czysta, kosy we wstęgi plotą i kokoszki po sadach gonią, bych je ponieść Żydowi na gorzałkę, a od samego południa jeno zza węgłów patrzą, czy z której strony swaty nie ciągną Widziałem, które i z dachów, zapaskami powiewały wrzeszcząc: "Do mnie, Maciuś, do mnie!" Zaś matki wtórzyły: "Do Kasi przódzi, Maciusiu, do Kasi! Syrek i mendel jajków przyłożę do wiana! Do Kasi!"

Rozpowiadał uciesznie, jaże chłopaki kładły się ze śmiechu, jeno Kłębianki podniesły wrzask na niego, że stary krzyknął:

- Cichojta! skrzeczą kiej te sroki na deszcz.

Nie zaraz się uspokoili, więc by przerwać te przekpinki, zapytał:

- Byłeś to, Mateusz, przy wójtowej wojnie?

- Nie. Mówili, co Kozłom sielnie się dostało.

- Że już lepiej nie można. Strach, jak wyglądali! Wójt se pozwolił, no!...

- Gromadzki chleb tak go roznosi, to i bryka.

- Głównie, co się nikogo nie boja. Któż to mu stanie na sprzeciw? Drugi za taką sztukę dobrze by zapłacił, ale jemu włos z głowy nie spadnie. Z urzędnikami się zna, to w powiecie mocen wszystko, co ino zechce...

- Bośta barany, że dacie takiemu przewodzić nad sobą! Poniewiera i wynosi się nad wszystkie, a oni go dziw po nogach nie całują!

- Sami go wybralim nad sobą, to i uważać musim.

- Kto go wsadził, ten i zesadzić rmoże.

- Dyć nie krzycz, Mateusz, jeszcze się, rozniesie.
- A doniesą mu, to będzie wiedział. Niech me ino zaczepi!
- Maciej chory, to kto mu inszy poredzi? Każden się waguje iść na pierwszego, bo każden ledwie swoim biedom wydoli - szepnął stary podnosząc się z ławy.
Podnieśli się wraz i drudzy.
Kto po jadle legł odpoczywać, kto na drogę wychodził kości przeciągnąć i pasa odpuścić, a kto, jak dzieuchy, do stawu poszły myć garnki a chłodzić się i rajcować. Mateusz zabrał się zaraz do obciesywania podpór do chałupy, zaś Kłąb fajkę zapalił i na progu przysiadł.
- Kto jeno o drugich stoi, tego bieda wydoi! - mruknął pykając smacznie.
Słońce wisiało nad samą chałupą, przypołudnie zrobiło się nagrzane, ciepłem wiało od pól. Sady stojały w cichości, między drzewinami mieniło się od słońca, okwiat cichuśko słał się na trawy, pszczoły brzęczały po jabłoniach, staw polśniewał wskroś gałęzi, nawet ptactwo pomilkło. Przedpołudniowa, słodka senność siała się po świecie.
Że Kłąb, aby nie zadrzemać, powlókł się do dołu z ziemniakami.
Zaś potem cosik ostro pykał przygasłą fajkę i spluwał, odrzucając głową włosy, opadające mu na twarz.
- Obejrzałeś, co? - zapytała żona wychylając się ze sieni.
- Juści... żeby tak raz w dzień warzyć, starczyłoby ziemniaków do nowych!
- Hale, raz na dzień! Młode i zdrowe, to i źreć potrzebują.
- Nie dociągniem. Tyla narodu. Dziesięć gąb, a brzuchy mają kiej ćwiercie. Trza będzie cosik zaradzić.
- O jałówce myślisz, co? To ci zapowiadam, że przedać jej nie pozwolę. Rób se, co chcesz, a bydlątka nie dam. Zapamiętaj sobie.
Zatrzepał rękoma, kiejby od osy uprzykrzonej, i gdy odeszła, jął znowu fajkę zapalać.
- Psiachmać baba... Potrza, to i jałówka nie ołtarz!
Słońce prażyło prosto w oczy, cienie były jeszcze maluśkie, to się jeno odwrócił plecami i pykał coraz wolniej i rzadziej. Popuścił pasa, bo mu coś ziemniaki ciążyły, słońce przypiekało, gołębie gruchały we strzesze i cichuśki szmer liści tak rozbierał, że jął się kiwać i żydy wozić po ścianie.
- Tomaszu! Tomaszu!
Ozwarł oczy, Agata siedziała pobok, trwożnie poglądając.
- Ciężki macie przednówek - mówiła cicho. - Byście chcieli, to mam parę groszy, wygodziłabym waju. Na pochówek je ścibałam, ale kiejście w takiej potrzebie, pożyczę. Jałówki szkoda. Przy mnie się łoni ulęgła... z mlecznego gatunku. Może mi Pan Jezus pozwoli dożyć, to mi z nowego oddacie. Wziąć od swojego w potrzebie nie wstyd i gospodarzowi, weście - wsunęła mu w rękę samymi złotówkami cosik ze trzy ruble.
- Schowajcie sobie! Jakoś se poredzę.
- Wećcie, dyć jeszcze z pół rubla dołożę, wećcie - prosiła cichuśko.
- Bóg zapłać wama. Cie, jakaście to poczciwa!

- To już całe trzydzieści złotych bierzcie, do równa - supłała z węzełka dodając po dziesiątce - bierzcie - skamlała powstrzymując łzy: dusza się jej darła, jakby każdy grosik pruła sobie z wnętrzności.

Pieniądze dziwnie kusząco lśniły w słońcu. Przymrużał oczy z lubości, grzebiąc między nimi: nowe były i czyste. Wzdychał ciężko zmagając się ze straszną chęcią, jaże odwrócił się i szepnął:

- Schowajcie dobrze, a to podpatrzą i jeszcze wama ukradną.

Napraszała go jeszcze cichuśko, ale jeno tak la zwyczaju, bo kiej się nie ozwał, jęła skwapnie zawijać i chować te swoje skarby.

- Czemuż to nie siedzicie u nas? - zagadnął po jakimś czasie.

- Jakże, robocie żadnej nie poredzę, nawet za gąskami nie wydążę. Darmo to źreć będę, co?... Słabam, już z dnia na dzień końca czekam. Pewnie, co u krewniaków milej by pomrzeć, milej... choćby nawet w tej komorze po jałówce... juści, jeno gdzieżby wam taki kłopot i turbacje! Całe czterdzieści złotych mam na pochówek... bych to i ze mszą było... po gospodarsku... co?... Pierzynę bym dołożyła... Nie bójcie się, cichuśko wama usnę, ni się spodziejecie... pokrótce... - jąkała nieśmiało, z bijącym sercem oczekiwania, że ją przyjmie i powie: "Ostańce!"

Ale się nie odezwał, jakby nie rozumiejąc tych skamłań, przeciągał się jeno, poziewał i jął się chyłkiem przebierać kole chałupy ku stodółce, na siano...

- Gospodarz taki... juści... jakżeby... dziadówkam ino... Łkała w sobie cichuśkim, żalnym skrzybotem, podnosząc wypłakane oczy ku niemu.

Powlekła się wolniuśko, kaszląc często i przysiadając co trocha nad stawem. Poszła znowu, jak co dnia, wypatrywać po wsi, kajby mogła pomrzeć po gospodarsku, przez oszukaństwa.

I wlekła się szukać ludzi sprawiedliwych. Snuła się po wsi jako ta nikła pajęczyna, co leci, nie wiedząc, kaj się uczepi.

A naród się prześmiewał i la uciechy radził biedocie, że u krewniaków ostać powinna, zaś Kłębom, niby to z przyjacielstwa, też mówili:

- Powinowata przeciech, grosz swój ma na pochowek i długo wama w chałupie nie zagości... Kajże się to podzieje?

Wszystko to przyszło do głowy Kłębowej, gdy mąż opowiedział jej o dzisiejszym z Agatą. Spać się już położyli, a kiej dzieci jęły chrapać, zaczęła go cicho namawiać:

- Miejsce się znajdzie... w sionce może poleżeć... gęsi się wygna pod szopę... bele czym się przeżywi.. długo nie pociągnie... na pochowek ma... Ludzie by nie gadali... a pierzyny nie potrza by oddawać... juści, na drodze tego nie znajdzie - tłumaczyła gorąco.

Ale Kłąb jeno zachrapał w odpowiedzi. I dopiero nazajutrz rano rzekł:

- Żeby Jagata była całkiem bez grosza, przyjąłbym, trudno, dopust Boży, ale tak, powiedzą, co la tych paru złotych dobrość świarczymy. Przeciek już pyskują, co la nas poszła na żebry... Nie można.

Kłębowa, że słuchała się we wszystkim męża, to ino westchnęła żałośnie za pierzyną i poszła przynaglać dziewczyny do pośpiechu.

Kapustę mieli ano dzisiaj sadzić.

Dzień zrobił się był jak i wczorajszy, śliczny, słoneczny i prawdziwie majowy. Wiater jeno przyszedł baraszkujący i swywolił po polach, że zboża chlustały po zagonach kiej wody rozkołysane. Sady się chwiały z poszumem, gęsto trzęsąc okwiatem, a pełne, ciężkie kiście bzów i czeremchy rozwiewały zapachem. Powietrze szło rzeźwe, przejęte ziemią i kwiatami. Spod leśnych pastwisk śpiewy się niesły z wiatrem. W kuźni dzwoniły młoty. Od samego rana pełno już było na drogach gwarów i ludzi. Kobiety ciągnęły na kapuśniska dźwigając w przetakach i koszach rozsadę, a rozpowiadając w głos o wczorajszym jarmarku i wójtowej sprawie.

Że pokrótce, jeszcze nim rosa obeschła, na czarnych kapuśniskach, pociętych jeno bruzdami pełnymi wody polśniewającej w słońcu, zaroiło się od czerwieni.

Kłębowa z córkami też tam pociągnęła, zaś Kłąb z Mateuszem i chłopakami wzięli się do podpierania chałupy.

Ale skoro słońce zaczęło przypiekać, stary zdał robotę na synów i wywoławszy Balcerka, poszli odwiedzać Borynę.

- Piękny czas, kumie - rzekł Kłąb przyjmując tabakę.
- Galanty. Byle jeno za długo nie przypiekało.
- Stronami przechodzą deszcze, toż i nas nie ominą.
- Robactwo jaże się roi na drzewach, na suszę się ma.
- A jarzyny spóźnione, mogłoby przypalić. Może Pan Jezus nie dopuści... Cóż ta na jarmarku? dowiedzieliście się co o koniu?
- I... dałem starszemu trzy ruble, przyobiecał.
- Że to przezpieczności nie ma żadnej!... człowiek pod strachem cięgiem żyje jak ten zając, a nikto nie poradzi.
- A wójt kiej malowany - szepnął ostrożnie Balcerek.
- Trza będzie pomyśleć o nowym - rzucił Kłąb.

Balcerek spojrzał na niego, ale stary dodał gorąco:
- Już wstyd przez niego na wieś idzie. Słyszeliście o wczorajszym?
- I... bitka każdemu przytrafić się może, zwyczajnie... Drugie miarkuję: byśmy za te jego rządy nie dopłacili.
- Sam się nie rozporządza: dyć i kasjer pilnuje, i pisarz, i urząd...
- Psy mięsa pilnują! Warują, a w końcu ty, chłopie, dopłać, bo nie dopilnowali.
- Bogać ta inaczej! Wiecie ta co nowego?

Balcerek jeno splunął i ręką machnął; nie chciał gadać, chłop był mrukliwy i przez babę zahukany, to i barzej strzegący języka.

Doszli też do Borynów.

Józka skrobała ziemniaki na ganku.

- Idźcie, ojciec ta sami leżą. Hanusia na kapuśnisku, a Jagna robi u matki.

W izbie pusto było, przez otwarte okno zaglądały kiście bzów i słońce siało się przez zieleń.

Stary siedział na łóżku. Wychudły był, siwa broda jeżyła mu się na żółtej twarzy kiej szczeć, głowę miał jeszcze obwiązaną, ruchał cosik sinymi wargami.

Pochwalili Boga, nie odrzekł ni się poruszył.

- Nie poznajecie to nas? - ozwał się Kłąb za rękę go biorąc.

Jakby nic nie wiedział, nasłuchiwał niby tego świegotania jaskółek lepiących gniazda pod strzechą lebo tego szmeru gałęzi szorujących po ścianach i w okno niekiedy zaglądających.

- Macieju! - rzekł znów Kłąb wstrząsając nim zdziebko.

Chory drgnął, oczy mu się zatrzęsły, obejrzał się na nich.

- Słyszycie? dyć Kłąb jestem, a to Balcerek, wasz kum; poznajecie, co? Czekali patrząc mu w oczy.

- Sam tu, chłopy! Do mnie! Bij psubratów! bij! - krzyknął z nagła ogromnym głosem, podniósł ręce jakby w obronie i zwalił się na wznak.

Józka wpadła na krzyk i jęła mu głowę obwalać mokrymi szmatami, ale on już leżał cichy, a w szeroko otwartych oczach lśnił jakiś strach śmiertelny.

Wyszli pokrótce, sfrasowani i pełni zgrozy.

- Trup ci tam leży, a nie żywy człowiek! - rzekł Kłąb odwracając oczy na chałupę.

Józka znowu skrobała ziemniaki na ganku, dzieci bawiły się pod ścianą, a w sadzie spacerował Witkowy bociek, zaś wiatr przysłaniał gałęziami okno wywarte.

Szli czas jakiś w milczeniu zgrozy, jakby z grobu wyszli.

- Każdemu przyjdzie na to, każdemu - szepnął łzawo Kłąb.

- A każdemu... wola Boża, cóż, nie poredzi... Hale, mógł jeszcze pożyć jaką porę, żeby nie ten las...

- Pewnie. Zginął, a drugie się z tego pożywią - westchnął.

- Raz kozie śmierć... mało się to naharował?

- I nama też może niezadługo przyjdzie za nim iść.

Patrzeli kwardo we świat, w pola rozkołysane, na bory widne jak na dłoni, na role zieleniące, na ten dzień jasny, ciepły i zwiesnowy, i dusze im kamieniały w rezygnacji a poddaniu się woli Bożej.

- Nie zmienić tego człowiekowi, coć mu przeznaczone, nie...

I z tym się rozeszli.

Zaś drudzy tegoż jeszcze dnia i następnych poczęli nawiedzać chorego, jeno co tak samo nikogo nie poznawał, że w końcu zaprzestali.

- Jemu tylko pacierze o prędkie skonanie potrzebne - powiedział ksiądz.

A że każden miał dosyć swoich turbacji a bied, to i nie dziwota, co wrychle zapomnieli o nim, zaś jeśli zdarzyło się komu spomnieć, to jakby o nieboszczyku.

Co prawda, to i leżał se chudziaszek w takim opuszczeniu, kieby już do grobu złożony i trawą porosły.

Komuż ta był w pamięci?

Bywało nieraz, iż całe dni leżał bez kropli wody, może by i pomarł prosto z głodu, gdyby nie Witkowe dobre serce, któren porywał, co się jeno dało, i niósł gospodarzowi, a nawet krowy często poddajał kryjomo i mlekiem go poił. Chory bowiem przejmował go dziwnie frasobliwą troską, aż raz ośmielił się zapytać parobka.

– Pietrek, prawda to, że kto przez spowiedzi zamrze, do piekła idzie?

– Prawda. Przeciek ksiądz zawdy tak mówią w kościele.

– To i gospodarz by do piekieł poszli? – przeżegnał się trwożnie.

– Taki człowiek jak i drugie.

– Hale! gospodarz taki człowiek jak i drugie! hale!

– Głupiś kiej głąb kapuściany! – zaperzył się Pietrek, długo mu tłumacząc, ale Witek nie uwierzył; swoje on wiedział i zgoła drugie.

Tak ano przechodziły dnie w Borynowej chałupie...

Zaś na wsi kotłowało się kiej w garnku.

Wójtowa bitka to sprawiła, obie bowiem strony szukały świadków, przeciągając naród na swoją stronę.

Chociaż to jeno z Kozłami była sprawa, ale wójt nie zaspał i tęgo zabiegał. Górę też wziął zaraz z miejsca, bo więcej niźli połowa wsi za nim się opowiedziała. Znali go jak zły szeląg, ale wójtem był przeciech, mógł w niejednym poredzić, ale i mógł dobrze sadła zalać za skórę, to i namową, przypochlebstwem a gorzałką przysposobił sobie świadków, jakich mu było potrza.

Kozioł leżał ciężko chory i księdza z Panem Jezusem sprowadzali do niego. Powiedali ta różnie o tej chorobie, bąkając w sekrecie, co jeno udaje, by wójt jeszcze lepiej beknął na sądach. Ale Bóg wie, jak to tam było. Wiedziano jeno dobrze, że sama Kozłowa całe dnie latała po ludziach pomstując a wyrzekając. Opowiadała, co już przedała maciorę z prosiętami na lekowanie męża i prawie co dnia wylatywała umyślnie przed wójtów krzycząc wniebogłosy, jako już Bartek umiera, Boga i ludzi sprawiedliwych wzywając na świarczenie i poratunek.

Biedota jeno i co tkliwsze kobiety stanęli po ich stronie, a nawet jeden z pomniejszych gospodarzy, Kobus, że to człowiek był niespokojny i swarliwy. Ale reszta ni słuchać nie chciała, w żywe oczy się wypierając, jakoby co niebądź widzieli, zaś niejeden radził jeszczek, by z wójtem nie zadzierali, bo niczego nie wskórają.

Nowe z tego wychodziły historie, że to Kobus miał ozór niepowściągliwy, łacno się z pięściami ponosił, a baby też w słowach nie przebierały.

Więc jeno wrzaski z tego szły i gniewy, bo cóż? mogli to poredzić gospodarzom i wójtowi?

Nawet już Żyd się z nich prześmiewał i na bórg dawać nie chciał.

A nie przeszedł i tydzień, dość już wszystkie miały tej sprawy i tych jazgotów lamentliwych, że już słuchać przestali.

Aż tu nowa pomoc im przyszła i we wsi znowu się zakotłowało.

Oto Płoszka zmówił się z młynarzem i wraz otwarcie a głośno stanęli po stronie Kozłów...

Juści, szło im akuratnie o nich co o ten śnieg łoński - swoje w tym mieli zamysły i la siebie jakieś wygody rychtowali.

Płoszka był chłop sielnie ambitny, skryty, a we swój rozum i bogactwa dufający, zaś młynarz, wiadomo, co la grosza dałby się powiesić, kutwa i zdzierus.

Wojna się też wnet zawiązała między stronami cicha i zawzięta, boć przy ludziach w oczy świarczyli sobie przyjacielstwo, witali jak i prźódzi, a nawet nieraz i do karczmy pod ręce się wiedli.

Co mądrzejsi wnet się pomiarkowali, jako tej spółce nie o sprawiedliwość chodzi, nie o krzywdy Kozłów, a o coś inszego, może i o wójtostwo.

- Pożywił się jeden, niech się ta pożywią i drugie!- powiadali starzy kiwając głowami.

I tak czas schodził, że męt we wsi był coraz większy.

Aż tu któregoś dnia gruchnęło po chałupach:

- Niemcy w karczmie popasają!

- Na Podlesie pewnikiem ciągną - rzekł ktoś domyślnie.

- Niech jadą z Bogiem!... co wama do nich? - przekładał drugi.

Ale jakaś niespokojna, trwożna ciekawość owładnęła ludźmi. Przez sady krzykali se tę nowinę, w opłotkach stawali gadać o niej, a insze zaś już do karczmy się przebierały na przewiady.

Jakoż prawdę rzekli, pięć bryk stojało na podjeździe, a wszystkie na żelaznych osiach, na żółto i niebiesko malowane, budami płóciennymi nakryte, spod których wyzierały kobiety i różny sprzęt gospodarski, zaś w karczmie przed szynkwasem z dziesięciu Niemców popijało.

A tęgie były juchy, rozrosłe i brodate, w granatowe kapoty przyodziane, ze srebrnymi łańcuchami na spaśnych brzuchach, a pyski to jaże się im świeciły od dobrego jadła. Szwargotali cosik ze Żydem.

Chłopy całą kupą stawali pobok o wódkę krzycząc, a patrząc i nasłuchując uważnie, ale trudno było wymiarkować choćby i jedno słowo. Dopiero Mateusz, któren z Żydami poredził szwargotać, tak cosik do nich zaszprechował, jaże karczmarz odwrócił się zdziwiony. Niemcy łysnęli jeno po sobie ślepiami, a nie odrzekli, zaś potem i Grzela, wójtów brat, powiedział im jakieś niemieckie słowo. Zadami się wykręciły do chłopów, rechocąc między sobą jakoby te świnie nad korytem.

- To ino prać po tych świńskich pyskach! - rzekł rozgniewany Mateusz.

- Kijem by potrza zmacać boki, a wnet by przemówiły.

A Adam Kłębiak szepnął z zapalczywością:

- Pchnę w kałdun tego j z brzega, zwali me, to pierzta na odlew.

Powstrzymali go, bo i Niemcy, jakby poczuwszy groźby, wzięli antał z piwem i prędko się wynieśli z karczmy.

- Te, pludry, nie tak śpieszno, portki pogubita!

- Świńskie pociotki! - krzyczeli za nimi chłopaki.

Ale zaraz po ich wyjeździe Żyd wyznał przed parobkami, jako Niemcy już prawie kupiły Podlesie, że już pojechali rozmierzać kolonię, że całe piętnaście familii osiądzie na folwarku.

- My się dusim na zagonach, a Niemcy będą na włókach rozwalali.

- To podkup ich, a nie daj! Rusz rozumem, kiej się masz za mądralę!... - wykrzykiwał na Grzelę Stacho Płoszka.

- Psiakrew z taką sprawą! - zaklął Mateusz bijąc pięścią w szynkwas. - Jak się usadzą na Podlesiu, to i ciężko będzie w Lipcach wytrzymać - zapewniał, że to bywały był we świecie, a Niemców znał dobrze.

Nie wierzyli mu zrazu, ale mimo to cała wieś się zakłopotała; jęli medytować i rozważać, co by z takiego somsiedztwa mogło wypaść złego la Lipiec?

A tu co dnia pastuchy i przechodzący donosili, jako na Podlesiu grunta już rozmierzają, kamienie zwożą i studnię kopią.

Że niejeden przez ciekawość pociągał za młyn ku Woli, a własnymi oczyma sprawdzał, że prawdę powiadali.

Ale jak stoją rzeczy, nie sposób się było dowiedzieć.

Przypierali kowala, bo z Niemcami się już zwąchał i konie im podkuwał, ale wykręcał się i ni to, ni owo odpowiadał.

Dopiero Grzela, wójtów brat, poszedł na przewiady i prawdę wyłożył.

Było zaś tak: dziedzic był winien jednemu Niemcowi piętnaście tysięcy rubli. Oddać nie miał, a ten mu w długu chciał wziąć Podlesie i resztę gotowym groszem dopłacić. Dziedzic się niby godził, a za kupcami posyłał, bo Niemiec dawał jeno po sześćdziesiąt rubli za morgę. Dziedzic zwłóczy, jak może.

- Ale zgodzić się musi! We dworze pełno Żydów, każden o swoje krzyczy! Powiadał mi borowy, co już krowy zajęte za podatek. Skądże to weźmie zapłacić? Wszystko na pniu przedane! Lasu przeciek teraz, dopóki z nami w procesie, ciąć mu nie pozwolą. Nie poredzi sobie inaczej i przedać musi choćby za bele co - twierdził Grzela.

- Taka ziemia, po sto rubli za morgę nie za dużo.

- Kupujcie, przeda i jeszcze waju w rękę pocałuje.

- Hale, drogi grosz, jak go braknie!

- Miemcy se użyją, a ty, chłopie, ślinę łykaj!

Pogadywali wzdychając żałośnie. Markotność ich rozbierała. Juści, żal było takiej ziemi, bo to przyległa i rodna. Każdemu by się przydało kilka morgów, każdemu. Dyć się już cisnęli na swoich zagonach kiej mrówki, dyć ledwie się już przeżywiali ode żniw do żniw. Taki kawał wybranej ziemi, w sam raz la synów i zięciów. Nową wieś by wystawili i łąki mieliby niezgorsze, i woda pobok... Ale cóż, nie poredzi! Miemcy siędą, będą się panoszyć, a ty, człowieku, zdychaj.

- Kaj się to wszystko podzieje? - wzdychali starzy patrząc na młódź, gżącą się wieczorami po drogach, a było tego, było, jaże się ściany rozpierały! A za cóż to miał kto grunta kupować, kiej ledwie na życie starczyło?

Głowili się niemało, nawet do księdza szli po radę. Nie poredził: z pustego nie naleje.

- Kto nie ma grosza, nie umacza nosa. Biednemu zawdy wiater w oczy!...
Ale i wyrzekania a biadolenia też nic nie pomogły.

A jakby na dobitkę; upały szły coraz większe. Maj dopiero się miał ku
końcowi, a przypiekało kieby w lipcu. Dnie wstawały ciche i duszne, słońce
od samego wschodu wynosiło się rozpalone na czyste niebo i tak
przypiekało, że już po wyżniach i na piaskach jarzyny mdlały pożółkłe,
trawy do cna wypalało po ugorach, strugi wysychały, ziemniaki zaś, choć
zrazu niezgorzej ruszyły, ledwie okrywały ziemię chudymi łęcinami.
Oziminy jeno nie ucierpiały wiela, wykłoszone, pięknie wyrosłe, szły
jeszczek galanto w górę, jaże chałupy się skryły i jakby do ziemi
przycupnęły, dachami jeno widne nad tym borem kłosistym.

Noce też były duszne i tak nagrzane, że już po sadach sypiali, gdyż trudno
było w chałupach wytrzymać.

Zaś przez te gorąca, przez kłopoty i żałoście, przez Płoszkowe judzenie na
wójta, przez przednówek cięższy latoś niźli po inne roki, dość, że w
Lipcach nastał czas dziwnie swarliwy i niespokojny.

Chodzili rozdygotani w sobie upatrując jeno, kogo by żgnąć tym bolącym
słowem albo i za orzydle chycić. Każden rad stawał przeciw drugiemu, że
jakby piekło zrobiło się we wsi. Co dnia bowiem już od świtania trzęsło się
od kłótni a wyzwisk, bo co dnia przychodziło coś nowego. A to Kobusowie
się pobili, jaże ksiądz musiał godzić i napominać, a to Balcerkowa z
Gulbasem kudłów sobie nastrzępili o prosiaka, któren marchew spyskał, to
Płoszkowa pożarła się ze sołtysem o przemienienie gąsiąt; to o dzieci szły
kłótnie, to o szkody somsiedzkie, to o bele co, bych się jeno przyczepiać a
kłyźnić, a wrzeszczeć i wyzywać ze wszystkiej mocy - że jakby zaraza na
wieś padła, tyle powstawało swarów, bijatyk i procesów.

Nawet Jambroży prześmiewał się przed obcymi:

- Niezgorszy przednowek latoś dał mi Pan Jezus! Umarlaków nie ma,
nikto się nie lęgnie, nikto się nie żeni, a mnie dzień w dzień ktosik gorzałkę
stawia, honoruje, a na świadki prosi. Żeby tak parę roków jeszcze się
kłócili, a na nic by się człowiek rozpił...

Juści, co się źle działo w Lipcach.

Ale cheba co w chałupie Dominikowej działo się najgorzej.

Szymek powrócił z drugimi, Jędrzych wyzdrowiał, bieda im nie
doskwierała jak indziej, to powinno było iść wszystko po dawnemu. Bogać
ta poszło, kiej chłopaki odmówiły matce posłuchu! Stawiali się hardo,
kłócili ząb za ząb, bić się nie pozwolili, a żadnych robót kobiecych, jak
przódzi, ani tknęli.

- Dziewkę se przyjmijcie albo i sami róbcie - powiedali twardo.

Paczesiowa miała żelazne ręce i duszę nieustępliwą - jakże! tyle lat
wszystkim rządziła, tyle lat nikto nie śmiał się jej przeciwić ni w poprzek
stawać. A tu kto stawał? kto się przeciw niej ważył? - własne dzieci!

- Jezus miłosierny - wołała w zapamiętaniu i złości, przy leda okazji
chwytając za kij na synów, chciała ich przemóc i zmusić do posłuchu. Nie

dali się, zacięli się jak i matka i poszli na udry. To powstawały prawie co dnia takie wrzaski a gonitwy kole chałupy, jaże ludzie się zbiegali uspokajać.

Nawet ksiądz, snadź przez nią podmówiony, wzywał ich do się, a do zgody i posłuszeństwa napominał. Wysłuchali cierpliwie, w ręce go ucałowali, a za nogi, jak przystało, z pokorą podjęli, ale się nie przemienili. - Nie dziecim, wiemy, co nama robić. Niech matka pierwsza ustąpi! - tłumaczyli się przed ludźmi. - Cała wieś się z nas prześmiewała...

A Dominikowa jaże pożółkła ze złości a zmartwienia, bo w żaden sposób zmóc się nie dawali, a przy tym miasto w kościele przesiadywać i po kumach, jak prźódzi, musiała teraz robić kole gospodarstwa, Jagusię cięgiem przyzywała do pomocy. Ale i córka nie szczędziła jej zgryzot i wstydu. Paczesiowa trzymała wójtową stronę, nawet świarczyła przeciwko Kozłom, gdyż była przy bitce i opatrywała wójtów.

Pietr też często wieczorami zaglądał do niej, niby to na poredy, a głównie, bych Jagusię wywołać i prowadzić się z nią na ogrody.

Na wsi się nic nie ukryje, dobrze wiedzą, z czego się kurzy i kaj, to i zgorszenie z tych grzesznych jamorów rosło coraz barzej i dobrzy ludzie już nieraz ostrzegali starą.

Mogła to zapobiec, kiej Jagna mimo próśb i błagań robiła jakby na złość. Wolała bowiem grzech najcięższy i obmowy ludzkie niźli przesiadywanie w tej obmierzłej chałupie mężowej. Złe ją porwało i niesło, a nikto nie był mocen powstrzymać.

Hance to nawet szło na rękę i nawet często o tym rozpowiadała przed ludźmi.

- Niech się zabawia, póki wójtowi nie wzbronią tracić gromadzkie. Dyć jej niczego nie żałuje i zwozi z miasta, co ino może, we złoto by ją oprawił. Niech se używają i końca patrzą. Co mi tam do nich!

Juści, mało to ją własnych zmartwień żarło! Nie żałowała pieniędzy la adwokata, a jeszcze nie wiada było, kiej się Antkowa sprawa odbędzie i co go czeka. A on tam chudziaczek schnął w kreminale i Bożego zmiłowania wyglądał. W chałupie też się z wolna rozprzęgało. Mogła to dopilnować wszystkiego? Parobek się rozzuchwalał coraz barzej, snadź przez kowala podmawiany, że tak robił, jak mu się podobało, a nieraz, kiej do miasta pojechała, cały dzień się przewałęsał po wsi. Groziła mu potem, że niech jeno Antek powróci, a z nim się często porachuje.

- Wróci! Jeszcze na to nie przyszło, bych zbójów puszczali! - odkrzykiwał zuchwale.

Jaże cierpła z gniewu, bić by jeno ten pysk niepoczciwy, ale poredzi mu to? Jeszcze ją sponiewiera, a któż to się za nią upomni, kto wesprze? Trza było wszystko znieść i w sobie schować na później, do sposobnej pory, bo jeszcze pójdzie i wszystko na jej ręce spadnie; już i tak ledwie mogła wydolić robocie. Zapadała przeto na zdrowiu coraz więcej. Jakże, i żelazo w końcu rdza przeźre, i kamień jeno do czasu wytrzyma, a nie dopiero słaba kobieta!

Któregoś dnia pod koniec maja ksiądz z organistą pojechali na odpust, zaś Jambroży tak się spił z Niemcami, które często zaglądały do karczmy, że nie było komu przedzwonić na Anioł Pański ni kościoła otworzyć.

Zebrali się przeto odprawiać nabożeństwo pod cmentarz, kaj pobok bramy stojała mała kapliczka z figurą Matki Boskiej. Każdego maja przystrajały ją dziewczyny w papierowe wstęgi a korony wyzłacane i polnym kwieciem obrzucały, broniąc od zupełnej ruiny, gdyż kapliczka była odwieczna, spękana i w gruz się sypiąca, że nawet ptaki już się w, niej nie gnieździły, a jeno niekiej, w czas słót jesiennych, pastuch jaki schronienia szukał. Smętarne drzewa, lipy staruchy, brzozy wysmukłe i te, pogięte krzyże osłaniały ją nieco od burz zimowych i wichrów.

Zeszło się sporo narodu i jak się naprędce dało, przybrali kapliczkę w zieleń, a kwiaty, ktosik śmieci wygarnął, ktosik żółtym piaskiem wysypał, że nawtykawszy w ziemię u stóp figury świeczek i lampek zapalonych, wraz jęli klękać nabożnie.

Kowal przyklęknął na przedzie, przed progiem, zarzuconym tulipanami a głogiem różowym i pierwszy zaczął śpiewać.

Było już dobrze po słońcu, mroczało, niebo na zachodzie paliło się jeszcze we złocie całe i bledziuśką zielenią przytrząśnięte, czas był cichy, obwisłe warkocze brzóz jakby się lały ku ziemi, zboża stanęły przygięte, kieby zasłuchane dźwiękliwy bełkot rzeczki i to cichuśkie strzykanie koników polnych.

Ostatnie stada do obór ściągały; od wsi, z pól, z miedz już niedojrzanych buchały niekiedy jazgotliwe śpiewki pastusze i długie, przeciągłe poryki. Zaś naród śpiewał, wpatrzony w jasną twarz Matki, co wyciągała błogosławiące ręce nad wszystkim światem:

Dobranoc, wonna lilija,
Dobranoc!

Zapach młodych brzóz powiał ze smętarza i wraz też słowiki jęły jakby próbować gardzieli, wyciągać rwaną nutą, wzbierać mocą, jaże w końcu buchnęły złote, spienione strugi, jaże polały się te trele perliste, te kląskania cudne i te lube, rzewliwe zawodzenia, zaś niedaleko ze zbóż ozwały się też pana Jackowe skrzypice przywtarzając ludziom tak słodko, cichuśko a przejmująco, jakby to te żytnie, rdzawe kłosy dzwoniły o się, to złote niebo lebo przyschła ziemia taką pieśnią zagrała majową.

I już wraz śpiewali wszystkie, i naród, i ptaszkowie i skrzypice, a kiej na to oczymgnienie ustawali, kiej słowiki tak się zaniesły, aże cichło, a struny jakby tchu nabierały, wtedy nieprzeliczony żabi chór podnosił rechotliwe głosy i grał zgodliwym skrzekiem i nukaniem przeciągłym.

I tak już szło na przemiany.

Długo się owo nabożeństwo ciągnęło, jaże kowal zaczął przyśpieszać,

wydzierał się mocno, nad drugimi górując; a często wołał za siebie:
- Pośpieszajta się, ludzie... - że to opóźniali się z nutą niektóre.
A nawet raz huknął na Maciusia Kłębowego:
- Nie drzyj się, jucho, boś nie za bydłem!
Że zgodliwie już poszło, i głosy podrywały się razem kiej te stada gołębie i
krążąco, z wolna unosiły się ku niebu ciemniejącemu.

Dobranoc, wonna lilija!
Dobranoc!
Niepokalana Maryja!
Dobranoc!

Mrok już zgęstniał i noc ciepła i cicha świat otulała, zasie na niebie
występowały gwiazdy rosą roziskrzoną, kiej się zaczęli rozchodzić.
Dzieuchy, wpół się pobrawszy, zawodziły po drogach.
Hanka powracała jeno z dzieckiem na ręku i srodze czegoś zadumana, gdy
przysunął się kowal i wpodle szedł.
Nie ozwała się; dopiero przed domem, widząc, iż nie ostaje, rzekła:
- Wstąpicie to, Michał?
- Przysiędę w ganku i powiem co wam - szepnął cicho.
Ścierpła nieco, szykując się jakąś nową biedę posłyszeć.
- Byliście pono u Antka? - pierwszy zaczął.
- Byłam, ale mnie do niego nie puścili.
- Tegom się i bojał.
- Mówcie, co wiecie! - mróz ją przeszedł.
- Co ja ta wiem?... tyla jeno, co mi się udało ze starszego wyciągnąć.
- A co? - wparła się w słupek i dziecko mocniej przycisnęła do siebie.
- Powiedział, że Antka, przed sprawą nie wypuszczą.
- Laczego! - ledwie wyjąkała, dygot ją trząsł i łamał. - Dyć... przeciek
adwokat mówił, co może puszczą.
- Hale, żeby im uciekł! Tak przez niczego nie puszczą! Wiecie,
przyszedłem dzisiaj do was całkiem po przyjacielsku. Co tam pomiędzy
nami było to było; obaczycie kiedyś, żem był praw... Nie wierzyliście mi...
wasza wola... ale teraz wysłuchajcie, co rzeknę, a jak księdzu na spowiedzi,
tak prawdę powiem... Z Antkiem jest źle! z pewnością ciężko go zasądzą,
może na dziesięć lat. Słyszycie to?...
- Słyszę, ale nic a nic nie wierzę - uspokoiła się nagle.
- Każden nie wierzy, póki nie przymierzy; prawdę wam rzekłem.
- Zawdy taką mówicie - zaśmiała się wzgardliwie.
Ciepnął się i jął gorąco upewniać, jako teraz z prostego przyjacielstwa
przyszedł, bych poredzić. Słuchała chodząc oczyma po obejściu, już się
parę razy podnosiła niecierpliwie: krowy ano nie wydojone porykiwały w
oborze, gęsi były nie zapędzone na noc i źrebak gonił się w opłotkach z
Łapą, a chłopaki rajcowały w stodole. Nie wierzyła mu juści ani słóweczka.

- Niech się wygada, może się wyda, z czym przyszedł - myślała trzymając się na baczności.
- Cóż poredzić? co? - odpowiadała, byle coś rzec.
- A, rada by się nalazła - powiedział ciszej jeszcze.
Odwróciła się do niego.
- Dać wykup, to go puszczą jeszcze przed sprawą, a potem to już se poredzi, choćby i do tej Hameryki... nie zgonią...
- Jezus, Maria! Do Hameryki! - krzyknęła bezwolnie. - Cichocie, jak pod przysięgą mówię, tak dziedzic radził. "Niech ucieka - powiada - najmniej dziesięć lat... zmarnuje się chłop..." Wczoraj mi mówił".
- Uciekać ze wsi... od grontu... od dzieci... Jezu... - to ino zrozumiała.
- Dajcie jeno wykup, a resztę to już Antek postanowi, dajcie...
- Skądże to wezmę?... Mój Boże, w tyli świat... od wszystkiego.
- Pięćset rubli chcą! Przeciek macie te ojcowe... weźcie je na wykup... policzym się później... byle jeno ratować...
Skoczyła na równe nogi.
- Jako ten pies cięgiem jedno szczekacie! - chciała odejść.
- Ciepiecie się jak głupia - rozgniewał się. - Tak se ino powiedziałem... Hale, będzie się tu honorować o bele słowo, a tam chłop w kreminale zgnije, Powiem mu, jak to zabiegacie, by mu ulżyć.
Przysiadła znowu, nie wiedząc już, co myśleć.
Opowiadał szeroko o tej Jameryce, o ludziach znajomych, które tam pojechały, że listy piszą, a nawet pieniądze przysyłają la swoich. Jak tam dobrze, jaką wolę ma każden, jakie bogactwa zbierają. Antek mógłby zaraz uciekać: zna Żyda, który już niejednego wyprowadził. Mało to już takich uciekło! Zaś Hanka mogłaby jechać potem la niepoznaki. Grzela wróci z wojska, to spłaciłby z ojcowizny, a nie, kupiec się też rychło znajdzie.
- Poradźcie się księdza, obaczycie, co wama przytwierdzi moje słowa. Poznacie, żem prawy i ze szczerego serca namawiam, nie la swojej wygody. Jeno przed nikim ani pary z gęby, bych się strażnicy nie zmiarkowali, zaś wtedy i za tysiące go nie puszczą, a jeszcze w kajdany zakują - zakończył poważnie.
- Skąd wziąć na wykup! tylachna pieniędzy! - jęknęła.
- Znam kogoś z Modlicy, kto by dał na dobry procent... znam i drugich... pieniądze by się nalazły... Moja w tym głowa... pomógłbym.
I długo jeszcze radził a namawiał.
- Rozważcie, trza rychło postanowić.
Odszedł cicho, że ani spostrzegła, kiej się zapodział w nocy.
Późno już było, w chałupie spali, tylko Witek siedział pod ścianą, jakby stróżując gospodyni, na wsi też wszyscy legli, nawet psy nie poszczekiwały, woda jeno bulgotała i ptaki zawodziły w sadach. Księżyc się wtoczył na niebo i szedł srebrnym sierpem przez te straszne, mroczne wysokości. Białe i niskie mgły pokrywały łąki, zaś nad żytami wisiał płowy tuman kwietnej kurzawy; staw połśniewał wskroś drzew kieby tafla

171

lodowa... Aże dzwoniło w uszach od tej cichości a słowiczych kląskań i zawodzeń.

Hanka siedziała wciąż na jednym miejscu jakby przykuta.

- Jezu, uciekać ze wsi, od grontu, od wszystkiego! - myślała jedno w kółko.

Groza ją przejęła, rosnąc z minuty na minutę, a serce ściskając strasznym żalem i przerażeniem.

Łapa zaczął wyć na podwórzu, słowiki ścichły, zawiał wiater, że zakolebały się cienie i jękliwy, smutny szum przeleciał.

- Kubową duszę obaczył! - szepnął Witek żegnając się strachliwie.

- Głupiś! - skarciła go, spać wypędzając.

- Kiej przychodzi, do koni zagląda, obroku im dosypuje... bo to raz?

Nie słuchała już, cichość znowu spadła na świat, słowiki zaśpiewały, a ona siedziała kieby zmartwiała, powtarzając niekiej z męką i strachem:

- W cały świat uciekać! Na zawsze! Jezu miłosierny! Na zawsze...

ROZDZIAŁ 9

Jeszczech były po świątkach umajenia chałup do cna nie przewiędły, kiej któregoś dnia rankiem najniespodzianiej zjawił się Rocho.

Jeno co dopiero po mszy i długiej rozmowie z księdzem pokazał się na wsi. Niewiela ludzi kręciło się w obejściach, że to pora była osypywania ziemniaków, lecz skoro się rozniesło, jako Rocho idzie przez wieś, wnet ci ten i ów na drogę śpieszył witać dawno nie widzianego.

A on zaś szedł, jak zawdy na kiju się wspierając, wolniuśko, z podniesioną głową, w tej ci samej kapocie szarej, i tak samo z różańcami na szyi; wiater mu rozgarniał siwe włosy, a chuda twarz jaśniała dziwną dobrocią i weselem.

Wodził oczyma po chałupach i sadach, prześmiechując się radośnie do wszyćkiego, witał się z każdym z osobna, że nawet dzieciom, co się były do niego garnęły, głowiny przygładzał poczciwie, zaś do kobiet pierwszy zagadywał, tak był rad, że wszystko zastaje po dawnemu.

- W Częstochowie byłem na odpuście - odpowiadał, gdy napierali ciekawie, kaj się to zadziewał przez tyla czasu.

Ale tak się szczerze, cieszyli z jego powrotu, że zaraz po drodze jęli mu rozpowiadać lipeckie nowiny, a ktosik już i rady jakiejś zasięgał, zaś drugi chciał się wyżalić, odwodząc go na stronę i suplic przed nim turbacje, kiejby ten grosz na ostatnią potrzebę schowany.

- Do cna ustałem, dzień jaki odpocznę - tłumaczył się zbywająco.

Na prześcigi jęli go zapraszać do swoich chałup.

- Na tymczasem zakwateruję się u Macieja, jużem to Hance przyobiecał; a przyjmie mnie kto potem, do tego przystanę na dłużej.

I żwawo ruszył do Borynów.

Juści, co Hanka przyjęła go radośnie i z całego serca ugaszczać chciała, ale skoro jeno złożył torby i odzipnął nieco, do starego się wybrał.

- A obaczcie ich, leżą w sadzie, że to gorąc w chałupie. Mleka wama bez ten czas uwarzę, a może byście i jajków zjedli? co?

Ale Rocho już był w sadzie i chyłkiem przebierał się pod gałęziami do chorego, któren leżał w półkoszku, wymoszczonym pierzyną, i kożuchem przyokryty. Łapa, zwinięty w kłębek, warował mu przy nogach, a Witków bociek gajdał się pociesznie między drzewami kieby na straży.

Sad był stary i mroczny; rozrosłe drzewiny tak przysłaniały niebo, że dołem na murawach jeno niekajś gmerały się słoneczne pręgi, podobne złotym pająkom.

Maciej wznak leżał. Rozruchane gałęzie z cichym poszumem chwiały się nad nim płachtą cieniów, że jeno czasem, kiej ją wiater ozdarł, słońce chlustało mu w oczy i coraz kawał modrego nieba się odsłaniał.

Rocho przysiadł.

Drzewa szumiały, czasem pies warknął na muchy, a niekiędy rozświegotane jaskółki śmignęły wskroś pni czarnych na pola zielone i rozkołysane.

Chory naraz zwrócił się do niego.

- Poznajecie mnie, Macieju, co? Poznajecie?

Borynie leciuśki przyśmiech wionął po twarzy, oczy się zatrzepały i jął ruchać sinymi wargami, ale głosu nie dobył.

- Jak Pan Jezus przemieni, to możecie jeszcze wyzdrowieć.

Snadź rozumiał, gdyż potrząsł głową i jakby niechętnie odwrócił się od niego. Zapatrzył się znowu w rozkołysane gałęzie i w te słoneczne bryzgi, zalewające mu oczy raz po raz.

Rocho jeno westchnął, przeżegnał go i odszedł.

- Prawda, co ojcu jakby już lepiej? - pytała Hanka.

Długo coś miarkował, aż rzekł cichym, ważnym głosem:

- Toć i lampa przed zagaśnięciem żywszym płomieniem wystrzeli na ostatku: Mnie się zdaje, co Maciej już dochodzi... Aż mi nawet dziwno, że jeszcze żyje; przecież na wiór wysechł...

- Dyć jeść nic nie chce, nawet mleka nie zawsze popije.

- Musicie być gotowe; że lada dzień skończy.

- Pewnie, że tak, mój Boże, pewnie. To samo wczoraj mówił Jambroży, a nawet radził, żeby już nie czekać i trumnę obstalować.

- Każcie zrobić, nie będzie długo czekała, nie... Jak duszy pilno ze świata, niczym jej nie powstrzyma, nawet płakaniem, boby już poniektóre całe wieki ostawały między nami - mówił smutnie, zabierając się do mleka, które mu narządziła, i popijając z wolna, wypytywał, co się tu we wsi działo.

Powtarzała, co już był słyszał po drodze od drugich, i o swoich kłopotach jęła się skwapnie a szeroko rozwodzić.

- Kaj to Józka? - przerwał jej niecierpliwie.

- W polu, ziemniaki osypuje z komornicami i Jagustynką, zaś Pietrek pojechał do lasu: zwozi Stachowi drzewo na chałupę.

- Buduje się to?

- Przeciek pan Jacek dał mu dziesięć chojarów.

- Dał mu? Powiadali mi coś o tym, ale nie uwierzyłem.

- Bo to i nie do wiary! Zrazu nikt nie powierzył. Obiecał, ale przeciech niejeden obiecuje. Obiecanka cacanka, a głupiemu radość - powiedają. A pan Jacek dał Stachowi list i kazał mu z nim iść do dziedzica. Nawet Weronka się przeciwiła, by szedł, bo powiada, co będzie buty darł na darmo?... jeszcze się z niego wyśmieją, że zawierzył głupiemu... Ale Stacho się uparł i poszedł. I powiada, że może w pacierz po oddaniu listu dziedzic go kazał zawołać na pokoje, poczęstował gorzałką i rzekł: "Przyjeżdżaj z wozami, to ci borowy wycechuje dziesięć sztuk budulcu..." Dał mu Kłąb koni, dał sołtys, dałam i ja Pietrka. Dziedzic już na nich czekał w porębie i zaraz sam wybrał co najśmiglejsze z tych, co to je zimą cięli la Żydów. No i zwożą, bo dobrze trzydzieści wozów będzie z gałęziami. Stacho galantą chałupę se wyszykuje! Nie potrza mówić, jak panu Jackowi dziękował i przepraszał; bo po prawdzie wszyscy go mieli za dziadaka i za głupawego, że to nie wiada, z czego żyje, i pod figurami, to we zbożach grywa na skrzypicy, a czasem tak bele co i nie do składu powie, jako ten niespełna rozumu... A on taki pan, że mu sam dziedzic posłuszny!... Kto by to przódzi dał wiarę?...

- Nie patrzcie na człowieka, jeno na jego uczynki.

- Ale dać tylachna drzewa, które, jak Mateusz rachuje, warto z tysiąc złotych, i to jeno za Bóg zapłać, tego jeszcze nie bywało!

- Powiadali, co za to starą chałupę bierze w dożywocie...

- Hale, tyle warta co ten trep rozłupany! Jużeśwa nawet myśleli, czy w tej dobroci nie ma jakiego podejścia, jaże Weronka dobrodzieja się redziła. Skrzyczał ją, że głupia.

- Bo i prawda. Dają - to brać i Bogu za łaskę dziękować.

- Przeciek człowiek niezwyczajny brać darmochy i jeszczech od dziedziców! Słyszane to rzeczy! Jakże, kiej to chto chłopu dał co z dobroci? Żeby po najmniejszą poredę iść, a i to na ręce patrzą, zaś w urzędzie się przez grosza nie pokaż, bo ci jutro przyjść każą albo za niedzielę... Przez tę Antkową sprawę dobrze poznałam, jakie to jest urządzenie na świecie i niemało już pieniędzy wyniesłam...

- Dobrze, coście mi Antka wspomnieli. Wstępowałem do miasta.

- Tościec go może widzieli?

- Nie było czasu.

- Jeździłam niedawno, nie puścili me do niego. Bóg wie, kiej go obaczę.

- Może i prędzej, niźli miarkujecie - rzekł z uśmiechem.

- Jezus, co wy powiadacie!

- Prawdę! W głównym urzędzie powiedzieli mi, że Antka mogą przed sprawą puścić na wolę, jeśli kto poręczy za nim, co nie ucieknie, albo da w zastaw sądowi pięćset rubli.

- Rychtyk podobnie i kowal mówił! - jęła zaraz opowiadać jego rady co do słowa.

- Rada dobra, ale że to Michałowa, nieprzezpieczna: ma on tu coś w tym, ma... Ze sprzedaniem się nie śpieszyć: z grontu wyjeżdża się w ogiery, a powraca rakiem, na czworakach... Co inszego trzeba wynaleźć... Może by kto poręczył?... przewiedzieć się potrza między ludźmi... Juści, żeby pieniądze były...

- Może by się i nalazły - szepnęła ciszej. - Mam cosik gotowego grosza, jeno zrachować nie poredziłam, ale może by chwaciło...

- Pokażcie; to razem przeliczymy.

Zniknęła gdziesik w obejściu, a powróciwszy po jakimś pacierzu przywarła drzwi na zasuwę i położyła mu węzełek na kolana.

Były w nim papierowe pieniądze, były i srebrne nawet było parę złotych i sześć biczów korali.

- To po matce, dał je Jagnie, a potem snadź odebrał - szepnęła przykucając przed ławą, na której Rocho rozliczał.

- Czterysta trzydzieści dwa ruble i pięć złotych! Od Macieja, co?

- Tak... juści... dał mi po świętach... - jąkała czerwieniąc się.

- Na zastaw nie starczy, ale moglibyście co sprzedać z inwentarza!

- Juści, mogłabym przedać maciorę... krowę jałową też by można, zbędna, Żyd już o nią przepytywał... to parę korczyków zboża...

- A widzicie, ziarnko do ziarnka i zbierze się miarka. Bez niczyjej pomocy Antka wykupimy. Wie to kto o waszych pieniądzach?

- Ojciec mi dali na ratowanie Antka, przykazując, abym nikomu ni słówkiem nie pisnęła. Wama pierwszemu się zawierzam. Jakby Michał...

- Nie rozgłoszę, bądźcie spokojni. Jak powiadomią, że pora, pojadę z wami po Antka. Uładzi się jakoś na dobre, uładzi, moi kochani - szeptał całując ją w głowę, bo mu się do nóg rzuciła z podzięką.

- Rodzony ociec lepszy by nie był - wołała z płaczem.

- Wróci chłop, Panu Bogu podziękujecie. Gdzie to Jagusia?

- Dyć jeszcze do dnia pojechała do miasta z matką i z wójtem. Powiadały, co do rejenta, stara pono gront przepisuje na córkę.

- Wszystko Jagnie? a chłopaki?

- Przez złość do nich, że to chcą działów. Piekło tam u nich, a to dzień nie mija przez kłótni; zaś wójt broni Dominikowej, opiekunem był nad sierotami jeszcze po śmierci Dominika.

- A ja myślałem, że co inszego, bo to mi różnie opowiadali.

- To świętą prawdę mówili. Jagną się ano opiekują, ale tak, co mi wstyd rozpowiadać podrobnie. Stary jeszcze rzęzi, a ta jak suka... Nie powtarzałabym po kim, ale samam ich w sadzie zdybała, no...

- Dajcie mi gdzie wypocząć - przerwał jej powstając z ławy.

Chciała mu słać Józine łóżko, ale wolał iść do stodoły.

- Pieniądze dobrze schowajcie - ostrzegł ją jeszcze i poszedł.

Aż dopiero po południu się pokazał, zjadł obiad i na wieś się wybierał, kiej Hanka z wielką nieśmiałością się odezwała:

- Byście mi to, Rochu, ołtarz pomogli przystroić...
- Prawda, jutro Boże Ciało. Gdzież to go stawiacie?
- Gdzie i co rok, przed gankiem. Pietrka ino patrzeć z lasu, przywiezie gaci jodłowej i świerczaków, zaś Jagustynkę z Józką zarno po obiedzie pchnęłam po ziela na wianki.
- A świece, lichtarze macie to już?
- Jambroży przyobiecał przynieść z kościoła wczesnym rankiem.
- U kogóż to jeszcze będą stawiali ołtarze?
- Po naszej stronie u wójta, zaś po tamtej u młynarza i przed Płoszkami.
- Pomogę wam, wstąpię jeno do pana Jacka i przed zmierzchem przyjdę.
- Każcie Weronce, by zaraz z rana przyszła pomagać!
Kiwnął głową i poszedł już prosto do Stachowej rudery.
Pan Jacek siedział na progu, jak zawdy, papierosa palił, bródkę skubał i przewłóczył oczyma po rozkołysanych zbożach, i za ptakami patrzył.
Zaś przed chałupą i pod treśniami leżało już parę tęgich chojarów i kupy wierzchołów i gałęzi, stary Bylica kole nich łaził, wymierzał toporzyskiem, gdzie jaki sęk odciupnął siekierą i cięgiem mruczał:
- I tyś przyszedł na nasze podwórko... juści... galantyś, widzę... Bóg ci zapłać... zaraz cię Mateusz do ostrego kantu wyrychtuje... na przyciesie zdatnyś... sucho miał będziesz, nie bój się...
- Jakby do żywej osoby mówi - szepnął zdziwiony Rocho.
- Siadajcie. Z radości w głowie mu się pomieszało, całe dnie tak przesiaduje przy drzewie. Słuchajcie no.
- A i ty wystałaś się, chudziaczko, w boru, to se teraz odpoczniesz... juści, nikto cię już nie ruszy!.. - gadał stary gładząc miłosnymi rękoma żółtą, złuszczoną korę sosny.
Polazł do najgrubszej, zwalonej na dróżkę, kucnął przed przekrojem i patrząc z lubością na żółte, nabrzmiałe żywicą słoje, mamrotał:
- Tylachnaś, a dali ci radę! co? Żydy by cię do miasta wywiezły, a tak Pan Jezus pozwolił, co u swoich ostaniesz, u gospodarzy, obrazy na tobie powieszą, ksiądz cie wodą święconą skropi, juści... co?...
Pan Jacek jeno prześmiechał się z tego nieznacznie i pogadawszy cosik z Rochem, wziął skrzypki pod pachę i miedzami ruszył ku borom.
Rocho zaś potem u Weronki siedział wysłuchując różności.
Na świecie miało się już pod wieczór, upał przechodził, a nawet już od łąk przewiewały chłodnawe ciągi, wiater też niezgorzej jął dmuchać od samego południa, że żytnie pola, rdzawe od młodych kłosów, toczyły się skłębione kiej wody, raz po raz zakolebały się gwałtownie, zakręciły wirem i chlustały ku drogom i miedzom, jakby już ino, ino wylać się miały; ale jeno tłukły płowymi grzywami o ziemię i poddawały się w tył, kiej stado źrebców dęba stających. Wiater z różnych stron parł na nie i miotał kiejby la zabawy, że wzburzone znowu hulały po zagonach pełne gurb płowych, zielonych zatok, rdzawych smug i chrzęstu, i trzepotów. Skowronki wydzwaniały wysoko, czasem stado wron przeciągnęło, ważąc się na

wietrze i spadając odpoczywać na rozkołysanych drzewinach. Słońce już czerwieniało opuszczając się coraz niżej i po całym świecie, po polach rozkołysanych i po sadach trzepoczących się niby stada na uwięzi rozlewał się z wolna czerwonawy brzask kończącego się dnia.

Zaś z powodu jutrzejszego święta ludzie wcześniej schodzili z pól, kobiety wiły wianki przed chałupami, dzieci znosiły naręcza tataraku, przed Płoszkami i młynarzem stożyły się brzeziny i świerki, które wkopywali, kaj miały się stawiać ołtarze, gdzie już i dzieuchy maiły ściany, drogę też miejscami równali zasypując wyboiska, któraś też jeszcze prała nad stawem, że ino kijanka trzaskała i gęsi strachliwie gęgały.

Rocho właśnie zbierał się wyjść od Weronki, kiej na topolowej we srogiej kurzawie ukazał się ktosik pędzący na koniu. Wstrzymywały go nieco wozy ze Stachowym drzewem, że polem chciał objeżdżać.

- Te! konia ochwacisz, kaj ci tak pilno! - krzyczeli.

Wyminął ich jakoś i pognał do wsi z całych sił, jaże koniowi zagrała wątroba.

- Hej! Adam, poczekaj no! - wołał Rocho.

Kłębiak wstrzymał się nieco i jął krzyczeć z całych sił:

- A to nie wiecie, jakieś zabite leżą w boru! Jezus, zatkało me całkiem. Konia pasłem na smugu i jużeśmy z Gulbasiakiem jechali do dom, aż tu przed Borynowym krzyżem koń się rzucił w bok, jażem bęcnął na ziem. Patrzę: ki licho strachnęło konia? a tu jakieś ludzie w jałowcach leżą... Wołalim, a oni nic, leżą kieby pomarłe...

- Głupi, będzie tu cudeńka rozpowiadał! - zawrzeszczeli.

- Obaczcie sami: leżą tam! Gulbasiak też widział, jeno co ze strachu w las pognał do komornic, które susz zbierały. Nieżywe leżą.

- W imię Ojca i Syna, to jedźże do wójta powiadomić!

- Wójt jeszcze z miasta nie przyjechali - rzekł ktosik.

- To sołtysowi dać znać!... kole kowala drogę poprawia z chłopakami!... - wołali za nim, bo już ostrym galopem się puścił.

Juści, co po wsi w ten mig się rozgłosiło o pomordowanych, wrzask się czynił zgrozy pełen i bieganina, ludzie jaże się żegnali z przerażenia. A nim słońce zaszło, z pół wsi wyległo na drogi. Ktoś dobrodzieja uwiadomił, że wyszedł przed plebanię rozpytywać, kupą już tam szli niemałą, rając z cicha, młodsi puścili się nieco naprzód topolową, a wszyscy z wielką niecierpliwością czekali na sołtysa, któren wozem pojechał zabierając ze sobą Kłęba i parobków.

Długo czekali, bo dopiero o zmierzchu powrócił; ale ku niemałemu zdumieniu wójtowymi końmi i bryką. Zły był jakiś, bo srodze klął i podcinał szkapy, ani myśląc przystawać przed ciżbą, ale ktoś konie za uzdy chwycił, że musiał przystanąć i rzekł:

- Juchy te chłopaki, wymyśliły sobie co niebądź la zabawy. Żadnych zabitych nie było w lesie, ludzie se jakieś spały pod krzakami. Złapię Kłębiaka, to ja mu dam strachania. Spotkałem po drodze wójta i zabrałem się z nim, to cała historia. Wio! maluśkie!

- A cóż to, wójt chory, że leży kiej baran? - pytał ktoś zaglądając do wasąga.

- Śpik go zmorzył i tyla! - śmignął konie i już kłusem ruszył.

- Ścierwy te wisusy, żeby taką rzecz wymyślić!

- Gulbasiaka to sprawka, on pierwszy do psich figlów!

- Rzemieniem by ich złoić, co mają ludzi trwożyć po próżności!

Wyrzekali z oburzeniem, rozchodząc się z wolna po chałupach.

Jeszcze gdzieniegdzie stojali kupkami nad stawem sczerwienionym od zórz, gdy się pokazały komornice z ciężkimi brzemionami drzewa na plecach. Kozłowa szła na przedzie, jaże wpół zgięta pod ciężarem, i dojrzawszy ludzi wsparła się brzemieniem o drzewo.

- Sołtys waju dobrze ocyganił! - powiedziała ledwie zipiąc z utrudzenia. - Zabitych w lesie nie było, to prawda, ale może co gorszego.

I skoro zebrało się więcej ludzi, zwabionych jej głosem, puściła ozór:

- Wracalim podleśną drogą ku krzyżowi, aż tu Gulbasiak leci naprzeciw i krzyczy zestrachany: "Pod jałowcami jakieś zabite leżą!" Zabite, to zabite, myślę, ale warto zawdy obejrzeć Poszliśmy... widzim z dala, prawda, leżą jakieś ludzie kieby nieżywe... jeno im kulasy sterczą spod jałowców. Filipka me ciąga, by uciekać... Grzelowa już pacierz trzepie i mnie też mróz po plecach chodził, alem się przeżegnała, podchodzę bliżej... patrzę... a to pan wójt leży przez kapoty, a pobok Jagusia Borynowa... i śpią se w najlepsze. Spili się w mieście, gorąc był, to se chcieli wypocząć w chłodzie i pojamorować. Jaże buchała od nich gorzałka! Nie budzilim: niech świadki przyjdą, niech cała wieś obaczy, co się wyprawia! Wstyd mówić, jak była rozdziana; jaże Filipka z litości przyokryła ją zapaską. Czysta sodoma. Stara jestem, a jeszcze o takim zgorszeniu nie słyszałam. Sołtys zaraz przyjechał i budził, Jagna w pola uciekła, zaś pana wójta ledwie na wóz wdygowali, spity był kiej świnia!

- Jezus, tego jeszcze w Lipcach nie bywało - jęknęła któraś.

- Żeby to parobek z dziewką, ale to gospodarz, ociec dzieciom i wójt!

- A Boryna ze śmiercią się mocuje, wody mu nie ma kto podać, a ta...

- Ja bym ją ze wsi wyświeciła! ja bym ścierwę rózgami pod kościołem siekła! - zaczęła znowu wrzeszczeć Kozłowa.

- Zgorszenie samo krzyczy; co tu dodawać? - uspokajały ją kobiety, załamując ręce.

- A kaj Dominikowa?

- Z rozmysłem ją w mieście ostawili, bych nie przeszkadzała...

- Jezu, strach pomyśleć, co się wyprawia teraz na świecie!

- Taki grzech, takie zgorszenie, dyć wstyd na całą wieś padnie!

- Jagna się ta osławy nie boja, jutro gotowa to samo robić.

Wyrzekali po chałupach, załamując ręce, że już z tej zgrozy i oburzenia co miętsze kobiety płakały spodziewając się kary srogiej od Boga na wszystkich ludzi. Cała wieś się trzęsła od gadań i lamentów.

Tylko jedne chłopaki, co się były zeszły na most, wzięły Gulbasiaka rozpytywać podrobno i prześmiewały się z całej historii.

- To ci kokot z wójta, no! to chwat! - śmiał się Wachnik Adam.
- Odpokutuje jeszcze za te jamory: kobieta łeb mu obedrze!
- I z pół roku nie przypuści do siebie.
- Po Jagusi to i nieśpieszno mu będzie do swojej.
- Psiachmać, la Jagny każden by się ważył na wszystko...
- Jeszcze by! kobieta kiej łania, że nie wiada, czy nalazłby śliczniejszą w jakim dworze: ledwie spojrzy na człowieka, a już ciągotki biorą.
- Miód, nie kobieta, nie dziwno mi też, co Antek Boryna...
- Dajta spokój, chłopaki! Gulbasiak łże jedno, Kozłowa drugie, a baby przez zazdrość jeszcze dokładają, zaś po prawdzie to nie wiadomo, jak było... Na niejedną pyskują, choć najpoczciwsza - zaczął mówić Mateusz jakimś smutnym i wielce strapionym głosem, ale nie skończył, gdyż się zjawił między nimi Grzela, wójtów brat.
- Cóż? Pietr śpią jeszcze? - pytali ciekawsi.
- Brat mój rodzony, ale kto tak robi, psem mi jest od dzisiaj! Ale ta ścierwa wszystkiemu winowata! - wybuchnął wściekłością.
- A nieprawda! - wrzasnął naraz Pietrek, parobek Borynów, przedzierając się z pięściami do Grzeli - któren tak szczeka, łże jak pies!

Zdumieli się tą niespodzianą obroną, a on wytrząchając pięściami krzyczał:
- Wójt jeno winien! To ona mu korale zwoziła? ona go do karczmy ciągała? ona po całych nocach w sadzie warowała, co? Dobrze wiem, jak przyniewalał i kusił; A może i jakich kropli jej zadał, by mu się nie oparła!
- Obrońca zapowietrzony! nie ciep się tak, bo obertelek zgubisz.
- Dowie się, co ją bronisz, to ci zasługi podniesie.
- Albo jakie portki po Macieju ochfiaruje!

Aż się pokładali ze śmiechów i przekpiwań.
- Chłop za nią nie stanie się upomnieć ani kto drugi, to ja bronił będę... A będę, psiakrew, i niech jeszcze usłyszę złe słowo, pięści nie pożałuję... Pyskacze juchy, kieby się to przytrafiło z którego siostrą albo kobietą, to by mordy stulili!
- Zawrzyj i ty pysk, parobie jeden! nie twoja sprawa, pilnuj se końskich ogonów! - gruchnął na niego Stacho Płoszka.
- I bacz, byś czego pródzi nie oberwał - dodał Wachnik.
- A od gospodarzy ci zasie, kołtunie jeden! - dorzucił jeszcze któryś na odchodne.
- Gospodarze parszywe, dziedzice ścierwy! Ja służę, ale kryjomo ćwiartek nie wynoszę do Żyda ni z komory niczegój nie porywam! Jeszcze me nie znacie! - krzyczał za odchodzącymi śpiesznie, bo nijako się im zrobiło, że nie odzywając się już na jego wrzaski, porozchodzili się po chałupach.

Wieczór się już zrobił, jeno że jakiś wietrzny i dziwnie jasny; dawno bowiem było po zachodzie, a na niebie jeszcze leżały szerokie zatoki zórz krwawych, kieby mrowiska porozrywane, i wzbierały z wolna wielgachne chmurzyska. Jakiś niepokój rozwiewał się nad światem, wiater pohukiwał wysoko, że tylko co najwyższe drzewa szarpały się wierzchołkami; ptaki jakieś z wrzaskiem przeciągały niedojrzane, gęsi też nie wiada czemu krzyczały po obejściach, a psy ujadały kiej wściekłe, wybiegając aż na pola. Zaś w chałupach też było podobnie, bo po kolacji nikto w izbach nie ostał ni na progach siadał, jak zwyczajnie: wszyscy do sąsiadów szli kupiąc się przed opłotkami, a z cicha poredzając.

Wieś była kiej wymarła; nie rozlegały się śmiechy ni śpiewki, jak zawdy w ciepły wieczór, bo wszystkie szeptem raili strzegąc się dzieci i dzieuch i wszystkich przejmowało jednakie oburzenie i zgroza.

U Hanki też się zebrało na ganku parę kum: przyleciały się nad nią użalać i co nowego o Jagnie dowiedzieć. Poczynały z różnych stron, ale Hanka odrzekła smutnie:

- Wstyd to i obraza boska, ale i niemałe nieszczęście.
- Pewnie, a jutro cała parafia będzie o tym wiedziała.
- I zaraz powiedzą, że co najgorsze, to w Lipcach się staje.
- I na wszystkie lipeckie kobiety wstyd padnie.
- Bo wszyćkie takie święte, że niechby je kto tak przyniewalał, to samo by zrobiły! - zaszydziła Jagustynka.
- Cichocie, nie pora na prześmiechy! - zgromiła ją Hanka wyniośle i już ani słowem się nie ozwała.

Jeszcze ją dusił wstyd, ale gniew, co ją zrazu chwycił na Jagnę, już się kajś zapodział, że skoro kumy się porozchodziły, zajrzała na drugą stronę, niby to do Macieja, ale dojrzawszy Jagusię śpiącą w ubraniu przywarła drzwi i po omacku rozebrała ją starannie.

- Niech Bóg broni takiej doli! - myślała potem z dziwną litością i jeszcze parę razy tego wieczora zaglądała do niej.

Jagustynka musiała cosik zmiarkować, bo rzekła jakby niechcący:
- Jagna bez grzechu nie jest, ale wójt najwinniejszy.
- Prawda, i jemu powinni zapłacić za wszystko, jemu! - przytwierdzała tak zajadle Hanka, jaże Pietrek spojrzał na nią dziękczynnie.

I dobrze utrafiły, bo do późna w noc stary Płoszka i Kozły latały po wsi podburzając ludzi przeciw niemu. Płoszka nawet do chałup zachodził i niby to żartami gadał:
- Udał się nam wójt, w całym powiecie nie najdzie większego chwata!

A że jakoś nie bardzo mu basowali, do karczmy pociągnął. Było już tam kilku pomniejszych gospodarzy, postawił im gorzałki raz i drugi, aż kiej się podcięli, swoje jął wykładać:
- Wójt nam się sprawia? co?
- Nie pierwszyzna mu przecież! - rzucił ostrożnie Kobus.
- Trzymam o nim swoje i nie puszczę z gęby, trzymam! - mruczał podpiły zdziebko Sikora wspierając się ciężko na szynkwasie.
- Trzymaj se i co drugiego w zębach: nikto ci nie wydziera! - buchnął

Płoszka i już cicho jął podjudzać na wójta prawiąc, jaki to zły przykład la ludzi daje, jaki wstyd przez niego i różne różności.

- Trzymam i o tobie swoje, jeno ci nie powiem - mruczał znowu Sikora.

- Zwalić go z urzędu, to jedyna rada, zaraz mu trąba zmięknie! - prawił stawiając nową kwaterkę. - Posadzilim go na wójtostwie, to mocnim i zesadzić! To, co dzisiaj zrobił, wstyd la całej wsi, aleć gorsze robił, z dziedzicem zawdy trzymał na szkodę gromady, szkołę chce w Lipcach stawiać, Miemców na Podlesie to on pono dziedzicowi naraił. A hula cięgiem, pije, stodołę sobie postawił, konia przykupił, mięso co tydzień jada i herbatę pija - za czyje to pieniądze? co? Juści, nie za swoje, jeno za gromadzkie...

- To trzymam, co świńtuch jest wójt, ale i ty byś swojego ryja chciał wsadzić do koryta! - przerwał mu mamrot Sikory.

- Spił się i bele co powiada:

- Swoje trzymam, że cię na wójta nie wybierzem!

Odsunęli się od niego i cosik długo w noc uredzali. Zaś nazajutrz jeszcze rozgłośniej jęli rozgadywać całą historię, bo ksiądz zabronił stawiania ołtarza przed wójtem, jak to co rok bywało. Juści, co się wszystkiego dowiedział i zaraz rano kazał wołać Dominikową, która była dopiero o północku wróciła, i taki był zły, że organistę zwymyślał, a Jambroża cybuchem przekropił.

Ów dzień Bożego Ciała przyszedł był, jak i poprzednie, wielce pogodny, jeno dziwnie duszący i cichy; najmniejszy powiew nie przewiewał nad ziemią, słońce zarno od wschodu jęło prażyć niemiłosiernie, że w rozpalonym i suchym powietrzu liście mdlały powiędłe i zboża się kłoniły bezwładnie, piasek parzył w nogi kiej zarzewie, zaś ze ścian ściekały żywice, żarem wytopione.

Folgował se Pan Jezus i prażył coraz mocniej, ale naród jakby na to nie baczył; gdyż już od samego świtania rejwach się czynił na wsi i sroga krętanina: szykowali się do kościoła, a dziewczyny, które miały nosić feretrony i sypać kwiatem przed dobrodziejem na procesji, biegały kiej oparzone jedne do drugich przymierzać stroiki, a czesać się i cudeńka wygadywać między sobą, zaś starsi na gwałt stroili ołtarze; stawiali u młynarzów, przed plebanią, zamiast u wójta, i przed Borynami, że Hanka wraz z domownikami już od świtu pomagała Rochowi.

Skończyli też prawie pierwsi, a tak pięknie przybrali, jaże się ludzie zdumieli powiadając, co nawet piękniejszy od młynarzowego.

I prawdę rzekli: przed gankiem stanęła kieby kapliczka, wypleciona z brzozowych gałęzi a zieleni, wykryli ją całą wełniakami, że jaże grała w oczach od kolorów, zaś w pośrodku, na podwyższeniu, stanął ołtarz, przykryty bieluśką i cieńką płachtą i zastawiony świecami a kwiatami w doinkach, które Józka oblepiła w strzyżki ze złotego papieru.

Wielki obraz Matki Boskiej wisiał nad ołtarzem, a pobok zawiesili mniejsze, ile się jeno zmieściło. Zaś la większej przyozdoby nad samym ołtarzem przyczepili klatkę z kosem, którego Nastusia przyniosła: ptak się wydzierał po swojemu, że mu to Witek z cicha przygwizdywał.

A całe opłotki od drogi wysadzone były świerczyną na przemian z brzózkami, żółtym piaskiem grubo wysypane i zarzucone tatarakiem.

Józka znosiła całe naręcze modraków, ostróżek; wyczki polnej i przystrajała ściany kapliczki; opięła też nimi obrazy, lichtarze i co ino było można, że nawet ziemię przed ołtarzem potrząsnęła kwiatami; nie darowała i chałupie, gdyż całe ściany i okna ginęły pod zielenią, zaś w snopki dachu nawtykała tataraków.

A przykładali się do roboty wszyscy zarówno, kromie jednej Jagusi, która wymknąwszy się z chałupy wczesnym rankiem; już się nie pokazała.

Wprawdzie skończyli pierwsi, ale już słońce wynosiło się nad wieś i coraz więcej turkotało wozów, z drugich wsi jadących.

Jęli się więc śpiesznie szykować do kościoła.

Witek jeno ostał na straży w opłotkach, bo chmara dzieci cisnęła się oglądać ołtarz i przygwizdywać kosowi, że gałęzią odganiał, a nie mogąc poredzić puszczał na nich swojego boćka, który snadź przyuczony, wysuwał się czająco i groził ostrym dziobem w bose nogi, jaże z wrzaskiem rozpierzchali się co chwila.

Sygnaturka akuratnie się ozwała, kiej cały dom wyszedł. Józka biegła przodem, w bieli cała, w trzewikach zasznurowanych czerwonymi tasiemkami, z książką w ręku.

- Witek, jak ci się widzę? co? - pytała obracając się przed nim na pięcie.

- Galanto, kiej ta biała gąska! - odrzekł z podziwem.

- Tyla się na tym rozumiesz co twój bociek. Hanka pedzieli, co żadna we wsi tak się nie przystroi - trzepała obciągając przykrótkie obleczenie.

- Cie!... a kolana ci się czerwienią przez kieckę niby gęsi spod pierza.

- Głupiś! Łapie w ogon se zajrzyj! Hale, boćka schowaj: ksiądz przyjdzie z procesją i jeszcze go obaczy i pozna - przestrzegała ciszej.

- Prawda, że świarna i przystrojona, a i gospodyni też się rozczapierza kiej ten indor! - szeptał wyglądając za nimi na drogę, ale wspomniawszy przestrogę zaciągnął boćka do dołu po ziemniakach, zaś la obrony przed dziećmi Łapie przykazał warować przed ołtarzem, a sam poleciał do Macieja, leżącego w sadzie, jak co dnia.

Na wsi już całkiem ścichło, wszystkie wozy przejechały i ludzie przeszli, drogi opustoszały, jeno niekajś w opłotkach bawiły się dzieci, psy wylegały się w słońcu i jaskółki śmigały nad stawem w rozpalonym powietrzu, zaś w kościele zaraz po sygnaturce rozpoczęło się nabożeństwo, dobrodziej wyszedł ze sumą i organy zagrały, ale snadź wnet po kazaniu uderzyły wszystkie dzwony, i huknęli takim śpiewaniem, jaże gołębie porwały się z dachów, i naród jął się wywalać wielkimi drzwiami, a nad nim wychodziły chorągwie pochylone, światła gorejące i obrazy, niesione przez dziewczyny w biel przybrane, zaś w końcu wynosił się czerwony baldach, a pod nim ksiądz ze złocistą monstrancją w ręku wolniuśko zstępował ze schodów. A kiej się jako tako ustawili do procesji, czyniąc wskroś ciżby długą ulicę, obrzeżoną zapalonymi świecami, dobrodziej znowuj zaśpiewał:

U drzwi Twoich stoję, Panie!...
A wszystek naród odgruchnął mu w jeden ogromny, niebosiężny głos:
Czekam na Twe zmiłowanie...

I śpiewając ruszyli, cisnąc się we wrótniach smętarza i przepychając, gdyż zjazd był ogromny, cała parafia się stawiła, a nawet wszystkie dwory, że dziedzice prowadziły dobrodzieja i jeszcze w asyście szli pobok ze światłem, zaś baldach niosły gospodarze, jeno jakby na złość Lipczakom, same obce z drugich wsi.

Cała procesja wywaliła się z cieniów smętarza na plac, jaże biały i wrzący od spieki, słońce lunęło w oczy, żywym ogniem prażąc, że już się wolno posuwali wśród bicia dzwonów, śpiewów, w pachnących dymach trybularza i w kłębach kurzawy, jaka się wnet podniosła, wśród świateł i tego kwiecia, sypanego pod nogi dobrodzieja.

Powiedli się do pierwszego z prawej strony ołtarza, do Borynów; droga się w mig zapchała, jaże płoty trzeszczały, i niejeden we staw zleciał z wysokiego brzegu, i przydrożne drzewa się trzęsły od naporu. Walili ciężką, rozśpiewaną ciżbą głów kiejby tą rzeką mieniącą się od farb, zaś środkiem, niby łódź na fali, płynął czerwony baldach i chwiały się chorągwie, obrazy i święte figury całe w tiulach a kwiatach.

Parli się w tłoku wielkim głowa przy głowie, ledwie już dysząc z żaru i ciasnoty, ale śpiewając z całego serca, całą mocą, wszystkimi gardzielami, że zdało się, jakoby wraz z nimi świat cały śpiewał chwałę Panu - jakoby te lipy wyniosłe, te czarne olchy, te rozgorzałe w słońcu wody, te śmigłe brzózki, te sady niskie i pola zielone, i dalekości okiem nieobjęte, i chałupy, i wszystko, co ino było, dokładało swój wtór serdeczny, nabrzmiały radością, że pieśń ogromna rozlewała się skłębionym grzmotem w rozżarzonym powietrzu i ku bladem niebu do słońca się podnosiła.

Aż liście trzęsły się od głosów i ostatnie kwiaty z drzew leciały
Przed Borynami ksiądz odczytał pierwszą Ewangelię i odpocząwszy ździebko, powiódł naród do młynarzowego ołtarza.

Upał się był jeszcze podniósł, że już zgoła wytrzymać było nie sposób i kurz zapierał gardziele, słońce zbielało i po jasnym niebie jęły się zaciągać białawe, długie smugi; a rozprażone powietrze trzęsło się i mieniło w oczach kiej wrzątek - na burzę się zbierało.

Już z dobrą godzinę ciągnęła się procesja i choć już ustawali ze spieki, a choć i sam proboszcz spotniały był i czerwony kiej burak, ale obchodzili z wolna, posobnie wszystkie ołtarze, przed każdym wysłuchując Ewangelie i śpiewając nowe pieśnie.

A czasami, kiej naród ździebko ustawszy milknął, że ino tupot nóg się rozlegał, w onej cichości nagłej skowronki było słychać na polach, kukułka gdziesik kukała zawzięcie i jaskółki świegotały pod strzechami, zaś dzwony bimbały bezustannie; biły z wolna, a długim, mocnym i gorącym głosem.

I chociaż naród znowuj śpiewał, chociaż chłopy nie żałowały gardzieli, kobiety wydzierały się cieniuśką nutą, dzieci piskały po swojemu, a małe dzwonki jazgotały i od ciężkiego tupotu dudniała wyschła ziemia - a głosy dzwonów wynosiły się nad wszystkim, śpiewały czysto i górnie, śpiewały niebosiężnie jakimś złocistym, głębokim głosem, przejętym radością i weselem, a tak krzepko i rozgłośnie, jakby kto walił młotami we słońce, iż wszystek świat zdał się kolebać i rozdzwaniać.

Zaś kiej skończyli przed ołtarzami, to jeszcze długo trwało nabożeństwo w kościele, długo huczały organy i rozlegały się śpiewania.

A ledwie co wysypali się przed kościół, bych nieco ochłonąć pod drzewami, grosz jaki dziadom wysupłać i zmówić się ze znajomkami, kiej pociemniało z nagła, daleki grzmot zahuczał i suchy, palący wiatr zakręcił, że drzewa się zatargały i kurz się podniósł na drogach.

Ludzie z bliższych wsi jęli na gwałt wyjeżdżać.

Ale zrazu ino drobny deszcz przekropił, gorący i rzadki, że jeszcze parniej się stało i duszniej, zaś słońce paliło niemiłosierniej, a żaby nukały ciszej i senniej, jeno co jakoś pomroczało, dale się przyćmiły, zahuczały znowu grzmoty i na posiniałym wschodzie jęły migotać blade, krótkie błyskawice.

Burza szła od wschodniej strony, kieby sierpem nadciągały ciężkie, granatowe płachty chmur, opite deszczem czy gradem, krótki a hukliwy wiatr wyrywał się przodem, świszcząc po czubach drzew i szarpiąc zbożami, ptactwo z wrzaskiem uciekało pod dachy, nawet psy gnały do chałup, bydło wyrywało z pól, a po drogach już się kręciły słupy kurzawy, zaś grzmoty rozlegały się coraz bliżej.

A nie wyszło i dwóch pacierzy, kiej słońce jęło się zatapiać w rudych, paskudnych tumanach i przeświecało kiejby zza szyby przepalonej, grzmoty już zahurkotały nad wsią i uderzył taki wicher, że dziw drzew nie powyrywał, jaże gałęzie i snopki z dachów w cały świat porwał, a pierwsze pioruny trzasnęły gdziesik w bory; całe niebo w mig posiniało niby wątroba, słońce zgasło, zawyły wichry i pioruny jęły bić jeden za drugim, grzmoty zatrzęsły ziemią i ognie błyskawic ozdzierały schmurzone niebo, oczy wyżerając blaskami.

Domy dygotały od huków, a wszelkie stworzenie przyczaiło się w strachu.

Na szczęście, że burza przewaliła się stronami, pioruny biły gdziesik daleko, wichura przeszła nie poczyniwszy szkód, niebo zaczęło się już wyjaśniać, gdy przed nieszporami lunął rzęsisty deszcz i poszła taka nawałnica, że w mig położyła zboża, rzeka wezbrała, a ze wszystkich rowów, miedz i bruzd waliła spieniona woda.

Uspokoiło się dopiero pod sam wieczór, deszcz przeszedł i na zachód słońce się wykryło zza chmur czerwoną i promienistą kulą...

Lipce ożyły znowu, ludzie jęli wywierać drzwi i wyłazić na świat, i dychać z lubością ochłodzonym powietrzem; pachniało wszyćko po deszczu, a już najbarzej młode brzózki i te mięty po ogródkach; przemiękła ziemia jakby się rozpaliła w słońcu; gorzały kałuże po drogach, błyszczały liście i trawy, paliły się spienione wody, spływające z radosnym bełkotem do stawu. Leciuchny wiaterek przegarniał pochylone zboża i rzeźwość mocna i weselna biła od borów i pól i przenikała duszę, że już dzieci z wrzaskiem brodziły po rowach i roztokach, ptaki ćwierkały w gąszczach, psy ujadały, księże perliczki darły się na płotach, a wszystkie opłotki, drogi, chałupy i obejścia zadzwoniły przekrzykami i rozmowami, nawet już tam kajś kole młyna zawiodła któraś piesneczkę:

Deszczyk rosi, zrosi me, zrosi me -
Moja Maryś, nocuj me; nocuj me!

Zaś od pola wraz z rykiem stad spędzanych darły się jazgotliwe, prędkie śpiewki pasterek:

Powiedziałeś, że mnie weźmiesz
Skoro żytko, jarkę zeżniesz;
A tyś zeżon i owiesek -
Teraz szczekasz kieby piesek -
Oj dana, da dana!..

Zaczęły też wyjeżdżać wozy ludzi, którzy ostali przeczekując burzę, ale wiela gospodarzy ze sąsiedzkich wsi pozostało w gościnie u Lipczaków: byli to ci, co tak poczciwie zjechali pomagać kobietom. Bogatsi ugaszczali ich po domach, nie żałując jadła ni napitków, zaś biedniejsze powiedły swoich dobrodziejów na poczęstunek do Żyda bo zawdy raźniej w kupie i w karczmie weselej.
Chłopaki sprowadziły muzykę, że już od nieszporów roznosiło się z karczmy zawodzenie skrzypków, dudlenie basów i brzękliwy warkot bębenka.
A i drudzy też gęsto pociągali na zabawę, gdyż od tyla czasu, bo od samych zapust, nie zbierali się na żadną ochotę.
Narodu się naszło co niemiara, miejsc zbrakło, że sporo musiało się kuntentować siedzeniem na belkach leżących pod karczmą, jeno co czas był piękny i na niebie świeciły złote roztoki, to się gęsto kwaterowali pod ścianą, krzykając na Żyda, by im napitki wynosił.
Że prawie sama młódź przepełniała karczmę, zaraz też z miejsca poszli oberkiem, jaże ściany i dyle pojękiwały, a przewodził tanom ku niemałemu podziwowi Szymek Dominikowej z Nastusią. Darmo go młodszy, Jędrzych, odwodził, cicho molestując, ale nie poredził, bo parobek się sielnie rozochocił i słuchać nie chciał, gorzałkę pił i do picia Nastkę i kamratów swoich przyniewalał, zaś co urznęła muzyka, dziesiątki rzucał

grajkom, Nastkę wpół ujmował i z całej mocy wrzeszczał:

- Jeno ostro, chłopcy, z kopyta, po naszemu!

I nosił się po izbie kiej ten rozhukany źrebiec, pokrzykując srogo i bijąc siarczyście obcasami.

- Wiechcie, jucha, z butów powytrzącha! - szeptał Jambroży, robiąc łakomie grdyką ku pijącym pobok:- A wali kulasami kiej cepem: jeszcze mu się rozlecą! - dodał głośniej, bliżej się podsuwając.

- Baczcie ino, żebyście sami czego nie stracili - mruknął Mateusz, stojący ze swoimi kamratami.

- Gorzałki bym się z wami napił na zgodę - rzekł śmiejąc się Jambroży.

- Naści, szkła jeno nie zechlaj, pijanico! - podał mu pełny kieliszek i odwrócił się plecami, bo Grzela, wójtów brat, zaczął im cosik raić z cicha; że wsparci o szynkwas słuchali uważnie nie bacząc na tany ni na stojącą przed nimi gorzałkę: Sześciu ich było zebranych, wszystkie najprzedniejsze we wsi parobki, same rodowe, gospodarskie syny, radzili pilno, ale że wrzask się robił coraz większy i ciasnota, to przenieśli się do żydowskiej stancji, gdyż alkierz zajmowali gospodarze ze swoimi gośćmi.

Izba była ciasna; zapchana rozbabranymi betami, w których spały Żydzięta, iż ledwie się pomieścili przy stole. Jedna łojówka kopciła się w mosiężnym świeczniku, wiszącym u pułapu. Grzela puścił flaszkę w kolejkę, przepili raz i drugi, ale jakoś nikto nie zaczynał, z czym przyszli: jaże Mateusz rzucił drwiąco:

- Zaczynaj, Grzela, to kiej wrony na deszczu tak siedzita!

Nie zdążył Grzela zacząć, gdy wszedł kowal i witał się szukając, kaj by przysiąść.

- Smolipysk jucha, zawdy tam wzejdzie, kaj go nie posiali! - buchnął Mateusz. - W twoje ręce, Michał! - dodał zaraz, tłumiąc gniew.

Kowal wypił i nadrabiając miną ozwał się żartobliwie:

- Nie łasym cudzych sekretów, a nic tu, widzę, po mnie...

- Rzekłeś! Dobrze wama z Miemcami w piątki na sperce z kawą, to jeszcze lepiej będzie dzisiaj, we święto...

- Powiadasz Płoszka bele co, jakbyś się napił... - odburknął.

- Powiedam, co wiadomo, że co dnia z nimi hańdryczysz.

- Kto mi robotę daje, temu robię, nie przebieram.

- Robotę! co inszego ty z nimi obrabiasz - rzekł ciszej Wachnik.

- Jakeś i z dziedzicem nasz las obrabiał - dodał groźnie Pryczek.

- Widzi mi się, co na sąd trafiłem... cie! jak to wszystko wiedzą.

- Dajta mu spokój, robi swoje bez nas, to i my weźmy się do swojego przez niego - powiedział Grzela patrząc mu ostro w ślepie rozbiegane.

- Kiejby was strażnik dojrzał przez okna, pomyślałby, co się zmawiacie na kogo! - niby to drwił, ale wargi mu się ze złości trzęsły.

- Może i tak, jeno nie na ciebie: za małaś figura, Michał.

Nacisnął czapkę i wyszedł trzaskając drzwiami.

- Przewąchał cosik i na zwiady przyleciał.

- Gotów teraz iść słuchać pod okno.
- O sobie jeszcze co takiego usłyszy, że mu się odechce.
- Cichojta no, chłopcy! - zaczął Grzela uroczyście. - Mówiłem już wama, co Podlesie nie przedane jeszcze Miemcom, ale leda już dzień mogą pojechać do aktu, a nawet mówili, co na przyszły czwartek.
- Dyć wiemy i trzeba na to zaradzić! - zawołał niecierpliwie Mateusz.
- Radź, Grzela: na książce umiesz, gazetę czytujesz, to ci łacniej.
- Bo jak Miemce kupią i zasiędą o miedzę, to będzie jak w Górkach: powietrza prosto zbraknie do dychania w Lipcach i z torbami pójdziemy albo do Hameryki.
- A ojce jeno się we łby skrobią, wzdychają i zaradzić nie poredzą.
- I z gospodarek nam nie ustąpią! - rzucali jeden po drugim.
- Wielka rzecz Miemcy! siedziały takuśko w Liszkach a nasi ich wykupili co do jednego, że zaś w Górkach było inaczej, to same chłopy winowate: piły, procesowały się cięgiem i torby se wygrały.
- To i z Podlesia możem wykupić i przegnać! - wołał Jędrek Boryna, stryjeczny Antka.
- Łacno mówić: teraz nie ma za co kupić; chociaż tylko po sześćdziesiąt rubli morgę sprzedają, a potem to znajdziesz z jakie tysiąc złotych za to samo?...
- Żeby ojce wydzieliły każdemu, co jego, a prędzej by poredził.
- Bo pewnie, juści! Zaraz bym wiedział, co robić! - zawrzeszczeli.
- O głupie, głupie! To starzy z całego ledwie się przeżywią, a wy na działach chcecie nazbijać pieniędzy! - przerwał im Grzela.
Zmilkli naraz, bo juści taką prawdę rzekł, jakby obuchem zwalił w ciemię.
- Bieda nie z tego, że ojcowie nie chcą wam popuścić gospodarek - mówił dalej - a jeno z tego, że Lipce mają ziemi za mało, że narodu cięgiem przybywa, gdyż co starczyło za dziadków la trojga, musi się teraz rozdzielać la dziesięciorga.
- Święta prawda! Juści, że tak! Juści! - szeptali sfrasowani.
- To kupić Podlesie i podzielić! - wyrwał się któryś.
- Kupiłbyś wieś, jeno pieniądze gdzieś! - mruknął Mateusz.
- Czekajta jeno, może się i na to znajdzie jaka rada.
Mateusz się naraz zerwał, buchnął pięścią w stół i zakrzyczał:
- A czekajcie i róbcie sobie, co chcecie, mnie już dosyć i jak się ozgniewam, to rzucę wieś i do miasta pójdę, tam lepiej ludzie żyją.
- Twoja wola, ale drudzy muszą tutaj ostać i jakoś sobie radzić:
- A bo już wytrzymać nie mogę, jaże diabli człowieka biorą: ciasnota wszędy, że chałupy dziw się nie rozwalają, tyla w nich siedzi, bieda jaże piszczy, a tu pobok leży ziemia wolna i prosi się, by ją wziąć... a nie ugryziesz, choćbyś zdychał z głodu, nie ma jej kupić za co i pożyczyć nie ma od kogo. Żeby to wciórności z takim urządzeniem.
Grzela opowiedział, jak to jest indziej po drugich krajach.
Słuchali wzdychając żałośnie, a Mateusz mu przerwał:

- Cóż nama z tego, że drugie dobrze mają! Pokaż głodnemu miskę pełną i schowaj, niech się nachla patrzeniem! Dobrze mają: kaj indziej to jest opieka nad narodem, nie tak, jak u nas, gdzie każden chłop rośnie se jako ta dziczka w czystym polu, że czy zmarnieje, czy też wyrośnie - co to kogo swędzi?... bele jeno podatki płacił, w rekruty szedł i urzędom się nie przeciwił! Mierzi mi się już takie życie i do grdyki idzie...

Grzela, wysłuchawszy cierpliwie, zaczął znowu swoje:
- Jest tylko jeden sposób, żeby Podlesie było nasze.

Przysunęli się jeszcze bliżej, bych i słowa nie stracić, gdy naraz taki wrzask wstrząsnął całą karczmą, jaże szyby zabrzęczały, i muzyka grać przestała. Poleciał tam któryś na przewiady i opowiadał potem ze śmiechem, co się stało: Dominikowa narobiła takiego piekła, przyleciała bowiem z kijem po synów, chciała ich bić i siłą do domu zabierać, jeno co się oparli, matkę z karczmy wypędzili, a teraz Szymek jął pić na umor, zaś Jędrzych pijany do cna ryczy w kominie.

Nie pytali o więcej, gdyż Grzela zaczął wykładać swój sposób, który był taki: z dziedzicem się pogodzić i w zamian morgi lasu zażądać po cztery morgi pola na Podlesiu!

Zdumieli się wielce i strasznie rozradowali taką możliwością, a Grzela jeszcze powiadał, co tak samo się ugodziła jedna wieś koło Płocka, o czym był wyczytał w gazecie.
- Dobra nasza, chłopcy! Żydzie, gorzałki! - krzyknął Płoszka we drzwi.
- Za trzy morgi boru rychtyk by nam wypadło dwanaście pola!
- A nam z dziesięć, cała gospodarka!
- I niechby dodał co niebądź krzaków na opał.
- A za paśniki mógłby dać choć po mordze łąki.
- I nieco budulcu na chałupy! - wołali jeden przez drugiego.
- Jeszcze trochę, a będziecie chcieli, żeby wam dodał po koniu z wozem i po krowie, co? - przekpiwał Mateusz.
- Cichocie no!... trzeba teraz namawiać, aby się gospodarze zebrali, poszli do dziedzica i przełożyli, czego chcą: może się i zgodzi.

Mateusz mu przerwał:
- Jak nie ma noża na gardle, to się nie zgodzi: jemu zaraz potrza pieniędzy i Miemcy je dadzą choćby jutro, niech się tylko zgodzi... A nim się nasi wydrapią po łbach, nim się naredzą, nim się na jedno zgodzą, nim baby przeciągną na swoją stronę, to miesiące przejdą, dziedzic ziemię przeda i plecy wypnie: będzie miał o czym czekać, jak wypadnie sprawa z borem. Grzelowy sposób jest mądry, jeno widzi mi się, trza go innym końcem stawiać do pionu.
- To gadajże, Mateusz, radź!
- Nie gadać, nie naradzać się, a trza zrobić tak samo jak z borem.
- Czasem tak można, a czasem nie! - mruknął Grzela.
- A ja ci mówię, że można, w inny ździebko sposób, a to samo wyjdzie... Do Miemców iść całą gromadą i spokojnie im zapowiedzieć, abych się nie

ważyły kupować Podlesia...

- A takie są głupie, że zaraz się nas ulękną i posłuchają!

- Toteż im się zapowie, że jeśli nie posłuchają i kupią, to nie pozwolim im siać, nie pozwolim się budować, nie damy krokiem się ruszyć za pola. Zobaczycie, czy się nie ulękną! Wykurzymy ich kiej lisów z jamy.

- A juści, niby to se nie poredzą!... jak Bóg w niebie, tak nas znowu za te pogrozy wsadzą do kreminału! - wybuchnął Grzela.

- Zapakują, to i puszczą, wiekować tam nie będziemy, ale kiej nas wypuszczą, to la Miemców będzie jeszcze gorzej... głupie one nie są i przódzi dobrze rozważą, czy im wojna z nami pójdzie na zdrowie... Dziedzic też będzie inaczej śpiewał, jak mu kupców rozpędzimy, zaś nie...

Ale już Grzela nie mógł wytrzymać, zerwał się od stołu i zaczął z całych sił odwodzić od tych zuchwałych zamysłów. Przekładał, jakie to z tego wynikną procesy, nowe straty la wszystkich, nowe marnacyje, że gotowi powsadzać ich za te ciągłe bunty na parę lat do kryminału... że to wszystko da się zrobić spokojnie ze samym dziedzicem... Zaklinał na wszystko i błagał, by nowego nieszczęścia nie ściągali na naród. Prawił ze dwa pacierze i jaże poczerwieniał, jaże całował ich posobnie molestując i prosząc, bych poniechali, ale wszystko to było na darmo, kiejby groch rzucał na ścianę, że w końcu Mateusz rzekł:

- Prawisz kiej w kościele, jakbyś z książki wyczytywał, a nam czego inszego potrza!

Wraz też wszyscy zaczęli mówić, zrywać się, tłuc pięściami w stół, a wrzeszczeć z wielkiej radości:

- Dobra nasza, na Miemców iść, rozegnać pludraków! Mateusz mądrze radzi, jego słuchamy, a który się boja, niech pod pierzynę się chowa!

Ani sposób już było do nich mówić, tak ich ponosiło.

Żyd w te pore przyniósł flachę, wysłuchał i ścierając na stole porozlewaną gorzałkę powiedział nieśmiało:

- Mateusz ma kiepełe: mądrą radę daje.

- Cie! Jankiel też na Miemców, no! - zakrzyczeli zdumieni.

- Bo ja wolę trzymać ze swoimi, biedy się użyje, jak i wszystkie, ale jakoś z pomocą boską żyć można... Ale gdzie przychodzą Niemcy, to już tam nie tylko biedny Żydek się nie pożywi, tam pies nie ma co jeść... Niech one zdechną, niech ich ta... tfy... choroba wytłucze!...

- Żyd i trzyma z narodem! Słyszeliśta, co?

Dziwowali się coraz barzej.

- Ja jestem Żyd, ale mnie w boru nie znaleźli, ja się tutaj urodziłem jak i wy, mój dziadek i mój ojciec też... to z kim ja mam trzymać?... co?... Czy to ja nie swój?... Przecież jak wam będzie lepiej, to i mnie będzie lepiej!... Jak wy będziecie gospodarze, to ja będę z wami handlował!... Jak mój dziadek z waszymi, no nie?... A coście mądrze o Niemcach myśleli, to ja całą butelkę araku postawię!... Wasze zdrowie, gospodarze podleskie! - zawołał przepijając do Grzeli.

Pili gęsto i taka radość nimi owładnęła, że dziw Żyda nie całowali po brodzie, usadzili go między sobą i wszystko znowu rozpowiedzieli, radząc się go we wszystkim. Nawet Grzela się rozchmurzył i przystał znowu do nich, bych go nie posądzili o co złego.

Narada już niedługo trwała, bo Mateusz się podniósł i wołał:

- Do karczmy, chłopcy, nogi wyprostować, dosyć na dzisiaj!...

Hurmą tam poszli, a Mateusz odbił zaraz jakiemuś Tereskę i puścił się z nią w tany, a za nim drugie zaczęły dziewki z kątów wyciągać, na muzykantów krzykać i w tany iść kiej wicher.

Juści, co zaraz rzęsiściej gruchnęła muzyka, bo grajki wiedziały, że z Mateuszem nie przelewki, że płaci, ale i bić gotowy.

Roztańcowała się karczma na dobre, z czubów już się galancie kurzyło, że wrzaski, muzyka; tupoty a siarczyste pokrzyki jakby wrzątkiem przepełniały izbę i na świat się rozlewały przez powywierane drzwi a okna, zaś pod ścianami na dworze też szła niezgorsza zabawa, brząkały kieliszki, gospodarze często do się przepijali, a raili coraz głośniej i coraz bełkotliwiej.

Noc już się zrobiła, gwiazdy bystro zaświeciły, szumiały cicho drzewiny, a z mokradeł roznosiły się żabie rechotania i huczały niekiedy głosy bąków, po sadach słowiki zawodziły, ciepło było i pachnąco. Używali se ludzie wywczasu na świeżym, chłodnym powietrzu, a raz po raz jakaś para, trzymając się wpół, wysuwała się z karczmy i w cienie szła... Zaś pod ścianą było już coraz głośniej, gadali wszyscy razem, że trudno się było połapać.

- ...a co jeno wieprzka wypuściłam, że jeszcze i ryja nie zdążył wsadzić w ziemniaki, a ta do mnie z pyskiem.

- Wypędzić ją ze wsi!... Wypędzić!...

- Baczę, co tak samo z jedną zrobili za moich młodych lat!... Przed kościołem do krwi ukarali, krowami wywieźli za kopce i był spokój...

- Żydzie, całą kwaterkę krzepkiej!

- Odebrała mleko mojej siwuli, odebrała!...

- Obrać nowego, to każdy tak samo poradzi...

- Wyrwać złe, póki większego korzenia nie zapuści...

- Pleć zboże, póki chwasty nie zagłuszą...

- Przepijcie no do mnie, a cosik waju rzeknę...

- Byka bierz za rogi, a nie popuszczaj, jaże się zwali...

- Dwa morgi a jedna - trzy morgi; trzy morgi a jedna - cztery morgi.

- Pij, bracie, to i rodzone nie zrobiłyby poczciwiej...

Rwały się z mroków postrzępione rozmowy, że ani rozeznał, kto mówił i do kogo; tylko jeden grubachny głos z Jambroża górował wyraźnie nad drugimi w różnych miejscach, przechodził bowiem cięgiem od kupy do kupy, to do karczmy zaglądał i wszędy wygarniając po kusztyczku, pijany już był całkiem, sielnie się potaczał, ale chycił przy szynkwasie któregoś za orzydle i jął go płaczliwie molestować:

- Ochrzciłem cię, Wojtek, i twojej kobiecie tak dzwoniłem, jaże mi kulasy popuchły: postaw kieliszek bracie! A postawisz całą półkwaterkę, przedzwonię jej na wieczne odpoczywanie i drugą babę ci naraję... młodą, jedrną kiej rzepa! Postaw, bracie, półkwaterkę...

Młodzież hulała zawzięcie, że cała izba wypełniła się wrzaskiem a wiewającymi kieckami i kapotami, już piesneczki przyśpiewywali przed muzyką i tańcowali coraz zapamiętalej, że nawet starsze kobiety wytrząsały się, piskliwie pokrzykując, a Jagustynka przedarłszy się do środka ujęła się wpół i bijąc nogami o podłogę wyśpiewywała chrzypliwie:

Nie boję się wilka, choćby było kilka!...
Nie boję się chłopa, choćby było kopa!...

ROZDZIAŁ 10

Owóż te dnie od Bożego Ciała do niedzieli nie przeszły letko Mateuszowi, Grzeli ni ich kamratom; Mateusz bowiem przerwał roboty przy Stachowej chałupie; zaś drudzy też poniechali swoich zajęć, a ino całe te dnie i wieczory chodzili po chałupach w pojedynkę i podjudzali naród przeciwko Miemcom, nawołując do przepędzenia ich z Podlesia.

Karczmarz ze swojej strony też nie żałował namów, a jak było potrza na upartych, to i poczęstunków albo borgowań, ale szło kiej po grudzie; starsi drapali się jeno po łbach, wzdychali ciężko i, nie ważąc się na żadną stronę, oglądali się na drugich i na kobiety, które jak jedna ani słuchać nie chciały o wyprawie na Miemców.

- Hale! co im do łbów strzeliło! Mało to już marnacji przez bór?... jeszcze jednego nie odsiedziały i nowe biedy chcą na wieś sprowadzić! - wołały, a sołtysowa, cicha zazwyczaj, jaże pomietło chyciła na Grzelę.

- Jak będziesz niewolił do nowego buntu, to cię strażnikom wydam! Nygusy, ścierwy; robić się im nie chce, toby ino spacerowały! - rozwrzeszczała się przed chałupą.

Zaś Balcerkowa gruchnęła na Mateusza:

- Psy na was spuszczę, próżniaki! Wrzątku naszykuję!

I wszystkie progiem zaległy przeciwko namowom, głuche na tłumaczenia i prośby, że ani sposobu było im trafić do rozumu; zawrzeszczały każdego, a niejedna już i płaczem lamentliwym buchała.

- Nie dam mojemu iść! Kapoty się uwieszę, i choćby mi kulasy obcięli, a nie puszczę!... Dosyć my się już nabiedowały!...

- A żeby was, głąby jedne, siarczyste pieruny rozniesły! - klął Mateusz. - To kiej sroki na deszcz krzyczą i krzyczą. Dyć to ciele prędzej zrozumie ludzką mowę niźli kobieta mądre słowo! - wyrzekał głęboko zniechęcony.

- Daj spokój, Grzela, nie trafisz z niemi do rozumu: trza by każdą sprać abo żebych twoja była, to cię wtedy może posłucha - żalił się smutnie.

- Takie już są, że przez moc nie przerobisz: inszym trza sposobem z niemi;

oto nie przeciwiać się, przytakiwać, a pomaluśku na swoją stronę pociągać. Tłumaczył tak Grzela, nie odstępując sprawy, bo chociaż sam był jej zrazu przeciwny, ale skoro rozważył, że inaczej nie można, całą duszą się jej oddał.

Chłop był kwardy i nieustępliwy, a na co się jeno zawziął, dopiąć musiał, żeby tam nie wiem co przeszkadzało; to i teraz na nic nie zważał: zawierali mu drzwi przed nosem - oknami gadał; kobiety mu wygrażały - nie gniewał się, przyświarczał jeszcze, a kaj było potrza - basował, zaś niejedną o dzieci zagadywał i porządki wychwalał, aż w końcu powiedział swoje, a nie udało się - szedł dalej. Całe dwa dni pełno go było na wsi, w chałupach, po ogrodach, w pola nawet szedł i zagadując o tym i owym ludzi, swoje im prawił, zaś tym, którzy nie miarkowali od razu, kijaszkiem rysował po ziemi podleskie pola, pokazywał działy i cierpliwie tłumaczył korzyści każdego. Ale mimo tych zabiegów na darmo byłyby te wszystkie zachody, gdyby nie pomoc Rochowa. Jakoś w sobotę po południu, zmiarkowawszy, że wsi nie poruszą, wyzwali Rocha za stodoły Borynowe i zwierzyli się przed nim; bojali się, że będzie im przeciwny.

Ale Rocho pomyślał krótko i powiada:

- Sposób to zbójecki, ale że na inny już nie ma czasu, pomogę wam z chęcią.

I zaraz poszedł na ogrody do proboszcza siedzącego przy parobku koszącym koniczynę, któren potem rozpowiadał, jako zrazu dobrodziej się ozgniewał na Rocha, krzyczał, zatykał uszy i słuchać nawet nie chciał, lecz potem siedli obaj na miedzy i długo se cosik uradzali: Snadź Rocho go przekonał, gdyż o zmierzchu, kiej ludzie zaczęli ściągać z pól, proboszcz poszedł na wieś i niby to chłodu zażywał, a zaglądał w obejścia, pytał o różności, a głównie z kobietami się zmawiał i w końcu każdemu z osobna a cicho powiadał:

- Chłopaki dobrze chcą. Trzeba się śpieszyć, póki jeszcze czas. Zrobicie swoje, to ja już pojadę do dziedzica i będę go namawiał.

I tyle dokazał, że kobiety się już nie przeciwiły, zaś gospodarze zaczęli wywodzić, iż skoro ksiądz zachęca, to warto by tak zrobić.

Jeszcze się cały wieczór naradzali, ale już rankiem w niedzielę byli wszyscy zdecydowani na jedno.

Mieli iść po nieszporach i z Rochem na czele, że to mógł się rozmówić z Miemcami po ichnemu.

Właśnie to był Rocho teraz przyobiecał chłopakom; odeszli pohukując z radością; on siedział na Borynowym ganku przesuwając ziarna różańca i cosik medytując.

Wcześnie jeszcze było, dopiero co miski sprzątnęli po śniadaniu, że zapach żuru i okrasy wiercił nozdrza, a Pietrek przeciągał się po jadle.

Czas się robił ciepły a nieupalny, jaskółki niby kule przecinały powietrze. Słońce podnosiło się dopiero zza chałupy, iż w cieniach polśniewały jeszcze osuszone, ciężkie trawy i z pól zawiewał chłód pachnący zbożami.

W chałupie cicho było, jak zazwyczaj w niedzielę, kobiety zwijały się kole porządków, dzieci obsiadłszy miskę przed gankiem pojadały z wolna, broniąc się łyżkami i piskiem przed Łapą, któren na gwałt rwał się do spółki, maciora stękała pod ścianą na słońcu, tak ją waliły łbami prosięta dobierając się do mleka, to bociek rozganiał kury i gajdał się za źrebakiem baraszkującym w podwórzu, niekiedy drzewa zaszumiały i sad się rozkolebał, zaś polem rozchodził się jeno brzęk pszczół idących na robotę i dzwonienia skowronków.

I na wsi zaległa niedzielna cichość, że tylko niekiedy słychać było głosy, kura któraś zwoływała, to gdziesik nad stawem ze śmiechami a chlupotem pucowały się chłopaki abo kaczki zakwakały.

Drogi leżały puste i rozmigotane w słońcu, mało kto przechodził, jeno niekaj na progach czesały się dziewczyny i ktosik z cicha grał na fujarce.

Rocho przebierał różaniec, czasem nasłuchiwał, a głównie myślał o Jagusi, słyszał ją kręcącą się po izbie, czasem stawała za nim, niekiedy szła w podwórze, a wracając spuszczała przed nim oczy i krwawy rumieniec oblewał jej twarz wymizerowaną, że zrobiło mu się żal.

- Jaguś! - szepnął dobrotliwie, podnosząc na nią oczy.

Przystanęła z zapartym oddechem czekając, co powie, ale on, jakby nie wiedząc, co rzec, zamruczał jeno co niebądź i zamilkł.

Na swoją stronę znowu odeszła, przysiadła w wywartym oknie i wsparłszy się o futrynę patrzyła żałosnymi oczyma we świat rozsłoneczniony, na te chmurki białe, co kiej gęsi błąkały się po niebie jasnym, i ciężkie westchnienia rwały się jej z piersi, a niekiedy łzy kapały z zaczerwienionych oczu i płynęły wolno po wychudzonej, mizernej twarzy. Juści, mało to przeszła przez te dnie? Dyć cała wieś szczuła na nią, kieby na psa parszywego; kobiety odwracały się plecami, kiej przechodziła, a poniektóre spluwały za nią; przyjaciółki jej nie spostrzegały, chłopy śmiały się wzgardliwie, a nawet wczoraj najmłodszy Gulbasiak śmignął za nią błotem i zakrzyczał:

- Wójtowa kochanica!

O! to jakby ją noże przeszyły i wstyd dziw nie zadusił!

Mój Boże, a bo to była winowata?... spoił ją przeciek, że o Bożym świecie nie wiedziała... mogła się to przeciwić?... a teraz wszyscy na nią, teraz cała wieś ucieka kiej od zapowietrzonej, a nikto w obronie nie stanie.

Gdzież to teraz pójdzie? Drzwi przed nią pozawierają i jeszcze psami szczuć gotowi!... Nawet do matki nie ma iść po co: prawie ją wygnała mimo próśb i płaczów... że gdyby nie Hanka, już by co złego sobie zrobiła... Juści, jedna Antkowa zaopiekowała się nią poczciwie, nie cofając ręki pomocnej i jeszcze broniąc przed ludźmi...

A bo i niewinowata, nie, wójt winien, że ją skusił i przyniewolił do grzechu, a już najbardziej winien wszystkiemu ten stary zbuk! Pomyślała naraz o mężu.

- Całe życie mi zawiązał! Panną byłabym, to nie daliby mnie ukrzywdzić, nie... I cóżem to za nim użyła? Ni życia, ni świata!...

Rozmyślała gorączkowo, żałoście się w niej kajść zapodziewały, a wstawał natomiast srogi gniew i tak ją rozprężał, jaże zaczęła biegać po izbie.

- Pewnie, co wszystko złe przez niego... i z Antkiem by tego nie było... i wójt by się nie ważył... i... - skarżyła się. Żyłaby se spokojnie jak przódzi, jak żyją wszyćkie... Zły go postawił na drodze i matkę skusił morgami, a teraz musi cierzpieć... musi... - ażeby cię robaki roztoczyły!

Wybuchnęła zaciskając mściwie pięście i dojrzawszy przez szczytowe okno wasąg z chorym pod drzewami, pobiegła tam gwałtownie i nachylając się nad nim zasyczała nienawistnie:

- Abyś zdechł jak najprędzej, ty stary psie!...

Chory wytrzeszczył na nią oczy i cosik zamamrotał, ale już odleciała: ulżyło jej galańcie, miała się już na kim odbijać za swoje krzywdy. .

Kowal stał na ganku, gdy przechodziła z powrotem, ale udawał, że jej nie spostrzega. Zagadał głośniej do Rocha:

- Mateusz rozpowiada, jako ich powiedziecie na Miemców...

- Prosili, to pójdę z nimi do sąsiadów - powiedział z naciskiem.

- Nowe dybki sobie szykują. Rozwydrzyły się chłopy na dziedzicu i myślą, że jak znowu pójdą hurmą z kijami a krzykiem, to Miemcy się ulękną i Podlesia nie kupią.

Ledwie się hamował ze złości.

- A może się i wyrzekną kupna, kto wie?...

- A juści! gronta porozmierzali, wszystkie famielie już się sprowadziły, studnie kopią, kamień na fundamenta zwożą...

- Wiem dobrze, że u rejenta jeszcze aktu nie podpisali

- Mnie się przysięgali, jako już po wszystkim.

- Mówię, co wiem, i gdyby dziedzic znalazł lepszych kupców...

- To przeciek Lipce nie kupią, nikt groszem nie śmierdzi...

- Grzela tu jakoś kalkuluje i zdaje mi się...

- Grzela! - przerwał gwałtownie - Grzela się pcha na pierwszego, a głupi naród bałamuci i do złego jeno prowadzi...

- Zobaczymy, jak to wyjdzie, zobaczymy! - mówił Rocho uśmiechając się nieco, gdyż kowal jaże wyrywał se wąsy ze złości.

- Jacek z kancelarii! - zawołał spostrzegając stójkę w opłotkach.

- Dla "Anny Maćwiejówny Boryna" papier z kancelarii! - recytował Jacek wyciągając jakąś kopertę z torby.

Hanka przybiegła i niespokojnie obracała papier, nie wiedząc, co z nim począć.

- Przeczytam - rzekł Rocho.

Kowal chciał mu zajrzeć przez ramię, ale Rocho zamknął prędko list i rzekł najspokojniej:

- Sąd was zawiadamia, Hanka, że możecie się z Antkiem widywać raz na tydzień.

Hanka, opatrzywszy stójkę, wróciła do izby, zaś Rocho dopiero po odejściu kowala poszedł za nią, wołając radośnie:

- Co innego stoi napisane w papierze, nie chciałem tylko powiedzieć przy kowalu! Sąd powiadamia, byście przywieźli pięćset rubli zastawu albo poręczenie, to Antka zaraz wypuszczą... Co to wam?...

Nie odrzekła, głos jej odebrało, stanęła jak wryta, rumieńce pokryły twarz, potem zbladła kiej ściana, oczy się przyćmiły łzami, rozwiedła ręce i z ciężkiem westchnieniem jak długa rymnęła na twarz przed obrazami.

Rocho się wyniósł cichuśko, siedział na ganku i czytając jeszcze ten papier uśmiechał się zarówno rozradowany, zaś po jakimś czasie znowu zajrzał do izby.

Hanka klęczała na środku modląc się całą duszą, że dziw się jej serce nie rozpękło z radości i z onego żaru dziękczynień; krótkie, rwane westchnienia i szepty gorące zdały się całą izbę wypełniać błyskami, biły kiej słupy serdecznego ognia pod stopy Częstochowskiej, żywą krwią spływały. Umierała prawie ze szczęścia, łzy ciekły strumieniami a wraz z nimi ściekała pamięć wszyćkich bolów dawnych, pamięć krzywd wszelkich.

Podniosła się wreszcie i ocierając łzy powiedziała Rochowi:

- Jużem teraz gotowa na nowe, bo choćby przyszło najgorsze, to już takie złe nie będzie.

Aż się zdziwił, tak nagle się przemieniła: oczy się zaiskrzyły, krew zagrała na bladych policzkach, prostowała się, jakby jej z dziesięć lat ubyło.

- Uwińcie się ze sprzedażą, zróbcie, co potrzeba, pieniędzy i pojedziemy po Antka, choćby jutro albo we wtorek.

- Antek wraca! Antek wraca! - powtarzała bezwolnie.

- Nie rozpowiadajcie! Powróci, to się i tak dowiedzą, zaś potem trzeba mówić, co go puścili przez zastawu: kowal nie będzie się was czepiał.

Nauczał cicho. Obiecała uroczyście, tylko jednej Józce zawierzając tajemnicę, jeno co ledwie już zdzierżała tę straszną radość; chodziła kiej opita, całowała cięgiem dzieci, gadała do źrebaka, gadała do maciory, przedrzeźniała się z boćkiem, a Łapie, któren chodził za nią ze skamleniem i w oczy zaglądał, jakby cosik miarkując, szepnęła w same ucho niby człowiekowi:

- Cicho, głupi, gospodarz przeciek wracają!

I śmiała się, popłakując na przemian, Maciejowi długo o tym rozpowiadała, jaże oczy trzeszczył wystrachane i cosik mamlał językiem. Zabaczyła już o całym świecie, że Józka musiała przypominać, iż czas już się szykować do kościoła. Hej, ponosiło ją szczęście, ponosiło, że chciało się jej śpiewać, chciało się lecieć we świat i krzykać zbożom, co się do nóg kłaniały ze chrzęstem, drzewinom, ziemi wszystkiej:

- Gospodarz wracają! Antek wróci!

Jaże z onej radości Jagnę jęła zapraszać, bych razem poszły, ale Jagna nie chciała, wolała pozostać.

Nikto jej o Antku nie powiedział, ale domyśliła się łacno wszystkiego z półsłówek i z tego, co Hanka wyprawiała. Poniesła i ją ta wiadomość i rozkołysała jakąś radosną, cichą nadzieją, że nie bacząc na nic poleciała do matki.

Nie w porę przyszła, trafiając akuratnie na srogą kłótnię.

Szymek bowiem zaraz po śniadaniu zasiadł pod oknem z papierosem w zębach, strzykał śliną na izbę, długo medytował, długo się ważył spoglądając na brata, aż w końcu rzekł:

- A to, matko, dajcie mi pieniędzy, bo na zapowiedzi muszę zanieść.

Ksiądz pedział, bych przed nieszporami przyjść na pacierze.

- Z kimże się to żenisz? - spytała z urągliwym prześmiechem.

- Z Nastusią Gołębianką.

Nie odezwała się, krzątając się pilnie kole garnków i komina. Jędrek podkładał drewek i choć się ogień buzował; dmuchał w niego ze strachu, zaś Szymek przeczekawszy z pacierz ozwał się znowu, jeno jakoś pewniej:

- Całe pięć rubli mi dacie, bo i zmówiny trza wyprawić...

- Posyłałeś to już z wódką, co? - pytała tak samo.

- Chodził Kłąb z Płoszką.

- I przyjęła cię, co? - aż się jej broda trzęsła ze śmiechu.

- Jakże!... przyjęła, juści.

- Trafiło się ślepej kurze ziarno: jeszcze by nie, taka wywłoka!

Szymek się zmarszczył, ale czekał, co powie więcej.

- Przynieś wody ze stawu, a ty, Jędrek, wieprzka wypuść, bo kwiczy...

Zrobili to prawie bezwolnie, a kiej znowu Szymek rozparł się na ławce i młodszy jął majdrować cosik pod blachą, stara rozkazała twardym głosem:

- Szymek, picie zanieś jałówce!

- Wynieście se sami, za dziewkę służył wama nie będę! - burknął hardo, rozpierając się na ławie jeszcze szerzej.

- Słyszałeś?! Nie doprowadzaj me do złości przy świętej niedzieli...

- Wyście też słyszeli, com rzekł: dajcie pieniędzy, a żywo!...

- Nie dam i żenić ci się nie przyzwolę! - buchnęła.

- I przez waszego przyzwoleństwa się obędę!

- Szymek, pomiarkuj się i ze mną nie zadzieraj!

Pochylił się naraz przed nią i pokornie podjął za nogi.

- Dyć was proszę; matko, dyć skamlę jak ten pies!...

Łzy mu zalały gardło.

Jędrek też ryknął i dalejże matkę całować po ręku; obłapiać za nogi a molestować wraz z bratem.

Odgarnęła ich od siebie ze złością.

- Ani mi się waż przeciwić, bo cię wygonię na cztery wiatry!... - krzyknęła wytrząchając pięściami.

Ale Szymek już się nie ukląkł, matczyne słowa śmignęły go kiej biczem; że zakipiał, wyprostował się hardo i rodowa Paczesiów zawziętość buchnęła mu do głowy; postąpił na izbę i rzekł strasznie spokojnie, bodąc ją rozgorzałymi ślepiami:

- Dawajcie pieniądze a prędko!... czekał już ni prosił nie będę!
- Nie dam! - wrzasnęła rozjuszona oglądając się za czym do ręki.
- To sam se je znajdę!

Skoczył do skrzynki kiej ryś, jednym szarpnięciem oderwał wieko i zaczął z niej wywalać na podłogę obleczenia. Rzuciła się z wrzaskiem do obrony, próbowała go tylko zrazu odciągnąć, ale że ani na krok nie ustępował, wczepiła mu rękę w kudły, a drugą zaczęła bić po twarzy i głowie, kopać w zajdy i krzyczeć wniebogłosy. Oganiał się jeszcze kiej od muchy uprzykrzonej, nie przestając szukać pieniędzy, jaże dostawszy gdziesik w słabiznę, otrząchnął się z taką złością, że padła na izbę jak długa, ale w ten mig się zerwała i chyciwszy pogrzebacz runęła znowu na niego. Nie chciał tej bitki z matką, to się jeno obraniał jeszcze, jak mógł, usiłując jej odebrać żelazo. Wrzask napełnił izbę. Jędrek, zanosząc się od płaczu, biegał dookoła nich i skamlał żałośliwie:
- Matulu, laboga!... Matulu!...

Jagna, wszedłszy właśnie na to, rzuciła się ich rozbrajać, ale na darmo, bo co Szymek się uchylił i w bok uskoczył, matka dopadała go znowu kiej ta suka rozjuszona i prała, kaj popadło, że już rozwścieczony z bólu oddawać zaczął. Sczepili się kiej psy i taczając się po izbie, tłukli się o ściany i sprzęty ze strasznym wrzaskiem.

Ludzie już zaczęli nadbiegać ze wszystkich stron, próbując rozdzielić - cóż, kiej przypięła się do niego niby pijawka i biła z oszalałą zapamiętałością.

Aż trzasnął ją pięścią między oczy, chycił za boki i rzucił kiej ocipką na izbę; potoczyła się i niby kloc całym ciężarem padła na rozpaloną blachę, pomiędzy gary pełne wrzątku, komin się rozwalił i wszystko się zapadło...

Juści, co zaraz ją wywlekli z rumowiska, ale chociaż była strasznie poparzona, nie bacząc na ból ni na tlące się kiecki, porywała się jeszcze na niego.
- Wynoś mi się, wyrodku przeklęty!... Wynoś się!... - ryczała nieprzytomnie.

Musieli przez moc gasić ogień na niej i przytrzymywać, bych chociaż twarz spaloną obwalić zmoczonymi szmatami, alić i tak się wydzierała.
- Żebych cię moje oczy więcej nie widziały... żebych cię...

Szymek zaś, ledwie już dychający, zbity i okrwawiony, jeno patrzał na matkę wytrzeszczonymi ślepiami, strach go ułapił za gardziel, trząsł się cały, słowa nie mogąc wykrztusić ni wiedząc, co się dzieje.

A ledwie się niecoś uspokoiło, gdy naraz stara wyrwała się kobietom z rąk, skoczyła za komin do drąga z obleczeniem i zdzierając z niego Szymkowe rzeczy, jęła je wyrzucać przez okno do sadu...
- Precz z moich oczu! Nic tu twojego, moje wszyćko, ani jednego zagonu ci nie dam, ani łyżki strawy, choćbyś zdychał z głodu! - wrzeszczała ostatkami sił i zmożona wreszcie przez srogie boleście padła z rozdzierającymi jękami.

Ponieśli ją na łóżko.

Ludzi się naszło, że zapchali izbę, w sieniach się już gnietli, a i przez okno wtykali głowy.

Jagna już głowę traciła, c nie wiedząc, co poczynać, bo stara już prosto ryczała z bólu... Jakże, toć całą twarz i szyję miała wrzątkiem oblane, ręce popieczone, włosy spalone i oczy, że ledwie widziała.

Szymek siadł w sadku pod ścianą chałupy, brodę wsparł na pięściach i jakby zastygł, okrwawiony, w siniakach cały i w tych krzepnących już soplach krwie na twarzy, nasłuchiwał jeno matczynych jęków.

- Mateusz przyleciał wkrótce i ciągnąc go za rękę rzekł:
- Chodź do mnie. Nic tu teraz po tobie...
- Nie pódę! Gront mój po ojcach, to na swoim ostanę, nie ustąpię! - gadał z ponurą zaciętością, bezwolnie chytając się pazurami za węgieł.

Nie pomogły prośby ni molestowania, z miejsca się nie ruszył i zaprzestał odpowiadać.

Mateusz przysiadł pobok, nie wiedząc, co z nim począć, zaś Jędrek, zebrawszy właśnie powyrzucane kapoty, portki i koszule, związał je w płachtę i położył przed bratem nieśmiało.

- Pódę z tobą, Szymek, we świat, pódę! - skamłał rzewliwie popłakując.
- Psiachmać!... pedziałem, nie ruszę się stąd, to się nie ruszę!... - wrzasnął tłukąc pięściami we ścianę, jaże Jędrzych przykucnął ze strachu.

Zmilkli, gdyż nowe straszne jęki rozległy się w izbie: to Jambroż opatrywał chorą, obłożył poparzone miejsca młodym, niesolonym masłem, przykrył jakimiś liśćmi, na które znów nawalił zsiadłego mleka i wszystko owinął w mokre szmaty. Przykazawszy Jagusi, by co pacierz zlewała zimną wodą, poleciał śpiesznie do kościoła, gdyż sygnaturka zadzwoniła.

Czas już było na sumę, ludzie walili całą drogą, wozy turkotały i sporo znajomych zaglądało po drodze do chorej, jaże Jagna drzwi musiała zawrzeć przed ciekawymi, tyle co jedna Sikorzyna z nią pozostała.

Wkrótce i uspokoiło się całkiem. Dominikowa ucichła, od kościoła roznosiło się ciche, brzęczące granie organów i głosy śpiewań tchnęły wskroś sadów rozełkanym, pieściwym trzepotem.

Słońce galanto przypiekało, w przypołudniowej cichości drzewa stanęły bez ruchu, jeno niekiedy zatrzęsła się jaka gałązka i zamrowiły się cienie, ptactwo pomilkło, zaś czasami ruszyły zboża i dzwoniąc cichuśkim chrzęstem, zagrały płowymi grzywami.

Chłopaki wciąż siedziały pod chałupą. Mateusz z cicha prawił, Szymek kiwał jeno głową, zaś Jędrzych leżąc przed nimi wpatrywał się w dym Mateuszowego papierosa, co jakby niebieską pajęczyną wynosił się ponad strzechę.

Jagna wyszła z wiadrem po wodę do stawu.

Wtedy Mateusz się podniósł, przyobiecując przyjść jeszcze po obiedzie, do kościoła zamierzał iść, ale dojrzawszy, iż Jagusia siedzi nad wodą, przystąpił do niej.

Wiadro stało nabrane, nogi trzymała we wodzie.

- Jagusia!... - szepnął cicho, przystając pobok pod olszą.

Spuściła prędko wełniak na kolana i spojrzała na niego, ale miała tak przepłakane oczy i żałości a smutku pełne, że mu się serce zatłukło.

- Co ci to, Jaguś? choraś?...

Drzewa się zakolebały bez szumu, sypiąc na jej jasną głowę ulewę migotliwych brzasków i cieniów, kieby ten deszcz zielonozłoty.

- Ni... jeno mi niedrujko na świecie, nie... - odwróciła oczy.

- Bym ci co pomógł, zaradził... - rzekł serdecznie.

- Hale? uciekłeś wtedy na ogrodach i jużeś się nie pokazał...

- Boś me skrzywdziła!... Śmiałem to? Jaguś... - pokorny już był i dobry.

- Aleć potem wołałam za tobą, nie usłuchałeś...

- Wołałaś to, Jaguś? naprawdę?!...

- Rzekłam!... Wydrzeć bym się mogła, a nikto by się nie pokwapił!... Kto ta stoi o sieroty?... Skrzywdzić to każden gotowy i sponiewierać!

Łuna oblała jej twarz, odwiodła głowę i w zakłopotaniu jęła rozgarniać wodę nogami. Mateusz też się cosik zamedytował.

Cichość się znowu przędła; granie organów sączyło się kojącą, cichuśką smugą, staw polśniewał i koliste gurby roztaczały się od nóg Jagusinowych kiej węże pręgowate, cienie się mrowiły po nadbrzeżnej gładzi, zaś pomiędzy nimi zaczęły już latać spojrzenia i wiązać się między sobą...

Mateusza coraz silniej ciągnęło do niej, że wziąłby ją był na ręce kiej to dzieciątko i z nieopowiedzianą dobrością przyhołubił a uspokajał...

- Myślałam, coś mi nieprzyjazny... - ozwała się cichuśko.

- Nigdym ci krzyw nie był... nie baczysz to?...

- Hale, może łoni, kiedyś... a teraz tak jak drudzy... jak... - szepnęła niebacznie.

Rzuciło nim nagłe przypomnienie, wstał w nim gniew i zazdrość.

- Boś... boś...

Nie, nie poredził wyrzucić ze siebie, co go dusiło, pohamował się jeszcze, że jeno krótko i twardo powiedział:

- Ostaj z Bogiem!...

Musiał uciekać, aby jej wójta nie wypomnieć.

- Uciekasz, a cóżem ci to znowu za krzywdę zrobiła?...

Wylękła była i rozżalona.

- Nie... nie... jeno. - mówił prędko, zaglądając w jej modre, przepłakane oczy, a żal, tkliwość i gniew nim miotały - jeno przepędź tę pokrakę od siebie, przepędź, Jaguś... - prosił gwałtownie.

- Abom go to przyciągała? abo go to trzymam! - krzyknęła gniewnie.

Mateusz stanął niepewny i wielce skłopotany.

Płacz ją chwycił, łzy jak groch sypnęły się po rozognionej twarzy.

- Taką krzywdę mi zrobił... tak me spoił... a nikto się za mną nie upomni... nikto się nie ulituje, a wszyscy na mnie bij zabij! Cóżem to winowata?.. co? - skarżyła się z boleścią.

- Ja mu, ścierwie, odpłacę! - wybuchnął podnosząc pięście.
- Odpłać, Mateusz! Odpłać, a ja już ci... - przywtórzyła zawzięcie.
Już się nie odezwał, jeno poleciał ku kościołowi.
Długo jeszcze siedziała nad stawem rozmyślając o Mateuszu, że może się za nią ujmie, a krzywdzić nie pozwoli.
- A może i Antek - przyszło jej naraz do głowy.
Powróciła do domu, pełna cichych i radosnych przeczuć
Dzwony zaczęły bić, naród wychodził z kościoła, zaroiły się wnet drogi a rozgłośniały turkotami wozów i rozmowami, śmiechy dzwoniły w powietrzu, szli całymi kupami, postając niekiej przed opłotkami, tylko przed chałupą Dominikowej ludzie jakoś cichli, spoglądali na siebie i przechodzili z zasępionymi twarzami; nawet nikt nie zajrzał do chorej.
Wnet ci rozgwarzyła się cała wieś, rozgwarzyły się izby a sienie i progi; po sadach też było głośno i rojno, gdyż zasiadano do obiadów pod drzewami, w cieniach a chłodzie, że wszędy było widać jedzących, skrzybot łyżek, szczęk mich; a zapachy jadła i skamłania piesków roznosiły się w skwarnej ciszy.
Tylko u Dominikowej było głucho i pusto: nikt się nie pokwapił z odwiedzinami. Stara pojękiwała w gorączce, Jaguś nie mogła już wysiedzieć, stawała w progu, to wychodziła aż na drogę, to znowu długie czasy patrzała tęsknie przez okno, zaś Szymek, jak i prządzi, siedział pod chałupą, tyle co jeden Jędrek głowy nie stracił i wziął się po drugiej stronie domu do gotowania strawy.
Dopiero w jakiś czas po obiedzie zajrzała do nich Hanka, jeno że jakaś była dziwna, rozpytywała o wszystko, turbowała się wielce o chorą, a ukradkiem, przyczajonymi oczyma chodziła za Jagną, wzdychając frasobliwie.
Pokrótce i Mateusz przyleciał do Szymka.
- Pójdziesz z nami do Miemców? - pytał.
- Gront mój po ojcu, nie ustąpię z miejsca - gadał swoje chłopak.
- Nastusia czeka na ciebie, przeciek macie ponieść na zapowiedzie.
- Nie pójdę nikaj... gront mój po ojcach...
- Głupie oślisko! nikto cię za ogon nie ciąga... a siedź se choćby do jutra! - rozgniewał się, a że akuratnie Jagna odprowadzała Hankę w opłotki, przyłączył się do niej, nawet nie spojrzawszy na tamtą.
Poszli razem drogą nad stawem.
- Rocho przyszli już z kościoła? - zagadał
- Przyszli; już tam i sporo chłopów czeka.
Obejrzał się. Jagna patrzyła za nimi, więc odwracając się śpiesznie, zapytał cicho, nie patrząc w oczy:
- Prawda to, że ksiądz z ambony kogoś wypominał?...
- Słyszałeś, a jeszcze za język ciągniesz.
- Przyszedłem już po kazaniu, powiedali mi o tym, ale myślałem, co jeno cyganią tak la śmiechu.

- I nie jedną wypominał... jaże pięściami wytrząchał... Przykarcać głośno i na drugie kamieniami frygać to każden sprawny... jeno złemu przeszkodzić nie ma komu - zmartwiona była głęboko i zła - Ale wójta to ni słowem nie tknął, a on tu zawinił najbarzej - dodała ciszej.

Mateusz zaklął siarczyście i chociaż chciał jeszcze o coś pytać, zbrakło mu odwagi. Szli w milczeniu. Hanka czuła się głęboko dotknięta całą sprawą.

- Juści, że Jagna grzeszyła, juści, że trzeba ją było skarcić, ale żeby ją zaraz wypominać z ambony prawie po imieniu... tego już za wiele... Borynową była żoną, nie jakąś latawicą... - myślała rozżalona. Co pomiędzy nimi było, to ich sprawa, a drugim wara od tego.

- Magdy ni młynarzowych dziewek to nie wypomina: wiadomo przeciek, co wyrabiają! A na dwórki z Woli też nie wygraża pięściami, zaś o dziedziczce z Głuchowa, choć cały świat wie, jak się tłucze z parobkami, głosu nie podniesie! - mówiła w najgłębszym oburzeniu.

- To prawda, co i Tereskę wypominał? co? - ledwie dosłyszała pytanie.

- Obiedwie wypominał; wszyscy pomiarkowali, o kim gada.

- Ktoś go musiał na nią podmówić - zaledwie zdzierżył wzburzenie.

- Powiadali, że to Dominikowej robota albo i Balcerkowej; jedna się mści na tobie za Szymka i Nastkę, zaś druga chciałaby cię odciągnąć do swojej Marysi.

- To tam raki zimują! Że mi to nawet do głowy nie przyszło...

- Chłopy zawdy to jeno widzą, co mają na oczach jak wół widne.

- Na darmo się trudzi Balcerkowa, na darmo!... jeszcze co oberwać może od Tereski... A na złość Dominikowej Szymek musi się ożenić z Nastką: już ja tego dopilnuję! Ścierwy baby!

- One swoje sprawy robią, a bez to niewinne cierpią - rzekła smutnie.

- I tak jedni na drugich nastają, że już ciężko we wsi wytrzymać.

- Jak Maciej był, to i miał kto załagodzić, mieli się słuchać kogo.

- Juści, wójt trąba, głowy do niczego nie ma i wyprawia takie historie, że posłuchu mieć nie może w narodzie: Żeby choć Antek wrócił!...

- Wróci niezadługo, wróci! Ale kto go ta posłucha? - oczy jej rozbłysły.

- Jużeśmy o tym z Grzelą i chłopakami radzili, że jak powróci, to już my razem zrobimy we wsi porządek. Obaczycie!

- Byłby czas: dyć wszystko się rozwodzi jak te koła bez luśni.

Doszli wraz do chałupy; na ganku siedziała już gromada.

Mieli ruszyć w kilkunastu gospodarzy i co przedniejszych parobków, chociaż zrazu cała wieś napierała się iść, jak wtedy na bór.

Zebrali się oczekując z niecierpliwością na resztę.

- Wójt także powinien z nami iść! - zauważył któryś ostrugując kij.

- Do powiatu wezwał go naczelnik; pisarz mówił, co po to, aby zwołać zebranie i uchwalić szkołę w Lipcach i Modlicy.

- Niech zwołują: przeciek nie uchwalim! - zaśmiał się Kłąb.

- Byłby zaraz. z tego nowy podatek z morga, jak w Dołach.

- Pewnie; ale skoro naczelnik przykaże, to usłuchać musimy - zauważył sołtys.

- Cóż on tu ma nam do rozkazywania? Niech se strażnikom przykazuje, by wespół ze złodziejami nie kradli.

- Zuchwale se poczynasz, Grzela! - ostrzegał sołtys. - Już niejednego ozór dalej powiódł, niźli mu się chciało.

- Mówił będę, bo nasze prawo znam i naczalstwa się nie bojam, jeno wam, ciemnym baranom, łydy dygocą przed bele łachmytkiem z urzędu.

Wrzeszczał, że stropili się taką zuchwałością i niejednemu skóra ścierpła ze strachu. Kłąb podjął:

- Po prawdzie, taka szkoła nam na nic... Mój Jadam całe dwa roki chodził do Woli, nauczycielowi dowoziłem, po korczyku ziemniaków, kobieta też masła i jajków dała mu na święta, a z tego wyszło, co na książce do nabożeństwa przeczytać nie potrafi, zaś po ruskiemu też ani me, ani be... Młodsze co się bez zimę uczyły u Rocha, to nawet pisane rozbierą i na pańskich książkach przeczytać poredzą...

- To Rocha ugodzić i niechby dalej nauczał; dzieciom szkoła barzej jest potrzebna niźli buty - wtrącił znów Grzela.

Na to sołtys wsunął się w gromadę i zaczął mówić półgłosem:

- Rocho byłby najlepszy, to wiem... moich chłopaków wyuczył... ale nie można. Urząd musiał już coś przewąchać i ma na niego oko... Starszy me spotkał w kancelarii i sielnie wypytywał o niego... Nie rzekłem mu wiela, że zeźlił się na mnie i jął wpierać, jako on dobrze wie, co Rocho dzieci naucza i książki polskie a gazety rozdaje ludziom... Trza go ostrzec, by się miał na baczności.

- Zła sprawa! Dobry człowiek, pobożny, ale przez niego może spaść na wieś bieda... trza cosik zaradzić... a prędko - wykładał stary Płoszka.

- Ze strachu to byście go i wydali... co? - szepnął zjadliwie Grzela.

- Jakby naród buntował przeciw urzędom, a na szkodę wszystkim, to każdy by zrobił to samo. Młodyś, ale ja dobrze baczę, co się działo w tę wojnę panów, jak za bele co chłopów krajali batami. Nie nasza to sprawa.

- Wójtem chcecie zostać, a głupiście kiej but dziurawy! - dorzucił mu Grzela.

Przerwali, bo Rocho wyszedł z izby, powiódł oczyma po ludziach, przeżegnał się i zawołał:

- Pora już! chodźmy w imię Boże!

Przodem ruszył, a za nim chłopy wywalili się na środek drogi, zaś z tyłu pociągnęło nieco kobiet i dzieci.

Skwar też już przeszedł, przedzwaniali właśnie na nieszpór, słońce przetaczało się ku lasom, niebo wisiało pogodne i jasne, zaś skraje były tak przejrzyste; że nawet dalsze wsie wynosiły się przed oczyma kieby na dłoni, a w zieleni borów okiem mógł rozeznać żółte pnie sosen, białe gzła brzózek i szare, wielgachne dęby.

Kobiety zostały za młynem; a chłopi szli wolno pod wzgórze. Kurz się wzbił za nimi, że jeno niekiedy zabielała jakaś kapota.

Szli w milczeniu. Twarze były surowe, miny zadzierzyste, a oczy wynosiły się hardo, nieustępliwie.

Zaś la ochoty bili niekiedy o ziem dębowymi lagami, a czasem to i ktoś w garście pluł i prężył się kiejby do skoku.

W godnym porządku ciągnęli jakby za procesją, bo jeżeli któremu wyrwało się jakie słowo, wnet ścichnął pod karcącymi spojrzeniami: nie pora była na rajcowanie, każden się stulał w sobie i krzepą wzbierał.

Na kopcach granicznych pod krzyżem przysiedli ździebko odpocząć, ale i teraz nikt się nie odezwał; błądzili jeno cichymi oczyma po świecie. Lipeckie chałupy ledwie widać było zza sadów, złota bania na kościelnej wieży błyszczała w słońcu, pola się zieleniły jak okiem sięgnąć, na pastwiskach pod lasem gmerały się rozsypane stada, dym niebieską strugą wynosił się pod borem z jakiegoś ogniska i śpiewania dziecięce dzwoniły, a granie fujarek roznosiło się po całej ziemi strojnej we zwiesnę, w radość, w dziwny spokój, że niejednemu wezbrało serce cichym żalem i obawą, niejeden westchnął ciężko i trwożnie zerkał na Podlesie...

- Chodźmy, nie o plewy przecież idzie! - przynaglał Rocho, dobrze miarkując, że się ociągać poczynają.

Skręcili prosto do zabudowań folwarcznych, starą zachwaszczoną drogą, że kiejby kwietna wstęga leżała wskroś zbóż zielonych; nędzne żyta niebieszczały od modraków spóźnione owsy żółciły się całe od ognich, pszenice wymiękłe a przypalone czerwieniały od maków, zaś ziemniaki ledwie co wschodziły. Opuszczenie było widne na każdym kroku i niedbalstwo.

- Prosto żydoska gospodarka, jaże patrzeć boli! - mruknął któryś.

- Najgorszy parobek, a jeszcze lepiej w groncie robi!

- Bo drugi, choćby i dziedzic, a nawet tej świętej ziemi nie poszanuje!

- Doi ją i doi kiej głodną krowę, to i nie dziwota, co zjałowiała.

Wyszli na ugory. Okopcone i zrujnowane zręby budynków wznosiły się już niedaleko, spalony sad poczerniałymi szkieletami drzew, wyciągających się boleśnie ku niebu, otaczał czworaki dworskie o zapadłych dachach i sterczących kominach, zaś pod ścianami, w chudych cieniach pomartwiałych gałęzi, widać było gromadę ludzi. Miemcy to byli. Antał piwa stojał na kamieniach, ktosik w progu przygrywał na fleciku, a oni siedzieli, porozwalani na ławkach i trawie, w koszulach jeno, z fajami w zębach, i pili z glinianych garnczków; dzieci baraszkowały kole domu a pobok pasły się tęgie krowy i konie.

Musieli dojrzeć idących, gdyż jęli się zrywać, przysłaniać oczy garściami, a patrzeć ku nim i cosik wrzeszczeć, ale jakiś stary Szwab zaszwargotał ostro, że wnet przysiedli ma miejsca spokojnie, pociągając z kuflów; flecik zagwizdał nutą jeszcze słodszą, skowronki dzwoniły prawie nad głowami, a ze zbóż sypało się gęste, nie milknące strzykanie świerszczów i kajś niekajś głos przepiórki się wyrywał.

A chociaż spieczona ziemia dudniała pod chłopami, a podkówki szczękały o kamienie coraz bliżej, Niemcy się ani poruszyli, jakby nic nie słysząc, a jeno lubując się piwskiem i tą słodkością, jaką tchnęło powietrze przedwieczerza.

A chłopy już dochodziły, coraz ciężej szli jeno i wolniej, powstrzymując sapania i kije zaciskając; serca się zatłukły, gorący dygot warem oblewał krzyże, gardziele zasychały, ale grzbiety się prężyły i ślepie rozgorzałe hardo wżerały się w Miemców, a z twarzy kieby zastygłych biła surowa zawziętość i nieustępliwa moc.

- Niech będzie pochwalony! - rzekł Rocho po niemiecku, przystając, a za nim półkolem stanęła gromada cisnąc się i przywierając ramionami.

Niemcy chórem odpowiedzieli, nie ruszając się z miejsc. Jeno ten stary, ze siwą brodą, podniósł się i pobladły wodził oczyma po ciżbie.

- Ze sprawą przyszliśmy do was - zaczął Rocho.

- To siadajcie, gospodarze, z Lipiec, widzę, jesteście, to ogadamy po sąsiedzku! Johan, Fryc, ławek dla sąsiadów.

- Bóg zapłać, sprawa krótka, to postoimy.

- Nie musi być krótka, kiedyście całą wsią przyszli! - zawołał po polsku.

- Bo wszystkich zarówno obchodzi.

- Jeszcze trzy razy tyle ostało w domu! - powiedział z naciskiem Grzela.

- Bardzośmy wam radzi, a kiedyście przyszli pierwsi, to może piwa się z nami napijecie... na sąsiedzką zgodę... Nalejcie no, chłopcy...

- Wychlaj se sam! Jaki szczodry! Nie na piwo przyślim! - zakrzyczeli gorętsi.

Rocho ich przyciszył oczyma, a stary Niemiec rzekł kwardo:

- No, to słuchamy!

Cichość padła, sapanie a krótkie przydechy się rozległy, Lipczaki barzej się zwarły, dreszcz przejął wszystkich, ca Niemcy też stanęli jak jeden, wynieśli się naprzeciw zwartą kupą i jęli złymi ślepiami wpierać w chłopów, za brody targać, nabzdyczać a cosik z cicha mamrotać.

Kobiety trwożnie wyglądały oknami, dzieci kryły się po sieniach, zaś jakieś wielgachne, rude psy warczały pod ścianami, a oni z dobre Zdrowaś stojali tak naprzeciw w głębokiej cichości kieby to stado baranów, co już ślepiami krwawo toczy, przebiera kopytami, grzbiety pręży, łby przygina i leda chwila runie na się rogami, aż Rocho przerwał:

- Przyślim od całej wsi po to - mówił po polsku, głośno i wyraźnie - by was prosić po dobroci, żebyście nie kupowali Podlesia...

- Tak! Juści! Po to! - przywtórzyli za nim trzaskając kijami.

Tamci zrazu osłupieli.

- Co on gada? Czego chce? Nie rozumiemy! - bełkotali uszom nie wierząc.

Więc im Rocho raz jeszcze i po niemiecku powtórzył, a ledwie skończył, Mateusz ciepnął zapalczywie:

- I byście se, pludry, poszły do wszystkich diabłów!

Skoczyli naraz jakby ukropem polani, wrzask buchnął, krzyczeli kłębiąc się a szwargocąc zajadle, trząchając kulasami, tupiąc ze złością, że już niejeden z pięściami darł się ku chłopom i wygrażał, ale stali nieporuszeni jak mur, pałąc srogimi oczyma, ręce się im jeno trzęsły, a zęby zacinały.

- Czyście wy wszyscy powariowali? - wołał stary podnosząc ręce. - Wzbraniacie nam kupować ziemię! Dlaczego? Z jakiego prawa?...

Znowu mu Rocho wyłożył wszystko spokojnie, szeroko i jak się patrzy, ale Niemiec poczerwieniawszy ze złości, wrzasnął:

- Ziemia jest tego, kto za nią płaci!

- Tak wygląda po waszemu, ale po naszemu jest inaczej, że powinna być tego, komu jest potrzebną - powiedział uroczyście.

- A to w jaki sposób, za darmo może, po zbójecku? - kpił urągliwie.

- Za te dziesięć palców, duża płata! - odpowiedział tak samo Rocho.

- Głupie gadanie! Co tu będziemy czas tracili na żarty, Podlesie kupiliśmy, jest nasze i pozostanie, a komu się to nie podoba, niech idzie z Bogiem i omija nas z daleka. No, czego jeszcze czekacie?...

- Czego? By wam powiedzieć: wara od naszej ziemi! - buchnął Grzela.

- Wynoście się sami, póki was gonić nie zaczniem.

- Póki jeszcze prosimy po sąsiedzku! - wołali drudzy.

- Grozicie. Do sądu podamy! Znajdziemy na was sposób, nie odsiedzieliście jeszcze za las, to wam przyłożą i razem odrobicie! - drwił stary, ale już się trząsł ze złości, a i drugie ledwie się hamowały.

- Wszarze przeklęte!

- Zbóje! Psy śmierdzące! - wrzeszczeli po swojemu wijąc się w kupie kiej przydeptane gadziny.

- Cicho, psiekrwie, kiej naród do was mówi! - zaklął Mateusz, jeno że się nie ulękli, krzycząc coraz głośniej i całą kupą się przysuwając.

Rocho, bojąc się bitki, ogarniał chłopów, przyciszał i do spokoju niewolił, ale mu się wyrywali krzycząc jeden przez drugiego:

- Zdzielże który w łeb pierwszego z brzega.

- Juchy im ździebko wypuścić!

- Damy się to; chłopcy? z całego narodu się wytrząsają!

- I na swoim nie postawimy? - wołali drudzy zachęcając się a cisnąc coraz bliżej i groźniej, aż Mateusz odgarnął Rocha na stronę i wysunął się przed Niemców, kiej wilk błyskając zębami.

- Słuchajta, Miemcy! - ryknął wyciągając pięście. - Mówiliśmy do was po ludzku, poczciwie, a wy grozicie kreminałem i przekpiwacie się z nas! Dobra, ale teraz zagramy z wami inaczej! Nie chceta zgody, to wama zapowiadamy przed Bogiem i ludźmi, jak pod przysięgą, że na Podlesiu nie wysiedzicie! Przyszlim z pokojem, a wy chceta wojny! Dobra, kiej wojna, to wojna! Mata za sobą sądy, mata urzędy, mata pieniądze, a my jeno te gołe pięście... Obaczymy, czyje będzie górą! A jeszcze to wam dołożę, byście zapamiętali... jako ogień ima się słomy, ale zeźre i murowańce, a chyta się i zboża choćby na pniu... bydło też pada na paśnikach... zaś żaden człowiek nie uciecze od złej przygody... Spamiętajta, co rzekłem: wojna w dzień i w nocy, i na każdym miejscu...

- Wojna! Wojna! i tak nam, Panie Boże, dopomóż! - huknęli wraz.
Niemcy skoczyli do drągów leżących pod ścianą; kilku wyniosło fuzje, to
za kamienie chwytało, kobiety podniosły wrzask.
- Niech no który strzeli, a wszystkie wsie tu zlecą.
- Zastrzelisz, pludro, jednego, to cię drudzy kijami zatłuką jak psa
parszywego.
- Nie zaczynajcie, Szwaby, bo z chłopami nie zdzierżyta.
- A waszego mięsa i głodny pies nie tknie.
- Tknij me, pludro jedna, tknij - grozili zuchwale i wyzywająco. Stali już z
bliska, ślepiami się jeno bodąc, przestępując z nogi na nogę, trzaskając
kijami a wrzeszcząc zajadle, że wymysły i pogrozy latały nad głowami kiej
kamienie, już się wyciągały pazury i niejeden aże dygotał z gotowości, gdy
Rocho ogarnął swoich i odwiódł w tył, chłopy rade nierade odwracały się
półbokiem i czujnie, pilnując zajdów, odchodzili, tym ci szydliwiej za się
krzykając:
- Ostajta z Bogiem, świńskie pomioty!
- I czekajcie, aż wam czerwony kogut zapieje!
- Zajrzymy tu potańcować z waszymi pannami!
Jaże ich Rocho musiał przyciszyć, tak srodze gębowali.
Zmierzch się już kładł na ziemiach, słońce zaszło, chłodny wiatr
przegarniał zboża, że kłoniły się dzwoniąc kłosami, wilgotniały trawy od
ros siwych, głosy piszczałek i dziecińskie wrzaski roznosiły się od wsi,
żabie rechoty grały na bagniskach i szedł już światem cichy i pachnący
wieczór.
Chłopi wracali wolno, rozpięte kapoty powiewały niby białe skrzydła; szli
gwarnie, przystając co chwila, któryś już śpiewał, jaże bory oddawały, jensi
gwizdali z uciechy, to gwarząc obejmowali gorącymi ślepiami podleskie
ziemie.
- Gronty łacno podzielne! - rzekł stary Kłąb.
- Juści, gospodarki można by wykrajać kiej plastry miodu, jedna w drugą; i
każda z łąką i paśnikiem.
- Byle jeno Miemcy ustąpiły! - westchnął sołtys.
- Nie turbujcie się, już my w tym, że ustąpią - zapewniał Mateusz.
- Wziąłbym tę ziemię z kraju; przy drodze - szepnął Pryczek Adam.
- A mnie by się widziały w pośrodku, te z figurą - rzekł inszy parobek.
- Ja bym się darł o te od Woli.
- Cie, żeby tak dostać na ogrodach po foliwarku!
- Jaki mądrala, najlepsze by chciał!
- Wystarczy la wszystkich po kawale - uspakajał Grzela, bo już byli się
sprzeczać zaczęli.
- Jeżeli dziedzic się zgodzi, a odda wam Podlesie, to niemała praca was
czeka, niemały trud - ozwał się Rocho.
- Wydolim! wydolim wszystkiemu! - wołali radośnie.
- Owa! nie straszna praca na swoim!

- Nawet wszystkim dziedzicowym ziemiom byśmy poradzili.
- Niech jeno dadzą, a obaczycie!
- Człowiek bych się wparł w ziemię kiej drzewo i niech mu kto poredzi,
niech poprobuje wyrwać!
Rozgwarzali się między sobą, coraz prędzej idąc, bo już od wsi
zaciemniała gromada kobiet biegnących naprzeciw.

ROZDZIAŁ 11

Już tak dniało, że caluśki świat pokrył się był sinawą modrością kiej śliwa
dojrzała, gdy Hanka zajechała przed chałupę, jeszcze leżącą we śpiku, ale
na ostry turkot bryki dzieci wypadły z wrzaskiem i Łapa jął szczekać
radośnie i wyskakiwać przed końmi.
- A kaj Antek? - krzyczała z proga Józka nadziewając przez głowę wełniak.
- Za trzy dni dopiero go puszczą, ale powróci już niechybnie -
odpowiadała spokojnie, całując dzieci, a rozdając im kukiełki.
Witek też wyleciał ze stajni, a za nim źrebak, któren ze rżeniem jął się
dobierać do klaczy, Pietrek wyciągał z wasąga sprawunki.
- Koszą to? - pytała siadając zaraz w progu, by dać piersi najmłodszemu.
- W pięciu zaczęli wczoraj w połednie, Filip, Rafał i Kobus za odrobek, a
Kłębów Jadam i Mateusz przynajęci.
- Mateusz Gołąb, cie?...
- Juści, mnie też było dziwno, ale sam chciał, powieda, jako nie chce do cna
zgarbacieć przy ciosołce, to musi se grzbiet wyprostować przy kosie.
Jagna wywarła okna po swojej stronie i na świat wyjrzała.
- Śpią to jeszcze ociec?
- W sadzie leżą, nie wnosilim go na noc, bo w izbie strasznie gorąco.
- Jakże tam z matką?
- Po dawnemu, choć może i ździebko lepiej. Jambroż lekują, przychodził
wczoraj i owczarz z Woli, okadził ją, maście jakieś dał i pedział, co do
dziewięciu niedziel będą zdrowi, byle jeno na światło nie wychodzili.
- To pono najlepsze na oparzelinę! - odrzekła, za czym dając dziecku z
drugiej piersi, wypytywała skwapliwie o wczorajsze nowiny, jeno krótko to
trwało, bo biały dzień się już robił, zorze zrumieniły niebo i zagrały
brzaskami w powietrzu, rosy skapywały z drzew, ptaki zaświergotały po
gniazdach i na wsi już się kajś niekaj rozlegały beki owiec i porykiwania
stad wypędzanych na pastwiska, zaś ktosik zaczął naklepywać kosę, że
cieniuśki, ostry brzęk rozdzwaniał się przenikliwie.
Hanka co jeno rozdziawszy się z drogi pobiegła do Boryny; leżał w
półkoszku pod drzewami, przykryty pierzyną i spał.
- Wiecie! - zaszeptała targając go za rękę - Antek za trzy dni powróci.
Odstawili go do guberni, Rocho pojechał za nim z pieniędzmi, zapłaci tam
okup i razem już powrócą!
Stary siadł raptem, przecierał oczy i jakby słuchał, ale wnet się zwalił w

pościel i zaciągnąwszy pierzynę na głowę, jakby zasnął znowu.

Nie było z nim co gadać i akuratnie kosiarze wchodzili w opłotki.

- Kole kapuśnisków położylim wczoraj łąkę - objaśniał Filip.

- A idźcie dzisiaj za rzekę, przy kopcach, Józka pokaże wama.

- To ta na Kaczym Dołku, karwas tego galanty.

- I trawa po pas jak bór, nie taka, jak wczorajsza.

- Taka to kiepska, co?

- Juści, wyschła prawie, jakby szczotkę kosił.

- Rosa obeschnie, to można by ją już dzisiaj przetrząsnąć.

Poszli zaraz, jeno Mateusz, zapalający coś długo papierosa u Jagusi, ruszył na ostatku i jeszcze się łakomie za się oglądał, kiej ten kot odegnany od mleka.

I z drugich domów jęli też gęsto wychodzić na kośbę.

Słońce właśnie co ino się pokazywało, ogromne i rozczerwienione, dzień robił się ciepły, na spiekotę znowuj się miało.

Kosiarze ruszyli gęsiego, wyprzedzani przez Józkę wlekącą tykę; kto pacierz mruczał, kto się jeszcze przeciągał i ślepie tarł ze śpiku, a kto rzucał niekiej jakieś zbędne słowo, przeszli za młyn; na łęgach leżały niskie, rzadkie mgły, kępy olch widziały się kiej krze dymiące, rzeka przebłyskiwała niekiedy spod sinych przesłon oroszone trawy stały pochylone; czajki już kwiliły kajś niekaj, a żarzące się od wschodu powietrze pachniało wilgotnym kwieciem.

Józka, dowiódłszy ich do kopców, odmierzyła ojcową łąkę i zatknąwszy na granicy tykę poleciała z powrotem.

Pozrucali spencerki, podwinęli portki do kolan, rozstawili się pobok i wparłszy drzewce w ziemię jęli raz po razie gładzić kosy osełkami.

- Sielna trawa jak kożuch, niejeden dobrze się zapoci - rzekł Mateusz stając na pierwszego i próbując rozmachu.

- Wysoka i gęsta, nabiorą se siana, no! - rzekł drugi stając obok.

- Byle ino pogodnie sprzątnęli - rzekł trzeci rozglądając się po niebie.

- Skoro człowiek łąkę kosi, leda baba deszcz uprosi - zaśmiał się czwarty.

- Prawda to była po inne roki, ale nie latoś! - zaczynaj, Mateusz.

Przeżegnali się wraz, Mateusz przyciągnął pasa, rozkraczył się nieco, przygiął bary, w garście splunął, nabrał dechu i szerokim rozmachem spuścił kosę, tnąc już raz za razem, a za nim drudzy, ostawając nieco na skos, by se nóg nie podciąć, czynili też samo, wcinając się posobnie w omgloną łąkę i chlaszcząc równym, spokojnym rzutem kos, zimne ostrza jeno łyskały ze świstem i trawy kładły się ciężko osypując ich rosą kieby tymi łzami.

Wiater jął ździebko przegarniać trawy i czajki coraz jękliwiej krzyczały nad nimi, czasem kuropatki furknęły spod nóg, ale oni, kołysząc się z prawej strony na lewą, cięli niestrudzenie wpierając się w łąkę piędź za piędzią, tylko niekiedy przystawał któryś kosę naostrzyć lebo grzbiet wyprostować i znowu siekł zawzięcie ostawiając za sobą coraz dłuższe pokosy i wgniecione ślady nóg.

Zaś nim słońce wyniesło się nad wieś, już całe łąki jaże jęczały pod kosami, wszędy kosili, wszędy błyskały sine ostrza, roznosiły się zgrzytliwe ostrzenia i wszędy bił mocny zapach traw więdnących.

Pogoda była jakby wybrana na sianokosy, bo chociaż stara powiadka mówi: "Zacznij sianokosy, zapłaczą wnet niebiosy", ale latoś stało się jakby na przekór. Miasto deszczów przyszła susza.

Dnie wstawały oblane rosami, a rozpalone kiej człowiek w gorączce, i kładły się we wieczory zionące spiekotą, że już wysychały studnie i rzeczki, zboża żółkły, okopowizny więdły, robactwo rzuciło się na drzewa, owoc oblatywał,. krowy ostawiały mleko, że to głodne wracały z wypalonych pastwisk, gdyż dziedzic jeno tym pozwalał paść w porębach, które zapłaciły po pięć rubli z ogona.

Juści, co nie wszyscy mogli wywalić tyle gotowego grosza.

Ale i bez te różności przednowek stawał się coraz cięższy, zwłaszcza la komorników i drugiej biedoty.

Rachowali jeno, co na święty Jan muszą przyjść deszcze i wszystko w polach jeszcze się poprawi, nawet już na tę intencję na mszę dawali, nic jednak nie pomogło, susza wciąż trwała.

Do garnków u niejednego nie było co wstawić, ale za. to nie brakowało swarów ni kłótni i wyrzekań. Może jeszcze nigdy, jak jeno zapamiętali najstarsi, nie było w Lipcach tyle spraw różnych, a to o sądy za las się kłopotali, a to wójtowe sprawy kłyźniły cięgiem ludzi między sobą, a to Dominikowej spory ze synem, a to Miemcy, a to pomniejsze, sąsiedzkie spory, tyle tego było, że prawie zapominali o biedzie, żyjąc kieby w tym kotle w ciągłych plotach i swarach.

Nie dziwota też, że skoro nadeszły sianokosy, odetchnęli, biedota się wnet rozbiegła po dworach za zarobkiem, a gospodarze, zatykając uszy na wszelkie nowiny, do kos przypięli się z radością.

Nie zapomnieli jeno o Miemcach, bo co dnia ktosik leciał na Podlesie wypatrywać, co oni tam robią.

Siedzieli jeszcze, przestali jeno kopać studnie i zwozić kamień na fundamenta, zaś kowal któregoś dnia powiedział, że Miemcy zaskarżyli dziedzica o pieniądze, a Lipce o gwałt.

Chłopy naśmiały się z tego do woli.

Właśnie dzisiaj na łąkach w czasie obiadu szeroko o tym rozprawiano.

Południe przyszło upalne, słońce stanęło nad głowami rozpalone do białości, niebo wisiało białawym od pożogi tumanem, żar buchał kiej z pieca straszliwego, najsłabszy wiater nie przewiał, liście zwisły pomdlałe, zamilkło ptactwo, cienie leżały chude i krótkie, niewiela chroniąc od spieki, duszno było, jeno od pokosów bił ostry zapach traw rozprażonych, zboża, sady i domy stały jakby ogarnięte białym płomieniami; wszystko zdawało się roztapiać w rozżarzonym powietrzu, trzęsącym się kieby ten war na wolnym ogniu, nawet rzeka płynęła wolniej, bez szmeru, wody błyszczały roztopionym szkliwem, a tak przejrzyste, że każdy kiełb widniał pod włóknistą powierzchnią; każdy kamyk na dnie piaszczystym i każdy rak, gmerzący się w prześwietlonych cieniach brzegów, cichość wlekła się nad ziemiami słoneczną, usypiającą przędzą, jedne muchy, co brzęczały koło ludzi.

Kosiarze siedzieli nad samą rzeką, pod kępą olch wyniosłych, wyjadając z dwojaków. Mateuszowi przyniosła jeść Nastka, wyrobnikom żaś Hanka z Jagustynką; przysiadły na trawie w słońcu i nakrywając chustami głowy słuchały ciekawie.

- Ja od początku zawdy mówiłem jedno, że nie dziś, to jutro Miemcy się wynieść muszą! - mówił Mateusz wy - skrzybując garnczek.

- Ksiądz tak samo utwierdza! - przywtórzyła Hanka.

- A tak będzie, jak się spodoba dziedzicowi - warknął kłótliwie Kobus rozciągając się pod drzewem.

- Jakże, to nie zlękli się waszych wrzasków i nie uciekli? - wtrąciła się po swojemu Jagustynka, ale któryś rzekł:

- Kowal powiadał wczoraj, jako dziedzic pogodzi się z nami.

- Jeno mi dziwno, że Michał teraz ze wsią trzyma.

- Węszy on w tym jakąś dobrą sztuczkę la siebie - syknęła stara.

- I młynarz też się pono wstawiał we dworze za wsią.

- Wszystkie za nami, dobrodzieje juchy - mówił Mateusz. - Powiem wam, laczego naszą stronę trzymają: kowalowi dziedzic obiecał dobrą oberchapkę za zgodę z Lipcami, młynarz się zlękną, że Niemcy mogą postawić wiatrak na górce koło figury, zaś karczmarz też pomaga narodowi ze strachu o siebie, dobrze on wie, że kaj Miemce siądą, tam się już żaden Żydek nie pożywi.

- To i dziedzic boją się chłopów, kiej o zgodę zapobiega?...

- A zgadliście, matko, ten się najwięcej boją, zarno waju wyłożę...

Przerwał Mateusz, gdyż od wsi pokazał się Witek pędzący.

- Gospodyni, a to prędko chodźcie! - wrzeszczał już z dala.

- Co się stało? ogień czy co? - zerwała się trwożnie.

- A to... to gospodarz czegoś krzyczą!

Poleciała co tchu, nie rozumiejąc zgoła, co się tam stało:

A oto co było. Maciej już od samego rana był jakiś dziwny, matyjasił, mamrotał cięgiem, zrywał się z pościeli, to szukał czegoś koło siebie, że Hanka odchodząc na łąki przykazała Józce pilniejsze na niego baczenie. Dziewczyna często zaglądała do niego, leżał spokojnie, aż dopiero w czasie obiadu zaczął wrzeszczeć wniebogłosy.

Gdy Hanka przyleciała, jeszcze siedział na literkach i wołał:

- Kajście mi buty zapodzieli! - dawajcie prędzej.

- Zaraz przyniosą z komory, zaraz... - uspakajała wylękła, gdyż wydawał się całkiem przytomny i groźnie toczył oczami.

- Zaspałem, psiachmać - przeziewnął szeroko: - Już biały dzień, a wy śpita. Kuba niech brony szykuje, siać pojedziem - rozkazywał.

Stali przed nim, nie wiedząc, co począć, gdyż naraz przechylił się i leciał bezwładnie na ziemię.

- Nie bój się, Hanuś... zemgliło me... Antek w polu, co? W polu? - powtarzał, kiej go znowu ułożyli na pierzynie.

- Juści... od świtania... - jąkała bojąc się przeciwić.

Rozglądał się bystro i cięgiem gadał, ale co jedno słowo rzekł do rzeczy; to dziesięć całkiem płanych i znowu jął się gdziesik wyrywać, chciał się ubierać i o buty wołał, to chwytał się za głowę i tak przeraźliwie jęczał, jaże się na drogi rozchodziło. Hanka rozumiejąc, jako na koniec już mu przychodzi, kazała go przenieść do chałupy i przed wieczorem posłała po księdza.

Przyszedł wkrótce z Panem Jezusem, ale go jeno świętymi olejami namaścił.

- Więcej mu już nie potrzeba, lada godzina uśnie... - powiedział.

Na odwieczór naszło się narodu, bo zdawał się konać, że Hanka już mu gromnicę wtykała, ale się jakoś uspokoił i zasnął.

Zaś nazajutrz było tak samo, poznawał ludzi, rozmawiał przytomnie, to całe godziny leżał kiej trup. Siedziała przy nim kowalowa nieodstępnie, a Jagustynka chciała go okadzać.

- Dajcie spokój, jeszcze ogień zaprószycie.

Burknął niespodzianie, a gdy w południe przyleciał kowal i zaglądał mu w przywarte oczy, to ozwał się znowu z dziwnym prześmiechem:

- Nie frasuj się, Michał... już teraz wam dojdę... niezadługo dojdę...

Odwrócił się do ściany i więcej nić nie powiedział, ale że widać było, jako słabnie i coraz barzej zapada, to go już pilnowali, a głównie Jagusia, z którą też wyprawiały się jakieś dziwności.

Przestała raptem dbać o matkę, zdając ją całkiem na Jędrka, i kamieniem zaległa przy mężu.

- Sama ich przypilnuję, to moje prawo! - rzekła Hance i Magdzie z taką mocą, iż się nie przeciwiły, ile co każda dosyć miała swojej roboty.

I już się nie ruszyła z chałupy, jakiś głuchy strach trzymał ją kieby na uwięzi, że nie poredziła odbieżyć chorego jak przódzi.

A cała wieś była na łąkach, sianokosy szły nieprzerwanie, od samego świtania, skoro jeno pierwsze zorze niebo zrumieniły, cały naród tam ciągnął, zaś rzędy chłopów, rozdzianych do koszuli kiej te siodłate bociany, obsiadły łęgi, ostrzyły żeleźca i, błyskając kosami, całe dnie siekły zapamiętale, całe dnie też jeno słychać było brzęki kos nakuwanych i przyśpiewki dzieuch grabiących.

Zielone, puszyste równie łąk roiły się od ludzi a pobrzęków i gwarów, migotały pasiaste portki, czerwone wełniaki niby makowe kwiaty płonęły w słońcu, piesneczki się rozlegały hukliwie, dzwoniły kosy, buchały śmiechy wesołe i wszędy szła ochotna, siarczysta robota, a pod każden wieczór, kiej sczerwienione słońce kłoniło się nad bory i powietrze zawrzało krzykiem ptactwa, kiej wszystkie zboża i trawy jaże się trzęsły od muzyki świerszczów, a moczary zagrały żabimi rechotami, kiej buchnęły zapachy, jakby cała ziemia była trybularzem, toczyły się po drogach ciężkie, opasłe wozy ze sianem, wracali ze śpiewami kosiarze, a na pożółkłych, zdeptanych wycinkach rozsiadały, się gęsto kopice i stogi, kiej te kumy podufałe przysiadając do cichej pogwary, a między nimi brodziły boćki, czajki kołowały z żałosnym kwileniem i białe mgły wpełzały od bagnisk.

Przez otwarte okna Borynowej chałupy wciskały się te wszystkie głosy ludzi i pól, weselne głosy życia i trudu wraz z kadzielnymi woniami zbóż i łąk, i słońca, jeno Jagusia była głucha na wszystko.

W izbie cicho było i martwo, przez krze, osłaniające od żarów, siał się zielonawy, senny mrok, brzęczały muchy i Łapa, warujący przy gospodarzu, ziewnął niekiedy i szedł się połasić do Jagny, siedzącej całe godziny bez ruchu i myśli, zgoła do słupa podobnej.

Maciej już nie mówił, nie jęczał, leżał spokojnie i tylko cięgiem włóczył oczyma; te jasne ślepie, błyszczące kiej szklane gały, chodziły za nią z takim uporem i tak na wskroś przewiercały kiej zimne noże,

Na próżno się odwracała, na próżno chciała zapomnieć, patrzyły z każdego kąta, w powietrzu się unosiły i świeciły jednako strasznie i tak ciągnące nieprzeparcie, że dawała się na ich wolę, patrząc w nie kieby w przepaście nieprzejrzane.

A niekiedy, jakby wyrywając się ze strasznego snu, błagała żałośnie:

- Dyć tak nie patrzcie, bo mi duszę wywleczecie, nie patrzcie!

Musiał dosłyszeć, gdyż drżał nieco, twarz mu się kurczyła w jakimś niemym krzyku, oczy patrzyły jeszcze straszniej i po sinych policzkach toczyły się ciężkimi kroplami łzy.

Uciekała wtedy na świat, strach ją wyganiał.

Patrzyła zza drzew na łąki, pełne narodu i radosnej wrzawy.

I odchodziła z płaczem.

Szła do matki, ale ledwie głowę wetknęła do ciemnej izby, ledwie ją owiał zapach leków, cofała się pośpiesznie:

I znowu płakała.

To wychodziła za dom i niosła się tęskliwymi oczyma po świecie szerokim.

I płakała wtedy jeszcze żalniej, smutniej i boleśniej, jako ta ptaszka z połamanymi skrzydłami ostawiona przez stado, skarżyła się rzewliwie.

I tak bez przemian szły dnie za dniami, Hanka wciąż była zajęta sianokosami na równi z całą wsią, dopiero trzeciego dnia została w domu od rana.

- Sobota, to już dzisiaj Antek wróci z pewnością! - rzekła radośnie, szykując dom na przyjęcie męża.

Południe już przeszło, a jego jeszcze nie było, Hanka wyglądała za kościół, aż na topolową szła patrzeć, ale pusto tam było i cicho.

Ludzie śpieszniej zaczęli zwozić siano, gdyż miało się na odmianę, kokoty piały, słońce barzej dopiekało, stronami wisiały ciężkie gradowe chmury i wiater zrywał się kołujący.

Wyglądali burzy z ulewą, a jeno spadł krótki, chociaż rzęsisty deszcz, w mig wypity przez spieczoną ziemię, że tyle było z niego pociechy, co się odświeżyło powietrze.

Ale wieczór przyszedł nieco chłodniejszy, pachniało sianem i ziemią przemoczoną, po drogach leżały gęste mroki, księżyc jeszcze nie wschodził, niebo wisiało ciemne i jeno z rzadka poprzebijane gwiazdami, wskroś sadów błyskały światła chałup i kiej świętojańskie robaczki mrowiły się we stawie; kolacje jedli wszędy przed progami, ktosik grał na fujarce i śmiechy rozdzwaniały się kajś niekaj, ptaki już zaczynały śpiewać i pola przemówiły cichym strzykaniem koników i głosami przepiórek i derkaczów.

U Borynów tak samo jedli przed chałupą, pod oknem gwarno było i ludno, bo Hanka, że to skończyli kosić, zaprosiła wszystkich, występując ze sutą kolacją: pachniała jajecznica ze szczypiorkiem, raźno skrzybotały łyżki, a skrzekliwy głos Jagustynki rozlegał się co chwila, niecąc wybuchy śmiechu. Hanka dokładała co trochę z garów zapraszając, bych se nie żałowali, ale całą duszą nasłuchiwała każdego głosu z drogi, a co chwila biegła wyglądać w opłotki.

Ani śladu Antka, natknęła się tylko raz na Tereskę przywartą do płota i jakby na kogoś czekającą.

Mateusz, nie mogąc się dogadać z Jagusią, mrukliwą dzisiaj i niechętną, jął się ze złości spierać z Pietrkiem, gdy Jędrek przyleciał po siostrę, że matka ją wzywa.

Wkrótce rozeszli się wszyscy, tylko jeden Mateusz coś długo się ociągał, że dopiero w dobry pacierz poszedł.

Po chwili i Hanka wyszła, na darmo wypatrując w ciemnościach, kiej ją doszedł znad stawu jego warkliwy, gniewny głos:

- Czego za mną łazis jak ten pies... nie uciekę ci... już dosyć nas mielą na ozorach... - i coś tam jeszcze przykrzejszego, a w odpowiedzi posypały się rozszlochane słowa i rzęsisty płacz.

Ale Hanki to nie wzruszyło, czekała na męża, to co ją tam mogły obchodzić cudze sprawy? Jagustynka robiła wieczorne porządki, a że dziecko zaczęło coś matyjasić, wzięła je na ręce i pohuśtując zajrzała do chorego.

- Antka ino co patrzeć! - zakrzyczała od proga.

Boryna leżał zapatrzony w lampkę, dymiącą nad kominem.

- Dzisiaj go puścili, Rocho czeka na niego - powtarzała mu w same uszy, stróżując radosnymi oczami jego źrenic, czy pomiarkował, ale snadź i ta nowina nie przedarła się do mózgu, gdyż ani się poruszył, ni spojrzał na nią.

- Może już do wsi wchodzi... może już... - myślała wybiegając co chwila przed dom, a tak była pewna jego powrotu i tak roztrzęsiona oczekiwaniem, że przytomność traciła, wybuchała śmiechem z leda powodu, rozprawiała ze sobą i potaczała się kiej pijana. Ciemnościom powiadała o swoich nadziejach, nawet bydlątkom się zwierzyła przy udoju, bych wiedziały, jako ich gospodarz wracają.

I czekała z minuty na minutę, ale już ostatkami sił i cierpliwości.

Noc się już czyniła, wieś kładła się spać, Jagusia, powróciwszy od matki, zaraz przyległa w pościel, cały dom wkrótce zasnął, a Hanka jeszcze późno w noc warowała przed domem, jaże wybita ze sił i srodze spłakana, pogasiwszy światła też się położyła.

Wszystek świat pogrążał się w głębokiej cichości odpoczywania.

Na wsi gasły światła jedne po drugim, jak oczy snem przywierane.

Księżyc się wtoczył na granatowe, wysokie niebo, gwiezdnym migotem przesiane, i wznosił się coraz wyżej, leciał kiej ptak wlekący wskroś pustek srebrzyste skrzydła, chmury spały kajś niekaj, pozwijane w puszyste, białawe kłęby.

Zaś na ziemiach wszelkie stworzenie uznojone legło w cichy i słodki sen, jeno ptak jakiś tu i owdzie śpiewał rzęsiste piosneczki, jeno wody szemrały cosik jakby przez sen, a drzewiny, pławiące się w księżycowych brzaskach, zadrgały niekiedy, jakby się im dzień marzył, czasem pies warknął albo przelatujący lelek zatrzepał skrzydłami, a niskie opary jęły z wolna i troskliwie przysłaniać pola kieby tę mać utrudzoną.

Spod ledwie rozeznanych ścian i ze sadów rozchodziły się ciche dychania, ludzie spali na powietrzu, powierzając się z dufnością nocy.

I w Borynowej izbie leżała senna cichość, świerszcz jeno strzykał pod kominem i Jagusine oddechy trzepały się kiej skrzydła motyle.

Noc musiała być już późna, pierwsze kury zaczęły piać, gdy naraz Boryna poruszył się na łóżku jakby przecykając, wraz też i księżyc uderzył w szyby i chlusnął oblewając mu twarz srebrzystym wrzątkiem światła.

Przysiadł na łóżku i kiwając głową a robiąc usilnie grdyką, chciał cosik powiedzieć; ale mu jeno zabulgotało w gardzieli.

Siedział tak dość długo, rozglądając się nieprzytomnie, a niekiedy gmerząc palcami we świetle, jakby chcąc zebrać w garście ową rozmigotaną rzekę księżycowych brzasków, bijącą mu w oczy.

- Dnieje... pora... - zamamrotał wreszcie, stając na podłodze.

Wyjrzał oknem i jakby się budził z ciężkiego snu, zdało mu się, że to już duży dzień, że zaspał, a jakieś pilne roboty czekają na niego...

- Pora wstawać, pora... - powtarzał, żegnając się wielekroć razy i zaczynając pacierz rozglądał się zarazem za odzieniem, po buty sięgał, kaj zwykły były stoić, ale nie nalazłszy niczego pod ręką, zapomniał o wszystkim i błądził bezradnie rękoma dokoła siebie, pacierz mu się rwał, iż jeno poniektóre słowa mamlał bezdźwięcznie.

Skołtuniły mu się naraz w mózgu wspominki jakichś robót, to sprawy dawne, to jakby odgłosy tego, co się dokoła niego działo przez cały czas choroby, przesiąkało to w niego w strzępach nikłych, w bladych przypomnieniach, w ruchach zatartych jak skiby na rżyskach i budziło się teraz nagle, kłębiło w mózgu i na świat parło, że porywał się co chwila za jakimś majakiem, lecz nim się go uczepił, już mu się rozłaził w pamięci jako te zgniłe przędze, i dusza mu się chwiała, kiej płomień nie mający się czym podsycić.

Tyle jeno teraz wiedział, co się może śnić o pierwszej zwieśnie drzewom poschniętym, że pora im przecknąć z drętwicy zimowej, pora nabrane chlusty wypuścić ze siebie, pora zaszumieć z wichrami weselną pieśń życia, a nie wiedzą, że płone są ich śnienia i próżne poczynania...

Za czym cokolwiek robił, czynił, jako ten koń po latach chodzenia w kieracie czyni na wolności, że cięgiem się jeno w kółko obraca z przywyku.

Maciej otworzył okno i wyjrzał na świat, zajrzał do komory i po długim namyśle pogrzebał w kominie, zaś potem, jak stał, boso i w koszuli, poszedł na dwór.

Drzwi były wywarte, całą sień zalewało księżycowe światło, przed progiem spał Łapa, zwinięty w kłębek, ale na szelest kroków przebudził się, zawarczał i poznawszy swojego poszedł za nim.

Maciej przystanął przed domem i skrobiąc się w ucho ciężko się głowił, jakie go to pilne roboty czekają?...

Pies radośnie skakał mu do piersi, pogładził go po dawnemu, rozglądając się frasobliwie po świecie.

Widno było jak w dzień, księżyc wynosił się już nad chałupą, że modry cień zesuwał się z białych ścian, wody stawu polśniewały kiej lustra, wieś leżała w głębokim milczeniu, jedne ptaszyska, co się wydzierały zapamiętale po gąszczach.

Z nagła przypomniało mu się cosik, bo poszedł śpieszno w podwórze, drzwi wszystkie stały otwarte, chłopaki chrapały pod ścianami stodoły, zajrzał do stajni, poklepując konie, jaże zarżały, potem do krów wsadził głowę, leżały rzędem, że ino im zady widniały we świetle; to spod szopy zachciał wóz wyciągnąć, już nawet porwał za wystający dyszel, ale dojrzawszy błyszczący pług pod chlewami, do niego pośpieszył i nie doszedłszy całkiem zapomniał.

Stanął w pośrodku podwórza, obracając się na wszystkie strony, bo mu się wydało, że skądciś wołają.

Żuraw studzienny wynosił się tuż przed nim, cień długi kładąc.

- Czego to? - pytał nasłuchując odpowiedzi.

Sad, porznięty światłami, jakby zastąpił mu drogę, srebrzące się liście szemrały cosik cichuśko.

- Kto me woła? - myślał dotykając się drzew.

Łapa, chodzący wciąż przy nim, zaskomlał cosik, że przystanął, westchnął głęboko i rzekł wesoło:

- Prawda, piesku, pora siać...

Ale w mig i o tym przepomniał; rozsypywało mu się wszystko w pamięci kiej suchy piasek w garściach, jeno że wciąż nowe wspominki popychały go znów gdzieś naprzód; motał się w one złudy jak to wrzeciono w nić uciekającą wiecznie, a cięgiem na jednym miejscu.

- Juści... pora siać... - powiedział znowu i ruszył raźnie kole szopy opłotkami wiedącymi na pole, natknął się na bróg ów nieszczęsny, spalony jeszcze zimą i już postawiony teraz na nowo.

Chciał go zrazu wyminąć, lecz nagle odskoczył, rozwidniło mu się na mgnienie, błyskawicą rzucił się wstecz czasu, wyrywał z płota kołek i ująwszy go oburącz kiej widły i z nasrożoną twarzą rzucił się na słupy, gotowy bić i zabijać, lecz nim uderzył co bądź, wypuścił kołek bezradnie.

Za brogiem, od samej drogi a pobok ziemniaków, ciągnął się długi szmat podorówki, przystanął przed nim wodząc zdumionymi oczyma.

Księżyc już był w pół nieba, ziemie pławiły się w przymglonych brzaskach i leżały operlone rosami, jakby zasłuchane w milczeniu.

Nieprzenikniona cichość biła z pól, zamglone dale łączyły ziemię z niebem, z łąk pełzały białawe tumany i wlekły się nad zbożami kiej przędze, obtulając je niby ciepłym, wilgotnym kożuchem.

Wyrosłe, zielonawe ściany żyta pochylały się nad miedzę pod ciężarem kłosów, zwisających kieby te rdzawe dzioby piskląt, pszenice szły już w słup, stały hardo, lśniąc czarniawymi piórami, zaś owsy i jęczmiona, ledwie rozkrzewione, zieleniały kiej łąki w płowych przesłonach mgieł i światła.

Drugie kury już piały, noc była późna, pola, pogrążone w głęboki sen odpoczywania, jakby dychały niekiej cichuśkim chrzęstem i jakimś echem dziennych zabiegów i trosk - jak dycha mać, kiej przylegnie wpośród dzieciątek, dufnie śpiących na jej łonie...

Boryna naraz przyklęknął na zagonie i jął w nastawioną koszulę nabierać ziemi, niby z tego wora zboże naszykowane do siewu, aż nagarnąwszy tyla, iż się ledwie podźwignął, przeżegnał się, spróbował rozmachu i począł obsiewać...

Przychylił się pod ciężarem i z wolna, krok za krokiem szedł i tym błogosławiącym, półkolistym rzutem posiewał ziemię na zagonach.

Łapa chodził za nim, a kiej ptak jaki spłoszony zerwał się spod nóg, gonił przez chwilę i znowu powracał na służbę przy gospodarzu.

A Boryna, zapatrzony przed się w cały ten urokliwy świat nocy zwiesnowej, szedł zagonami cicho, niby widmo błogosławiące każdej grudce ziemi, każdemu źdźbłu, i siał - siał wciąż, siał niestrudzenie.

Potykał się o skiby, plątał we wyrwach, niekiedy się nawet przewracał, jeno że nic o tym nie wiedział i nic nie czuł kromie tej potrzeby głuchej a nieprzepartej, bych siać.

Szedł aż do krańca pól, a gdy mu ziemi zabrakło pod ręką, nowej nabierał i siał, a gdy mu drogę zastąpiły kamionki a krze kolczaste, zawracał.

Odchodził daleko, że już ptasie głosy się urywały i kajś w mglistych mrokach zginęła cała wieś, a obejmowało płowe, nieprzejrzane morze pól, ginął w nich kiej ptak zabłąkany lub kiej dusza odlatująca ze ziemie - i znowu się wyłaniał bliżej domów, w krąg ptasich świergotów powracał i w krąg zamilkłych na. chwilę trudów człowieczych, jakby wynoszony z nawrotem na krawędź żyjącego świata przez chrzęstliwą falę zbóż...

- Puszczaj, Kuba, brony a letko! - wołał niekiedy niby na parobka.

I tak przechodził czas, a on siał niezmordowanie, przystając jeno niekiedy, bych odpocząć i kości rozciągnąć, i znowu się brał do tej płonej pracy, do tego trudu na nic, do tych zbędnych zabiegów.

A potem, kiej już noc ździebko zmętniała, gwiazdy zbladły i kury zaczynały piać przed świtaniem, zwolniał w robocie, przystawał częściej i zapomniawszy nabierać ziemi pustą garścią siał - jakby już jeno siebie samego rozsiewał do ostatka na te praojcowe role, wszystkie dni przeżyte, wszystek żywot człowieczy, któren był wziął i teraz tym niwom świętym powracał i Bogu Przedwiecznemu.

I w oną żywota jego porę ostatnią cosik dziwnego zaczęło się dziać: niebo poszarzało kiej zgrzebna płachta, księżyc zaszedł, wszelkie światłości pogasły, że cały świat oślepł nagle i zatonął w burych skołtunionych topielach, a coś zgoła niepojętego jakby wstało gdziesik i szło ciężkimi krojcami wskroś mroków, że ziemia zdała się kolebać.

Przeciągły, złowróżbny szum powiał od borów.

Zatrzęsły się drzewa samotne, deszcz poschniętych liści zaszemrał po kłosach, zakołysały się zboża i trawy, a z niskich, rozdygotanych pól podniósł się cichy, trwożny, jękliwy głos:

- Gospodarzu! Gospodarzu!

Zielone pióra jęczmion trzęsły się jakby w płaczu i gorącymi całunkami przylegały do jego nóg utrudzonych.

- Gospodarzu! - zdały się skamleć żyta zastępujące mu drogę i trzęsły rosistym gradem łez. Jakieś ptaki zakrzyczały żałośnie. Wiater załkał mu nad głową. Mgły owijały go w mokrą przędzę, a głosy wciąż rosły, olbrzymiały, ze wszystkich stron biły jękliwie, nieprzerwanie:

- Gospodarzu! Gospodarzu!

Dosłyszał wreszcie, że rozglądając się wołał cicho:

- Dyć jestem, czego? co?...

Przygłuchło naraz dokoła, dopiero kiej znowu ruszył posiewać ociężałą już i pustą dłonią, ziemia przemówiła w jeden chór ogromny:

- Ostańcie! Ostańcie z nami! Ostańcie!...

Przystanął zdumiony, zdało mu się, że wszystko ruszyło naprzeciw, pełzały trawy, płynęły rozkołysane zboża, opasywały go zagony, cały świat się podnosił i walił na niego, że strach go porwał, chciał krzyczeć, ale głosu już nie wydobył ze ściśniętej gardzieli, chciał uciekać, zabrakło mu sił i ziemia chwyciła za nogi, plątały go zboża, przytrzymywały bruzdy, łapały twarde skiby, wygrażały drzewa zastępujące drogę, rwały osty, raniły kamienie, gonił zły wiater, błąkała noc i te głosy, bijące całym światem:

- Ostańcie! Ostańcie!

Zmartwiał naraz, wszystko przycichło i stanęło w miejscu, błyskawica otworzyła mu oczy z pomroki śmiertelnej, niebo się rozwarło przed nim, a tam w jasnościach oślepiających Bóg Ociec, siedzący na tronie ze snopów, wyciąga ku niemu ręce i rzecze dobrotliwie:

- Pódziże, duszko człowiecza, do mnie. Pódziże, utrudzony parobku...

Zachwiał się Boryna, roztworzył ręce, jak w czas Podniesienia:

- Panie Boże zapłać! - odrzekł i runął na twarz przed tym Majestatem Przenajświętszym.

Padł i pomarł w onej łaski Pańskiej godzinie.

Świt się nad nim uczynił, a Łapa wył długo i żałośnie...

TOM CZWARTY: LATO

ROZDZIAŁ 1

I tak się ano było zmarło Maciejowi Borynie.

Zaś w chałupie zaspali ździebko z powodu niedzieli, jaże dopiero Łapa przebudził ich szczekaniem, bo tak ujadał, tak wył, tak ciskał się do drzwi, a kiej mu otworzyli, tak szarpał za przyodziewy i wylatywał obzierając się, czy za nim lecą, że Hankę jakby cosik tknęło.

- Wyjrzyj no, Józka, czego ten pies chce.

Poleciała za nim w dobrej myśle, swywoląc po drodze.

Doprowadził ją do ojcowego trupa.

Wrzask ci straszny podniosła, zbiegli się wnet wszyscy na pole do starego, ale już całkiem widział się być zeskrzytwiałym, leżał na twarzy, jak był padł w skonania czasie, a rozkrzyżowany kieby w tym ostatnim dusznym i gorącym pacierzu.

Zniesiono go do chałupy, probując jeszcze ratować.

Ale na darmo poszły starunki, próżne już były wszelakie pomoce i zabiegi, trup ci to był jeno, zimny trup człowieczy.

Srogi lament powstał w chałupie, Hanka rozkrzyczała się wniebogłosy, Józka z rykiem tłukła się o ściany, Witek buczał wraz z dziećmi, nawet Łapa wył i szczekał w opłotkach, tylko jeden Pietrek, co się był pokręcił tu i owdzie, wyjrzał na słońce i spać poszedł do stajni.

A Maciej leżał na swoim łóżku, rozciągnięty i sztywny, z rozdziawioną i uwalaną w ziemi gębą, podobien zgoła do zeschłej na słońcu grudy ziemi lebo pnia spróchniałego; w zesztywniałych garściach zaciskał piach; zaś oczy otwarte szeroko patrzyły z takim zachwyceniem, a tak kajś daleko, jakoby w niebo już na ścieżaj wywarte.

Ale taka straszna groza śmierci biła od niego i taka przejmująca lutość, jaże go płachtą przykryli.

Że zaś w mig rozniesło się po wsi, to ledwie co słońce wyniesło się chyla tyla nad chałupy, a już ludzie lecieli na przewiady; raz po raz wchodził ktosik, unosił płachty, zazierał mu w oczy, przyklękał i pacierz mówił, zaś drudzy łamiąc rozpacznie ręce przystawali w żałobnej cichości, do cna w sobie struchleli z onej Bożej przemocy nad człowiekowym żywotem.

Jeno te żałosne lamenty sierot nie ścichały ani na chwilę, roznosząc się na całą wieś.

Dopiero kiej Jambroż nadszedł, wypędził wszystkich przed dom, a izbę zamknął, by wespół z Jagustynką i Jagatą, która się była przywlekła z tym ochfiarnym pacierzem, wziąć się do obrządzania umarlaka. Ochotnie on to zawdy robił i z niemałymi przekpinkami, ale dzisia było mu czegoś na sercu ciężko.

- Tyla ano człowieczej szczęśliwości! - mamrotał rozdziewając zmarłego. - Kostucha, kiej się jej spodoba, ułapi cię za grdykę, praśnie w pysk, zadrzesz giry na księżą oborę i oprzej się!

Nawet Jagustynka była jakaś markotna, bo wyrzekła żałośnie:

- Tyrał się jeno chudziaczek po świecie, to lepiej, co i pomarł.

- A juści, bo mu to jaka krzywda była!

- Ale i dobrości też nażył niewiela.

- Któż to jej zażywa do syta! Coby największy dziedzic, coby nawet sam król, a kłopotał, a zabiegał, a cierpiał będzie.

- Tyle jeno było jego, co głodu nie zaznał a chłodu.

- Co to głód, matko. Turbacje gryzą barzej wszystkiego.

- Prawda, czym to sama nie praktyk! A jemu Jagusia zapiekała do żywego mięsa, dzieci też nie żałowały.

- Dzieci miał dobre i nijakiej krzywdy od nich nie zaznał - wtrąciła Jagata przerywając głośne modły.

- Pilnujcie lepiej pacierza. Hale, żałoście wyciąga za nieboszczyka, a uszów dobrze nadstawia na nowinki - warknęła Jagustynka.

- Bo złe dzieci tak by się nie biadoliły. Posłuchajcie ano...

- Bych się waju tylachna ostało po kim, to byście się do siódmego potu wydzierali nie żałując gardzieli.

- Cichajta! Jagusia bieży! - przyciszył Jambroż.

Jaguś wnet wpadła do izby i stanęła w pośrodku kiej wryta, nie mogąc wykrztusić ani słowa.

Właśnie byli Macieja przyodziewali w czystą koszulę.

- Pomarli! - jęknęła wreszcie wtapiając w niego zestrachane, nieprzytomne oczy. Strach ją chycił za gardło i serce jakby się zakrzepło na lód, że ledwie dychać poredziła.

- Nie wiedzieliście to? - pytał Jambroż łagodnie.

- U matki spałam, a Witek co ino przyleciał powiedzieć. Nie żyje to naprawdę? - zapytała nagle, przystępując do niego.

- Juści, co nie do ślubu go rychtujemy, a jeno do trumny.

Nie mogła jeszcze zrozumieć, wsparła się o ścianę, gdyż się jej widziało, jakoby ją morzył ciężki śpik i zmora dusiła, a ona nie poredzi się przebudzić, jeno się kala cała w potach i w męce strachu. I co trochę wychodziła z izby i powracała nie mogąc oderwać oczów od trupa, i co trochę zrywała się kajś uciekać, a ostawała, i co trochę leciała za dom, na przełaz i nic nie widzący patrzyła po polach albo siadała na przyźbie wpodle Józki, która buczała drąc włosy i krzycząc żałośnie:

- O mój tatulu jedyny! O mój tatulu!

Juści, co wszystko obejście i dom pełne były tych płaczów i lamentliwych szlochań, a ona tylko jedna, chocia się w niej trzęsła każda kosteczka i jakieś ciężkie bolenie spierało pod piersiami, nie puściła ni jednej łzy, nie poredziła krzyczeć, a jeno chodziła błędna, świecąc oczami zapiekłymi w zgrozie.

Szczęściem, że Hanka wrychle się opamiętała i chociaż jeszczech popłakujący, a już dawała baczenie na wszystko i rządziła jak zwykle, że kiej przylecieli kowalowie, całkiem była ostygła.

Magda wybuchnęła płaczem, a jeno kowal rozpytywał.

Opowiedziała po porządku, jak się to stało.

- Dobrze, co mu Pan Jezus dał lekką śmierć! - szepnął.

- Tylachna wycierzpiał, to mu się należała.

- Chudziaszek, na pole jaże uciekał przed kostuchą!

- A z wieczora zaglądałam do niego, to leżał se cicho jak zawdy.

- I nie przemówił, co? - pytał trąc suche oczy.

- Ani tego słowa, ogarnęłam mu pierzynę, dałam pić i poszłam.

- I sam wstał! Może by jeszczech nie pomarli, żeby go kto pilnował - jęknęła Magda przez głębokie szlochania.

- Jagusia sypiała u matki, bo stara ciężko chora, zawdy tak.

- Tak już miało być, to i tak się stało! Tyla się nachorzał, jakże, toć więcej niźli kwartał! A komu nie do zdrowia, to lepsza prędka śmierć. Trza Panu Bogu dziękować, co się już nie morduje - wyrzekł.

- Juści, a sami wiecie, co to zrazu kosztowały dochtory, co leki, a na nic poszło wszystko.

- Bo jak kto na śmierć chory, temu nie pomogą dochtory.

- Taki gospodarz, taki mądrala, mój Jezu! - biadoliła Magda.

- A mnie jeno żal, co Antek nie zdążył do żywego.

- Nie dzieciuch, to płakał nie będzie. O pochowku pilniej pomyśleć.

- Prawda, a tu jakby na złość i Rocha nie ma.

- Poredzimy se sami. Nie frasujcie się, już ja wszystko wyrychtuję.

Odpowiadał kowal, który chociaż twarz pokazywał frasobliwą, a w sobie cosik drugiego tail, gdyż niby to wzdychał, niby to żałował i łzy obcierał, a w oczy nie patrzył. Wziął się Jambrożowi pomagać i ubiery ojcowe szykować, a długo myszkował w komorze pomiędzy motkami przędzy i w rupieciach, to po kątach szukał, to jaże na górę właził niby to po buty, które tam wisiały. Wzdychał jucha kiej miech, pacierze trzepał głośniej niźli Jagata i wypominał dobroście nieboszczyka, ale oczy mu cięgiem szukały czegoś po izbie, a same ręce lazły pod poduszki lebo we słomie łóżka chciwie bobrowały.

Aż Jagustynka ozwała się kąśliwie:

- Byście tam czego uschniętego nie naleźli... a najdziecie, to trzymajcież, bo waju uciecze z garści, ślizgie...

- Kogo nie piecze, temu nie uciecze! - mruknął i już szukał otwarcie, kaj jeno mógł, nawet nie bacząc na organistowego Michała, któren przyleciał zziajany po Jambroża.

- Chodźcie do kościoła, przywieźli do chrztów czworo dzieci.

- Niech poczekają, nie ostawię rozbabranego.

- Wyręczę was, idźcie, Jambroży - namawiał kowal, jakby chcąc się go pozbyć.

- Ochfiarowałem się, to i zrobię. Nieprędko trafi mi się drugi taki gospodarz. Zrób w kościele, co potrza, Michał, wyręcz mnie, a niech chrzestni ołtarz obejdą z zapalonymi świecami, to ci grosz jaki kapnie. Na organistę się uczy, a przy głupim chrzcie jeszcze usłużyć nie poredzi - ozwał się za nim wzgardliwie.

Hanka przywiedła Mateusza, bych wziął miarę na trumnę.

- Jeno mu domowiny nie żałuj, niechta chudziak rozeprze się choćby po śmierci - powiedział Jambroż smutnie.

- Mój Jezu, za życia to ciasno mu było i na włókach, a teraz i we czterech deskach się zmieści - szepnęła Jagustynka, zaś Jagata przerywając pacierze jąkała płaczliwie:

- Gospodarzem se był, to i gospodarski pochówek miał będzie, a biedny człowiek to nawet nie wie, pod jakim płotem tę ostatnią parę puści. Bych ci światłość wiekuista! Bych ci... - zaniesła się znowu.

A Mateusz jeno głową pokiwał, odmierzył trupa, pacierz zmówił i wyszedł, a chociaż to była niedziela, zabrał się wnet do roboty; wszelaki porządek stolarski znajdował się w chałupie, a suche dębowe deski już z dawna na górze czekały.

Wnet ci wyrychtował warsztat w sadzie i robił poganiając ostro Pietrka przysłanego mu do pomocy.

Dzień się już był wyniósł dawno, słońce świeciło wesołe i palące, że gorąc zaraz od śniadania jął przypiekać galancie; jaże wszystkie sady i pola jakby się z wolna pogrążały w tym rozbełkotanym, białawym wrzątku rozprażonego powietrza.

Pomdlałe drzewiny poruchiwały niekiej listkami, kieby tym skrzydłem ptak tonący w spiekocie, świąteczna cichość objęła całą wieś, jedne jaskółki, co świegoliły zajadlej śmigając nad stawem kiej oszalałe, zaś po drogach w szarych tumanach kurzawy jęły turkotać wozy i ludzie ze wsi pobliskich ściągali ku kościołowi, że co trochę ktosik zwalniał koni lub przystawał przed Borynami, kaj siedziała rozpłakana rodzina, pochwalił Boga i westchnął żałośnie, zazierając do środka przez wywarte drzwi a okna.

Jambroż uwijał się i śpieszył aż do potu z obrządzaniem umarłego, już byli łóżko wynieśli do sadu i pościele porozwieszali po płotach, gdy jął wołać na Hankę, aby przyniosła jałowcowych jagód do wykadzenia izby.

Jeno nie dosłyszała i ocierając te jakieś ostatnie łzy, co same skapywały, cięgiem już patrzyła na drogę, spodziewając się leda chwila Antka.

Godziny jednak przechodziły, a jego nie było, w końcu chciała już posyłać do miasta Pietrka na przewiady.

- Konia jeno zmacha i niczego się nie przewie... juści - tłumaczył Bylica, któren był właśnie nadszedł z Weronką.

- Przeciech urzęda cosik wiedzą?

- Juści... wiedzą... ale raz, co dzisia zamknięte, bo niedziela, zaś po drugie, co się przez smarowania nikaj nie dociśnie.

- Dyć już nie wstrzymam - skarżyła się przed siostrą.
- Jeszcze się nim naciecszycie, jeszcze się wama da we znaki - syknął kowal poglądając na Jagusię, siedzącą pod ścianą.
- By ci ten zły ozór skołczał - mruknęła.
- Po dybkach ciężą kulasy, to niełacno pośpieszać - dorzucił urągliwie, zeźlony daremnym poszukiwaniem pieniędzy.

Nie odrzekła, wyglądając znowu na drogę.

Właśnie przedzwaniali na sumę i Jambroż zbierał się do kościoła, przykazując Witkowi wysmarowanie sadłem Borynowych butów, gdyż się tak zeschły, co nie sposób było wzuć mu je na nogi.

Kowal wraz z Mateuszem ponieśli się kajś na wieś, a Weronka zabrawszy ojca i Hanczyne dzieci też poszła, w chałupie ostały się jeno same kobiety i Witek, który ociągliwie smarował buty, sielnie je nagrzewając przed kominem, a co trochę leciał spojrzeć na gospodarza lub na Józkę chlipiącą coraz ciszej.

Na drogach ustał wszelki ruch, ludzie już przeszli do kościoła, zaś u Borynów zrobiło się całkiem cicho, tyle jeno, co przez wywarte drzwi a okna głos Jagaty, odmawiającej litanię za umarłego, roznosił się kiej to ptasie ćwierkanie wraz z kłębami jałowcowego dymu, jakim Jagustynka wykadzała izby i sienie.

Pokrótce i nabożeństwo snadź się rozpoczęło, gdyż od kościoła jęły się rozkrążać w przypołudniowej cichości śpiewy a organowe granie tym jakimś górnym, dalekim, a słodkim trzepotem.

Hanka, nie mogąc sobie nikaj naleźć miejsca, poszła jaże na przełaz, bych odmówić pacierze.

- I pomarli se ano, pomarli! - rozmyślała żałośnie, przesuwając ziarna różańca, ale pacierz jeno niekiedy przychodził na wargi, boć w głowie i sercu miała jakoby ten kołtun zwity zmyśleń przeróżnych a strachań niemałych.

- Trzydzieści dwie morgi, a paśniki, a las, a budynki, a lewentarze, tylachne gospodarstwo! - westchnęła ogarniając z lubością szerokie pola i ten cały świat Boży.

- Żeby tak pospłacać i ostać na wszystkim! Być, jak ociec byli! - Pycha ją rozparła z nagła, hardo spojrzała w samo słońce, prześmiechnęła się znacząco i z sercem pełnym słodkich nadziei jęła szeptać słowa różańca.

- Ale od półwłóczka nie ustąpię; pół chałupy też moje i tych krów mlecznych nie popuszczę z garści - wyrzekła nieco żalnie.

Zamodliła się znowu na długą chwilę, powłócząc rozełzawionymi oczami po ziemiach, stojących we słońcu kieby w tej złotawej przyodziewie; wykłoszone, bujne żyta gmerały rdzawymi wisiorami, czarniawe jęczmiona polśniewały kiej ta woda głęboka, zaś jasnozielone owsy, gęsto przerosłe żółtą ognichą, pławiły się trzepotliwie w cichym, nagrzanym powietrzu. Jakiś ptak wielgachny ważył się nad rozkwitłą koniczyną, co niby okrwawiona chusta leżała na skłonie wyżni. Kajś niekaj boby tysiącami białych ślepiów stróżowały przy ziemniakach, a tu i owdzie na dołkach lny niebieściły się bledziuśkim kwiatem, niby te przymrużone od blasków dziecińskie oczy.

Bardzo cudnie było na świecie, słońce ogrzewało coraz barzej i ciepło, sycone zapachem kwiatów, co tliły się nieprzeliczone we zbożach i wszędy, zwiewało z pól taką lubą, żywiącą mocą, jaże dusze rozpierało radością i same łzy cisnęły się do oczów.

- Świętaś ty i rodzona! Święta - wyrzekła pochylając głowę.

Sygnaturka zaświergotała w powietrzu kiej ten ptaszek.

- Za Twoją to sprawą wszyćko na świecie, mój Jezu kochany! Za Twoją! - szepnęła gorąco biorąc się z powrotem do pacierza.

Kajś w pobliżu cosik zatrzeszczało, obejrzała się uważnie; pod wiśniami o płot pleciony wsparta stojała Jagusia, jakoś smutnie wzdychająca.

- Że to ni minuty spokoju! - zabiadała Hanka, gdyż przypominki chlasnęły ją kiej te parzące pokrzywy. - Prawda, dyć ona ma zapis! - przypomniała sobie. - Całe sześć morgów! Złodziejka jedna! - Aż ją w dołku sparło ze złości. Odwróciła się plecami, jeno co już nie poredziła zebrać się na modlitwę, bo dawne urazy i żale opadły ją kiej te złe, rozszczekane psy.

Południe już przechodziło, chude cienie jęły wypełzać spod drzew i domów, a we zbożach, co się ździebko kłoniły za słońcem, zagrały z cicha koniki polne, bąk też kajś niekaj zahuczał i przepiórki odzywały się po swojemu.

Ale upał wzmagał się coraz barzej i prażył już niemiłosiernie.

Suma się wnet skończyła i nad stawem jęły gęsto przysiadać kobiety do zezuwania trzewików, zaś drogi tak się zamrowiły ludźmi, wozami a gwarem, że Hanka śpiesznie powróciła do chałupy.

Boryna już był całkiem wyrychtowany.

Leżał w pośrodku izby, na szerokiej ławie, nakrytej płachtą i obstawionej płonącymi świecami, juści, co wymyty był, wyczesany i ogolony do czysta, jeno na policzku miał długą zadrę od Jambrożowej brzytwy, zalepioną papierem. Ubier też miał wdziany co najlepszy: białą kapotę, którą se był sprawił na ślub z Jagusią, portki pasiate i buty prawie całkiem nowe.

W spracowanych, wyschłych rękach trzymał obrazik Częstochowskiej, pod ławą stała balia z wodą, bych przechładzać powietrze, zaś na glinianych pokrywach dymiły jałowcowe jagody zapełniając izbę kieby tą mgłą modrawą, w której wynosił się straszliwy majestat śmierci.

I leżał se tak paradnie w onej trupiej cichości Maciej Boryna, człek sprawiedliwy i mądry, chrześcijan prawy, gospodarz z dziada pradziada i pierwszy bogacz we wsi.

Pod dachem ojców przyłożył se po raz ostatni głowinę strudzoną; kiej ten ptak na wyraju, nim weźmie lot podniebny, a poniesie się tam, kaj od wiek wieka wszystkie odlatują.

Gotowy ci już był do pożegnań znajomków a powinowatych i gotowy do onej drogi dalekiej.

Już mu się ano dusza korzyła przed sądem Pańskim, a jeno ten jego trup lichy, ta człowiecza zewłoka, próżna żywiącego dechu, leżała jakby prześmiechając się leciuśko wśród świateł, dymów i modłów nieustannych. A ludzie szli już a szli tym ciągiem nieskończonym; kto wzdychał żałośnie, kto się bił w piersi i modlił gorąco, kto zaś medytował kiwając smutnie głową i obcierając tę ciężką, żalną łzę, że szmer pacierzy, ściszone szlochy i pogwary wzdychliwe trzęsły się kiej te przejmujące siąpania deszczów jesiennych. A ludzie wchodzili i wychodzili bez przerwy; szli gospodarze i komornicy, szły kobiety i dzieuchy, szli starzy i młodzi, całe Lipce tłoczyły się w izbie i w sieniach, zaś do okien cisnęło się tyla dzieci i tak swywoliły, jaże Witek nie poredząc ich rozegnać poszczuł psem, ale Łapa go nie posłuchał, trzymał się dzisiaj Józki, a niekiedy biegał dokoła chałupy i wył kiej ten głupi.

Nad całą wsią zaciężyła ta śmierć Borynowa; dzień był przeciek śliczny, rozsłoneczniony, pachnący zwiesną i luby, że nie wypowiedzieć, a dziwny smutek owiewał chałupy i dziwna cichość zaległa wszystkie drogi. Ludzie chodzili osowiali, markotni a srodze strapieni, każdy jeno wzdychał żałośnie, rozwodził ręce i zadumywał się nad człowieczą smutną dolą.

Wielu, którzy żyli z nieboszczykiem w przyjacielstwie, ostało przed chałupą, kaj już poniektóre gospodynie pocieszały Hankę, Magdę i Józkę, poczciwie popłakując wraz z nimi, a sielnie się wyżalając, nad sierotami.

Jeno do Jagusi nikto nie przystępował z tym dobrym, pocieszającym słowem, juści, co ta była niegłodna użalań się nad sobą, ale zawdy tak ją zabolało to opuszczenie, że uciekła do sadu i zaszywszy się w gęstwę, siedziała tam całe godziny nasłuchując jeno Mateuszowej roboty kole trumny.

- Że to się jeszcze śmie pokazywać na oczy! - syknęła za nią wójtowa.
- Poniechajcie! Nie pora na takie wypominki! - wyrzekła któraś.
- I niech ją tam Pan Jezus sądzi - dodała Hanka łagodnie.
- Wójt ta wasze docinki dobrze jej wynadgrodzi!- zaśmiał się kowal.
Szczęściem, że przysłali po niego od młynarza, gdyż wójtowa rozczapierzała się kiej indyczka, gotowa zrobić kłótnię.

Kowal jeno gruchnął rechocącym śmiechem i poleciał, a one ostały, pogadując już mało wiele o różnościach, a coraz ciszej i senniej, jakby z tych ciężkich turbacji albo samego gorąca, co już doskwierało zgoła nie do zniesienia. Parno się przy tym robiło i dziwnie duszno, nie powiał wiater bych najlżejszy, że ni jeden listek i ni jedno źdźbło się nie zaruchało, a chociaż przeszło już spory kawał czasu od południa; to jednak słoneczny war lał się jeszcze żywym ogniem i tak przypiekał, jaże ściany płakały żywicą i więdły pomdlałe chwasty i kwiaty.

Ryk się naraz wydarł przeciągły i teskliwy; jakiś chłop prowadził krowę po drugiej stronie stawu.

- Pewnikiem do księżego byka! - ozwała się Płoszkowa goniąc oczami krowę, szarpiącą się na postronku.

- Młynarz do niego jeszczek lepiej ryczy, jeno co przez złość! - podjęła Jagustynka, ale żadnej już się nie chciało mówić.

Siedziały rozczapierzone kieby te kwoki w piasku, ledwie już dysząc z gorąca. Rozbierał je upał, cichość i ten płakliwy, nieustający głos Jagaty modlącej się przy umarłym.

Dopiero kiej przedzwonili na nieszpory, rozeszły się do domów, a Hanka posłała za kowalem, bych szedł z nią do proboszcza ugodzić się o pogrzeb ojcowy.

Witek rychło powrócił, ale sam.

- Hale, kiej się bojałem przystąpić, bo Michał se siedzą z dziedzicem u młynarza i piją arbate - powiadał zziajany.

- Z dziedzicem?

- A juści, przeciek go znam! Arbate se piją i placek pojadają, dobrze widziałem. A ogiery stoją w cieniu i jeno kulasami przebierają.

Zdziwiła się temu, ale po nieszporach, nie doczekawszy się kowala, ogarnęła się świątecznie i poszła z Magdą na plebanię.

Proboszcza nie było na pokojach, choć wszystkie drzwi i okna stały powywierane; przysiadły czekać, ale po jakimś czasie dziewka powiedziała, że ksiądz w podwórzu i kazał je zawołać.

Siedział se w cieniu pod płotem, a w pośrodku podwórza, kole niezgorszej krowiny, którą chłop trzymał krótko na postronku, kręcił się z rykiem tęgi, srokaty byk, że ledwie go parob utrzymał na łańcuchu.

- Walek! Poczekaj jeszcze, niech nabierze większej ochoty! - krzyknął proboszcz i wycierając spoconą łysinę, przywołał do siebie kobiety i jął wypytywać o wszystko, pocieszać i krzepić miłosiernie, a kiej go zagadnęły o pogrzeb i koszty; przerwał im ostro i niecierpliwie:

- O tym potem. Nie zdzieram skóry z ludzi. Maciej był pierwszym we wsi gospodarzem, to i pogrzeb musi mieć nie lada jaki. No, mówię, nie lada jaki! - powtórzył groźnie, po swojemu.

Za nogi jeno go obłapiły, nie śmiejąc się już w niczym przeciwić.

- Ja wam tu dam! Widzicie ich, zbereźniki! - krzyknął na organiściaków, zazierających spoza płotów. - Cóż, jak się wam podoba mój byczek, he?

- Śliczności! Lepszy od młynarzowego! - przytakiwała Hanka.

- Tak mu do mojego, jak wołu do karety! Przyjrzyjcie mu się! - podprowadził je bliżej, klepiąc z lubością byka, który rwał się już do krowy jak wściekły. - Co za kark! A jaki grzbiet, jakie to ma piersi! Smok, nie byk! - wołał, jaże przysapując z radości.

- Juści, jeszczem takiego nie widziała.

- He, prawda! Czysty holender, trzysta rubli kosztuje.

- Tylachna pieniędzy! - dziwowały się zdumione.

- Ani grosza mniej! Walek, puszczaj go... ostrożnie ino, bo krowa nietęga... Od jednego razu pokryje... Pewnie, że drogi, ale biorę tylko po rublu i dwadzieścia groszy postronkowego, żeby się Lipce dochowały porządnych krów. Młynarz się gniewa na mnie, ale już mi obmierzły te koty, jakie macie po jego stadniku. Trzymajże, gapo, krowę przy samym pysku, bo ci się wyrwie! - wrzasnął na chłopa. - No, to idźcie z Bogiem - zwrócił się do kobiet, widząc, że przywstydzone odwracały się ździebko na stronę. - A jutro eksporta do kościoła! - wołał jeszcze za nimi, biorąc się pomagać chłopu, że to krowy nie mógł utrzymać.

- Podziękujesz ty mi za cielę, będzie, jakiegoś jeszcze nie widział. Walek, a przeprowadź go, niech się przechłodzi, chociaż co tam takiemu smokowi znaczy jedna mucha! - przechwalał.

Kobiety zaś poszły do organisty, boć to i z nim też było trza się godzić z osobna o pogrzeb, ale że organiścina przyjęła je kawą, przy której się nieco zagwarzyły, to było pod sam zachód, i już bydło spędzali z pastwisk, kiej powróciły do chałupy.

Przed gankiem stojał pan Jacek z Mateuszem i pykając fajeczkę godził go do rznięcia drzewa na Stachową chałupę.

Mateusz jakoś nie bardzo był rad, bo się wykręcał.

- Drzewo porznę, niewielka obrada, ale czy chałupę postawię, a bo ja wiem?... Może kaj we świat pójdę... Cni mi się już we wsi... Bo ja wiem, co pocznę... - mówił spoglądając na Jagusię, dojącą krowę pod oborą. - Z rana skończę trumnę, to się jeszcze rozmówimy - dokończył prędko i poszedł.

A pan Jacek wszedł do nieboszczyka i mówił długi, serdeczny pacierz obcierając rzęsiste łzy.

- By chociaż synowie wdali się w niego - wyrzekł potem do Hanki. - Dobry to był człowiek i prawy Polak. Był z nami w powstaniu, przystał do partii dobrowolnie i gnatów nie żałował. Widziałem go przy robocie. A zmarnował się przez nas... Przekleństwo ciąży nad nami... - gadał jakby do siebie, a chociaż nie rozumiała wszystkiego, to jednak z wdzięczności za dobre słowa wspominek podjęła go za nogi.

- Dajcie spokój! Takim człowiek jak i wy! - zakrzyczał gniewnie. - Głupia! dziedzic nie święty! - popatrzył jeszcze na Borynę, zapalił od świecy fajeczkę i wyszedł nie odpowiadając na powitanie kowala, któren był właśnie wchodził do sieni.

- Coś harny dzisiaj! Dziadak jucha! - rzekł za nim z przekąsem, ale że był jakiś rozradowany, to przysiadł do żony i jął szeptać. - Dobra nasza! Wiesz, Magduś, dziedzic szuka zgody ze wsią. Namawia, cobym mu pomagał. Juści, co musi się nam dobrze okroić. Jeno ani mru-mru, kobieto, o wielgie rzeczy idzie.

Zajrzał do zmarłego, pokręcił się tu i owdzie i na wieś poleciał, wyciągając chłopów do karczmy na naradę.

Zmierzch się już był czynił, zorze ostygły kiej te ordzewiałe blachy przysypywane popiołem, że jeno niekajś co się ta świeciła jakaś chmurka nabrana złocistą światłością zachodu.

A kiej się już do cna zrobił wieczór i pokończyli gospodarskie obrządki, to cała rodzina znowu się zebrała przy zmarłym. U Borynowego wezgłowia było coraz widniej od świec jarzących, Jambroż raz po raz obcinał knoty i śpiewał z książki, a za nim powtarzali wszystkie, popłakując niekiej na przemian i biadoląc.

Drudzy zaś, sąsiedzi, że w izbie było ciasno i zaduch, to przyklękali na dworze, pod oknami i ciągnęli tę długą i żałosną nutę litanii, jaże się widziało, co wszystek sad śpiewa.

Noc się z wolna ściągała na świat, więc już do cna przycichło, gdzie spać się kładli, po sadach bieliły się pościele i chałupy gasły jedna po drugiej, jeno co kokoty piały jakoś niespokojnie, a taka parna i duszna cichość stanęła, jakby się miało na odmianę.

Do późna w noc śpiewali przy Borynie, a kiej się rozeszli, ostał jeno Jambroż i Jagata, bych już czuwać do rana.

I śpiewali zrazu rozgłośnie, alej kiej ustał wszelki ruch i zwaliła się niezgłębiona cisza nocy, wnet jął ich morzyć śpik, tęgo wodząc za łby, że wyciągali coraz ciszej i mamrotliwiej, nie przecykając nawet wtedy, kiej Łapa przychodził i z cicha skamlący polizywał nasadlone buty nieboszczyka.

Prawie o samym północku gęsta ćma przywaliła ziemię, pogasły gwiazdy, schmurzyło się całkiem i jakby jeszcze barzej ścichło, że tylko niekiedy zatrzęsło się jakieś drzewo i posypał się cichuśki, lękliwy szmer albo wydarł siej skądciś głos jakiś dziwny, ni to krzyk, ni to huk, ni to wołanie dalekie, i przepadał też nie wiadomo kaj...

Wieś leżała w głębokim śpiku i jakby na samym dnie ciemnicy, tylko jedna Borynowa izba świeciła blado w tej mrocznej topieli, a przez wywarte okna widniał Maciej leżący wśród żółtych świateł, owiany dymami kadzideł niby tym modrawym obłokiem. Jambroż z Jagatą, wsparłszy się o niego głowami, zadrzemali już na dobre, chrapiąc, jaże się rozlegało.

Zaś ta letnia, krótka noc przechodziła szybko, jakby się jej kajś śpieszyło zdążyć, nim pierwsze kury zapieją, świece też dopalały się posobnie i gasły niby te oczy strudzone patrzeniem w umarłego, iż na świtaniu ostała jeno co najgrubsza, migocąc się kiej to złote ostrze.

Aż szary, przemglony świt, zwlókłszy się leniwie z pól, zajrzał do izby, prosto w Borynową twarz, która jakby się ździebko ożywiła, jakby się budził z ciężkiego snu i nasłuchując tych pierwszych świergotań po gniazdach, patrzał skroś poczerniałych powiek w dalekie jeszcze zorze wschodów.

Świt już gęstniał roztrząsając się kieby ta zamieć śniegowa.

Niebo zajaśniało jak płótno na bielnikach, gdy je słońce przygrzeje, z pól powiało chłodem, staw westchnął kolebiąc się sennie, a spod mrocznych próchnic nocy jawiły się obrazy borów, kieby te czarne chmury wynoszące się ze ziemi, zaś poniektóre drzewiny, samotnie stojące, puszyły się czubami w rozbielonym powietrzu niby pęki czarnych piór; już nawet przyleciał pierwszy wiater, zatarmosił sadami i jął przedmuchiwać we śpiące pod przyźbami.

Ale jeszcze mało kto przecknął i ozwierał oczy. W słodkim dośpiku leżało wszystko leniąc się ździebko, jak to zwyczajnie bywa po święcie czy jarmarku.

A wrychle i sam dzień się podniósł, jeno co jakiś mgławy i smutny, słońca jeszcze nie było, ale skowronki już przedzwaniały swoje pacierze, głośniej zabełkotały wody i poruszyły się zboża bijąc chrzęstliwymi kłosami o miedze i drogi, już niegdzie po zagrodach rwały się tęskliwe beki owiec, kajś znowu jazgotliwie zagęgały gęsi, to koguty się wydzierały rozgłośnie, gdzie nawet wołania się rozlegały, skrzypy wrótni, końskie rżenia, ruch i skrzęt wstawań, że cała wieś się budziła imając się z wolna pracy codziennej, jeno u Borynów wciąż było jeszcze cicho i spokojnie.

Zaspali ano z onych smutków i ciężkich turbacji, jaże na dwór roznosiły się chrapania.

Wiater buchał co trochę w otwarte drzwi a okna i tłukł się po izbach świszcząc przeciągle i na darmo rozwiewał nieboszczykowi włosy i targał światłem ostatniej świecy.

Nie poruszył się juści Boryna, nie przecknął, nie porwał się do roboty ni drugich do niej zapędzał, leżał se martwy, cichy, na kamień już zakrzepły i na wszystko już głuchy.

Wiatr już z niemałą mocą zawiał i rymnął w sad, że wszystko wokół jęło się chwiać, szeleścić, trząchać, kołysać i jakby zaglądać w Borynową siną twarz; patrzył w niego dzień mgławy, zaglądały rozchwiane drzewa, zaś one wysmukłe, gibkie malwy kiej dzieuchy chyliły się przez okna w pokłonach głębokich, a ze dworu raz po raz wpadała z brzękiem pszczoła, to motyl leciał wprost na światło, to jaskółka zbłądziła świergocąc lękliwie, to niesły się muchy, przypełzały żuczki i wszelaki Boży stwór, a wraz z nimi spływał do izby cichy brzęk i szum, i trzepot, i ćwierkania, kieby ten jeden głos żywej, serdecznej żałości:

- Pomarł! Pomarł! Pomarł!

I co jeno żyło, trzęsło się, łkało i zanosiło, jakby w przytłumionym; srogim lamencie; aż ścichło z nagła i trwożnie, wiater ustał, wszystko przytaiło dech i padło na twarz w proch ziemi, bo oto ze świtowych szarości wzeszło słońce czerwone i ogromne, wyniosło się nad świat, ogarnęło go władnym, żywiącym okiem i skryło się w skołtunione chmurzyska.

Poszarzało na świecie, a nie wyszło i Zdrowaś, jął sypać drobny, ciepły deszcz rzęsistymi kroplami, że wnet wszystkie pola i sady rozdzwoniły się sypkim, nieustającym szmerem.

Ochłodło znacznie, zapachniały drogi, ptaki zaczęły śpiewać z całej mocy, a w tej szarej, rozdrganej kurzawie, jaka przysłoniła świat, piły spragnione zboża, piły liście pomdlałe, piły drzewa, piły wyschnięte gardziele strug i ziemie spieczone, piły długo i z lubością, dysząc jakby z dziękczynieniem.

- Bóg zapłać, bracie deszczu! Bóg zapłać, siostro chmuro! Bóg zapłać!

Właśnie ten deszcz zacinający przebudził Hankę śpiącą pod samym oknem, że się pierwsza zerwała na nogi.

Pobiegła z krzykiem do stajni.

- Pietrek! Wstawaj! Deszcz pada! Koniczynę trza lecieć kopić, bo na nic przemięknie! Witek, wałkoniu jeden, krowy wyganiaj! Na wsi już przepędzili! - wołała ostro wypuszczając z chlewów gęsi, które z radosnym gęgotem leciały taplać się w kałużach.

Zajrzała do krów i świnie wypędzała na podwórze, gdy przyleciał kowal; ułożyli, co było potrza kupić na jutrzejszą stypę, wziął pieniądze i miał zaraz jechać do miasteczka, ale już z bryczki przywołał ją i rzekł cicho:

- Hanka, dajcie mi połowę, to ni pary nie puszczę, żeście starego podebrali. Zróbmy po dobremu.

Rozczerwieniła się kiej burak i krzyknęła porywczo:

- A pyskuj sobie choćby przed całym światem; widzisz go, sam gotów do złego, to myśli, co i drugie takie same.

Jeno błysnął ślepiami, poskubał wąsów i zaciął konie.

Hanka zaś wzięła się ostro do roboty, tyla bowiem gospodarka czekała na nią, że trza było dobrze kulasy wyciągnąć i głowić się niemało, bych wszystkiemu wydolić, toteż pokrótce, jak co dnia, rozlegał się po całym obejściu jej głos rozkazujący.

Borynie zapalili dwie nowe świece i przykryli go prześcieradłem. Jagata mamrotała przy nim pacierze, przysypując raz po raz na węgliki jagód jałowcowych.

Jagusia przyszła od matki dopiero po śniadaniu, ale że ją strachem przejmował nieboszczyk, to się jeno błędnie kręciła po obejściu, często gęsto wyglądając na Mateusza; któren przeniósł się z robotą na klepisko; kończył już trumnę i właśnie był malował na niej biały krzyż, kiej Jagna stanęła we wrotniach stodoły.

Milczała spozierając trwożnie na czarne wieko.

- Wdowaś teraz, Jaguś, wdowa! - szepnął ze współczuciem.

- A juści - odparła łzawo i cichuśko.

Patrzał na nią poczciwie, zmizerowana ci była i blada kiej ten opłatek, a tak żałośliwa, jak to pokrzywdzone dzieciątko.

- Taka to już człowiekowa dola - powiedział smutnie.

- A wdowam! wdowam - powtórzyła i łzy napełniły jej modre oczy, a ciężkie wzdychy dziw piersi nie rozerwały, że uciekła za chałupę i nie bacząc na deszcz, płakała tam długo i tak rzewliwie, jaże ją sama Hanka sprowadziła do izby probując uspokoić a pocieszyć.

- Płakaniem nie zaradzisz. Nama też nieletko, ale już tobie, sieroto, pewnikiem, co barzej ciężko - mówiła z dobrością.

- Płacz płaczem, a rok nie przejdzie i zaśpiewam jej takiego chmiela nowego, co się wścieknie - ozwała się po swojemu Jagustynka.

- Nie pora na przekpinki - skarciła ją Hanka.

- Powiedam szczerą prawdę, abo to nie młoda, nie urodna, nie bogata! Kijem się będzie musiała oganiać przed chłopami.

Jagna nie odrzekła, Hanka zaś wyniosła w opłotki żarcie la prosiąt i wyglądała na drogę.

- Co się tam stało? - myślała strapiona. - Mieli go puścić w sobotę, a tu już poniedziałek i ani widu, ani słychu.

Ale nie było czasu na frasunki, bo musiała pomagać kopić resztę siana i wszystką koniczynę, gdyż deszcz rozpadał się już na dobre, nie przestając ani na chwilę.

Zaś wkrótce po południu nadszedł proboszcz z organistą, przyszli braccy ze światłem i ludzi zebrało się też coś niecoś, włożyli Borynę do trumny, Mateusz zabił ją kołkami, ksiądz odprawił modlitwy, skropił wodą święconą i powieźli go, z cicha przyśpiewując, do kościoła, kaj już Jambroż bił we dzwon żałobny.

A kiedy wrócili z eksporty, to w chałupie widziało się tak jakoś pusto i strasznie cicho, jaże Józka buchnęła płaczem, a Hanka ozwała się do Jagustynki oprzątającej izbę:

- Chociaż od tyla czasu trupem był jeno, a zawdy czuć było gospodarza w chałupie.

- Antek wróci, to i gospodarz będzie - przypochlebiała stara.

- Bych jeno prędko powrócił - westchnęła tęskno.

Ale że szare, wilgotne przesłony obtulały ziemię i deszcz padał nieustannie, to obtarła łzy, westchnęła raz i drugi i dalejże poganiać swoich.

- A chodźcież, ludzie! Żeby pomarł i ten największy, to jak ten kamień w morze, głębokie, już go nikto nie wyłowi, a ziemia nie poczeka i trza kole niej robić.

I powiedła wszystkich za przełaz do okopywania ziemniaków, jeno Józka ostała pilnować dzieci, a i bez to, co była jakaś chora i nie mogła się jeszcze utulić w żałości, Łapa też przy niej warował nieodstępnie i ten Witkowy bociek, który stojał w ganku na jednej nodze kieby na stróży.

Zaś deszcz nie przestawał ani na chwilę, padał drobny, gęsty i ciepły, że ustały śpiewać ptaki, a wszelaki stwór przyległ w cichości, cały świat z wolna oniemiał i jakby się zasłuchał w ten trzepot rosisty, brzękliwy i nieustanny, a jeno kajś niekaj zawrzeszczały gęsi, taplające się po sinych, spienionych kałużach.

Dopiero o samym zachodzie wyjrzało rozognione słońce i zapaliło czerwone ognie w rosach i kałużach.

- Pogoda na jutro pewna! - powiedali, ściągając, z pól.

- Niechby jeszcze padało, czyste złoto, nie deszcz.

- Ziemniaki były już na ostatnich nogach.

- A bo to owsów nie przypiekło!

- Wszystkiemu pójdzie na zdrowie.

- Żeby se tak popadał chociaż ze trzy dni - wzdychał któryś.

Jakoż i padał tak równo, rzęsiście i spokojnie do samej nocy, że z lubością wystawali pod chałupami, na przechłodzonym, pachnącym powietrzu, zaś Gulbasiaki skrzykiwały dzieuchy i chłopaków, bych lecieć za wieś, na wyżnie, palić sobótkowe ognie, gdyż to była wigilia świętego Jana, ale co ćma była i plucha, to mało kto dał się pociągnąć, że tylko kajś niekaj co tam pod lasem rozbłysnął jakiś słaby ogieniek.

Witek już od zmroku przyniewalał Józkę, aby z nim leciała na Sobótki, ale mu powiedziała żałośnie:

- Nie polete, co mi tam zabawy, co mi tam już wszystko...

Dyć ino zapalim, przeskoczym ogień i przylecim - prosił gorąco.

- Siedź w chałupie, bo powiem Hance! - zagroziła.

Ale poleciał i powrócił dopiero po kolacji, głodny i utytłany w błocie jak nieboskie stworzenie, gdyż deszcz nie ustawał ani na chwilę i padał przez całą noc, aż dopiero przestał nazajutrz o dużym dniu, właśnie kiedy już ludzie ciągnęli na żałobne nabożeństwo.

Słońce się jednak nie pokazało; świat się był omglił szarawą kurzawą, w której jeszczek barzej rozzieleniły się pola i sady, a wody wlekły się niby te srebrnawe przędziwa. Powietrze było rzeźwe, chłodnawe i pachnące, rosy kapały obficie za leda powiewem, ptaki darły się kieby oszalałe, psy ujadały wesoło przeganiając się po drogach wraz z dziećmi, a wszelaki głos leciał górnie i radośnie, nawet ziemie, opite wodą i nabrzmiałe mocą, zdały się wrzeć niepowstrzymanym rostem.

Zaś w kościele ksiądz odprawił żałobną wotywę i wraz z proboszczem słupskim i organistą, zasiadłszy naprzeciw siebie w ławach przed wielkim ołtarzem, jęli wyciągać łacińskie pieśnie.

Boryna leżał wysoko na katafalku, obstawiony w biały las świec płonących, a dokoła klęczała kornie cała wieś, zamodlona i zasłuchana w te długie, lamentliwe pieśnie, co nabrzmiewały niekiedy takim strasznym krzykiem, jaże włosy powstawały i bolesna lutość ściskała serca; to niekiedy cichły w przejmujących, żalnych jękach, aż dusze mdlały struchlałe i same łzy ciekły z oczów; albo też znowu podnosiły się jakieś cudne i niebosiężne, kieby te głosy śpiewań janielskich i wiecznej szczęśliwości, że naród wzdychał ciężko, obcierał oczy, a często gęsto i poniektóre płaczem buchały serdecznym.

Ciągnęło się to z dobrą godzinę, a kiej skończyli, rumor powstał, podnosili się z klęczek i Jambroż jął brać świece od katafalku i rozdawać je ludziom, ksiądz też jeszcze prześpiewał przy trumnie, okadził ją, aż zrobiło się niebiesko od dymów, skropił wodą święconą, wyciągnął jakąś nutę i ruszył ku drzwiom za krzyżem.

A kościół aż się zatrząsł od krzyków, płaczów i szlochań, bo trumnę już brali co najpierwsi gospodarze i zanieśli na wóz, w półkoszki wymoszczone słomą, zaś Jagustynka tajnie, bych księża nie spostrzegli, wraziła pod nią bochen chleba, obwinięty w czyste płótno, Pietrek zebrał krótko lejce, zacinał batem i obzierał się niecierpliwie na księży.

Zajęczały żałobnie dzwony, wynieśli czarne chorągwie, rozbłysnęły światła, Stacho poniósł krzyż, a księża zaśpiewali:

- "Miserere mei Deus".

I straszna pieśń, pieśń śmierci załkała nad głowami smutkiem bezbrzeżnym i grozą.

Ruszyli z wolna na topolową drogę ku smętarzowi.

Czarna chorągiew z kościotrupem załomotała na wietrze kiej ten ptak straszliwy i poniesła się przodem, a za nią dopiero błyskał srebrzysty krzyż i otwierała się długa ulica brackich z zapalonymi świecami, i szli księża w czarnych kapach.

Trumna jechała w pośrodku, ułożona na słomie wysoko, że ją cięgiem i wszystkie mieli na oczach, a tuż za nią wlekła się rodzina srodze zawodząc płaczem i jękami, zaś pobok i kaj gdzie kto wziął miejsce, ciżbiła się cała wieś, w niemałym smutku a cichości idąca.

Że nawet chore i kalekie nie ostały w chałupach.

Przemglone, szare niebo wisiało nisko, jakby wsparte na tych wielgachnych topolach, pochylonych nade drogą. Wszystko stojało bez ruchu, przygięte i kieby zasłuchane w te pieśnie żałobne, a kiedy powiał wiater i rozruchał pola i drzewa, to posypały się rosy niby tym żalnym, cichym płaczem, zaś rozchwiane zboża kolebały się z wolna ciężkimi kłosami, chyliły się coraz niżej, jakby do nóg przypadając gospodarzowi w tym kornym, ostatnim pokłonie.

Księża pieśń rozpłynęła się kajściś w powietrzu, że sroga cichość zwaliła się na dusze, jeno dzwony jęczały wciąż, biły ponurym głosem, wołały cosik w niebo pochmurne, ku lasom i w dale zamglone, skowronki śpiewały nad polami, wóz niekiej zaskrzypiał, szarpały się chorągwie, chlupało błoto pod nogami, a te bólne, sieroce płacze kwiliły nieustannie.

- "Miserere mei Deus" - zaśpiewał znowu proboszcz, przywtórzył mu słupski wraz z organistą i kowalem, który trzymał parasol nad dobrodziejami, gdyż deszcz z nowa pokrapiał.

I śpiewali tak strasznie, tak rozpacznie i tak jękliwie, jaże łzy się cisnęły, zamierało serce, a oczy strwożone, oczy pobłąkane w niemocy niesły się we świat i u tego nieba chmurnego żebrały zmiłowania. Twarze bladły, dusze jęły się zwierać w męce i luty dygot przejmował, że wzdychali coraz ciężej, a już poniektóry łzy obcierał, to szeptał pacierz posiniałymi wargami, w piersi się bił i kajał skruszony, zaś wszystkich omroczył ciężki, beznadziejny smutek i przywaliła bezgraniczna żałość, że kiej te dymy gryzące snuły się po nich bolesne medytacje i jęki zakrzepłe w trwodze.

Jezu, bądź nam grzesznym miłościwy! Jezu!

O dolo człowiekowa, dolo nieustępliwa!

A cóże są te wszystkie znojne trudy? Cóże ten żywot człowieczy, co jako śniegi spływa bez śladu, że o nim nawet dzieci rodzone nie przypomną?

Żałością jeno płakaniem jeno, cierzpieniem jeno...

- I cóże są one szczęśliwości, dobroście, nadzieje?

Czczym dymem, próchnicą, mamidłem i zgoła niczym...

A cóżeś to ty sam, człowieku, który się puszysz, a dmiesz, a wynosisz hardo ponad wszelkie stworzenie?

Tym wiatrem jeno jesteś, co nie wiada, skąd przychodzi, nie wiada, po co się miecie, i nie wiada, kaj się rozwiewa...

I ty się masz panem wszystkiego świata, człowieku?...

A bych ci kto raje dawał - opuścić je musisz.

Bych ci kto wszystkie moce dawał - śmierć ci je wydrze.

Bych ci kto rozum przyznał największy - próchnem ostaniesz.

I nie przemożesz doli, mizeroto, nie przezwyciężysz śmierci, nie...

Boś ano bezbronny, słaby i płony jako ten listeczek, którym wiater żenie po świecie.

Boś ano, człowieku, w pazurach śmierci, jako ten ptaszek z gniazda podebrany, co se piuka radośnie, trzepoce, przyśpiewuje, a nie wie, że go wnet zdradna ręka przydusi za gardziel i lubego żywota zbawi.

O duszo, po cóż dźwigasz człowieczego trupa, po co?

Tak ci ano czuł naród, tak ci medytował i w sobie rozważał, a patrzył smutnie po ziemiach zielonych, włóczył tęsknymi oczami po świecie i wzdychał ciężko z onych niewypowiedzianych boleń, aż twarze kamieniały i dusze się trzęsły.

Ale i to zarówno wiedzieli, co jedyna człowiekowa dufność w Panajezusowej łasce, a jedyna ucieczka duszy w Jego świętym miłosierdziu.

- "Secundum magnam misericordiam Tuam..."

Ciężkie, łacińskie słowa padały kiej grudy przemarzłej ziemi, jaże bezwolnie pochylali głowy, jakby pod nieubłaganą kośbą śmierci, ale szli niepowstrzymanie; szli kwardzi a zrezygnowani, szarzy i mocni kiej te głazy widne na miedzach, gotowi już na wszystko a nieulękli, ugorom i zarazem tym bujnym, okwieconym polom podobni, i tym drzewom równi w sile i kruchości - drzewom, w które piorun mógł trzasnąć leda chwila i w ręce śmierci podać, a one hardo pną się ku słońcu i śpiewają głęboką, radosną pieśń życia...

Szli wsią całą ciżbiąc się i przepychając, ale każden tak był zatopiony w smutkach, że jakby szedł sam w pustce niezmiernej i opuszczeniu, a każden zapatrzył się gdziesik i jakby widział przez oczy zaszklone łzami ojców swoich, dziadów i pradziadów, niesionych tam, na smętarz, już widny przez grube pnie topoli...

Dzwony wciąż biły i ponura pieśń huczała coraz jękliwiej, smętarz już był niedaleko, wyrastał ze zbóż kępami drzew, krzyżów i mogił, a zdawał się otwierać, kieby ten straszny, nigdy nie zapełniony dół, w którem z wolna a nie- powstrzymanie spływa cały świat, że już niejednemu się widziało, jako w tym zadeszczonym powietrzu i ze stron wszystkich biją dzwony, jarzą się światła, czernieją rozwiane chorągwie i płyną śpiewania, że z każdej chałupy wynoszą trumny, że wszystkimi drogami ciągną żałobne pochody, a każden człowiek płacze kogoś, zawodzi, a tak szlocha, jaże wszystkie niebo i ziemia wzbiera żałosnym jękiem i spływa szmerem nieustannych, gorzkich jak piołun łez...

Pochód już skręcał na dróżkę ku smętarzowi, kiej go dopędził dziedzic, wysiadł z powozu i poszedł pobok trumny w srogiej ciasnocie, gdyż dróżka była wąska, gęsto brzózkami obsadzona i zboża stały ze stron obu.

A kiej księża skończyli śpiewać, Dominikowa trzymająca się Jagny, zgarbiona i na wpół ślepa, zawiedła po swojemu: "Kto się w opiekę".

Juści, co przywtórzyli skwapnie i gorąco, jakby czepiając się zestrachanymi duszami tej pieśni serdecznej.

I już tak rozśpiewani, a pełni jakowejś dufności weszli na smętarz.

Co najpierwsi gospodarze dźwignęli trumnę, a nawet sam dziedzic jął wspierać w pośrodku, i ponieśli ją żółtymi drożynami wskroś okwieconych mogił, traw i krzyżów, za kaplicę, kaj w gąszczach leszczyn i bzów czekał już grób świeżo wybrany.

Straszne płacze i krzyki zatargały powietrzem.

Chorągwie i światła okoliły jamę głęboką, naród się skłębił i cisnął spozierając trwożnie w ten dół żółtawy i pusty...

A kiedy prześpiewali jeszcze coś niecoś, proboszcz stanął na kupie wywalonego piachu, odwrócił się i rzekł grzmiąco:

- Narodzie chrześcijański! Narodzie!

Przycichło z nagła, jeno dzwony jęczały z oddali, a Józka, opasawszy rączynami ojcową trumnę zawodziła rzewliwie, na nic nie bacząc.

Zaś proboszcz pociągnął nosem z tabakiery, kichnął raz i drugi, a potoczywszy załzawionymi oczami rzekł donośnie:

- Bracia, a kogóż to chowacie dzisiaj, kogo?

"Macieja Borynę!" - powiadacie.

A ja wam mówię, że i pierwszego gospodarza, i poczciwego człowieka, i prawego katolika chowacie... Znałem go bowiem od lat i zaświadczam, , jako żył przykładnie, Boga chwalił, spowiadał się i komunikował, a biedotę wspomagał.

Mówię wam: wspomagał! - powtórzył ciężko dychając.

Płacze jęły kwilić dokoła i wzdychy rwały się coraz gęściej, gdy nabrawszy powietrza ozwał się znowu, jeno co żałośliwiej:

- I pomarł chudziaczek, pomarł!

Śmierć go sobie wybrała, jako wilk wybiera ze stada najtłustszego barana i w biały dzień na wszystkich oczach, a nikt mu nie przeszkodzi.

Jako piorun bije w drzewo wyniosłe, że pada rozłupane, tak on padł pod srogą kosą śmierci.

Ale pomarł nie wszystek! - jak mówi Pismo święte.

Bo oto stanął se ten wędrownik przed wrotami raju, puka i skamle żałośnie, aż święty Pietr zapyta:

- Któżeś to i czego potrzebujesz?

- Borynam z Lipiec i miłosierdzia Pańskiego proszę...

- Tak ci to już braty dopiekły, żeś się zbył żywota, co?

- Wszystko powiem - rzecze Maciej - jeno ozewrzyjcie wrotnie, święty Pietrze, bych mnie ozgrzało choć ździebko Pańskie zmiłowanie, bom przemarzł na lód w onej tułaczce ziemskiej.

Święty Pietr ozwarł nieco, ale nie puszcza go jeszcze i rzecze:

- A jeno nie łżyj, bo tu nikogo nie ocyganisz. Mów, duszo, śmiało, czemuś to uciekła ze ziemie?...

A Maciej rymnął na kolana, że to śpiewania janielskie dosłyszał i dzwonki, jakby na Podniesienie, a odrzecze z płaczem:

- Prawdę powiem kiej na spowiedzi; a to nie poredziłem dłużej wytrzymać na ziemi, bo tam już ludzie jako te wilki nastają na siebie, bo tam już jeno swary, kłótnie, a obraza boska... Nie ludzie to, święty Pietrze, nie boskie stworzenia, a jeno te psy wściekłe i te swynie smrodliwe. I tak jest źle na świecie, że i nie wypowiedzieć wszystkiego...

Zaginął wszelki posłuch, zaginęła poczciwość, zaginęło miłosierdzie, brat powstaje na brata, dzieci na ojców, żony na mężów, sługa na pana... nie uszanują już niczego, ni wieku, ni urzędu, ni nawet księdza...

Zły zapanował w sercach, a pod jego przewodem rozpusta a pijaństwo, a złoście krzewią się coraz barzej.

Wszędy łajdus na łajdusie, a łajdusem pogania...

Wszędy jeno chytroście, oszukaństwa, srogie uciski a złodziejstwa, że co masz, z garści nie popuść, bo ci wydrą.

Bych najlepszą łąkę, a wypasą i stratują.

Bych chociaż tę skibkę, a z cudzego przyorzą.

Byś nawet kurę puścił z obejścia, przychwycą kiej te wilki.

Kawałka żelaza nie przepomnij ni postronka, choćby były księże, bo nie przepuszczą i ukradną.

Gorzałkę jeno piją, rozpustę czynią i w służbie Bożej całkiem się opuszczają, pogany te pieskie i chrystobije, że drugie Żydy, a stokroć poczciwsze i bogobojniejsze.

- I to w lipeckiej parafii tak się dzieje? - przerwał mu święty Pietr.

- Indziej też nie lepiej, ale już w lipeckiej najgorzej.

A święty Pietr jął w palce trzaskać, brwie srożyć, oczami toczyć i rzekł wytrząchając pięścią ku ziemi:

- Takieśta to, Lipczaki? Takie! A zbóje obmierzłe, a poganiny gorsze od Niemców! A to roki macie dobre, ziemie rodzajne, a paśniki, a łąki, a boru po kawale i tak się to sprawiata!... Chleb was ano roznosi, łajdusy jedne! Powiem ja o tym Panu Jezusowi, powiem, a on już wama cugli przykróci...

Maciej jął swoich poczciwie bronić, ale święty Pietr rozgniewał się jeszcze barzej i kiej nie tupnie nogą a krzyknie:

- Nie broń takich synów! A to ci jeno rzeknę: Niech mi się te judasze poprawią do trzech niedziel i pokutę czynią, a jak nie posłuchają, to tak ich przycisnę głodem, pożogą i choróbskami, że mnie popamiętają łajdusy jedne.

Mocno proboszcz powiadał, do serca i tak napominająco, i takim gniewem Bożym groził, i tak pięściami wytrząchał, że szlochy się podniesły dokoła, naród zapłakał i bił się w piersi a kajał...

Zaś ksiądz, odsapnąwszy nieco, jął znowu mówić o nieboszczyku, jako to padł za wszystkich... I wołał do zgody. Wołał do sprawiedliwości. Wołał do pomiarkowania się w grzechach, bo nie wiada, komu z brzega wybije ta ostatnia godzina i przyjdzie stanąć przed strasznym sądem Pana... Że nawet sam dziedzic, a obcierał kułakiem oczy.

Pokrótce jednak księża skończyli swoje i odeszli wraz z dziedzicem, a kiej spuścili w dół trumnę i jęli na nią sypać piasek, jaże zadudniało, wrzask ci, mój Jezu, buchnął, a krzyki, a takie lamenty, coby i najkwardszego skruszyło.

Ryczała Józka, ryczała Magda, ryczała Hanka i stryjeczne, płakały bliskie i dalekie, powinowate i zgoła obce, a już może najrzewliwiej zanosiła się Jagusia, którą tak cosik sparło pod piersiami, jaże się prosto zapamiętała w krzyku.

- Hale, teraz skowyczy, a co to wyprawiała z nieboszczykiem! - mruknęła któraś z boku, zaś Płoszkowa obcierając oczy dodała:

- Tak se łaskę wypłakuje, bych ją nie wygnali z chałupy.

- Myśli, że kto głupi a uwierzy! - powiedziała głośno organiścina.

Ale Jagna nie wiedziała już o Bożym świecie, padła kajś w piasek i zanosiła się takim żałosnym płaczem, jakby to na nią sypały się te ciężkie, sypkie strugi ziemi, jakby to nad nią huczały te posępne głosy dzwonów, jakby to nad nią płakali...

A dzwony wciąż biły, jakby skarżąc się niebiosom, zaś znad świeżej mogiły te wszystkie płacze, te szlochy i biadania też się skarżyły na dolę nieubłaganą i na tę wieczną krzywdę człowieczą.

Zaczęli się wnet rozchodzić z wolna, kto tam jeszcze gdziesik po drodze przyklękał, kto i ten pacierz mówił za pomarłe, kto zaś jeno się błąkał wśród mogił i smutnie deliberował, a drugie ruszali ociągliwie ku chałupom obzierając się wyczekująco, gdyż kowal z Hanką sprasząli poniektórych na ten chleb żałobny, jak to zwyczajnie bywa po pochowku.

I kiej oklepali mogiłę, a nad nią wkopali czarny krzyż, wzięli pomiędzy siebie sieroty i pociągnęli sporą gromadą poredzając z cicha, a wyżalając się nad nimi, a popłakując niekiedy...

W Borynowej izbie już było wszystko urządzone do potrzeby, wzdłuż ścian ciągnęły się stoły; obstawione długachnymi ławami, że skoro się jeno rozsiedli, zaraz podano gorzałkę i chleby.

Przepili godnie, w cichości a powadze, przegryźli coś niecoś i organista zaczął czytać z książki sposobne modlitwy, a potem zaśpiewali litanię za umarłego; wtórowali mu ochotnie i gorąco, przerywając jeno wtedy, kiej kowal puszczał flachę w nową kolejkę, a Jagustynka chleb roznosiła.

Kobiety zebrały się po drugiej stronie u Hanki; piły herbatę, pojadały słodki placek i pod przewodem organiściny zaśpiewały tak rzewnie i przejmująco, jaże kury zagdakały po sądzie. I tak ano wspominając poczciwie nieboszczyka naród pojadał, popijał, popłakiwał i śpiewał za jego duszę pobożne pieśnie, jak przystało w taką porę i za takiego gospodarza...

Stypa była suta, Hanka zapraszała serdecznie nie żałując jadła ni napitku, gdyż w południe, kiej już niejeden jął się oglądać za czapą, podali kluski z mlekiem, a potem prażone mięso z kapustą i groch szczodrze omaszczony.

- Drudzy takiego wesela nie wyprawiają! - szepnęła Bolesławowa.
- A mało nieboszczyk ostawił, co?
- Mają się czym pocieszać, mają.
- Gotowych pieniędzy też sporo chapnąć musieli...
- Kowal wyrzeka, co były i pono się kajś podziały.
- Narzeka, a dobrze je musiał schować.

Pogadywały z cicha między sobą kobiety, wyskrzybując miski do czysta i strzegąc się Hanki, która nieustannie baczyła, bych której czego nie zbrakło; zaś po chłopskiej stronie organista, napity już ździebko, dźwignął się nad stołem i z kieliszkiem w garści jął wypominać nieboszczyka tak górnie i z takimi łacińskimi przepowiadkami, że chocia nie bardzo wyrozumieli, ale płakać się wszystkim chciało kiej na tym kazaniu.

Gwar się już podnosił i gęby czerwieniały, że to flacha często krążyła i szkło galanto brząkało, to już niejeden omackiem szukał kieliszka i drugą ręką kuma obejmował za szyję bełkocząc skołczałym ozorem. Zaś poniektóry jeszcze niekiedy wyciągnął tę żałobną nutę i wypominać próbował, ale już nikto nie wtórował ni słuchał, wszyscy bowiem gwarzyli stowarzyszając się do upodoby, świarcząc sobie przyjacielstwa i raz w raz przepijając, a co skorsi do kieliszka wymykali się chyłkiem i wiedli ku karczmie. Tylko jeden Jambroż był dzisia zgoła niepodobny do siebie. Juści, co pił tyla co i drugie, a może i więcej, gdyż sam się przymawiał o gorzałkę, ale siedział kajś w kącie srodze zwarzony, oczy cięgiem przecierał i ciężko wzdychał.

Trącił go któryś i na ucieszne powiadki wyciągał.

- Nie ruchaj mę, bom żałosny! - odburknął - pomrę wnet, pomrę... Psi po mnie jeno zawyją i baba w garnek rozbity zadzwoni - mamrotał płaczliwie.
- Jakże, toż przy chrzcie Macieja byłem!... Na jego weselu tańcowałem! Ojców jego chowałem! Dobrze pamiętam! Mój Jezu, i tylachno już różnego narodu oklepałem, tylum już przedzwaniał... A teraz pora na mnie!...

Podniósł się nagle i wyszedł prędko do sadu; Witek potem powiedział, jako stary siedział za chałupą do późna i płakał...

Juści, co się nim nikto nie zaturbował, każden bowiem miał dosyć swoich turbacji, a przy tym już na samym zmierzchu przyszedł najniespodzianiej ksiądz wraz z dziedzicem.

Proboszcz pocieszał łaskawie sieroty, głaskał dzieci, a zgwarzając się z gospodyniami chętliwie nawet popijał herbatę, którą mu Józka podała, zaś dziedzic pogadawszy z tym i owym o różnościach, wziął od kowala kieliszek, przepił do wszystkich i powiedział do Hanki:

- Jeśli komu żal Macieja, to mnie z pewnością najwięcej, bo żeby teraz żył, to bym się ze wsią ugodził dobrowolnie. Może i dałbym, czegoście pierwej chcieli!... - ozwał się głośniej tocząc dokoła oczami. - Ale mam to z kim pomówić? Przez komisarza nie chcę, a ze wsi nikt pierwszy się nie

zgłasza!...
Słuchali w skupieniu, rozważając każde jego słowo.
Mówił jeszcze coś niecoś i zagadywał, ale jak do tego muru, żaden bowiem
nie dał się za ozór pociągnąć i nawet pyska nie ozwarł, jeno przytakiwali
skrobiąc się po łbach a spozierając po sobie znacząco, że widząc, jako nie
poredzi przełamać tej czujnej ostrożności, wywołał księdza i poszli
odprowadzeni całą hurmą aż w opłotki.
Po ich odejściu jęli się dopiero dziwować a głowić wielce.
- No, no, żeby sam dziedzic przyszedł na chłopski pogrzeb.
- Potrzebuje nas, to bakę świeci - powiedział Płoszka.
- A czemu to nie miał przyjść z dobrego serca, co? - bronił Kłąb.
- Lata masz, aleś rozumu nie nabrał. Kiedyż to dziedzic przyszedł do wsi z
przyjacielstwem, kiedy?
- Coś w tym być musi, że tak zgody szuka!
- Ano co, że mu jej potrza barzej niźli nam.
- A my możemy se poczekać, możemy! - wołał pijany Sikora.
- Wy możecie, ale drugie nie mogą! - wrzasnął zeźlony Grzela, wójtów
brat.
Jęli się już kłócić a przemawiać, bo jeden prawił swoje i drugi też swego
dowodził, a trzeci obu się przeciwił zaś insi mamrotali:
- Niech odda bór i ziemię, to zrobim zgodę.
- Nie potrza zgody, nowe nadziały przyjdą, to i tak wszystko będzie nasze.
Niech psiachmać z torbami pójdzie za krzywdę naszą.
- Żydy go duszą, to chłopów o pomoc skomle.
- A pródzi to ino wiedział krzyczeć: z drogi, chamie, bo batem!
- Mówię wama, nie wierzta dziedzicowi, bo każden z nich jeno zdradę
chłopskiemu narodowi gotuje - wołał któryś barzej napity.
- Słuchajta no, gospodarze! - zakrzyknął naraz kowal. - Powiem wam
mądre słowo: jak zgody dziedzic chce, to potrza z nim tę zgodę zrobić i
brać, co się da, nie czekając gruszków na wierzbie.
Na to powstał Grzela, wójtów brat, i zawołał:
- Święta prawda! Chodźta do karczmy, tam się naradzim.
- A ja stawiam la całej kompanii - dodał ochotnie kowal.
Wywiedli się pokrótce całą kupą w opłotki. Zmierzchało się już ździebko,
bydło szło z pastwisk i po całej wsi roznosiły się poryki, gęgoty, fujarek
piskające przebierania i te dziecińskie śpiewy i wrzaski.
A chłopi mimo kobiecych jazgotań i sprzeciwiań poszli całą gromadą ku
karczmie, tylko jeden Sikora, co ostawał nieco za drugimi, chytał się płotów
i cosik długo przy nich grdykał.
Długo ich było słychać, tak się prowadzili szumnie, ile że to już niejeden,
bych sobie ulżyć, piosneczką huknął albo i krzykał z gorącości.
Zaś u Borynów, skoro uprzątnęli po gościach i przyszedł ciemny wieczór,
zrobiło się jakoś dziwnie cicho, pusto i smutnie.
Jagusia tłukła się po swojej izbie kiej ten ptak po klatce i co trocha leciała

do Hanki, ale widząc, jako wszyscy chodzą osowiali a strapieni, uciekała bez jednego słowa.

Juści, co w chałupie było jak w grobie, a kiej obrządzili gospodarstwo i zjedli kolację, to chocia śpik morzył każdego, a nikt się z izby nie kwapił ruszać. Siedzieli przed kominem zapatrzeni w ogień i trwożnie nasłuchujący każdego szmeru.

Wieczór był cichy, tylko niekiedy wiater przegarnął i zaszumiały drzewa, czasem zatrzeszczały płoty, brzęknęły szyby lub Łapa zawarczał jeżąc się groźnie, a potem wlekły się długie, nieskończone, zgoła grobowe cichoście.

Oni zaś siedzieli rozdygotani coraz barzej, a tak strwożeni, że raz po raz ktoś się żegnał i pacierz zaczynał roztrzęsionymi wargami, bo już wszystkim się widziało, jako cosik się gdzieś rusza, że chodzi po górze, jaże belki trzeszczą, że słucha pode drzwiami, że w okna zagląda i obciera się o ściany, to jakby ktoś klamki zatargał i ciężko stąpający obchodził całą chałupę.

Słuchali bledzi, z zapartym tchem, zgoła nieprzytomni.

Naraz koń zarżał we stajni, Łapa ostro zaszczekał i rzucił się ku drzwiom, Józka nie mogąc już wstrzymać, krzyknęła:

- Ociec! Laboga, ociec! - i zapłakała strachliwie.

- Na to Jagustynka strzepnęła palcami trzy razy i rzekła ważnie:

- Nie bucz, przeszkadzasz duszy odejść w spokoju; płacze ją ano trzymają przy ziemi. Wywrzyjcie drzwi, niech se ta wędrownica odleci na Jezusowe pola... Niech się poniesie w spokojności.

Otwarli drzwi; w izbie przycichło i jakby zamarło, nikt się nie poruszył, tylko rozpalone oczy latały, Łapa jeno przewąchiwał kąty, skamlał niekiej, kręcił ogonem i jakby się do kogoś przyłaszał, że już teraz wszyscy czuli najgłębiej, jako to gdziesik pomiędzy nimi błąka się dusza zmarłego.

Aż Hanka zaśpiewała rozdygotanym, zduszonym głosem:

Wszystkie nasze dzienne sprawy!

Przywtarzali gorąco i z niezmierną ulgą.

ROZDZIAŁ 2

Dzień był bardzo cudny, prawdziwie latowy.

Może szła dziesiąta rano, bo już słońce wisiało w pół drogi między wschodem a południem i wynosiło się coraz bardziej palące, kiej lipeckie dzwony, ile ich jeno było, zadzwoniły rozgłośnie i ze wszystkiej mocy.

A ten, co go to przezywali Pietrem, huczał najgłośniej i śpiewał całym gardzielem, jak kiedy to chłop ździebko napity drogą idzie, kolebie się ze strony na stronę i zawodzący całemu światu radoście swoje grubachnym głosem powiada...

Zaś drugi, nieco pomniejszy, o którym Jambroż rozpowiadał, że go ochrzcili na Pawła, wydzierał się też nie ciszej, a jeno żarliwiej wtórował, wysoką nutę brał, przeciągał górnie, a czystym głosem zawodził i kieby się zapamiętał, tak dzwonił, jakoby ta dziewka poniektóra, kiej ją rozeprze kochanie lebo ten dzień zwiesnowy, że w pola leci, skroś zbóż się przebiera i śpiewa ze wszystkiego serca wiatrom, polom, niebu jasnemu i swojej duszy weselnej.

A na trzeciego - sygnaturka jako ten ptaszek świergoliła, na darmo chcąc tamte prześpiewać, nie mogła jednak, chocia jazgotała siekającym, prędkim głosem, kieby te dziecińskie sprzeciwy. Że już dzwoniły czyniąc galantą kapelę, bo to i bas pobękiwał, i zawodziły skrzypice, i ten bębenek z brzękadłami drygał wesoło, i rznęły wraz od ucha, uroczyście a rozgłośnie.

Na odpust ci one tak radośnie zwoływały, boć to był dzień świętego Piotra i Pawła, zawdy w Lipcach uroczyście obchodzony.

A czas się też był zrobił wybrany, cichy i wielce słoneczny, na galantą spiekę się miało, ale mimo to już od samego świtania na placu przed kościołem handlarze zaczęli stawiać budy przeróżne, a kramy, a stoły, płóciennymi dachami nakryte.

Zaś skoro dzwony zabimbały, skoro ich głos radosny rozlał się po świecie, to i pokrótce na wyschniętych drogach i w tumanach kurzawy jęły coraz częściej turkotać wozy, a i piesi też gęsto ciągnęli, że jak jeno było sięgnąć okiem, na wszystkie strony, po drogach, ścieżkami, na miedzach, czerwieniły się kobiece przyodziewy i bielały rozwiane kapoty.

Ciągnęli rzędami, podobnie kiej te gęsi, mieniąc się jeno w upale i wśród zbóż zielonych.

Słońce niosło się wyżej a wyżej i płynęło kiej ptak złocisty po modrym, czystym niebie, jarząc się coraz barzej i nagrzewając tak szczodrze, że już powietrze trzęsło się nad polami; jeszcze ta niekiej od łąk chłód luby powiał i zakolebał bielejącymi żytami, jeszcze i owsy zachrzęściły cichutko i potrzęsły się młode pszeniczne kłosy, zaś rozkwitłe lny spłynęły rozniebieszczoną strugą kiej wody, ale już z wolna grążyło się wszystko w słonecznym wrzątku i cichości.

Hej, radosny ci to był dzień i prawdziwie odpustowy. Dzwony bimbały długo i te głosy jękliwe leciały we świat tak rozgłośnie, aż chwiały się źdźbła, aż płoszyły się ptaki, ale śpiżowe serca biły wciąż, biły miarowo, mocno i górnie, wynosząc się ku słońcu tą przejmującą pieśnią i wołaniem:

- Zmiłuj się! Zmiłuj! Zmiłuj!
- Matko Przenajświętsza! Matko! Matko!
- I ja proszę! I ja! I ja! I ja!

Śpiewały serdecznie obwołując zarazem uroczyste święto.

Jakoż i czuło się w powietrzu święty dzień odpustowy; święto było po chatach, przystrojonych zielenią, w dalach przebłyskujących kieby zapalonymi świecami, w radosnych głosach i w tym cosik, czego nie wypowiedzieć, a co się unosiło nad polami rozpierając serca lubą cichością i weselem.

A naród śpieszył tłumnie na owe święto i walił ze wszystkich stron. Kłęby kurzawy toczyły się nieustannie nad wszystkimi drogami, turkotały wozy, rżały konie, leciały głosy przeróżne, wiązały się głośne rozmowy, czasem ktosik wychylał się z półkoszków i krzykał do pieszych, gdzie znowu śpieszył zapóźniony dziad jękliwie przyśpiewując, a po wozach niektórych szeptano pacierze, pozierając dokoła z niemym podziwem, gdyż ziemia stojała przystrojona kieby na te gody weselne, cała we kwiatach i zieleni i cała w ptasich śpiewaniach, w chrzęstach zbóż i brzęku pszczół a taka cudna, nieobjęta, weselna i przenajświętsza w onej mocy żywiącej, jaże piersi zapierało.

Drzewa po miedzach stojały kieby na stróży, zapatrzone w słońce, a dołem jak okiem sięgnąć leżały pola zielone, szumiące jak wody wzburzone, i jak wody przewalały się niekiedy ze strony na stronę, bijąc o wszystkie drogi, miedze i rowy, co migotały kiej te wstęgi kwietne szczodrze przeplecione puszystą bielą, żółtością i fioletem; kwitnęły już bowiem owe ostróżki przeróżne, kwitnęły powoje patrzące z żytnich gąszczów przytajonymi, pachnącymi oczami, kwitnęły modraki, miejscami, kaj ździebko wymiękło, tak gęsto, jakby tam niebo się kładło, kwitnęły wyczki całymi kępami, a one jaskry, a mlecze i krwawe osty, a ognichy i koniczyny, a stokrotki, a rumianki dzikie, a tysiąc inszych, o których jeno sam Jezus pamięta, boć jemu tylko kwitną i tak pachną, że prosto czad bił od pól kieby w kościele, gdy jegomość okadza Sakramenta.

Ten i ów pociągał nosem z lubością, a konia batem okładał i pośpieszał, gdyż słońce prażyło coraz ogniściej, jaże śpik morzył, że już niejeden srodze łbem kiwał.

To i pokrótce Lipce napełniły się narodem po wręby.

Jechali bowiem i jechali bez przestanku, że już wszędy na drogach, dokoła stawu, pod płotami, w podwórzach i kaj jeno było można zachwycić nieco cienia, ustawiały się wozy i wyprzęgano konie, bo na placu przed kościołem była już taka gęstwa i tak wóz stajał przy wozie, że ledwie się przecisnął.

Lipce prosto ginęły w tej nawale ludzi, wozów i koni.

Rwetes też był coraz większy, gwary i krzyki podnosiły się nad całą wsią. Naród szumiał kiej bór rozkolebany. Kobiety obsiadały staw moczyć nogi, wzuwać trzewiki a ogarniać się przystojnie do kościoła, chłopi rajcowali kupami zmawiając się ze somsiady, zaś dziewuchy i chłopaki cisnęły się łakomie do kramów i bud, a głównie do katarynki grającej, na której jakiś zwierz zamorski, czerwono przystrojony i z pyska podobny do starego Miemca, czynił takie pocieszne skoki a figle, jaże się za boki brali ze śmiechu.

Katarynka przygrywała zawzięcie i na taką nutę, jaże niejednemu kulasy drygały, a jakby do wtóru i dziady usadowieni we dwa rzędy, od kruchty do placu, jęły wyciągać swoje pieśni proszalne, zaś w samych wrotniach cmentarza siedział ślepy, tłusty dziad, co go to zawdy pies prowadzał, i śpiewał najżarliwiej i najcieniej wyciągał.

Ale skoro jeno zasygnowali na sumę, naród porzucił zabawy i kiej wezbrany potok lunął do kościoła i tak go napchał, jaże żebra trzeszczały, a cięgiem jeszcze przybywali nowi gnietąc się, a nawet swarząc, ale większość musiała ostać na dworze tuląc się pod mury i drzewa.

Przyjechało też paru księży z drugich parafii, zasiedli zaraz w konfesjonałach pod drzewami słuchać spowiedzi, nie bacząc zgoła na tłok ni na spiekę.

A wiater był całkiem ustał i goręc podnosił się już nie do wytrzymania, żywy ogień lał się prosto na głowy, ale naród cierpliwie gniótł się przy konfesjonałach i roił po smętarzu, na darmo wyszukując cienia lub jakiej bądź osłony.

Proboszcz był właśnie wychodził ze mszą, kiej dopiero Hanka z Józką nadeszły, ale że nie sposób się było docisnąć choćby nawet do drzwi kościelnych, to stanęły na szczerym słońcu pod parkanem, rozglądając się w ciżbie, a Pochwalonym witając znajomków.

Zaraz też huknęły organy i zaczęła się suma, przyklękli wszyscy, poprzysiadali a jęli się żarliwie pacierzy.

Rychtyk i południe stanęło, słońce zawisło prosto nad głowami lejąc warem straszliwym i wszystko jakby pomdlało z onej spieki, że ni liść nie zadrgał, ni ptak przeleciał, ni jaki bądź głos powiał z pól. Niebo wisiało w martwej cichości kiej ta szklana tafla rozpalona do białego, a roztrzęsione niby wrzątek powietrze ślepiło wyżerając oczy. Parzyła ziemia, parzyły rozgrzane mury, że klęczeli bez ruchu, ledwie już zipiąc i jakby się z wolna gotując w tym ukropie słonecznym.

Naród się modlił w głębokiej cichości, kto na książce, kto na różańcu, a kto jeno tym szczerym słowem Boga chwalił i wzdychem serdecznym. Uroczyste głosy organów lały się brzękliwym, rozmodlonym pacierzem, a niekiedy śpiew buchał od ołtarza, czasem zajazgotały dzwonki, a czasem zahuczał grubachny głos organisty, zaś potem ciągnęły się długie, jakby oniemiałe z żaru chwile i dymy kadzideł płynęły przez wywarte drzwi kościoła oprzędzając w niebieskawą i wonną mgłę pochylone głowy klęczących.

Szmer pacierzów rozdzwaniał się nikłym i sypkim chrzęstem w rozbielałej ciszy gorącego przypołudnia i grały w słońcu barwiste chusty, kapoty i wełniaki, że cały smętarz widział się kieby przytrząśnięty kwiatami, co się chyliły kornie w onej świętej godzinie przed Panem, jakoby utajonym w tym słońcu rozgorzałym i we wszystkiej cichości świata...

Że tylko niekiedy co tam ktoś grzbiet prostował, rozwodził ręce i wzdychał głęboko, to gdziesik zapłakało dziecko albo kwik koński roznosił się od wozów.

Nawet dziady pocichły, tyle jeno, co poniektóry przez śpik wyrywał się niekiej z głośniejszym Zdrowaś i o wspomożenie zaskamlał.

A upał jeszcze się wzmagał i tak prażył, jaże pola i sady zalane pożogą rozżarzyły się kiej ogień migocąc białawymi płomieniami.

Cichość była coraz senniejsza, że już niejeden zachrapał na dobre, niejeden kiwał się klęczący, zaś drudzy wychodzili się rzeźwić, gdyż raz po raz skrzypiały kajś studzienne żurawie:

Dopiero w czas procesji, kiej kościół zatrząsł się od śpiewań, kiej jęły walić chorągwie, a za nimi wychodził ksiądz pod czerwonym baldachem z monstrancją w rękach, prowadzony przez samych dziedziców, naród przecknął i ruszył wraz z procesją.

Zadzwoniły dzwony, śpiew buchnął ze wszystkich gardzieli i bił jaże kajś ku słońcu, mocny, ogromny, serdeczny, a procesja opływała z wolna białe, rozpalone mury kościoła kiej ta rzeka wezbrana. Czerwony baldach płynął na przedzie, cały w dymach kadzielnych, że jeno chwilami błyskała złota monstrancja, migotały rzędy świateł, rozwinięte chorągwie niby ptactwo łopotało nad mrowiem głów, chwiały się obrazy przystrojone w tiule a wstęgi, i biły radośnie dzwony, i grzmiały organy, a naród śpiewał z uniesieniem, całym sercem i wszystką duszą tęskliwą wynosił się kajś jaże w niebiosy, jaże ku temu słońcu przenajświętszemu.

. . . .

Zaś po procesji, kiej znowu wzięli odprawiać nabożeństwo i kiej znowu głosy organów zahuczały przejmująco, na smętarzu zrobiło się cicho jak prźódzi, ale już nikto nie drzemał, wzmogły się jeno szepty pacierzów, rozgłośniały wzdychy, dziady już pobrzękiwały w miseczki, a tu i owdzie jęli z cicha pogwarzać.

Dziedzice powyłazili z kościoła, na darmo szukając cienia i kaj by przysiąść, dopiero Jambroż wygnał ludzi spod jakiegoś drzewa i naznosił im stołków, że zasiedli poredzając między sobą.

Był i ten z Woli, ale nie usiedział w miejscu, a jeno cięgiem się kręcił po smętarzu i co dojrzał znajomego Lipczaka, przystawał do niego i przyjacielsko zagadywał, że nawet Hankę zobaczył i zaraz się do niej przecisnął.

- Wrócił to już wasz?
- Hale, zaśby ta wrócił!
- A podobno jeździliście po niego?
- Juści, zarno po ojcowym pochowku pojechałam, ale powiedzieli w urzędzie, co go puszczą dopiero za tydzień, to niby we środę.
- Jakże tam z kaucją, zapłacicie?
- Dyć tam o to już Rocho zabiega - wyrzekła ostrożnie.
- Jeśli nie macie pieniędzy, to ja za Antka poręczę...
- Bóg zapłać! - schyliła mu się do nóg. - Może Rocho jakoś se poredzi, a jakby nie, to musi się szukać inszego sposobu.
- Pamiętajcie, że jak będzie potrzeba, poręczę za niego.

Poszedł dalej do Jagusi, siedzącej wpodle pod murem wraz z matką i wielce zamodlonej, ale nie nalazłszy sposobnego słowa, to jeno prześmiechnął się do niej i zawrócił do swoich.

Poleciała za nim oczami, pilnie przepatrując dziedziczki, tak wystrojone; jaże dziw brał, a takie bieluśkie na gębie i tak wcięte w pasie, że Jezus! Pachniało też od nich kieby z tego trybularza.

Chłodziły się czymsić, co się widziało niby te rozczapierzone ogony indycze. Paru młodych dziedziców zaglądało im w oczy i tak się cosik śmiali, jaże ludzie się tym niemało gorszyli.

Naraz kajś w końcu wsi, jakby na moście przy młynie, zaturkotały ostro wozy i kłęby kurzawy wzbiły się ponad drzewa.

- Jakieś spóźnione - szepnął Pietrek do Hanki.

- Świece juchy będą gasili - dorzucił ktosik.

A drudzy jęli się przechylać przez mur ogrodzenia i ciekawie zazierać na drogi obiegające staw.

A pokrótce, wśród wrzaskliwych jazgotów i naszczekiwań, ukazał się cały rząd ogromnych bryk, nakrytych białymi budami.

- To Miemcy! Miemcy z Podlesia! - wykrzyknął ktosik.

Jakoż i prawda to była.

Jechali w kilkanaście bryk, zaprzężonych w tęgie konie; pod płóciennymi budami widniał wszelki sprzęt domowy i siedziały kobiety i dzieci, zaś rude, opasłe Miemce z fajami w zębach szły pieszo. Wielkie psy leciały pobok, szczerząc niekiedy kły i odszczekując lipeckim, które raz w raz zajadle docierały.

Naród rzucił się patrzeć na nich, a wielu przełaziło ogrodzenie i leciało spojrzeć z bliska.

Miemce przejeżdżały stępa, ledwie się przeciskając przez gęstwę wozów i koni, ale żaden nawet przed kościołem nie zdjął kaszkietu ni kogo pozdrowił. Jeno oczy się im jarzyły i brody trzęsły, jakby ze złości. Poglądali w naród hardo, kiej te zbóje.

- Pludraki ścierwie!

- Kobyle syny!

- Świńskie podogonia!

- Sobacze pociotki!

Posypały się wyzwiska kiej kamienie.

- A co, na czyjem stanęło, Miemce? - krzyknął ku nim Mateusz.

- Kto kogo przeparł?

- Strach wam chłopskiej pięści, co?

- Poczekajta, dzisiaj odpust, zabawimy się w karczmie!

Nie odzywali się zacinając jeno konie i wielce śpiesząc.

- Wolniej, pludry, bo portki pogubita.

Jakiś chłopak śmignął na nich kamieniem, a drugie też jęły cegły rwać, bych przywtórzyć, ale w porę ich przytrzymali.

- Dajta spokój, chłopaki, niech odejdzie ta zaraza.

- A żeby was mór nie ominął, psy heretyckie.

A któraś z lipeckich wyciągnęła pięście i zakrzyczała za nimi:

- Bych was wytracili co do jednego kiej psy wściekłe...

Przejechali wreszcie ginąc na topolowej, że jeno z cieniów i kurzawy szły słabnące naszczekiwania i turkoty wozów.

Wtedy taka radość rozparła Lipczaków, co już nie sposób było się komu brać do pacierzów, bo jeno kupili się coraz gęściej kole dziedzica. A on rad temu wielce, pogadywał wesoło, częstował tabaką i w końcu rzekł przypochlebnie.

- Tęgoście podkurzyli, cały rój się wyniósł.
- A bo im nasze kożuchy śmierdziały - zaśmiał się i któryś, a Grzela, wójtów brat, wyrzekł niby to z frasobliwością:
- Za delikatny naród na chłopskich somsiadów, bo niech jeno któren wzion przez łeb, to zaraz na ziem leciał...
- Pobił się to kto z nimi? - pytał rozciekawiony dziedzic.
- Zaśby ta pobił, Mateusz ta jednego tknął, że mu nie odrzekł na Pochwalony, to zaraz juchą się oblał i dziw duszy nie zgubił.
- Do cna miętki naród, na oko chłopy kiej dęby, a spuścisz pięść, to jakbyś w pierzynę trafił - objaśniał z cicha Mateusz.
- I nie szczęściło się im na Podlesiu. Krowy im pono padły.
- Prawda, nie wiedli za sobą ani jednej.
- Kobus mogliby powiedzieć! - wyrwał się któryś z chłopaków, ale Kłąb krzyknął ostro:
- Głupiś kiej but! Na paskudnika pozdychały, wiadomo...

Jaże się pokurczyli z tajonej uciechy, ale nikto już pary nie puścił, dopiero kowal przysunąwszy się bliżej rzekł:
- Że się Miemce wyniosły, to już pana dziedzicowa łaska.
- Bo wolę sprzedać swoim, choćby za pół darmo - zapewniał gorąco, prawiąc różnoście a rozpowiadając, jak to on i jego dziady, i pradziady zawsze jedno trzymali z chłopami, zawsze szli razem...

Na to Sikora prześmiechnął się i powiedział z cicha:
- Tak mi to stary dziedzic kazali wypisać na plecach batami, że jeszcze dobrze baczę.

Ale dziedzic jakby nie dosłyszał powiedając właśnie, co to zażył kłopotów, aby się jeno Miemców pozbyć; juści, co go słuchali przytakując politycznie, a swoje myśląc o tych jego dobrościach la chłopskiego narodu.
- Dobrodzieje, znaku nie zrobi, choć z jajka uleje! - mamrotał Sikora, jaże go Kłąb trącał, bych zaprzestał.

I tak se społecznie basowali, kiej jakiś księżyk w białej komży i z tacą w ręku jął się ku nim przepychać.
- Cie, widzi mi się, że to Jasio organistów - zawołał któryś.

Juści, co to był Jasio, jeno już ubrany po księżemu, i zbierał na kościół, co łaska. Witał się ze wszystkimi, pozdrawiał i sielnie kwestował; znali go bowiem i nijako było się wykręcać od ochfiary, to każden supłał z węzełków ten grosz jakiś, a często gęsto i ta złotówka zabrzęczała o miedziaki; dziedzic rzucił rubla, zaś dziedziczki sypnęły srebrem, a Jasio, spocony, czerwony ze zmęczenia i radosny wielce, zbierał niestrudzenie po całym smętarzu, nie przepuszczając nikomu i nikomu też nie żałując tego dobrego słowa, a natknąwszy się na Hankę pozdrowił ją tak poczciwie, jaże całe czterdzieści groszy położyła; zaś kiej przystanął przed Jagusią i zabrzęknął w tacę, podniesła oczy i jakby zdrętwiała ze zdumienia, on też ździebko się pomięszał, rzekł ni to, ni owo i prędko poszedł dalej.

Nawet zapomniała dać ochfiarę, a jeno patrzała za nim i patrzała, boć prosto wydał się jej jako ten świątek, co go wymalowali w bocznym ołtarzu, takusi młody, smukły i śliczny. Jakby ją urzekł tymi jarzącymi ślepiami, że próżno tarła oczy i żegnała się raz po raz, nie pomogło.

- Organiściak jeno, a jak się to wybrał galancie.
- Matka się też puszy kiej ten indor.
- Już od Wielkiej Nocy jest w tych księżych szkołach.
- Proboszcz go sprowadził na odpust do pomocy.
- Stary sknerzy i z ludzi zdziera, ale na niego nie żałuje.
- Juści, bo to nie honor, jak księdzem ostanie?
- Ale i profit miał będzie.

Szeptali dokoła, jeno co Jaguś niczego nie słyszała wodząc za nim oczami, kaj się tylko poruszył.

Właśnie i suma się skończyła, jeszczech ta z ambony ksiądz wygłaszał zapowiedzie i wypominki, ale już naród z wolna odpływał i dziady podniesły jękliwe głosy, a całym chórem jęły wyciągać skamląc proszalne pieśni.

Hanka też ruszyła ku wyjściu, gdy przecisnęła się do niej Balcerkówna z wielką nowiną.

- Wiecie - trzepała zaziajana - a to spadły zapowiedzie Szymka Dominikowej z Nastusią.
- No, no, a cóż na to powiedzą Dominikowa?
- A cóż by, udry na udry pójdzie ze synem.
- Nie poredzi, Szymek w swoim prawie i lata też ma.
- Niezgorsze się tam zrobi piekiełko, niezgorsze - wyrzekła Jagustynka.
- Mało to i tak swarów, mało obrazy boskiej - westchnęła Hanka.
- Słyszeliście to już o wójcie? - zagadnęła Płoszkowa niesąc pobok niej swój brzuch spaśny i tłustą, czerwoną gębę.
- Dyć tyle miałam z pochówkiem i tylachna cięgiem nowych turbacji, że ani wiem, co się tam na wsi wyprawia.
- A to starszy mówił mojemu, jako w kasie brakuje dużo. Wójt już lata po ludziach i skamle o pożyczki, aby choć chyla tyla zebrać, bo leda dzień przyjedzie śledztwo...
- Jeszczech ociec mówili, co na tym skończyć się musi.
- Wynosił się, puszył, przewodził, a teraz zapłaci za swoje państwo!
- To mogą mu zabrać gospodarkę?
- A mogą, zaś kiejby nie chwaciło, to se resztę odsiedzi w kreminale - gadała Jagustynka - używał jucha, niechże teraz pokutuje.
- Dziwno mi też było, co nawet na pogrzebie się nie pokazał.

- Cóż mu ta Boryna, kiej on z wdową przyjacielstwo trzyma.
Przycichły, bo tuż przed nimi jawiła się Jaguś prowadząca matkę; stara
szła przygarbiona i z przewiązanymi jeszcze oczami, ale Jagustynka nie
przepuściła okazji.
- Kiedyż Szymkowe wesele? Ani się kto spodział, co dzisiaj spadną z
ambony! Juści, trudno chłopakowi wzbronić, kiej mu już obmierzły
dziewczyne roboty. Nastusia go teraz wyręczy... - dojadała z
prześmiechem.
Dominikowa sprostowała się nagle i twardo rzekła:
- Prowadź, Jaguś, prędzej prowadź, bo me jeszczek ugryzie ta suka.
I poszła śpiesznie, jakby uciekając, a Płoszkowa zaśmiała się cicho:
- Niby to ślepa, a niezgorzej obaczyła...
- Ślepa, ale jeszcze trafi do Szymkowych kudłów.
- Boże broń, bych się i do drugich nie dorwała...
Jagustynka już nie odrzekła, ścisk przy tym zapanował przed wrótniami,
że Hanka się zgubiła ostając kajś za wszystkimi, ale nawet była temu rada,
gdyż obrzydły jej te niepoczciwe dogryzania, jęła też spokojnie rozdawać
dziadom po dwa grosze, nie przepuszczając ani jednego, zaś temu ślepemu
z psem wetknęła całą dziesiątkę i rzekła:
- Przyjdźcie do nas na obiad, dziadku! Do Borynów!
Dziad podniósł głowę i wytrzeszczył ślepe oczy.
- Antkowa, widzi mi sie! Bóg zapłać! Przyletę, juści, co przyletę.
Za wrótniami było już nieco luźniej, ale i tam siedziały dziady we dwa
rzędy czyniąc szeroką ulicę i wykrzykując na różne sposoby, a na samym
końcu klęczał jakiś młody z zielonym daszkiem na oczach, przygrywał na
skrzypicy i śpiewał pieśnie o królach i dawnych czasach, że całą kupą stali
dokoła niego, a częsty grosz sypał mu się do czapy.
Hanka przystanęła pod smętarzem rozglądając się za Józką i
najniespodziewaniej natknęła się oczami na swego ojca.
Siedział se w rządku między dziadami, rękę wyciągał do przechodniów i
jękliwie skamłał o wspomożenie.
Jakby ją kto pchnął nożem, ale myślała zrazu, że się jej przywidziało,
przetarła oczy raz i drugi; on ci to był jednak, on!...
- Ociec między dziadami! Jezus! - dziw, że się nie spaliła że wstydu.
Nasunęła chustkę barzej na czoło i przebrała się do niego z tyłu od wozów,
pod którymi siedział.
- Co wy robicie najlepszego, co? - jęknęła przykucnąwszy za nim, bych się
chronić od ludzkich oczów.
- Hanuś... a dyć ja... a dyć...
- Chodźcie mi zaraz do domu! Jezus, taki wstyd! Chodźcie!...
- Nie póde... Już to sobie z dawna umyśliłem... Co wama mam ciężyć, kiej
dobre ludzie wspomogą... We świat se pociągne z drugimi... święte miejsca
obacze... co nowego się przewiem... Jeszczech wama spory grosz
przyniese... Naści złotówkę, kup jakiego cudaka la Pietrusia... kup...

Chyciła go ostro za kołnierz i prawie wywlekła między wozy.

- Zaraz mi do domu. Że to wstydu nie macie!

- Puść me, bo się ozgniewam!

- Rzućcie te torbeczki, prędko, żeby kto nie obaczył.

- To zrobię, co mi się jeno spodoba, juści... wstydał się bede... komu głód kumą, temu torba matką - wyrwał się naraz, wpadł pomiędzy wozy a konie i przepadł.

Nie sposób było go szukać i naleźć w takim tłoku, jaki się uczynił na placu przed kościołem.

Słońce przypiekało, jaże się człowiek łuskał ze skóry, kurz zapierał piersi, a naród, chociaż zmęczony i zgrzany do ostatniej nitki, miętosił się radośnie i kotłował jakoby w tym rozbełkotanym wrzątku.

Katarynka wygrywała rozgłośnie na całą wieś; dziady wyciągały po swojemu, dzieci gwizdały na glinianych kuraskach, naszczekiwały psy i konie gryzły się i kwiczały, że to muchy były dzisia barzej naprzykrzone, zaś każden człowiek gadał z osobna, przekrzykiwał do znajomków, stowarzyszał się i cisnął do kramów, przy których wrzało jak w ulu i podnosiły się dzieuszyne piski.

Budy ze świętościami jaże się chwiały od babiego naporu. Nie mniejszy był tłok, kaj przedawali kiełbasy, wiszące na drążkach niby te grubachne postronki. Gdzie znów kupczyli chlebem a kukiełkami. Kajś Żyd nawoływał do cukierków, zaś jeszcze indziej nawet wstęgi wiewały spod płóciennych daszków i bicze przeróżnych paciorków, a wszędy był niepomierny gniot, harmider i wrzaski kieby w jakiej bóżnicy.

Przeszło dobrych parę pacierzów, nim naród jął się nieco spokoić i przycichać; kto pociągał do karczmy kto już zabierał się do domu, a drudzy, zmożeni spiekotą i utrudzeniem, rozkładali się w cieniu wozów, nad stawem, to w sadach i podwórzach, bych se podjeść i odpocząć.

Rozprażone przypołudnie tak już doskwierało, że dychać nie było czym, a pokrótce i gwarzyć nie chciało się nikomu ni nawet ruchać, jako tym drzewom pomdlałym w żarze, a że przy tym i wieś zasiadła do misek, to się już prawie całkiem uspokoiły, jeno co tam dzieci podniesły wrzaski kajś niekaj i konie szarpnęły się przy wozach.

Zaś na plebanii proboszcz wyprawiał obiad la księży i dziedziców, przez wywarte okna widniały głowy, płynął gwar rozmów i roznosiły się brzęki, śmiechy a takie zapachy, jaże niejeden ślinkę łykał z onych smaków.

Jambroż, wystrojony odświętnie, w mentalach na piersiach, kręcił się cięgiem w sieniach, a często gęsto na ganek wybiegał z krzykiem:

- Nie pódziesz, jucho, stąd! A to kijem cię złoję, że popamiętasz.

Ale nie mogąc się ognać zbereźnikom, które jako te wróble obsiadały sztachety, a śmielsze nawet już pod okna się przebierały, to jeno przygrażał księżym cybuchem a wyklinał.

Nadeszła na to Hanka przystając przy furcie.

- Szukacie to kogo? - zapytał kusztykając do niej.

- Nie widzieliście kaj mojego ojca?

- Bylicy! Gorąc, że niech Bóg broni, to pewnikiem śpi se kajś w cieniu... Te! jedrona pałka! - krzyknął znowu i pogonił za chłopakiem.

A Hanka strapiona wielce poszła już prosto do domu i rozpowiedziała o wszystkim siostrze, która przyszła na obiad.

Ale Weronka jeno wzruszyła ramionami.

- Korona mu ze łba nie spadnie, że przystał do dziadów, a co nam będzie lekciej, to lekciej. Nie takie ano skończyły pod kościołem.

- Jezus, taki wstyd, żeby rodzony ociec na żebrach! A co Antek na to powie? Dopiero ludzie wezmą nas na ozory i powiedzą, żeśmy go wygnały po proszonemu.

- A niechta szczekają, co im się spodoba. Pyskować na drugiego każdy poredzi, ale do pomocy nikto nieskory.

- Ja nie dopuszczę, żeby ociec mieli dziadować.

- To go se sprowadź do chałupy i żyw, kiejś taka honorna.

- A sprowadzę! Już mu tej łyżki strawy żałujesz! Juści, teraz miarkuję, coś go do tego sama przyniewoliła.

- Przelewa się to u mnie czy co? Dzieciom to pewnie odejmę od gęby, a jemu dam?

- Należy mu się wycug od ciebie, nie baczysz?

- Jak nie mam, to z jelit sobie nie wypruję.

- A wypruj i daj, ociec pierwszy. Nieraz mi się skarżył, że go głodem morzysz i o świnie więcej dbasz niźli o niego.

- Prawda była, juści, ojca morzę głodem, a sama to se używam kiej dziedziczka. Tak się ano wypasłam, co mi już kiecka z bieder zlatuje i ledwie kulasami powłóczę. Na borg jeno żyjemy.

- Nie pleć, myślałby kto, że i prawda.

- A prawda, żeby nie Jankiel, to by nawet tych ziemniaków ze solą zabrakło. Juści, syty głodnemu nigdy nie zawierzy! - gadała na wpół z płaczem, a coraz żałośniej, gdy wtoczył się w opłotki dziad, prowadzony przez pieska.

- Siadajcie se pod chałupą - zwróciła się doń Hanka krzątając się kole obiadu.

Przysiadł na przyźbie, kule odłożył, pieska puścił na wolę i pociągał nochalem, miarkując, zali już jedzą i w której stronie.

Właśnie byli zasiadali do obiadu pod drzewami, Hanka wyłożyła jadło na miski, że szeroko rozniesły się posmaki.

- Kasza ze słoniną, dobra rzecz. Niech wama pójdzie na zdrowie - mruczał dziad wietrząc zapachy i oblizując się łakomie.

Pojadali z wolna, przedmuchując każdą łyżkę strawy. Łapa kręcił się z cichym skowytem, a dziadoski piesek ziajał z wywieszonym ozorem pod ścianą, spiekota bowiem była straszna, nawet cienie nie ochraniały, dziw się wszystko nie roztopiło; a w tej nagrzanej i sennej cichości jeno łyżki skrzybotały, a niekiedy kajś pod strzechą zaświegotała jaskółka.

- By tak z miseczkę kwaszonego mleka la ochłody! - westchnął dziad.
- Zarno wam przyniesę! - spokoiła go Józka.
- Dużoście dzisiaj wykrzyczeli? - zapytał Pietrek ciągnąc ospale łyżkę.
- Zmiłuj się, Panie; nad grzesznymi, a nie pamiętaj im dziadoskiej
krzywdy! Bogać ta wiele! któren dziada obaczy, to w niebo pilnie patrzy
albo skręca o staje. Zaś inszy wysuple ten grosz jaki, a rad by wziął resztę z
dziesiątki! Z głodu przyjdzie zdychać.
La wszystkich latoś ciężki przednówek - szepnęła Weronka.
- Prawda, ale na gorzałkę to nikomu nie zbraknie.
Józka wetknęła mu w garść michę, jął skwapliwie pojadać.
- Powiedali na smętarzu - ozwał się znowu - co Lipce mają się dzisiaj
godzić z dziedzicem, prawda to?
- Dostaną, co im się należy, to może się i ugodzą - rzekła Hanka.
- A Miemce się już wyniesły, wiecie? - wyrwał się Witek.
- Żeby ich morówka zdusiła! - zaklął wytrząsając pięścią.
- To i was pokrzywdzili?
- Zaszedłem do nich wczoraj z wieczora, to me psami wyszczuli. Heretyki
ścierwy, psie nasienia. Pono Lipczaki tak im dopiekali, że musiały uciekać!
Ze skóry bym takich obłupiał, do żywego mięsa - pogadywał, sielnie
wygarniając z miski, a skończywszy napasł swojego pieska i jął się dźwigać
z przyźby.
- Żniwna pora, to pilno wam do roboty - zaśmiał się Pietrek.
- A pilno; łoni było nas na odpuście sześciu wszystkiego, a dzisia ze trzy
mendle sie wydziera, jaże uszy puchną.
- A przyjdźcie na noc - zapraszała Józka.
- Niech ci Jezus da zdrowie, co pamiętasz o sierocie.
- Sierota jucha, a kałdun to już ledwie udźwignie - przekpiwał Pietrek
patrząc, jak się toczył środkiem drogi, grubachny kiej kłoda, i kijaszkiem
macał przeszkody.
 Chałupa też wkrótce opustoszała, kto przyległ w cieniu, bych się przespać,
to już chrapał, a reszta poszła na odpust.
 Przedzwonili na nieszpór. Słońce się już galancie kłoniło ku zachodowi,
upał jakby ździebko sfolżał, to chociaż jeszcze sporo wypoczywało pod
chałupami, ale już coraz więcej ludzi schodziło się na plac przed kościołem,
pomiędzy kramy i budy.
 Józka poniesła się z dzieuchami kupować obrazki, a głównie, bych się
napatrzyć do syta owym wstęgom, paciorkom i drugim cudom
odpustowym.
 Katarynka znowu zagrała, dziady jęły posobnie wyciągać, brzękając w
miseczki, a gwary podnosiły się z wolna, przepełniając całą wieś, że
huczało jakoby w tym ulu przed wyrojem.
 Każden bowiem był syty i wypoczęty, to rad się stowarzyszał a cieszył
spółecznie; kto poredzał z przyjacioły, kto jeno ślepie na wszyćko
roztwierał szeroko, kto się aby cisnął, kaj się drugie cisnęły, kto i na ten

kieliszek pociągał z kumami, któren zaś szedł do kościoła lebo i siedział gdziesik w cieniu deliberując o różnościach, a wszystkich zarówno rozpierała jednaka radosna lubość odpustowania. I nie dziwota, jakże, toć każden wymodlił się i nawzdychał do woli, napatrzył onym pozłotom, światłom, obrazom i innym świętościom; wypłakał się rzetelnie, nasłuchał organów i śpiewań, a jakby się cały wykąpał w onym święcie, duszę oczyścił a skrzepił, narodu różnego zobaczył, wspominków nazbierał i zbył się chociaż na ten dzień jeden wszelakich turbacji!

To i obycznie, co gospodarze najpierwsze czy biedota, komorniki czy proste dziadygi, a wszystko się weseliło pospólnie; czyniąc taki rozgwarzony i rozkolebany gąszcz kole kramów, że i przecisnąć się tam było niełacno. A juści, co najrozgłośniej gadały kobiety gnietąc się jedna przez drugą do bud, abych chociaż się dotknąć i napatrzyć onych śliczności.

Szymek był właśnie kupił Nastusi bursztyny, wstęgów i chustkę czerwoną, przystroiła się zaraz, i chodzili od kramu do kramu trzymając się wpół, radośni wielce i jakoby pijani uciechą.

Łaziła z nimi Józka, targując jeno i oglądając różnoście porozkładane na stołach, a coraz i z żałosnym wzdychaniem przeliczała tę swoją mizerną złotówczynę.

Jagusia plątała się kajś niedaleko od nich udając, że nie spostrzega brata. Chodziła sama, dziwnie smutna i zgnębiona. Nie cieszyły jej dzisiaj ni te rozwiane wstęgi, ni granie katarynki, ni ten ścisk i wrzaski. Szła z drugimi, porwana tłokiem, i tam stawała, kaj insi stawali, tam dreptała, kaj ją pchali, nie wiedząc całkiem, po co przyszła i dokąd idzie.

Przysunął się do niej Mateusz i szepnął pokornie:

- Dyć mnie nie goń od siebie.

- Hale, odpędzałam cię to kiedy?

- Abo raz! Nie sklęłaś me to, co?

- Niepoczciwie rzekłeś, to i musiałam. Któż me... - przymilkła nagle.

Jasio przeciskał się z wolna przez tłumy w jej stronę.

- I on na odpust! - szepnął Mateusz wskazując księżyka, który się bronił ze śmiechem, aby go nie całowali po rękach.

- Kiej dziedzicowy syn! Jak się to wybrał! Dobrze baczę, jak to jeszcze niedawno wyrywał za krowimi ogonami.

- A juści, gdzieby zaś taki krowy pasał - przeczyła niemile dotknięta.

- Rzekłem. Pamiętam, jak go to raz organista sprał, że krowy puścił w Pryczkowy owies, a sam se spał kajś pod gruszą...

Jaguś odeszła i chociaż nieśmiało, przepychała się ku niemu, roześmiał się do niej, ale że patrzeli w niego kiej w tęczę, odwrócił oczy i nakupiwszy w kramie obrazików, zaczął je rozdawać dzieuchom i kto chciał.

Stanęła naprzeciw kiej wryta, zapatrzona w niego rozgorzałymi oczami, a z warg czerwonych polał się cichy lśniący pośmiech; słodziuśki niby te miody.

252

- Naści, Jaguś, swoją patronkę - wyrzekł wtykając jej obrazik, ręce się ich spotkały i rozbiegły kiej sparzone.

Wzdrygnęła się, nie śmiejąc ust otworzyć. Mówił jeszcze cosik, ale jakby utonęła w jego oczach i nic prawie nie pomiarkowała.

Rozdzieliła ich gęstwa, że schowawszy za gors obrazik, długo toczyła oczami po ludziach. Nie było go już nikaj, poszedł do kościoła, gdyż przedzwonili na nieszpór, ale ona cięgiem go miała na oczach.

- Widzi się kiej ten świątek! - szepnęła bezwolnie.

- Toteż dzieuchy dziw ślepiów za nim nie pogubią. Głupie, nie la psa kiełbasa.

Obejrzała się prędko, Mateusz stał pobok.

Mruknęła ni to, ni owo, chcąc się od niego odczepić, ale szedł nieodstępnie, długo coś sobie ważył, aż zapytał:

- Jaguś, a co matka rzekli na Szymkowe zapowiedzie?

- A cóż, kiej chce się żenić, to niech się żeni, jego wola.

Skrzywił się i pytał niespokojnie:

- Odpiszą mu to jego morgi, co?

- Ja ta wiem! Nie wyznała mi się. Niech się jej spyta.

Przystąpił do nich Szymek z Nastusią, nalazł się skądściś i Jędrzych, że przystanęli całą kupą, a pierwszy Szymek zaczął:

- Jaguś, matki strony nie trzymaj, kiej się mnie krzywda dzieje.

- Juści, co za tobą stoję. Ale odmieniłeś się przez te czasy, no, no... Całkiem kto drugi z ciebie! - dziwiła się, bo stojał przed nią sielnie wyelegantowany, prosty, wygolony do czysta, w kapelusie na bakier i w kapocie bieluśkiej kieby mleko.

- A bom się wyrwał z matczynego stojaka.

- I lepiej ci teraz na woli? - prześmiechała się z jego hardości.

Wypuść ptaszka z garści, to obaczysz! Zapowiedzie słyszałaś?

- Kiedyż ślub?

Nastusia przygarnęła się tkliwie obejmując go wpół.

- A za trzy niedziele, jeszcze przed żniwami - szeptała spłoniona.

- I choćby w karczmie wyprawię, a matki prosił nie będę.

- Masz to już kaj zawieźć kobietę?

- A mam. Jakże, na drugą stronę do matki i się wyprowadzę. Szukał po ludziach komornego nie będę. Niech mi jeno mój gront odpiszą, to radę sobie dam! - przechwalał się sierdziście.

- Pomogę mu, Jaguś, we wszyćkim pomogę - przytwierdzał Jędrzych.

- Przeciech i my Nastusi we świat gołkiem nie dajemy. Tysiąc złotych dostanie gotowymi pieniędzmi - wyrzekł Mateusz.

Kowal odciągnął go na bok, cosik mu szepnął i poleciał.

Pogadywali jeszcze co niebądź, szczególniej Szymek roił se, jak to gospodarzem ostanie, jak se to grontu przykupi, jak się to chyci ziemi, że pokrótce obaczą, kto on taki, jaże Nastusia patrzała w niego z podziwem.

Jędrzych przytwierdzał, jeno Jagusia chodziła oczami po świecie, słysząc piąte przez dziesiąte. Zarówno jej tam było jedno.

- Jaguś, przyjdź do karczmy, będzie dzisiaj muzyka - prosił Mateusz.

- I karczma la mnie już nie zabawa - odparła smutnie.

Zajrzał w jej oczy przemglone, zacisnął kaszkiet i poleciał roztrącając ludzi. Przed plebanią natknął się na Tereskę.

- Kaj cię to niesie? - zagadnęła lękliwie.

- Do karczmy! kowal zwołuje na narady.

- Poszłabym z tobą.

- Nie odganiam cię, miejsca nie zbraknie, zważ jeno, by cię nie wzieni na ozory, że tak cięgiem za mną uważasz.

- I tak me już noszą kiej psy tę zdechłą owcę.

- To czemu się im dajesz! - zły już był i zniecierpliwiony.

- Czemu? nie wiesz to bez co? - zaskarżyła się cichuśko.

Szarpnął się i poszedł przodem, że ledwie za nim zdążyła.

- Już buczysz kiej to cielę! - rzucił odwracając się nagle.

- Nie, nie... jeno mi proch wleciał do oka.

- Jak widzę płakanie, to jakby me kto nożem żgnął!

Zrównał się z nią i rzekł dziwnie serdecznie:

- Naści parę groszy, kup se co na odpuście, a potem przyjdź do karczmy, to potańcujemy.

Spojrzała oczami, co to jakby mu do nóg leciały z podzięką.

- Co mi ta pieniądze, takiś dobry... takiś... - szeptała rozpłomieniona.

- A z wieczora przychodź, pródzi czasu miał nie będę.

Obejrzał się na nią jeszcze z proga, uśmiechnął i wszedł do sieni.

W karczmie już była ciasnota i gorąc nie do wytrzymania. W głównej izbie tłoczyło się wiela różnego narodu, przepijając a gwarząc, zaś w alkierzu zebrali się co młodsi z lipeckich, z kowalem i Grzelą, wójtowym bratem, na czele. Przyszli też i poniektórzy gospodarze, jak Płoszka, sołtys, Kłąb i Adam, stryjeczny Borynów, a nawet się wcisnął Kobus, choć go nikto nie zapraszał.

Kiedy Mateusz wszedł, właśnie był Grzela prawił gorąco i kredą cosik pisał po stole.

Szło o zgodę z dziedzicem, który obiecywał za morgę lasu dać chłopom po cztery na podleskich polach, a drugie tyle ziemi puścić na spłaty; chciał nawet borgować drzewo na chałupy.

Grzela wykładał wszystko podobnie i kredą znaczył, jak by się to podzielili ziemią i co by wypadło na każdego.

- Dobrze rozważcie, co mówię! - wołał - sprawa czysta jak złoto.

- Obiecanka cacanka, a głupiemu radość! - mruknął Płoszka.

- Szczera prawda, nie obiecanki. U rejenta wszyćko nam odpisze. Weźta ino sobie dobrze do głowy! Tylachna ziemi la narodu. A toć każdemu w Lipcach wykroi się nowa gospodarka. Miarkujta ino sobie...

Kowal raz jeszcze powtórzył, co mu był kazał dziedzic powiedzieć.

Wysłuchali uważnie, ale nikto się nie ozwał, patrzeli jeno w te białe krychy na stole i głęboko deliberowali.

- Prawda, sprawa kiej złoto, ale czy na to komisarz pozwoli? - ozwał się pierwszy sołtys orząc frasobliwie pazurami po kudłach.

- Musi! Jak gromada uchwali, to się urzędów o przyzwoleństwo pytała nie będzie! Zechcemy, to i on musi! - zagrzmiał Grzela.

- Musi, nie musi, a ty się nie wydzieraj. Obacz no który, czy aby starszy nie wącha kaj pod ścianą?

- Dopierom go widział przed szynkwasem! - objaśniał Mateusz.

- A kiedy to dziedzic obiecuje nam odpisać? - zagadnął któryś.

- Mówił, co gotów choćby jutro. Zgodzimy się na jedno, to zaraz odpisze, zaś potem omentra rozmierzy, co komu.

- To już po żniwach można by chycić się tej ziemi:

- A na jesieni obrobić, jak się patrzy.

- Mój Jezus, dopiero to pójdzie robota, no!

Pogadywali gwarnie, wesoło, jeden przez drugiego. Radość już ponosiła wszystkich, oczy strzelały mocą, hardość prostowała grzbiety i same ręce się wyciągały do brania tej ziemi upragnionej.

Niejeden już podśpiewywał z uciechy i krzykał na Żyda o gorzałkę, niejeden plótł trzy po trzy o działach, a każdemu roiły się nowe gospodarki, bogactwa i radoście. Bajdurzyli też kiej pijani, śmiejąc się, bijąc pięściami w stoły a przytupując ogniście.

- Dopiero to w Lipcach nastanie święto!

- Hej, a jakie zabawy pójdą, a jakie muzyki!

- I wiela to weselisk odprawi się w zapusty!

- Dzieuch we wsi zabraknie!

- To se miesckich przykupiemy, nie stać to nas?!

- Psiachmać, w same ogiery jeździł będę.

- Cichota no - zawołał stary Płoszka bijąc pięścią w stół - a to krzyczą kiej Żydy w szabas! Chciałem jeno pedzieć, czy aby w tej dziedzicowej obietnicy nie ma jakowego podejścia? Miarkujeta, co?

Przycichli, jakby ich kto z nagła oblał zimną wodą, dopiero po chwili ozwał się sołtys:

- Ja też nie mogę wyrozumieć, laczego taki hojny?

- Juści, w tym musi być jakieś podejście, bo żeby dawać tylachna ziemi prawie za darmo - ciągnął któryś ze starych.

Ale na to porwał się Grzela i zakrzyczał:

- To wam powiem, żeśta głupie barany i tyla!

I znowu jął tłumaczyć i przekładać zapalczywie, jaże się spocił kiej mysz, kowal też sielnie mełł ozorem i każdemu z osobna rychtował, ale stary Płoszka nie dał się przekabacić, głową jeno kiwał i prześmiechał tak kąśliwie, aż Grzela przyskoczył do niego z pięściami, ledwie już powstrzymując złość.

- Rzeknijcie swoją prawdę, kiej nasza widzi się wam cygaństwem.

- A rzekę! Znam dobrze to pieskie nasienie, znam i mówię waju: nie wierzta dziedzicowi, póki nie bedzie czarno na białym. Zawżdy się naszą krzywdą pasły, to i tera chcą się na nas pożywić!

- Tak miarkujecie, no to się nie gódźcie, ale drugim nie przeszkadzajcie! - krzyknął na niego Kłąb.

- Chodziłeś z nimi do boru, to ich stronę i tera trzymasz!

- A chodziłem, a jak będzie potrza, to i jeszczek pódę! A trzymam nie za nim, jeno za zgodą, za sprawiedliwością, za całą wsią. Bo jeno głupi nie widzi w tym dobrego la Lipiec. Jeno głupi nie bierze, jak dają.

- Wyśta wszystkie głupie, bo pilno wama sprzedać za obertelek całe portki. Głupie, skoro dziedzic tyle daje, to może i więcej.

Zaczęli się przemawiać coraz zapalczywiej, a że i drugie wspomagały Kłęba, to zrobił się taki gwar, jaże przyleciał Jankiel i sielną flachę gorzały postawił na stole.

- Sza, sza, gospodarze! Niech będzie zgoda! Żeby Podlesie były nowe Lipce! żeby każdy był pan! - wołał puszczając kieliszek kolejką.

Juści, co wzięli pić, a jeszcze barzej się ugwarzać, wszyscy już bowiem skłaniali się do zgody oprócz starego Płoszki.

Kowal, którén musiał w tym mieć jakiś gruby profit, najgłośniej rozmawiał rozwodząc się o dziedzicowej poczciwości, a raz po raz stawiał la całej kompanii to gorzałę, to piwo, to nawet arak z esencją.

Cieszyli się tak galancie, co już niejeden jeno oczy bałuszył i ozorem ledwo ruchał, zaś Kobus, którén cały czas pary z gęby nie puścił, jął naraz chybać ludzi za orzydla i krzyczeć:

- A komorniki to co? Psi pazur? I nam się należy ziemia! Nie dopuścim do zgody! Po sprawiedliwości być musi! Jakże, to jeden ledwie już spaśny kałdun udźwignie, a drugi ma zdychać z głodu? Po równo musi być ziemi la wszystkich! Dziedzice ścierwy! Niejeden gołym zadem łyska, a nos drze do góry, jakby cięgiem kichał! Kołtuniarze zapowietrzone! - krzyczał coraz głośniej i tak nieprzystojnie wszystkim przymawiał, jaże go wyciepnęli za drzwi, ale jeszcze przed karczmą klął i wygrażał.

Kompania też niezadługo zaczęła się rozchodzić do domów, jeno co łapczywsi na uciechę ostali w karczmie, kaj już pobrzękiwała muzyka.

Właśnie i wieczór się był robił, słońce zapadło za bory i całe niebo stanęło w zorzach, aż czuby zbóż i sadów jakby się pławiły w czerwieni a złocie. Zawiewał wilgotny, pieściwy wiatr, żaby jęły rechotać, odzywały się przéć piórki, a granie koników roztrząsało się po polach kiej ten nieustający chrzęst dojrzałych kłosów, rozjeżdżali się już z odpustu, że jeno wozy turkotały, a kaj niekaj ktosik dobrze napity wyśpiewywał rozgłośnie.

Przycichły Lipce, pusto się zrobiło przed kościołem, ale jeszcze pod chałupami siedzieli gęsto ludzie zażywając chłodu i wczasów

Cichy zmierzch stawał się na świecie, mroczniały pola, dale stapiały się już z niebem, wszystko się spokoiło, śpik z wolna morzył ziemię i obtulał ją ciepłą rosą, zaś ze sadów tryskały kiej niekiej ptasie głosy, jakoby tym wieczornym pacierzem.

Bydło wracało z pastwisk, raz po raz buchały długie, tęskliwe ryki, a rogate łby pokazywały się nad stawem, rozgorzałym ogniami zachodu jakoby krwawym zarzewiem. Kajś pod młynem baraszkowały z wrzaskiem kąpiące się chłopaki, zaś po obejściach trzęsły się dzieuszyne piesneczki, to beki owiec, to gęsie gęgoty.

Jeno u Borynów było cicho i pusto. Hanka poniesła się z dziećmi do którejś z kum, Pietrek się też kajś zapodział, a Jagusia nie pokazała się jeszcze od nieszporów, że tylko Józka zwijała się kole wieczornych obrządków.

Ślepy dziad siedział w ganku, nastawiał gęby na chłodnawy wiater, mruczał pacierz, a pilnie nasłuchiwał Witkowego boćka; który kręcił się wpodle rychtując przyczajonym dziobem w jego nogi.

- Cie... Żebyś skisł, zbóju jeden! A to me kujnął! - mruczał zbierając pod siebie kulasy i machał wielkim różańcem, bociek odleciał parę kroków i znowu zachodził przemyślnie z boku z wyciągniętym dziobem.

- Słyszę cię dobrze! Już ci się nie dam. Jaka to jucha zmyślna! - szeptał, ale że w podwórzu rozległo się granie, to oganiając się kiej niekiej różańcem zasłuchał się w, muzyce z lubością.

- Józia, a kto tak szczerze rzępoli?

- A Witek! Wyuczył się od Pietrka i teraz cięgiem i dudli, jaże uszy puchną! Witek, przestań, a załóż koniczyny źrebakom! - wrzasnęła.

Skrzypki umilkły, zaś dziad cosik se umyślił, bo skoro Witek przyleciał pod chałupę, rzekł do niego wielce dobrotliwie:

- Weź tę dziesiątkę, kiej tak galancie wyciągasz nutę.

Chłopak uradował się ogromnie.

- A zagrałbyś to i pobożne pieśnie, co?

- Co ino posłyszę, to wygram.

- Hale, każda liszka swój ogon chwali. A taką nutę wygrasz, co? - i beknął po swojemu piskliwie a zawodzący.

Ale Witek nawet nie dosłuchał, skrzypki przyniósł, zasiadł pobok i przegrał rychtyk to samo, a potem rznął insze, jakie tylko słyszał w kościele, i tak sprawnie, jaże się dziad zdumiał.

- Cie, na organistę byłbyś zdatny!

- Wszyćko wygram, wszyćko, nawet i takie dworskie, i takie, co je śpiewają po karczmach - przechwalał się rozradowany, wycinając od ucha, jaże kury zagdakały na grzędach, gdy Hanka nadeszła i zaraz go przepędziła, bych Józce pomagał.

Do cna już ściemniało na świecie, ostatnie zorze gasły, a wysokie, ciemne niebo rosiło się gwiazdami, wieś już kładła się spać, jeno od karczmy zalatywały dalekie pokrzyki i brzękliwe głosy muzyki.

Hanka siedziała przed gankiem karmiąc dziecko i pogadując z dziadkiem o tym i owym; cyganił jucha, jaże się kurzyło, ale nie przeciwiła mu się, myśląc swoje i tęsknie w noc poglądając.

Jagna nie wróciła jeszcze, nie siedziała również i u matki, bo zaraz z wieczora poszła na wieś do dzieuch, jeno co nikiej nie wysiedziała, tak ją cosik ponosiło. Jakby ją kto za włosy wyciągał, że w końcu już sama jedna łaziła po wsi. Długo patrzyła we wody pogasłe i drżące od powiewów, w rozruchane ździebko cienie, we światła, co leciały z okien na gładź stawu i marły nie wiada kaj i przez co! Rwało ją gdziesik, że poleciała za młyn, aż na łąki, kaj już leżały ciepłe kożuchy białych mgieł i czajki śmigały nad nią z krzykiem.

Słuchała wód padających z upustu w czarną gardzie! rzeki, pod olchy wyniosłe i jakby śpiące, ale ten szum zdał się jej jakimś żałosnym wołaniem i skargą nabrzmiałą płaczem.

Uciekła i patrzała w młynarzowe okna, buchające światłem, gwarami a brzękiem talerzy.

Tłukła się od brzega wsi do brzega jak ta woda obłędna, co ujścia na darmo szuka i w nieprzebyte wręby bije żałośnie.

Żarło ją cosik, czego by i wypowiedzieć nie sposób, ni to był żal, ni to tęsknica, ni to kochanie, a oczy miała pełne suchego żaru i w sercu wzbierał wrzący, straszny szloch.

Nie wiada, laczego znalazła się przed plebanią, jakieś konie pod gankiem biły niecierpliwie kopytami, świeciło się tylko w jednym pokoju, grali w karty.

Napatrzyła się do syta i poszła opłotkami, które dzieliły Klębową gospodarkę od proboszczowskich ogrodów. Przesuwała się lękliwie pod żywopłotem, obwisłe gałęzie wisien muskały ją po twarzy zrosiałymi listeczkami. Szła bezwolnie, nie wiedząc, kaj ją niesie, aż niski dom organistów zastąpił jej drogę.

Wszystkie cztery okna świeciły i stały otwarte.

Przytuliła się w cień pod płot i zajrzała do środka.

Organistowie wraz z dziećmi siedzieli pod wiszącą lampą popijając herbatę, zaś Jasio chodził po pokoju i cosik rozpowiadał.

Słyszała każde jego słowo, każdy skrzyp podłogi, nieustanne cykanie zegaru i nawet ciężkie przysapki organisty.

A Jasio takie cudeńka prawił, że niczego nie rozumiała.

Patrzyła jeno w niego niby w ten obraz święty, pijąc kiej miody najsłodsze każdy dźwięk jego głosu. Chodził wciąż i co trochę ginął w głębi mieszkania, i co trochę jawił się znów w kręgu światła; czasem przystawał przy oknie, że wciskała się w płot strwożona, bych jej nie dojrzał, ale on jeno w niebo patrzył pokryte gwiazdami, to cosik rzekł la uciechy, że śmiali się, a radość błyskała w twarzach kiej to słońce. Przysiadł wreszcie pobok matki, a małe siostry jęły mu się drapać na kolana i wieszać na szyi, tulił ci je poczciwie, huśtał i łaskotał, jaże izba zatrzęsła się dziecińskimi śmiechami.

Zegar wybił jakąś godzinę i organiścina rzekła powstając:

- Gadu, gadu, a tobie czas spać! Musisz do dnia wyjechać.

- A muszę, mamusiu! Boże, jaki ten dzień był krótki! - westchnął żałośnie.

A Jagusine serce jakby kto ścisnął i tak boleśnie, jaże same łzy pociekły po twarzy.

- Ale niedługo wakacje! - ozwał się znowu - ksiądz regens obiecał, że mnie na jakiś czas zwolni, jeśli nasz proboszcz napisze o to do niego.

- Nie bój się, napisze, już ja go uproszę! - powiedziała matka zabierając się do słania mu na kanapie wprost okna. Pomagali jej wszyscy, a nawet sam organista przyniósł sporą doinkę i wsunął ją ze śmiechem pod kanapę.

Długo się z nim żegnali na odchodnym, a już najdłużej matka, która go z płaczem tuliła do piersi a całowała.

- Śpij, synu, smacznie, śpij, dzieciątko.

- Pacierze zmówię i zaraz się kładę, mamusiu.

Rozeszli się wreszcie.

Jaguś widziała, jak w sąsiedniej izbie chodzili na palcach, ściszali głosy, przymykali okna i pokrótce cały dom oniemiał i migiem pogrążył się w cichości, aby jeno nie przeszkadzać Jasiowi.

Chciała i ona do domu, już się była nawet nieco uniesła, ale ją cosik jakby przytrzymało za nogi, że nie poredziła oderwać się z miejsca, więc jeno mocniej przywarła plecami do płota, barzej się skuliła i ostała kieby urzeczona wpatrując się w to ostatnie wywarte i jaśniejące okno.

Jasio poczytał nieco na grubej książce, zaś potem przyklęknął pod oknem, przeżegnał się, złożył ręce do pacierza, podniósł oczy ku niebu i zamodlił się przejmującym szeptem.

Noc była głęboka, niezgłębiona cichość obtulała świat, gwiazdy mżyły się na wysokościach, nagrzany, pachnący zwiew pociągał z pól, a niekiedy zaszemrały liście i ptak jakiś zaśpiewał.

A Jagusię zaczęło cosik rozbierać, serce się tłukło kiej oszalałe, paliły ją oczy, paliły usta nabrane i same ręce wyciągały się ku niemu, a chociaż się kurczyła w sobie, roztrząsał nią taki dziwny, niezmożony dygot, że wpierała się w płot bezwolnie i z taką mocą, jaże trzasnęła żerdka. Jasio wychylił głowę, popatrzył dokoła i znowu się zamodlił.

Zaś z nią działo się już coś niepojętego; takie ognie chodziły jej po kościach i oblewały warem, że dziw nie krzyczała z tej lubej męki. Zabaczyła, kaj jest, i ledwie już zipała, tak się w niej wszystko trzęsło i płonęło. Była cała w dreszczach, kiej błyskawice kłębiły się w niej jakieś nabrzmiałe, szalone krzyki, jakieś wichry palące ją ponosiły, jakieś straszne pragnienia rozprężały i wyginały... Już chciała się czołgać tam, bliżej niego, bych chociaż tknąć ustami tych jego białych rączków, bych jeno klęczeć przed nim a patrzeć z bliska w te gębusie i modlić się kiej do tego cudownego obrazu. Nie poruszyła się jednak, bo obleciał ją jakiś dziwny strach i zarazem zgroza.

- Jezu mój, Jezu miłosierny! - wyrwał się jej z piersi cichy jęk.

Jasio powstał, wychylił się cały i jakby patrząc na nią zawołał:

- Kto tam?

Zamarła na chwilę, przytaiła dech, serce przestało bić i jakby zdrętwiała w jakimś świętym strachu, dusza uwięzła kajś w gardle i pełna szczęsnego niepokoju chwiała się w oczekiwaniu.

Ale Jasio jeno popatrzył w opłotki, a nie dojrzawszy zamknął okno, rozebrał się prędko i światło zgasło...

Noc padła na jej duszę, ale jeszcze długo siedziała wpatrzona w czarne i nieme okno. Przejął ją chłód i jakby operlił srebrną rosą jej duszę wniebowziętą, gdyż wszystko, co w niej wrzało z krwie pożądliwej, przygasło rozlewając się po niej nieopowiedzianą błogością. Spłynęła na nią uroczysta, święta cichość, jakby to zadumanie kwiatów przed wschodem słońca, że rozmodliła się pacierzem szczęścia, któren nie miał słów, a jeno dziwną słodkość zachwytów, przenajświętsze zdumienie duszy, niepojętą radość budzącego się dnia zwiesnowego i przeplatał się grubymi ziarnami błogich łez niby tym różańcem łaski Pańskiej i dziękczynienia.

ROZDZIAŁ 3

- Pójdę już, Hanuś! - prosiła Józka pokładając głowę na ławkę.
- A zadrzyj ogona kiej cielak i leć! - zgromiła ją odrywając oczy od różańca.
- Kiej me tak cosik spiera w dołku i tak me mgli...
- Nie przeszkadzaj, zaraz się skończy.

Jakoż proboszcz już kończył cichą, żałobną mszę za duszę Boryny, zamówioną przez rodzinę w oktawę jego śmierci.

Wszyscy też co najbliżsi siedzieli w bocznych ławkach, a tylko Jagusia z matką klęczały przed samym ołtarzem; z obcych nie było nikogo, tyla co kajś pod chórem Jagata głośno trzepała pacierze.

Kościół był cichy, chłodny i mroczny, jeno na środku mrowiła się wielgachna struga jarzącego światła, bo słońce biło przez wywarte drzwi rozlewając się jaże po ambonę.

Michał organistów służył do mszy i jak zawdy, tak trząchał dzwonkami, że w uszach brzęczało, wykrzykiwał ministranturę, a latał ślepiami za jaskółkami, której kiej niekiej śmigały po kościele zbłąkane i trwożnie świegolące.

Kajś od stawu rozlegały się klapiące trzaski kijanek, wróble ćwierkały za oknami, zaś ze smętarza raz po raz jakaś rozgdakana kokosz wwodziła do kruchty całe stado piukających kurcząt, aż Jambroż musiał wyganiać.

A skoro ksiądz skończył, wyszli zaraz wszyscy na smętarz.

Już byli kole dzwonnicy, gdy zawołał za nimi Jambroży:

- A to poczekajcie! Dobrodziej chce wam cosik powiedzieć.

Nie wyszło i Zdrowaś, kiej przyleciał zadyszany z brewiarzem pod pachą i obcierając łysinę przywitał dobrym słowem i rzekł:

- Moiście, a to wam chciałem powiedzieć, że zrobiliście po chrześcijańsku zamawiając mszę świętą za nieboszczyka. Ulży to jego duszy i do wiecznego zbawienia pomoże. No, mówię wam, pomoże!

Zażył tabaki, pokichał siarczyście i wycierając nos zapytał:

- Dzisiaj pewnie będziecie radzili o działach, co?
- Juści, tak je niby we zwyczaju, co dopiero w oktawę - przytwierdzili.
- Otóż to! Właśnie o tym chciałem z wami pomówić!
Dzielcie się, ale pamiętajcie: zgodnie i sprawiedliwie. Żeby mi nie było
swarów ni kłótni, bo z ambony wypomnę! Nieboszczyk w grobie się
przewróci, jeśli zobaczy, że jego krwawicę rozrywacie jak wilki barana! I
broń Boże. krzywdzić sieroty! Grzela daleko, a Józka jeszcze głupi skrzat! A
co się komu należy, oddać święcie, co do grosza. Jak rozrządził majątkiem,
tak rozrządził, ale trzeba spełnić jego wolę. Może on tam chudziaszek w tej
chwili patrzy a was i myśli sobie: na ludzim ich wywiódł, gospodarkę-m
niezgorszą ostawił, to się przecież nie pogryzą kiej psy przy podziale.
Mawiam ciągle z ambony: zgodą stoi wszystko na świecie, kłótnią jeszcze
nikt niczego nie zbudował. No, mówię, niczego, kromie grzechu i obrazy
boskiej. A o kościele pamiętajcie. Nieboszczyk był szczodrym i czy na
światło, czy na mszę, czy na inne potrzeby grosza nie żałował i dlatego Pan
Bóg mu błogosławił...
  Długo przemawiał, jaże się kobiety spłakały i jęły mu w podzięce obłapiać
kolana, zaś Józka przypadła mu nawet z bekiem do rąk, to ją przygarnął do
piersi, a pocałowawszy w głowę rzekł z dobrością:
- Nie bucz, głupia, Pan Bóg ma sieroty w szczególnej opiece.
- Że i rodzony nie powiedziałby barzej do duszy - szepnęła rozrzewniona
Hanka. Snadź i dobrodziej był wzruszony, bo wytarłszy ukradkiem oczy;
częstował kowala tabaką i prędko zagadał o innym.
- A cóż, będzie zgoda z dziedzicem?
- Będzie, już dzisiaj pojechało do niego piąciu...
-To chwała Bogu! Już za darmo mszę świętą odprawię na intencję tej
zgody!
- Widzi mi się, co wieś powinna się złożyć na wotywę z wystawieniem!
Jakże, to jakby nowe nadziały i całkiem darmo!
- Masz rozum, Michał, mówiłem o tobie dziedzicowi. No, idźcie z Bogiem,
a pamiętajcie: zgodą i sprawiedliwością! Ale, Michał! - zawołał za
odchodzącym - a zajrzyj ta później do mojego wolanta, prawy resor
przyciera się nieco do osi...
- To pod łaznowskim dobrodziejem tak się zmaglował.
  Ksiądz już nie odrzekł, a oni poszli prosto ku domowi. Jagusia wiedła
matkę na ostatku, gdyż stara wlekła się z trudem odpoczywając co chwila.
  Dzień był powszedni, robotny, to i pusto było na drogach dokoła stawu,
jeno dzieci bawiły się kaj niekaj w piasku i kury grzebały w
porozrzucanych łajnach. Było jeszcze wcześnie, ale już słońce niezgorzej
przypiekało, szczęściem, co wiater nieco przechładzał, zawiewał bujny, iż
kolebały się sady, pełne już czerwieniejących wiśni, a zboża biły o płoty kiej
wody wzburzone.
  Chałupy stały wywarte, wrótnie wszędy porozwierane, na płotach kajś
niekaj wietrzyły się pościele, a wszystko, co się jeno ruchało, pracowało w

polach. Jeszcze ktosik zwoził ostatnie zapóźnione pokosy siana, że zapach jaże wiercił w nozdrzach, a na obwisłych nad drogą gałęziach, pod którymi przejeżdżały kopiaste wozy, trzęsły się przygarście ździebeł kiej te powyrywane brody żydowskie.

Szli z wolna i w cichości, deliberując o działach.

Skądciś, jakby z pól, kaj ludzie osypywali ziemniaki, zrywała się niekiedy piosneczka i szła z wiatrem niewiada kaj, zaś pod młynem jakaś baba tak prała kijanką, jaże się rozlegało i szumnie huczały wody spadające na koła.

- Młyn teraz cięgiem robi! - ozwała się pierwsza Magda.

- Przednowek to żniwa la młynarza!

- Cięższy on latoś niźli łoni. Wszędzie bieda aż piszczy, zaś u komorników to już prosto głód - westchnęła Hanka.

- Kozły też penetrują po wsi, jeno czekać, jak komu co grubszego ukradną - rzucił kowal.

- Nie bajcie! Ratują się, biedoty, jak mogą, wczoraj Kozłowa przedała organiścinie kaczęta, to się ździebko wspomogła...

- Rychło przechlają. Nie powiadam na nich nic złego, ale mi dziwno, że piórka mojego kaczora, co mi zginął w ojcowy pochówek, nalazł mój Maciuś za ich obórką - wyrzekła Magda.

- A któż to wtenczas wzion nasze pościele? - wtrąciła Józka.

- Kiejże to ich sprawa z wójtami?

- Nieprędko, ale Płoszka ich wspiera, to już wójtom dobrze zaleją sadła za skórę.

- Że to Płoszka lubi zawdy nos wrażać w cudze sprawy.

- Jakże, przyjaciół se kaptuje, bo mu pachnie wójtostwo!

Przeszedł im drogę Jankiel ciągnący za grzywę spętanego konia, który bił zadem i opierał się ze wszystkich sił.

- Załóżcie mu pieprzu pod ogon, to rypnie z miejsca kiej ogier.

- Śmiejcie się na zdrowie! Co ja już mam z tym koniem!

- Wypchajcie go słomą, przyprawcie mu nowy ogon i powiedźcie na jarmark, to może go kto kupi za krowę, bo na konia już niezdatny! - żartował Michał i naraz wszyscy gruchnęli śmiechem, gdyż koń się wyrwał, skoczył do stawu i nie zważając na Janklowe prośby i groźby, najspokojniej począł się tarzać.

- Mądrala jucha, musi być od Cyganów!

- Postawcie mu wiadro gorzałki, to może wyjdzie! - zaśmiała się organiścina, siedząca nad stawem przy stadzie kacząt pływających kiej te żółciuśkie pępuszki; rozczapierzona kokosz gdakała na brzegu.

- Śliczne stadko, to pewnie od Kozłowej? - pytała Hanka.

- Tak, i ciągle mi jeszcze uciekają na staw. Tasiuchny! taś, taś, taś, taś! - zwoływała rzucając na przynętę przygarściami jagły.

Ale kaczki szorowały na drugi brzeg, że poleciała za nimi.

- Chodźcie prędzej, kobiety - przynaglał kowal i gdy weszli do chałupy, a Hanka zakrzątnęła się kole śniadania, jął znowu penetrować w izbach i w obejściu, nawet nie przepomniał ziemniaczanym dołom, aż Hanka powiedziała:

- Oglądacie, jakby co ubyło!
- Nie kupuję kota we worku!
- Lepiej wy znacie wszyćko niźli ja sama! - wyrzekła z przekąsem, rozlewając kawę w garnuszki.
- Dominikowa, Jaguś, a chodźcież do kupy! - zawołała na drugą stronę, kaj się obie zawarły.

Obsiedli ławę i popijali przegryzając chlebem.

Nikto się nie odzywał, nijako było zaczynać, każden się wagował oglądając na drugich. Hanka też była dziwnie powściągliwa, juści, co niewoliła do jadła przylewając każdemu, ale prawie nie spuszczała oczów z kowala, któren się wiercił na miejscu, śmigał ślepiami po izbie i chrząkał raz po raz. Jagusia siedziała czegoś chmurna i wzdychliwa, oczy miała połyskliwe jakby od niedawnego płaczu, a Dominikowa czapirzyła się kiej kwoka i cosik poszeptywała do niej, tylko jedna Józka, co ta po swojemu pletła trzy po trzy zwijając się kole garów, pełnych perkoczących ziemniaków.

Dłużyło się już wszystkim, aż pierwszy kowal zaczął:
- Więc jakże zrobimy z działami?

Hanka drgnęła i prostując się powiedziała spokojnie, snadź po dobrym namyśle:
- A cóż ma być! Ja tu jeno stróżuję mężowego dobra i stanowić o niczym prawa nie mam. Antek wróci, to się podzielita.
- Kiej tam on wróci, a tak przeciech ostać nie może.
- Ale ostanie! Mogło tak być przez cały czas ojcowej choroby, to może być, póki Antek nie powróci.
- Nie on jeden jest do podziału.
- Aleć on najstarszy, to jemu się po ojcu należy objąć gospodarkę.
- Hale, takie ma prawo jak i drugie dzieci.
- Może weźmiecie i wy, jak się tak z Antkiem ułożyta.

Kłóciła się przeciech z wami nie będę, nie moja w tym wola stanowi.
- Jaguś! - podniesła głos Dominikowa - przypomnijże o swoim.
- A po co, przeciech dobrze pamiętają...

Hanka poczerwieniała gwałtownie i kopiąc Łapę, któren się nawinął pod nogi, wyrzekła przez zęby:
- Juści, co krzywdę dobrze pamiętamy.
- Rzekliście! Tu idzie o sześć morgów, jakie nieboszczyk zapisał Jagusi, a nie o głupie słowa!
- Jak macie zapis, to wama nikt nie wydrze! - mruknęła gniewnie Magda, siedząca cały czas cicho z dzieckiem u piersi.
- A mamy, w urzędzie zrobiony i przy świadkach.
- Wszyscy czekają, to i Jagusia może.
- Pewnie, że musi, ale co ma swojego, to zaraz zabierze, a ma przeciek

krowę z cielęciem, a świnię, a gąski...

- To wspólne i pójdzie do działów - powstał twardo kowal.

- Do działów! Chcielibyście! Co dostała we wianie, tego jej nikt mocen odebrać! A może chcecie i kiecki a pierzyny też podzielić między siebie, co? - podnosiła głos coraz silniej.

- La śmiechu rzekłem, a wy zaraz z pazurami...

- Juści... przeglądam ja was dobrze, juści...

- Bo i co tu będziem po próżnicy klektać. Prawdę rzekliście. Hanka, że trza poczekać na Antka. Mnie się śpieszy do dziedzica, bo tam już na mnie czekają - wstał, a dojrzawszy ojcowy kożuch rozwieszony w kącie na drążku jął go ściągać.

- W sam raz zdałby się na mnie.

- Nie ruchajcie, niech się suszy - broniła Hanka.

- A już te buciary oddacie. Cholewy jeno całe, a i to już raz podszywane - tłumaczył, chytrze ściągając je z drążka.

- Niczego tknąć nie pozwolę! Weźmiecie co niebądź, a potem powiedzą, żem pół gospodarki zatraciła. Niech prződzi spis zrobią. Nawet kołka z płotu ruszyć nie dam, póki wszystkiego urząd nie opisze!

- Spisu nie było, a już się kajś zadziały ojcowe pościele...

- Mówiłam ci, co się stało! Zaraz po śmierci rozwiesili na płocie i ktosik w nocy ukradł. Nie było głowy baczyć na wszystko.

- Dziwne, co tak zaraz nalazł się złodziej...

- To niby jak? Ja wzienam, a teraz cyganię, co?

- Cichota, kobiety! Tylko przez kłótni, poniechaj, Magduś! Kto ukradł, niech mu będzie na śmiertelną koszulę.

- Sama pierzyna ważyła bez mała ze trzydzieści funtów.

- Mówię ci, stul pysk! - wrzasnął na żonę i wywiódł Hankę w podwórze, niby to la obejrzenia prosiąt.

Poszła za nim, ale dobrze się miała na baczności.

- Chciałem wam cosik poredzić.

Nastawiła ciekawie uszów, miarkując nieco, kole czego kręci.

- Wiecie, a to trzeba, abyście jeszcze przed spisem którego wieczora przepędzili do mnie ze dwie krowy. Maciorę można zawierzyć stryjecznemu, a co się jeno da, pochować u ludzi... Już wam powiem kaj... O zbożu powiecie przy spisie, że dawno przedane Janklowi, on przytwierdzi ochotnie, da mu się za to jaki korczyk. Źrebkę weźmie młynarz, podpasie się na jego paśnikach. A co z porządków można by schować w dołach, to po żytach. Ze szczerej przyjaźni wam radzę! Wszystkie tak robią, które jeno rozum mają. Wyście harowali kiej wół, to sprawiedliwie należy się wama więcej. Mnie ta z tego dacie co niebądź, jakąś kruszynę. I nie bojcie się niczego, pomagał wam będę we wszystkim. A już w tym moja głowa, byście ostali przy gruncie. Jeno mnie posłuchajcie, nikto jeszcze nie dołożył do mojej rady... Sam dziedzic a rad me słucha. No, cóż powiecie?...

- A jeno to, co swojego nie popuszczę, ale cudzego niełakomam! - odrzekła z wolna, wpierając w niego wzgardliwe oczy. Zakręcił się, jakby kijem dostał przez ciemię, polatał po niej ślepiami i syknął:
- Już bym nawet nie wspomniał, żeście niezgorzej podebrali ojca...
- A wspominajcie! powiem Antkowi, niech z wami pogada o tej radzie.

Ledwie się wstrzymał od klątw, plunął jeno, a odchodząc prędko, krzyknął przez wywarte okno do izby:
- Magda, miej ta oko na wszystko, bych znowu czego nie wynieśli złodzieje.

Hanka patrzyła na niego ze szydliwym prześmiechem. Poleciał kiej oparzony i natknąwszy się na wójtową, wchodzącą między opłotki, długo jej cosik prawił wytrząchając pięściami.

Wójtowa przyniosła jakiś urzędowy papier.
- To la was, Hanka, stójka przyniósł z kancelarii.
- Może o Antku! - szepnęła z trwogą, biorąc papier przez zapaskę.
- Pono o Grzeli. Mojego nie ma, pojechał do powiatu, a stójka jeno powiadał, że tam stoi napisane, jakoby Grzela pomarł czy coś...
- Jezus Maria! - krzyknęła Józka.

Magda też się zerwała na nogi.

Wszyscy patrzyli na ten papier ze zgrozą i strachem, obracając nim bezradnie w roztrzęsionych rękach.
- Może ty, Jaguś, poredzisz rozebrać - prosiła Hanka.

Stanęły nad nią pełne niepokoju i trwogi, ale Jagna po długiej chwili sylabizowania odparła zniechęcona:
- Hale, kiej to nie po naszemu pisane i nie poradzę wymiarkować.
- Nie przy niej pisane! Za to co inszego potrafi najlepiej - syknęła wójtowa wyzywająco.
- Idźcie no swoją stroną i ludzi nie zaczepiajcie, kaj was obchodzą z daleka jak to śmierdzące - warknęła stara.

Ale wójtowa, jakby rada z okazji, ciepnęła ją na odlew:
- Przykarcać drugich to poredzicie, a czemu to nie wzbraniacie córusi, bych cudzych chłopów nie zwodziła, co!
- Dajcie no spokój, Pietrowa! - wtrąciła się Hanka miarkując już, na co się tutaj zanosi, ale wójtową ponosiło coraz barzej.
- Choć raz muszę se dać folgę! Tylam się przez nią natruła, tylam przecierpiała, że swojej krzywdy nie daruję, pókim żywa!
- A pyskuj! Pies cie ta przeszczeka! - mruknęła stara dosyć spokojnie, zaś Jaguś rozczerwieniła się kiej burak i chociaż palił ją wstyd, ale i jakaś mściwa zawziętość nabierała w sercu, że coraz bardziej podnosiła głowę i jakby na przekór, z rozmysłem wpierała w nią szydliwe oczy, a judzący prześmiech wił się na wargach.

Wójtowa wywarła już gębę kiej wrótnię i zjątrzona do żywego jej ślepiami, pomstowała wywodząc zajadle jej przewiny.
- Pyskujesz bele co; boś sie opiła złością! - przerwała jej stara - ale twój

ciężko odpowie przed Bogiem za Jagusine nieszczęście.

- Juści, odpowie, bo ano zwiódł niewinowate dzieciątko! Juści, dzieciątko, co z każdym rade szuka krzaków!

- Zawrzyjcie gębę, bo chociem ślepa, ale jeszczech zmacam drogę do waszych kudłów - groziła zaciskając kij w garści.

- Sprobujcie! Tknij me jeno, tknij! - wrzeszczała wyzywająco.

- Hale, spasła się na cudzej krzywdzie i będzie się tera czepiała ludzi kiej rzep psiego ogona.

- W czym cię to ukrzywdziłam, w czym?

- Jak twojego wsadzą do kreminału, to się dowiesz!

Wójtowa skoczyła z pięściami, szczęściem, co Hanka zdążyła ją odciągnąć i ostro powstała na obie:

- Loboga, kobiety, a toć karczmę robicie z mojej chałupy.

Przymilkły na to oczymgnienie, sapiąc jeno a dysząc, Dominikowej jaże łzy pociekły spod szmat, jakimi miała przewiązane oczy, i lały się ciurkiem po wynędzniałej twarzy, jeno co pierwsza się opamiętała i przysiadłszy westchnęła, rozwodząc ręce:

- Jezu, bądź miłościw mnie grzesznej!

Wójtowa wyleciała z chałupy kiej oszalała, ale zawróciwszy już z drogi wraziła głowę przez okno i zaczęła wołać do Hanki:

- Mówię ci, wypędź z chałupy te lakudre! Wygoń ją, póki jeszcze pora, abyś potem nie pożałowała! Ani godziny nie ostawiaj pod swoim dachem, bo cię stąd wygryzie ta zaraza piekielna! Radzę ci, broń się, Hanka! Przez litości bądź la niej i przez miłosierdzia! Ona jeno czeka na twojego, obaczysz, co ci ona wystroi! - przechyliła się barzej na izbę i grożąc pięściami Jagusi wrzeszczała ze wszystkiej złości:

- Poczekaj, ty piekielnico jedna, poczekaj! Nie zamrę spokojnie, do świętej spowiedzi nie pójdę, póki się nie doczekam, że cię ze wsi kijami wyświecą! A do sołdatów, suko jedna! Tam twoje miejsce, świński pomiocie, tam!

I poleciała, w izbie zrobiło się cicho jakby w grobie.

Dominikowa jaże się trzęsła od tajonego płaczu, Magda huśtała dziecko, Hanka zapatrzyła się w komin srodze zamedytowana, zaś Jaguś, chociaż jeszcze miała w twarzy hardość i zły prześmiech na wargach, ale pobielała na płótno, bo ją te ostatnie słowa ugryzły w samo serce; poczuła, jakby ją naraz sto nożów przebiło i wszystkie rany spłynęły krwią serdeczną i wszystką mocą, ostawiając jeno nieopowiedziany żal, jakiś zgoła nieczłowiekowy żal, że chciała bić głową o ścianę i krzyczeć wniebogłosy, jeno co się przemogła i szarpiąc matkę za rękaw zaszeptała gorączkowo:

- Chodźmy stąd, matko! Chodźmy prędko! Uciekajmy!

- A dobrze! całkiem już osłabłam, ale ty musisz tu wrócić i przy swoim warować do ostatka.

- Nie ostanę tutaj. Tak mi to wszystko obmierzło, że już dłużej nie ścierpię! Bodajem była nogi połamała, nim weszłam tutaj!

- Tak ci to źle z nami było, co? - szepnęła Hanka.

- Gorzej niźli temu psu na łańcuchu, że i w piekle musi być lepiej.
- Dziwne, coś wytrzymała tak długo, przeciek cię nie przywiązywali za kulasy. Mogłaś se iść! Nie bój się, za nogi cię nie ułapię i prosiła nie będę, byś ostała!...
- A pójdę i niech was ta zaraza wytraci, kiejśta takie!
- Nie pomstuj, bym ci swoich krzywd nie ciepnęła we ślepie!
- Bo już wszystkie przeciwko mnie, cała wieś, wszystkie!..
- Żyj poczciwie, a nikto ci nie rzuci i marnego słowa!
- Cichoj, Jaguś, dyć Hanka ci nie przeciwna. Cichoj!
- A niechta i ona pyskuje! A niechta! Mam gdzieś te szczekania. Cóżem to takiego zrobiła? Ukradłam? Zabiłam kogo, co?
- Masz to jeszcze śmiałość pytać, co? - wyrzekła zdumiona Hanka stając przed nią. - Nie ciągnij mnie za język, bym ci czego nie rzekła!
- A mówcie! A pyskujcie! zarówno mi jedno! - wrzeszczała coraz zapalczywiej, złość się w niej rozsrożyła kiej pożar, już była gotowa na wszystko, nawet na najgorsze.

Hance naraz łzy zalały oczy, pamięć zdrad Antkowych tak boleśnie wgryzła się w serce, że ledwie już zabełkotała:

- A coś to z moim wyprawiała, co? Jeszcze cię Pan Bóg za mnie pokarze, obaczysz!... Spokoju mu nie dawałaś... goniłaś za nim kiej ta rozciekana suka... kiej ta... - tchu jej zbrakło, tak się zaniesła szlochem.

A Jaguś spięła się niby wilk napadnięty w barłogu, gotowy już drzeć kłami, co mu się jeno nawinie, nienawiść buchnęła jej do głowy, a mściwość sprężyła pazury, aż skoczyła na izbę i, rozwścieklona do ostatka, jęła chlastać przyduszonymi słowami kiejby tym biczem świszczącym:

- To ja za nim latałam, ja! Cyganisz kiej ten pies! Wszyscy ano wiedzą, jak się przed nim oganiałam! Dyć kiej piesek skamlał pode drzwiami, abym mu chocia trep swój pokazała! To on me niewolił! To on me otumanił i robił z głupią, co chciał! A tera powiem ci prawdę, jeno byś jej nie pożałowała. A to me miłował, że już nie wypowiedzieć! A tyś mu obmierzła kiej ten stary, utyłlany łach, że miał już chudziak po grdykę twojego kochania, jaże mu się odbijało kiej po starym sadle, że jeno pluł wspominając o tobie. Nawet gotów był sobie zrobić co złego, abych cie jeno nie widzieć więcej na oczy. Chciałaś, to masz prawdę. A zapamiętaj, co ci jeszczek dołożę: jak zechcę, to żebyś mu całowała nogi, kopnie cię, a za mną poleci w cały świat! Wymiarkuj to sobie i ze mną się nie równaj, rozumiesz, co?

Wołała zjadliwie, władna już sobą i bez lęku, a tak urodna jak nigdy. Nawet matka słuchała jej z podziwem i strachem, tak wynosiła się inna jakaś, zgoła obca i zarazem tak jakoś straszna, zła i groźna kiej ta chmura trzaskająca piorunami.

Zaś Hankę słowa te poraziły jakby na śmierć; biły ją do krwie, smagały bez litości ni miłosierdzia i rozgniatały kiej tego mizernego robaka; waliła się, kiej drzewo podarte piorunami, bez sił już i bez pamięci. Ledwie już poredziła nabrać powietrza zbielałymi wargami, opadła na ławę, a od tego bolu to wszystko się w niej rozsypywało w miałki a płony piasek, że nawet łzy przestały cieknąć po twarzy, spopielałej od męki, chociaż ciężki, wzburzony szloch rozrywał jej piersi. Z lękiem patrzała przed siebie, kieby w jakąś głąb nagle rozwartą, i drżała niby to źdźbło, które wiater żenie na zatratę...

Jaguś już dawno przestała i poszła z matką na swoją stronę, Magda się też wyniosła nie mogąc się z nią dogadać, nawet Józka poleciała nad staw za kaczętami, a ona wciąż siedziała na jednym miejscu kiej ta zmartwiała ptaszka, której wybierą pisklęta, że ni krzyczeć, ni bronić, ni uciekać już nie poredzi, a jeno czasem zabije skrzydłem i żałośnie zapiuka...

Aż Pan Jezus zlitował się nad nią, dając folgę umęczonej duszy, że przecknąwszy padła przed obrazami, buchnęła rzęsistym płaczem i ochfiarowała się iść do Częstochowy, byle to wszystko, co usłyszała, było nieprawdą!

A do Jagusi nie czuła nawet złości, tylko brał ją strach przed nią i żegnała się niby przed złym, dosłyszawszy jej głos...

Wreszcie zabrała się do roboty i wezwyczajone ręce robiły prawie same, gdyż myślami była kajś daleko, nawet nie wiedząc, że dzieci wyprowadziła do sadu, że uprzątnęła izbę i nałożywszy jadłem dwojaki pędziła Józkę, bych je prędzej poniesła w pole.

A kiej ostała sama i uspokoiła się nieco, jęła rozważać i medytować nad każdym słowem. Mądra była kobieta i dobra, to łacno przepuściła wszystkie swoje obrazy i krzywdy, ale zadraśniętego ambitu nie poredziła zapomnieć, że raz po raz biły na nią ognie i serce się kurczyło od męki, a po głowie latały zamysły krwawej odemsty, aż w końcu i to przemogła, bo szepnęła:

- Juści, że mi się z nią nie równać w urodzie, trudno. Alem mu ślubna i matka jego dzieci! - duma ją rozparła i pewność siebie. - A poleci za nią, to i powróci! Przeciech się z nią nie ożeni! - pocieszała się gorzko, wyglądając na świat.

Południe się już podnosiło, słońce zawisło nad stawem, upał się tak wzmógł, że już parzyła ziemia i rozpalone powietrze zawiewało kieby z pieca, ludzie już wracali z pól, a od topolowej niesły się wraz z tumanami kurzawy porykiwania spędzanego bydła, gdy naraz Hankę jakby tknęło jakieś postanowienie, wsparła się o ścianę i pomyślawszy jeszcze jakieś Zdrowaś obtarła oczy, przeszła sień, otworzyła drzwi do Jagusinej izby i powiedziała mocno, a całkiem spokojnie:

- Wynoś mi się zaraz z chałupy!

Jagna uniesła się z ławy i stanęły naprzeciw mierząc się ślepiami przez długą chwilę, jaże Hanka cofnęła się nieco od proga i powtórzyła przychrzypniętym głosem:

- Wynoś mi się w ten mig, a nie, to cię każę parobkowi wyrzucić... W ten mig! - dodała nieustępliwie.

Stara rzuciła się do niej przekładać i tłumaczyć, ale Jaguś jeno wzruszyła ramionami:

- Nie gadajcie do tego pomietła! Wiadomo, o co jej idzie.

Wyjęła ze spodu skrzynki jakiś papier.

- O zapis ci chodzi, o te morgi, a to je weź sobie i nachlaj się nimi!

Rzekła wzgardliwie, rzucając jej w twarz papierem:

- Udław się nimi choćby na śmierć!

I nie bacząc na matczyne sprzeciwy jęła śpiesznie wiązać toboły i wynosić je w opłotki.

Hankę zemgliło, jakby ją kto trzasnął między oczy, ale papier podniesła i zagadała z pogrozą:

- A prędzej, bo cię psami wyszczuję! - dławiło ją zdumienie, nie mogło się jej pomieścić w głowie, że to prawda. Jakże, całe sześć morgów pola rzuciła kiej ten pęknięty garnek! Jakże! Musi być, co ma źle w głowie! - myślała wodząc za nią oczami.

Jagna zaś, nie zważając na nią, już się wzięła do zdejmowania swoich obrazów, gdy Józka przyleciała z wrzaskiem:

- A korale mi oddajcie, moje są po matce, moje...

Jagna zaczęła je odwiązywać ze szyi, ale się nagle powstrzymała.

- Nie, nie oddam! Maciej mi dali, to już są moje!

Józka poczęła piekłować, jaże Hanka musiała ją skrzyczeć, bych dała spokój, bo Jaguś jakby ogłuchła na zaczepki, a wyniósłszy wszystko swoje poleciała po Jędrzycha.

Dominikowa nie przeciwiła się już niczemu, lecz i nie odpowiadała na zagadywania Hanki ni na Józczyne jazgoty, dopiero kiej zabrali rzeczy na wóz, podniesła się i wyrzekła grożąc pięścią:

- Bych cię nie minęło co najgorsze!

Hanka jaże ścierpła, ale puszczając te słowa mimo uszów zawołała:

- A przypędzi bydło Witek, to ci twoją krowę zagna do chałupy, a po resztę niech kto przyleci wieczorem, to się pozgania.

Odeszły milcząco, skręciły na drogę i szły, z wolna okrążając staw samym jego brzegiem, jaże się odbijając w wodzie.

Hanka długo patrzała za nimi z jakąś dziwną zgryzotą i markotnością, a że nie miała czasu na rozważania, bo najemnicy ściągali z pola, to schowała zapis do skrzynki pod klucz, zawarła ojcową stronę i zabrała się do obiadu całe jednak przypołudnie chodziła struta i milcząca nawet niechętnie dając ucho przypochlebnym słówkom Jagustynki.

- Dobrzeście zrobili! Już dawno trza ją było wygonić. Rozpuściła się kiej dziadowski bicz, bo ktoż jej co zrobi kiej stara z proboszczem za pan brat! Drugą to by już dawno wyklął z ambony!

- Pewnie, juści! - przytwierdzała odsuwając się, aby już więcej nie słuchać, a gdy wszyscy rozeszli się znowu do roboty, zabrała Józkę i poszły pleć len, bo się miejscami tak często puszczała złotucha, jaże niektóre zagony żółciły się już z daleka.

Skwapnie się wzięła do pielenia, lecz mimo tego męczyły ją pogrozy

Dominikowej i przejmowały niemałym lękiem, a głównie jednak rozmyślała, co Antek powie na to wszystko.

- Jak mu pokażę zapis, to się rozchmurzy. Głupia! sześć morgów, toć prawie gospodarka! - myślała spoglądając po polach.

- Wiecie, a do cna przepomniałyśmy o tym papierze o Grzeli.

- Prawda! Przerywaj, Józia, a ja poletę do księdza, on przeczyta.

Nawet rada była, że pójdzie między ludzi, a przewie się, co na to wszystko powiadają.

Przyogarnęła się nieco w chałupie, a wyjąwszy papier zza obraza poszła z nim na plebanię. Nie zastała jednak księdza, był w polu przy swoich najemnikach przerywających marchew; dojrzała go już z dala, bo stojał prawie całkiem rozdziany, w portkach jeno a w słomianym kapelusie, ale bliżej nie śmiała podejść obawiając się, że musi już wiedzieć i jeszcze gotów ją wykrzyczeć przy ludziach. Zawróciła więc do młynarza, który właśnie był wraz z Mateuszem puszczał na próbę tartak.

- Przed chwilą żona mi opowiadała, jakżeście to wykurzyli macochę! Ho, ho, pliszka się widzi, a ma jastrzębie pazury! - zaśmiał się biorąc się do czytania owego papieru, ale jeno rzucił okiem, zawołał: - Zła nowina! Grzela wasz się utopił! Jeszcze na Wielkanoc! Piszą, że rzeczy po nim możecie odebrać u naczelnika w powiecie...

- Grzela nie żyje! Laboga! Taki młody i zdrów! A to mu było dopiero na dwudziesty szósty. Miał już wrócić we żniwa. Utopił się, we wodzie! Jezu miłosierny! - jęknęła załamując ręce, srodze bowiem strapiła ją ta wiadomość.

- Coś letko wama idą schedy, letko! - ozwał się drwiąco Mateusz. - Teraz jeno wygońcie Józkę, a już wszystko będzie wasze a kowalowe...

- Skończyłeś to z Tereską, co już o Jagusi zamyślasz? - odcięła się, jaże młynarz gruchnął śmiechem, a on coś pilnie jął majdrować kole piły.

- Nie da się zjeść w kaszy, chwat baba - powiedział za nią młynarz.

Wstąpiła po drodze do Magdy, która usłyszawszy nowinę rozpłakała się i chlipiąc rzewliwie, mówiła przez łzy:

- Wola boska, moi drodzy. Juści, chłop jak dąb, jak mało któren w Lipcach, o dolo człowiekowa, dolo nieszczęsna! Dziś żyjesz, a jutro gnijesz. To już Michał pojedzie po te rzeczy po nim, co mają przepaść. Chudziaszek, a tak się darł do domu!...

- Wszystko w boskim ręku. A do wody to zawdy szczęścia nie miał, baczycie to, jak się topił we stawie co go to ledwie Kłąb wyratował? Snadź już mu było pisane zginąć od niej!

Wyżaliły się, spłakały i rozeszły, boć każda miała dosyć swoich codziennych turbacji a zabiegów, zwłaszcza Hanka.

A po wsi w mig się rozniesły te nowiny, że schodząc z pól o zmierzchu, już sobie o tym rozpowiadali; juści, że Grzeli sielnie żałowano, co zaś do Jagusi, wieś się rozpołowiła, wszystkie bowiem kobiety, zwłaszcza starsze, wzięły stronę Hanki, zajadle powstając na Jagusię, za którą, chociaż nieśmiało, opowiadali się chłopi, że już z tego miejscami przychodziło do swarów...

A nim wieczór zapadł, już na wsi huczało kiej w ulu kumy leciały do kum na poredę, poniektóre krzykały do się przez płoty i sady, to dojąc krowy w opłotkach raiły z przechodzącymi. Zmierzch się czynił luby, pachnący bowiem a chłodnawy, niebo wisiało jeszcze całe w bladym złocie zachodu, z pól niesły się strzykania konikóv i głosy przepiórek, a po rowach i bagnach sennie nukały żaby. Dziecińskie wrzawy, śpiewki, to poryki bydła, rżenia, beki, gęgoty i turkotania wozów trzęsły się nad wsią, zaś po drogach, nad stawem i kaj się kto z kim zetknął, rajcowano zawzięcie o wypadkach, to o tym, z czym chłopi powrócą od dziedzica.

Mateusz wracający z tartaku nasłuchiwał tu i owdzie ale jeno spluwał, klął z cicha i wymijał rozgadane kumy, dopiero pyskujące przed Płoszkami tak go rozeźliły, że się już wstrzymać nie poredził i powiedział wzburzony:

- Hanka nie miała prawa jej wyganiać, na swoim siedziała. Antkowa może za taką śtukę dobrze posiedzieć i zapłacić!

Zakrzyczała go gruba, rozczerwieniona Płoszkowa:

- Hanka grontu jej nie zapiera, wiadomo! Ale że Antek leda dzień wróci, to czego inszego się bojała! Hale, upilnuje to domowego złodzieja! A może miała patrzeć przez sitko, co?

- I... grał, a trawy się dzierżał, wiecie! Gadacie, co wama ślina przyniesie, ale nie ze sprawiedliwości, a jeno przez czystą zazdrość!

Jakby wraził kij między osy, tak się wszystkie rzuciły na niego.

- A czegoż to mamy jej zazdrościć, co? Czego? Że latawica i tłuk, że ganiacie za nią kiej te psy, że każdy by do niej rad pod pierzynę, że wstyd i obraza boska przez nią idzie na całą wieś, co?

- Może i tego wam żal, pies ta was wyrozumie! Pomietły juchy, strach im słońca. A bych była kiej Magda z karczmy i robiła co najgorsze, to byście jej przepuściły, ale że urodniejsza nad wszystkie, to każda by ją z osobna utopiła w łyżce wody.

Rozjazgotały się nad nim, jaże musiał uciekać.

- Żeby wam, psiekrwie, poodpadały języki! - klął i przechodząc mimo domu Dominikowej zajrzał w otwarte okna. W izbie się świeciło, Jagusi jednak dojrzeć nie mógł, a wejść się wagował, więc westchnął jeno, zawracając ku swojej chałupie, ale jakoś pokrótce natknął się na Weronkę, idącą do siostry.

- Dopiero co byłam u was. Stacho drzewo obrobił i dół wykopał, można by rznąć, kiedy przyjdziecie?

- Kiedy? A może na święty nigdy. Tak mi już wieś mierznie, że cheba prasnę wszystko o ziem i pójdę, kaj mnie oczy poniosą - zakrzyczał gniewnie i poleciał.

- Dobrze go cosik ugryzło, kiej się tak bzdycy! - myślała zwracając się do Borynów.

Hanka sprzątała już po kolacji, ale zaraz ją wzięła na bok, opowiadając wszystko, jak było. Weronka z rozmysłem pominęła Jagusiną sprawę, a tylko rzekła o Grzeli:

- Kiej pomarł, to wam jego część przychodzi do działu.

- Prawda, jeszczech o tym nie pomyślałam.

- A z tym, co dziedzic musi dać za las, to po jakie półwłóczku wypadnie na każdego, troje was jeno! Mój Boże, bogatym to i cudza śmierć na profit się obraca - westchnęła żałośnie.

- Co mi tam bogactwo! - broniła się Hanka, lecz skoro się porozchodzili spać, wzięła rachować po swojemu i skrycie się cieszyć.

Zaś potem klękając do pacierzów szepnęła z rezygnacją:

- A skoro już pomarł, to już taka była wola boska. - I szczerze westchnęła za jego duszę.

Nazajutrz kole południa wszedł do izby Jambroży.

- Kajżeście to chodzili? - spytała rozpalając ogień na kominie.

- U Kozłów byłem, dziecko się im oparzyło na śmierć. Wołała mnie, ale tam już jeno trumny potrza i pochowku.

- Któreż to?

- A to mniejsze, co je na zwiesnę przywiezła z Warsiawy. Wpadło do grapy z ukropem i prawie się ugotowało.

- Cosik nie wiedzie się jej z tymi znajdami.

- A nie wiedzie. Nie traci ona na tym, dają na pochowek! Ale nie z tym do was przyszedłem.

Podniesła na niego niespokojne oczy.

- Wiecie, Dominikowa pojechała z Jagusią do sądu, pono skarżyć was będzie o wygnanie córki...

- A niech skarży, co mi ta zrobi!

- Były z rana u spowiedzi, a potem długo radziły z dobrodziejem, nie podsłuchiwałem juści, a mówię, co me jeno doszło piąte przez dziesiąte; tak się na was skarżyły, jaże proboszcz pięścią wygrażał.

- Ksiądz, a wsadza nos w cudze sprawy! - wyrzekła porywczo, tak jednak zgryziona tą wiadomością, że cały dzień chodziła kiej błędna, pełna trwóg i najgorszych przypuszczeń.

O samym mroku jakiś wóz przystanął przed opłotkami.

Wyleciała z chałupy zestrachana i dygocąca, wójt siedział na bryce.

- O Grzeli już wiecie! - zaczął. - No, nieszczęście i tyla! Ale mam la was i dobrą nowinę: oto dzisiaj abo najdalej jutro powróci Antek!

- Nie zwodzicie mnie aby? - nie śmiała już zawierzyć.

- Wójt wama mówi, to wierzcie! w urzędzie mi powiedzieli...

- To i dobrze, kiej wraca, największa pora! - mówiła chłodno, jakby całkiem bez radości, a wójt pomedytował cosik i pomówił wielce przyjacielsko:

- Źleście sobie poczęli z Jagusią! Już na was wniesła skargę, mogą was pokarać za samowolę i gwałt. Nie mieliście prawa jej ruchać, siedziała na swoim. Dopiero to będzie, jak Antek wróci, a was wsadzą! Z czystego przyjacielstwa wam radzę, załagódźcie tę sprawę! Zrobię, co jeno będę mógł, aby skargę odebrały ze sądu, ale krzywdę musicie sami odrobić.

Hanka wyprostowała się i rzekła prosto z mostu:

- Kogóż to bronicie, pokrzywdzonej czy swojej kochanicy?

Sypnął koniom takie baty, jaże z miejsca poniesły!

ROZDZIAŁ 4

Ale przez takie przeróżne a ciężkie przejścia Hanka całkiem nie mogła zasnąć tej nocy, a przy tym cięgiem się jej widziało, że słyszy czyjeś kroki w opłotkach, to na drodze, to nawet jakby pod samą chałupą. Nasłuchiwała z bijącym sercem, ale cały dom spał głęboko, nawet dzieci nie matyjasiły, noc była głucha, chociaż widnawa, gwiazdy zaglądały w okna i niekiedy poszumiały drzewa, gdyż jakoś od samego północka podniósł się wiatr przedmuchując kiej niekiej.

W izbie było duszno i gorąco, zły fetor zalatywał od kacząt nocujących pod łóżkami, ale Hance nie chciało się otworzyć okna, śpik już ją całkiem odszedł, parzyła ją pierzyna i poduszki zdały się rozpalone kiej blachy, że jeno przewracała się z boku na bok, coraz barzej niespokojna, boć te przeróżne pomyślunki roiły się we głowie kieby mrowisko, obłażąc ją całą gorącymi potami, a przejmując takim dygotem, że już nie mogąc zapanować nad strachem porwała się nagle z łóżka i boso, w koszuli, a ze siekierą w garści, która się jakoś sama nawinęła, poszła w podwórze.

Wszyćko tam stojało na rozcież wywarte, ale wszędy leżała niezgłębiona cichość śpiku. Pietrek chrapał rozciągnięty pod stajnią, konie gryzły obroki pobrzękując łańcuchami uździenic, zaś krowy nie powiązane na noc w oborze porozłaziły się w podwórzu, leżały przeżuwając i glamiąc oślinionymi gębulami, podnosząc ku niej ciężkie, rogate łby i czarne, niepojęte gały ślepiów.

Powróciła do łóżka i leżąc z otwartymi oczami, znowu trwożnie nasłuchiwała, gdyż przychodziły takie chwile, w których byłaby dała głowę, jako wyraźnie roznoszą się jakieś głosy i głuche, dalekie kroki.

- A może w którejś chałupie nie śpią i poredzają! - próbowała sobie wyrozumieć, lecz skoro jeno chyla tyla poszarzały okna, podniesła się i narzuciwszy Antkowy kożuch wyszła przed dom.

W ganku Witkowy bociek spał na jednej nodze i ze łbem podwiniętym pod skrzydło, zaś w opłotkach bieliły się pokulone stadka gęsi.

Czuby drzew już się wypinały z nocy, rosa kapała obficie z wierzchołków, trzepiąc o liście i trawy, zawiewał rzeźwy, krzepiący chłód.

Niskie, sinawe opary obtulały pola, z których jeno kajś niekaj rwały się co wyższe drzewa buchając w górę niby te czarne, gęste dymy.

Staw polśniewał jak to ślepe, wielgachne oko zasute pomroką, olszowe wysady gwarzyły nad nim cichuśko i trwożnie, gdyż wszystko jeszcze dokoła spało, zatopione w szarym, nieprzejrzanym mące i cichości.

Hanka przysiadła na przyźbie i przytuliwszy się do ściany zadrzemała, ani się tego spodziewając, na jakie dobre parę pacierzów, bo kiej przecknęła, noc już była zbielała do cna i na wschodzie rozpalały się czerwone zorze jako te łuny dalekie.

– Jak wyszli o chłodzie, to ani chybi, co ino ich patrzeć! – myślała wyzierając na drogę, tak się czuła skrzepioną tym krótkim śpikiem, że nie wróciła już do łóżka i aby łacniej doczekać się słońca, wyniosła dziecińskie szmaty i poszła je przeprać we stawie.

A dzień podnosił się coraz chybciej, że pokrótce zapiał kajś pierwszy kogut, a wnet po nim jęły trzepotać skrzydłami drugie i przekrzykiwać się rozgłośniej na całą wieś, zaś potem zaśpiewały skowronki, ale jeszcze z rzadka, i z przyziemnych mroków wyłaniały się z wolna bielone ściany, płoty a puste, orosiałe drogi.

Hanka prała zawzięcie, gdy naraz kajś niedaleko rozległy się ciche stąpania, przywarła w miejscu kiej trusia, pilnie przezierając dokoła, jakiś cień przedzierał się z obejścia Balcerkowej i sunął czająco pod drzewami.

– Juści, co od Marysi, ale kto? – ważyła nie mogąc rozpoznać, gdyż cień przepadł nagle i bez śladu. – Taka harna, taka zadufana w swoją urodę, a puszcza na noc chłopaków! kto by się to spodział!

Myślała zgorszona, spostrzegając znowu, że młynarczyk przemyka się z drugiego końca wsi.

– Pewnikiem z karczmy, od Magdy! A to jak wilki tłuką się po nocy. Co się to wyprawia! – westchnęła, lecz ją samą przejęły jakieś ciągotki, gdyż raz po raz przeciągała się z lubością, ale że woda była chłodnawa, to prędko przeszło, i wzięła nucić ściszonym, a tęsknością nabranym głosem:
Kiedy ranne wstają zorze!

Pieśń leciała nisko po rosie, wsiąkając w zróżowione świtania.

Pora już była wstawać, po wsi zaczęły się rozlegać brzęki otwieranych okien, klekoty trepów i przeróżne głosy.

Hanka, jeno rozwiesiwszy przeprane szmaty na płocie, poleciała budzić swoich, ale tak byli jeszcze śpikiem zmorzeni, że co która głowa się uniosła, to zaraz padała ciężko, niczego nie miarkując.

Zeźliła się niemało, gdyż Pietrek krzyknął na nią z góry:

– Psiachmać! Pora jeszcze, do słońca spał będę! – i ani się ruszył.

Dzieci też jęły się mazać, a Józka skarżyła się żałośnie:

– Jeszcze ździebko, Hanuś! Dyć dopiero co się przyłożyłam...

Przyciszyła dzieci, powypędzała drób z chlewów, a przeczekawszy jeszcze z pacierz, już przed samym wschodem, kiej wyniesione niebo całkiem rozgorzało, a staw sczerwienił się od zórz, narobiła takiego piekła, jaże musieli się pozwlekać z barłogów. Wsiadła też z miejsca na Witka, który łaził zaspany cochając się jeno o węgły i drapiąc.

– Jak cię czym twardym zleję, to przeckniesz! Czemuś to, pokrako jedna, krów nie powiązał do żłobów! Chcesz aby se w nocy kałduny popruły rogami?

Odszczeknął cosik, aż skoczyła do niego, szczęściem, co nie czekał, więc zajrzawszy do stajni czepiła się Pietrka.

- Konie dzwonią zębami o pusty żłób, a ty się wylegujesz do wschodu!
- Wydzieracie się kiej sroka na deszcz. Cała wieś słyszy! - mruknął.
- A niech słyszy! Niech wiedzą; jakiś to wałkoń i próżniak! Czekaj, wróci gospodarz, to ci da radę, obaczysz! Józka - zakrzyczała znów w drugiej stronie podwórza - krasula ma twarde wymiona, ciągnij mocno, byś znowu pół mleka nie ostawiła! A śpiesz z udojem, na wsi już wyganiają krowy! Witek! bierz śniadanie i wypędzaj, a pogub mi owce, jak wczoraj, to się z tobą rozprawię! - rozrządzała zwijając się sama jak fryga; kurom podrzuciła przygarście ziarna, świniom kwiczącym pod chałupą wyniosła cebratkę z żarciem, cielęciu odsadzonemu od matki sporządziła picie, sypnęła kaszy gotowanej kaczętom i wygnała je na staw. Witek dostał pięścią za plecy i śniadanie do torby, nie przepomniała nawet boćka, stawiając mu w ganku żeleźniak z wczorajszymi ziemniakami, że przyczajał się, klekotał, a kuł w niego i wyjadał. Była wszędy, o wszystkim pamiętała i na wszyćko miała sposobną radę.

A skoro Witek pognał krowy i owce, zabrała się do Pietrka, nie mogąc ścierpieć, iż się wałęsa bez roboty.

- Wyrzuć gnój z obory! krowom w nocy gorąco i tytłają się kiej świnie.

Słońce właśnie co jeno wyjrzało z dalekości, ogarniając świat czerwonym, gorącym okiem, gdy zaczęły się schodzić komornice, robiące w odrobku za ziemię pod len i ziemniaki.

Zapędziła Józkę do obierania ziemniaków, dała piersi dziecku i okrywszy się w zapaskę rzekła:

- Miej ta baczenie na wszystko! A jakby Antek wrócił, daj znać na kapuśniki. Chodźta, kobiety, póki rosa a chłodniej, okopiemy nieco kapusty, a od śniadania wrócim do wczorajszej roboty.

Powiedła je poza młyn, na niskie łąki i mokradła siwe jeszczek od rosy i mgieł opadających. Torfiaste ziemie uginały się pod nogami kiej rzemienne pasy, zaś gdzieniegdzie tak było grząsko, że musiały obchodzić, w bruzdach głębokich niby rowy stały spleśniałe wody, pokryte zieloną rzęsą.

Na kapuśniskach nie było jeszcze nikogo, jeno czajki kołowały nad zagonami, a boćki chodziły kiwający, pilnie bobrując. Pachniało bagnem i surowizną tataraków a trzcin, co poobsiadały kępami stare, zapadłe doły torfowe.

- Piękny czas, ale widzi mi się, na spiekę idzie - ozwała się któraś.
- Dobrze, co wiater przechładza.
- Bo rano, barzej on suszy niźli słońce.
- Dawno nie pamiętają tak suchego lata! - pogadywały stając do roboty na wyniesionych zagonach kapusty.
- Jak to wyrosła, już się poniektóre sklębiają na główki.
- Żeby jeno nie objadły robaczyska. Susza, to mogą się jeszcze rzucić.
- A mogą. Na Woli obżarły już ze szczętem.
- W Modlicy zaś wyschła do cna, musiały sadzić na nowo.

Poredzały dziabiąc motyczkami ziemię i kopiasto obsypując grzędy, galancie wyrosłe, ale i sielnie zachwaszczone, mlecze bowiem szły w kolano, a kacze ziela i nawet osty puszczały się gęsto kiej las.

- Czego człowiek nie sieje ni potrzebuje, to się bujnie rodzi - zauważyła któraś otrzepując ze ziemi jakiś chwast wyrwany.

- Jak każde złe! Grzechu ano nikt nie posiewa, a pełno go na świecie.

- Bo plenny! Moiściewy! póki grzechu, póty i człowieka. Przeciech powiadają: bez grzechu nie byłoby śmiechu, albo to: kiejby nie grzech, to by człowiek dawno zdechł! Potrzebny musi być na coś, jako i ten chwast, bo oba stworzył Pan Jezus! - prawiła po swojemu Jagustynka.

- Pan Jezus by ta stworzył złe! Juści! Człowiek to jak ta świnia, wszyćko musi swoim ryjem pomarać! - rzekła surowo Hanka, iż pomilkły.

Słońce już się było wyniosło galancie i mgły opadły do znaku, kiej dopiero ode wsi zaczęły nadchodzić kobiety.

- Robotnice! Czekają, aż im rosa przeschnie, żeby se nie zamoczyć kulasów - szydziła Hanka.

- Nie każdy tak łasy na robotę jako wy!

- Bo nie każdy tak musi harować, nie każdy! - westchnęła ciężko.

- Wasz wróci, to se odpoczniecie.

- Już się do Częstochowskiej ochfiarowałam na Janielską, bych jeno powrócił. Wójt obiecował go na dzisia.

- Z urzędu wie, to musi być, co i prawda. Ale latoś sporo narodu wybiera się do Częstochowy. Organiścina pono idzie i powiadała, co sam proboszcz oprowadzi kompanię!

- A któż mu to poniesie brzucho! - zaśmiała się Jagustynka. - Sam go nie udźwignie bez tylachny karwas drogi. Obiecuje, jak zawdy.

- Byłam już parę razy z kompanią, alebym co roku chodziła - westchnęła Filipka zza wody.

- Na próżniaczkę kużden łakomy.

- Jezu! - ciągnęła gorąco, nie bacząc na przycinki. - A dyć to człowiek jakby szedł do nieba, tak mu jest w tej drodze lekko i dobrze. A co się napatrzy świata, a co się nasłucha, co się namodli! Jeno parę niedziel, a widzi się człowiekowi, jakoby na całe roki zbył się bied a turbacji. Jakby się potem na nowo narodził!

- Prawda, to łaska boska tak krzepi! Juści - przytwierdzały niektóre.

Od wsi, ścieżką nad rzeką, między szuwarami a gęstą, młodą olszyną, przemykała się ku nim jakaś dziewczyna. Hanka przysłoniła oczy od słońca, ale nie mogła rozeznać, dopiero z bliska poznała Józkę, która leciała, jak jeno mogła, już z dala krzycząc i wytrząchając rękami:

- Hanuś! Antek wrócili! Hanuś!

Hanka prasnęła motyczką i porwała się kiej ptak do lotu, ale się w mig opamiętała, opuściła podkasany wełniak i chocia ją ponosiło, chocia serce się tłukło, że tchu brakowało i ledwie poredziła przemówić, rzekła spokojnie jakby nigdy nic:

- Róbcie tu same, a na śniadanie przychodźta do chałupy.

Odeszła z wolna, bez pośpiechu, przepytując Józkę o wszystko.

Kobiety poglądały na się, do cna stropione jej spokojnością.

- Jeno la oczów ludzkich taka spokojna. Żeby się nie prześmiewali, co jej pilno do chłopa. Ja bym ta nie wytrzymała! - mówiła Jagustynka.

- Ani ja! Bych się jeno Antkowi nie zachciało nowych jamorów...

- Nie ma już na podorędziu Jagusi, to może mu się odechce.

- Moiście! Jak chłopu zapachnie kiecka, to za nią w cały świat gotów.

- Oj prawda, bydlę się nie tak łacno narowi do szkody jak chłop niektóry...

Plotły, ledwie się już ruchając przy robocie, a Hanka szła wciąż jednako i jakby z rozmysłu pogadując z napotkanymi, chocia i nie wiedziała, co mówi ni co odpowiadają, bo w głowie miała to jedno, że Antek wrócił i na nią czeka.

- I z Rochem przyszedł? - pytała jedno w kółko.

- A z Rochem! Dyć już wam mówiłam!

- A jaki, co? Jaki?

- Wiem to jaki? Przyszedł i zaraz z progu pyta: kaj Hanka? Powiedziałam i zarno w te pędy po was, no i tyla!

- Pytał o mnie! Niech ci Pan Jezus... Niech ci... - zaniesła się radością.

Dojrzała go już z daleka, siedział z Rochem w ganku, a uwidziawszy ją wyszedł naprzeciw w opłotki.

Szła ku niemu coraz wolniej i coraz ciężej, chytając się po drodze płota, gdyż nogi się pod nią gięły, brakowało tchu, dusiły łzy i w głowie miała taki mąt, co ledwie zdoliła wyjąkać:

- Tyżeś to! Tyżeś! - łzy zalały resztę słów nabranych radością.

- A ja, Hanuś! Ja! - przygarnął ją mocno do piersi, a przytulał z dobrością i z całego serca. Cisnęła się też do niego zgoła już bez pamięci, a jeno te szczęsne łzy spływały ciurkiem po twarzy zbladłej i wargi się trzęsły, dawała mu się w ramiona wszystka, kiej to utęsknione dzieciątko.

Długo nie poredziła przemówić, ale cóż to mogła rzec i jak wypowiedzieć, co się w niej działo! Dyć byłaby klękała przed nim, dyć byłaby prochy zmiatała, więc jeno niekiedy rwało się jej z piersi jakieś słowo, padając kiej to ważne ziarno i kiej ten kwiat pachnący weselem i oroszony krwią serdeczną, a oczy wierne i oddane, oczy pełne bezgranicznego miłowania kładły mu się pod stopy kiej psy, zdając się na wolę jego i na jego łaskę.

- Zmizerowałaś się, Hanuś! - szepnął gładząc ją pieściwie po twarzy.

- Jakże... tylam przeniosła, tylam się wyczekała...

- Zapracowała się kobieta - ozwał się Rocho.

- To i wy jesteście! Całkiem o was przepomniałam! - jęła go witać i całować po rękach, on zaś rzekł żartobliwie:

- Nie dziwota. Obiecałem go wam przywieść, to go sobie macie...

- A mam! Mam! - zawołała stając w nagłym podziwie przed Antkiem, wybielał bowiem, wydelikatniał i taki się widział urodny, mocarny, pański, jakby zgoła kto drugi, pojąć tego nie mogła.

- Przemieniłem się to, co tak po mnie ślepiasz?
- Niby nie, ale całkiem jesteś jakiś zgoła inakszy.
- Poczekaj, pójdę w pole do roboty, to zarno będę jak przódzi.
Skoczyła naraz do izby po najmłodsze dziecko.
- Jeszczech go nie widziałeś! - wołała wynosząc rozkrzyczanego chłopaka -
popatrz jeno, podobny do cię jak dwie krople.
- Sielny parob! - zawinął go w róg kapoty i pohuśtywał.
- Rocho mu na imię! Pietras, a chodźże i ty do ojca - podsadziła starszego,
że jął się gramolić na ojcowe kolana bełkocąc cosik. Antek objął obydwóch
z dziwną czułością.
- Robaki kochane, kruszyny najmilsze! Jak to już Pietras wyrósł, no, i po
swojemu coś rajcuje.
- Przecie, a taki sprzeciwny, a taki zmyślny, dorwie się jeno bata, to zara
trzaska i gęsi wygania - przykucnęła przy nich. - Pietras, powiedz: tata!
powiedz.
Juści, co zamamrotał i nawet jeszcze więcej cosik gwarzył po swojemu,
ciągając ojca za włosy.
- Józka, czemu się to na mnie boczysz? Chodźże - zauważył.
- A bo to śmię - pisknęła wstydliwie.
- Chodźże, głupia, chodź! - przygarnął ją tkliwie, po bratersku. - Tera już
me we wszyćkim słuchaj kiej ojca. Nie bój się, srogi la ciebie nie będę i
krzywdy od mnie nie zaznasz.
Rozpłakała się dziewczynina żalnie, wypominając ojca i brata.
- Jak mi wójt pedział o jego śmierci, to jakby me kto kłonicą zdzielił, jaże
me zamroczyło. Taki parob kochany, taki brat najmilejszy. I kto by się to
spodział. Jużem sobie układał w głowie, jak się to grontem podzielim,
nawet już o kobiecie la niego myślałem - wyrzekał cicho, z głęboką
boleścią, jaże Rocho, aby odwrócić smutne myśle od wszystkich, zawołał
podnosząc się z miejsca:
- Dobrze wam gadać, a mnie już kiszki marsza grają.
- Laboga, do cna przepomniałam. Józka, łap no te żółte kogutki. Cipuchny!
cip, cip, cip! A może jajków przódzi, co? A może chleba? świeży i masło
wczorajsze! Urżnij łby i sparz wrzątkiem! Wnet je wam sprawię. To gapa ze
mnie, żeby zabaczyć!
- Ostaw, Hanuś, kogutki na potem, a sporządź cosik po naszemu. Tak mi
się już przejadło to mieskie jedzenie, co ochotnie siędę przed miską
ziemniaków z barszczem - śmiał się wesoło. - Jeno la Rocha zgotuj co
inszego.
- Bóg zapłać! Właśnie na to samo mam smaki!
Hanka rzuciła się szykować, ale że ziemniaki już parkotały w garnku, to
jeno wyniesła z komory kiełbasę do barszczu.
- La ciebiem ostawiła, Jantoś. To z tej maciory, coś to ją kazał
zaszlachtować przed Wielkanocą.
- No, no, niezgorsze pęto, ale da Bóg, że je zmożemy. Hale, Rochu, a kajże

to nasze gościńce?

Stary podsunął spory tobół, z którego Antek jął wyjmować różności, a podawać każdej z osobna.

- Naści, Hanuś, to la ciebie, jak ci kaj droga wypadnie - podał jej wełnianą chustę, takusieńką, jaką miała organiścina, całkiem czarna i w czerwone i zielone kraty.

- La mnie. Żeś to pamiętał, Jantoś - jęknęła z niezgłębioną wdzięcznością.

- Ba, żeby nie Rocho, to bym był zabaczył, ale przypomnieli i poszlim razem wybierać i kupować.

A sporo nakupił, gdyż dodał żonie jeszcze trzewiki i chusteczkę na głowę jedwabną, modrą w żółte kwiatuszki. Józce dał taką samą, jeno co zieloną, oraz fryzkę i parę sznurków paciorków z długachną wstęgą do zawiązywania, zaś la dzieci przywiózł pierników i organki, nawet miał la kowalowej, bo cosik odłożył obwiniętego w papier, a nie zapomniał Witka ni też o parobku.

Jaże krzyknęły z podziwu na coraz nowe cudności, oglądając je i przymierzając z taką radością, że Hance łzy kapały po zrumienionej twarzy, a Józka za głowę chytała się w podziwie.

Rocho się uśmiechał zacierając ręce, Antek zaś jeno pogwizdywał.

- Zarobiliśta sobie na gościniec. Rocho powiadał, jak to wszyćko szło składnie w gospodarce. Dajcie no spokój, nie la dziękowań przywiezłem - wołał broniąc się, bo rzuciły się go ściskać i całować.

- Ani mi się kiej śniły takie cudności - szepnęła łzawo Hanka siadając przymierzać trzewiki. - Ciasne ździebko, nogi mi nabrzmiały od bosaka, ale na zimę będą w sam raz.

Rocho jął się rozpytywać o wieś i różne sprawy, opowiadała jeno piąte przez dziesiąte krzątając się tak pilnie kole jadła, że pokrótce zastawiła przed nimi ziemniaków szczodrze omaszczonych tęgą michę i nie mniejszą barszczu, w którym kieby koło pływała kiełbasa.

Skwapnie się przypięli do śniadania.

- To mi dopiero jadło - pokrzykiwał wesoło - kiełbasa galancie czujna. Po tym to człowiek poczuje jakąś wagę w żywocie. A to me paśli w tym kreminale, żeby ich wciorności.

- Dopieroś to się, chudziaku, namorzył głodem.

- Jakże, toć w końcu już nic jeść nie mogłem.

- Powiadali chłopy, jak tam żywią, że pono pies jeno z głodu chyciłby się takiego jadła, prawda to?

- Juści, co prawda, ale najgorsze, że trza było siedzieć zawarty. Póki było zimno, to jeszcze, ale skoro dogrzało słońce i zaleciało mi ziemią, to myślałem, co się już wścieknę. Pachniała mi wola lepiej niźli ta kiełbasa. Jużem kraty próbował rwać, jeno co przeszkodziły.

- Prawda, co tam biją? - spytała lękliwie.

- A biją! Są tam bowiem i takie zbóje, które już z czystej sprawiedliwości powinny co dnia brać kije. Mnie się ta nie ważono tknąć ni palcem.

Niechby jucha spróbował który, dałbym mu tabaki, no!

- Juści, kto by cię ta przemógł, mocarzu, kto? - przyświadczała radośnie, wpatrzona w niego i czuwająca na najlżejsze skinienie.

Rychło się jednak uwinęli z jadłem i zaraz poszli spać do stodoły, kaj już naniesła im Hanka do sąsieka pierzyn i poduszek.

- Bójcie się Boga, toć stopimy się na skwarki - zaśmiał się Rocho.

Już nie odrzekła, ale zawarłszy za nimi wrota, wtedy dopiero całkiem osłabła i uciekła na ogród do pielenia pietruszki. Rozglądała się chwilę dokoła i buchnęła płaczem. Płakała z radości, płakała, że słońce przygrzewało ją w plecy, że zielone drzewa chwiały się nad głową, że ptaki śpiewały, że pachniało wszystko i kwitnęło i że jej było tak dobrze, tak cicho i tak błogo na duszy, jakby po tej świętej spowiedzi abo i jeszcze lepiej.

- Żeś to wszystko sprawił, mój Jezu! - jęknęła podnosząc łzawe oczy ku niebu, w najszczerszej, zgoła niewypowiedzianej podzięce za tyle dobra, jakie ją spotkało.

- I że się to już przemieniło! - wzdychała zdumiona, szczęsna, prawie wniebowzięta, że już cały czas, dopóki spali, chodziła ledwie przytomna ze szczęścia. Czuwała nad nimi kiej kokosz nad pisklętami. Wyniosła dzieci daleko w sad, bych czasem nie zakrzyczały. Przepędziła z podwórza wszelką gadzinę nie bacząc nawet, że świnie pyskają wczesne ziemniaki, a kury rozgrzebują wschodzące ogórki. Już o całym świecie przepomniała, cięgiem zazierając do śpiących.

- A dzień tak się przykro dłużył, co już nie mogła sobie poredzić. Przeszło bowiem śniadanie, przeszedł obiad, a oni wciąż spali. Porozpędzała wszystkich do roboty, ani dbając, co się tam bez niej wyrabia, stróżując jeno, a cięgiem drepcąc od stodoły do chałupy.

Sto razy wyjmowała gościniec przymierzać, oglądać i wołać.

- A kaj to drugi taki dobry i pamiętliwy, kaj?

Aż w końcu poleciała na wieś do kobiet, a kogo jeno dostrzegła, to mu już z dala krzyczała:

- Wiecie, a to mój powrócił. Śpi se tera w stodole.

I śmiały się jej oczy i twarz i tak wszystka tchnęła rozradowaniem i weselem, jaże kobiety się dziwowały.

- Urzekł ją ten wisielec czy co? Do cna zgłupiała.

- Zarno się ona pocznie wynosić a nos zadzierać, obaczycie!

- Niech jeno Antek wróci do dawnego, to jej rura zmięknie - poredzały.

Juści, co nie słyszała tych pogadek, ale przyleciawszy do chałupy wzięła się na ostro do sporządzania sutego obiadu, lecz dosłyszawszy gęsi krzyczące na stawie wypadła je przyciszać kamieniami, że ledwie z tego kłótnia nie wyszła z młynarzową.

Właśnie co ino była podwieczorek posłała ludziom na pole, gdy chłopy przyszły ze stodoły. Narządziła im obiad pod domem w cieniu i na chłodzie, podając nawet gorzałkę i piwo, zaś na dojadkę postawiła z pół sitka dobrze źrałych wisien, które była przyniosła od księżej gospodyni.

- Obiad suty jakby na weselu - żartował Rocho.

- Gospodarz wrócił, małe to jeszcze wesele? - odparła zwijając się kole nich i mało wiele sama pojedając.

Po skończeniu Rocho zaraz poszedł na wieś obiecując się na wieczór, zaś ona spytała nieśmiele męża:

- Chcesz to obejrzeć gospodarkę?

- A dobrze! Święto się już skończyło, trza się będzie brać do roboty! Mój Boże, anim się spodział, co mi tak rychło przyjdzie ojcowizna!

Westchnął i poszedł za nią; powiodła go najpierwej do stajni, kaj parskały trzy konie, a w zagrodzie kręcił się źrebak; potem do pustej obory, zaś jeszcze potem do stodoły do tegorocznego siana; zaglądał nawet do chlewów i pod szopę, gdzie stały różne narzędzia i porządki.

- Bryczkę trza będzie przetoczyć na klepisko, bo się do cna rozeschnie.

- A bo to raz przykazywałam Pietrkowi? Cóż, kiej me nie słuchał.

Zaczęła zwoływać prosięta i drób, sielnie się przechwalając dużym przychowkiem, a kiej i to obejrzał, rozpowiedała szeroko o polnych robotach, gdzie co posiane i wiela każdego z osobna, pilnie przy tym naglądając mu w oczy i wyczekująco, ale on sobie wszyćko poukładał w głowie po porządku, przepytując jeno o to i owo, a dopiero w końcu rzekł:

- Jaże uwierzyć trudno, żeś to wszystkiemu sama uredziła!

- La ciebie to bym i więcej zmogła - szepnęła gorąco, strasznie rada z pochwały.

- Chwat z ciebie, Hanuś, chwat! anim się spodział, coś taka.

- Było potrza, to juści, co człowiek kulasów nie pożałował.

Obejrzał nawet sad, pełen wiśni już przez pół czerwonych, i grzędy, kaj rosły cebule, pietruszka i kapuściane wysadki.

Wracali już z powrotem, gdy przechodząc kole ojcowej strony zajrzał do środka przez wywarte okno.

- A kajże to Jagna? - latał zdumionymi oczami po pustej izbie.

- A kaj! u matki! Wygnałam ją! - rzekła twardo, podnosząc na niego oczy.

Ściągnął brwi, przedeliberował czas jakiś i zapalając papierosa rzucił spokojnie, jakby od niechcenia:

- Dominikowa zły pies, nie przepuści nam bez precesu.

- Już pono wczoraj lataly ze skargą do sądu.

- Od skargi do wyroku droga szeroka. Ale trza to będzie wziąć dobrze na rozum, bych nam nie wystroiła jakiego figla.

Opowiadała, z czego to wszystko poszło i jak się stało, wiele juści pomijając, nie przerywał ni pytał, brwie jeno marszcząc i łyskając oczami, dopiero kiej mu zapis podała, ośmiał się kąśliwie:

- Tyle wart, co możesz z nim bieżyć za ścianę.

- A juści, przeciek to ten sam, co go jej dali ociec.

- I stoi właśnie złamany patyk! Jakby się odpisała u rejenta, to by co znaczyło. La śmiechu go rzuciła!

Cisnął ramionami, zabrał Pietrusia na ręce i ruszył do przełazu.

- Obaczę pola i wrócę! - rzucił za siebie, iż ostała, chociaż dziwnie pragnęła z nim poleźć, on zaś mijając bróg, już odnowiony i pełen siana, przyglądał mu się spod oka.

- Mateusz go wyporządził. Samej słomy na dach wykręcili ze trzy kopy - wołała za nim stojąc na przełazie.

- A dobrze, dobrze - mruknął, nie był ta ciekaw bele czego. Przeszedł ziemniakami i puścił się miedzą.

Latoś na polach z tej strony wsi były prawie same oziminy i bez to niewiela ludzi spotykał po drodze, a z kim się zszedł, tego witał krótko i prędko przechodził. Zwalniał jednak coraz bardziej, gdyż Pietruś mu ciążył i jakoś dziwnie rozbierało go nagrzane, ciche powietrze. Przystawał, to siadał, nie przestając oglądać prawie każdego zagona z osobna.

- Ho, ho! żółtocha dusi len! - wykrzyknął stając przy zagonach niebieskich od kwiatów, ale gęsto poprzerabianych żółciznami - kupiła siemię zapaskudzone i nie przewiała!

Wstrzymał się potem przy jęczmieniu, który był mizerny i już przypalony, a ledwo widny spod ostów, rumianków i szczawiów.

- Na mokro siali! Spyskał rolę kiej świnia! A żeby cię, jucho; pokręciło za taką uprawę! A jak to ścierwo zbronował! sam perz i kotyry!

Splunął rozeźlony i wszedł na ogromny łan żyta, co niby wody spławione we słońcu kolebały mu się do nóg bijąc chrzęstliwymi, ciężkimi kłosami. Rozradował się głęboko, gdyż było pięknie wyrośnięte, słomę miało grubą i kłosy niby baty.

- Kiej bór idzie! Ojcowego to jeszcze siania! We dworze nie lepsze! - wykruszył kłos, ziarno było dorodne i pełne, ale jeszcze miętkie - za dwa tygodnie czas mu będzie pod kosę! Byle jeno grady nie zbiły.

Ale nad pszenicą najdłużej się cieszył i napasał oczy, bo chociaż szła nierówno, kłębami a zatokami, lecz z czarniawych, lśniących piór już się łuskały gęste i wielkie kłosy.

- Sypnie niezgorzej. Trzeba jeszcze miejscami przysiec, za bujna. Na górce, a nic ją nie przypaliło! Czyste złoto idzie!

Był coraz dalej, wspinając się z wolna pod łagodne wzgórze, na którym wyrastała czarna ściana boru. Wieś ostała za nim jakby na samym dnie, pławiła się w sadach, a przez przerwy między chałupami polśniewał staw lub jakieś okno zagrało w słońcu.

Kajś pod smętarzem cięli koniczynę i kosy migotały nad ziemią niby te sine błyskawice, gdzie znów czerwieniały kobiece przyodziewy i stada białych gęsi pasły się na wąskich ugorach, a za wsią, w zielonych polach ziemniaków ruchali się ludzie kiej mrówki, zaś jeszcze wyżej, w nieprzejrzanych dalekościach majaczyły jakieś wsie, domy samotne, drzewa pogarbione nad drogami, wielgachne pola i widziały się jakoby potopione w modrawej i wrzącej wodzie.

Głęboka cichość szła górą nad ziemiami, rozpalone powietrze jaże ślepiło migotem, ziejąc takim skwarem, że skroś tych białawych, roztrzęsionych płomi jeno niekiej przeleciał bociek ważąc się ciężko na omdlałych skrzydłach i zaziajane wrony przefrunęły.

Skowronki śpiewały kajś niedojrzane, niebo wisiało wysokie, rozpalone i czyste, że tylko gdzieniegdzie warowała na tych niebieskich polach jakaś biała chmurka, kieby ta owca zbłąkana.

Zaś po ziemiach baraszkował suchy i gorący wiater przewalając się jak pijany, czasem podrywał się z prześwistem, jaże płoszyły się ptaki, albo gdziesik przyczajony buchał z nagła we zboża i skłębiał je, mącił, wzburzał do dna i przepadał znowu nie wiada kaj, a rozkolebane zagony długo jeszcze gędziły i cichuśko, jakby się skarżąc na wisusa.

Antek przystanął pod lasem na ugorze i znowu się ozgniewał.

- Jeszczek nie podorany! Konie stoją przez roboty, gnój spala się na kupie, a ten ani się zatroszczy! A żeby cię! - zaklął ruszając pod borem ku krzyżowi na topolowej drodze.

Zmęczony się czuł, w głowie mu szumiało i kurz zapierał gardziel, przysiadł pod krzyżem w cieniu brzózek, ułożył na kapocie śpiącego Pietrusia i obcierając rzęsisty pot zapatrzył się we świat i zamedytował.

Słońce skłoniło się nad bory i pierwsze lękliwe cienie wyłoniły spod drzew, czołgając się ku zbożom. Bór cosik gwarzył z cicha czubkami płonącymi w słońcu, a gęste podszycia leszczyn i osik trzęsły się jakby w zimnicy. Dzięcioły kuły zawzięcie i kajś daleko skrzeczały sroki. Czasem między omszałymi dębami zamigotała żołna, jakby kto cisnął kłębkiem zwiniętej tęczy.

Chłód zawiewał z omroczonych, cichych głębin, tylko kajś niekaj podartych słonecznymi pazurami.

Zalatywało grzybami, żywicą i rozprażonym bajorem.

Naraz jastrząb wyprysnął nad las, zatoczył krzyżem nad polami, ważył się chwilę i spadł kiej piorun we zboża...

Antek porwał się bronić, ale już było za późno, posypała się kurzawa piór, zbój uciekł, jękliwie zakrzyczały kuropatki, a jakiś zajączek zestrachany gnał na oślep, jeno mu bielało podogonie.

- Jak se to wypatrzył! Rabuś jucha! - szepnął siadając z powrotem - cóż, kiej i jastrząb musi się pożywić i choćby ta glista najmarniejsza. Takie już urządzenie na świecie! - medytował okrywając Pietrusiową gębusię, gdyż pszczoły brzęczały nad nią zawzięcie, a jakiś kosmaty trzmiel buczał nieustannie.

Spomniał sobie, jak to jeszczek niedawno wydzierał się na wolę, do tych pól, jak mu to dusza dziw nie uschła z tęsknicy!

- Wymęczyły me, ścierwy! - zaklął nie ruchając się już z miejsca, bo tuż przed nim z żyta wyściubiały lękliwe głowy przepiórki nawołując się po swojemu, ale w mig się pokryły, gdyż cała banda wróblego narodu spadła na brzozy, stoczyła się w piach jazgocząc zapamiętale, tłukąc się a bijąc i swarząc, aż ścichły nagle przywierając do miejsc, jastrząb znowu zakołował i tak nisko, jaże cień leciał po zagonach.

- Dał wam radę, pyskacze! Akuratnie bywa takusieńko z ludźmi! Więcej zrobi z niejednym pogrozą niźli skamłaniem - rozważał.

Pliszki się pokazały pobok na drodze, trzęsły ogonami szwendając się tak z bliska, iż skoro poruszył ręką, odleciały za rów.

- Głupie! Mało co, a byłbym którą chycił la Pietrusia!

Wrony wylazły z lasu, maszerowały koleinami wydziobując, co się dało, ale poczuwszy człowieka, jęły ostrożnie, z przekrzywionymi łbami zazierać w niego i obchodzić, podskakując coraz bliżej, a stopercząc obmierzłe, zbójeckie dzioby.

- Nie pożywita się mną - rzucił grudkę, uciekły cicho jak złodzieje.

Zaś potem, że siedział jakby w odrętwieniu, zapatrzony we świat i całą duszą zasłuchany w jego głosy, to wszelaki stwór jął zuchwale ciągnąć na niego; mrówki łaziły mu po plecach, motyle raz po raz przysiadały we włosach, boże krówki szukały czegoś po twarzy, a zielone, spasłe liszki pięły się skwapnie na buty, to leśne ptaszki cosik mu zaświergoliły nad głową i wiewiórka przewijając się od boru zadarła rudy ogon, ważąc się przez mgnienie, czyby nie chycnąć na niego, ale on ani już o czym wiedział, grążył się bowiem w czymściś, co buchało z tych ziem nieobjętych, sycąc mu duszę upojną i zgoła niewypowiedzianą słodkością.

Zdało mu się, jakoby z tym wiatrem przewalał się po zbożach; jakby polśniewał mięciuśką, wilgotną runią traw; jakby toczył się strumieniem po wygrzanych piachach skroś łąk przejętych zapachem sianokosów; to jakby z ptakami leciał kajś wysoko, górnie nad światem i krzykał z mocą niepojętą do słońca; to znowu jakby się stawał szumem pól, kolebaniem się borów, siłą i pędem wszelakiego rostu i wszystką potęgą tej ziemi świętej, rodzącej w śpiewaniach i weselu. I sobą się wiedział, wszyćkim się wiedząc zarazem, bo i tym, co się obaczy i poczuje, czego się dotknie i co się wyrozumie, ale i tym, czego nie sposób nawet pomiarkować, a co jeno poniektóra dusza w godzinę śmierci przejrzy i co się w człowiekowym sercu tylko kłębi, wzbiera i ponosi ją w jakąś niewiadomą stronę, i łzy słodkie wyciska, i nieukojoną tęsknicą kieby kamieniem przywala.

Szło to przez niego niby chmury, że nim co pojął, już inne następowały, już nowe i barzej jeszcze niepojęte.

Był na jawie, a śpik sypał mu w oczy makiem i wodził kajś ponad dole i stronami zachwyceń prowadził, że już w końcu poczuł się niby w czas Podniesienia, kiej dusza gdziesik się wzniesie i płynie klęczący na jakieś janielskie ogrody, na jakieś nieba i raje pełne szczęśliwości.

Kwardy był przeciek i do tkliwości nieskory, ale w tych dziwnych minutach gotów był paść na ziem, przywrzeć do niej gorącymi ustami i obejmować cały ten świat kochany.

- Nic, jeno me tak powietrze rozbiera! - bronił się trąc oczy kułakiem i srożąc brwie, ale bo to poredził się przemóc, bo to mógł zdusić w sobie kuntentność, która go przepalała?

Na ziemi się bowiem znowu poczuł, na ojcowej i praojcowej grudzi, między swoimi, to i nie dziwota, co radowała mu się dusza i każde bicie serca zdało się wołać na świat cały mocno i radośnie:

- Dyć znowu jestem! Jestem i ostanę!

Prężył się w sobie, gotów dźwignąć się na to nowe życie, którym już szedł ociec, jakim przeszły dziady i pradziady, i tak samo jak oni pochylał bary, by wziąć ciężki trud i ponieść go nieulękle i niestrudzenie, aż póki Pietruś nie zastąpi go z kolei...

- Tak już być musi! Młody po starym, syn po ojcu, a posobnie, a cięgiem, dopóki Twoja wola, Jezu miłosierny - dumał surowo.

Wsparł głowę na rękach i pochylał nisko ociężałą głowę, gdyż nawiedziły go całą ciżbą przeróżne myśle i spominania, zaś jakiś głos kwardy i karcący, jak gdyby głos sumienia, jął mu prawić swoje gorzkie i bolesne prawdy, przygiął się przed nim i ukorzył wyznając się ze wszystkich przewin i grzechów...

Ciężką mu była ta spowiedź i zgoła niełacnym pokajanie, ale przemógł hardość, zdusił w sobie ambit i pychę patrząc w całe swoje życie nieubłaganymi oczami opamiętania; każdą sprawę swoją przezierał tera do dna, biorąc ją na rozum i na srogi sąd.

- Głupi byłem i tyla! Na świecie musi iść swoim porządkiem! Juści, mądrze powiedzieli ociec: jak wszystkie jadą w jedną stronę, źle takiemu, któren z woza spadnie, pod koła zleci! Koni na piechotę się nie zgoni! Że to kużden człowiek musi wszyćko dochodzić swoim rozumem! Drogo niejednemu wychodzi! - myślał smutnie i cierpki prześmiech okolił mu wargi.

Z boru zaczęły klekotać kołatki a porykiwania ciągnących stad.

Podniósł Pietrusia i ruszył bokiem topolowej przepuszczając stada, idące z leśnych pastwisk.

Kurz się wznosił spod kopyt i bił ponad topole kiej chmura, w zaczerwienionych od, zachodu tumanach chwiały się rogate, ciężkie łby i raz po raz skłębiały się owce, obganiane przez pieski, gdyż cięgiem się rwały w przydrożne zboża, pokwikiwały świnie prażone batami, cielaki z bekiem szukały pogubionych matek; paru pastuchów jechało na koniach, a reszta szła ze stadami trzaskając z batów, gwarząc a pokrzykując, któryś zawodził, jaże się rozlegało.

Antek ostawał już za wszystkimi, kiej go dojrzał Witek i przyleciał całować w rękę na powitanie.

- Niezgorzej, widzę, podrosłeś! - ozwał się łaskawie do chłopca.

- Prawda, bo już te portki, com dostał jesienią, są mi po kolana.

- Nie bój się, da ci nowe gospodyni, da! Mają to krowy co jeść?

- Bogać ta mają, do cna już trawę wypaliło, żeby im gospodyni nie podtykała w oborze, to by całkiem zgubiły mleko. Dajcie mi Pietrusia przewieźć go ździebko na koniu - prosił.

- Hale, jeszcze się nie utrzyma i zleci!

- A mało go to już woziłem na źróbce! Przeciek trzymał go będę, chłopak

jaże piszczy do konia. - Zabrał go i usadził na jakiejś starej szkapie,
wlekącej się ze łbem opuszczonym, Pietruś chycił się rączynami grzywy,
zabił gołymi piętami końskie boki a krzykał radośnie.
- Jaki to chwat! parobek mój kochany! - szepnął Antek, skręcił zaraz w pole
i miedzami dobierał się drogi biegnącej za stodołami.
Słońce tylko co zaszło i całe niebo stanęło we złocie i bledziuśkich
zieleniach, wiatr ustał, zboża zwiesiły ociężałe kłosy, a po rosach leciały
wsiowe wrzawy i jakieś dalekie przyśpiewki.
Szedł z wolna, jakby ociężony spominkami, gdyż Jagusia przychodziła mu
na pamięć, raz po raz widział przed sobą jej modre oczy i lśniące zęby, i te
czerwone nabrane wargi, tchnące tak jakoś z bliska, jaże się wzdrygał i
przystawał. Jak żywa mu stawała, przecierał oczy odganiając ją z pamięci,
ale kieby na przekór szła pobok, biedro w biedro jak niegdyś i jak niegdyś
zdało się od niej buchać lubym żarem, aże krew uderzała mu do głowy.
- A może i dobrze, co ją wypędziła z chałupy! Kiej ta zadra mi uwięzła, kiej
ta boląca zadra: Ale co było, to i nie wróci - westchnął z dziwnie ściśniętym
sercem. - Nie sposób. - I prostując się rzucił ostro sam sobie:
- Skończyło się psie wesele! - wszedł już w obejście.
W podwórzu gwarno było i ludnie, krzątali się kole wieczornych
obrządków, Józka krowy doiła pod oborą wydzierając się piskliwą nutą,
zaś Hanka kluski zagniatała na ganku.
Antek przerzekł cosik do Pietrka, pojącego konie, i wszedł oglądać ojcową
stronę, przyleciała za nim Hanka.
- Trza będzie wyporządzić i przeniesiemy się tutaj. Jest to wapno?
- Kupiłam jeszcze w jarmarek, zaraz jutro zawołam Stacha, to wybieli.
Juści, co na tej stronie będzie nam sposobniej.
Medytował cosik obchodząc wszystkie kąty.
- Byłeś w polu? - spytała nieśmiało.
- Byłem, wszyćko dobrze, Hanuś, że i sam bym lepiej nie zarządził.
Pokraśniała strasznie, rada pochwale.
- Jeno Pietrkowi świnie pasać, a nie robić w groncie! Paparuch!
- Abo to nie wiem! Jużem się nawet przewiadywała o nowego parobka.
- Wezmę ja go w garście, a nie posłucha, to wygonię na cztery wiatry!
Chciała jeszcze coś pedzieć, ale dzieci zakrzyczały i poleciała do nich, zaś
Antek ruszył w podwórze przepatrując wszystko bacznie, a tak surowo, że
choć tylko niekiedy rzucił jakie słowo, a Pietrkowi jaże skóra cierpła i Witek
bojąc mu się nawijać na oczy przemykał się jeno z dala, stronami.
Józka doiła już trzecią krowę śpiewając coraz rozgłośniej:
Stój, siwulo, stój!
Skopkę mleka dój!
- A to się drzesz, jakby cię kto ze skóry obłupiał! - krzyknął na nią.
Urwała z nagła, ale że była harda i nieustępliwa, to zaśpiewała dalej, jeno
co już ciszej i jakby lękliwiej:
Kazała cię matka prosić,

Żebyś mleka dała dosyć,
Stój, siwulo, stój!
- Zawarłabyś ano gębę, gospodarz w chałupie! - skarciła ją Hanka
dźwigając picie la ostatniej krowy - zaraz tu będzie posłuch - dodała.
Odebrał jej cebratkę i stawiając ją krowie powiedział ze śmiechem:
- Drzyj się, Józia, drzyj, a to szczury prędzej uciekną z chałupy...
- A zrobię, co mi się spodoba! - warknęła harno i zaczepnie, ale skoro
odeszli, przycichła zaraz, bocząc się jeno na brata i pyrchając nosem.
Hanka zwijała się teraz kole świń, tak skwapnie dygując ciężkie cebrzyki z
żarciem, jaże jej pożałował, bo rzekł:
- Niech chłopaki zaniosą, za ciężko, widzę, na ciebie! Poczekaj, zgodzę ci
dziewkę, bo Jagustynka tyla, ci pomaga, co ten pies napłacze. Kajże to ona
dzisia?
- Do dzieci poleciała, na zgodę idzie z niemi! Dziewka juści, coby się zdała,
jeno co tylachny koszt. Poredziłabym sama, ale jak każesz... twoja wola... -
dziw go w rękę nie pocałowała z wdzięczności, ale jeno dorzuciła radośnie:
- I gąsków można by więcej przychować, a i drugiego karmika mieć na
przedanie!
- Na gospodarce siedlim, to i po gospodarsku trza nam poczynać, jak to
przódzi bywało, za ojców! - powiedział po długim deliberowaniu.
A po kolacji wyniósł się pod chałupę, gdyż zaczęli się schodzić
znajomkowie a przyjacioły, witając i ciesząc się jego powrotem.
Przyszedł Mateusz z Grzelą, wójtowym bratem, przyszedł Stacho Płoszka,
Kłąb ze synem, stryjeczny Adam i drugie.
- Wyglądalim cię jak kania deszczu! - rzekł Grzela.
- A cóż, trzymały me i trzymały kiej wilki! Ani sposób było się wydrzeć!
Zasiedli na przyźbie w cieniu, jeden Rocho siedział pod oknem we świetle,
lejącym się szeroką smugą aż w sad.
Wieczór był cichy, nagrzany i sielnie rozgwiaździony, skroś drzew
błyskały światełka chałup, staw mruczał niekiedy jakby wzdychając, a
wszędy pod ścianami przechładzali się ludzie.
Antek rozpytywał się o różnoście, gdy Rocho mu przerwał:
- Wiecie, naczelnik zapowiedział, że za dwa tygodnie mają się zebrać Lipce
i uchwalić na szkołę!
- Co nam do tego, niech se ojcowie radzą? - wyrwał się Płoszka, ale Grzela
wsiadł na niego:
- Łacno zwalać na ojców, a samemu wylegiwać się do góry pępem! Bez to,
co żadnemu z młodych nie chce się głowy niczym poturbować, to się tak
dobrze we wsi dzieje.
- Odpiszą mi gront, to się kłopotał będę.
Zaczęli się o to mocno sprzeczać, aż wtrącił się Antek:
- Nie ma co, szkoła w Lipcach potrzebna, jeno na taką naczelnikową nie
powinno się uchwalać ani grosika.
Poparł go Rocho, strasząc ich a podmawiając do oporu.

- Uchwalicie po złotówce, a potem każą wam dodać po rublu... A jak to było z uchwałą na dom la sądu, co? Dobrze się podpaśli za wasze pieniądze. Niezgorsze kałduny im porosły!

- Już ja w tym, aby gromada nie uchwaliła - szepnął Grzela przysiadając się do Rocha, które go wzion na stronę i dając jakoweś pisma i książeczki cosik z cicha i ważnie nauczał.

Tamci zaś pogadywali jeszcze o tym i owym, jeno co jakoś ospale i bez wielkiej chęci, nawet Mateusz był dzisia smutny, mało się odzywał, a tylko bacznie chodził oczami za Antkiem.

Mieli się już rozchodzić, boć trza było wraz ze dniem dźwignąć się do roboty, kiej przyleciał kowal skarżąc, że dopiero przyjechał ze dwora, i klął na wieś i na wszystkich.

- Co to was znowu ukąsiło? - spytała Hanka wyzierając oknem.

- A co? wstyd powiedzieć, ale trąby są nasze chłopy, i tyla! Dziedzic z nimi jak z ludźmi, jak z gospodarzami, a te kiej pastuchy od gęsi! Już się ugodzili z dziedzicem, już wszyscy byli za jednym, a kiej przyszło się podpisywać, to jeden drapie się po łbie i mruczy: - a ja wiem! drugi powieda: baby się jeszcze poredzę; zaś trzeci zaczyna skamłać, abych mu jeszcze dołożyć tę przyległą łączkę. I zrób co z takimi. Dziedzic tak się zagniewał, że ani już chce słuchać o zgodzie, a nawet przykazał nie dopuszczać lipeckiego bydła na leśne paśniki, a kto wpędzi, fantować.

Strwożyli się tą niespodzianą nowiną klnąc winnych a swarząc się między sobą coraz zawzięciej, gdy Mateusz ozwał się smutnie:

- Wszyćko bez to, co naród pobłąkany i zgłupiały kiej barany, a nie ma go komu przywieść do rozumu!

- Mało to jeszcze Michał się natłumaczy każdemu?

- Co tam Michał! Za swoim profitem gania i z dworem trzyma, to juści, co mu naród nie zawierza. Słuchają, ale za nim nie pódą...

Porwał się kowal, gorąco przedstawiając, jako tylko chodzi mu o dobro wsi, jako jeszcze dokłada swojego, bych jeno tę zgodę przeprowadzić.

- Żebyś w kościele przysięgał, a też ci nie uwierzą mruknął Mateusz.

- No, to niech kto drugi sprobuje, obaczymy, czy poredzi! - wołał.

- Pewnie, że kto drugi musi się zabrać do tego.

- Ale kto? Może ksiądz albo młynarz? - rozlegały się szydliwe głosy.

- Kto? Antek Boryna! A jakby i on nie przywiódł wsi do rozumu, to już trza wypiąć plecy na cały jenteres...

- Cóż ja? Któż to me posłucha, co? - jąkał zmieszany.

- Masz rozum, pierwszyś teraz we wsi, to cię wszystkie posłuchają.

- Prawda! Juści! Ty jeden! My pójdziem za tobą! - mówili skwapliwie, ale kowalowi było to cosik nie na rękę, bo zakręcił się niespokojnie, skubał wąsy i zaśmiał się zjadliwie, skoro Antek powiedział:

- Przeciek nie święci garnki lepią, mogę i ja poprobować, poredzimy se o tym którego dnia.

Zaczęli się rozchodzić, ale jeszcze każden z osobna brał go na stronę namawiać, przyobiecując pójść za nim, zaś Kłąb mu rzekł:

- Nad narodem zawdy musi ktoś górować, co ma rozum i moc, i poczciwe baczenie.

- A poredzi, jak potrza, i kijem ziobra zmacać! - zaśmiał się Mateusz.

Rozeszli się, ostał jeno pod oknem Antek z kowalem, bo Rocho klęczał na ganku zatopiony w pacierzach.

Długo deliberowali w głębokiej cichości. Że słychać było jeno Hankę krzątającą się po izbie; strzepywała pościele, obłóczac w czyste poszewki, to myła się długo jakby na jakie wielkie święto, a potem rozczesując włosy pod oknem wyzierała na nich coraz niecierpliwiej, pilnie nadstawiając uszów, gdy kowal zaczął mu cicho odradzać, aby sprawy poniechał, gdyż z chłopami nie trafi do ładu, a dziedzic jest mu przeciwny.

- Nieprawda! poręczył za nim w sądzie! - rzuciła przez okno.

- Kiej lepiej wiecie, to mówmy o czym drugim... - zły był jak pies.

Antek powstał przeciągając się sennie.

- To ci jeno rzeknę na ostatku: puścili cię jeno do sprawy, prawda? związesz się w cudze jenteresa, a wiesz to, jak cię zasądzą?...

Antek przysiadł z powrotem i tak się srodze zamedytował, że kowal nie doczekawszy się odpowiedzi poszedł do domu.

Hanka kręciła się kole okna, raz po raz wyglądając na niego, nie dosłyszał, że ozwała się w końcu lękliwie a prosząco:

- Pódzi, Jantoś, pora spać... Utrudziłeś się dzisia niemało...

- Idę, Hanuś, idę... - podnosił się ociężale.

Jęła się prędko rozdziewać szepcąc pacierz roztrzęsionymi wargami.

- A jak me zasądzą na Syberię, to co? - myślał frasobliwie, wchodząc do izby.

ROZDZIAŁ 5

- Pietrek, przynieś no drewek - krzyknęła sprzed domu Hanka, rozmamłana była całkiem i omączona przy wyrabianiu chleba.

W szabaśniku huczał już tęgi ogień, przegarniała go raz po raz i leciała obtaczać bochny i wynosić je w ganek, na deskę ździebko wystawioną w słońcu, bych prędzej rosły. Zwijała się siarczyście, gdyż ciasto prawie już kipiało z wielkiej dzieży, przyokrytej pierzyną.

- Józka, dorzuć do pieca, bo trzon jeszczek czarniawy!

Ale Józki nie było, a Pietrek też się nie kwapił z posłuchem, nakładał w podwórzu gnój, oklepując czubaty wóz, bych się nie roztrzęsał po drodze, i spokojnie poredzał ze ślepym dziadem, który pod stodołą wykręcał powrósła.

Popołudniowe słońce tak jeszcze przypiekało, że ściany popuszczały żywicą, parzyła ziemia i powietrze prażyło kiej żywym ogniem, że już ruchać się było ciężko. Muchy jeno kręciły się z brzękiem nad wozem i konie dziw nie porwały postronków i nóg nie połamały szarpiąc się i oganiając od ukąszeń.

Nad podwórzem wisiała senna, przygniatająca spieka, przejęta ostrym zapachem gnoju, że nawet ptaki w sadzie pocichły, kury leżały pod płotami kieby nieżywe, a prosiaki z pojękiwaniem rozwalały się w błocie pod studnią, gdy naraz dziad zaczął srogo kichać, bowiem z obory zawiało jeszcze barzej.

- Na zdrowie wama, dziadku!

- Nie z trybularza wieje, nie, a chociem i tego zwyczajny, ale zawierciło w nosie gorzej tabaki.

- Kto czego zwyczajny, to mu smakuje!

- Głupiś, cóż to, łajno jeno wywąchuję po świecie!...

- Rzekłem, bo mi się przybaczyło, co tak mi pedzioł mój dziadźka we wojsku, kiej me przy uczeniu pierwszy raz sprał po pysku...

- I wzwyczaiłeś się do tego, co? Hi! hi! hi!...

- Hale, bogać ta, kiej rychło sprzykrzyła mi się taka nauka, że przycapiłem ścierwę w jakimś kącie i tak mu pysk wyrychtowałem, jaże spuchnął niby bania. Już me potem nie bijał...

- Długoś to służył?

- A całe pięć roków! Nie było się czym wykupić, to i musiałem ruże dźwigać. Jeno zrazu, pókim był głupi, to potyrał mną, kto chciał, i biedym się najadł, ale kamraty me nauczyły, że jak czego brakowało, tośwa zworowali abo dała jedna dzieucha, służanka, bom obiecał się z nią ożenić! A jak me przezywały od kartoszków, jak się śmiały z mojej mowy i naszego pacierza...

- A poganiny zapowietrzone, śmiały się z pacierza.

- Tom każdemu z osobna pomacał żebra i poniechały!

- Cie, takiś to mocarz!

- Mocarz, nie mocarz; ale trzem radę dam! - przechwalał się z uśmiechem.

- Byłeś to na wojnie, co?

- Jaże, przeciem z Turkami wojował. Pokorzylim ich do cna!

- Pietrek, kajże to drzewo? - zawołała znowu Hanka.

- A tam, kaj było prźódzi! - odburknął pod nosem.

- Dyć gospodyni cię woła - upominał nasłuchujący dziad.

- Niech woła, a juści, może jeszczek statki mył będę!

- Głuchyś czy co? - wrzasnęła wybiegając przed dom.

- W piecu palił nie będę, nie do tegom się godził! - odkrzyknął.

Wywarła na niego gębę po swojemu.

Ale parob bardzo hardo odszczekiwał, ani myśląc posłuchać, a kiej go jakimś słowem barzej dojena, wraził widły w gnój i zawołał ze złością:

- Nie z Jagusią macie sprawę, nie wygonicie me krzykiem.

- Obaczysz, co ci zrobię! Popamiętasz! - groziła dotknięta do żywego i już rozeźlona tak zwijała się kole chleba, jaże tuman mąki zapełnił izbę i buchał przez okna. Mamrotała jeno na zuchwalca wynosząc chleby w ganek, to dorzucając drewek do pieca albo i wyzierając za dziećmi. Strudzona już była z pracy i spieki, bo w izbie gorąc jaże dusił, a w sieniach, kaj się buzowało w szabaśniku, też ledwie odzipnął, że przy tym i muchy, od których roiły się ściany, brzęczały nieustannie i cięły wielce dokuczliwie, to prawie z płaczem oganiała się gałęzią i tak już była spocona i rozdrażniona, że robiła coraz wolniej i niecierpliwiej.

Właśnie ostatni nabier ciasta wygniatała, gdy Pietrek wyjechał z podwórza.

- Poczekaj, dam ci podwieczorek!
- Prrr! A zjem, niezgorzej już mi kruczy w brzuchu po obiedzie.
- Mało to ci było?
- I... płone jadło, to przelatuje przez żywot kiej bez sito.
- Płone! widzisz go! Cóż to, mięso będę ci dawała? Sama po kątach też nie chlam kiełbasy. Drugie na przednówku i tego nie mają. Obacz no, jak to żyją komornicy.

Postawiła w ganku dzieżkę zsiadłego mleka i bochen.

Przysiadł łakomie do jadła i z wolna się nadziewał podrzucając niekiej glonki chleba boćkowi, któren przygrajdał się ze sadu i warował przy nim kiej pies.

- Chude, sama serwatka - mruczał podjadłszy już nieco.
- A może byś chciał samej śmietany, poczekaj.

Zaś kiej się nałożył do syta i brał za lejce, dorzuciła uszczypliwie:

- Zgódź się do Jagusi, ona ci tłuściej będzie dawała. - Pewnie, bo póki tu ona była gospodynią, nikto głodem nie przymierał - zaciął konie batem, wóz wsparł ramieniem i ruszył.

Utrafił ją w słabiznę, ale nim się zebrała odpowiedzieć, odjechał.

Jaskółki zaświegotały pod strzechą i stado gołębi opadło z gruchaniem na ganek, a kiej je spędzała, doszedł ją ze sadu jakiś kwik, zlękła się, że świnie pyszczą po cebuli, ale na szczęście to jeno sąsiedzka maciora ryła się pod płot.

- Wsadź jeno ryj, a spyszcz, to już ja cię przyrychtuję.

A ledwie wzięła się znowu do roboty, kiej bociek hycnął na ganek, przyczaił się ździebko i popatrzywszy to jednym, to drugim okiem, jął kuć w bochny łykając ciasto wielkimi kawałami.

Wypadła na niego z wrzaskiem.

Uciekał z wyciągniętym dziobem robiąc gwałtownie gardzielem, a kiej go już doganiała, bych zdzielić drewnem, poderwał się i frunął na stodołę i długo tam stojał klekocąc a wycierając dziób o kalenicę.

- Czekaj, złodzieju, jeszcze ja ci kulasy poprzetrącam - groziła obtaczając na nowo podziurawione bochenki.

Przyleciała Józka, więc na niej wszystko się skrupiło.

- Kaj się to nosisz? Cięgiem ganiasz jak kot z pęcherzem! Powiem Antkowi, jakaś to robotna! Wygarniaj z pieca, a żywo!
- Byłam jeno u Płoszkowej Kasi. Wszystkie w polu, a chudzinie nawet wody nie ma kto podać.

- Cóż to jej, chora?
- Pewnikiem ośpica, bo czerwona i rozpalona kiej ogień.
- A przynieś ze sobą chorobę, to cię dam do śpitala.
- Juści, bom to już przy jednej chorej siadywała! Nie baczycie, jakem to przy was dulczyła, kiejście leżeli w połogu. - I już trajkotała dalej po swojemu, spędzając muchy z ciasta i biorąc się do wygarniania węgli z pieca.
- Trza będzie ludziom ponieść podwieczorek - przerwała Hanka.
- Zaraz poletę. Usmażyć to jajków Antkowi?
- A usmaż, jeno słoniną nie szafuj.
- Żałujecie to?
- Zaśby. Ale co za tłusto, to może być i Antkowi niezdrowo.

Dzieusze chciało się lecieć, to w mig uwinęła się z robotą i nim Hanka zalepiła piec, zabrała troje dwojaków z mlekiem, chleby we fartuszek i poleciała.
- Spojrzyj ta na płótno, czy wyschło, a z powrotem pomocz, jeszcze do zachodu przeschnie - zawołała oknem, ale Józka już była za przełazem, jeno piesneczka leciała za nią i ze żyta mignęła kiej niekiej konopiasta głowina.

Na podorówce pod lasem komornice rozrzucały gnój, jaki Pietrek dowoził, a przyorywał Antek.

Że zaś ziemia gliniasta, mimo niedawnego zbronowania, była spieczona i twarda, to skiby łupały się niby skały, a konie ciągnęły pług z takim wysiłkiem, jaże rwały się postronki.

Antek, jakby wrośnięty w imadła, orał zawzięcie zapomniawszy o całym świecie, czasem chlastał biczem po końskich portkach, a częściej jeno cmokaniem je przynaglał, gdyż do cna ustawały, robota bowiem była ciężka i znojna, ale kwardą i czujną ręką prowadził pług i rżnął skibę za skibą, kładąc posobnie szerokie, proste zagony, boć rola szła pod pszenicę.

Wrony łaziły bruzdami wydziobując glisty, zaś gniady źrebiec, szczypiący trawę po między, rwał się raz po raz do klaczy łakomie, sięgając matczynych wymion.
- Co mu się to przypomina, cycoń jeden - mruknął Antek śmigając go po kulasach, że zadarł ogona i skoczył w bok, on zaś orał dalej cierpliwie, tyle jeno przerywając skwarną cichość, co się ta niekaj ozwał do kobiet, ale tak już był umęczony pracą i spiekotą, że skoro Pietrek nadjechał, krzyknął w złości:
- Kobiety czekają, a ty wleczesz się kieby szmaciarz!
- A juści, droga ciężka i koń ledwie już kulasami rucha.
- A po cóżeś tyla czasu stojał pod lasem? Widziałem.
- Możecie obaczyć, piaskiem kiej kot nie zagarniam.
- Pyskacz ścierwa. Wio, stare, wio!

Ale konie ustawały coraz barzej, całe już okryte pianą, a i jemu, chocia był rozdziany do białych portek i koszuli, pot też zalewał twarz i ręce mdlały od pracy, że dojrzawszy Józkę zawołał radośnie:

- W sam czas przyszłaś, a to ostatnią parą dygujemy.

Dociągnął skibę pod bór, konie wyłożył i rozkiełznawszy je puścił na trawiastą, podleśną drogę, a sam rzucił się w cień na kraju lasu i kiej wilk zgłodniały wyjadał z dwojaków, a Józka jęła mu trajkotać nad uszami.

- Ostaw me, nie ciekawym twoich nowinek - warknął gniewnie, że odszczeknęła gniewnie i poleciała w las na jagody.

Bór stojał cichy, rozprażony, pachnący i kieby ździebko przymgłały w słonecznej ulewie, że jeno niekiedy zaruchały się cichuśko zielone podszycia i z głębin buchał ciąg przejęty żywicą abo i jakieś pobłąkane głosy i ptasie śpiewania.

Antek rozciągnął się na trawie i kurzył papierosa, ale jakby przez coraz głębszą mgłę widział dziedzica skaczącego na koniu po podleskich polach i jakichś ludzi z tykami.

Wielgachne chojary; kieby z miedzi wykute, wynosiły się nad nim rzucając po oczach chwiejny i morzący śpikiem cień. Już się był całkiem zapadł w cichość, gdy zaturkotał jakiś wóz.

- Organistów parobek na tartak wozi, juści - pomyślał unosząc ciężką głowę i opadł z powrotem, ale już nie zasnął, gdyż ktosik wyrzekł: - Pochwalony!

Komornice wychodziły posobnie z lasu z brzemionami drzewa na plecach, zaś w końcu wlekła się Jagustynka, zgarbiona pod ciężarem prawie do ziemi.

- Odpocznijcie, a to wama już oczy na wierzch wyłażą.

Przysiadła wpodle, wspierając brzemię o drzewo i ledwie zipiąc.

- Nie la was taka robota - szepnął ze współczuciem.

- Juści, co już całkiem opadłam ze sił.

- Pietrek, a gęściej kupki, gęściej! - krzyknął do parobka. - Czemuż to waju nie wyręczą?

Jeno się skrzywiła odwracając zaczerwienione, bólne oczy.

- Takeście jakoś zmiękli, że ani was tera poznać.

- I krzemień puści pod młotem - jęknęła zwieszając głowę - bieda chybciej przeźre człowieka niźli rdza żelazo.

- Ciężki latoś przednówek nawet la gospodarzy.

- Kto ma jeno lebiodę z otrębami, temu nie potrza mówić o biedzie.

- Bójcie się Boga, dyć przyjdźcież wieczorem, a znajdzie się jeszcze w chałupie jaki korczyk ziemniaków. Odrobicie we żniwa.

Zapłakała rzewliwie, nie mogąc wykrztusić tego słowa podzięki.

- A może ta i co więcej najdzie Hanka - dodał z dobrością.

- Żeby nie Hanka, to byśwa już byli pozdychali - zaszeptała łzawo. - Juści, co odrobię, kiedy jeno będzie potrza. I nie za siebie mówię. Bóg ci zapłać! Cóż ta ja, ten śmieć jeno, co się go trepem następuje, ani wiedząc o tym, i do głodu niezgorzej wzwyczajonam, ale jak te moje robaki kochane zapiskają: babulu, jeść! a nie ma czym zatkać głodnych brzuchów, to powiedam, cobym se te kulasy odrąbała abo i z tego ołtarza zdarła i poniesła do Żyda, bych się jeno najadły.

- To znowuj siedzicie z dziećmi?

- Matkam przeciek. Ostawię to samych w takiej biedzie! A latoś jakby wszystko złe zwaliło się na nich. Krowa im padła, ziemniaki zgniły, że trza było kupować do sadzenia, wiater obalił stodołę, a do tego synowa po rodach ostatnich cięgiem chorzeje i wszyćko ostało na tej boskiej Opatrzności.

- Juści, bo Wojtkowi jeno gorzałka pachnie i pilno do karczmy.

- Z biedy się niekiej napijał, z czystej biedy, ale jak dostał w boru robotę, to ani już zajrzy do Żyda, niech drugie zaświadczą - broniła syna gorąco. - Biedocie to kużden kieliszek policzą! Pofolgował se Jezusiczek we złości pofolgował, no, żeby się tak zawziąć na jednego głupiego chłopa. I za co? Cóż to złego zrobił? - mamrotała podnosząc w niebo groźne, pytające oczy.

- Małoście to na nich pomstowali? - rzekł z naciskiem.

- Hale, wysłuchałby to Jezus głupiego szczekania! Juści - ale dodała jakby trwożniej i niespokojniej - kiej matka nawet wyklina dzieci, to i tak w sercu nie pragnie im krzywdy. We złości to i ozór nie pości. Jakże...

- Wypuścił to już Wojtek łąkę, co?

- Młynarz przynosił na nią całe tysiąc złotych, ale ja wzbroniłam, bo jak temu wilkowi wpadnie co w pazury, to mu już sam zły nie wyrwie. A może się jeszcze trafi kto drugi z pieniędzmi?

- Śliczna łąka, jak amen tak pewne dwa pokosy w rok żebym tak miał grosz zapaśny! - westchnął oblizując się kiej kot do mleka.

- Już i Maciej chcieli ją kupować, że to rychtyk przylega do Jagusinego pola.

Drgnął na to imię, lecz dopiero w jakieś Zdrowaś zapytał niby niechcący, wlekąc oczami po polach, daleko.

- Co się to wyrabia u Dominikowej?

Ale przejrzała go w lot, prześmiech jeno wionął po zwiędłych wargach, rozjarzyły się oczy i przysunąwszy się jęła mówić bolejąco:

- A co! Piekło tam i tyla. W chałupie kiej po pochowku, jaże mrozi od smutku, a pociechy znikąd ni poratunku! Jeno oczy wypłakują i boskiego zmiłowania czekają! A już najbarzej Jagusia...

I kieby przędzę rozsnuwała różnoście o Jagusinych smutkach, żalach i opuszczeniu. Mówiła gorąco, przypochlebiając mu się i jakby ciągnąc za język, ale milczał uparcie, gdyż z nagła rozparła go taka żrąca tęsknica, jaże się cały rozdygotał.

Szczęściem, co powróciła Józka niosąc z pół zapaski czernic, nasypała mu jagód w kapelusz i zebrawszy dwojaki pobiegła w dyrdy ku chałupie.

A Jagustynka nie doczekawszy się od niego ani słowa odpowiedzi jęła się dźwigać stękający.

- Poniechajcie! Pietrek, zabierz ich na wóz! - rozkazał krótko.

Chycił się znowu pługa i jakiś czas cierpliwie krajał spieczoną, twardą ziemię, przyginał się w jarzmie kiej wół, dawał się wszystek tej pracy, ale i tak nie zdusił tęsknicy.

Już mu się dłużył dzień, że raz po raz spozierał na słońce i niecierpliwymi oczami mierzył pole, spory kawał leżał jeszcze do zaorania. Jurzył się też w sobie coraz barzej i nie wiada laczego prał konie, a ostro krzykał na kobiety, bych się prędzej ruchały! Tak go już cosik ponosiło, że ledwie ścierpiał, i takie myśle kłębiły się po głowie i przyćmiewały oczy, że coraz częściej pług mu się w rękach chybotał zadzierając o kamienie, zaś pod lasem tak się był zarył pod jakiś korzeń, aż krój się oberwał.

Nie było sposobu dalej orać, zabrał więc pług na sanice i założywszy wałacha pojechał do dom po nowy.

W chałupie było pusto i wszystko leżało rozbabrane i zamączone, a Hanka kłóciła się z kimś w sadzie.

- Paparuch! Na sprzeczki to czas ma! - mruczał idąc w podwórze, ale tam zeźlił się barzej, gdyż i ten drugi pług, któren wyciągnął spod szopy, zarówno był do niczego. Długo koło niego majstrował coraz niecierpliwiej, nasłuchując kłótni, bo Hanka już wykrzykiwała rozwścieklona:

- Zapłać szkody, to ci maciorę wypuszczę, a nie, to podam do sądu! Zapłać za płótno, co mi je zwiesną podarła na bielniku, i za te spyskane ziemniaki. Mam świadków na wszystko! Widzisz ją, jaka mądra, będzie se świnie wypasała na moim! Nie daruję swojego! A na drugi raz to twojej maciorze i tobie kulasy poprzetrącam! - jazgotała zajadle, że zaś i sąsiadka dłużną nie ostawała, to już kłóciły się na zabój, wytrząchając do się przez płoty zaciśniętymi pięściami.

- Hanka! - krzyknął zakładając se pług na ramiona. Przyleciała rozwrzeszczana i rozczapierzona kiej kokosz.

- A to wydzierasz się, jaże na całą wieś słychać!

- Swojego bronię! Jakże, pozwolę to, bych mi cudze świnie pyskały po zagonach! Tyla szkody robią, to mam być cicho? Niedoczekanie, nie daruję! - wykrzykiwała, jaże przerwał jej ostro:

- Ogarnij się, a to wyglądasz kiej nieboskie stworzenie!

- Hale, do roboty będę się przybierała kiej do kościoła, juści.

Popatrzył na nią wzgardliwie, boć wyglądała, jakby ją kto wyciągnął spod łóżka, i rzuciwszy ramionami poszedł.

Kowal był przy robocie; już z dala szczękały brzękliwe, mocne głosy młotów, a w kuźni huczał ogień i było gorąco kiej w piekle. Michał właśnie był odkuwał z pomocnikiem jakieś grubachne sztaby, pot mu zalewał twarz umorusaną, ale kuł niestrudzenie i jakby z zajadłością.

- Komuż to takie sielne osie?

- Do Płoszkowego woza! Będzie woził na tartak!

Antek przysiadł na progu skręcając sobie papierosa.

Młoty wciąż biły zajadle, trzaskając nieustannie raz, dwa, raz, dwa, i czerwone żelazo bite ze wszystkiej mocy robiło się powolne kieby ciasto, ugniatali go też na swoją potrzebę, jaże cała kuźnia dygotała.

- Nie chciałbyś to wozić? - rzekł Michał wsadzając żelazo w ognisko i poruchując miechem.

- A bo to me młynarz dopuści, ponoć wzion wożenie na spółkę z organistą i ze Żydami jest za pan brat.

- Konie masz, porządek wszystek gotowy, a parob jeno się wałęsa kole chałupy. Niezgorzej płacą - szepnął zachętliwie.

- Juści, co przydałby się jakiś grosz na żniwo, ale cóż, młynarza przeciech o pomoc prosił nie będę.

- Trza by ci pomówić z kupcami.

- Abo to je znam! Byś to chciał wstawić się za mną!

- Kiej prosisz, to pomówię, jeszcze dzisia do nich polecę.

Antek cofnął się prędko przed kuźnię, gdyż znowuj zagrały młoty i iskry sypnęły się deszczem ognistym i parzącym.

- Zaraz przyjdę, obaczę jeno, jakie to drzewo zwożą.

I na tartaku robota wrzała kiej w ulu, traczka już szła bez przerwy, piły z głuchym zgrzytem przeżerały długachne kloce, a woda z krzykiem waliła się z kół w rzekę i spieniona, zmordowana, gotowała się bełkotliwie w ciasnych brzegach. Z wozów zwalali chojary, ledwie okrzesane z gałęzi, aż ziemia jęczała, zaś sześciu chłopa obciesywało je do kantu, a drugie wynosiły deski na słońce.

Mateusz prowadził całą fabrykę, że co trochę widać go było w innej stronie, dzielnie zwijał się rządząc i bacznie wszystkiego doglądając.

Przywitali się przyjacielsko.

- A kajże to Bartek? - pytał Antek rozglądając się po ludziach.

- Zmierziły mu się Lipce i pociągnął za wiatrem.

- Że to poniektórych tak cięgiem telepie po świecie! Roboty widać masz na długo, tylachna drzewa!

- A chwaci na jaki rok abo i dłużej. Jak dziedzic ugodzi się ze wszystkimi, to z pół boru wytnie i przeda.

- Na Podlesiu znowuj dzisiaj rozmierzają ziemię.

- Bo już co dnia zgłasza się ktosik do zgody! Barany juchy, nie chciały cię słuchać, żeby gromadą się ugodzić, to dziedzic da więcej, a tera robią w pojedynkę, cichaczem, byle prędzej.

- Niektóren człowiek to jak ten osieł: chcesz, bych ruszył naprzód, to ciągaj go za ogon! Pewnie co barany, dziedzic obrywa każdemu coś niecoś, bo z osobna się godzą.

- Odebrałeś to już swoje gronta?

- Jeszczek nie wyszedł czas po śmierci ojcowej i nie można robić działów, alem se już upatrzył pole.

Za rzeką pomiędzy olchami mignęła jakaś twarz, zdało mu się, że to Jagusia, więc chociaż pogadywał, ale już coraz niespokojniej latał oczami po gąszczach nadrzecznych.

- Taki gorąc, trza się iść wykąpać - rzekł wreszcie i poszedł w dół rzeki, niby to wybierając sposobne miejsce, ale skoro go skryły drzewa, puścił się pędem.

Juści, że ona to była. Szła z motyczką do kapusty.

- Jagusia! - zawołał zrównawszy się z nią.

Obejrzała się bacznie i rozeznawszy głos i jego twarz, wychylającą się ze szuwarów, przystanęła trwożnie, nie wiedząc zgoła, co począć, bezradna całkiem i spłoszona.

- Nie poznajesz me to? - szepnął gorąco, probując przejść do niej na drugą stronę. Ale rzeka w tym miejscu była głęboka, choć wąska zaledwie na jakieś parę kroków.

- Jakże, nie poznałabym cię to? - oglądała się lękliwie za siebie na kapuśnisko, kaj czerwieniały jakieś kobiety.

- Kajże się to kryjesz, że ani sposobu cię uwidzieć?

- Kaj? Wygnała me twoja z chałupy, to siedzę u matki...

- Dyć i o tym rad bym z tobą pomówił. Wyjdź, Jagno, wieczorkiem za smętarz. Powiem ci cosik, przyjdź! - prosił gorąco.

- Hale, żeby me kto jeszcze obaczył! Dosyć mam już za dawne... - odrzekła twardo. Ale tak molestował, tak skamlał, że skruszało jej serce, zaczynało jej być żal.

- A cóż mi to nowego powiesz? po cóż to me wołasz?

- Czym ci to już taki całkiem cudzy, Jaguś?

- Nie cudzy, ale i nie swój! Nie w głowie mi takie rzeczy...

- Jeno przyjdź, a nie pożałujesz. Bojasz się za smętarz, to przyjdź za księży sad, nie baczysz to kaj? Nie baczysz, Jaguś?...

Jaże odwróciła głowę, takie pąsy na nią uderzyły.

- Nie pleć, dyć mi wstydno... - zesromała się wielce.

- Przyjdź, Jaguś, choćby do północka czekał będę...

- To poczekaj... - odwróciła się nagle i poleciała na kapuśnisko.

Patrzył za nią łakomie i przejęły go takie luboście i takie płomia wzburzyły krew, że gotów był lecieć za nią i brać ją choćby na oczach wszystkich...

Ledwie się już pohamował.

- Nic, jeno ta spieka tak me rozebrała! - pomyślał rozdziewając się spiesznie do kąpieli.

Przechłodził się galancie i jął deliberować nad sobą.

- Że to człowiek słaby kiej ten paździerz, bele co go poniesie...

Wstyd mu się zrobiło, rozejrzał się, czy aby go kto z nią nie widział, i usilnie rozważał wszystko, co mu o niej powiadali.

- Takaś to ty, jagódko, taka! - myślał ze wzgardą i jakby z żalem, ale naraz przystanął pod jakimś drzewem i stojał z przywartymi powiekami, bo jawiła mu się na oczach w całej swojej cudności.

- Cheba takiej drugiej nie ma na wszystkim świecie! - jęknął i strasznie zapragnął jeszcze raz ją widzieć, jeszcze raz ogarnąć ramionami, przycisnąć do serca i napić się z tych warg czerwonych, pić na umór ten miód słodki, pić do dna...

- Jeno ten ostatni razik, Jagusiu! ten ostatni! - szeptał błagalnie, jakby do niej. Długo potem przecierał oczy wodząc nimi po drzewach, nim się pomiarkował i poszedł do kuźni. Michał był sam i właśnie już się zabierał do pługa.

- A strzyma twój wóz takie ciężary? - spytał.
- Bylem jeno miał co kłaść...
- Kiej obiecuję, to jakbyś już miał na wozie.

Antek jął pisać kredą na drzwiach i rachować.

- Jeszczek do żniw zarobiłbym ze trzysta złotych!- rzekł radośnie.
- Akuratnie miałbyś na sprawę - ozwał się kowal od niechcenia.

Antek schmurzył się nagle i oczy zaświeciły mu ponuro.

- Zmora ta moja sprawa, co ją wspomnę, to mi wszyćko z rąk leci, że nawet żyć się odechciewa...
- Nie dziwota, jeno to me zastanawia, że się za nijakim poratunkiem jeszcze nie rozglądasz.
- A cóż to poredzę?
- Trzeba by jednak coś zrobić! Jakże, dać się to pod nóż, kiej ten cielak rzezakowi?
- Głową muru nie przebiję! - westchnął boleśnie.

Michał kuł znowu z zajadłością, zaś Antek pogrążył się w niepokojące i strachliwe dumania i takie myśle go nawiedzały, jaże mienił się na twarzy i zrywał się z miejsca, bezradnie latając oczami po świecie, ale szwagierek dał mu się długo trapić szpiegując go jeno chytrymi ślepiami, aż w końcu rzekł cicho:

- Kaźmirz z Modlicy umiał se poredzić...
- Ten, co to uciekł do Hameryki?
- A ten sam! Mądrala, jucha, przewąchał pismo nosem.
- A bo mu to dowiedły, że zabił tego strażnika?
- Nie czekał, jaże mu dowiedą! Nie głupi zgnić w kreminale...
- Łacno mu było, kawaler.
- Ratuje się, który musi. Ja cię ta do niczegój nie namawiam, abyś nie pomyślał, że mam w tym cosik swojego na widoku, a jeno powiedam, jak to w przypadku robiły drugie. Jak ci się żywnie podoba, tak zrób. Wojtek Gajda z Wolicy też ano wrócił z kreminału w same świątki. Cóż, dziesięć roków toć jeszczek nie życie, można przetrzymać...
- Dziesięć roków, Jezus kochany! - jęknął chytając się za głowę.
- A tyle odsiedział w ciężkich robotach, juści, co karwas czasu.
- Wszystko gotówem przenieść, bele jeno nie siedzenie. Jezus! siedziałem te parę miesięcy, a już me się dur chytał...
- A za trzy niedziele byłbyś już za morzami, niech Jankiel powie...
- Strasznie daleko! Jak to iść, wszyćko ciepnąć, ostawić dom, dzieci, ziemię, wieś i w tyli świat, na zawdy! - Zgroza go przejęła.
- Tyla poszło dobrowolnie i ani komu w głowie wracać do tych rajów.
- A mnie nawet pomyśleć o tym straszno!
- Juści ale obacz Wojtka i posłuchaj, co rozpowiada o tym kreminale, to cię

jeszczek barzej zafrasuje! Jakże, chłop ma niespełna czterdzieści roków, a do cna już posiwiał i zgarbaciał, żywą krwią pluje i kulasami ledwie powłóczy. Jeno patrzeć, jak pójdzie na księżą oborę. Ale po co ci gadać, masz swój rozum, to się jego posłuchaj.

Przycichł w porę, zmiarkowawszy, że już w nim posiał niepokój, więc resztę zostawił czasowi, skrycie się jeno ciesząc z plonów, jakie spodziewał się zebrać. Ale skończywszy pług ozwał się wesoło:

- Poletę tera do kupców, a wóz gotuj na jutro, bo wozić będziesz. O sprawie nie myśl, nie warto se psuć głowy, to ano będzie, co będzie i co Bóg miłosierny pozwoli. Przyjdę do cię wieczorem.

Ale Antek nie zapomniał tak zaraz; połknął te jego przyjacielskie powiadki kiej ryba przynętę i dławił się nią, darło mu ano wątrobę, jaże ledwie się ruchał pod grozą męczących pomyślunków.

- Dziesięć roków! Dziesięć roków - szeptał niekiedy, drętwiejąc w strachu:

Mrok już zapadał, ludzie ściągali z pól, w obejściu podniósł się niemały rejwach, gdyż Witek przygnał stado, a kobiety kręciły się kole udojów i obrządków, zaś na wsi jaże się trzęsło od przedwieczornych pogwarów i wrzasków dzieci, kąpiących się we stawie.

Antek wyciągnął wóz za stodołę, aby go przyrychtować i opatrzyć na jutro, ale wnet odechciało mu się wszystkiego, że jeno krzyknął na Pietrka, pojącego konie pod studnią:

- Nasmaruj wóz i wyporządź, będziesz od jutra woził na tartak.

Parob zaklął siarczyście. Nie szła mu w smak taka robota.

- Zawrzyj gębę i rób, co ci każą! Hanuś, daj trzy miarki owsa na obrok, a koniczyny przynieś im z pola, Pietrek, niech se podjedzą...

Hanka próbowała go rozpytywać, ale cosik jeno mruknął i pokręciwszy się po obejściu poszedł do Mateusza, z którym teraz żył w wielkim przyjacielstwie.

Mateusz tyle co jeno był wrócił z roboty i właśnie chlipał pod chałupą zsiadłe mleko la ochłody.

Skądciś, jakby ze sadu, sączyło się ciche, żałosne płakanie.

- Któż to tam tak skwierczy?

- A Nastusia. Urwanie głowy mam z tymi jamorami zapowiedzie już wyszły, ślub ma być w niedzielę, a Dominikowa wczoraj zapowiedziała przez sołtysa, jako gospodarka na nią zapisana i Szymkowi nie udzieli ani zagona, i do chałupy go nie puści. I święcie to zrobi, znam ja dobrze to sobacze nasienie.

- Cóż na to Szymek?

- A co, jak usiadł w sadzie rano, tak i dotąd tam siedzi kiej ten słup, że nawet Nastusi nie odpowiada. Już się nawet bojam, żeby mu się rozum nie popsuł.

- Szymek! - krzyknął w sad - a pódzi no do nas przyszedł Boryna, to może ci co poredzi...

Zjawił się po jakiejś minucie i usiadł na przyźbie nie witając się z nikim.

Juści, co chłopak do cna był zmizerowany i wyschnięty kieby ta osinowa deska; jedne oczy mu gorzały, zaś w wychudzonej twarzy taiło się jakieś twarde postanowienie.

- I cóżeś umyślił? - pytał łagodnie Mateusz.
- A co, że wezmę siekierę i zakatrupię ją kiej psa.
- Głupiś! bajanie ostaw do karczmy.
- Jak Bóg na niebie, tak ją zakatrupię. Cóż mi to ostaje, co? Grontu mi po ojcach zapiera, z chałupy me goni, spłaty nie daje, to cóż pocznę? Kaj się, sierota, podzieję, kaj? I żeby to me rodzona matka tak krzywdziła! - jęknął ocierając rękawem łzy, ale naraz porwał się i zakrzyczał: - Nie daruję, psiachmać, swojego, żebym miał za to zgnić w kreminale, a nie daruję!

Uspokoili go na tyla, co przymilkł i siedział chmurny, a tak nasrożony, że nawet nie odpowiadał na Nastusine łzawe szepty. Oni zaś deliberowali, jak by mu pomóc, ale cóż, kiej nic z tego nie wychodziło, nie było bowiem sposobu na Dominikową. Aż dopiero Nastka odciągnąwszy na stronę brata cosik mu przełożyła.

- Kobieta i nalazła mądrą radę! - zawołał radośnie wracając pod chałupę. - A to powieda, bych kupić od dziedzica na Podlesiu ze sześć morgów na spłaty! Co, dobra rada? A matce można będzie pokazać starą panią, niech się wścieknie ze złości...
- Rada juści dobra jak każda rada, jeno gdzie pieniądze?...
- Nastusia ma swoje tysiąc złotych, na zadatek chwaci...
- A kajże to jeszcze chałupa, lewentarz, porządki, zasiewy?
- Kaj? A tu! A tu! - wrzasnął naraz Szymek wyskakując przed nich a trząchając zaciśniętymi garściami...
- Tak się to mówi, ale czy uredzisz? - mruknął Antek niedowierzająco.
- Dajcie mi jeno ziemię, a obaczycie, dajcie! - zakrzyczał z mocą.
- To nie ma się co głowić, a jeno iść do dziedzica i kupować!
- Poczekaj, Antek, zaraz, niech no se wszyćko w myślach ułożę...
- Obaczycie, jak sobie radę dawał będę! - gadał prędko Szymek. - A kto u matki orał? Kto siał? Kto zbierał? Dyć jeno ja sam! A źle to w roli robiłem, co? Wałkoń to jestem, co? Niech cała wieś powie, niech matka zaświarczy! Dajcie mi jeno grunt, spomóżcie, braty rodzone, a to już wama za to do śmierci się nie odsłużę. Pomóżcie, ludzie kochane, pomóżcie! - wołał śmiejąc się i płacząc na przemian, zgoła jakby pijany radosną nadzieją.

A kiej się ździebko uspokoił, zaczęli już wspólnie rozważać i deliberować nad tymi zamysłami.

- Bych się jeno dziedzic zgodził na spłaty! - westchnęła Nastka.
- Poręczymy z Mateuszem, to widzi mi się, co i da.

Nastusia jaże go chciała całować po rękach za tyla dobrości.

- Zażywałem niezgorszej biedy, to wiem, jak drugim smakuje! - rzekł cicho, powstając do odejścia, bo się już było całkiem zmroczało nad ziemiami, jeno co niebo było jeszcze jasne i zorze dopalały się na zachodzie.

Antek stał czas jakiś nad stawem wagując się w sobie, w którą stronę pójdzie, lecz po chwili ruszył ku domowi.

Szedł jednak z wolna kieby pod przymusem, przystając co trocha ze znajomymi, na drogach bowiem było pełno ludzi, wałęsających się gadzin i dzieci. Przyśpiewki trzęsły się po opłotkach, kajś zakrzyczały przepłoszone gęsi, pod młynem wrzeszczały kąpiące się chłopaki, jakieś kumy kłóciły się po drugiej stronie stawu, jakby przed Balcerkami, a przenikliwy głos piszczałki przewiercał uszy.

Chociaż Antkowi nie było pilno i rad przystawał na drodze a z bele kim pogadywał, to w końcu stanął przed swoją chałupą. Okna stały wywarte i oświetlone, dziecko płakało pod ścianą, zaś z podwórza rozlegał się wrzaskliwy głos Hanki, a kiej niekiej jazgotliwe odszczekiwanie Józki.

Zawahał się znowu, ale kiej Łapa zaskomlał przy nim i jął wyskakiwać z radości, kopnął go w nagłym gniewie i zawrócił z powrotem na wieś. Dopadł dróżki proboszczowskiej, przemknął się kole organistów tak cicho, że go nawet psy nie poczuły, i wsunął się pod księży sad, zaraz przy szerokiej miedzy, dzielącej Kłębową ziemię od księżych.

Nakrył go głęboki cień drzew galancie rozrośniętych.

Księżycowy sierp zawisł już był na pociemniałym niebie i gwiazdy jęły się rozjarzać coraz migotliwiej; wieczór czynił się rosisty a silnie nagrzany, prawdziwie latowy. Przepiórki wołały ze zbóż, od łąk dalekich leciały grubaskie pohukiwania bąków, zaś nad polami wisiała taka rozpachniona cichość, jaże w głowie się mąciło.

Ale Jagusia jakoś nie przychodziła.

Natomiast o jakieś pół stajania od Antka po miedzy spacerował proboszcz w białym obleczeniu i z gołą głową, tak pogrążony w odmawianiu pacierzy, iż jakby nie widział, co jego konie, pasące się na chudym, wytartym ugorze, przeszły miedzę i łakomie wżerały się w Kłębową koniczynę, która niby bór czerniała spaniale wyrośnięta i pokryta kwiatem.

Ksiądz cięgiem chodził mamrocąc pacierze, po gwiazdach włóczył oczami, a niekiej przystawał, pilnie nasłuchując, i gdy się jeno ruszyło co niebądź kajś pod wsią, zawracał spiesznie, gderząc niby gniewnie na konie.

- A gdzieżeś to polazł, siwy? W Kłębową koniczynę, co? Widzicie ich, jakie to łajdusy! Smakuje wam cudze, co? A batem chceta po portkach? No, mówię, batem! - pograżał wielce srogo.

Ale koniska tak smacznie chrupały, jaże księdzu zbrakło serca na wypędzenie ze szkody, więc jeno rozglądał się a prawił z cicha:

- No żrej jeden drugi, żrej... już się za to zmówi jaki paciorek za Kłębową duszę albo i wynagrodzi czym szkodę! Nygusy, jak się to przypinają do świeżej koniczyny!

I znowu chodził tam i z nawrotem, pacierze mówił i stróżował ani się spodziewając, jako Antek patrzy w niego, słucha i z coraz większą niespokojnością wyczekuje na Jagusię.

Przeszło tak z parę dobrych pacierzów, gdy naraz Antkowi przyszło na myśl podejść do niego a wyznać się ze swoich frasunków.

- Taki nauczony, to może prędzej najdzie jaką radę! - rozważał cofając się cieniami pod stodołę i dopiero za węgłem śmiało wyszedł na miedzę i głośno zachrząkał.

A ksiądz posłyszawszy, że ktoś nadchodzi, zakrzyczał na konie:

- Szkodniki paskudne! To ani z oczów spuścić, zaraz w cudze jak te świnie! Wiśta kasztan! - I uniósłszy ubieru wypędzał je z pośpiechem.

- Boryna! Jak się masz? - wołał rozpoznawszy go z bliska.

- Dyć szukam dobrodzieja, byłem już na plebanii.

- A wyszedłem zmówić pacierze i przypilnować konisków, bo Walek poleciał do dworu. Ale takie znarowione szkodniki, że niech Bóg broni, rady nie mogę sobie dać z nimi. Patrz, jak się Kłębowi wysypało koniczyny, jak bór! Z mojego nasienia... Za to moją tak wymroziło, że został się tylko rumianek i osty!- westchnął żałośnie przysiadając na kamieniu - Siadajże, to sobie pogadamy! Śliczna pora! Za jakie trzy tygodnie zadzwonią kosy! No, mówię ci!...

Antek przysiadł wpodle i zaczął z wolna rozpowiadać, z czym był przyszedł. Proboszcz słuchał uważnie, tabakę zażywał i na konie krzyczał raz po raz, kichając przy tym siarczyście

- A gdzie! Ślepyś, że cudze? Widzisz je, świńtuchy znarowione!...

Antkowi szło jakoś niesporo, zająkiwał się i plątał.

- Widzę, że ci coś ciężkiego dolega. Wyznaj się szczerze, to ci ulży, wyznaj! Przed kimże duszę wyżalisz, jak nie przed księdzem? - Pogładził go po głowie i uczęstował tabaką, że Antek nabrawszy śmiałości rozpowiedział mu wszystkie swoje frasunki.

Ksiądz długo ważył jego słowa, wzdychał i w końcu rzekł:

- Ja bym ci za borowego naznaczył pokutę kościelną: stawałeś w ojcowej obronie, a że był łajdus i luter, to niewielka stała się szkoda! Ale sądy ci nie darują. Najmniej posiedzisz ze cztery lata! I co ci tu radzić? Mój Boże, i w Ameryce ludzie żyją, i z kryminału też wracają. Ale jedno złe i drugie też nie lepsze.

Był za tym, żeby Antek uciekał choćby jutro, to znowu radził pozostać i odsiedzieć karę, a na ostatku powiedział:

- Jedno, co pewna: zdać się na Opatrzność i czekać zmiłowania Bożego.

- Hale, i wezmą me w dybki, w Sybir pognają...

- Wielu jednak powraca, sam znałem niejednego...

- Juści, jeno co to po latach zastanę w chałupie, co? A bo to kobieta da sama radę? Zmarnuje się wszystko!- szeptał bezradnie.

- Z duszy serca rad bym ci pomógł, ale cóż ja mogę... Czekaj, mszę świętą odprawię do Przemienienia Pańskiego na twoją intencję. Zapędź mi konie do stajni, późno! No, mówię - ci, późno, czas spać!

Antek tak był przejęty turbacjami, że wyszedłszy z księżego podwórza dopiero przypomniał sobie Jagusię i spiesznie do niej poleciał.

Juści, co już czekała skulona pod stodołą.

- Czekałam i czekałam!

Głos miała jakby schrypniętyod rosy.

- Mogłem się to księdzu wymówić? - Chciał ją objąć, odepchnęła go.

- Nie figle mi ta w głowie, nie ceckania!

- Dyć cię całkiem nie poznaję! - Czuł się dotknięty.

- Jakąś me ostawił, takusieńką i jestem...

- A niepodobna do się... - Przysunął się bliżej.

- Nie zafrasowałeś się o mnie bez tyla czasu, a teraz się dziwujesz?

- Że już i barzej nie sposób, ale mogłem to przylecieć do cię, co?

- A ja ostałam jeno z trupem a ze zgryzotami! - Zatrzęsła się z zimna.

- I ani ci w głowie postało zajrzeć do mnie, co inszego miałaś w myślach!...

- Czekałeś to me, Jantoś, czekałeś? - wyjąkała niedowierzająco.

- I jak jeszcze! A to kiej ten głupi co dnia wisiałem u kraty i oczy wypatrywałem za tobą, i co dnia cię czekałem! - Nagły żal nim zatrząsł.

- Jezu kochany! A tak me skląłeś tam za brogiem! A takiś ppóździ był zły! A kiej cię brali, to aniś spojrzał na mnie, aniś przemówił... Dobrze baczę, miałeś to dobre słowo la wszystkich, nawet la psa, jeno nie la mnie! To już myślałam, że się wściekę!

- Nie miałem złości do cię, Jaguś, nie. Ale jak się dusza człowiekowi zapiecze w zgryzocie, to by i siebie, i wszystek świat wytracił...

Milczeli stojąc tuż przy sobie, biedro w biedro. Księżyc świecił im prosto w twarze. Dyszeli ciężko, szarpani gryzącymi spominkami, oczy im pływały w zakrzepłych łzach żalów i udręki.

- Nie tak to me kiedyś witałaś! - rzekł smutnie.

Rozpłakała się nagle i rzewliwie kiej dzieciątko.

- Jakże cię to mam witać, jak? Małoś to me już pokrzywdził i sponiewierał, że tera ludzie patrzą na mnie kiej na tego psa...

- Ja cię sponiewierałem? To przeze mnie? - Gniew go przejął.

- A przez ciebie! Przez ciebie wygnała me z chałupy ta flądra, to świńskie pomietło! Przez ciebie poszłam na pośmiech całej wsi...

- A wójta to już nie baczysz? a drugich, co? - buchnął groźnie. - Wszyćko bez ciebie! Wszyćko! - szeptała coraz bardziej rozżalona. - A czemuś me do się zniewolił jak tego psa? Miałeś przecież swoją kobietę. Głupia byłam, a tyś me tak opętał, co już świata Bożego za tobą nie widziałam! I czemuś me potem ostawił samą, na pastwę?

Ale i on porwany żalami zasyczał przez zaciśnięte zęby:

- To ja ci kazałem ostać moją macochą? Ja cię też pewnie niewoliłem, byś się tłukła z każdym, kto jeno chciał, co?

-.To po coś mi nie wzbronił? Byś me miłował, to byś me nie dał na wolę, nie ostawiłbyś me samej, a jeno strzegł przed złą przygodą, jak to, drugie robią! - skarżyła się boleśnie i tak pełna niezgłębionego żalu, że już nie poredził się bronić. Odpadły go wszystkie złoście, a serce się rozdygotało kochaniem.

- Cichoj, Jaguś, cichoj, dzieciątko! - szeptał z tkliwością.

- I taka krzywda mi się stała, to i ty powstajesz na mnie jak wszystkie, i ty, i ty! - szlochała wspierając głowę o stodołę.

Usadził ją przy sobie na miedzy i jął przygarniać do serca a tulić, a głaskać po włosach i obcierając jej twarz zapłakaną, całował jej wargi roztrzęsione i te oczy zalane gorzkimi łzami, te kochane a tak przesmucone oczy. Pieścił ją, przyhołubiał i spokoił, jak jeno poredził, że już płakała coraz ciszej przywierając doń i z taką dufnością uwiesiła mu się na szyi a kładła głowę na jego piersiach jakby na tym matczynym sercu, kaj tak lubo jest wypłakiwać wszystkie boleście a smutki...

Ale Antkowi już się mąciło w głowie, bo takie luboście biły od niej i tak go rozprażało jej ciepło, że coraz zajadlej całował i coraz mocniej ogarniał ją sobą...

Zrazu ani miarkowała, do czego idzie i co się z nią wyrabia. Dopiero kiej się już całkiem poczuła w jego mocy i kiej jął rozgniatać jej wargi rozpalonymi całunkami, zaczęła się szarpać a prosić lękliwie, prawie z płaczem:

- Puść me, Jantoś! Puść! Loboga, bo bede krzyczeć!

Ale mogła się to już wydrzeć smokowi, kiej ściskał, jaże tchu brakowało i całą przejmował war i dygotania.

- Ostatni raz pozwól, ostatni! - skamlał ledwie już zipiąc.

Aż świat się z nią zakręcił i poleciała jakby na dno jakowegoś raju, a on ją wzion, jak to kiedyś brał, zapamiętale, przez lubą moc kochania, i dawała mu się też jak kiedyś, w słodkiej udręce niemocy, na niezmierzone szczęście, na śmierć samą...

Jak kiedyś, mój Jezu! Jak dawniej! Jak zawdy!

Noc stała rozgwiażdżona, księżyc wisiał wysoko w pół nieba; nagrzane, rozpachnione powietrze obtulało pola pośpione w niezgłębionej cichości; cały świat leżał bez tchu w upojnym zapomnieniu i w słodkiej pieszczocie niepamięci.

A i w nich nie było już pomiarkowania o niczym, nic, kromie ognia i burzy, i nic, kromie wiecznie żądnej i wiecznie nienasyconej tęsknicy. Jak kiedy uschnięta drzewina ożeni się z pierunem i buchnie w niebo płomieniami, że już wraz giną hucząc weselną pieśń zatraty, tak i oni przepadali w jakichś nienasyconych żarach. Ożyły w nich dawne miłoście i zwarły się strzelając bujnym, radosnym ogniem na to jedno mgnienie zapamiętania, na tę jedną tylko minutę ostatniej radości.

Bo kiej znowu siedli przy sobie, już im tak cosik omroczyło dusze, że spozierali na się trwożnie, ukradkiem, rozbiegając się oczami kieby ze wstydem i żalem.

Na darmo szukał wargami jej warg głodnych całunków, jak kiedyś: odwracała się z niechęcią.

Na darmo szeptał przewiska co najsłodsze; nie odpowiadała, pilnie zapatrzona w księżyc; więc burzył się w sobie i chłódł, przejęty dziwną markotnością i żalami.

Siedzieli, nie wiedząc już, co mówić, niecierpliwiąc się jeno a wyczekując, które się pierwej ruszy i pójdzie sobie precz.

A w Jagusi jakby już wszystko wygasło ze szczętem i rozsypało się w popiół, bo ozwała się z przytajoną złością:

- Aleś me zniewolił, kiej ten zbój, no!

- Nie mojaś to, Jaguś, nie moja? - Chciał ją przygarnąć, odepchnęła go gwałtownie.

- Anim twoja, anim niczyja, rozumiesz? Niczyja!

Rozpłakała się znowu, ale już jej nie spokoił ni utulał, lecz po jakim czasie powiedział ważnym głosem:

- Jaguś, poszłabyś ze mną we świat?

- Kajże to? - podniosła na niego zapłakane oczy.

- A choćby do samej Hameryki! Poszłabyś za mną, Jaguś?

- A cóż to poczniesz ze swoją kobietą?

Zerwał się, kieby go kto biczem trzasnął.

- Prawdę pytam! Trutkę to jej zadasz czy co?

Pochwycił ją wpół, przygarnął krzepko i całując namiętnie po całej twarzy jął prosić a molestować, bych z nim jechała we świat, kaj by już ostali razem i na zawsze. Sporo czasu mówił o swoich zamysłach i nadziejach, czepił się bowiem nagle tej myśle uciekania z nią kiej pijany płota i kiej pijany też plótł, ogarnięty gorączkowym wzburzeniem. Wysłuchała wszystkiego do końca i odrzekła z przekąsem:

- Zniewoliłeś me do grzechu, to rozumiesz, com już do cna zgłupiała i uwierzę ci w bele bzdury...

Przysięgał na wszystko, jako świętą prawdę powieda; nie chciała już nawet słuchać i wyrwawszy się z jego rąk szepnęła:

- Ani mi się śni uciekać z tobą. Po co? Abo mi to źle samej? - Obtuliła się zapaską rozglądając się uważnie.- Późno, muszę już bieżyć!

- Kajże ci pilno, nikto przeciek z chałupy za tobą nie patrzy?

- Ale na ciebie pora. Już tam Hanka pierzynę wietrzy a wzdycha...

Rozżarł się na te słowa kiej pies i syknął urągliwie:

- Ja ci nie wypominam, kto tam na ciebie po karczmach wyczekuje...

- A jakbyś wiedział, co niejeden gotów czekać choćby do słońca, jakbyś wiedział! Sielnieś zadufany w siebie i rozumiesz, co jeno ty jeden jesteś! - gadała prześmiechając się zjadliwie.

- A to leć, choćby nawet do Żyda, leć! - wykrztusił.

Ale się nie ruszyła z miejsca; jeszcze stali przy sobie dysząc jeno ciężko a poglądając na się rozsrożonymi ślepiami, a kieby szukając w sobie tych jakichś słów najbarzej bolących.

- Miałeś coś pedzieć, to mi rzeknij, bo więcej już do cię nie wyjdę...

- Nie bój się, nie będę się wywoływał, nie...

- Bo choćbyś mi nawet u nóg skamlał, to nie wyjdę.

- Juści, czasu ci nie starczy, do tylu musisz co noc wychodzić...

- A żebyś skapiał kiej ten pies! - skoczyła w pola na przełaj.

Nie pogonił jednak ni nawet zawołał za nią, widząc, jak leciała przez zagony kiej cień i przepadła pod sadami; przecierał tylko oczy kieby ze śpiku a wzdychał markotnie.

- Zgłupiałem już do cna! Jezu, dokąd to baba może zaprowadzić.

Było mu czegoś dziwnie wstyd, gdy wracał do chałupy; nie mógł sobie darować tego, co się stało, i srodze się tym gryzł i męczył.

Pościel gotowa już czekała na niego w sadzie, w półkoszkach, gdyż w izbie nie sposób było wyspać z powodu gorąca i much.

Ale nie zasnął; leżał wpatrzony w dalekie migoty gwiazd i nasłuchując cichych stąpań nocy rozważał se o Jagusi.

- Ni z nią, ni przez niej! A żebyś! - zaklął z cicha i wzdychał żałośnie, i przewracał się z boku na bok, i odrzucał pierzynę stawiając nogi na chłodnej, orosiałej trawie, ale śpik nie przychodził i myśle o niej nie ustawały ni na to oczymgnienie.

Któreś dziecko zapłakało w chałupie i zamamrotała cosik Hanka; uniósł głowę, ale po chwili przycichło i znowu opadły go deliberacje i szły przez niego kiej te wiośniane, pachnące zwiewy kolebiące duszę słodkimi spominkami; ale już się im nie dał w niewolę, a na sprzeciw, rozglądał się w nich trzeźwo, że w końcu przyszedł do tego, co sobie rzekł uroczyście, jakby na świętej spowiedzi:

- Raz temu musi być koniec! Wstyd to i grzech! Co by to znowu ludzie pedzieli! Dyć ociec dzieciom jestem i gospodarz! Musi być koniec.

Postanawiał, ale było mu jej żal, nieopowiedzianie żal.

- Niech se jeno człowiek raz jeden pofolguje, a już się tak pokuma ze złem, co go i śmierć nie rozdzieli! - medytował gorzko i górnie.

Świt się już robił, całe niebo przyodziewało się kieby w te zgrzebne gzło, ale Antek jeszcze nie spał, zaś kiej biały dzień jął mu zazierać w oczy, przyleciała go budzić Hanka. Podniósł na nią schmurzoną twarz, lecz taki dziwnie był la niej dobry, że skoro mu opowiedziała, z czym to wczoraj przychodził kowal późnym wieczorem, pogłaskał ją po nie uczesanych włosach.

- Kiej się udało ze zwózką, to ci już cosik kupię na jarmarku.

Rozradowała się taką łaską i dalejże molestować, aby też kupić oszkloną szafę na talerze, jaką miały organisty.

- Pokrótce to se zamyślisz o dworskiej kanapie! - zaśmiał się, przyobiecując jednak, co jeno prosiła, i wstał prędko, robota bowiem czekała i trza było kark podać w jarzmo i ciągnąć jak co dnia.

Rozmówił się jeszcze z kowalem i zaraz po śniadaniu Pietrka wyprawił do wożenia gnoju, a sam pojechał w parę koni do lasu.

W porębie jaże huczało od roboty; sporo narodu kręciło się przy obróbce drzewa naciętego zimą, że kieby to nieustanne kucie dzięciołów, tak rozlegało się bicie siekier i trzeszczenie pił; zaś w bujnych trawach poręby pasły się lipeckie stada i dymiły ogniska.

Spomniał, co się tu kiedyś wyrabiało, i pokiwał głową widząc, jak to już zgodnie robią razem Lipczaki z rzepecką szlachtą i drugimi.

- Bieda ich doprowadziła do rozumu. I potrza to było wszystkiego, co? - wyrzekł do Filipa, syna Jagustynki, okrzesującego chojary.
- A kto temu był winowaty, jak nie dziedzic a gospodarze! - mruknął ponuro chłop, nie przestając obrąbywać gałęzi.
- Ale może już najbarzej złoście i głupie podjudzania.
Przystanął w miejscu, kaj był zakatrupił borowego, i tak go cosik złego sparło pod piersiami, jaże zaklął:
- Ścierwa, przez niego cała moja marnacyja! Bym poredził, to bym ci jeszczek dołożył! - splunął i wziął się do roboty.
I już całe dnie woził na tartak, przypinając się do pracy z taką zapamiętałością, jakby się chciał zarobić na śmierć, lecz mimo tego nie zabił pamięci o Jagusi ani o tej sprawie nieszczęsnej
Któregoś dnia powiedział mu Mateusz, że kupili grunt na Podlesiu, dziedzic dał na spłatę i jeszcze przyobiecał zrzynów i łat, zaś ślub Nastusi odłożyli, póki Szymek jako tako się nie zagospodaruje.
Co go ta obchodziło cudze, mało to jeszcze miał swoich turbacji? A do tego kowal już prawie codziennie i na różne sposoby straszył go sprawą i z wolna, ostrożnie, a wielce chytrze napomykał, że gdyby mu było pilno potrza, to ten i ów dałby pieniędzy...
Antek już sto razy gotów był prasnąć wszystko i uciekać, ale co spojrzał na wieś i co sobie wziął w myśle, jako pójdzie stąd na zawsze, to go taki strach ogarniał, iż wolałby kryminał, wolałby wszystko najgorsze, bele nie to.
Ale i o kryminale myślał z rozpaczą w duszy.
Więc z tego bojowania ze sobą zmizerował się, zgorzkniał i stał się w chałupie srogi a niewyrozumiały. Hanka w głowę zachodziła, na darmo próbując się wywiedzieć, co mu się stało. Nawet zrazu podejrzewała, jako znowu spiknął się z Jagusią; ale co oko miała bystre, a odpasiona Jagustynka też za nimi patrzała i drugie potwierdzali, że wyraźnie stronią od siebie i nikaj się nie schodzą, to się już uspokoiła z tej strony. Cóż z tego, że mu służyła jak mogła najwierniej, że już jadło miał wybrane i na porę, w chałupie ochędożny porządek, że gospodarka szła jak najlepiej, kiej cięgiem był zły, chmurny, o bele co poniewierał i dobrego słowa jej nie dawał.
A już było najcięrzej, kiedy chodził cichy, strapiony, smutny kiej noc jesienna i ani się gniewał, ani uprzykrzał, a jeno ciężko wzdychał i na całe wieczory szedł do karczmy pić ze znajomkami.
Pytać otwarcie nie miała śmiałości, a Rocho klął się, że też nie wie o niczym, co mogło być prawdą, gdyż stary przychodził teraz jeno na noc, a całe dnie wędrował po okolicy ze swoimi książeczkami, a nauczając pobożne nabożeństwa do Serca Jezusowego, którego urzędy wzbraniały odprawować po kościołach.
Aż któregoś wieczora, kiedy siedzieli jeszcze w izbie przy miskach, bo wiatr się był zerwał po zachodzie, psy całą hurmą zaszczekały nad stawem. Rocho położył łyżkę pilnie nasłuchując.
- Ktoś obcy! Trza wyjrzeć.

A tyla co jeno wyszedł, powrócił blady i rzekł prędko:
- Pałasze brzęczą na drodze! Jakby pytały, na wsi jestem!
Skoczył w sad i zginął.
Antek zbladł śmiertelnie i skoczył na równe nogi. Psy już docierały w opłotkach, na ganku rozległy się ciężkie stąpania.
- A może to już po mnie? - jęknął w trwodze.
Wszyscy jakby zmartwieli ujrzawszy na progu strażników.
Antek nie mógł się poruszyć, a jeno latał oczyma po wywartych oknach i drzwiach. Szczęściem, co Hanka całkiem przytomnie zapraszała ich siedzieć podsuwając ławę.
Grzecznie się przywitali, tak się zarazem przymawiając o kolację, że musiała im nasmażyć jajecznicy.
- Kajże tak późno? - zapytał wreszcie Antek.
- Po służbie! Dzieło u nas niemałe! - odrzekł starszy wodząc oczami po zebranych w izbie.
- Pewnie za złodziejami? - dorzucił Antek śmielej, wynosząc flachę z komory.
- I za złodziejami, i za drugim! Przepijcie do nas, gospodarzu!
Napił się z nimi. Przypięli się do jajecznicy, jaże łyżki dzwoniły.
Wszyscy siedzieli cichuśko kiej te przytrwożone trusie.
Strażnicy wymietli miskę do czysta, przepili jeszcze gorzałką i starszy obcierając wąsy rzekł uroczyście:
- Dawno was wypuścili z turmy, a?
- Niby to pan starszy nie wiedzą!
Rozdygotał się ździebko.
- A gdzież to Rocho? - spytał nagle starszy.
- Któren Rocho? - zrozumiał w mig i znacznie się uspokoił.
- Podobno u was żyje kakoj to Rocho?
- A może pan starszy mówią o tym dziadku, co to chodzi po wsi? Prawda, dyć go Rochem wołają!
Strażnik rzucił się niecierpliwie i rzekł groźnie:
- Nie róbcie szutek, przecież mieszka u was, wiadomo!
- Pewnie, co nieraz siedział u nas, ale siedział i u drugich. Proszalny dziadek, to kaj mu popadnie, tam i na noc głowę przytuli. Dziś w chałupie, indziej w obórce, a niekiedy i prosto pode płotem. Cóż to pan starszy upatrzył se na niego?
- Tak cóż by, nic, po znajomości pytam...
- Poczciwy człowiek, wody nikomu nie zamąci - wtrąciła Hanka.
- Nu, my znamy, kto on taki, znamy! - mruknął znacząco, próbując różnymi sposobami wypytywać o niego. Nawet już tabaką częstował, ale wszyscy tak gadali cięgiem jedno w kółko, że nie mogąc niczego przewąchać podniósł się z ławy ze złością: - A ja mówię, że mieszka u was w chałupie!
- Przeciek go w kieszeń nie schowałem! - odburknął Antek.

- Ja tu po służbie, ponimajcie, Boryna! - cisnął się groźnie starszy, ale jakoś się udobruchał dostawszy na drogę mendel jajków i sporą osełkę świeżego masła.

Witek poszedł za nimi trop w trop, rozpowiadając potem, jako wstępowali do sołtysa i próbowali zazierać do poniektórych okien jeszcze oświetlonych, jeno co pieski tak naszczekiwały, że nie poredziwszy nikaj zajrzeć kryjomo, z niczym odeszli.

Ale to zdarzenie tak jakoś dziwnie rozebrało Antka, że skoro jeno został sam na sam z żoną, zaczął się wyznawać z utrapień.

Słuchała z bijącym sercem, uważnie, nie przepuszczając ani jednego słowa, dopiero kiej w końcu zapowiedział, jako im już nic nie pozostaje, jeno przedać wszystko i uciekać we świat, choćby do Hameryki, stanęła przed nim pobladła kieby ściana.

- Nie pódę i dzieci na zatratę nie pozwolę! - wyrzekła groźnie - nie pódę! A jak mnie przyniewolisz, to siekierą łby dzieciom porozbijam, a sama choćby do studni! Prawdę mówię, tak mi Panie Boże, dopomóż! Zapamiętaj to sobie! - krzyczała klękając przed obrazami jakby do uroczystej przysięgi.

- Cichoj! Dyć jeno tak mówię!

Wytchnęła nieco i rzekła ciszej, ledwie już łzy powstrzymując:

- Odsiedzisz swoje i wrócisz! Nie bój się, dam se radę... nie uronię ci ni zagona, jeszcze me nie znasz... nie popuszczę z pazurów. Pan Jezus pomoże, to i taki dopust udźwignę - płakała cicho.

Medytował długo i w końcu powiedział:

- To bedzie, co Bóg da! Trza poczekać na sprawę.

Że na nic się zdały chytre kowalowe zabiegi.

ROZDZIAŁ 6

- Uwal się już raz i nie przeszkadzaj! - mruknął zgniewany Mateusz przewracając się na drugi bok.

Szymek przywarł na chwilę, a skoro tamten znowu zachrapał, jął się cicho przebierać ze sąsieka, gdyż mu się przywidziało, jako do stodoły, kaj spali, już się wdzierają mąty pierwszych świtań.

Omackiem zbierał po klepisku narzędzia, jeszcze wczoraj nagotowane, i tak się śpieszył, że mu raz po raz cosik leciało z rąk z przeraźliwym brzękiem, jaże Mateusz klął przez śpik.

Ale nad ziemiami leżały jeszcze ciemnice, jeno gwiazdy były już bladawe, na wschodniej stronie ździebko się przezierało i pierwsze kury biły skrzydłami krzykając zachryple.

Szymek zebrał w taczki, co jeno miał, i skradając się cichuśko kole chałupy wydostał się nad staw.

Wieś spała kiej zabita, nawet pies nie zaszczekał, a w cichości słychać było jeno bulgotanie wody przeciskającej się przez zapuszczone stawidła młyna.

Na drogach, przycienionych sadami, było jeszcze tak ciemno, że ledwie kajś niekaj zamajaczyła bielona ściana, zaś staw tyla jeno przezierał z nocy, co tym lśnieniem odbijających się gwiazd.

Ale dochodząc matczynej chałupy zwolnił kroku, pilnie nasłuchując, gdyż w opłotkach jakby ktosik chodził z cichym a nieustającym mamrotem.

- Kto tam? - posłyszał naraz głos matki.

Zdrętwiał i stał z zapartym oddechem, nie śmiejąc się poruszyć, zaś stara nie doczekawszy się odpowiedzi znowu jęła chodzić.

Widział ją kieby cień snującą się poddrzewami; macała sobie drogę kijaszkiem i chodziła odmawiając półgłosem litanię.

- Tłuką się po nocy kiej Marek po piekle - pomyślał, ale westchnął jakoś żałośnie i cichuśko, strachliwie przemknął się dalej. - Gryzie ich moja krzywda! Gryzie!- powtórzył z głęboką uciechą, wychodząc na szeroką, wyboistą drogę za młynem i naraz pognał, jakby go cosik popędzało, nie bacząc już na doły ni kamienie.

Wstrzymał się dopiero pod krzyżem, na rozstajach dróg podleskich. Za ciemno było jeszcze stawać do roboty, więc se przysiadł pod figurą odzipnąć nieco i poczekać.

- Złodziejska godzina, nie sposób rozeznać zagona od boru - mruczał brodząc oczyma po świecie. Pola stały jeszcze potopione w rozmrowionych ciemnościach, ale na niebie już się coraz barzej jarzyły złociste smugi świtania.

Dłużył mu się czas, że jął się pacierza, ale co jeno tknął ręką orosiałej ziemi, to gubił słowa i spominał se z lubością, jako już idzie na swoje, na gospodarkę.

- Mam cię i nie popuszczę - myślał hardo, radośnie i z niezmierną zapamiętałością kochania wżerał się rozgorzałymi ślepiami w skołtunione pod lasem ciemnoście, kaj już czekały na niego te sześć morgów kupione od dziedzica.

- Przygarnę ja was, sieroty kochane, i nie opuszczę, póki życia! - mamrotał ściągając kożuch na rozmamlane piersi, bo go był chłód ździebko przejmował, i wsparłszy się w krzyż plecami, zapatrzony w świtania zachrapał rychło zmorzony śpikiem.

Już pola szarzały kiej wody szeroko rozlane, a siwe od rosy zboża trącały go rozruchanymi kłosami, gdy zerwał się na nogi.

- Dzień kiej wół, pora na robotę - szepnął przeciągając kościе i klęknął pod krzyżem do pacierza, ale nie trzepał na pytel, jak to zawdy robił, bele jeno zbyć, a dużo nawzdychać, a w piersi się nagrzmocić i tyla się nażegnać, jaże kulas zdrętwieje: dzisiaj było inaczej, a wspomożenie bowiem Pańskie zabłagał rzewliwie i tak ze wszystkiej duszy, jaże mu łzy pociekły, i obejmując Jezusowe nóżki zaskamlał wpatrzony wiernymi ślepiami w Jego twarz umęczoną i świętą:

- Dopomóż, Jezu miłosierny! Rodzona mać me ukrzywdziła, Tobie się jeno oddawam, sierota! pomóż! Dyć, kiej ten ostatni, na ciężki wyrobek staję! Juści, com grzeszny, ale me spomóż, Panie miłosierny, to już na mszę dam abo i na dwie! Świec nakupię, a jak się dorobię, to nawet baldach sprawię! - prosił i przyobiecywał, serdecznie przywierając wargami do krzyża, obszedł go na kolanach, ucałował pokornie ziemię i wstał wielce skrzepiony i dufny w siebie.

I mocnym się poczuł, i gotowym już na wszystko, i tak dobrej myśle, że ująwszy ciężkie taczki pchał je kiej piórko, hardo tocząc oczami po Lipcach leżących niżej, a całych jeszcze we mgłach, z których jeno kościelna wieża biła wysoko, grając w zorzach pozłocistym krzyżem.

- Obaczycie! Hej! obaczycie! - krzykał radośnie, wchodząc na swoje gronta.

Leżały tuż pod lasem, jednym bokiem przywarte do pól lipeckich, ale Boże się zmiłuj, co to były za gronta! Kawał dzikiego ugoru, pełen dołów po cegielni, szutrowisk i kamionek obrosłych cierniami. Dziewanny, psi rumianek i końskie szczawie bujnie się pleniły po wzgórkach, a kaj niekaj z trudem wynosiła się pokręcona sosenka, to kępa olch lub jałowców, zaś po dołkach i młakach sitowia i trzciny burzyły się kiej młode bory. Słowem, ziemia była taka, co pies by nad nią zapłakał, że nawet sam dziedzic odradzał, ale chłopak się uparł:

- W sam raz la mnie! Uredzę i takiej!

I Mateusz go odwodził, ze strachem spoglądając na to dzikie wywieisko, kaj jeno pieski folwarczne odprawiały swoje wesela, ale Szymek cięgiem prawił swoje, a w końcu twardo powiedział:

- Rzekłem! Każda ziemia dobra, jak się jej człowiek dołoży!

I wziął ją, bo dziedzic sprzedał tanio, po sześćdziesiąt rubli morgę, i jeszcze przyobiecał pomoc w drzewie i różnościach.

- Hale, co bym ta nie miał poredzić! - wykrzyknął oblatując ją rozgorzałymi oczyma i złożywszy taczki na miedzy jął obchodzić swoje granice, znaczone nawtykanymi gałęziami.

Chodził z wolna i w takiej cichej a głębokiej radości, jaże serce biło mu kiej młotem i gardziel zatykało. Chodził układając sobie w głowie po porządku, co robić i od czego zaczynać. Przecież to miał robić la siebie, la Nastusi, la przwszłego rodu Paczesiów, to się tak był sprężył w mocy i srogiej ochocie, jako ten głodny wilk, gdy przychwyci barana i dorwie się żywego mięsa.

I obszedłszy całe pole jął rozważnie wybierać miejsce pod chałupę.

- Rychtyk najlepsze, wieś naprzeciw i bór pod bokiem, łacniej będzie o drzewo i ciszej na zimę - rozważał i oznaczywszy kamieniami cztery węgły ściepnął kożuch, przeżegnał się i splunąwszy w garście wziął się do równania ziemi a karczunków.

Dzień się już był podniósł złocisty, od wsi leciały porykiwania stad wypędzanych na paszę, skrzypiały żurawie, ludzie wychodzili do roboty, turkotały po drogach wozy i niosły się przeróżne głosy wraz z leciuśkim wiaterkiem, który zaswywolił we zbożach, wszystko szło jak co dnia, tylko Szymek, nie bacząc na nic, jakby się zapamiętał w pracy, niekiedy jeno prostował grzbiet, odzipiał, przecierał oczy zalane potem i znowu przypinał się do ziemi kieby ta pijawka nienasycona, mamrocząc cięgiem wedle swego zwyczaju do każdej rzeczy, jakby do czegoś żywego.

Jął się był właśnie wyważania wielgachnego kamienia i prawił:

- Wyleżałeś się, odpocząłeś, to mi teraz możesz chałupę podeprzeć.

A wycinając krze tarniny, mówił ze szydliwym prześmiechem:

- Nie broń się, głupie! myśli, co mi się oprze! Hale! ostawie cię to, byś portki ozdzierało, co?

Zaś do kamionek odwiecznych rzekł:

- I was ruszę, ciężko gnieść się na kupie! Bruk z waju wyrychtuję kole obory, jak u Borynów!

A niekiedy nabierając oddechu ogarniał swoją ziemię miłującymi oczami a szeptał gorąco:

- Mojaś ty! Moja! Nikto mi cię nie wydrze!

I współczując tej biedocie zachwaszczonej, płonej, nieurodzajnej i opuszczonej, dodawał pieszczotliwie kieby do dzieciątka:

- Poczekaj ździebko, sieroto, uprawię cię, napasę, wyceckam, że rodzić będziesz jak i drugie. Nie bój się, dogodzę ci, dogodzę.

Słońce się podniesło na pola i zaświeciło mu prosto w oczy.

- Panie Boże zapłać! - wyrzekł przymrużając oczy. - Na gorąc znowu idzie i susze - dodał, bo wynosiło się srodze rozczerwienione.

Pokrótce ozwała się i sygnaturka na kościele, a nad lipeckimi kominami podnosiły się z wolna modrawe słupy dymów.

- Podjadłbyś se tera, gospodarzu, co? - przyciągnął pasa - jeno ci już matka dwojaków nie przyniesą, nie - westchnął smutnie.

I na podleskich rolach zaroiło się od ludzi, stawali, jak i on, do roboty na co dopiero nabytych ziemiach; dojrzał Stacha Płoszkę, orzącego w parę tęgich koni.

- Mój Jezu, kiedy to dasz choćby jednego - pomyślał.

Wachnik Józef zwoził kamienie na fundamenta chałupy, Kłąb ze synami okopywał rowem swoją ziemię, a Grzela, wójtów brat, przy samym krzyzie nade drogą coś długo rozmierzał tyką.

- Miejsce jakby wybrane pod karczmę - zauważył Szymek.

Grzela oznaczywszy kołkami wymierzony plac przyszedł z pozdrowieniem.

- Ho, ho! robisz, widzę, za dziesięciu! - podziw miał w oczach.

- A bo mi to nie potrza? Cóż to mam? Jedne portki a te gołe pazury! - mruknął nie odrywając rąk od roboty.

Grzela poradził mu to i owo i wrócił do swojego, a po nim zachodziły i drugie, kto z dobrym słowem, kto na pogwarę, a kto jeno wykurzyć papierosa i zębów naszczerzyć, ale Szymek, odpowiadał coraz niecierpliwiej, że już w końcu ostro krzyknął na Pryczka:

- Robiłbyś swoje i drugim nie przeszkadzał! Świątki se juchy robią !

I ostał sam, bo go już omijali.

Słońce podnosiło się coraz wyżej, wisiało już nad kościołem, niesło się niepowstrzymanie zalewając świat ślepiącą jasnością i żarem, wiatr się był kajś zadział, że już gorąc bez przeszkody ogarniał ziemię rozmigotaną przysłoną, w której zboża pławiły się kieby w tym rozbełtanym, cichuśkim wrzątku.

- Mnie ta rychło nie spędzisz - rzekł jakby przeciw słońcu i dojrzawszy Nastusię ze śniadaniem wyszedł naprzeciw, łapczywie zabierając się do dwojaków.

Nastusia jakoś markotnie spozierała po polach.

- A bo się to co urodzi na takich zdziarach i mokradłach!
- Wszystko się urodzi, obaczysz, co i pszenicę miała będziesz na placki.
- Czekaj tatka latka, jak kobyłę wilcy zjedzą.
- Nie zjedzą, Nastuś! Gront jest, to i łacniej przeczekać, dyć całe sześć morgów nasze - prawił pojedając z pośpiechem.
- Juści, to ziemi pewnie ugryzie! A jak to przezimujemy?
- Moja w tym głowa, nie turbuj się! O wszyćkim deliberowałem i wszyćkiemu najdę zaradę! - Odsunął puste dwojaki, przeciągnął kościе i powiódł ją pokazując i tłumacząc.
- W tym miejscu stanie chałupa! - zawołał radośnie.
- Stanie! Z błota ją pewnie ulepisz kiej jaskółka!
- A z drzewa i gałęzi, i z gliny, i z piasku, i z czego się jeno da, bele tylko w niej przetrzymać z jakiś roczek, póki się nie wspomożemy.
- Sielny dwór, widzę, zamyślasz! - warknęła niechętnie.
- Wolę w budzie niźli u kogo na komornym.
- Mówiła Płoszkowa, żeby się do nich sprowadzić na przezimowanie, i sama się ochfiarowała dać nam izbę, z dobrego serca.
- Z dobrego serca. A juści, pewnikiem chce zrobić na złość matce, dyć się żrą ze sobą kiej te psy. Torba zapowietrzona, nie potrzebuję jej dobrości. Nie bój się, Nastuś, wyrychtuję ci taką chałupę, że i okno będzie, i komin, i wszyćko, co ino potrza. Obaczysz, że jak ament w pacierzu, tak za trzy niedziele stanie gotowa, żebym se miał kulasy urobić, a stanie.
- Hale, sam to pewnie postawisz!
- Mateusz mi pomoże, przyobiecał!
- Nie dałaby to matka jakiego wspomożenia? - powiedziała lękliwie.
- Żebym skapiał, a prosił ich nie będę! - wykrzyknął, ale widząc, co jeszcze barzej posmutniała, wielce się sfrasował i kiej przysiedli pod żytem, jął jękliwie tłumaczyć:
- A mogę to, Nastuś? Jakże, wygnała me i na ciebie pomstuje.
- Mój Boże, żeby choć jaką krowinę dali, a to jak te najgorsze dziadaki, przez niczego, jaże strach pomyśleć.
- Będzie i krowa, Nastuś, będzie, jużem se jedną upatrzył.
- Bo to ani chałupy, ani bydlątka, ani nic! - zapłakała przytulając się do niego, obcierał jej oczy, głaskał po głowinie, ale że i jemu robiło się żałośnie, co dziw sam nie beknął, to porwał się na nogi, chycił za łopatę i krzyknął jakby srodze zgniewany.
- Bój się Boga, kobieto, tylachna roboty, a ty jeno wyrzekasz?

Podniesła się, pełna ciężkich turbacji a trosk niemałych.

- Bo jeśli z głodu nie pomrzem, to nas wilki zjedzą na tym wywieisku.

Rozgniewał się na dobre i biorąc się do roboty rzekł twardo:

- Masz buczeć i pleść bele co, to lepiej ostań se w chałupie.

Chciała się przygarnąć do niego i udobruchać, ale ją odepchnął.

- Hale, pora tera na jamory, juści! - dał się jednak ugłaskać, choć się ta jeszcze sierdził na babie gadanie, że odeszła spokojna i nawet wesoła.

- Loboga! Dyć i kobieta człowiek, a po człowieczemu nie wyrozumie. Płacze jeno a lamenty, samo z nieba nie spadnie, jak się kulasami nie wyrobi. Kieby te dzieci, to śmiech, to płacz, to złoście i wyrzekania ! Loboga !

Mamrotał przypinając się do roboty, że wnet zapomniał o całym świecie.

I już tak pracował dzień w dzień, o pierwszym świcie się zrywał i wracał późnym wieczorem, że często gęby nie ozwarł do nikogo przez cały dzień, jadło przynosiła mu Tereska albo kto drugi, gdyż Nastusia odrabiała przy księżych ziemniakach.

Zrazu zaglądał do niego ten i ów, ale że nierad był pogwarom, to jeno z dala poglądali dziwując się jego niestrudzonej pracy.

- Kwarda jucha! Kto by się to był spodział - mruknął Kłąb.

- A bo to nie Dominikowe nasienie! - wykrzyknął ze śmiechem ktosik drugi, ale Grzela, któren go od samego początku pilnie obserwował, rzekł:

- Prawda, że haruje kiej wół, ale trza by mu ździebko ulżyć.

- Juści, sam nie uradzi, trza by, wart tego! - przytwierdzali, jeno co nikto się nie pokwapił na pierwszego, wyczekując, jaże sam poprosi.

Ale Szymek nie prosił, ani mu to w głowie postało, więc też któregoś dnia srodze się zdumiał dojrzawszy jakiś wóz jadący ku niemu.

Jędrzych powoził i już z dala krzyczał wesoło:

- Pokaż, kaj mam podorywać! Dyć to ja!

Szymek dopiero po długiej chwili uwierzył oczom.

- Żeś się to ważył, no, spierą cię, chudziaku, obaczysz.

- A niechta! a jak me spierą, to już całkiem do ciebie przystanę.

- I sameś to umyślił mi pomagać?

- A sam! Dawno chciałem, jenom się bojał, pilnowali me i zrazu Jagusia też odradzała - rozpowiadał szeroko, biorąc się do roboty, że już razem orali cały dzień, a odjeżdżając obiecał przyjechać jeszcze i nazajutr.

I przyjechał równo ze słońcem, a Szymek zaraz obaczył jego poliki ździebko posinione, ale spytał się dopiero przed wieczorem:

- Silne piekło ci zrobili?

- I... ślepi, to im niełacno me zmacać, a sam przeciek pod pazury nie wlezę - powiadał jakoś markotnie.

- A Jagna cię nie wydała?

- Jagusia przeciek nie stoi nam na zdradzie.

- Póki jej cosik do łba nie strzeli, kto to wyrozumie kobiety! - westchnął żałośnie i wzbronił mu więcej przyjeżdżać.

314

- Sam se już dam radę, pomożesz mi później przy siewach.

I znowu ostał sam, i robił niestrudzenie kiej ten koń w kieracie, nie bacząc na utrudzenie ni na żar, dnie bowiem szły takie gorące, rozprażone a duszne, że ziemia pękała, wody wysychały, trawy żółkły, a zboża stały ledwie już żywe w owej piekielnej pożodze, pola robiły się puste i głuche, gdyż nie sposób było wytrzymać przy robocie, prosto żywy ogień lał się z nieba i słońce wyżerało ślepie. Zbielałe, mętne niebo wisiało kieby ta ognista, rozdrgana płachta, obtulająca wszystką ziemię taką spieką, że ni wiater się poruszył, ni zaruchały się drzewa, ni ptak zaśpiewał lebo głos ludzki się kaj zerwał, a co dnia jednako ze wschodu na zachód wędrowało słońce siejąc nieubłaganie ogień i posuchę.

A i Szymek co dnia jednako stawał do roboty, nie dając się spędzić upałom, że nawet już noce przesypiał na polu, bele jeno czasu nie mitrężyć, aż go Mateusz hamował w onej zajadłości, ale mu rzekł krótko:

- W niedzielę se odpocznę!

Jakoż w sobotę wieczorem przyszedł do chałupy, ale tak przemordowany, iż zasnął przy misce, a nazajutrz spał prawie cały dzień, bo dopiero na odwieczerzu zwlókł się był z barłogu i przybrawszy się odświętnie zasiadł przed kopiastymi michami; chodziły też kole niego kobiety kieby kole tej ważnej osoby, często dokładając i bacząc na każde skinienie, on zaś, nałożywszy się do syta, pasa popuścił, kości rozprostował i huknął wesoło:

- Bóg zapłać, matko! A tera chodźma się ździebko poweselić!

I ruszył z Nastusią do karczmy, a za nimi Mateusz z Tereską.

Żyd kłaniał mu się w pas, gorzałkę stawiał bez wołania i gospodarzem przezywał, z czego Szymek niemało się puszył i podpiwszy se galancie, darł się między najpierwsze i swoje o wszyćkim powiedał.

W karczmie było ludno i muzyka przygrywała la większej ochoty, ale nikto się jeszcze nie brał do tańców, a jeno przepijali do się, biadoląc na gorąc, to na przednówek, jak to zwyczajnie w karczmie.

Przyszły nawet Boryny z kowalami, ale powiedli się do alkierza i musi co se niezgorzej używali, bo Żyd raz po raz nosił im gorzałkę i piwo.

- Antek patrzy dzisia w swoją kobietę kieby gapa w gnat, że nawet człowieka nie poznaje - wyrzekał markotnie Jambroż, na darmo zazierając do alkierza, skąd się roznosiły brzękliwe, lube głosy.

- Bo mu lepszy swój trep niźli buciary, co na każdy kulas idą - rzekła z prześmiechem Jagustynka.

- Ale w takich nóg se człowiek nie urazi! - dorzucił ktosik, a cała karczma gruchnęła śmiechem rozumiejąc, co Jagusię mają na myślach.

Jeno Szymek się nie śmiał, bo ułapiwszy Jędrzycha za szyję całował go, a prawił dobrze już napiłym głosem:

- Słuchać me powinieneś, pomiarkuj jeno, kto do cię mówi.

- Dyć wiem, juści... jeno matula przykazali - jąkał płaczliwie.

- Co tam matula! mnie się posłuch należy, gospodarz jestem.

Muzykanty wyrznęły chodzonego, podniósł się wrzask, rypnęły obcasy, zaskowyczały dyle, zaśpiewały piosneczki, zakręciły się pary, to i Szymek ułapił wpół Nastusię, kapotę rozpuścił, czapę zbakierował, da dana gruchnął, wysforował się na pierwszego i najgłośniej krzykał, najzapamiętalej bił w podłogę, najostrzej zawracał i toczył się bujnie, wesoło, rozgłośnie, kiej ten potok nabrany zwiesnową mocą.

Ale kiej przetańcował raz i drugi, dał się kobietom wywieść z karczmy i już galancie przetrzeźwiony siedział z nimi pod chałupą, przylazła też Jagustynka i tak se wraz pogadywali, bo chociaż późno było i Szymek zbierał się do powrotu, ale było mu jakoś niesporo, ociągał się, zwłóczył; do Nastki się przygarniał i czegoś wzdychał, jaże matka rzekła:

- Ostań w stodole, kaj ta będziesz się tłukł po nocy.

- Kiedy pościele ma już tam, w budzie - tłumaczyła Nastusia.

- A to go puść pod swoją pierzynę, Nastuś - ozwała się Jagustynka.

- Co wam też w głowie! Hale, jeszcze czego! - broniła się zesromana.

- Dyć to twój chłop! Że ta ździebko przódzi, nim ksiądz poświęci, nie grzech, a chłopak haruje kieby wół, to mu się należy nadgroda.

- Święta prawda! Nastuś! Nastuś! - skoczył kiej wilk do dziewczyny, przycapił ją kajś w sadzie i nie popuszczając z garści, całował i skamlał:

- Wygonisz me to, Nastuś? wygonisz, najmilsza, w taką noc?

Matka nalazła se jakąś sprawę w sieni, a Jagustynka rzekła na odchodnym:

- Nie broń mu, Nastuś! Mało dobrego na świecie, a zdarzy się kieby to ziarno ślepej kurze, to je z pazurów nie popuszczajta.

Rozminęła się w opłotkach z Mateuszem, któren, dojrzawszy przez okno, co się w izbie święci, krzyknął do Szymka:

- Na twoim miejscu już bym to dawno zrobił!

I pogwizdując leciał na wieś szukać uciechy.

Ale nazajutrz o świtaniu Szymek stanął na robotę jak zawdy i pracował niestrudzenie, tylko kiedy mu Nastuś przyniosła śniadanie, to łakomiej sięgał jej warg czerwonych niźli dwojaków.

- A zdradź me ino, to ci łeb wrzątkiem obleję - groziła wpierając się w niego.

- Mojaś, Nastuś... samaś mi się dała... już cię nie popuszczę - bełkotał gorąco i zazierając jej w oczy dodał ciszej: - Chłopak musi być pierwszy.

- Głupiś! Hale, jakie mu to zberezieństwa we łbie! - odepchnęła go i zapłoniona uciekła, gdyż niedaleczko ukazał się pan Jacek, fajeczkę se kurzył, skrzypki ściskał pod pachą i pochwaliwszy Boga rozpytywał o różnoście. Szymek rad przechwalał się z tego, co to już dokonał, i z nagła oniemiał i ślepie wybałuszył, bo pan Jacek skrzypki odłożył, kapotę ściepnął i zabrał się do przerabiania gliny.

Szymek jaże łopatę wypuścił i gębę rozdziawił.

- Czegóż się dziwujesz, hę?

- Jakże? to pan Jacek będą ze mną robili?

- A będę, pomogę ci przy chałupie, myślisz, że nie poradzę? Zobaczysz.

I robili już we dwóch, wprawdzie stary wielkiej mocy nie miał i chłopskiej robocie był niezwyczajny, ale miał takie przemyślne sposoby, że praca szła znacznie prędzej i składniej. Juści, co Szymek skwapliwie słuchał go we wszystkim, mrucząc jeno kiej niekiej:

- Loboga, tego jeszcze nie bywało na świecie... Żeby dziedzic...

Pan Jacek jeno się prześmiechał i jął pogadywać o takich różnościach i takie cudeńka prawił o świecie, jaże Szymek dziw mu do nóg nie padł w podzięce a zdumieniu, jeno co nie miał śmiałości, ale wieczorem poleciał rozpowiedzieć o wszystkim Nastusi.

- Mówili, co głupawy, a on ci kiej ten ksiądz najmądrzejszy! - zakończył.
- Drugi mądrze powieda i głupio robi! Juści, żeby miał dobry rozum, to by ci może pomagał, co? Albo pasałby Weronczyne krowy?
- Prawda, że tego ani sposób wymiarkować!
- Nic, jeno mu się w głowie popsuło.
- Ale też lepszego człowieka nie naleźć na świecie.

I był mu niezmiernie wdzięczny za tę dobroć, ale chociaż razem pracowali, z jednych dwojaków jedli, a pod jednym kożuchem sypiali, to jednak nijakoś mu się było z nim podufalej stowarzyszać.

- Zawdyć to dziedzicowy gatunek - myślał z głębokim uważaniem i wdzięcznością, bo przy jego pomocy chałupina rosła kieby na drożdżach, zaś kiedy Mateusz przyszedł z pomocą, a Kłębowy Adam nawiózł z boru, co było jeno potrza; to buda stanęła taka galanta, jaże ją było widać z Lipiec. Mateusz prawie cały tydzień harował sielnie, drugich poganiając, i kiej skończyli w sobotę po południu, zieloną wiechę zatknął na kominie i poleciał do swojej roboty.

Szymek jeszcze wybielał izbę a uprzątał wióry i śmiecie, zaś pan Jacek przybrał się, skrzypki wziął pod pachę i rzekł ze śmiechem:

- Gniazdko gotowe, nasadźże sobie kokosz...
- Dyć jutro ślub po nieszporach - rzucił mu się dziękować.
- Nie robiłem za darmo! Jak mnie ze wsi wypędzą, to przyjdę do ciebie na komorne - fajeczkę zapalił i polazł w stronę lasu.

A Szymek, chociaż wszystko pokończył, łaził jeszcze czegoś, przeciągał strudzone kości i patrzył na chałupę z niespodziewaną uciechą.

- Moja! Juści, co moja! - gadał i jakby nie wierząc oczom dotykał ścian, obchodził dokoła i zaglądał przez okno wciągając z lubością skisły zapach wapna i surowej gliny, że dopiero o zmierzchu ruszył do wsi szykować się na jutro.

Juści, co już wszystkie wiedziały o ślubie, więc i Dominikowej doniesła któraś z sąsiadek, ale stara udała, iż nie miarkuje, o czym powiedają.

Zaś nazajutrz w niedzielę już od wczesnego rana Jagusia raz po raz wymykała się z chałupy ze sporymi tobołami, cichaczem, przez ogrody, dygując je do Nastusi, lecz stara, chociaż dobrze czuła, co się wyrabia, nie przeciwiła się niczemu, łaziła jeno milcząca i tak chmurna, co Jędrzych dopiero po sumie ośmielił się do niej przystąpić.

- A to już pódę, matulu! - szepnął trzymając się z daleka, ostrożnie.

- Konie byś lepiej wygnał na koniczysko...
- Dzisia Szymkowe wesele, nie wiecie to...
- Chwała Bogu, co nie twoje! - zaśmiała się urągliwie. - A spij się, to
obaczysz, co ci zrobię! - pogroziła ze złością i kiej chłopak wziął się
przybierać odświętnie; powlekła się kajś na wieś.
- A spiję się, na złość się spiję! - mamrotał biegnąć przez wieś do
Mateuszowej chałupy, rychtyk już wychodzili do kościoła, jeno że cicho,
bez śpiewań, bez krzyków i bez muzyki. Ślub się też odbył całkiem biednie
przy dwóch jeno świecach, że Nastusia rozpłakała się rzewliwie, a Szymek
bzdyczył się czegoś i hardo, zaczepliwie patrzył w ludzi i po pustym
kościele. Szczęściem, co na wychodnym organista zagrał tak skocznie, jaże
nogi zadrygały, i stało się jakoś raźniej i weselej na duszach.
Jaguś zaraz po ślubie wróciła do matki, a jeno później zaglądała niekiedy
do weselników, bo Mateusz zagrał na skrzypicy, Pietrek Borynów
przywtórzył na fleciku, a ktosik srodze przybębniał, że zatańcowali w
ciasnej izbie, a poniektóre, co ochotniejsze, to prosto przed chałupą między
stołami, kaj się porozsadzali godownicy jedząc, przepijając a gwarząc z
cicha, że to nijako było się wydzierać za dnia i po trzeźwemu.
Szymek cięgiem łaził za żoną, w kąty ją ciągał, a tak siarczyście całował,
jaże przekpiwali z niego, a Jambroż rzekł posępnie:
- Ciesz się, człowieku, dzisia, bo jutro zapłaczesz! - i gonił ślepiami
kieliszek.
Co prawda, to i ochoty wielkiej nie było, i na większą zabawę się nie
zanosiło, gdyż niejedni, podjadłszy zdziebko i posiedziawszy obyczajnie
czas jakiś, gdy słońce zaszło i niebo stanęło w ogniach zórz, jęli się już
zbierać do domów. Tylko jeden Mateusz srodze się rozochocił, grał,
przyśpiewywał, dzieuchy do tańców niewolił, gorzałką częstował, a skoro
się pokazała Jagusia, sielnie się z nią stowarzyszał, w oczy zazierał i z cicha,
gorąco cosik prawił, nie bacząc na rozjarzone łzami oczy Tereski stróżujące
nieodstępnie.
Jaguś nie stroniła od niego, bo ni ją ziębił, ni parzył, słuchała cierpliwie,
zważając jeno pilnie, czy nie nadchodzą Antkowie, z którymi za nic spotkać
się nie chciała Na szczęście, nie przyszli, nie było też żadnego z większych
gospodarzy, chociaż zaprosinom nie odmówili, a wspomogę na wesele, jak
to było zwyczajnie, przysłali, więc skoro ktosik o tym wspomniał,
Jagustynka wykrzyknęła po swojemu:
- Żeby ta smaków nagotowali, a zapachniała kufa okowitki, to by się kijem
nie opędził od najpierwszych, ale na darmo nie lubią brzuchów trząchać i
suchymi ozorami mleć.
Że zaś już była zdziebko napita, to dojrzawszy Jaśka Przewrotnego, jak
kajś w kącie wzdychał żałośliwie, nos ucierał i ogłupiałymi oczami
spozierał w Nastusię, pociągnęła go do niej la prześmiechów.
- Potańcuj z nią, użyj se choć tyla, kiej ci matka wzbronili żeniaczki, a
zabiegaj kole niej, może ci co z łaski udzieli, ma chłopa, to już jej zarówno,

jeden czy więcej.

I wygadywała takie trefności, jaże uszy więdły, zaś kiedy i Jambroż dorwał się kieliszka i jął po swojemu gębę rozpuszczać, to już oboje rej wiedli pyskując do śmiechu, aże się trzęsły wszystkie kałduny ani się spostrzegając w onej zabawie, jak im przeszła ta krótka noc.

Że w mig ostał z obcych jeno Jambroż sączący flachy do sucha, zaś młodzi postanowili zaraz przenieść się na swoje, Mateusz przyniewalał do pozostania w chałupie na jakiś czas, ale Szymek się uparł, konia pożyczył od Kłęba, skrzynie a pościele i statki upakował na wozie, Nastusię z paradą usadził, matce padł do nóg, szwagra ucałował, famieliantorn pokłonił się w pas, przeżegnał się, konia śmignął i ruszył, a pobok szli odprowadzający.

I wiedli się w milczeniu, właśnie słońce co jeno było się pokazało, pola stanęły w roziskrzanych rosach i ptasich śpiewaniach, zaruchały się ciężkie kłosy i wszystkim światem buchnęła weselna radość dnia, co jak ten święty pacierz wionął z każdego źdźbła i unosił się wraz ku niebu jasnemu.

Dopiero za młynem, gdy dwa boćki jęly kołować wysoko nad nimi, ozwała się matka strzepując palcami:

- Na psa urok! Dobra wróżba, będą się wama dzieci darzyć.

Nastusia ździebko poczerwieniła się, a Szymek, wspierając wóz na wybojach, zagwizdał zuchwale i hardo potoczył ślepiami.

Zaś kiej już sami ostali, Nastusia rozejrzawszy się po swoim nowym gospodarstwie rozpłakała się żałośnie, aż Szymek krzyknął:

- Nie bucz, głupia! Drugie i tyla nie mają! Jeszcze ci będą zazdrościły - dodał, a że był wielce strudzony i nieco napity, uwalił się w kącie na słomie i wnet zachrapał, a ona zasiadła pod ścianą i popłakiwała spozierając na białe ściany Lipiec, widne ze sadów.

I nieraz jeszcze płakała na swoją biedę, jeno co już coraz rzadziej, gdyż wieś jakby się zmówiła na ich wspomożenie. Najpierwej przyszła Kłębowa z kokoszką pod pachą i stadem kurczątek w koszyku i snadź dobry zrobiła początek, bo prawie każdego dnia zaglądała do niej któraś z gospodyń, a nie z próżnymi rękami.

- Ludzie kochane, a czymże się ja wam odsłużę - szeptała wzruszona.

- A choćby dobrym słowem - odparła Sikorzyna dając jej kawał płótna.

Jak się dorobisz, to oddasz biedniejszym - dodała rozsapana Płoszkowa wyciągając spod zapaski niezgorszy kawał słoniny.

I nanieśli jej tyla, że mogło starczyć na długo, a któregoś zmierzchu Jasiek przywiódł im swojego Kruczka i uwiązawszy go pod chałupą uciekał jakby oparzony.

Śmiali się niemało rozpowiadając o tym Jagustynce wracającej z boru, stara skrzywiła się wzgardliwie i rzekła:

- W przypołudnie zbierał la cię, Nastuś, jagódki, ale matka mu odebrała.

Pociągnęła do Borynów niesąc czerwonych jagód la Józki, a że właśnie Hanka doiła krowy przed chałupą, przysiadła pobok na przyźbie, rozpowiadając szeroko, jak to Nastusię obdarzają.

- Hale, na złość Dominikowej to robią - zakończyła.

- Nastce to zarówno, ale trza by i mnie co ponieść - szepnęła Hanka.

- Narychtujcie, to zaniesę - nastręczała się skwapnie, gdy z izby rozległ się słaby, proszący głos Józki:

- Hanuś, dajcie jej moją maciorkę! Zamrę pewnikiem, to Nastuś za to zmówi za mnie jaki pacierz.

Trafiło to Hance do myśli, bo zaraz kazała Witkowi wziąć prosię na postronek i pognać do Nastusi, gdyż iść samej czegoś się wagowała.

- Witek, powiedz ino, co ta maciorka ode mnie! A niech przyleci rychło, bo ja się już ruchać nie poredzę! - zaskarżyła się boleśnie, chorzało bowiem biedactwo od tygodnia, leżała po drugiej stronie chałupy spuchnięta, w gorączce i cała obwalona krostami, zrazu wynosili ją na dzień do sadu pod drzewa, bo skamlała o to żałośnie.

Ale cóż, kiej się tak pogarszało, że Jagustynka wzbroniła ją wynosić na powietrze.

- Musisz leżeć po ciemku, bo w słońcu wszystkie krosty padną na wątpia.

I leżała samotnie w przyćmionej izbie pojękując jeno i skarżąc się cichuśko, że nie dopuszczają do niej dzieci ni żadnej z przyjaciółek, gdyż Jagustynka, mająca ją w opiece, kijaszkiem odganiała każdego.

A teraz, skoro ugwarzyła się z Hanką, podetknęła chorej jagód i wzięła się do wygniatania maści z czystej gryczanej mąki zarobionej obficie świeżym niesolonym masłem i samymi żółtkami, obwaliła nią grubo twarz i szyję Józki, a na to nakładła mokrych szmat, dziewczyna cierpliwie poddawała się lekom, jeno trwożnie rozpytując:

- A nie będzie dziobów na polikach?

- Nie zdrapuj, to przejdzie ci bez znaku, jak Nastusi.

- Kiej tak swędzi, mój Jezu! To mi już lepiej przywiążcie ręce, bo nie wytrzymam! - prosiła łzawo, ledwie wstrzymując się od darcia skóry, stara wymruczała nad nią jakąś zamowę, okadziła wysuszonym rozchodnikiem i przywiązawszy jej ręce do boków odeszła do roboty.

Józka leżała cicho, zasłuchana w brzęki much i w ten dziwny szum, co się jej cięgiem przewalał po głowie, słyszała jak przez sen, że niekiedy ktosik z domowych zaglądał do niej i odchodził bez słowa, to się jej widziało, że ciężkie od rumianych jabłuszek gałęzie zwisają nad nią tak nisko, a ona próżno się zrywa i dosięgnąć ich nie poredzi, to znowu, że owieczki cisną się dokoła z jakimś żałosnym bekiem, ale skoro Witek wsunął się do izby, zaraz go rozeznała.

- Zapędziłeś maciorkę? Cóż pedziała Nastusia?

- Taka była rada prosiakowi, że dziw go w ogon nie całowała.

- Widzisz go, będzie się z Nastusi prześmiewał!
- Prawdę mówię! I kazała pedzieć, co jutro do cię przyleci.
Zaczęła się nagle rzucać na łóżku i trwożnie wołać:
- Odpędź je, bo me zatratują, odpędź! Basiuchny! Baś! Baś!
I jakby zasnęła, tak leżała spokojnie, Witek odszedł, ale zaglądał do niej co
trochę. Spytała go niespokojnie:
- Czy to już połednie?
- Kole północa być musi, wszystkie śpią.
- Prawda, ciemno! Wybierz wróble spod kalenicy, piszczą jak wypierzone!
Jął cosik rozpowiadać o gniazdach, gdy zakrzyczała usiłując się podnieść.
- A gdzie siwula! Witek, nie puszczaj w szkodę, bo cię ociec spierą!
Którgoś razu kazała mu bliżej przysiąść i szeptem rozpowiadała:
- Hanka mi wzbrania na wesele Nastusi, ale na złość pódę i przybierę się w
modry gorset i w tę kieckę, com to w niej była na odpuście. Oczy za mną
wypatrzą, zobaczysz! Witek, narwij mi jabłek, niech cię ino Hanka nie
przychwyci! Juści, że jeno z parobkami będę tańcowała! - przymilkła nagle
i zasnęła, zaś Witek już całymi godzinami przy niej siadywał, gałęzią bronił
od much i wody podawał, czuwając nad nią kiej kokosz, bo Hanka ostawiła
go w chałupie do pomocy, a bydło pasał za niego wraz ze swoim Kłębów
Maciuś.
Zrazu przykrzyło się chłopakowi za lasem i swawolą, ale tak go strasznie
rozżaliła Józina choroba, że rad był jej nieba przychylić i cięgiem jeno
przemyśliwał, czym by ją zabawić i przywieść do śmiechu.
Którgoś dnia przyniósł całe stadko młodych kuropatek.
Józia, pogładź ptaszki, to ci zapiukają, pogładź.
- Jakże, mam to czym - jęknęła unosząc głowę.
I gdy odwiązał jej ręce, wzięła trzepoczące się ptaszki w zdrętwiałe,
bezsilne dłonie cisnąc je do twarzy i oczów.
- Tak się w nich dusza tłucze, tak się boją, biedoty! Puść je, Witek!
- Sam wytropiłem i będę to puszczał - bronił się, ale je wypuścił.
A znowu kiedyś przyniósł młodego zajączka i trzymając go za uszy
posadził przed nią na pierzynie.
- Trusia kochana, trusiuchna, od matuli cię wzieni, sieroto, od matuli.
Szeptała cisnąc go do piersi kiej dzieciątko, a głaszcząc i, upieszczając, ale
zając beknął jakby rozdzierany i wyrwał się z rąk, skoczył do sieni w całe
stado kur, że rozpierzchły się ze srogim wrzaskiem, buchnął na ganek i
przez Łapę drzemiącego w sieni rymnął do sadu, pies pognał, a za nimi
Witek z krzykiem niemałym, z czego uczynił się taki harmider, jaże Hanka
przyleciała z podwórza, zaś Józka śmiała się do rozpuku.
- Może go pies złapał, co? - pytała potem ździebko niespokojnie.
- A juści, obaczył mu jeno podogonie, zając wpadł we zboże, jak kamień
we wodę, tęgi wywijacz! Nie markoć się, Józia, przyniosę ci co drugiego.
I znosił, co jeno mógł: to przepiórki jakby złotem oprószone, to jeża, to
oswojoną wiewiórkę, która strasznie do śmiechu skakała po izbie, to młode

jaskółki, tak żałośnie piukające, że stare z krzykiem wdzierały się do izby, aż mu Józka kazała oddać, to insze różnoście, nie spominając już, co jabłek i gruszek nanosił tyla, ile mogli zjeść kryjomo przed starszymi, ale już ją to nie bawiło, bo często patrzała, jakby nie miarkując, i odwracała się znużona i niechętna.

- Nie chcę, przynieś co nowego! - matyjasiła odwracając oczy i nawet nie patrząc na boćka, który się grajdał po izbie, kuł po wszystkich garnkach i na darmo przyczajał się pod drzwiami na Łapę, dopiero kiej pewnego razu przyniósł jej żywą żołnę, rozchmurzyła się nieco.

- Jezu kochany, a to śliczności, kieby malowanie!
- A pilnuj się, bych cię w nos nie dziobnęła, zła kiej pies.
- Cie, nawet się nie rwie uciekać, oswojona czy co?
- Skrzydła ma i kulasy spętane, a ślepie zalałem jej smołą.

Bawili się ptakiem czas jakiś, ale żołna wciąż była nieruchoma i smutna, nie chciała jeść i zdechła ku wielkiemu strapieniu całego domu.

I tak im schodziły dnie.

A na świecie cięgiem prażyło, zaś czym bliżej ku żniwom, tym jeszczek barzej wzmagała się spiekota, że już w dzień nie sposób się było pokazać w polu, a noce też nie przynosiły ochłody, szły bowiem duszne i nagrzane, że nawet w sadach nie można było wyspać z gorąca, prosto klęska waliła się na wieś, trawy już tak wypaliło, że bydło głodne wracało z paśników i ryczało w oborach, ziemniaki więdły, zawiązały się kieby orzeszki i tak ostały, przypalone owsy ledwie odrosły od ziemi, jęczmiona pożółkły, zaś żyta schły przed czasem, bielejąc płonnymi kłosami. Trapili się tym niemało, ze smutnawą nadzieją spozierając w każden zachód, czy nie idzie na odmianę, ale niebo wciąż było bez chmur i całe jakby w szklanej, białawej pożodze, a słońce zachodziło czyste i by najlżejszym obłoczkiem nie przyćmione.

Niejeden już skamlał serdecznie przed obrazami do Przemienienia Pańskiego, nic jednak nie pomagało, pola mglały coraz barzej, uwiędły, a niedojrzały owoc opadał z drzew, studnie wysychały, a nawet w stawie ubyło tyle wody, co tartak nie mógł już robić i młyn również stał zawarty na głucho, więc naród przywiedziony do rozpaczy złożył się na wotywę z wystawieniem, na którą zebrała się cała wieś.

A modlili się tak gorąco i ze wszystkiego serca, co i kamień by się ulitował.

I snadź Pan Jezus pofolgował swemu miłosierdziu, chociaż bowiem nazajutrz zrobiło się tak gorąco, znojnie, duszno i parno, jaże ptactwo padało zemglone, krowy żałośnie ryczały po paśnikach, konie nie chciały wychodzić na świat, a ludzie, przemęczeni do ostatka, bez sił, tułali się po spiekłych sadach bojąc się wyjrzeć choćby do ogrodu, ale jakoś w samo przypołudnie, gdy wszystko zdało się już puszczać ostatnią parę w tym białym, rozmigotanym wrzątku, przyćmiło się nagle słońce i zmętniało, kieby weń kto rzucił przygarścią popiołu, a pokrótce zahuczało kajś wysoko, jakoby stado ptactwa wielgachnymi skrzydłami, a napęczniałe sinością chmury nadciągały ze wszystkich stron, opuszczając się coraz niżej i groźniej.

Strach wionął, wszystko przycichło i stanęło w przytajonym dygocie.

Zahurkotały dalekie grzmoty, zerwał się krótki wiatr, po drogach wzniosły się skłębione tumany, słońce rozlało się kieby żółtko w piasku, ściemniało raptem i na niebie zaroiły się roje błyskawic, jakby kto zamigotał ognistymi postronkami; i pierwszy piorun trzasnął kajś blisko, jaże ludzie powybiegali przed chałupy.

Naraz skotłowało się wszystko do dna, słońce zgasło, uczynił się dziki mąt i rozszalała się taka zawierucha, że w skołtunionych mrokach lały się jeno strugi oślepiających jasności, biły pioruny, grzmoty przewalały się po niebie, szumiała ulewa i jęczały wichry i drzewa.

Pioruny już biły jeden za drugim, jaże oczy ślepiło, i spadała ulewa, że świata nie można było dojrzeć, zaś stronami poszły grady.

Burza trwała może z godzinę, aż zboża się pokładły i drogami pociekły całe rzeki spienionej wody, a co przestało na chwilę i zaczynało się wyjaśniać, to znowu grzmiało, jakby tysiące wozów pędziło po zmarzłej grudzi, i nowy deszcz lał jak z cebra.

Z trwogą wyzierano na świat, tu i owdzie już pozapalano lampki śpiewając: "Pod Twoją obronę", gdzie znów powynoszono na przyźby obrazy la obrony przed nieszczęściem, ale dzięki Bogu burza przechodziła nie wyrządziwszy większych szkód, dopiero kiej się już prawie do cna uspokoiło i padał deszcz coraz drobniejszy, z jakiejś ostatniej chmury zwieszającej się nad wsią trzasnął piorun w stodołę wójtową.

Buchnęły płomienie a dymy i w mig cała stodoła stanęła w ogniu, na wsi zerwał się strachliwy wrzask i kto jeno mógł, leciał do pożaru, ale ani mowy było o ratowaniu, paliła się od góry do dołu kieby ta kupa zwalonych szczap, to Antek z Mateuszem i drugie bronili jeno zawzięcie Kozłowej chałupy i inszych budynków; szczęściem, co nie brakowało wody i błota na drodze, bo już poniektóre dachy zaczynały się kurzyć i gęsto leciały skry na najbliższe obejścia.

Wójta doma nie było, pojechał był jeszcze rano do gminy, zaś wójtowa srodze lamentowała biegając dokoła kiej ta rozgdakana kokosz; więc kiedy już minęło niebezpieczeństwo i zaczynali się rozchodzić, przysunęła się do niej Kozłowa i ująwszy się pod boki zakrzyczała urągliwie:

- Widzisz, dał ci Pan Jezus radę, pani wójtowa, dał! Za moją krzywdę!

I byłoby doszło do bitki, gdyż wójtowa skoczyła do niej z pazurami, ledwie Antek zdążył je rozdzielić i tak przy tym skrzyczał Kozłową, że kiej pies kopnięty wróciła pod swoją chałupę warcząc jeno a doszczekując:

- Dmij się, pani wójtowo, dmij, odbiję ja ci swoje z precentem.

Ale nikto jej nie słuchał, stodoła się dopaliła, przywalili błotem dymiące się zgliszcza i porozchodzili się do domów, ostała jeno wójtowa biadoląc przed Antkiem, który wysłuchał cierpliwie, co mógł, na resztę machnął ręką i poszedł.

Burza się już przetoczyła na bory i lasy, pokazało się słońce, po modrym niebie przeciągały stada białych chmur, zaśpiewały ptaki, powietrze było rzeźwe i chłodnawe, ludzie zaś wychodzili spuszczać wody i równać wyrwy.

Antek prawie przed samą chałupą natknął się niespodzianie na Jagusię, szła z koszykiem i motyczką, pozdrowił ją skwapnie, ale spojrzała wilczymi ślepiami i przeszła bez słowa.

- Cie, jaka harna! - mruknął rozgniewany i spostrzegłszy Józkę w opłotkach powstał na nią srogo, że łazi po wilgoci.

Dziewczynie bowiem było o tyle lepiej, że mogła całe dnie leżeć w sadzie, krosty się już podgoiły galancie i przyschły, nie ostawiając żadnych śladów, toteż jeno ukradkiem Jagustynka smarowała ją maścią, gdyż Hanusia krzywiła się na wielki rozchód masła i jajek.

I leżała se tak dobrzejąc z wolna i prawie samiutka dnie całe, Witek bowiem wrócił do krów, czasem jeno przyleciała która przyjaciółka na krótką pogwarę, to Rocho posiedział jaką chwilę, to stara Jagata rozpowiedziała jedno i to samo: jako z pewnością zamrze we żniwa w Kłębowej izbie i po gospodarsku; a głównie przestawała z Łapą nieodstępnie warującym i z boćkiem, któren przychodził na wołanie, i z ptakami, co się były zlatywały do kruszyn chleba.

Któregoś dnia, gdy w chałupie nie było nikogo, zajrzała do niej Jagusia przynosząc całą garść karmelków, ale nim Józka zdążyła dziękować, rozległ się kajś głos Hanki, a Jagna pierzchnęła spłoszona.

- Niech ci j będzie na zdrowie! - zawołała przez płot i zniknęła.

Leciała do brata niosąc mu cosik w zanadrzu.

Zastała Nastusię przy krowie chlipającej z cebratki, Szymon stawiał jakąś przybudówkę i sielnie gwizdał.

- Macie już krowę? - zdumiała się niezmiernie.

- A mamy! Co, nie śliczna? - mówiła z pychą Nastusia.

- Sielna krowa, musi być z dworskich, kiedy kupiliśta?

- Juści, co krowa nasza, choć nie kupowalim! Jak ci wszystko rozpowiem, to się złapiesz za głowę i nie dasz wiary! A to wczoraj jakoś na świtaniu poczułam, że cosik tak się cocha o węgieł, jaże się buda zatrzęsła, myślę sobie, pędzą na paśniki i świnia jakaś podeszła wytrzeć się z błota. Przyłożyłam się i jeszczek nie usnęłam, a tu znowu cosik porykuje z cicha. Wychodzę, patrzę, krowa stoi przywiązana do drzwi, kłak koniczyny leży przed nią, wymiona ma wezbrane i wyciąga do mnie gębulę. Przetarłam oczy, bo mi się zdało, że mnie jeszcze śpik mroczy, ale nie, żywa krowa stoi, porykuje i liże me po palcach. Juści, byłam pewna, że się odbiła od stada, Szymek też powiada: zaraz tu po nią przylecą! To mnie jeno korciło, że była przywiązana. Jakże, sama się przeciek na postronek nie wzięła. Ale przeszło południe i nikto po nią nie przyszedł, wydoiłam, żeby jej ulżyć, bo już mleko gubiła z cycków. Przeszedł wieczór, przeszła i noc, rozpytywałam się na wsi, pytałam nawet dworskiego pasterza, nikto nie słyszał, żeby komu krowa zginęła. Stary Kłąb powiedział, że to może być jakaś złodziejska sprawa i lepiej krowę zaprowadzić do kancelarii! Żal mi juści było, ale trudno, w przypołudnie przychodzi Rocho i mówi:

- Poczciwaś i potrzebnicka, to cię Pan Jezus krową pobłogosławił.
- Juści, krowy pewnie z nieba spadają, nawet głupi nie uwierzy.

Ośmiał się na to i na odchodnym powieda:

- Krowa wasza, nie bójcie się, nikt jej wam nie odbierze!

Zrozumiałam, co od niego, padłam mu do nóg dziękować, ale się wyrwał.

- A jak spotkacie pana Jacka - powieda z prześmiechem - to mu za krowę nie dziękujcie, bo was jeszcze kijem przeleje, nie lubi dziękowań!
- To niby pan Jacek dał wam krowę!
- Zaśby się nalazł kto drugi taki poczciwy la biednego narodu!
- Prawda, dał przeciek Stachowi drzewa na chałupę i tyla wspomaga!
- Święty prosto człowiek, że już co dnia pacierz za niego mówię!
- Byle ci jeno kto nie wyprowadził bydlątka.
- Co mieliby mi ukraść krowę! Jezu, ady bym ślepie wydarła, ady bym w cały świat poszła za nią! Pan Jezus nie pozwoli na taką krzywdę! Do izby wprowadzę ją na noc, póki Szymek nie wystroi obórki. Jaśkowy Kruczek też dopilnuje bydlątka! Moja pociecha kochana, moja najmilejsza! - szeptała obejmując ją za szyję i całując po gębule, jaże krowa zajęczała, pies jął naszczekiwać radośnie, kury się rozgdakały zestraszone, a Szymek gwizdał coraz głośniej.

- Widno z tego, co wam Pan Jezus błogosławi! - westchnęła Jagusia, jakby z cichym żalem, przyglądając się uważniej obojgu. Wydali się jej nie do poznania przemienieni, zwłaszcza Szymek najbarzej ją zastanawiał, dyć go znała kiej niedojdę, którem trzech zliczyć nie poredził, w chałupie był popychadłem i pomiatał nim, kto jeno chciał, zaś teraz jawił cię całkiem drugim, poczynał sobie przemyślnie, nosił się godnie i prawił kieby mądrala.

- Któreż to wasze pole? - spytała po długich rozważaniach.

Nastusia jęła pokazywać powiedając; gdzie będą co sieli.

- A skądże to weźmie nasienia?
- Szymek powiedział, co będzie, to musi być, na darmo słowa nie puści.
- Brat mój, a słucham kieby zgoła o obcym.
- A taki poczciwy, taki zmyślny i taki robotny, że chyba drugiego takiego nie ma na świecie - wyznawała z gorącością Nastusia.
- Pewnie - powtórzyła smutnie - czyjeż te okopcowane role?
- Antka Boryny! Nie robią na nich, bo pono czekają działów po Macieju.
- Będzie tego z półwłóczek, no! Wiedzie się im niezgorzej.
- A niech im Pan Jezus da z dziesięć razy szczodrzej, toć Antek zaręczył u dziedzica za nasz grunt, a i w niejednym nas wspomógł.
- Antek wziął się za Szymkiem! - aż przystanęła ze zdumienia.
- Hanka też nie gorsza od niego, dała mi maciorkę, prosię to jeszczek, ale będzie z niego pociecha, bo idzie z plennego gatunku.

- Cudeńka prawisz, Hanka dała ci maciorkę, prosto nie do wiary.
Wróciły pod chałupę i Jagusia wysupławszy z chusteczki dziesięć rubli
wetknęła je w rękę Nastusi.
- Weź te parę groszy, nie mogłam przódzi, bo mi Żyd za gąski nie oddał.
Dziękowali jej ze wszystkiego serca, więc im powiedziała na odchodnym:
- Poczekajta, udobrucha się matka, to wam jeszcze coś niecoś udzieli.
- Nie potrzebuję, niech se moją krzywdą trumnę wyścieli! - wybuchnął
Szymek tak nagle i z taką zapamiętałością, że już odeszła bez słowa.
Wracała do domu srodze zadumana, smutna i jakaś roztęskniona.
- A ja co? ten badyl suchy, o któren nikto nie stoi - westchnęła sieroco.
Kajś w pół drogi spotkała Mateusza, leciał do siostry, ale zawrócił z nią i
uważnie słuchał rozpowiadania o Szymkach.
- Nie wszystkim tak dobrze - powiedział jeno chmurnie.
Nie szła im rozmowa, on czegoś wzdychał drapiąc się frasobliwie po
głowie, a Jagusia zapatrzyła się na Lipce, całe w łunach zachodu.
- Hej, duszno też na tym świecie i ciasno - rzekł jakby do siebie.
Zajrzała mu pytająco w oczy.
- Cóż ci to? krzywisz się kieby po occie.
Jął wyrzekać, jako mu się mierzi życie i wieś, i wszystko, i że pewnikiem
pójdzie we świat, gdzie go oczy poniosą.
- To się ożeń, a miał będziesz odmianę - żartowała.
- Żeby to me chciała, którą mam w myślach - zajrzał jej w oczy
natarczywie, odwróciła głowę niechętna jakoś i wraz pomieszana.
- Spytaj się jej! Każda za cie pójdzie, a niejedna już wygląda swatów.
- A jak odmówi! Wstyd będzie i zgryzota.
- To poślesz z wódką do inszej.
- Ja nie z takich, upatrzyłem se jedną, to me do drugiej nie bierze.
- Chłopu to każda jednako pachnie i z każdą rad by przyjść do poufałości.
Nie bronił się, a jeno zaczął z innej beczki.
- Wiesz, Jaguś, a to chłopaki czekają jeno pory, żeby do cię słać z wódką.
- Niech se sami wychlają, nie pódę za żadnego! - wyrzekła z mocą, jaże się
zastanowił, a szczerze powiedziała, gdyż żaden nie widział się jej milszym
nad drugiego, juści kromie Jasia, ale Jasio...
Westchnęła ciężko, z lubością oddając się spominkom o nim, że Mateusz,
nie mogąc się dogadać, zawrócił z powrotem do siostry.
Ona zaś wlekąc lękliwymi oczami po świecie pomyślała:
- Co on tam teraz porabia, co?
Zatargała się gwałtownie, ktosik ją objął znienacka i przyciskał.
- Nie ucieczesz mi teraz - szeptał namiętnie wójt.
Wyrwała mu się z pazurów rozzłoszczona.
- Jeszczek raz me tkniecie, to wam ślepie wydrapię i takiego narobię
piekła, jaże się cała wieś zleci.
- Cichoj, Jaguś, dyć gościńca ci przywiozłem - i wtykał jej w ręce korale.
- Wsadźcie je sobie gdzieś, stoję o wasze podarunki co o ten patyk

złamany!

- Jagusiu, co ty wyrabiasz, co - jąkał zdumiony.

- A to, żeście świńtuch i tyla! I ani ważcie się mnie czepiać.

Odbiegła go rozsrożona i kiej burza wpadła do chałupy, matka obierała ziemniaki, a Jędrzych doił krowy w opłotkach, zabrała się więc żwawo do wieczornych obrządków, ale trzęsła się ze złości i nie mogąc się uspokoić, skoro się jeno ściemniało, zebrała się znowu bieżyć.

- Zajrzę do organistów - powiedziała matce.

Często tam teraz chodziła, wysługując się im na różne sposoby, aby choć niekiedy posłyszeć jakie słowa o Jasiu.

Leciała też spragniona o nim wieści, a z jakąś cichą nadzieją usłyszenia dzisiaj czegoś nowego.

I pokrótce zajarzyły się w mrokach oświetlone okna Jasiowego pokoju, kaj teraz Michał pisał cosik pod wiszącą lampą, zaś organisty siedziały przed domem na chłodzie.

- Jasio przyjeżdża jutro po południu! - przywitała ją organiścina nowiną, od której dziw trupem nie padła, nogi się pod nią ugięły, serce zakotłowało aż do utraty tchu, cała stanęła w ogniach i dygocie, że posiedziawszy la nieznaki jakąś chwilę, uciekła jakby goniona, aż kajś na topolową, pod las...

- Jezus mój kochany! - buchnęła dziękczynnie, wyciągając ręce, łzy pociekły jej z oczów i tak się w niej rozśpiewała radość, że chciało się jej śmiać i krzyczeć, i kajś lecieć, i całować te drzewa, i tulić się do tych pól pośpionych w księżycowej poświacie.

- Jasio przyjeżdża, przyjeżdża - szeptała niekiedy, porywając się nagle jak ptak i leciała, porwana wszystką mocą oczekiwań i tęsknic, jakoby naprzeciw doli swojej i nieopowiedzianemu szczęściu.

Był już późny wieczór, kiej się znalazła z powrotem, w oknach było już ciemno, świeciło się tylko u Borynów, kaj się zebrało sporo narodu, i poszła do domu czekać tego jutra i śnić o Jasiowym powrocie.

Ale na darmo się przewracała z boku na bok, więc skoro matka zachrapała, podniosła się cichuśko i przyokrywszy się w zapaskę siadła pod domem czekać snu albo świtania.

W chałupie Borynów, za stawem, świeciło się jeszcze po jednej stronie i niekiedy szły stamtąd ściszone odgłosy rozmów.

Wpatrzyła się zrazu w drżące na wodzie odblaski światła i zapomniała o wszystkim grążąc się w mgławych i rozmigotanych dumaniach, co ją oprzędły kiej pajęczyny i wraz poniesły w jakiś cichy podwieczór, sczerwieniony od zórz, we wszystek świat nieukojonej tęsknicy.

Księżyc już był zaszedł, płowy mrok obtulał pola, gwiazdy świeciły wysoko i niekiej spadała któraś z taką chyżością i tak gdzieś strasznie daleko, jaże dech w piersiach zapierało i mróz przechodził kości; niekiedy nagrzany leciuśki powiew muskał pieściwie kieby te umiłowane ręce, a czasem z pól podnosił się upalny, rozpachniony wzdych i przejmował serce, jaże się prężyła rozwierając ramiona. To siedziała w dumaniu jeno

wszystka i w czuciu niewypowiedzianej słodkości, jak pęd, któren się
pręży i wzbiera w sobie... a noc stąpała przez nią cicho i ostrożnie, jakby nie
chcąc płoszyć człowieczego szczęścia.

U Borynów cięgiem się świeciło i na drodze stróżował czujnie Witek, by
ktoś nieproszony nie podsłuchał, gdyż zeszli się na cichą, przyjacielską
naradę przed jutrzejszym zebraniem w kancelarii, na które wzywał wójt
wszystkich gospodarzy lipeckich.

W izbie było ciemnawo, jakiś ogarek słabo się ćmił na okapie, że jeno
poniektóre głowy można było rozeznać w gęstwie, zeszło się bowiem ze
dwadzieścia chłopa, wszyscy, którzy trzymali z Antkiem i Grzelą:

- Rocho, siedzący kajś w mroku, tłumaczył szeroko, co by to wyszło la wsi,
jeżeli się zgodzą na postawienie szkoły w Lipcach; a potem Grzela nauczał
każdego z osobna, co ma powiedzieć naczelnikowi i jak głosować.

Długo w noc radzili, boć nie obeszło się bez kłótni a sprzeciwieństw, ale w
końcu zgodzili się na jedno i nim zaświtało, rozeszli się śpiesznie, gdyż
nazajutrz trza było dość wcześnie wyruszać.

Tylko Jagusia została jeszcze na przyźbie, jakby już do cna zagubiona w
dumaniach i nocy, siedziała ślepa i głucha na wszystko, szepcąc jeno
niekiedy niby te gorące słowa nieskończonego pacierza:

- Przyjedzie, przyjedzie!

I kłoniła się bezwolnie, jakby nad jutrem, jakby chcąc dojrzeć, co la niej
niesie ten świt szarzejący nad ziemią, z lękiem a radością dając się temu, co
miało się stać.

ROZDZIAŁ 8

Przypołudnie dochodziło, skwar czynił się coraz większy i naród już się
wszystek zgromadził przed kancelarią, a naczelnika jeszcze nie było. Pisarz
raz po raz wychodził na próg i przysłoniwszy dłonią oczy wyzierał na
szeroką drogę, obsadzoną pokrzywionymi wierzbami, ale tam się jeno
lśniły kałuże, ostałe po wczorajszej ulewie, toczył się z wolna jakiś
zapóźniony wóz i kajś niekaj między drzewami zabielała chłopska kapota.

Gromada czekała cierpliwie, a tylko jeden wójt latał kiej oparzony,
wyglądał na drogę i coraz głośniej przynaglał chłopów zasypujących
wyrwy i doły na placu przed kancelarią.

- Prędzej, chłopcy! Laboga, żeby jeno zdążyć, nim nadjedzie.

- A nie popuśćcie jeno ze strachu - ozwał się z kupy jakiś głos.

- Ruchajta się, ludzie! Ja tu po urzędzie, nie pora na przekpinki.

- Wójcie, a to jeno Boga się bójcie - zaśmiał się któryś z rzepeckich.

- A któren jeszcze pysk wywrze, do kozy każę wsadzić - zakrzyczał srogo
wójt i poleciał wyjrzeć ze smętarza, że to leżał na wzgórku, do którego
szczytem była przywarta kancelaria.

Wielgachne, prawieczne drzewa wynosiły się nad nią, kościelna wieża
szarzała skroś gałęzi, zaś czarne ramiona krzyżów wychylały się spoza

kamiennego ogrodzenia na dachy i drogę wiodącą przez wieś.

Wójt nie wypatrzywszy niczego postawił przy ludziach jednego ze sołtysów, a sam wszedł do kancelarii, kaj cięgiem ktoś wchodził i wychodził, że to pisarz co trochę wywoływał któregoś z gospodarzy, z cicha przypominając zaległe podatki, nie zapłaconą składkę na sąd albo jeszcze i coś lepszego Juści, co ta nikomu nie szły w smak takie wypominki, ale słuchali wzdychający, bo cóż było robić teraz na ciężkim przednówku? Mogli to płacić, kiej niejednemu już i na sól nie starczyło, to mu się jeno w pas kłaniali, jaki taki nawet go w rękę całował, zaś poniektóry i tę ostatnią złotówczynę w nadstawioną garść wtykał, a wszystkie jednako skamlały o poczekanie do żniw lub do najbliższego jarmarku.

Z pisarza chytra była sztuka i przemądrzała, łupił też naród ze skóry, jaże trzeszczało, niby to wszystko obiecywał, a kogo strachał strażnikami, komu bakę w oczy świecił, z kim był za pan brat, a od każdego cosik wycyganił, to owsa mu zbrakło, to potrza było młodych gąsek la naczelnika, to przymawiał się o słomę na powrósła, że radzi nieradzi przyobiecali, co jeno chciał, on zaś na odchodnym brał co znajomszych na stronę i radził im niby to z przyjacielstwa:

- A uchwalcie na szkołę, bo jak się będziecie sprzeczali, to naczelnik może się rozgniewać i gotów wam jeszcze popsuć zgodę z dziedzicem o las - przestrzegał lipeckich ludzi.

- Jakże to, zgodę robim z dobrej woli! - zdumiał się Płoszka.

- Prawda, ale nie wiecie to: pan z panem zna się, a chłopu zasię.

Płoszka odszedł wielce sfrasowany, pisarz zaś dalej wywoływał ludzi, a coraz to z drugich wsi, każdego strasząc czym innym, a do jednego niewoląc, że w mig się o tym rozniesło między gromadą.

A niemała kupa żebrała się narodu, zeszło się bowiem przeszło dwieście chłopa, którzy zrazu stojali wsiami, swojaki przy swojakach, że łacno rozeznał, które są z Lipiec, które z Modlicy, a które z Przyłęka lub z Rzepek, bo każda wieś znaczyła się jenszymi ubierami, ale skoro się jeno rozeszło, jako trzeba głosować na szkołę, gdyż tak chce sam naczelnik, jęli się mieszać, przechodzić z kupy do kupy i stowarzyszać wedle upodoby, że tylko jedna rzepecka szlachta trzymała się z osobna, zadzierzyście a hardo spozierając na chłopów, choć to biedota była taka, że jak się z nich prześmiewali, trzech wypadało na jeden krowi ogon reszta zaś narodu, splątana kiej grochowiny, poroztrząsała się po placu, sporo chroniło się w cieniu smętarza i przywozach.

Głównie cisnęli się pod wielką karczmę, stojącą naprzeciw kancelaru w kępie drzew jakoby w tym gaju cienistym, tam się najskwapniej ciżbiąc, bo chociaż chłodnawy wiatr niezgorzej kolebał polami, spieka jednak podnosiła się okruteczna, dogrzewało, że już niejeden ledwie zipiał i w piwie szedł szukać ochłody. Bez to i karczma była przepełniona, i pod drzewami stali kupami gwarząc z cicha i deliberując nad ową nowiną, wraz też dając pilne baczenie na kancelarię i na pisarzowe mieszkanie po drugiej stronie domu, kaj rwetes i krętanina były coraz większe.

Od czasu do czasu pisarzowa wytykała oknem spaśną gębę i krzyczała:

- Śpiesz się, Magda! A żebyś kulasy połamała, tłumoku jeden!

Dziewka przelatywała co trochę przez pokoje, jaże dudniało i brzęczały szyby, jakieś dziecko jęło się wydzierać wniebogłosy, kajś za domem gdakały wystraszone kury, a zziajany stójka jął ganiać kurczątka rozpierzchające po zbożach i drodze.

- Widzi mi się, co będą ugaszczali naczelnika - rzekł któryś.

- Pono wczoraj pisarz przywiózł cały półkoszek napitków.

- Schlają się jak łoni.

- Abo to nie mogą, mało to im naród składa podatków, a przeciech nikto im na ręce nie patrzy - wyrzekł Mateusz, ale ktosik zakrzyczał:

- Cichojta, strażniki ano przyszły.

- Jak wilki się włóczą, że ni pomiarkować, kiedy i którędy.

Przycichli jednak trwożnie, gdyż strażnicy zasiedli pod kancelarią, otoczeni przez kupę ludzi, między którymi był wójt, młynarz, a nieco z dala kręcił się kowal pilnie nasłuchujący.

- Młynarz się łasi kieby ten głodny pies!

- Bo go się boją, ten mu najmilejszy!

- Kiej są strażniki, to naczelnika ino patrzeć! - zawołał Grzela, wójtów brat, i odszedł na stronę, kaj stał Antek, Mateusz, Kłąb i Stacho Płoszka, poredziwszy ze sobą, rozeszli się między łudzi prawiąc im cosik a przekładając coś ważnego, że słuchali w wielkiej cichości, tylko niekiedy co tam ktoś westchnął, podrapał się frasobliwie albo strzygnął ślepiami, ku strażnikom kupiąc się zarazem coraz ciaśniej.

Antek, wsparty plecami o węgieł karczmy, gadał krótko, mocno i jakoby przykazująco, zaś w drugiej kupie pod drzewami Mateusz prawił z przekpinkami, jaże ośmiał się niejeden, a w trzeciej gromadzie przy smętarzu Grzela przemawiał tak mądrze jakoby z otwartej książki czytał, że ciężko było wyrozumieć.

A wszyscy trzej przyniewalali do jednego: aby nie słuchać naczelnika ni tych, które z urzędami zawdy trzymają, i szkoły nie uchwalać.

Naród przysłuchiwał się w skupieniu kolebiąc się to w tę, to w drugą stronę, właśnie jako ten bór, kiej zamietliwy wiatr powieje.

Nikto głosu nie zabierał, kiwali jeno przytakująco głowami, gdyż najgłupszy rozumiał, jako z nowej szkoły tyla jeno będzie pociechy; co każą na nią płacić nowe podatki, a do tego nikomu się nie śpieszyło.

Niepokój jednak ogarniał gromadę, przestępowali z nogi na nogę, jęli chrząkać a pokasływać, a nikt jeszcze nie wiedział, co począć.

Prawda, mądrze prawił Grzela, prosto do serca trafiał Antek, ale i strach było się przeciwić naczelnikowi a zadzierać z urzędami.

Jeden oglądał się na drugiego, każden się głowił z osobna, zaś wszystkie obzierali się na bogatszych, ale młynarz i co najpierwsi z drugich wsi trzymali się jakoś na uboczu, stojąc jakby z rozmysłem na oczach strażników i pisarza.

Podszedł do nich Antek z przełożeniem, ale młynarz odburknął:

- Kto ma rozum, ten sam wie, jak ma głosować - i odwrócił się do kowala, któren przyświarczał wszystkim, ale kręcił się niespokojnie między gromadą przewąchując, co się święci, a do pisarza zachodził, z młynarzem pogadywał; Grzelę częstował tytuniem i tak się tail ze swoimi zamysłami, że do końca nie było wiadomo, za kim trzyma.

Ale większość już się skłaniała głosować przeciw szkole, rozsypali się po placu i nie bacząc na przypołudniowy skwar poredzali coraz gwarniej i hardziej, gdy pisarz zawołał przez okno:

- A pójdź no tu który!

Nikt się jednak nie poruszył, jakby nie dosłyszeli.

- Niech no który skoczy do dworu po ryby, mieli rano jeszcze przysłać, a jakoś nie przysyłają! Tylko prędzej! - grzmiał rozkazująco.

- Nie przyszlim tu na posługi - ozwał się jakiś hardy głos.

- Niech sam leci, żal mu przetrząsnąć kałduna - zaśmiał się któryś, że to pisarz miał brzucho kiej bęben.

Pisarz jeno zaklął, a po chwili wyszedł wójt od podwórza, przebrał się za karczmę i pognał tyłami wsi ku dworowi.

- Dzieci pani pisarzowej przewinął i obtarł, to się ździebko przewietrzy.

- Juści, pani pisarzowa nie lubi takich fetorów na pokojach.

- Pokrótce to i porcenele wynosić mu każą - przekpiwali.

- Hale, że to dziedzica jeszcze nie widać - dziwował się któryś, ale na to rzekł kowal z chytrym prześmiechem:

- Niegłupi się pokazywać!

Spojrzeli na niego pytająco.

- Juści, kto mu każe zadzierać z naczelnikiem, a przecież za szkołą głosować nie będzie, mało by to musiał płacie na nią! Mądrala!

- Ale ty, Michał, z nami trzymasz, co? - przytarł go natarczywie Mateusz.

Kowal skręcił się kiej przydeptana glista i odmruknąwszy cosik jął się przeciskać do młynarza, któren przystąpił do chłopów i mówił do starego Płoszki głośno, by i drugie słyszały:

- A ja wam radzę, głosujcie, jak chcą urzędy. Szkoła potrzebna i żeby była najgorsza, to będzie lepsza od żadnej. A o jakiej zamyślacie, nie dadzą. Trudno, głową muru nie przebodzie. Nie zechcecie uchwalić, to i bez waszego przyzwoleństwa postawią.

- Jak nie damy pieniędzy, to za cóż postawią? - ozwał się któryś z kupy.

- Głupiś! Sami wezmą, a nie dasz z dobrej woli, to ci ostatnią krowę sprzedadzą i jeszcze do kozy pójdziesz za opór! Rozumiesz! To nie z dziedzicem sprawa - zwrócił się do Lipczaków - z naczelnikiem nie ma żartów. Mówię wam, róbcie, co każą, i dziękujcie Bogu, że nie jest gorzej

Przytwierdzali mu tak samo myślące, zaś stary Płoszka po długim rozważaniu wyrzekł niespodzianie:

- Prawdę mówicie, a Rocho naród zbałamucił i do zguby popycha.

A na to wystąpił jakiś gospodarz z Przyłęka i powiedział głośno:

- Bo Rocho z panami trzyma i latego podjudza przeciw urzędom!

Zakrzyczeli go ze wszystkich stron, ale chłop się nie ulęknął i skoro się jeno przyciszyło, znowuj głos podniósł.

- A głupie mu pomagają! rzekłem! - potoczył mądrymi oczami - a komu to nie w smak, niech stanie, to mu w oczy przywtórzę, głupie! Bo nie wiedzą, iż zawdy tak było, że panowie się buntują, naród judzą, do nieszczęścia prowadzą, ale jak przyjdzie za to płacić, to kto płaci? chłopi! A jak wam kozaków po wsiach zakwaterują, to kto będzie brał baty? kto będzie cierpiał? kogo do kreminału powleką? A jeno was, chłopów! Panowie się za wami nie upomną, nie, wyprą się wszystkiego kiej judasze i jeszcze starszyznę będą ugaszczali po dworach.

- Bo co im ta naród znaczy, tyla, żeby za nich gnaty wyciągał.

- A żeby mogli, to by jutro wrócili pańszczyznę! - podniesły się wołania.

- Grzela powieda - zaczął znowu - niech uczą po naszemu, a nie chcą, to nie uchwalać szkoły, nie dawać ani grosza, przeciwić się, a juści, tylko parobkowi łacno krzyknąć na gospodarza: robił nie będę, całuj me gdzieś, i uciec przed skarceniem. Ale naród nie ucieknie i za bunt kije wziąć weźmie, bo nikto drugi pleców za niego nie podstawi... To wama mówię, taniej wam wypadnie postawić szkołę niźli przeciwić się urzędom. A że po naszemu nie nauczają, prawda, ale i tak na Rusków nas nie przerobią, boć żaden pacierza ni między sobą nie będzie mówił inaczej, a jeno jak go matka nauczyła! Zaś na ostatku to wam jeszcze rzeknę: swoją ano stronę trzymajmy! A drą się między sobą panowie, nie nasza sprawa, niech się ta kłyźnią i zagryzają, takie nam braty jedne i drugie, że niechta ich morówka nie minie.

Zwarli się kole niego gęstwą i zakrzyczeli kiej na wściekłego psa, na próżno młynarz brał go w obronę, na próżno i poniektóre za nim się ujmowały. Grzelowe stronniki już mu zaczęły pięściami wytrząchać, że może by i do czego gorszego doszło, ale stary Pryczek zakrzyczał:

- Strażniki słuchają!

Przycichło nagle, a stary wystąpił i jął prawie gniewnie:

- Świętą prawdę powiedział, swojego dobra patrzmy! Cichojta, hale, powiedziałeś swoje, to daj i drugiemu rzec swoje! Wydzierają się i myślą, co największe głowacze! Juści, żeby jeno w krzyku był rozum, to bele pyskacz miałby go więcej niźli sam proboszcz! Prześmiewajta się, juchy, a ja wam rzeknę, jak bywało pod te roki, kiej się to panowie buntowały; dobrze baczę, jak nas tumaniły a przysięgały, że jak Polska będzie, to i wolę nam dadzą, i gronta z lasami, i wszystko! Obiecywały, mówiły, a kto drugi dał, co tera mamy, i jeszczek musiał ich pokarać, co nie chciały w niczym ulżyć narodowi! Słuchajta panów, kiedyśta głupie, ale mnie na plewy nie weźmie, wiem ja, co znaczy ta ich Polska: że to jeno bat na nasze plecy, pańszczyzna i uciemiężenie! Jeszcze me...

- A dajże mu ta który w pysk, niech przestanie - wyrwał się jakiś głos.

- A tera - ciągnął dalej - ja taki sam pan jak inni, prawo swoje mam i nikt me palcem tknąć nie śmie! Tam mi Polska, kaj mi dobrze, kaj mam...

Przerwały mu szydliwe głosy, bijące ze wszystkich stron niby gradem:

- Świnia też pokwikuje z kuntentności, a chwali se chliw i pełne koryto!
- I za to przykarmianie dostanie pałą w łeb i nożem po gardzieli!
- W jarmarek sprał go strażnik, to powieda, że nikto go tknąć nie śmie.
- Plecie, a tyle miarkuje, co ten koński ogon!
- Sielny pan, ma wolę, juści, wszy go same niesą powolności!
- Rychtyk i wiechcie z butów tak samo by nauczały!
- Kury zmacać nie poredzi, a będzie tu występował! Gnojek jucha! Baran!

Stary zeźlił się srodze, ale jeno powiedział:

- Ścierwy! Już nawet siwych włosów nie poszanują!
- A to i każdą siwą kobyłę trza by uważać jeno za to, co siwa, hę?

Gruchnęły śmiechy i wraz zaczęli się odwracać podnosząc oczy na dach kancelarii, kaj wlazł stójka i chyciwszy się komina patrzył w dal.

- Józek, a zamknij gębę, bo ci jeszcze co wleci! - krzyczeli z prześmiechem, gdyż całe stado gołębi kołowało nad nim, ale on naraz zawrzeszczał:

- Jedzie! Jedzie! Już na skręcie z Przyłęku!

Gromada jęła się ściągać pod dom i zwierać coraz gęściej, cierpliwie spozierając na pustą jeszcze drogę.

Rychtyk i słońce przetoczyło się ździebko na bok, za kalenicę, że spod okapu wysuwał się coraz większy cień, w którym ustawili stół nakryty zielono, z krzyżem w pośrodku. Rudy, pucołowaty pomocnik wynosił papiery na stół i cięgiem cosik w nosie majstrował.

Pisarz jął się na gwałt przebierać w świąteczny ubier, a w całym domu znowu podniesły się wrzaski pisarzowej, brzęk talerzów, rumor przesuwanych sprzętów i bieganina, zaś w jakieś Zdrowaś zjawił się i wójt. Stanął w progu czerwony jak burak i spocony, ledwie zipiący, ale już w łańcuchu, i powlókłszy ślepiami po gromadzie zakrzyczał srogo:

- Cicho tam, ludzie, dyć to nie karczma!
- Pietrze, a chodźcie ino, cosik wama rzeknę! - zawołał do niego Kłąb.
- Hale, nie ma tu żadnego Pietra, a jeno urzędnik! - odburknął wyniośle.

Wzięli na ozory to powiedzenie, jaże się kałduny zatrzęsły z uciechy, gdy naraz wójt zakrzyczał uroczyście:

- Rozstąpta się, ludzie! Naczelnik!

Jakoż powóz ukazał się na drodze i podskakując na wybojach zakręcił przed kancelarią.

Naczelnik podniósł rękę do czoła, chłopi pozdejmowali kapelusze, zaległo milczenie, wójt z pisarzem przypadli wysadzać go z powozu, a strażnicy stanęli przy drzwiach wyprostowani kieby kije.

Naczelnik dał się wysadzić i rozebrać z białego obleczenia i odwróciwszy się powlókł oczami po gromadzie, przygładził żółtawą bródkę, nasrożył się, kiwnął głową i wszedł do mieszkania, kaj go zapraszał pisarz w pałąk przygięty.

Powóz odjechał, chłopi znowu się zwarli dokoła stołu rozumiejąc, iż zaraz rozpocznie się zebranie, ale przeszło dobre Zdrowaś, przeszedł może i cały pacierz, a naczelnik się nie pokazywał, jeno z pisarzowych pokojów roznosiły się brzęki szkła, śmiechy i jakieś smaki wiercące w nozdrzach.

A że mierziło się już czekanie i słońce przypiekało coraz barzej, to jaki taki jął się chyłkiem przebierać ku karczmie, aż wójt zakrzyczał:

- Nie rozłazić się! A którego zbraknie, ten się zapisze do sztrafu...

Juści, co się jeszczek wstrzymali klnąc jeno coraz siarczyściej a niecierpliwie spozierając na pisarzowe okna, bo ktoś je przymknął ze środka i zasłonił.

- Wstydzą się chlać na oczach!

- Lepiej, bo każden jeno grdyką robi, a po próżnicy ślinkę łyka! - pogadywali.

Z aresztu, stojącego w rząd z kancelarią, wyrwał się żałosny i długi bek, a po chwili wylazł stójka ciągnąc na postronku sporego ciołka, który się opierał ze wszystkiej mocy, ale naraz grzmotnął go łbem, jaże chłop rymnął na ziemię, zadarł ogona i pognał, ino się za nim zakurzyło.

- Łapaj złodzieja! Łapaj!

- A posyp mu soli na ogon, to się wróci!

- Jaki to zuchwały, uciekł z kozy i jeszczek ogon zadarł na pana wójta!

Dogadywali przekpiwając się ze stójki, który ganiał za ciołkiem i dopiero przy pomocy sołtysów napędził go w podwórze. A jeszcze nie odzipnęli, kiej wójt przykazał wziąć się do wymiatania aresztu i sam doglądał, pilił i niemało pomagał bojąc się, bych się czasem nie zachciało tam zajrzeć naczelnikowi.

- Wójcie, a trza wykadzić, bych nie zwąchał, co to był za aresztant.

- Nie bójcie się, po gorzałce do cna straci wiater.

Rzucał kto niekto jakie słowo kolące, jaże wójt błyskał ślepiami a zęby zacinał, ale w końcu zbrzydły im nawet przekpinki, a tak dokuczyło czekanie na słońcu i głód, że całą hurmą ruszyli pod drzewa, nie bacząc na wójtowe zakazy, któremu jeno Grzela powiedział:

- Hale, naród to pewnie pies, nie przyjdzie ci do nogi, choćbyś krzyczał do wieczora! - i rad, iż zeszli ze strażnikowych oczów, jął znowu kręcić się wśród ludzi przypominając każdemu z osobna, jak ma głosować.

- Jeno się nie bójta! - dodawał - prawo za nami! Co uchwalimy, będzie, a czego nie chce gromada, nikto jej do tego nie przymusi.

Ale nie zdążyli się jeszcze ludzie porozkładać w cieniach ni przegryźć co niebądź, gdy sołtysi jęli nawoływać, a wójt przyleciał z krzykiem:

- Naczelnik wychodzi! Chodźta prędzej! zaczynamy!

- Nawąchał się dobrego jadła, to go ponosi! Nama nie pilno! Niech poczeka!

Mamrotali gniewnie, zbierając się ociężale przed kancelarią.

Sołtysi stanęli na czele swoich wsi, zaś wójt zasiadł za stołem, mając pobok pisarzowego pomocnika, który przedłubując w nosie gwizdał na gołębie, co zestrachane gwarem porwały się z dachu krążąc roztrzepotaną białą chmurą.

- Mołczat! - zakrzyknął naraz jeden ze strażników prężących się u proga. Wszystkie oczy zwróciły się na drzwi, ale wyszedł z nich jeno pisarz z papierem w ręku i wcisnął się za stół.

Wójt zatrząsł dzwonkiem i rzekł uroczyście:

- Zaczynamy, ludzie kochane! Cicho tam, Modliczaki! Pan sekretarz przeczyta niby o tej szkole! A słuchajta pilnie, bych każden wyrozumiał, o co idzie!

Pisarz założył okulary i zaczął czytać z wolna i wyraźnie.

Czytał już może z pacierz wśród zupełnej cichości, gdy ktosik wrzasnął:

- Kiej nie rozumiemy!

- Czytać po naszemu! Nie rozumiemy! - zerwały się mnogie głosy.

Strażnicy jęli się pilnie rozglądać w gromadzie.

Pisarz się skrzywił, ale już czytał przekładając na polskie.

Zrobiło się cicho, słuchali w skupieniu, rozważając każde słowo i patrząc się w niego kieby w obraz.

Pisarz ciągnął powoli:

- ...jako przykazano postawić szkołę w Lipcach, któraby była i dla Modlicy, Przyłęka, Rzepek i drugich pomniejszych wsi:

Potem długo wywodził, jaki to z tego będzie profit, jakie to dobrodziejstwo oświata, jak to urzędy jeno myślą dzień i noc, bych tylko narodowi przyjść z pomocą, bych go wspierać, oświecać i bronić przed złem. Zaś w końcu wyliczał, ile potrza na plac z polem, ile na sam budynek i na całe utrzymanie szkoły wraz z nauczycielem, i że na to wszystko trzeba będzie uchwalić dodatkowy podatek po dwadzieścia kopiejek z morgi. Umilkł, przetarł okulary i rzekł jakby do siebie:

- Pan naczelnik powiedział, że jak dzisiaj uchwalicie, to pozwoli zacząć budowę jeszcze w tym roku, a na przyszłą jesień dzieci już pójdą do szkoły.

Skończył, ale nikt się nie odezwał, każden coś ważył w sobie, kuląc się jeno, jakby pod ciężarem nowego podatku, aż dopiero wójt się ozwał:

- Słyszeliście dobrze, co pan sekretarz przeczytał?

- Słyszelim! Juścik, przeciek nie głusim! - ozwali się tu i owdzie.

- A któren ma przeciw temu, niech wystąpi, a swoje rzeknie.

Jęli się trącać łokciami, wypychać naprzód, drapać, spozierać na się i na starszych, lecz nikto nie miał śmiałości wyrywać się pierwszy.

- Kiej tak, uchwalmy prędko podatek i do domu! - zaproponował wójt.

- Więc cóż, wszyscy jednogłośnie zgadzacie się? - zapytał uroczyście pisarz.

- Nie! Nie chcemy! Nie! - wrzasnął Grzela i za nim kilkudziesięciu.

- Nie potrza nam takiej szkoły! Nie chcemy! Dosyć już mamy podatków! Nie! - wołano już ze wszystkich stron, a coraz śmielej, głośniej i hardziej.

Na ten wrzask wyszedł naczelnik i stanął w progu, przycichli na jego widok, a on poskubał bródkę i rzekł wielce łaskawie:

- Jak się macie, gospodarze?
- Bóg zapłać! - odparli pierwsi z brzega kolebiąc się pod naporem gromady pchającej się naprzód, aby posłuchać naczelnika, któren wsparty o futrynę jął cosik mówić po swojemu, ale mu się cięgiem odbekiwało.
Strażnicy skoczyli w naród i dalejże wołać:
- Szapki dołoj! szapki!
- Poszedł ścierwo i nie plącz się pod nogami! - zaklął ktoś na nich.
A naczelnik, choć prawił słodziuśko, skończył nakazująco i po polsku:
- Uchwalcie zaraz podatek, bo nie mam czasu.
I srogo patrzał w twarze, strach przejął niejednego, tłum się zakołysał, poszły trwożne i ściszone szepty.
- No co, głosujemy na szkołę? Mówcie, Płoszka! Jakże zrobim?... Kajże to Grzela? Przykazuje głosować: Głosujmy, ludzie, głosujmy!
Wrzało coraz głośniej; gdy Grzela wystąpił i powiedział śmiało:
- Na taką szkołę nie uchwalimy ani grosza.
- Nie uchwalimy! Nie chcemy! - wsparło go ze sto krzyków.
Naczelnik zmarszczył się groźnie.
Wójt struchlał, a pisarzowi jaże spadły z nosa okulary, jeno Grzela się nie strwożył, wparł w niego harde ślepie chcąc jeszcze cosik dodać, gdy stary Płoszka wystąpił i skłoniwszy się nisko zaczął pokornie:
- Dopraszam się łaski wielmożnego naczelnika, co rzeknę, jako to po swojemu miarkuję: szkołę juścić uchwalić uchwalim, ale widzi się nama, co za dużo złoty i groszy dziesięć z morgi. Czasy teraz ciężkie i o grosz trudno! To jeno chciałem rzec.
Naczelnik nie odpowiedział zatopiony w jakowychś dumaniach, że jeno kiej niekiej kiwnął głową jakby przytakująco i oczy przecierał, więc ośmielony tym wójt siarczyście przemawiał za szkołą; po nim i jego kamraty parły do tego samego, młynarz zaś pyskował najżarliwiej, nie zważając na ostre przycinki Grzelowych stronników, aż wreszcie zgniewany Grzela zawołał:
- Przelewamy jeno z pustego w próżne - i upatrzywszy sposobną porę przystąpił i śmiało spytał:
- A niby jaka to ma być ta nowa szkoła?
- Jak i wszystkie! - wyrzekł otwierając oczy.
- To my akuratnie takiej nie potrzebujemy!
- Na swoją uchwalim i pół rubla z morgi, a na inszą ni szeląga.
- Co nam taka szkoła, moje uczyły się bez trzy roki, a też ni be, ni me.
- Ciszej, ludzie, ciszej!
- Rozbrykały się barany, a wilk jeno patrzeć, jak skoczy na stado.
- Pyskacze juchy, nową biedę wypyskują la wszystkich.
Pokrzykiwali jeden przez drugiego, że uczynił się srogi gwar, każden bowiem dowodził swojego i przepierał drugich, rozgrzewali się coraz barzej, rozbili się na kupy i wszędy zawrzały spory a kłótnie, zwłaszcza Grzelowe stronniki pyskowały najgłośniej i najzawzięciej, powstając

przeciw szkole. Na próżno wójt, młynarz i gospodarze z drugich wsi przekładali, prosili, a nawet i strachali Bóg wie czym, większość srożyła się coraz zuchwalej, wygadując, co jeno komu ślina przyniesła.

Zaś naczelnik siedział, jakby nie słysząc niczego, szeptał cosik z pisarzem, dając się im wygadać do woli, a kiej mu się widziało, co mają już dosyć płonego szczekania, kazał zadzwonić wójtowi.

- Cicho tam! cicho! słuchać! - spokoili sołtysi.

A nim się do cna przyciszyło, rozległ się jego głos rozkazujący:

- Szkoła być musi, rozumiecie! Słuchać i robić, co wam każą!

Srogo przemówił, jeno co się nie ulękli, a Kłąb chlasnął na odlew:

- Nie przykazuję nikomu chodzić na łbie, to niechże i nama pozwolą się ruchać, jak komu wyrosły kulasy.

- Zawrzyjcie gębę! Cicho, psiekrwie! - klął wójt, na darmo dzwoniąc.

- Co rzekłem, to przywtórzę, że w naszej szkole muszą się uczyć po naszemu.

- Karpienko! Iwanow! - ryknął na strażników, stojących w pośrodku ciżby, ale chłopi w mig ich ścisnęli między sobą, a ktosik im szepnął:

- Niech jeno któren tknie kogo... nas tu ze trzystu... miarkujcie...

I wraz się rozstąpili czyniąc wolne przejście, a tłocząc się za nimi przed naczelnika z głuchą, rozjuszoną wrzawą, przysapując jeno, a klnąc i wytrząchając pięściami, zaś raz po raz ktoś wyrywał się z kupy z ozorem:

- Każde stworzenie ma swój głos, a jeno nam przykazują mieć cudzy.

- I cięgiem przykazy, a ty, chłopie, słuchaj, płać i czapką ziemię zamiataj.

- Pokrótce to bez pozwoleństwa nie puszczą i za stodołę.

- Kiej takie wielmożne, to niech przykażą świniom, bych zaśpiewały kiej skowronki! - huknął Antek, zatrzęsły się śmiechy, a on wołał rozjuszony:

- Albo niech im gęś zaryczy. Jak to zrobią, to uchwalim szkołę.

- Każą podatki, płacim; każą rekruta, dajem, ale wara od...

- Cichocie, Kłębie. Sam Najjaśniejszy Cysarz nadał ustawę i tam stoi kiej wół, co szkoły i sądy mają być po polsku! Tak przykazał sam Cysarz, to jego słuchać będziem! wrzeszczał Antek.

- Ty kto takoj? - spytał naczelnik wpierając w niego oczy.

Zadrżał, ale rzekł śmiało wskazując papiery, leżące na stole:

- Tam stoi napisane. Nie sroka me zgubiła - dodał zuchwale.

Naczelnik pogadał cosik z pisarzem, a ten pokrótce ogłosił: jako Antoni Boryna, pozostający pod śledztwem karnym, nie ma prawa brać udziału w zebraniu gminnym.

Antek poczerwieniał z gniewu, lecz nim się zebrał na słowo, naczelnik wrzasnął:

- Poszoł won! - i wskazał go oczami strażnikom.

- Nie uchwalajta, chłopcy! prawo za nami! nie bójta się niczego! - krzyknął zuchwale Antek.

I odszedł wolno ku wsi, spozierając na strażników kiej wilk na kondle, że ostawali coraz dalej.

Ale w gromadzie zagotowało się z nagła kieby w tym kotle, wszyscy naraz zaczęli prawić, krzyczeć i sprzeczać się zajadle, że już nie dosłyszał nikogo, a jeno pojedyncze słowa klątw, pogróz i przekpiwań latały nad głowami kiej kamienie. Jakby ich zły opętał, tak się wydzierali zapalczywie, a nikto nie poredził wyrozumieć, skąd to przyszło i laczego?

Spierali się o szkołę, o Antka, o wczorajszy deszcz, kto zeszłoroczne szkody przypominał sąsiadowi, kto folgę jeno dawał wątrobie, kto zaś la samego sprzeciwu się kłyźnił, że powstał taki męt, taki wrzask i zamieszanie, co się już widziało, jako leda chwila wezmą się za łby i orzydla. Próbował spokoić Grzela, próbowali drugie, nie przemogli jednak opętania. Wójt dzwonił, jaże mu drętwiały kulasy, przywołując do porządku, i takoż na darmo. Kiej te rozjuszone indory skakały sobie do oczów, ślepe już i głuche na wszystko.

Dopiero któryś ze sołtysów jął walić kijem w pustą beczkę, stojącą pod okapem, jaże zahuczała kiej bęben, wtedy ludzie oprzytomnieli nieco, ściszając się nawzajem.

Naczelnik nie mogąc się doczekać cichości, zakrzyczał zgniewany:

- Cicho tam! Dosyć tej narady! Milczeć, kiedy ja mówię, i słuchać. Szkołę uchwalcie.

Ścichło, jakby makiem posiał, strach padł na wszystkie, mróz przeszedł kości, że stali jakby podrętwieli spozierając po sobie niemo i bezradnie, ani w myślach postały sprzeciwy, gdyż on stał groźnie, tocząc oczami po wylękłych twarzach.

Przysiadł znowu, a wójt, młynarz i drugie rzucili się między ludzi przyniewalać do posłuszeństwa i strachać.

- Głosować za szkołą, głosować.

- Może być źle. Słyszeliśta?

Pisarz tymczasem sprawdzał obecnych, że ci trochę ktoś odkrzykiwał:

- Jest! Jest!

Zaś po sprawdzeniu wójt wlazł na stołek i zakomenderował:

- Kto za szkołą, niech przejdzie na prawą stronę i podniesie rękę.

Sporo przeszło, ale dużo więcej narodu ostało na miejscu, naczelnik się zmarszczył i przykazał, aby la sprawiedliwości głosowali imiennie.

Strapił się tym Grzela, dobrze rozumiejąc, że skoro każden z osobna pójdzie głosować; to nie będzie śmiał się przeciwić.

Ale już nie było nijakiej zarady. Pomocnik zaczął wywoływać i każden szedł koleją, posobnie, a pisarz przy nazwisku znaczył kreskę, jeśli był za szkołą, lub robił krzyżyk, gdy się jej przeciwił.

Długo się wlekło, gdyż ludzi było chmara, lecz w końcu ogłosili:

- Dwieście głosów za szkołą, osiemdziesiąt przeciw.

Grzelowi podnieśli wrzask.

- Na nowo głosować! oszukali!

- Ja mówiłem: nie, a postawił mi kreskę! - wydzierał się któryś, a za nim wielu świarczyło to samo; zaś gorętsi jęli się skrzykiwać.

- Nie dać, podrzeć papiery, podrzeć!

Szczęściem, co dworski powóz zajeżdżał przed kancelarię, więc ludzie, chcąc nie chcąc, musieli się poodsuwać na boki, zaś naczelnik przeczytawszy list, jaki mu podał lokaj, oznajmił uroczyście:

- Tak, bardzo dobrze, szkoła w Lipcach będzie.

Juści, co nikto i pary z gęby nie puścił, stali kiej mur patrząc w niego spokojnie.

Podpisał jakieś papiery, wsiadł do powozu i ruszył.

Kłaniali mu się pokornie, ani spojrzał na kogo, ni kiwnął głową, a pogadawszy jeszcze ze strażnikami, skręcił na boczną drogę ku modlickiemu dworowi.

Patrzyli za nim czas jakiś w milczeniu, aż któryś z Grzelowych rzekł:

- Jagniątko, do rany go przyłóż, a nie spodziejesz się, jak udrze cię kłami gorzej wilka i weźmie pod kopyta.

- A czymże by to głupich trzymali, jak nie pogrozą?

Grzela jeno westchnął, spojrzał po gromadzie i szepnął cicho:

- Przegralim dzisia, trudno, naród jeszcze nie wezwyczajony do oporu.

- Boja się bele czego, to i niełatwo się wezwyczai.

- Moiściewy, a jaki to człowiek, nawet prawo ma se za nic.

- Juści, przeciek prawo pisali la nas, a nie la siebie.

Jakiś chłop z Przyłęka podszedł skarżąc się przed Grzelą:

- Chciałem z wami, ale jak me prześwidrował ślepiami, tom języka zapomniał i pisarz zapisał, jak mu się spodobało.

- Tyla było oszukaństwa, że można by zaskarżyć uchwałę.

- Chodźta do karczmy. Niechta siarczyste zatłuką - zaklął Mateusz i odwróciwszy się do gromady zakrzyczał: - Wiecie, ludzie, czego wama naczelnik zapomniał powiedzieć? A tego, żeśta kundle i barany. I dobrze zapłacita za posłuch, ale niech was łupią ze skóry, kiejśta głupie.

Zaczęli się odcinać, ktoś nawet pysk wywarł na niego, lecz zmilkli, bo jakaś żydowska bryka przejeżdżała, w której siedział Jasio organistów.

Otoczyli go Lipczaki, a Grzela rozpowiedział o wszystkim. Jasio wysłuchał, pogadał o tym i owym i kazał jechać.

Wszyscy zaś poszli do karczmy i po drugim kieliszku Mateusz huknął:

- A ja wam powiedam, że wszystkiemu winien wójt i młynarz.

- Prawda, najwięcej namawiali a straszyli - przyświarczył Stacho Płoszka.

- A że naczelnik groził, to jakby wiedział już o Rochu - ktoś szeptał.

- Jak nie wie, to mu powiedzą. Znajdą się takie!

- Kaj strażniki? - zapytał Grzela niespokojnie.

- Poszli jakby w stronę Lipiec.

Grzela zakręcił się po karczmie i ani spostrzegli, jak się wyniósł i szedł ku wsi miedzami rozglądając się pilnie dokoła.

Antek obzierał się za gromadą kieby ten kot odpędzony od miski, a rozważał, czyby nie zawrócić, lecz widząc następujących strażników powziął nagle jakąś myśl, bo wyłamał po drodze sporą gałąź i wsparłszy się o płot obstrugiwał, pasując do ręki a zważając na burków, którzy chociaż szli jak mogli najpowolniej, zrównali się z nim pokrótce.

- Kajże to pan starszy, na prześpiegi? - zagadał urągliwie.
- Po służbie, panie gospodarzu, a może nam w jedną stronę, co?
- Rad bym z duszy, ale widzi mi się, co nam kaj indziej drogi wypadną.

Rozejrzał się prędko, na drodze ni żywej duszy, jeno co kancelaria była jeszcze za blisko, więc ruszył z nimi trzymając się kole płota i pilnie bacząc, bych go z nagła nie obskoczyli.

Zmiarkował się starszy i dalejże pogadywać z przyjacielstwa i srodze wyrzekać, jako od samego rana jeszcze nic nie miał w gębie.

- Naczelnikowi pisarz nie żałował, to pewnikiem i la pana starszego ostawił jakie ochłapy. Na wsiach przeciek smaków nie postawią; cóż, kluski a kapusta nie la takich panów - przekpiwał z rozmysłem, jaże młodszy, sielny parob o rozlatanych ślepiach, cosik zamamrotał, ale starszy nie popuścił ni słowa.

Antek się jeno prześmiechał wyciągając coraz lepiej kulasy, że ledwie za nim nadążyli, nie bacząc już na wyboje ni kałuże wieś była pusta, jakby wymarła, i słońce tak doskwierało, że jeno niekiedy co ta ktoś wyjrzał za nimi lub kajś w cieniach zabielały dziecińskie głowiny, a tylko jedne pieski przeprowadzały ich wiernie z niemałym jazgotem i docieraniem.

Starszy zakurzył papierosa i strzyknąwszy przez zęby jął się użalać, jak to on nie zazna nigdy spokojnej nocy ni dnia, bo cięgiem służba i służba.

- Pewnie, co niełacno tera wyciągnąć choćby co niebądź od chłopów...

Strażnik jeno zaklął sięgając jaże do maci, ale Antek, że mu się to już zmierziły te kluczenia, ścisnął mocniej kijaszek i rzekł całkiem zaczepnie:

- Prawdę powiem, a to z waszej służby tyla jeno jest profitu, co się po wsiach naszczekają pieski, a jaki taki zbędzie ostatniej złotówki.

I to jeszcze starszy ścierpiał, chociaż już pozieleniał ze złości, a za pałaszem macał, ale dopiero kiej doszli ostatniej chałupy, rzucił się z nagła na Antka i krzyknął kamratowi:

- Bierz go!

Źle się jednak wybrali, bo nim poredzili go przytrzymać odciepnął ich precz kiej kondle, uskoczył w bok pod chałupę, wyszczerzył zęby kiej wilk i trząchając kijem zawrzał przyduszonym, urywanym głosem:

- Idźcie swoją drogą... ze mną nie wygracie... nie dam się i czterem... a kły powybijam kiej psom. Czego chcecie ode mnie?... w niczym nie winowatym... A szukacie bitki, dobrze... zamówta se jeno prządzi podwody na swoje kości...A podejdź który i tknij me jeno, spróbuj! - zakrzyczał wygrażając kijem i gotów już choćby do zabijania.

Strażnicy stanęli kiej wryci, gdyż chłop był ogromny, rozwścieklony i kij jaże mu warczał w garściach, więc starszy widząc, że to nie przelewki, sprobował wszystko obrócić w żart.

- Ha! ha! sławno, a to się nam udała szutka! - i trzymając się za boki, niby to od śmiechu, zawrócił z powrotem, ale uszedłszy kilkanaście kroków pogroził mu pięścią i zgoła już inaczej zawrzeszczał:

- My się jeszcze zobaczym, panie gospodarzu, i pogadamy.

- A niech cie ta prżódzi zaraza spotka! - odkrzyknął na odlew. - Hale, strach go sparł, to się żartem wykręca, pogadam i ja z tobą, niech no cię jeno kaj zdybię na osobności - mruczał bacząc, póki mu z oczów nie zeszli.

- Tamten poszczuł na mnie, głupi, myślał, co me wezmą kiej psy zająca. To za mój opór, juści, prawda mu nie w smak - rozmyślał i doszedłszy pod dworski ogród, kawał za wsią, przysiadł w cieniu, abych odpocząć nieco, gdyż trząsł się jeszcze cały i spotniał kiej mysz.

Przez drewniane ogrodzenie widniał biały dwór, stojący w wyniosłym zagaju modrzewi, powywierane okna czerniały kiej jamy, a na słupiastym ganku siedziało jakieś państwo i snadź przy jadle, bo służba cięgiem się kręciła kole nich, szczękały statki, a niekiedy długi, wesoły śmiech dochodził.

- Takim niezgorzej! Jedzą, piją i zarówno im wszystko - myślał dobierając się do chleba ze serem, jaki mu była Hanka wetknęła w kieszeń.

Pojadał wodząc oczami po wielgachnych lipach brzeżących drogę i całych we kwiatach i pszczelnym brzęku, słodki, sprażony w słońcu zapach przejmował go lubością; kajś ze sadzawki zakwakała kaczka i rozchodziło się senne nukanie żab, z gąszczów trzęsły się cichuśkie pogłoski stworzeń przeróżnych, a na polach muzyka koników podnosiła się raz po raz i przycichała, ale po jakimś czasie jęło wszystko głuchnąć, jakby zalane słonecznym ukropem. Świat oniemiał, a co jeno było żywe, przytaiło się w cieniach przed pożogą, że tylko jedne jaskółki śmigały nieustannie.

Przypołudnie kipiało już takim warem, że oczy bolały od blasków i spieki, nawet cienie parzyły, ostatnie kałuże wyschły, a do tego od zbóż prawie dojrzałych i ze spieczonych ugorów pociągało niekiedy jakby z wywartego pieca.

Antek wytchnąwszy galancie ruszył raźno ku lasom niedalekim, ale skoro się wysunął z cieniów na drogę zatopioną w słońcu, jaże go ciarki przeszły, i już szedł jakby przez wrzące, białawe płomienie. Zewlókł kapotę, lecz i tak koszula mu przywierała do spotniałych boków niby rozpalona blacha, zezuł i buciary, grzęznąc w piasku jakby w tym gorącym popiele.

Pokręcone brzezinki stojące kaj niekaj nie dawały jeszcze cienia, żyta chyliły nad drogą ciężarne kłosy i poślepłe w żarach kwiaty zwisały pomdlałe.

Upalna cichość leżała w powietrzu, a nikaj nie dojrzał człowieka ni ptaka, ni żadnego stworzenia i nikaj nie zadrgał listek ni trawka choćby najmarniejsza, jakby w oną godzinę Południca zwaliła się na świat i wysysała spieczonymi wargami wszystką moc ze ziemi omglałej.

Antek szedł coraz wolniej, rozmyślając o zebraniu, że raz w raz porywały go złoście, to śmiech spierał, to przejmowało zniechęcenie.

- I poradź co z takiemi! Bele strażnika się ulękną... jakby im przykazali posłuchać naczelnikowego buta, to by go i słuchali. Barany, juchy, barany! - myślał z politowaniem i złością. - Prawda, że każdemu źle, każden wije się kieby nadeptany piskorz i każden ledwie już z biedy zipie, to gdzie im się ta kłopotać o takie sprawy. Naród ciemny i zabiedzony, to nawet i nie miarkuje, co mu potrza - zafrasował się wielce za wszystkich i serdecznie zatroskał.

- Człowiek to jak świnia, niełacno mu ryja unieść do słońca.

Głowił się i wzdychał, a tyla mu jeno przyszło z tych rozważań i turbacji, że poczuł, jako i jemu jest źle, a może nawet gorzej niźli drugim.

- Bo jeno tym dobrze, które o niczym nie mają pomyślenia!

Machnął ręką i szedł tak srodze zadeliberowany, że omal nie wlazł na Żyda szmaciarza, siedzącego pod zbożem.

- Ustaliście, juści, taki gorąc - ozwał się pierwszy przystając nieco.

- To jest piec, to jest boskie skaranie, a nie gorąc - wybuchnął Żyd i powstawszy, założył szleje na stary, przygarbiony kark, przypiął się do taczki niby pijawka, pchając ją przed sobą z niezmiernym wysiłkiem, gdyż była naładowana workami gałganów i drewnianymi pudłami, a na nich stał jeszcze kosz jaj i klatka z kurczętami, zaś w dodatku droga była piaszczysta i srogi upał, to chociaż się wydzierał ze sił do ostatka i szarpał, a co trochę musiał odpoczywać.

- Nuchim; ty się spóźnisz na szabes! - upominał się płaczliwie. - Nuchim, ty pchaj, ty jesteś mocny jak kuń! - mamrotał zachętliwie. - Nuchim, nu, raz... dwa... trzy... - i rzucał się na taczkę z krzykiem rozpaczy, pchał ją kilkanaście kroków i znowu stawał.

Antek skinął mu głową i przeszedł, ale Żyd zawołał błagalnie:

- Pomóżcie, panie gospodarzu, dobrze zapłacę, już nie mogę, już całkiem nie mogę - opadł na taczki, blady kiej trup i ledwie dyszący.

Antek zawrócił bez słowa, zwalił na taczki kapotę i buty, ujął je krzepko i pchał tak wartko, jaże koło zapiszczało i kurz się podniósł. Żyd dreptał pobok łapiąc powietrze zadyszaną piersią i gadał zachętliwie:

- Tylko do lasu, tam dobra droga, już niedaleko, dam wam całą dziesiątkę.

- Wsadź se ją w nos! Głupi, stoję to o twoją dziesiątkę! No, jak to te Żydy myślą, że wszystko na świecie jeno za pieniądze.

- Nie gniewajcie się, to ja dam śliczne kuraski la dzieci, nie? to może nici, igły, jakie wstążki? Nie! Może być bułki, karmelki, obarzanki albo jeszcze co? Ja mam wszystko. A może pan gospodarz kupi paczkę tytuniu? A może dać kieliszek fajnej gorzałki? Ja mam dla siebie, ale po znajomości. Na moje sumienie, tylko po znajomości!

Zakasłał się, jaże mu ślepie na wierzch wylazły, a kiej Antek zwolnił nieco kroku, chycił się taczek i włókł się poglądając nań łzawie.

- Będzie dobry urodzaj, żyto już spadło - zaczął z innej beczki.
- A jak nie urodzi, też mniej płacą. Zawdy na stratę gospodarzom.
- Piękny czas dał Pan Bóg, ziarno już suche - kruszył kłosy i pojadał.
- Juści, tak se folguje Pan Jezus, co już jęczmiona przepadły.

Pogadywali z wolna o tym i owym, aż zeszło na zebranie, o którym Żyd wiedział, bo rzekł rozglądając się trwożliwie dokoła:
- Wiecie, jeszcze zimą naczelnik zrobił kontrakt z jednym majstrem na postawienie szkoły w Lipcach. Mój zięć im faktorował.
- Jeszcze zimą? Przed uchwałą? Co wy też powiadacie?
- Może się miał pytać o pozwolenie? Czy to on nie dziedzic na swój powiat?

Antek jął rozpytywać, gdyż Żyd wiedział różne ciekawe rzeczy i rad odpowiadał, zaś w końcu rzekł pobłażliwie:
- Tak musi być. Gospodarz żyje z tej ziemie, kupiec z handlu, dziedzic z folwarku; ksiądz z parafii, a urzędnik ze wszystkich. Tak musi być i tak jest dobrze, bo każdy potrzebuje trochę żyć. Czy nieprawda?
- Widzi mi się, co nie o to idzie, aby jeden drugiego łupił ze skóry, a jeno, bych każden żył sprawiedliwie, jak Pan Bóg przykazał.
- Co na to poradzić? każdy żyje, jak może.
- Ja wiem, że każdy sobie rzepkę skrobie, ale i bez to jest źle.

Żyd jeno głową pokiwał, ale swoje myślał.

Doszli właśnie lasu i twardszej drogi, Antek odstawił taczki, kupił za całą złotówkę cukierków la dzieci, a kiej mu Żyd jął dziękować, burknął:
- Głupiś, pomogłem ci, bo mi się tak spodobało.

Ruszył ostro ku Lipcom, błogi chłód go ogarnął, rozłożyste drzewa tak przysłaniały drogę, że jeno środkiem widniał pas nieba, zaś po ziemi skrzyła się rozmigotana rzeka słońca. Bór był stary i wyniosły, dęby, sosny i brzozy tłoczyły się gęstą, pomieszaną ciżbą, a dołem tulił się do grubachnych pni drobny naród leszczyn, osik, jałowców i grabów, zaś miejscami świerkowe zagaje rozpychały się hardo, pnąc się chciwie ku słońcu.

Na drodze jeszcze gęsto połyskiwały kałuże po wczorajszej burzy i walały się połamane wierzchoły i gałęzie, a kaj niekaj smukła drzewina, wyrwana z korzeniami zalegała w poprzek kiej trup. Cichuśko było, rzeźwo i mroczno, pachniało pleśnią a grzybem, drzewa stojały bez ruchu jakby zapatrzone w niebo, a przez zwarte korony jeno gdzieniegdzie przedzierało się słońce, pełzając niby te złociste pająki po mchach, po czerwonych jagódkach, rozsypanych jak stężałe krople krwi, po trawach bladych.

Antka tak rozebrał chłód i głęboki spokój lasu, że przysiadłszy kajś pod drzewem zadrzemał się niechcący. Przebudził go dopiero koński tupot i parskanie, a dojrzawszy dziedzica jadącego konno podszedł do niego. Przywitali się zwyczajnie, po sąsiedzku.
- Ależ to piecze, co? - zagadał dziedzic głaszcząc niespokojną klacz

- A dopieka, za jaki tydzień trza będzie wychodzić z kosą.
- Na Modlickiem kładą już żyto aż miło.
- Tam piachy, ale latoś wszędy żniwa rychlejsze.
Dziedzic zapytał go o zebranie w kancelarii, a usłyszawszy wszystko, jak się odbywało, jaże oczy szeroko otworzył ze zdumienia.
- I wyście się tak głośno, otwarcie o polską szkołę upominali?
- Rzekłem, przeciek nie robię z gęby cholewy.
- A żeście się to ważyli z tym wystąpić przy naczelniku, no, no!
- W ustawie stoi o tym jak wół, to prawo miałem.
- Ale skąd wam przyszło do głowy upominać się o polską szkołę?
- Skąd! Przecieśma Polaki, a nie Niemcy czy to jakie drugie.
- Któż to was tak namówił? - pytał ciszej pochylając się ku niemu.
- Dzieci też i bez nauczyciela przychodzą do rozumu - odrzekł wykrętnie.
- Widzę, że Roch nie na próżno kręci się po wsiach - ciągnął tak samo.
- A wespół z panowym stryjaszkiem, jak mogą, tak naród nauczają.
Wtrącił z naciskiem, patrząc mu bystro w oczy, dziedzic zakręcił się jakoś niespokojnie, zagadując o czym innym, ale Antek z rozmysłem wracał do tej sprawy i do różnych chłopskich bolączek, wyrzekając cięgiem na ciemnotę i opuszczenie, w jakim naród żyje.
- A bo nikogo nie słuchają! Wiem przecież, jak księża pracują nad nimi, jak nawołują do pracy, ale to wszystko groch na ścianę.
- Hale, kazaniem tyle pomoże co umarłemu kadzidłem.
- Więc czymże? Zmądrzałeś, widzę, w kryminale - rzucił z przekąsem, aż Antek poczerwieniał, łypnął ślepiami, ale odrzekł spokojnie:
- A zmądrzałem, bo wiem, że wszystkiemu złemu winni panowie.
- Duby smalone pleciesz, a cóż ci to złego zrobili?
- A to, że za polskich czasów tyle jeno dbali o naród, żeby go batem popędzać i ciemiężyć, a sami se tak balowali, jaże i przebalowali cały naród, że tera wszystko trza zaczynać od początku, na nowo.
Dziedzic, że to był prędki, ozgniewał się i krzyknął:
- A wara ci, chamie jeden, do tego, co panowie robili, pilnuj lepiej gnoju i wideł, rozumiesz! A język trzymaj za zębami, by ci go nie przycięli!
Świsnął szpicrutą i pognał, jaże w klaczy zagrała wątroba.
Antek zaś poszedł w swoją stronę, a również zły i wzburzony.
- Psie nasienie! - mamrotał gniewnie. - Jaśnie pany, psiekrwie! Jak mu było potrza chłopskiej łaski, to z każdym się bratał. Ścierwo! Sam niewart i wszy pieczonej, a drugich przezywa od chamów! - srożył się kopiąc ze złości muchary stojące mu na drodze.
Już wychodził z lasu na topolową, gdy naraz posłyszał jakby znajome głosy, rozejrzał się uważnie: pod krzyżem tuliła się w cieniu brzózek jakaś bryka zakurzona, zaś na kraju boru stał Jasio organistów z Jagusią.
Przetarł oczy, całkiem pewny, jako mu się przywidziało, ale nie, stojali zaledwie o kilkanaście kroków od niego, zapatrzeni w siebie i dziwnie roześmiani.

Zdziwił się niemało nastawiając przy tym uszy, ale chociaż słyszał głosy, nie mógł jednak złożyć i wymiarkować ani jednego słowa.

- Wracała z boru, on jechał i spotkali się - pomyślał, ale w tym oczymgnieniu ukąsiło go cosik w serce, sposępniał i głuche, kolące podejrzenie zatargało kajś we wątpiach.

- Nic drugiego, jeno się zmówili! - lecz dojrzawszy Jasiowe księże obleczenie i jego twarz taką jakąś świętą, uspokoił się odetchnąwszy z niezmierną ulgą, nie poredził se jeno wyrozumieć Jagusi, dlaczego się tak była wystroiła do boru? i czemu tak modrzały jej ślepie roziskrzone? czemu jej tak latały czerwone wargi, a biło od niej taką radością? Obiegał ją wilczymi, głodnymi ślepiami, gdy wypinając się naprzód wzdętymi piersiami podawała króbkę, z której Jasio wybierał jagody, sam jadł i jej wtykał do ust...

- Prawie ksiądz, a chce mu się zabawiać kiej dzieciak - szepnął z politowaniem i wartko ruszył ku domowi miarkując sobie po słońcu, jako musiało już być kole podwieczorka.

- Póki nie tknę tej zadry, póty i nie boli! - myślał o Jagusi. - A jak to w niego łakomie patrzała; dziw go nie zjadła. A niechta, a niechta...

Próżno się jednak otrząchał, zadra i tak dolegała mu do żywego.

- A ode mnie to uciekaj kieby od tej zarazy. Juści, nowe sitko na kołek, szczęściem, co z Jasiem nic nie wskóra - rozjątrzał się coraz barzej - poniektóra to jak suka, poleci za każdym, kto zagwizda.

Leciał prędko, ale nie poredził zgubić tych gorzkich wspominków, jacyś ludzie go wymijali, ani spostrzegł kogo; uspokoił się dopiero pod wsią, gdyż dojrzał organiścinę siedzącą nad rowem z pończochą w ręku, najmłodszy tarzał się przed nią w piasku, a stadko podskubanych gęsi szczypało trawę między topolami.

- Aż tutaj pani zawędrowała z gęsiami? - przystanął obcierając spotniałą twarz.

- Wyszłam naprzeciw Jasia, tylko go patrzeć, jak nadjedzie.

- Dyć ino co wyminąłem go pod lasem.

- Jasia! to już jedzie? - zakrzyczała zrywając się na nogi. - Pilusie, pilu, pilu a gdzie, szkodniki, a gdzie? - wrzasnęła, bo gęsi jakoś niespodzianie dopadły do żyta stojącego nad drogą i wziny je zajadle młócić.

- Bryka stała pod figurą, zaś on rozmawiał se z jakąś kobietą.

- Pewnie spotkał znajomą i pogadają. To on tu zaraz nadjedzie. Poczciwa chłopczyna, on nawet obcego psa nie przepuści bez pogłaskania. A którąż to spotkał?

- Nie rozeznałem dobrze; ale zdało mi się, co Jagusię - a widząc, że stara skrzywiła się jakoś niechętnie, dorzucił ze znaczącym prześmiechem: - Nie rozeznałem, bo zeszli mi z oczów kajś w zagaje... pewnikiem przed gorącem...

- Święci Pańscy! co też wam w głowie, Jasio zadawałby się z taką...

- Taka dobra jak drugie, a może i lepsza! - rozgniewał się srodze.

Organiścina chybciej zaruchała drutami wpatrując się jakoś pilnie w pończochę. - A żeby ci ozór odjęło, pleciuchu jeden - myślała głęboko dotknięta - Jasio miałby z taką dziewą... prawie już ksiądz... - Ale się jej spomniały różne księżowskie historie i ogarnął ją niepokój, poskrobała się drutem po głowie, postanawiając rozpytać się obszerniej, lecz Antka już nie było, natomiast na drodze od lasu podniósł się tuman kurzawy i toczył się ku niej coraz prędzej, a nie wyszło i Zdrowaś, już Jasio ściskał ją z całej mocy i skamlał serdecznie:

- Mamusiu kochana! Mamusiu!

- Święci Pańscy! Ady mnie udusisz! Puść, smoku, puść! - i kiedy puścił, sama wzięła go ściskać, całować a wodzić po nim rozkochanymi oczyma.

- A to cię wychudzili, kruszyno! Takiś blady, synaczku! Takiś mizerny!

- Rosoły na święconej wodzie nie pasą! - śmiał się pohuśtując brata, któren jaże piszczał z radości.

- Nie bój się, już ja cię odpasę - szeptała gładząc go pieściwie po twarzy.

- To jedźmy, mamusiu, prędzej będziemy w domu

- A gęsi? Święci Pańscy, znowu w szkodzie! Skoczył wyganiać, gdyż się były dorwały żyta łuskając kłosy aż miło, potem brata usadził w bryce i zapędzając przed sobą gęsi szedł środkiem drogi rozpowiadając o podróży.

- Patrz no, jak się bęben umazał! - zauważyła wskazując na małego.

- Dobrał się do moich jagód. Jedz, Stasiu, jedz! Spotkałem w lesie Jagusię, wracała z jagód i trochę mi usypała... - zrumienił się wstydliwie.

- Właśnie przed chwilą mówił mi Boryna, że was spotkał...

- Nie widziałem go, musiał gdzieś bokiem przechodzić.

- Moje dziecko, na wsi ludzie widzą przez ściany nawet i to, czego wcale nie było! - wyrzekła z naciskiem, spuszczając oczy na rozmigotane druty.

Jasio jakby nie zrozumiał, gdyż dojrzawszy stado gołębi lecące nisko nad zbożami, śmignął za nimi kamieniem i zawołał wesoło:

- Zaraz poznać po wypasionych brzuchach, że to proboszczowskie...

- Cicho, Jasiu, jeszcze kto usłyszy! - skarciła go łagodnie, rozmarzając się myśleniem, jak to on zostanie kiedyś proboszczem, a ona usiędzie przy nim na stare lata dożywać dni swoich w spokoju i szczęśliwości.

- A kiedyż to Felek przyjedzie na wakacje?

- To mama nie wie, że go aresztowali?

- Święci Pańscy! Aresztowany! i cóż to zbroił? A zawsze mówiłam, a przepowiadałam, że źle skończy! Taki łajdus, w sam raz było mu iść na jakiego pisarka, ale młynarzom zachciało się zrobić z niego doktora! A tak się nim pysznili, tak nosy zadzierali, a teraz synek w kryminale, mają pociechę! - aż się trzęsła z jakiejś mściwej radości.

- Ależ to zupełnie co innego, siedzi w cytadeli.

- W cytadeli, a to musi być coś politycznego? - zniżyła głos.

Jasio nie umiał odpowiedzieć czy też nie chciał, zaś ona szepnęła trwożnie:

- Moja kruszyno, tylko ty nie mieszaj się do niczego.

- U nas nawet mówić nie wolno o takich rzeczach, zaraz by wypędzili.

- A widzisz! Wypędziliby cię i nie zostałbyś księdzem! Ady bym umarła ze wstydu i zgryzoty! Boże mój, zmiłuj się nad nami!

- Niech się mama o mnie nie boi.

- Przecież rozumiesz, jak harujemy i zabiegamy, aby chociaż wam było trochę lepiej. Sam wiesz, jak ciężko, tyle nas w domu, a przychody coraz mniejsze i żeby nie te trochę ziemi, to byśmy przy naszym proboszczu musieli nieraz głodem przymierać. Wiesz, proboszcz się teraz sam godzi z chłopami o śluby i pogrzeby, sam, słyszane to rzeczy! powiada, że ojciec z ludzi zdzierał! Jaki mi dobrodziej z cudzej kieszeni.

- A bo naprawdę zdzierał! - wykrztusił nieśmiało.

- Co ty! Na ojca będziesz powstawał? na rodzonego ojca! A jeśli zdzierał, to dla kogo? Przecież nie dla siebie, a tylko dla was, dla ciebie, na twoją naukę - zaskarżyła się boleśnie.

Jasio zaczął ją przepraszać, ale mu przerwało jakieś jazgotliwe dzwonienie, płynące gdzieś od stawu.

- Słyszy mama? pewnie ksiądz idzie do chorego z Panem Jezusem.

- Prędzej to dzwonią na pszczoły, żeby nie uciekły, musiały się wyroić na plebanii. Proboszcz więcej teraz pilnuje swojego byka i pasieki niźli kościoła.

Dochodzili właśnie smętarza, gdy naraz sypnął się na nich brzękliwy szum, że Jasio ledwie zdążył krzyknąć na furmana:

- Pszczoły! trzymajcie konie, bo się spłoszą.

Jakoż nad placem kościelnym huczał ogromny rój, niósł się górą kieby rozbrzęczana chmura, kołował upatrując sposobnego miejsca, to zniżał się przepływając między drzewami, a za nim leciał ksiądz w portkach jeno i koszuli, bez kapelusza, zaziajany i nieustannie machający kropidłem, zaś Jambroż skradając się bokami, w cieniach, przydzwaniał zajadle i wrzeszczał; obiegli plac parę razy nie zwalniając ani na chwilę, gdyż pszczoły opadały coraz niżej, jakby zamierzając opaść na który z domów, że już dzieci pierzchały spod ścian, ale naraz poderwały się ździebko i szły prosto na Jasiową brykę; wrzasnęła organiścina i zadarłszy kieckę na głowę przycupła kajś w rowie, konie zaczęły się rwać, aż furman skoczył zakryć im ślepie, gęsi się rozleciały, a jeno Jasiu stał spokojnie z zadartą głową, rój zakręcił z nagła tuż nad nim i poszedł prosto na dzwonnicę.

- Wody! - ryknął proboszcz puszczając się w cwał za nimi, dopadł z bliska i tak je skropił, że nie mogąc już ruchać przemiękłymi skrzydłami, zaczęły się osadzać w dzwonnicznym oknie.

- Jambroż! drabina, sitko, a prędzej, bo uciekną! Ruszaj się, kulasie! Jak się masz, Jasiu, zrób no ognia w trybularzu, trzeba je podkurzyć, to się uspokoją! - wrzeszczał zgorączkowany, nie przestając skrapiać opadającego roju, a nie upłynęło i Zdrowaś, drabina stała pod dzwonnicą, Jambroż przydzwaniał, Jasio dymił z trybularza niby z komina, zaś ksiądz piął się w górę i dosięgnąwszy pszczół gmerał między nimi wyszukując matki.

- Jest! Chwała Bogu, już nie uciekną! Podkurz, Jasiu, od spodu, bo się rozłażą! - rozkazywał zgarniając gołymi rękami pszczoły; nic się bowiem nie bojał, chociaż obsiadły mu głowę i łaziły po twarzy, jeno pogadując cosik do nich zbierał je do sitka i zbierał, gdyż rój był ogromny.

- Uważać! burzą się, mogą ciąć! - ostrzegał schodząc z drabiny, otoczony całą chmarą wirującą nad nim z brzękiem i szumem, a zeszedłszy na ziemię poniósł sito przed sobą tak ważnie i uroczyście kieby tę monstrancję, Jasio go okadzał kołysząc trybularzem, Jambroż dzwonił pokrapiając raz po raz i w takiej ano procesji walili do pasieki za plebanią, kaj w osobnym zagrodzeniu stało kilkadziesiąt uli rozbrzęczanych, jakby w każdym się roiło.

A kiedy ksiądz zajął się obsadzaniem pszczół, Jasio, dobrze już głodny i utrudzony, wysunął się cichaczem do domu.

Juści, co ucieszyli się nim niezmiernie, a co tam było pisków, całowań i pytań, tego i nie wypowiedzieć, zaś skoro przeszła pierwsza radość, usadzili go za stołem i dalejże znosić przeróżne smaki a podtykać, a molestować i zachęcać do jadła, jaże cały dom się trząsł od wrzasków i bieganiny; gdyż wszyscy naraz pragnęli mu usłużyć i być jak najbliżej. Właśnie na taki rejwach wpadł zziajany Grzela, wójtów brat, rozpytując się niespokojnie, czy nie widzieli Rocha? Ale nikt go nie widział na oczy.

- Nie mogę go nikaj naleźć - wyrzekał frasobliwie i nie wdając się w rozmowy poleciał dalej szukać po chałupach, a zaraz po jego odejściu zawołano Jasia na plebanię. Ociągał się, zwłóczył, ale iść musiał.

Proboszcz czekał w ganku przy podwieczorku, wycałował go po ojcowsku i usadziwszy przy sobie rzekł wielce łaskawie:

- Rad jestem, żeś przyjechał, będę miał z kim odmawiać brewiarz! Ale wiesz, ile mam tegorocznych rojów? Piętnaście! A mocne, jak stare, już niektóre zarobiły miodem po ćwierć ula! Wyroiło się więcej, Ambrożemu kazałem pilnować pasieki, ale usnęła trąba, i pszczółki fiut... na bory i lasy. A jeden rój ukradł mi młynarz! No, mówię ci, że ukradł! Uciekły na jego gruszę, zabrał jak swoje i ani chciał słuchać o oddaniu! Zły o byka, to mści się na mnie, jak może, rabuś jeden. Słyszałeś to już o Felku? Te gałgany to tną jak osy, a sio! - zajęczał opędzając się chusteczką od much, padajacych mu cięgiem na łysinę.

- Tylko tyle, że siedzi w cytadeli.

- Żeby się choć na tym skończyło! Doigrał się, co? A mówiłem, a przekładałem, nie słuchał osieł jeden i ma teraz bal! Stary ryfa i bufon, ale Felka szkoda, zdolna szelma, po łacinie umie ekspedite, że i biskup lepiej nie potrafi. Cóż, kiedy we łbie pstro i dalejże wybierać się z motyką na słońce... A powiedziano: jakże to... aha! czego nie wolno, nie rusz, a co zakazane, obchodź z daleka. Pokorne cielę dwie matki ssie... tak... - ciągnął ciszej i już coraz słabiej, opędzając się przed muchami. - Zapamiętaj to sobie, Jasiu! No, mówię, zapamiętaj! - zwiesił głowę zapadając w głęboki fotel, ale gdy Jasio powstał z krzesła, otworzył oczy i zamamrotał: - Zmęczyły mnie pszczółki! A przychodź wieczorami na brewiarz. Ale uważaj na siebie i nie spoufalaj się ż chłopami, bo kto się zada z plewami, tego świnie zjedzą! No, mówię, zjedzą i basta! - przysłonił łysinę chustką i zachrapał już na dobre.

Snadź tak samo myślał organista, albowiem kiedy parobek wyprowadzał konie na pastwisko i Jasio skoczył na jednego, stary zakrzyczał:

- Zleź mi zaraz! Nie pasuje, żeby ksiądz jeździł na oklep i zadawał się z pastuchami!

Strasznie chciało mu się jechać, ale zlazł jak niepyszny i ponieważ mrok już zapadał, poszedł za ogrody odmówić wieczorne pacierze, ale mógł się to zebrać w sobie, kiedy jakaś dzieuszyna piesneczka dzwoniła gdzieś niedaleko i baby rajcowały w jakimś sadzie, że każde słowo leciało po rosie, i wrzeszczały dzieci kąpiące się w stawie, kajś znów śmiechy się zatrzęsły, to ryki krów, to księże perliczki darły się przenikliwie i cała wieś huczała przeróżnymi pogłosami niby ten ul rozbrzęczany, że cięgiem mu się myliło, a gdy nareszcie uchwycił wątek i przyklęknąwszy pod żytem wtopił rozmodlone oczy w to niebo rozgwiażdżone i poniósł duszę kajś w zaświaty, buchnęły od wsi takie przeraźliwe krzyki, lamenta i przeklinania, że poleciał ku domowi wystraszony wielce i niespokojny.

Matka właśnie wyszła go wołać na kolację.

- Co się tam stało? Biją się czy co?

- Józef Wachnik wrócił z kancelarii trochę pijany i pobił się ze swoją. Dawno się już babie należała porządna frycówka. Nie bój się, nic jej nie będzie.

- Ależ krzyczy, jakby ją ze skóry obdzierał.

- Zwyczajne babskie wrzaski, żeby ją prał kijem, toby była cicho! Odbije mu ona jutro za swoje, odbije! Chodź, kruszyno, bo kolacja przestygnie.

Ledwie tknął jadła i czując się wielce zdrożony, zaraz położył się spać. Ale rano, jak tylko słońce zaświeciło, już był na nogach. Obleciał pole, przyniósł koniom koniczyny, podrażnił księże indory, jaże się rozbulgotały, przywitał pieski, że dziw łańcuchów nie pozrywały z radości, sypnął ziarna gołębiom, pomógł młodszemu wypędzać krowy, narąbał drzewa za Michała, spenetrował w sadzie dojrzewające małgorzatki, pofiglował ze źrebakiem i był wszędy i wszystko witał całującymi oczami, jak przyjacioły serdeczne, jak braty rodzone, nawet te malwy osypane kwiatem, nawet te prosięta grzejące się na słońcu, nawet pokrzywy i chwasty; przytajone pod płotami, aż matka biegająca za nim rozkochanymi spojrzeniami szeptała z pobłażliwym uśmiechem:

- Wariacie jeden! wariacie!

A on snuł się i promieniał jako ten dzień lipcowy, jasny, roześmiany, rozsłoneczniony, wezbrany ciepłem i ogarniający wszystek świat duszą miłującą, ale skoro zadzwoniła sygnaturka, rzucił wszystko i poleciał do kościoła.

Proboszcz wyszedł z wotywą, poprzedzał go Jasio w nowej komży, przybranej świeżo czerwonymi wstęgami, organy zagrały przebieraną, hukliwą nutą, z chóru podniósł się grubachny głos, od którego zadrgały światła, kilkanaście osób przyklękło przed ołtarzem - i zaczęło się nabożeństwo.

Jasio, chociaż służył do mszy, a w przerwach żarliwie się modlił, jednak dostrzegł Jagusię klęczącą nieco z boku i co podniósł głowę, to widział jej modre, błyszczące oczy wlepione w siebie i jakiś przytajony uśmiech na rozchylonych, czerwonych wargach.

Zaraz po kościele zabrał go ksiądz na plebanię i zasadził do pisania, że dopiero po południu wyrwał się na wieś odwiedzać znajomków.

Najpierw zaszedł do Kłębów, gdyż siedzieli najbliżej, przez dróżkę jeno, w chałupie jednak nie zastał nikogo, a tylko w sieniach, wywartych na przestrzał, cosik zaruszało się w kącie, a jakiś głos zachrypiał:

- Dyć to ja, Jagata! - uniesła się rozkładając ręce ze zdumienia - Jezu, pan Jasio!

- Leżcie spokojnie. Chorzyście, co? - pytał troskliwie i przysunąwszy se pieniek przysiadł blisko, ledwie rozpoznając jej twarz wyschniętą kiej ziemia.

- Jeno już Pańskiego miłosierdzia czekam - głos jej zabrzmiał uroczyście.

- Cóż to wam jest?

- A nic, śmierć se we mnie rośnie i na żniwo czeka Kłęby me ano przytuliły, bym se u nich pomarła, to pacierz mówię i wyglądam cierpliwie onej godziny, kiej kostucha zapuka i powie: pódzi, duszo umęczona.

- Czemuż do izby was nie przeniosą?

- Hale, póki nie pora, to co ta bede im zabierała miejsce... i tak cielaka musiały ze sieni wyprowadzić. Ale mi przyobiecały, że na tę ostatnią moją godzinę to me przeniosą do izby, na łóżko pod obrazy, i świecę mi zapalą...i księdza sprowadzą... a potem we świąteczne szmaty me przyobleką i pochowek sprawią gospodarski. Juści, dałam na wszystko... a ludzie poczciwe sieroty może nie ukrzywdzą. Niedługo przeciek bede im tu zawalać, nie... i przy świadkach mi przyobiecały, przy świadkach.

- A nie przykrzy się wam samej? - głos mu nasiąkł żałością i łzami.

- Całkiem mi dobrze, paniczku. A mało to świata dojrzę se przez drzwi? kto przejdzie drogą, kto gdziesik zagada, kto i zajrzy, kto nawet rzuci to poczciwe słowo, że jakbym se po wsi wędrowała. A pójdą wszystkie do roboty, to kokoszki pogrzebią w śmieciach, gadzina pochrząka za ścianą, pieski zajrzą, wróble wpadną do sieni, słońce ździebko poświeci przed zachodem, a niekiej wisus jaki ciepnie pecyną i dzionek zleci, ani się człowiek spodzieje. A nocami też do mnie przychodzą, juści... a niejedne...

- Któż taki? kto? - zajrzał z bliska w jej otwarte, a jakby niewidzące oczy.

- A te moje, co się im już dawno pomarło, a te powinowate i znajome. Prawdę mówię, paniczku, przychodzą... A kiedyś - szeptała z uśmiechem nieopowiedzianego szczęścia i słodyczy - to przyszła do mnie Panienka i powieda cichuśko: "Leż se, Jagato, Pan Jezus cię wynagrodzi!..." Sama Częstochowska, zaraz poznałam... w koronie ano była, w płaszczu, a cała we złocie i koralach. Pogładziła me po głowie i rzekła: "Nie bój się, sieroto, gospodynią se będziesz pierwszą na niebieskim dworze, panią se będziesz, dziedziczką..."

I tak se gaworzyła starucha kiej ta zasypiająca ptaszka, zaś Jasio przychylony nad nią słuchał i patrzał kieby w jakąś nieodgadnioną głąb, kaj cosik tajnego bulgoce i gada, i błyska, i coś takiego się dzieje, czego już zgoła człowieczy rozum nie rozbierze. Zrobiło mu się jakoś strasznie, ale nie poredził się oderwać od tej kruszyny ludzkiej, od tego zetlałego źdźbła, co drgając, kieby ten promień gasnący w mroku, jeszcze se śnił o dniach nowego żywota. Pierwszy raz w życiu tak z bliska zajrzał w człowieczą, nieubłaganą dolę, to i nie dziwota, że przejął go luty strach, żałość ścisnęła duszę, łzy zatopiły oczy, współczująca litość przygięła go do ziemi, a gorąca, proszalna modlitwa sama się już rwała z warg roztrzęsionych.

Stara przecknęła się i unosząc głowę szepnęła w zachwycie:
- Janioł przenajświętszy! księżyczek mój serdeczny!

On zaś potem długo stał pod jakąś ścianą grzejąc się w słońcu i ciesząc oczy tym dniem jasnym i życiem, jakie wrzało dokoła.

Bo i cóż, że tam jakaś dusza człowiekowa skamlała w pazurach śmierci. Słońce nie przestało świecić, szumiały zboża, białe chmury przepływały wysoko, wysoko, dzieci bawiły się po drogach, rumieniły się po sadach jabłka dojrzewające, w kuźni biły młoty, jaże rozlegało się na całą wieś, ktoś wóz rychtował, ktoś kosę nakuwał sposobiąc się do żniw, pachniał chleb świeżo upieczony, rajcowały kobiety, chusty suszyły się po płotach, ruszali się po polach i obejściach, jako dnia było, jak zawdy, gmerał się rój ludzki wśród trosk i zabiegów ani nawet myśląc, kto tam pierwszy stoczy się z brzega.

Zaśby ta komu przyszło co z tego.

Więc i Jasio prędko się otrząsnął ze smutku i poszedł na wieś.

Posiedział czas jakiś przy Mateuszu, któren Stachową chałupę wyciągał już do zrębu; postał nad stawem z Płoszkową bielącą płótno; odwiedził chorą Józkę; nasłuchał się wyrzekań wójtowej; przyjrzał się w kuźni, jak kowal stalił kosy i nacinał ostrza sierpów; zajrzał i na ogrody, kaj pracowało najwięcej dzieuch i kobiet, a wszędy wielce byli mu radzi, witając przyjacielsko i patrząc na niego z niemałą dumą: boć lipeckie to było dziecko, więc jakby w krewieństwie ze wszystkimi.

A dopiero na samym ostatku wstąpił do Dominikowej; stara siedziała przed domem i przędła wełnę, dziwił się temu, gdyż oczy miała przewiązane.

- Palcami zmacam i też wiem, jaka nitka, cienka czy ogrubnia - tłumaczyła i bardzo ucieszona z jego odwiedzin, zawołała na Jagusię zajętą kajś w podwórzu.

Przyleciała zaraz, nieco ino rozdziana, bo tylko we wełniaku i w koszuli, ale dojrzawszy Jasia przysłoniła piersi rękami i sczerwieniwszy się kiej wiśnia uciekła do chałupy.

- Jaguś, a wynieś no mleka, to może pan Jasio się przechłodzi!

Wyniosła pokrótce pełną doinkę i garnuszek, przybrana już w chusteczkę na głowie, lecz tak jakoś zesromana, że kiej wzięła nalewać mleko, ręce jej latały i bladła, to czerwieniła się na przemian, nie śmiejąc podnieść oczów. I cały czas nie odezwała się do niego ani słowa i dopiero kiej poszedł, odprowadziła go na drogę, patrząc za nim, póki jej z oczów nie zginął.

Niewypowiedzianie parło ją cosik za nim i tak strasznie ponosiło, że aby się nie dać pokusić, wpadła do sadu, chyciła się oburącz jakiegoś drzewa i przytulając się do niego stanęła bez tchu prawie i przytomności, nakryta, niby płaszczem, gałęziami, zwisłymi od jabłek; stała z przywartymi powiekami, z uśmiechem zatajonym w kątach warg, pełna szczęśliwości, a zarazem lęku, i pełna jakowychś łez słodkich i lubego dygotu, jak wtedy, kiej patrzała na niego przez okno, w tamtą noc wiośnianą.

Ale i Jasia jakby ciągnęło za nią, bo chociaż bezwolnie, a zaglądał do nich niekiedy na krótką chwilę i odchodził dziwnie rozradowany, a już co dnia widywał ją w kościele, klęczała zawdy przez całą mszę, a tak wielce rozmodlona i jakby wniebowzięta, że spoglądał na nią ze słodkim wzruszeniem, opowiadając kiedyś o jej pobożności:

Matka tylko wzruszyła ramionami.

- Ma za co przepraszać Pana Boga, ma...

Jasio miał duszę czystą kieby ten najbielszy kwiat, to i nie zrozumiał przytyku, a że przychodziła do nich, że ją wszyscy w domu lubili, że widział, jaka była pobożna, tomu ani postało w głowie jakie niebądź posądzenie; zdziwił się tylko teraz, że od jego przyjazdu nie była jeszcze ani razu.

- Właśnie posłałam po nią, bo mam dużo do prasowania - odrzekła matka. I przyszła wkrótce tak wystrojona, że Jasio aż się zdumiał.

- Cóż to, idziecie na wesele?

- A może przysłali do was z wódką? - zapiszczała któraś z dziewczyn.

- Zaśby ta kto śmiał, dyć bym go przepędziła na cztery wiatry! - ośmiała się kraśniejąc kieby róża, że to wszyscy na nią patrzeli.

Stara zapędziła ją zaraz do prasowania, poleciały za nią organiścianki wraz z Jasiem i tak się im wkrótce zrobiło wesoło, tak gruchali śmiechem z bele głupstwa i wrzeszczeli, jaże organiścina musiała przykarcać:

- Cichocie, sroki! Jasiu, idź lepiej do ogrodu, nie wypada ci tu suszyć zębów.

To rad nierad wziął książkę i powlókł się jak zwykle w pole, i tam kajś daleko za wsią, na miedzach, pod gruszami, na granicznych kopcach, przesiadywał zagłębiony wczytaniu albo jeno se medytujący.

Ale Jagusia dobrze już znała te samotne schroniska, dobrze wiedziała, kaj go szukać utęsknionymi oczami, kaj się nieść do niego choćby jeno tą myślą radosną; krążyła bowiem kole niego kieby ten motyl w kręgu światła i krążyć musiała, parło ją za nim niepowstrzymanie i wlekło tak nieprzeparcie, że się już dała bez pamięci na wolę tej jakiejś lubej mocy,

dała się jakby wodom spienionym, co ją ponosiły w jakoweś wyśnione
światy szczęśliwości, dała się wszystką duszą i sercem, ani nawet myśląc,
na jaki brzeg ją wyniesą ni na jaką dolę.

I czy się późną nocą kładła do snu, czy się rankiem zrywała z pościeli, to
zawdy jednym pacierzem dygotało jej serce:

- Obaczę go znowu! obaczę!

A nieraz, kiedy klęczała przed ołtarzem i ksiądz wyszedł ze mszą, i
zagrały przejmującą nutą organy, i wionęły kadzielne dymy, i roztrzęsły się
gorące szepty pacierzy, i kiedy zapatrzyła się rozmodlonymi oczami w
Jasia, któren biało przybrany, smukły, śliczny, ze złożonymi rękami snuł się
w tych dymach i kolorach, jakie biły z okien, to się jej widziało, co żywy
janioł zestąpił z obrazu i oto płynie ku niej ze słodkim prześmiechem...
idzie... że raje otwierały się w jej duszy, padała na twarz w proch,
przywierając wargami do miejsc, kaj przeszły jego stopy, i porwana
zachwyceniem, śpiewała wszystką mocą człowieczej szczęśliwości:

- Święty! Święty! Święty!

A nieraz i msza się skończyła, i ludzie się porozchodzili, i Jambroż już w
pustym kościele przedzwaniał kluczami, a ona jeszcze klęczała, zapatrzona
w puste po Jasiu miejsce, rozmodlona przenajświętszą cichością upojenia,
tą radością nabrzmiałą do bólu, tymi jeno łzami, co jej same spływały z
oczów, kiej ziarna pełne, ważkie i przeczyste.

Że już dnie były dla niej jako te ciągłe święta, jako te uroczyste odpusty w
nieustannej radości nabożeństwa, jakie się cięgiem odprawiało w jej, duszy,
bo kiedy wyjrzała w pole, to dzwoniły jej tym samym dojrzałe kłosy,
dzwoniła spieczona ziemia, dzwoniły sady przygięte pod ciężarem
owoców, dzwoniły bory dalekie i te wędrujące chmury, i ta
przenajświętsza hostia słońca, wyniesiona nad światem, a wszystko
śpiewało wraz z jej duszą jeden niebosiężny hymn dziękczynienia i radości:

- Święty! Święty! Święty!

Hej, jaki to świat śliczny, kiej się nań patrzą rozmiłowane oczy!

A jaki to człowiek mocen w onej świętej godzinie! Z Bogiem by się zmagał,
śmierci by się nie dał, nawet doli by się przeciwił. Życie mu jednym
weselem, a bratem choćby i ten stwór najmarniejszy! Przed każdym dniem
by klękał w podzięce, każdej nocy by błogosławił i na każdym miejscu
wszystek by się rozdawał między bliźnie, a bogaczem ostaje, a cięgiem mu
jeszcze przybywa mocy, kochania i dni barzej cudnych.

Światami dusza się jego nosi, górnie we gwiazdy patrzy z bliska, nieba
zuchwale sięga, o wiecznej śni szczęśliwości, bo się jej widzi, że nie ma już
kresu ni zapory la jej mocy i kochania.

Tak się to i Jagusi widziało w tę porę miłowania.

Dnie szły zwyczajne, dnie znojnych przygotowań do żniw, a ona uwijała
się przy robotach rozśpiewana niby skowronek, niestrudzenie radosna i
weselnie rozkwitła, kieby ta róża w jej ogródku, kieby te malwy smukła i
kieby ten kwiat na Bożym zagonie najśliczniejsza i tak ciągnąca oczy, tak

wabiąca jarzącymi ślepiami, tak cięgiem roześmiana, że nawet starzy chodzili za nią oczami, zaś parobcy zaczęli się znowu kole niej kręcić i wzdychający wystawać pod jej chałupą, ale odprawiała każdego.

- Żebyś nawet wrosnął w ziemię, to i tak niczego nie wystoisz - szydziła.
- Z kużdego się już prześmiewa! A harna kieby dziedziczka! - skarżyli się przy Mateuszu, który jeno westchnął żałośnie, gdyż nawet on tyla jeno wskórał, co mógł niekaj o zmierzchu pogadywać z Dominikową a patrzeć za Jagusią zwijającą się po izbie i słuchać jej prześpiewek. Patrzał też i nasłuchiwał tak gorąco, że odchodził coraz chmurniejszy i coraz częściej zaglądał do karczmy, a potem w chałupie wyprawiał różne brewerie. Juści, co już najbarzej dostawało się Teresce, że już chodziła ledwie żywa ze zgryzoty, toteż spotkawszy kiedyś Jagusię odwróciła się od niej plecami i splunęła.

Ale Jagusia, zapatrzona kajś przed się, przeszła nawet jej nie widząc.

Tereska rozgniewana zwróciła się do dzieuch, pierących nad stawem.

- Widziałyście, jak się to pawi! A to przejdzie i ani już spojrzy na kogo.
- A wystrojona jakby na odpust.
- Jakże, do samego połednia przesiaduje przy czesaniu.
- I cięgiem se kupuje wstęgi a stroiki - dogadywały zawistnie, bo znów od jakiegoś czasu, niech się jeno pokazała na wsi, chodziły za nią babie spojrzenia ostre kiej pazury i jadowite kieby żmije. Brały ją też na ozory przy leda sposobności, a nicowały, że niech Bóg broni, nie mogły jej bowiem darować, że się stroiła jak żadna i że była ponad wszystkie urodniejsza, żeby już nie spominać, co wyprawiała z chłopami.

- Wynosi się nad drugie, jaże trudno ścierpieć!
- I przystraja się kieby dziedziczka i skąd to na to bierze!
- Cie, a za cóż to wójt ma u niej łaski?
- Powiadają, jako i Antek nie skąpi - przepowiadały se na ucho gospodynie zebrawszy się w opłotkach Płoszkowej.
- Antek dba tyla o nią, co pies o piątą nogę - wtrąciła Jagustynka - tam jest w przygodzie ktoś drugi! - zaśmiała się tak domyślnie, że jęły ją molestować na wszystkie świętości, ale się nie wygadała, jeno im w końcu rzekła :
- Ja to plotów nie roznoszę. Macie oczy, to wypatrzcie same.

Jakoż od tej chwili sto par ślepiów jeszcze zacieklej poszło na prześpiegi trop w trop za Jagusią, kiej te gończe za zajączkiem.

Ale Jagusia, chociaż na każdym kroku spotykała te przyczajone, stróżujące ślepie, nie domyślała się niczego; co ją tam zresztą obchodziło; kiej mogła w każdej porze obaczyć Jasia i topić się w jego oczach na śmierć.

Na organistówkę zaglądała prawie już co dnia i zawdy w takim czasie, gdy Jasio był w domu, że nieraz kiej zasiadał z bliska i kiej poczuła na sobie jego spojrzenie, to dziw nie omdlewała z lubości, oblewał ją war, nogi się trzęsły i serce łomotało kieby młotem, zaś indziej, gdy w drugim pokoju nauczał siostry, to jaże dech przytajała zasłuchana w jego głosie niby w tym słodkim dzwonieniu, aż organiścina spostrzegła:

- Co tak pilnie nasłuchujecie?
- Bo pan Jasio tak prawi naucznie, że niczego nie poredzę wyrozumieć!
- Chcielibyście! - zaśmiała się pobłażliwie. - Abo to w małych szkołach się uczy przyrzuciła z dumą, wdając się w szeroką pogawędkę o synu, lubiła ją bowiem i rada zapraszała, że to Jagusia chętna była do pomocy przy każdej robocie, a przy tym często gęsto i przynosiła co niebądź; to gruszek, to jagódek, to nawet niekiej i osełkę świeżego masła.

Jagusia wysłuchiwała zawdy tych opowiadań z jednaką żarliwością, lecz skoro Jasio ruszył się z domu, i ona śpieszyła się niby to do matki; strasznie bowiem lubiała naglądać za nim z daleka i nieraz przyczajona we zbożu lub za jakimś drzewem patrzała w niego długo i z taką tkliwością, że nie mogła się powstrzymać od płaczu.

Ale już najmilsze były la niej te krótkie, nagrzane, jasne noce, że kiej jeno matka zasnęła, wynosiła pościel do sadu i leżąc na wznak, zapatrzona w niebo migocące przez gałęzie, zapadała w jakieś przenajsłodsze niezmierzoności marzenia. Upalne wiewy nocy muskały ją po twarzy, gwiazdy zaglądały w oczy szeroko otwarte, nabrane zapachami głosy ciemnic, głosy pełne niepokojącego żaru i lubości, zadyszane szepty liści, senne, urywane szmery stworzeń, jakby stłumione westchnienia, jakby wołania, idące kajś spod ziemi, jakby chichoty strwożone, lały się w nią dziwną muzyką i przejmowały warem, dygotem, zapierały dech i prężyły w takich ciągotkach, że staczała się na chłodne, oroszone trawy, padając ciężko jak owoc dostały... i leżała bezwładnie wezbrana jakąś świętą, rodną mocą, niby te pola dojrzewające, niby te gałęzie owocem ciężarne, niby ten łan źrałej pszenicy, gotów się dać sierpom, ptakom czy wichrom, bo już na każdą dolę zarówno tęsknie czekający.

Takie to miała Jagusia te krótkie, nagrzane, jasne noce i takie to te skwarne, rozprażone dnie lipcowe, że mijały kieby sen słodki, cięgiem pragniony.

Chodziła też jak we śnie, ledwie już miarkując, kiedy był dzień, a kiedy noc.

Dominikowa czuła, że się z nią wyrabia cosik dziwnego, ale nie mogła wyrozumieć, więc tylko się radowała jej niespodzianej i żarliwej pobożności.

- Powiem ci, Jaguś, że kto z Bogiem, z tym Bóg! - powtarzała z dobrością.

Jagusia jeno się uśmiechała, pełna cichej, pokornej szczęśliwości a czekania.

I któregoś dnia całkiem niechcący natknęła się na Jasia, siedział pod kopcem granicznym z książką w ręku, nie mogła się już cofnąć i stanęła przed nim, okryta rumieńcem i mocno zesromana.

- Cóż wy tu robicie?

Jąkała się strwożona, czy aby się czego nie domyśla,

- Siadajcie, widzę, żeście się zmęczyli.

Wagowała się nie wiedząc, co począć, pociągnął ją za rękę, że przysiadła pobok, śpiesznie chowając bose nogi pod wełniak.

Ale i Jasio był zmieszany, rozglądał się jakoś bezradnie dokoła.

Pusto było na polach, lipeckie dachy i sady wynosiły się ze zbóż jakoby wyspy dalekie, wiater ździebko przegarniał kłosami, pachniało rozgrzaną macierzanką i żytem, jakiś ptak przeleciał nad nimi.

- Strasznie dzisiaj gorąco! - zauważył, aby jeno zacząć.

- I wczoraj przypiekało niezgorzej! - chycił ją za gardziel jakiś radosny lęk, że ledwie mogła przemówić.

- Lada dzień zaczną się żniwa.

- Pewnie... juści... - przytwierdzała wlepiając w niego ciężkie oczy.

Uśmiechnął się i spróbował mówić swobodnie, prawie żartem:

- Jagusia to co dzień ładniejsza...

- Kaj mi tam do ładności! - stanęła w pąsach, pociemniałe oczy buchnęły płomieniami, a wargi zadrgały w przytajonym prześmiechu radości.

- I naprawdę Jagusia nie chce iść za mąż?

- Ani mi się śni, abo mi to źle samej!

- I żaden się wam nie podoba, co? - nabierał coraz więcej śmiałości.

- Żaden, nie żaden! - trzęsła głową patrząc w niego rozmarzonymi słodko oczami, nachylił się i zajrzał głęboko w te modre przepaście; modlitwę miała w spojrzeniu, najgłębszą i najsłodszą, i najdufniejszą, żarliwy krzyk serca rwący się w czas Podniesienia. Dusza się w niej trzepotała kiej te skry słońca nad polami, kiej ptak rozśpiewany wysoko nad ziemią.

Cofnął się jakoś dziwnie niespokojnie, przetarł oczy i wstał.

- Muszę już iść do domu! - skinął głową na pożegnanie i poszedł szeroką miedzą ku wsi czytając kiej niekiej książkę, to błądząc oczami, ale w jakiś czas obejrzał się i przystanął.

Jagusia szła za nim o parę kroków.

- Bo i mnie tędy najbliżej - tłumaczyła się jakoś spłoszona

- To pójdźmy razem - mruknął, nie bardzo rad z towarzystwa, wlepił oczy w książkę i z wolna idąc czytał se półgłosem.

- O czym to napisane? - spytała lękliwie, zazierając w karty.

- Jak chcecie, to wam trochę poczytam.

Że akuratnie niedaleczko miedzy stało rozłożyste drzewo, to przysiadł w cieniu i zaczął czytać, Jagusia kucnęła naprzeciw i wsparłszy brodę na pięści zasłuchała się całą duszą, nie spuszczając z niego oczów.

- Jakże się wam podoba? - rzucił po chwili, unosząc głowę.

Sczerwieniła się i uciekając z oczami bąknęła wstydliwie:

- Bo ja wiem... To nie o królach historia, co?

Jeno się skrzywił i wziął znowu czytać, ale już wolno, wyraźnie i słowo po słowie: o polach i zbożach czytał, o jakimś dworze, stojącym we brzozowym gaju, jakby o dziedzicowym synu, któren do dom wrócił, i o dworskiej panience, co siedziała se z dziećmi na ogrodzie... A wszyćko było utrafione do wiersza, rychtyk kieby w tych pobożnych śpiewaniach, jakby je kto wypominał z ambony, że nieraz chciało się jej westchnąć, przeżegnać i zapłakać, tak szło do serca.

Ale strasznie gorąco było w tym zaciszu, kaj siedzieli, kręgiem stała gęsta ściana żyta przepleciona modrakiem, wyczką i pachnącym powojem, że ani jeden powiew nie przechładzał, a jeno w tej upalnej cichości sypał się niekiedy chrzęst obwisłych kłosów, czasem wróble zaćwierkały wśród gałęzi, bzyknęła przelatująca pszczoła i dzwonił Jasiowy głos, wezbrany dziwną słodyczą, lecz Jagusia, chociaż wpatrzona była w niego jakby w ten obraz najśliczniejszy i nie straciła ani jednego słowa, kiwnęła się raz i drugi, bo ją rozbierało gorąco i morzył śpik, że ledwie już mogła wytrzymać.

Na szczęście, przerwał czytanie i zajrzał jej głęboko w oczy.

- Prawda, jakie śliczne, co?

- Juści, co śliczności... jakbym tego kazania słuchała.

Jaże oczy mu rozbłysły, a na twarz wystąpiły kolory, gdy zaczął rozpowiadać, czytając raz jeszcze te miejsca, kaj było o polach i lasach, ale mu przerwała:

- Przeciek i dziecko wie, co w borach rosną drzewa, w rzekach jest woda i sieją na polach, to po co ta drukować o tym wszyćkim?...

Jasio aż się cofnął ze zdumienia.

- Mnie to się jeno spodobają takie historie o królach, o smokach albo i o strachach, co to jak się o nich słucha, to jaże mrówki człowieka obłażą i jakby zarzewia nasuł do piersi. Jak Rocho nieraz powiedają takie historie, to bym go słuchała dzień i noc. A czy pan Jasio ma o tym książki?

- A któż by czytał takie bajdy! - buchnął wzgardliwie, głęboko zgorszony.

- Bajdy! Hale, przeciek Rocho czytał o tym i z drukowanego.

- Głupstwa wam czytał i same cygaństwa!

- Jakże, to by se ino la cygaństwa umyślali takie cudeńka?...

- A tak, wszystko bajki a zmyślenia.

- To nieprawda i o południcach, i o smokach? - pytała coraz żałośniej.

- Nieprawda, mówię wam przecież! - odpowiadał zniecierpliwiony.

- To i o tym też nieprawda, jak to Pan Jezus wędrował ze świętym Piotrem, co?...

Nie zdążył odrzec, bo nagle jakby wyrosła spod ziemi Kozłowa i stając przy nich patrzała naśmiechliwymi ślepiami.

- A to pana Jasia szukają po całej wsi - rzekła słodziuśko.

- Cóż się tam stało?

- Jaże trzy bryki ziandarów przyjechało na plebanię.

Zerwał się niespokojnie i poleciał prawie w dyrdy.

Jagusia też poszła ku wsi, ale dziwnie czegoś markotna.

- Pewnikiem przerwałam waju pacierze, co? - syknęła Kozłowa idąc pobok.

- Zaśby ta pacierze! Czytał mi z książki takie historie, ułożone do wiersza.

- Cie... a ja miarkowałam całkiem co drugiego. Organiścina pchnęła me go szukać... lecę w tę stronę, rozglądam się... pusto... tknęło me cosik, bych zajrzeć pod gruszkę... patrzę... siedzą se jakieś turkaweczki... gaworzą...

Juści, miejsce sposobne... z dala od ludzkich oczów... juści...

- Żeby wam ten paskudny ozór pokręciło - buchnęła wyrywając się naprzód.

- I będzie cie miał kto rozgrzeszyć! - krzyknęła za nią urągliwie.

ROZDZIAŁ 10

Jagusia zaraz na wstępie pomiarkowała, że na wsi dzieje się cosik ważnego, psy jakoś zajadlej naszczekiwały w obejściach, dzieci kryły się po sadach wyzierając jeno zza drzew i płotów, ludzie już ściągali z pól, chociaż słońce było jeszcze wysoko, gdzieś znów zbierały się rajcujące cicho kobiety, a na wszystkich twarzach widniał srogi niepokój i wszystkie oczy pełne były lęku i oczekiwań.

- Co się to wyrabia? - spytała Balcerkówny, wyglądającej zza węgła.

- Nie wiem, toć pono wojsko idzie od boru.

- Jezus, Maria! wojsko! - nogi się pod nią ugięły ze strachu.

- A Kłębiak co ino mówił, że kozaki ciągną od Woli - dorzuciła lecąca kajś Pryczkówna.

Jagusia przyśpieszyła kroku, w niemałej już trwodze dopadając chałupy, matka siedziała w progu z kądzielą, a przy niej parę rozgadanych kobiet.

- Widziałam jak was, siedzą w ganku, a starsze u proboszcza na pokojach.

- A po wójta posłali Michała organistów.

- Po wójta! Moiściewy, to nie przelewki. Ho, ho, wyjdą z tego historie, wyjdą...

- A może jeno przyjechały ściągać podatki.

- Hale, to by jaże w tyla narodu przyjeżdżały, co? Musi być co drugiego.

- Pewnie, ale nic dobrego z tego nie wyjdzie, obaczycie, spomnicie moje słowa.

- To ja wam rzeknę, po co przyjechały - zaczęła Jagustynka przystępując do nich.

Zbiły się w kupę i kiej gęsi powyciągały szyje nasłuchując z chciwością.

- A to będą was zapisywały do wojska - zaśmiała się skrzekliwie, ale żadna nie zawtórzyła, tylko Dominikowa rzekła z przekąsem:

- Cięgiem się was trzymają psie figle.

- A bo z igły robita widły! Wszystkie dziw zębów nie pogubią ze strachu, a każda by rada jakiej przygodzie. Wielka mi rzecz ziandary.

Płoszkowa wtoczyła swój spaśny kałdun w opłotki i dalejże rozpowiadać, jak to ją zaraz cosik tknęło, kiej dojrzała bryki, jak to...

- Cichojta! Ano Grela z wójtem lecą na plebanię.

Poniesły oczy na drugą stronę stawu, przeprowadzając idących.

- Cie, to i Grelę wołają.

Ale nie zgadły, bo Grela puścił brata naprzód, a sam obejrzał bryki, stojące przed plebanią, wypytał furmanów, przyjrzał się żandarmom siedzącym w ganku i jakoś mocno zaniepokojony poleciał do Mateusza zajętego przy Stachowej chałupie; właśnie był siedział okrakiem na zrębie zacinając łuzy la osadzenia krokwi.

- Nie odjechały jeszcze? - pytał nie przestając rąbać.

- A nie, to jeno bieda, że nie wiada, po co przyjechały.

- I w tym się cosik tai niedobrego! - zająkał stary Bylica.

- A może o zebranie! Naczelnik się wygrażał, a strażniki już się tu i owdzie przewiadywały, kto Lipce buntuje - rzekł Mateusz zesuwając się na ziemię.

- To by rychtyk wypadało, że przyjechały po mnie! - szepnął Grzela rozglądając się niespokojnie, przybladł i ciężko robił piersiami.

- A mnie się widzi, co prędzej by po Rocha! - zauważył Stacho.

- Prawda, przeciek się już o niego przepytywali! Że mi to nawet w myślach nie postało! - odetchnął z ulgą, lecz srodze zatroskany o niego, rzekł smutnie:

- Ani chybi; że jeśli mają kogo wziąć, to tylko Rocha!

- Jakże, możemy go to dać, co? Rodzonego ojca, co? - krzyczał Mateusz.

- Hale, nie sposób się im przeciwić, ani mowy o tym...

- Niechby się kaj schował, trza go przestrzec, juści... jąkał Bylica.

- A może to co drugiego, może to z wójtem sprawa - wtrącił nieśmiało Stacho.

- Na wszelki przypadek lecę go przestrzec! - zawołał Grzela i buchnął we zboża, przebierając się ogrodami do Borynów.

Antek siedział w ganku nakuwając sierpy na kowadełku i porwał się strwożony, dowiedziawszy się, o co idzie.

- Właśnie, co jeno przyszli. Rochu, a chodźcie no do nas! - krzyknął.

- Co się stało? - pytał stary wyściubiając głowę przez okno, ale nim mu rzekli, przyleciał srodze zaziajany Michał organistów.

- Wiecie, a to do was, Antoni, walą żandarmy! Już są nad stawem...

- To po mnie! - jęknął Rocho zwieszając smutnie głowę.

- Jezus, Maria! - krzyknęła Hanka stając w progu i uderzyła w płacz.

- Cicho! Trza zaradzić jakoś - szeptał Antek tężąc myślą.

- Skrzyknę wieś i nie damy was, Rochu! - srożył się Michał, wyłamując sielną gałąź i groźnie tocząc oczami.

- Nie bajdurz! Rochu, za bróg i w żyta, prędzej ino! Przywarujcie kaj w bruździe, póki was nie zawołam. A chybko, bych nie nadeszli...

Rocho zakręcił się po izbie, cisnął jakieś papiery Józce leżącej na łóżku i zaszeptał:

- Schowaj pod siebie, a nie wydaj!

I jak był, bez czapki a kapoty, rzucił się w sad i przepadł jak kamień we wodzie, że jeno kajś za brogiem zaruchało się żyto.

- Odejdź, Grzela! Hanka, do swojej roboty! Uciekaj, Michał, i ani mru-mru! - rozkazywał Antek zasiadając do przerwanej roboty i jął znowu nacinać sierp tak równiuśko i spokojnie jak pródzi, tylko że co trochę podnosił ostrze pod światło, a strzygł ślepiami na wszystkie strony, gdyż naszczekiwania psów były coraz bliższe, i wnet rozległy się ciężkie stąpania, brzęki pałaszów i rozmowy...

Zatłukło mu serce i zadygotały ręce, ale ciął równo, akuratnie, raz za razem, nie odrywając oczów, aż dopiero kiej przed nim stanęli.

- Rocho doma? - pytał wójt, wielce zalękniony.

Antek obrzucił spojrzeniem całą kupę i odrzekł wolno:

- Musi być na wsi, bo nie widziałem go od rana.

- Otworzyć! - rozkazał grzmiąco jakiś starszy.

- Przeciek wywarte! - odburknął Antek dźwigając się z ławy.

Urzędnik wraz z żandarmami wszedł do chałupy, zaś strażnicy rozlecieli się pilnować sadu i obejścia.

Na drodze zebrało się już z pół wsi, przyglądając się w milczeniu, jak przetrząsali dom kieby kopę siana. Antek musiał im wszystko pokazywać i otwierać, a Hanka siedziała pod oknem z dzieckiem przy piersi.

Juści, co szukali na darmo, ale tak penetrowali wszędy nie przepuszczając zgoła niczemu, że nawet któryś zajrzał pod łóżka.

- A siedzi tam i właśnie czeka na waju! - mruknęła.

Starszy dojrzał na stole jakieś książeczki przyciśnięte Pasyjką, skoczył do nich kiej ryś i jął je pilnie przeglądać.

- Skąd je macie?

- Musi być, co Rocho je położył, to se i leżą.

- Borynowa niegramotna! - tłumaczył wójt.

- Kto z was umie czytać?

- A żadne, tak nas uczyli we szkole, że tera nikto nie rozbierze nawet na książce do nabożeństwa! - odpowiedział Antek.

Starszy oddał książeczki drugiemu i ruszył na drugą stronę domu.

- Cóż to, chora? - podszedł nieco do Józki.

- A juści, już od paru niedziel leży na ospę.

Urzędnik śpiesznie cofnął się do sieni.

- To w tej izbie mieszkał? - wypytywał wójta.

- I w tej, i kaj mu popadło, zwyczajnie jak dziad.

Przejrzeli wszystkie kąty, szukając nawet za obrazami, Józka chodziła za nimi rozpalonymi oczami, a tak rozdygotana ze strachu, że gdy któryś zbliżył się do niej, zaskrzeczała nieprzytomnie:

- Schowałam go pewnie pod siebie, co? Szukajcie!...

A kiedy skończyli, Antek przystąpił do starszego i kłaniając mu się w pas zapytał pokornym głosem:

- Dopraszam się, czy to Rocho zrobił jakie złodziejstwo?...

Urzędnik zajrzał mu jakoś z bliska w twarz i rzekł z naciskiem:

- A wyda się, że go ukrywasz, to już razem powędrujecie, słyszysz!...

- Dyć słyszę; jeno nie poredzę wymiarkować, o co sprawa! - podrapał się frasobliwie, urzędnik spojrzał ostro i poniósł się na wieś.

Chodzili jeszcze po różnych chałupach, zaglądali tu i owdzie, przepytując, kogo się jeno dało, że już słońce zaszło i drogi zapchały się stadami pędzonymi z pastwisk, gdy odjechali nic nie wskórawszy.

Wieś odetchnęła i naraz przemówili wszyscy, każden bowiem rozpowiadał, jak, to szukali u Kłębów, jak u Grzeli, jak u Mateusza, i każden widział najlepiej, i najmniej się bojał, i najbarzej im dopiekał.

Jaż Antek, kiedy już ostali sami, rzekł cicho do Hanki:

- Sprawa widzę taka, co już nie sposób trzymać go w chałupie.

- Jakże, wypędzisz go! taki święty człowiek, taki dobrodziej!

- A żeby to wciórności! - zaklął, nie wiedząc już, co począć, szczęściem, iż pokrótce przyleciał Grzela z Mateuszem i żeby cosik pewnego uradzić, zamknęli się w stodole, gdyż do chałupy cięgiem ktoś wpadał na wywiady.

Mrok już do cna przysłonił świat, Hanka podoiła krowy i Pietrek przyjechał z boru, kiej dopiero wyszli; Antek wziął zaraz rychtować brykę, zaś Grzela z Mateuszem, la zamydlenia oczów, poszli szukać Rocha po chałupach.

Dziwowali się temu, boć każden byłby przysiągł, jako siedzi schowany kajś u Boryny.

- Zaraz po obiedzie gdziesik się zapodział i ani słychu! - rozgłaszali przyjaciele.

- Ma szczęście, już by se ano w dybkach wędrował!

I w mig się rozniesło, jak chcieli, że Rocha już od południa nie ma we wsi.

- Przewąchał i zwiał, kaj pieprz rośnie! - pogadywali radzi.

- Niech jeno nie powraca więcej, nic ta po nim! - rzekł stary Płoszka.

- Przeszkadza wama? A może was ukrzywdził, co? - zawarczał Mateusz.

- A mało to narobił mątu? Mało to was nabuntował? Jeszczek przez niego cała wieś ucierpi...

- To go złapcie i wydajcie!

- Żebyśta mieli rozum, to by go już dawno mieli...

Sklął go Mateusz i chciał pobić, ledwie ich rozdzielili, więc jeno mu nawytrząchał pięścią, nasobaczył i odszedł, a że już było do cna pociemniało na świecie, to i naród porozchodził się po chałupach.

Na to właśnie czekał Antek, bo skoro jeno drogi opustoszały i ludzie zasiedli przed wieczerzami, a po wsi rozwiały się zapachy smażonej słoniny, skrzyboty łyżek i ciche pogwary przy miskach, przyprowadził Rocha na Józiną stronę, nie pozwalając rozniecać ognia.

Stary przegryzł naprędce coś niecoś, pozbierał, co miał swojego, i jął się żegnać z kobietami. Hanka padła mu do nóg, a Józka buchnęła skomlącym, rzewliwym płaczem.

- Zostańcie z Bogiem, może się jeszcze zobaczymy! - szeptał łzawo, przyciskając je do piersi a całując po główinach kiej ten ociec rodzony, ale że Antek przynaglał, to pobłogosławiwszy jeszcze dzieciom i domowi przeżegnał się i ruszył da przełazu pod bróg.

- Konie zaczekają u Szymka na Podlesiu, a Mateusz was powiezie.

- Muszę jeszcze zajrzeć do kogoś na wsi... Gdzie się spotkamy?...

- Przy figurze pod borem, zarno tam pociągniemy...

- A dobrze, bo z Grzelą mam jeszcze dużo do pomówienia.

I przepadł w mrokach, że nawet kroków nie było słychać.

Antek zaprzągł konie, włożył w brykę jakąś ćwiartkę żyta i worek ziemniaków, pogadał cosik długo z Witkiem na stronie i rzekł głośno:

- Witek, zaprowadź konie do Szymka na Podlesie i wracaj! Rozumiesz?

Chłopak jeno błysnął ślepiami, dorwał się koni i ruszył z kopyta tak ostro, jaże Antek za nim krzyknął:

- Wolniej, bo mi, jucho, szkapy zmordujesz!

Tymczasem zaś Rocho przebrał się chyłkiem do Dominikowej, kaj miał jakieś rzeczy, i zamknął się w alkierzu.

Jędrzych pilnował na drodze, Jagusia cięgiem wyzierała w opłotki, a stara siedząc w izbie nasłuchiwała niespokojnie.

Wyszło dobre parę pacierzów, nim wyszedł, pogadał jeszcze na stronie z Dominikową i zarzuciwszy toboł na plecy chciał iść, ale Jagusia naparła się ponieść za nim choćby do boru. Nie sprzeciwiał się temu i pożegnawszy starą ruszyli przez sad na pola.

Szli miedzami z wolna, ostrożnie i w milczeniu.

Noc była widna i sielnie roziskrzona gwiazdami, pośpione ziemie leżały w cichościach, tylko kajś na wsi ujadał pies...

Dosięgali już borów, gdy Rocho przystanął i wziął ją za rękę.

- Jaguś! - szepnął dobrotliwie - posłuchaj mnie uważnie.

Słuchała pilnie, rozdygotana jakimś złym przeczuciem.

Prawił kieby ksiądz na spowiedzi, wypominając jej Antka, wójta i już najbarzej Jasia! Prosił i zaklinał na wszystkie świętości, by się opamiętała i zaczęła żyć inaczej!

Odwróciła zesromaną twarz, oblały ją palące ognie wstydu, a serce spięło się męką, ale kiej spomniał Jasia, podniosła hardo głowę.

- A cóż to złego z nim wyrabiam, co?

Jął wywodzić po swojemu, a przedstawiać łagodnie, na jakie to pokusy się dają i do jakiego to grzechu i zgorszenia może ich zły doprowadzić...

Nie słuchała, wzdychając jeno i niesąc się myślami do Jasia, że już same wargi lśniące i nabrane krwią szeptały słodko, gorąco i zapamiętale:

- Jasiu! Jasiu! - A rozjarzone oczy rwały się gdziesik kieby ptaki radośnie rozśpiewane i krążyły nad jego głową najmilejszą...

- Dyć bym poszła za nim we wszystek świat! - wyrwało się jej bezwolnie, że Rocho zadrżał, spojrzał w jej oczy szeroko otwarte i zamilkł.

Na skraju boru pod krzyżem zabielały jakby kapoty.

- Kto tam? - wstrzymał się niespokojnie.

- Jesteśma! Swoi!

- Nogi mi się już plączą, że odpocznę nieco - rzekł rozsiadając między nimi. Jagusia zwaliła toboł i przysiadła nieco z boku, pod krzyżem, w głębokim cieniu brzóz.

- Żebyście ino nie mieli jakich nowych kłopotów...

- I... gorsze, że ano idziecie już od nas! - powiedział Antek.

- Być może, iż kiedyś powrócę, być może!...

- Psiekrwie, żeby człowieka gonić jak tego psa zepsutego! - buchnął Mateusz.
- I za co, mój Boże, za co? - jęknął Grzela.
- Że chcę prawdy i sprawiedliwości la narodu! - ozwał się uroczyście
- Każdemu jest na świecie źle, ale już najgorzej sprawiedliwemu.
- Nie martw się, Grzela, przemieni się jeszcze na dobre, przemieni...
- Tak se i miarkuję, bo ciężko by pomyśleć, że wszystkie zabiegi na darmo.
- Czekaj tatka latka, jak kobyłę wilcy zjedzą! - westchnął Antek, wpatrzony w cienie, kaj mu bielała Jagusina gębusia.
- Powiadam wam, że kto chwasty wyrywa i posiewa dobrym ziarnem, ten zbierał będzie w czas żniwny!
- A jak nie obrodzi? Przeciek i to się przygodzi, nie?
- Tak, ale każdy sieje z wiarą, że w dwójnasób mu zaplonuje.
- Juści, chciałby się to kto mozolić na darmo!
Zadumali się głęboko nad tymi rzeczami.
Wiater powiał, zaszeleściły nad nimi brzozy, zaszumiał głucho bór i polami poszedł chrzęstliwy szmer zbóż. Księżyc wypłynął i leciał po niebie, jakby ulicą białych chmur postożonych rzędami, drzewa rzuciły cienie przesiane światłem, lelki cichym, krętym lotem przewijały się nad ich głowami, a jakiś smutek przejmował serca.
Jagusia zapłakała cichuśko, nie wiadomo laczego.
- Co ci to, co? - pytał dobrotliwie Rocho gładząc ją po głowie.
- A bo to wiem, markotno mi jakoś...
Ale i wszystkim było markotno i jakaś żałość rozpierała dusze, że siedzieli osowiali, powiędłymi oczami ogarniając Rocha, któren się im teraz widział kiej ten święty Pański. Siedział pod krzyżem, z którego ciężko obwisły Chrystus jakby błogosławił okrwawionymi rękami jego siwej, umęczonej głowie, on zaś jął mówić głosem pełnym dufności:
- A o mnie się nie trwóźcie, kruszynam tylko, jedno źdźbło z bujnego pola, wezmą mię i zagubią, to i cóż, kiedy takich zostanie jeszcze wiela i każden tak samo gotów dać żywot dla sprawy... A przyjdzie pora, że jawi się ich tysiące, przyjdą z miast, przyjdą z chałup, przyjdą ze dworów i tym ciągiem nieprzerwanym położą głowy swoje, dadzą krew swoją i padną jeden za drugim, stożąc się jak te kamienie, aż póki się z nich nie wyniesie ów święty, utęskniony Kościół... A mówię wam, że stanie i trwał będzie po wiek wieków, i już go żadna zła moc nie przezwycięży, bo wyrośnie z ochfiarnej krwi i miłowania...
I opowiadał szeroko, jak to ni jedna kropla krwi, ni łza jedna, ni żaden wysiłek nie przepada na darmo, jak to ciągiem, kieby te zboża na ziemi nawożonej, rodzą się nowe brońce, nowe siły, nowe ochfiary, aż nadejdzie ów dzień święty, dzień zmartwychwstania, dzień prawdy i sprawiedliwości la całego narodu...
Mówił gorąco, a chwilami tak górnie, że nie sposób było wyrozumieć wszystkiego, ale przejął ich święty ogień, serca sprężyły się uniesieniem i

taką wiarą, mocą i pragnieniem, jaże Antek zawołał:

- Jezu... prowadźcie jeno... a choćby na śmierć pódę, pódę...
- Wszystkie pójdziemy, a co stanie na zawadzie - stratujem!
- A kto się nam sprzeciwi, kto nas przemoże? Niech jeno sprobuje...

Wybuchnęli jeden po drugim, a coraz zapamiętalej, aż musiał ich
przyciszać i przysunąwszy się jeszcze bliżej zaczął nauczać, jaki to będzie
ów dzień upragniony i co im trzeba robić, aby go przyśpieszyć...

Mówił tak ważkie i zgoła niespodziane rzeczy, że słuchali z zapartym
tchem, z trwogą i radością zarazem, przyjmując każde jego słowo z
dreszczem wiary serdecznej, jako by tę komunię przenajświętszą... Niebo
im bowiem otwierał, raje pokazywał, że dusze im poklękały w
zachwyceniu, oczy widziały cudności niewypowiedziane, a serca się pasły
janielskim, przesłodkim śpiewaniem nadziei...

- We waszej to mocy, aby się tak stało! - zakończył niemało już utrudzony.

Księżyc schował się za chmurę, poszarzało niebo i zmętniały pola, bór cosik
zagadał z cicha i trwożnie zachrzęściły zboża, i kajś od wsi dalekich niesły
się psie naszczekiwania, oni zaś siedzieli niemi, dziwnie cisi, jeszcze
zasłuchani a jakby opici jego słowami i tak jakoś uroczyści jakby po wielkiej
przysiędze.

- Czas mi już odejść! - rzekł powstając i brał każdego w ramiona, ściskał i
całował na pożegnanie. Dziw się nie popłakali z żalu, on zaś przyklęknął,
odmówił krótką modlitwę i padł na twarz, i zapłakał obejmując ziemię
rękami kieby tę mać żegnaną na zawsze.

Jagusia jaże się zaniesła szlochaniem, chłopy ukradkiem wycierali oczy.
I zaraz się rozeszli.

Do wsi wracał tylko Antek z Jagusią, tamci zaś przepadli kajś pod borem.

- A nie mówże przed nikim o·tym, coś słyszała! - rzekł po długiej chwili.
- Czy to ja latam z nowinami po chałupach! - warknęła gniewnie.
- A już niech Bóg broni, żeby się wójt dowiedział - upominał surowo.

Nie odrzekła, przyśpieszając jeno kroku, ale nie dał się wyprzedzić,
trzymał się pobok zazierając raz po raz w jej twarz zapłakaną i gniewną...

Księżyc znowu zaświecił i wisiał prosto nad drogą, że szli jakoby tą
srebrzystą miedzą obrzeżoną pokrętnymi cieniami drzew, naraz zadrgało
mu serce, tęsknica wyciągnęła nienasycone ramiona, przysunął się
ździebko, bliżej, tak blisko, że jeno sięgnąć ręką i przyciągnąć ją do siebie,
ale nie sięgnął, zbrakło mu bowiem śmiałości i powstrzymywało jej
zawzięte, wzgardliwe milczenie, więc jeno rzekł z przekąsem:

- Tak lecisz, jakbyś chciała uciec przede mną...
- A bo prawda! Obaczy nas kto i gotowe nowe plotki.
- Albo ci śpieszno do kogo drugiego!
- Juści, abo mi to nie wolno! Abom to nie wdowa!
- Widzę, co nie darmo powiadają, że kierujesz się na księżą gospodynię...

Porwała się jak wicher i łzy potrzęsły się jej z oczów rzęsistymi, palącymi
strugami.

ROZDZIAŁ 11

Już stronami, na piaskach i lżejszych gruntach wychodzono ze sierpem, już nawet kaj niekaj po wyżniach błyskały kosy, ale we wsiach, gdzie były mocniejsze ziemie, dopiero imano się przygotowań i żniwa leda dzień miały się rozpoczynać.

Więc i w Lipcach, jakoś w parę dni po ucieczce Rocha, jęto się ostro sposobić do żniwa, rychtowano na gwałt drabiny i moczono we stawie wozy co barzej rozeschnięte, oprzątano stodoły, że już stojały wywarte na przestrzał, gdzie w cieniach sadów wykręcano powrósła, zaś prawie pod każdą chałupą brząkały rozklepywane kosy, kobiety zwijały się przy pieczeniu chlebów i sposobieniu zapasów, a z tego wszystkiego zrobiło się tylachna skrzętu i rwetesów, że wieś wyglądała jakby przed jakimś wielkim świętem.

A że przy tym zjechało się z drugich wsi sporo narodu, to na drogach i pod młynem wrzało kieby na jarmarku, głównie bowiem ściągali ze zbożem do mielenia, ale jakby na utrapienie, tak mało było wody, że robił tylko jeden ganek, a i to zaledwie się ruchając, czekali jednak cierpliwie swojej kolei, boć każden chciał zemleć jeszcze na żniwa.

Niemało też cisnęło się do młynarzowego domu kupować mąkę, kasze przeróżne, a nawet i po chleb gotowy.

Młynarz leżał chory, ale snadź nic się nie działo bez jego przyzwoleństwa, gdyż krzyknął do żony siedzącej na dworze, pod wywartym oknem:

– A rzepeckim nie dawaj ani za grosz, prowadzali swoje krowy do księżego byka, to niechże im proboszcz zaborguje i co innego.

I nie pomogły żadne prośby ni skamłania, na darmo też wstawiała się za biedniejszymi zaciął się i żadnemu, któren ino wodził krowę na plebanię, nie pozwolił zborgować ani pół kwarty mąki.

– Spodobał im się księży byk, to niech go sobie doją! – wykrzykiwał.

Młynarzowa, też jakoś kwękająca, spłakana i z obwiązaną twarzą, wzruszała ramionami, ale jak mogła, ukradkiem zborgowała niejednemu.

Nadeszła Kłębowa prosząc o pół ćwiartki jaglanej kaszy.

– Płacicie zaraz, to bierzcie, ale na bórg nie dam ani ziarnka...

Zafrasowała się wielce, bo juści, że przyszła bez pieniędzy.

– Tomek z nim trzyma za jedno, to niechaj uprosi o kaszę.

Obraziła się i rzekła wyzywająco:

– Juści, co trzyma z księdzem i trzymał będzie, ale tutaj już więcej jego noga nie postoi.

– Mała szkoda, krótki żal! Sprobujcie mleć gdzie indziej.

Odeszła wielce skłopotana, bo w domu nie było już ani grosza, lecz natknąwszy się na kowalową, siedzącą przed zawartą kuźnią, rozżaliła się przed nią i zapłakała na młynarza.

Ale kowalowa ozwała się z prześmiechem:

– To wam jeno rzeknę, co już niedługie to jego panowanie.

- Hale, a któż to da radę takiemu bogaczowi, kto?
- Jak mu wiatrak postawią pod bokiem, to mu i radę dadzą.
Kłębowa jaże oczy wytrzeszczyła ze zdumienia.
- A mój wiatrak postawi. Co ino poszedł z Mateuszem do boru wybierać
drzewo, na Podlesiu będą stawiać kole figury.
- Cie... Michał stawia wiatrak, śmierci bym się prędzej spodziała, no, no.
Ale dobrze tak temu zdzierusowi, niech mu kałdun spadnie.
Tak jej ulżyło, że śpieszniej szła ku domowi, ale dojrzawszy Hankę piorącą
pod chałupą wstąpiła podzielić się tą niespodzianą nowiną.
Antek majdrował cosik kole woza i posłyszawszy rozmowę rzekł:
- Prawdę wam powiedziała Magda, kowal już kupił od dziedzica
dwadzieścia morgów na Podlesiu, zaraz przy figurze, i tam wystawi
wiatrak! Młynarz się wścieknie ze złości, ale niech mu rura zmięknie! Tak
się już wszystkim dał we znaki, że nikto go nie pożałuje.
- Nie wiecie to niczego o Rochu?
- Nic a nic - odwrócił się od niej jakoś śpiesznie.
- To dziwne, trzeci dzień i nie wiada, co się z nim wyrabia.
- Przeciek nieraz już tak bywało, że poszedł kajś, a potem znowu się zjawił.
- Któż to od was idzie do Częstochowy? - zagadnęła Hanka.
- A idzie moja Jewka z Maciusiem. Latoś mało wiela się ze wsi wybiera.
- I ja pójdę, właśnie przepieram na drogę co lżejsze szmaty.
- Ale pono z drugich wsi to sporo się szykuje.
- Sposobną porę se wybrały, na największą robotę - mruknął Antek, ale
żonie się nie przeciwił wiedząc od dawna, na jaką to intencję się
ochfiarowała.
Zaczęły se rozpowiadać różnoście, gdy wpadła Jagustynka.
- Wiecie - wrzeszczała - a to może przed godziną przyszedł z wojska
Jasiek!
- Tereski chłop! A dyć powiadała, co wraca dopiero na kopania.
- Co inom go widziała, galancie koło niego i okrutnie stęskniony do
swoich.
- Dobry był chłop, ale zawzięty. Tereska doma?
- Rwie len u proboszcza i jeszcze nie wie, co ją w domu czeka.
- Znowu zakotłuje się w Lipcach, przeciek mu zarno powiedzą!
Antek słuchał uważnie, gdyż mocno go zajęła nowina, lecz się nie
odzywał, zaś Hanka z Kłębową szczerze ubolewając nad Tereską jęły
przewidywać najgorsze la niej rzeczy, aż im przerwała Jagustynka:
- Psu na budę taka sprawiedliwość! Hale, pójdzie se taki ciołek na całe roki
we świat, kobietę ostawi samą, a potem, jak się niebodze co przygodzi, to
gotów ją choć i zakatrupić! A wszystkie też bij zabij na nią! Kajże ta
sprawiedliwość! Chłop to se może używać jak na psim weselu i nikto mu
za to nie rzeknie nawet marnego słowa. Do cna głupie urządzenie na
świecie! Jakże, to kobieta nie żywy człowiek, to z drewna wystrugana czy
co? Ale kiej już musi odpowiadać, to niechże i gach zarówno płaci, przeciek

pospólnie grzeszyli. Czemuż to jemu tylko uciecha, a la niej samo płakanie, co?

- Moiściewy, tak już postanowione od wiek wieka, to ostanie! - szepnęła Kłębowa.

- Ostanie, żeby się naród marnował, a zły cieszył, ale ja to bym postanowiła inaczej: wzion któren cudzą kobietę, to niechże se ją ostawi na zawdy, a nie zechce, bo mu już nowa lepiej zasmakowała, kijem ścierwę i do kreminału!

Antek roześmiał się z jej zapalczywości, skoczyła ku niemu z wrzaskiem.

- La was to ino warte śmiechu, co? Zbóje zapowietrzone, każda wam najmilejsza, póki jej nie dostanieta. A potem jeszcze się przekpiwają!

- Wydzieracie się jak sroka na pluchę! - rzucił niechętnie.

Poleciała na wieś i przyszła dopiero nad wieczorem, ale srodze spłakana.

- Cóż się to waju przygodziło? - spytała niespokojnie Hanka.

- A co, napiłam się człowieczego bólu i jaże mnie zamgliło - rozpłakała się i jęła mówić przez łzy i szlochania - wiecie, a to Kozłowa wzięła Jaśka pod swoją opiekę i już mu wszyćko wyśpiewała.

- Nie ta, to druga by mu pedziała, takie rzeczy się nie zagubią.

- Mówię wam, że cosik strasznego wzbiera w ich chałupie! Poleciałam do nich, nie było nikogo. Zaglądam teraz, siedzą oboje i płaczą, na stole porozkładane podarunki, jakie jej przyniósł. Jezu, jaże mróz mnie przejął, jakbym zajrzała do grobu. Nie mówią do się, jeno płaczą. Mateuszowa matka rozpowiedziała mi, jak to było, aże mi włosy powstały na głowie.

- Nie wiecie, wspominał Mateusza? - zagadnął niespokojnie Antek.

- Pomstuje na niego, że niech Bóg broni! Jasiek mu tego nie przepuści, nie!

- Nie bójcie się, Mateusz go skamlał o łaskę nie będzie - odrzucił gniewnie i nie słuchając więcej poleciał na Podlesie przestrzec przyjaciela.

Nalazł go dopiero u Szymków, siedział z Nastusią pod ścianą i cosik z cicha se redzili, wywołał go zaraz i kiej odeszli spory kawał drogi, opowiedział.

Mateusz aż się zachłysnął i zaczął kląć.

- A żeby to siarczyste pioruny spaliły taką nowinę!

Wracali do wsi, Mateusz się krzywił i jakoś boleśnie i ciężko wzdychał.

- Widzę, co ci markotno i żal - wtrącił ostrożnie Antek.

- Zaśbym ta żałował, już mi kością w gardle stanęła. Co inszego mnie trapi.

Antek się zdumiał, ale nijakoś było się rozpytywać.

- Czasu by nie chwaciło, żebym miał każdej żałować! Wpadła mi w pazury, to i wzionem, każdy by zrobił to samo! Nie bój się, użyłem jak pies w studni, bo com się musiał nasłuchać beków i wyrzekań, to starczyłoby la dziesięciu. Uciekałem, to kieby cień szła za mną. Niechże i Jasiek się nią nacieszy. Nie kochanie mi w głowie, a jeno całkiem co drugiego.

- Pewnie, że pora by ci się żenić.

- Właśnie i Nastka mówiła mi to samo.

- Dzieuch we wsi jak maku, nietrudno wybrać.

- Już mam z dawien dawna cosik upatrzonego - wyrwało mu się bezwolnie.

- To me proś w dziewosłęby i sprawiaj wesele choćby zaraz po żniwach.

Nie poszło mu to w smak, bo skrzywił się i zagadał znowu o Jaśku, a wywiedziawszy się wszystkiego, jął rozpowiadać o Szymkowej gospodarce wyznając przy tym niby to niechcący, że Jędrzych mówił Nastusi pod sekretem, jako Dominikowa ma podać do sądu o grunt Jagusi po Macieju.

- Ociec zapisali, to jej nikto nie zapiera, juści, że samej ziemi nie oddam, ale święcie zapłacę, co warta! Kłótnica chce się jej procesów!

- Prawda to, że Jagusia zapis oddała Hance? - pytał ostrożnie.

- Cóż z tego, kiej nie odpisała się u rejenta.

Mateusz jakoś poweselał i nie mogąc się już powstrzymać zatrącał w rozmowie raz po raz o Jagusię, sielnie ją sobie chwaląc.

Antek pomiarkowawszy, o co mu idzie, rzekł szydliwie:

- Słyszałeś, co to znowu o niej wygadują?

- Baby zawdy łatki jej przypinały.

- Za Jasiem organistów lata pono kiej suka - dodał z rozmysłem.

- Widziałeś to? - rozczerwienił się z gniewu.

- Na prześpiegi za nią nie chodzę, bo me ni parzy, ni ziębi, ale są, które widują co dnia, jak się schodzi w boru z Jasiem, to po miedzach...

- Sprać jedną i drugą, to by wnet przestały plotkować.

- Sprobuj, może się wystraszą i przestaną! - mówił z wolna, zatargała nim nagła, strasznie szarpiąca zazdrość o Jagusię, a już te myśle, że Mateusz może się z nią ożenić, kąsały go kieby rozwścieklone psy.

Nie odpowiadał na jego zaczepne i często przykre słowa, bych się jeno nie wydać ze swoją męką, ale na rozstaniu nie poredził się już wstrzymać i rzekł ze złym prześmiechem :

- A któren się z nią ożeni, sporo szwagrów miał będzie...

Rozeszli się dosyć oziębie.

Mateusz, odszedłszy parę kroków, roześmiał się cicho i pomyślał:

- Musi go trzymać z daleka, to się na nią źli a pyskuje. A niechta se lata za Jasiem, taki dzieciuch. Barzej ją tam ciągnie ksiądz niźli chłopak.

Rozmyślał pobłażliwie, bo wywiedziawszy się od Antka co do tego zapisu po Macieju, już stanowczo umyślił się z nią ożenić. Zwolnił kroku i rozliczał se w myślach, po ile to trza by mu spłacać Jędrzycha i Szymka, bych samemu ostać na gospodarce, na całych dwudziestu morgach.

- Stara przykra, juści, ale przeciek nie będzie wiekowała.

Spomniały mu się Jagusine sprawki, to go ździebko rozfrasowało.

- Co było, to nie jest, a zechce się jej nowych figlów, to z niej rychło wytrzęsę.

W opłotkach przed chałupą czekała na niego matka.

- Jasiek wrócił - szeptała zatrwożona - już mu o tym powiedzieli.

- To i lepiej, nie będzie potrza się ocyganić.

- Tereska przylatywała już parę razy, grozi, że się utopi... że nie...

- Pewnie, co gotowa to zrobić, pewnie - szepnął wystraszony i tak się tym srodze zamartwił, że zasiadłszy w progu do kolacji nie mógł jeść, a jeno nadsłuchiwał od Jaśkowego sadu, że to siedzieli tylko przez miedzę. Przejmował go coraz większy niespokój, odsunął miskę i kurząc papierosa za papierosem na darmo barował się z dygotem trwogi, na darmo klął siebie i wszystkie kobiety i na darmo chciał całą sprawę obrócić w przekpinki, bo strach o Tereskę rozrastał się w nim coraz barzej i dręczył już nie do wytrzymania. Już parę razy się podnosił, aby iść kajś na wieś między ludzi, ale ostawał wyczekując nie wiada na co.

Noc się już zrobiła, gdy naraz posłyszał, jakieś kroki, a nim rozeznał, z której strony nadchodzą, już Tereska wisiała mu na szyi.

- Ratuj, Mateusz! Jezu, tak czekałam na cię, tak wyglądałam.

Usadził ją pobok, lecz cisnęła mu się do piersi kiej dzieciątko i przez łzy lejące się ciurkiem, przez mękę i rozpacz szeptała:

- Powiedziały mu o wszystkim! Śmierci bym się była prędzej spodziała niźli jego powrotu. Byłam u księżego lnu... przylatuje któraś i powiada... dziw trupem nie padłam... szłam jak na śmierć... nie było cię doma... poszłam cię szukać... nie było cię we wsi... kołowałam z godzinę, ale musiałam iść... wchodzę do chałupy... a on stoi na środku blady kiej ściana... skoczył do mnie z pięściami...o prawdę pyta... o prawdę...

Mateusz jaże się zatrząsł i obcierał z twarzy zimny, lodowaty pot.

- Wyznałam się przed nim... na nic już by się zdały cygaństwa... Topora chycił na mnie... myślałam, że już koniec, i pierwsza mu rzekłam: "Zabij! ulży nam obojgu!" Ale me nie tknął nawet palcem! Jeno popatrzył we mnie, przysiadł pod oknem i zapłakał!... Jezu miłościwy, żeby me chociaż sprał, skopał, sponiewierał, lżej by mi było, lżej, a on siedzi i płacze! I cóż ja teraz pocznę nieszczęsna, co? kaj się podzieję! Ratuj me, bo się rzucę do studni albo se co złego zrobię, ratuj! - wrzasnęła padając mu do nóg.

- Cóż ja ci poredzę, sieroto, co? - jąkał bezradnie.

Zerwała się nagle z dzikim warkotem gniewnego szaleństwa.

- To po coś me brał? po coś me stumanił? po coś me przywiódł do grzechu?

- Cała wieś tu się zleci, cichoj!

Przypadła mu znowu do piersi, objęła sobą i pokrywając pocałunkami zaskamlała całą mocą strachu, miłowania i rozpaczy:

- O mój jedyny, o mój wybrany z tysiąca, zabij me, a nie odpędzaj od siebie! Miłujesz to me, co? Miłujesz? Dyć me utul ten ostatni razik, dyć me weź, ogarnij sobą i nie daj na mękę, nie daj płakania, nie daj zatracenia! Jedynego cię mam na wszyćkim świecie, jedynego... Ino me ostaw przy sobie, a służyła ci będę za tego psa wiernego, za tę ostatnią dziewkę!

Jęczała rzewliwymi słowy, rwanymi ze samego dna udręczonej duszy.

A Mateusz wił się jakby w kleszczach i jak mógł, wykręcał się od stanowczej odpowiedzi zbywając ją całunkami a przygłaskaniem i przytakując wszystkiemu, co jeno chciała, rozglądał się trwożniej i niecierpliwiej, gdyż mu się uwidziało, że Jasiek siedzi na przełazie.

Ale w jakiejś minucie Tereska przejrzawszy prawdę do dna odepchnęła go od siebie i zakrzyczała, bijąc słowami kieby biczem:

- Cyganisz jak pies! Zawdyś me ocyganiał! Już me teraz nie zwiedziesz! Strach ci Jaśkowego kija, to się wijesz kiej ta przydeptana glista! A ja mu zawierzyłam jak komu najlepszemu! Mój Boże, mój Boże! A Jasiek taki poczciwy, nawiózł mi podarunków, nigdy mi nie powiedział marnego słowa i ja mu tak odpłaciłam. I takiemu przeniewiercy zawierzyłam, takiemu zbójowi! takiemu psu! Idź se za Jagusią! - zawrzeszczała przyskakując do niego z pięściami - idź, i niech was pożeni hycel, pasujeta do siebie, lakudra i złodziej.

Padła na ziemię zanosząc się strasznym, obłąkanym płaczem.

Mateusz stał nad nią, nie wiedząc, co począć, matka chlipała kajś pod ścianą, gdy wyszedł ze sadu Jasiek i przystąpiwszy do żony jął jej szeptać tkliwe, przesiąkłe łzami, a pełne dobrości słowa:

- Chodź do dom, chodź, sieroto. Nie bój się, nie ukrzywdzę cię, masz ty już dosyć za swoje, chodź, żono...

Wziął ją na ręce i przeniósłszy na przełaz krzyknął do Mateusza:

- Pókim żyw, to ci jej krzywdy nie daruję, tak mi dopomóż, Panie Boże! Mateusz milczał, dusił go wstyd i zalewał mu serce taką gorzkością i taką dojmującą udręką, że poniósł się do karczmy i pił przez całą noc.

Cała historia migiem się rozniosła po wsi, a ku niemałemu podziwowi, z wielkim też uważaniem rozpowiadali o Jaśkowym postąpieniu.

- Ze świecą nie najdzie takiego drugiego - mówiły rozrzewnione kobiety, srodze przy tym powstając na Tereskę, ale Jagustynka zapalczywie broniła.

- Tereska niewinowata! - wrzeszczała po różnych opłotkach, kaj jeno posłyszała, że biorą ją na ozory - smarkul to był jeszcze, kiej Jaśka wzieni do wojska, ostała sama jedna, nawet przez dziecka, to i nie dziwota, co bez tyla roków zacniło się jej za chłopem. Żadna by nie przetrzymała takiego postu. A Mateusz zwietrzył kiej pies i dależe bakę świecić, cudeńka prawić, na muzykę prowadzić, jaże i głupią zdurzył.

- Ze to nie ma sądu na takich zwodzicieli - westchnęła któraś.

- Łeb mu już lenieje, a za kobietami jeszcze ciągnie.

- Kawalerska sierota, to kajże się pożywi, jak nie z cudzego - kpili parobcy.

- Mateusz też niewinowaty, nie wiecie to, że jak suczka nie da, to i piesek nie weźmie! - zaśmiał się Stacho Płoszka i dziw go za to nie pobiły.

Ale wnet przestali o tym deliberować, gdyż żniwa były za pasem, dnie szły wybrane, suche i upalne, po wzgórkach żyta jakby się prosiły o kosy, a jęczmiona już dochodziły, to co dnia ktosik wychodził penetrować pola, zaś bogatsze już się oglądali za najemnikiem.

Zaś na pierwszego ruszył organista, wywiódłszy do żniwa kilkanaście kobiet, stanęła do sierpa nawet sama organiścina, wzięły żąć i córki, a stary miał nad wszystkim czuwające oko. Jasio przyleciał dopiero po mszy i niedługo się cieszył żniwami, bo skoro jeno podniosła się przypołudniowa spieka, wypędziła go matka, żeby se głowy nie przepalił na słońcu.

- Poszuka se cienia u Jagusi, w to mu graj - warknęła za nim Kozłowa.

W domu jednak było mu gorąco, nudnie i muchy tak cięły zapamiętale, że wybrał się na wieś i przechodząc koło Kłębów dosłyszał jakieś przyduszone jęki, rozchodzące się z wywartej na rozcież chałupy. Jagata leżała w sieniach pod progiem, w izbie było pusto, cały bowiem dom poszedł do żniwa.

Przeniósł ją do izby, położył na łóżko, napoił i tak cucił, jaże przyszła nieco do siebie i otworzyła załzawione oczy.

- Dyć już kończę, paniczku - uśmiechnęła się kiej rozbudzone dziecko.

Chciał zaraz bieżyć po księdza, przytrzymała go za sutannę.

- Panienka mi dzisia rzekła: "Gotuj się na jutro, duszo umęczona!" Mam czas jeszcze, paniczku! Jutro... dzięki ci, Boże miłosierny, dzięki! - jąkała coraz słabiej, prześmiech zatlił się na jej wargach, złożyła ręce i zapatrzona kajś, w jakoweś dalekości, zapadła jakby w głęboką duszną modlitwę, a Jasio, rozumiejąc, co już zaczęło się konanie, poleciał zwoływać Kłębów.

Zajrzał do niej dopiero po południu, leżała w łóżku całkiem przytomna, skrzynka stała przy niej na ławie, wyjmowała z niej stygnącymi rękami wszystko, co se była nagotowała na tę porę ostatnią; czystą płachtę pod siebie i świeże obleczenie na pościele, wodę święconą, całkiem jeszcze dobre kropidło i spory kawał gromnicy, i obrazek Częstochowskiej do ręki, i nową koszulę, suty wełniak, czepek bujnie ururkowany nad czołem, wraz z chustą do zawiązania, i zupełnie nowe trzewiki, wszyćko śmiertelne wiano, użebrane przez całe życie, rozłożyła koło siebie, ciesząc się każdą rzeczą i chwaląc przed kobietami, zaś czepek nawet przymierzyła i przejrzawszy się w lusterku szepnęła wielce szczęśliwa:

- Będzie galancie, na sielną gospodynię patrzę.

Przykazała, bych ją w te skarby przystroili jutro, zaraz od samego rana. Juści, co nikto się jej nie sprzeciwił, chodzili kole niej na palcach, umilając jej te ostatnie chwile, jak jeno poredzili.

Jasio przesiedział przy niej do zmierzchu czytając w głos modlitwy, powtarzała a nim, zasypiając co chwila z jakimś leciuśkim pośmiechem.

A gdy zasiadali do wieczerzy, zapragnęła jajecznicy, juści, że jeno dziobnęła raz i drugi, odsuwając jadło od razu, i już cały wieczór leżała cichuśko, dopiero kiedy zabierali się do spania, przywołała Tomka.

- Nie bój się, nie będę ci zawadzała długo, nie - wyrzekła lękliwie.

Na drugi dzień z rana przybrali ją, jak przykazała, położyli ją na Kłębowej łóżko, a na jej własnej pościeli, sama pilnowała, żeby wszystko było jak się patrzy, sama strzepywała drżąc chudą pierzynę, sama nalała wody święconej na talerz i położyła na nim kropidło, a spenetrowawszy, że już jest, jak być powinno w taką godzinę u gospodarzy, poprosiła o księdza.

Przyszedł z Panem Jezusem, przygotował ją na tę drogę ostatnią i zalecił Jasiowi pozostać do końca, że to jemu samemu gdziesik się śpieszyło.

Jasio zasiadł przy niej i czytał se po cichu z brewiarza, Kłębowie też ostali w domu, a wkrótce przyleciała Jagusia, przywarowawszy kajś w kącie cichuśko niby trusia. W izbie jeno muchy brzęczały, gdyż ludzie snuli się bez głosu jak cienie, trwożnie jeno spozierając na Jagatę... Leżała z różańcem w ręku, jeszcze całkiem przytomnie żegnając się z każdym, kto ino zajrzał do chałupy, zaś poniektórym dzieciom, cisnącym się w sieniach i pod oknem, rozdawała po parę groszy:

- Naści, a zmów paciorek za Jagatę! - szeptała z lubością.

A potem już całe godziny nie odzywała się do nikogo.

I leżała se godnie, po gospodarsku, na łóżku i pod obrazami, jak se była roiła przez całe życie. Leżała pełna cichej dumy i nieopowiedzianej szczęśliwości, radosne łzy siwiły się w jej oczach. Poruchiwała cosik wargami, błogo uśmiechnięta i zapatrzona przez okno w niebo głębokie, w pola nieobjęte, gdzie już kaj niekaj błyskały z brzękiem kosy i kładły się źrałe, ciężkie żyta, w jakieś dale, widne jeno jej duszy zamierającej.

Ale w jakiejś minucie, gdy dzień miał się już ku schyłkowi, a izbę zalały czerwone zorze zachodu, wstrząsnęła się gwałtownie, usiadła i wyciągnąwszy ręce zawołała mocnym, a jakoby cudzym głosem:

- Pora już na mnie, pora.

I padła wznak.

W izbie zrobiło się straszno, buchnęły płacze, poprzyklękali kole łóżka, Jasio jął czytać modlitwę za konających, Kłębowa zapaliła gromnicę, umierająca powtarzała za Jasiem, ale coraz słabiej, coraz ciszej, coraz bełkotliwiej, oczy jej gasły niby ten dzień letni znojami utrudzony, twarz grążyła się w tuman wiecznego zmierzchu, wypuściła gromnicę i skonała.

I pomarła se ta dziadówka kieby najpierwsza we wsi, a Jambroż, któren akuratnie zdążył na sam koniec, zawarł jej oczy, sam Jasio zmówił za nią gorący pacierz i cała wieś przychodziła się modlić przy jej zwłokach, popłakać a zazdrośnie się dziwować szczęśliwej śmierci i lekkiemu skonaniu.

Tylko Jasia, skoro zajrzał w jej martwe oczy i w tę stężałą na grudę twarz, poradloną pazurami śmierci, zatrząsł taki strach, że uciekł do domu, rzucił się na łóżko, wcisnął głowę w poduszki i zapłakał.

Poleciała wnet za nim Jagusia i chociaż sama była pełna przerażenia i żałości, jęła go uspokajać i obcierać mu twarz zapłakaną. Przytulił się do niej kieby do matki, kładł rozbolałą głowę na jej piersiach, obejmował ją zaszyję, i jaże się zanosząc szlochaniem, skarżył się rzewliwie:

- Boże mój, jakie to straszne, jakie to okropne!...

Weszła na to organiścina, zobaczyła i srogi gniew nią zatargał.

- Co się tu dzieje! - postąpiła na środek izby i zasyczała, ledwie się już hamując:

- Widzisz ją, jaka mi czuła opiekunka, szkoda tylko, że Jasio już niańki nie potrzebuje i sam sobie poradzi nos obetrzeć!

Jagusia podniesła na nią zapłakane oczy i dygocąc w zalęknieniu, jęła rozpowiadać o śmierci starej, Jasio też rzucił się skwapnie, tłumacząc matce, co mu się to przygodziło, ale organiścina, snadź już dobrze przódzi podbechtana przez kumy, wywarła na niego gębę:

- Głupiś jak cielę! Nie odzywaj się lepiej, byś i ty czego nie oberwał!

Skoczyła naraz do drzwi, wywarła je na rozcież i zawrzeszczała do Jagusi:

- A ty się wynoś, i żeby tutaj nie postała więcej twoja noga, bo cię wyszczuję!

- Cóżem to winowata, co? - jąkała, zgoła już nieprzytomna ze wstydu i boleści.

- Poszła precz i w tej minucie, bo każę psy pospuszczać! Już ja nie będę płakała przez ciebie, jak Hanka albo wójtowa! Ja cię nauczę jamorów, małpo jedna, już ty mnie popamiętasz, tłumoku! - darła się na cały głos.

Jagusia buchnęła płaczem, wypadła przed dom i pognała w cały świat.

A Jasio stanął jakby rażony piorunem.

ROZDZIAŁ 12

Naraz porwał się za nią lecieć.

- A to gdzie? - warknęła groźnie matka zapierając mu sobą drzwi.

- Dlaczego ją mama wypędziła, za co? Że była dla mnie taka poczciwa! To niesprawiedliwie, ja na to nie pozwolę! Cóż ona zrobiła złego? co? - wykrzykiwał gorączkowo, wydzierając się z twardych rąk matczynych

- Usiądź spokojnie, bo zawołam ojca... Za co? Zaraz ci powiem: masz być księdzem, to nie chcę, abyś pod moim dachem sposobił sobie kochanicę, nie chcę dożyć takiego wstydu i hańby, żeby cię ludzie wytykali palcami! Dlatego ją wypędziłam, rozumiesz teraz?

- W imię Ojca i Syna! Co mama mówi! - jęknął w najgłębszym oburzeniu.

- Mówię to, co wiem! Juści, wiedziałam, że ją spotykasz tu i ówdzie, ale Bóg mi świadkiem, jako cię nie podejrzewałam o nic zdrożnego! Myślałam sobie zawsze, że skoro mój syn nosi kapłańską sukienkę, to splamić się jej nigdy nie poważy! Ady bym cię przeklęła na wieki i wydarła ze serca, choćby wraz pęknąć miało... - Oczy jej zapłonęły taką świętą zgrozą i nieubłaganiem, że Jasio zdrętwiał ze strachu. - Dopiero Kozłowa otworzyła mi oczy, a teraz już sama zobaczyłam, do czego chciała cię przywieść ta suka...

Rozpłakał się żałośnie i wśród szlochań i skarg na te okropne posądzenia z taką szczerością opowiedział wszystkie spotkania, że całkiem zawierzyła i przygarnąwszy go do piersi jęła mu obcierać łzy a uspokajać.

- Nie dziw się, że zlękłam się o ciebie, przecież to łajdus najgorszy we wsi..

- Jagusia! Najgorszy we wsi! - Nie wierzył własnym uszom.

- Wstyd mi, ale dla twojego dobra muszę ci wszystko rozpowiedzieć:

I opowiedziała o niej przeróżne historie, nie szczędząc na dokładkę ni plotów, ani też najrozmaitszych wymysłów.

Jasiowi włosy powstały na głowie, jaże się porwał z miejsca i zakrzyknął:

- To nieprawda, nigdy nie uwierzę, żeby Jagusia była taka podła, nigdy...

- Matka ci to mówi, rozumiesz? Z palca sobie tego nie wyssałam.
- Bajki, nic więcej! Przecież to byłoby straszne! - załamał rozpaczliwie ręce.
- A czemuż ją bronisz tak zawzięcie, co?
- Bronię każdego niewinnego, każdego.
- Głupiś jak baran. - Rozgniewała się, dotknięta srodze jego niewiarą.
- Jak mama uważa. Ale jeżeli Jagusia taka najgorsza, to czemu mama pozwalała jej przychodzić do nas? - Zaperzył się zapalczywie kiej młody kogut.
- Nie będę się tłumaczyła przed tobą, kiedyś taki głupi, że niczego nie rozumiesz, ale ci zapowiadam: trzymaj się od niej z daleka, bo jak was gdzie razem przydybię, to chociażby przy całej wsi, a sprawię jej taką frycówkę, że mnie popamięta z ruski miesiąc! A i tobie może się przy tym co oberwać...

Odeszła trzaskając drzwiami ze złości.

A Jasio, nawet nie rozumiejąc, czemu go tak obchodzi Jagusina osława, przeżuwał matczyne słowa niby te kolczate osty, dławił się nimi, sycąc duszę ich piołunową gorzkością.

- Toś ty taka, Jaguś! Toś ty taka! - skarżył się z żałosnym wyrzutem, że gdyby się była w tej chwili zjawiła, odwróciłby się od niej ze wzgardą i gniewem. Albo to mógł spodziewać się czegoś podobnego? Że nawet w myślach nie postały mu takie straszne rzeczy. Rozważał je jednak z coraz większą udręką i już sto razy się zrywał, aby do niej bieżyć, aby stanąć do oczów i rzucić jej w twarz tę całą litanię grzechów... Niech posłyszy, co mówią o niej, i niechaj się wyprze, jeżeli może... Niech głośno powie: nieprawda! Dumał gorączkowo, ale coraz głębiej wierzył w jej niewinność i ogarniał go żal, i wstawała w nim cicha tęsknota, i budziły się jakieś słodkie, radosne przypomnienia spotykań, a jakiś słoneczny tuman niepojętej rozkoszy przysłonił mu oczy i serce dręczył, że naraz się zerwał i zaczął krzyczeć jakby do wszystkiego świata:

- Nieprawda! nieprawda! nieprawda!

Ale przy kolacji uparcie patrzył w talerz, unikając matczynych oczów, i chociaż mówiono o śmierci Jagaty, nie wtrącał się do rozmowy, a jeno cięgiem matyjasił, przebierał w jadle, sprzeciwiał się siostrom wyrzekał na gorąc w izbie i skoro tylko sprzątnęli miski, poniósł się na plebanię - proboszcz siedział se na ganku z fają w zębach i cosik pilnie pogadywał z Jambrożem, obszedł ich z dala i spacerując kajś pod drzewinami frasobliwie medytował.

- A może to i prawda! Mama by sobie tego nie stworzyła.

Z okien plebanii lały się smugi światła na klomb, gdzie baraszkowały pieski warcząc na się przyjacielsko, a z ganku roznosił się grubachny głos.

- A jęczmień na Świńskim Dołku obejrzałeś?
- Słoma jeszcze ździebko zielona, ale ziarno już kiej pieprz.
- Trza by ci jutro przewietrzyć ornaty, na nic spleśnieją. Komżę i alby zanieś Dominikowej, niech Jagusia upierze. Ale kto to był po południu z

krową?

- Któryś z Modlicy. Młynarz spotkał go na moście i próbował przeciągnąć do swojego byka, obiecywał go nawet dopuścić za darmo, ale chłop wolał naszego...

- Ma rozum, za rubla będzie miał profit na całe życie, przynajmniej krów się dochowa. Nie wiesz, Kłęby wyprawią to pogrzeb Jagacie?

- Przeciek ostawiła na pochowek całe dziesięć złotych.

- Pochowa się ją z paradą jak gospodynię. A powiedz tam brackim, że wosku im sprzedam, niech sobie tylko dokupią blichowanego. Jutro Michał obrządzi w kościele, a ty idź z ludźmi do żniwa i poganiaj, barometr jakiś niepewny, może być burza! Kiedyż to się zbiera kompania do Częstochowy?

- Wotywę zamówiły na czwartek, to juści, zaraz po mszy ruszą...

Jasia drażniła nieco ta rozmowa, odszedł dalej aż pod niski pleciony płot, dzielący sad od pasieki, na wąską, zarosłą dróżkę i spacerował trącając niekiedy głową w obwisłe, ciężkie od jabłek gałęzie.

Wieczór był nagrzany i duszny, pachniał miód, i żyto skoszone kajś za ogrodami, powietrze było ciężkie, przejęte spieką, bielone pnie majaczyły. w mrokach niby gzła porozwieszane do przeschnięcia, kajś nad stawem naszczekiwały psy wielce swarliwie, a od Kłębów buchały niekiej żałobne, jękliwe zawodzenia.

Jasio, strudzony wreszcie deliberacjami, zawrócił już ku domowi, gdy naraz posłyszał jakby z pasieki jakieś przyduszone, gorące szepty.

Nie dojrzał nikogo, ale przystanął i słuchał z zapartym tchem.

- ...byś skisł... puść me, puść, bo będę krzyczeć!...

- ...głupia... Czego się wydzierasz? Krzywdy ci to chcę, krzywdy?...

- ...jeszcze kto posłyszy. Laboga, dyć mi ziobra zgnieciesz... puść...

Pietrek Borynów i księża Maryna! Rozpoznał ich po głosach i odszedł z uśmiechem, lecz po paru krokach zawrócił na dawne miejsce i nasłuchiwał z dziwnie bijącym sercem. Gęste krze ich przysłaniały i ciemnica, nie sposób było rozeznać, ale coraz wyraźniej słyszał krótkie, rwane i warem kipiące słowa, buchały kiej płomienie, a niekiedy przez długie chwile wrzały gorączkowe, dyszące oddechy i szamotania.

- ...takusieńką, jak ma Jagusia, obaczysz... ino mi nie broń, Maryś, ino...

- ...zarno ci zawierzę... bo ja to taka... loboga, dajże odzipnąć...

Zaszeleściały gwałtownie krzaki, coś ciężko zwaliło się na ziem, ale po chwili zatrzęsły się, i znowu krótkie, rozpalone szepty, ściszone śmiechy i całunki.

- ...że już i nie sipiam, a ino cięgiem o tobie, Maryś... o tobie, najmilejsza...

- ...każdej prawisz to samo... czekałam cię do północka... u drugiej byłeś...

Jasio jakby z nagła ogłuchł i zatrząsł się kieby osika. Wiatr poszedł po sadzie, zaruchały się drzewa i zagwarzyły cichuśko kieby we śpiku, z pasieki zawiały takie miodne zapachy, jaże go sparło pod piersiami, a oczy nalały się łzami, przejął go jakiś dygotliwy war i cosik tak lubego jęło udręczać, że ino się raz po raz przeciągał a wzdychał.

- ...tyla mi do niej, co do tych gwiazdów... Jasia se tera namówiła...

Oprzytomniał, wcisnął się w płot i nasłuchiwał coraz silniej rozdygotany.

- ...prawda... co noc wychodzi do niego... Kozłowa przydybała ich w lesie...

Świat się z nim zakręcił i rozciemniało mu w oczach, ledwie się już trzymał na nogach, a tam w gąszczach wciąż mlaskały drażniąco całunki, prześmiechy i szepty...

- ...to ci łeb wrzątkiem oparzę kieby temu psu...

- ...ino ten razik, najmilejsza... dyć cię nie ukrzywdzę... obaczysz...

- ...Pietruś, loboga, Pietruś...

Jasio odskoczył i uciekał niby wiatr, rozdzierając sutannę o krzaki, wpadł do domu czerwony jak burak, oblany potem i zgorączkowany, szczęściem nikto nie zwrócił na niego uwagi. Matka siedziała przed kominem z kądzielą i przędła śpiewając z cicha: "Wszystkie nasze dzienne sprawy", siostry wtórowały cieniuśko wraz z Michałem, któren pucował kościelne lichtarze, ojciec już spał.

Jasio zawarł się w swoim pokoju i zabrał się do brewiarza, ale cóż, kiej chociaż uparcie powtarzał łacińskie słowa, to i tak cięgiem słyszał tamte szepty i tamte całunki, że w końcu sparł czoło na książce i dał się już poniewoli jakowymś myślom, kieby tym wichrom palącym.

- Więc to tak? - dumał z coraz większą zgrozą i wraz z jakimś lubym dreszczem - Więc to tak! - powtórzył naraz głośno, i chcąc się oderwać od tych obmierzłych myśleń, wziął brewiarz pod pachę i poszedł do matki.

- Zmówię pacierz przy Jagacie - wyrzekł cicho i pokornie.

- A idź, synu, przyjdę później po ciebie. - Spojrzała bardzo miłościwie.

W chałupie Kłębów nie było już prawie nikogo, tylko jeden Jambroż cosik tam mamrotał z książki przy zmarłej, która leżała nakryta płachtą; na poręczy łóżka tliła się gromnica zatknięta w dzbanuszek, przez wywarte okna zaglądały gałęzie pełne jabłek, noc roziskrzona gwiazdami, a kiej niekiej wsadzał zdumioną twarz jakiś zapóźniony przechodzień, w sieniach warczały cięgiem pieski.

Jasio przyklęknął pod światłem i tak się był gorąco oddał pacierzom, że ani wiedział, kiej Jambroż pokusztykał do dom, Kłęby pokładły się spać kajś w sadzie i zapiały pierwsze kury, szczęściem, co matka o nim nie zapomniała.

Ale cóż, kiej śpik prawie się go nie imał, bo co jeno zaczynało go morzyć, to zjawiała się przed nim Jagusia niby żywa, że zrywał się z pościeli, przecierał oczy i rozglądał się wystraszony, juści, co nie było nikogo, cały dom leżał pogrążony w twardym śnie, a z drugiej izby rozlegało się ojcowe chrapanie.

- To może ona dlatego... - Zamyślił spominając jej gorące całunki, oczy rozjarzone i drżący głos: - A ja myślałem! - Zatrząsł się ze wstydu, zeskoczył z łóżka, otworzył okno i przysiadłszy w nim, do samego świtania medytował i kajał się z mimowolnych przewin i pokuszeń.

Zaś rano przy mszy nie śmiał nawet podnieść oczów na ludzi ni się

376

rozejrzeć po kościele, ale tym goręcej modlił się za Jagusię, bo już był całkiem uwierzył w jej straszne przewiny, nie poredził tylko w sobie zbudzić do niej gniewu i odrazy.

- Co ci jest? Wzdychałeś, że dziw nie pogasły świece! - pytał go proboszcz w zakrystii.

- Tak mnie parzy sutanna! - zaskarżył się odwracając prędko twarz.

- Jak się przyzwyczaisz, to będziesz ją nosił niby drugą skórę.

Jasio pocałował go w rękę i poszedł na śniadanie przecierając się cieniami nad stawem, gdyż słońce prażyło już nie do wytrzymania, i natkał się na księżą Marynę, ciągnęła za grzywę ślepego konia i zawodziła wrzaskliwie.

Przypomnienia żgnęły go niby szydłem, iż przystąpił do niej zeźlony.

- Z czegóż to Marysia tak się cieszy? - patrzał w nią z wstydliwą ciekawością.

- A bo mi wesoło! - zaśmiała się, jaże zagrały jej białe zęby, szarpnęła konia i wyśpiewywała jeszcze rozgłośniej.

- Po wczorajszym taka wesoła! - Odwrócił się prędko, gdyż spod ugiętej wysoko kiecki błyskały jej białe podkolania, rozłożył bezradnie ręce i wstąpił do Kłębów. Jagata leżała już z całą paradą na środku izby, przybrana w odświętne szaty, w czepcu o sutym białym zburzeniu nad czołem, w paciorkach na szyi, w nowym wełniaku w trzewikach, zaścibniętych na czerwone sznurowadła; twarz miała kieby odlaną z blichowanego wosku, a dziwnie rozradowaną, w zesztywniałych palcach tkwił krzywo obrazik, dwie świece paliły się pobok jej głowy, Jagustynka odganiała muchy wielką gałęzią, jałowcowy dym ciągnął się z komina i rozwłóczył po całej izbie, co trochę kto wchodził zmówić pacierz za nieboszczkę, a kilkoro dzieci plątało się pod ścianami.

Jasio jakoś trwożnie rozglądał się po mrocznej chałupie.

- Kłęby pojechały do miasta - zaszeptała mu Jagustynka. - Ostawiła im sporo, to muszą się wypuczyć na pochowek, krewniaczka przeciek! Eksporta dopiero będzie wieczorkiem, bo Mateusz jeszcze nie zdążył z trumną...

Zaduch był w izbie i taką trwogą przejmowała go ta żółta, znieruchomiała w prześmiech twarz umarłej, że jeno się przeżegnał i wyszedł spotykając się tuż przed progiem oko w oko z Jagusią, szła z matką i ujrzawszy go przystanęła, ale przeszedł bez słowa, nawet Boga nie pochwalił, dopiero z opłotków obejrzał się na nią bezwolnie, jeszcze stojała w miejscu wpatrzona w niego smutnymi oczami.

W domu nie chciał jeść śniadania, wyrzekając na srogi ból głowy.

- Przejdź się trochę, może przestanie - radziła mu matka.

- A gdzież pójdę? Żeby mama zaraz myślała Bóg wie co!

- Jasiu, co ty wygadujesz!

- Przecież mama nie pozwala mi się ruszyć z domu! Przecież to mama zabroniła mi nawet rozmawiać z ludźmi! Przecież... - Mścił się wielce rozdrażniony. A skończyło się na tym, że mu obwiązała głowę szmatą skropioną octem, ułożyła go spać w ciemnym pokoju i przegnawszy dzieci na podwórze czuwała nad nim kiej kokosz, póki się dobrze nie wyspał i nie podjadł jak się patrzy.

– A teraz idź się przejść, idź na topolową, tam większy cień i chłodniej. – Nic się nie odezwał, ale czując, że matka pilnie za nim naglądała, na złość jej poszedł całkiem w drugą stronę; włóczył się po wsi, patrzył na kowali grzmiących młotami, zajrzał do młyna, łaził po ogrodach, skwapnie zazierając na lniska i wszędy, kaj się ino czerwieniły kobiece przyodziewy, posiedział z panem Jackiem pasącym na jakiejś miedzy Weronczyne krowy, napił się mleka u Szymków na Podlesiu i wrócił do wsi dopiero na samym zmierzchu, nie napotkawszy nikaj Jagusi.

Zobaczył ją dopiero nazajutrz na pogrzebie Jagaty, tak patrzała w niego przez całe nabożeństwo, jaże litery skakały mu w oczach i mylił się w śpiewaniach, a kiej ciało prowadzili na smętarz, to nie bacząc na groźne spojrzenia organiściny, szła prawie pobok niego, że nasłuchując jej żałośliwych wzdychów topniał w sobie kieby śnieg pod tym zwiesnowym słońcem.

Zaś kiedy trumnę spuszczali do dołu i wybuchnęły lamenta, posłyszał i jej płacz rzewliwy, ale zrozumiał, co nie po umarłej tak szlocha, a jeno z ciężkiej udręki zbolałego, pokrzywdzonego serca.

– Muszę się z nią rozmówić. – Postanowił wracając z pogrzebu, ale nie mógł się prędko wydostać na wolę, gdyż zarno z południa zaczęli się zjeżdżać do Lipiec ludzie z dalszych wsi, a nawet i z drugich parafii na jutrzejszą pielgrzymkę do Częstochowy Kompania miała wyjść rankiem, zaraz po solennej wotywie, to się z wolna ściągali napełniając drogi nad stawem wozami a gwarem, sporo też przychodziło na plebanię, że Jasio musiał siedzieć i załatwiać za proboszcza przeróżne sprawy, ale jakoś pod sam wieczór upatrzywszy sposobną porę wziął książkę i niepostrzeżenie wyniósł się na miedzę za stodołami, pod gruszę, kaj nieraz siadywali wraz z Jagusią.

Juści, co ani tknął oczami książki, a cisnął ją kajś w trawę i rozejrzawszy się po polach skoczył w żyta i chyłkiem, prawie na czworakach, przebierał się na ogrody Dominikowej.

Jagusia właśnie podbierała ziemniaki ani się spodziewając, że ktosik na nią patrzy, raz po raz bowiem prostowała się ociężale i wsparta na motyczce, powłócząc smutnymi oczami po świecie, wzdychała długo i ciężko.

– Jagusia! – zawołał lękliwie.

Pobladła na płótno i stanęła kiej wryta, zaledwie już wierząc własnym oczom, tchu jej brakło i ścisnęło pod piersiami, ale patrzała w niego kieby w to cudne zwidzenie, a słodki prześmiech zatlił się na spąsowiałych z nagła wargach, rozmigotał się płomieniami i wybuchnął kiej słońce.

Jasiowi również rozjarzyły się oczy i miody zalały serce, nie dał se jednak folgi, milczał, a jeno przysiadł na zagonie i patrzał w nią z dziwną lubością.

– Bojałam się, co pana Jasia już nigdy nie obaczę...

Kieby pachnący wiater zawiał z łąk i uderzył w niego, jaże pochylił głowę, tak mu ten głos rozdzwaniał się w duszy prawie niepojętą szczęśliwością.

- A przed Kłębami, wczoraj, to pan Jasio ani spojrzał...

Stojała przed nim spłoniona kieby ten kierz różany, kieby ten jabłoniowy kwiat, mdlejący w skwarze tęsknicy, śliczności pełna i zgoła jakiemuś cudowi podobna.

- A to dziw mi serce nie pękło! A to dziw me rozum nie odszedł.

Łzy błysnęły jej u rzęs przysłaniając niby diamentami modre nieba oczów.

- Jagusia! - wyrwało mu się kajś spod samego serca.

Przyklękła w bruździe i cisnąc mu się do kolan wpierała w niego oczy, przepaści ogniste, oczy modre jak niebo i jak niebo niezgłębione, oczy upojne niby całunki i niby przygarnięcia rąk umiłowanych, oczy pokuszeń i niewinnego dzieciństwa zarazem.

Wstrząsnął się gwałtownie i jakby się broniąc przed czarami zaczął ostro wymawiać wszystkie jej grzechy, wszystkie, jakie mu była powiedziała matka. Piła każde słowo nie spuszczając z niego oczów, ale mało wiele poredziła wymiarkować, wiedziała bowiem tylko jedno, że oto siedzi przed nią ten ponad wszystko wybrany, że se cosik gaworzy, że oczy mu się jarzą, a ona klęczy se przed nim kieby przed tym świątkiem i modli się niezgłębioną wiarą miłowania.

- Powiedz, Jaguś, że to wszystko nieprawda? powiedz! - nalegał prosząco.

- Nieprawda! Nieprawda! - przytwierdziła z taką szczerością, że uwierzył od razu, uwierzyć musiał, a ona sparła się, piersiami o jego kolana i zatonąwszy mu w oczach wyznawała się cichuśko ze swego miłowania... Jakby na świętej spowiedzi otwarła przed nim duszę na ścieżaj, rzuciła mu ją pod nogi kiej zbłąkaną ptaszkę i modlitewną, gorącą prośbą dawała się wszystka na jego zmiłowanie i na jego wolę i niewolę.

Jasio rozdygotał się kiej listek wstrząsany gwałtowną nawałnicą, chciał ją odepchnąć i uciekać, ale jeno szeptał omdlałym, nieprzytomnym głosem:

- Cicho, Jaguś, tak nie można, grzech, cicho!

Aż umilkła, całkiem wyzbyta ze sił, milczeli już oboje unikając swoich oczów, a wraz cisnąc się do siebie tak z bliska, że słyszeli bicie serc własnych i ciche, palące dychania, było im strasznie dobrze i radośnie, obojgu łzy spływały po zbladłych twarzach, obojgu śmiały się czerwone wargi, a dusze kieby w czas Podniesienia były zatopione w jakąś najświętszą cichość i tajnię jaśniejącą gdzieś na wysokościach i unosiły się jeszcze wyżej, ponad światy.

Słońce już zaszło i ziemia spłynęła zorzami kieby tą, rosą pozłocistą, wszystko przycichło, wszystko przytaiło dech wszystko kieby zmartwiało w zasłuchaniu dzwonów, co zabiły na Anioł Pański, i wszystko jakby się zamodliło cichym dziękczynnym pacierzem za świętą łaskę dnia odebranego. Poszli w pola, zasypane pyłem zórz, szli jakimiś miedzami pełnymi kwiatów, wskroś zbóż dojrzałych, wlekąc rękami po kłosach, zwisających im do kolan, szli w łuny zachodu wpatrzeni, w szerokie, złociste przepaście nieba i z niebem w duszach, i z niebem w oczach, i jakby w niebiańskich otęczach nad głowami.

Jakby msza się w nich odprawiała, tak pełni byli świętego nabożeństwa, tak dusze im klęczały w zachwyceniu i tak im śpiewały wniebowzięte serca o łasce Pańskiej, tylko im jednym objawionej w tej godzinie żywota.

Ni słowa nie przemówili więcej do siebie, ni jednego słowa, tylko niekiedy krzyżowały się ich spojrzenia jak błyskawice, całkiem już postępłe od własnych żarów i nic o sobie nie wiedzące.

Nie wiedzieli również, że śpiewają jakąś pieśń, co się z nich była sama zrodziła i kieby ptak rozświergotany leciała nad omroczone pola, we wszystek świat.

Nie wiedzieli nawet, kaj są i dokąd idą, i po co?

Nagle i kajś z bliska runął im nad głowy twardy i suchy głos:

- Jasiu, do domu!

Wytrzeźwiał w tym oczymgnieniu; byli na topolowej, a matka stojała tuż przed nimi z groźną i nieprzebłaganą twarzą - jął cosik bąkać i pleść trzy po trzy.

- Chodź do domu!

Wzięła go za rękę i gniewnie pociągnęła za sobą, dał się bez oporu, z pokorą...

Jagusia szła za nimi jakby urzeczona, gdy naraz organiścina podniosła z drogi kamień i cisnęła w nią ze straszną zawziętością.

- Poszła precz! A do budy, ty suko! - zakrzyczała wzgardliwie.

Jagusia obejrzała się dokoła, całkiem nie miarkując, o kogo tamtej chodzi, ale gdy jej zniknęli z oczów, długo się plątała po drogach, a potem, gdy w chałupie poszli spać, siedziała pod ścianą do białego rana.

Godziny szły za godzinami, piały kokoty, rżały konie przy wozach nad stawem, robił się świt, wieś zaczynała wstawać, brali wodę ze stawu, wypędzali bydło na pastwiska, kto już wychodził na robotę, gdzie już trajkotały kobiety, kajś dzieci popłakiwały matyjaśnie, a ona wciąż siedziała na jednym miejscu i z otwartymi oczami śniła na jawie o Jasiu - że cosik z nim rozmawia, że patrzą na się tak z bliska, jaże ją ogarniały słodkie ognie, że idą kajś i śpiewają coś takiego, czego nie poredziła sobie przypomnieć - i tak cięgiem jedno w kółko.

Matka zbudziła ją z tych cudnych zwidzeń, a głównie Hanka, która przyszła już przyszykowana do drogi i chociaż nieśmiało, pierwsza wyciągnęła rękę na zgodę.

- Do Częstochowy idę, to mi darujecie, com ta przeciw waju zgrzeszyła...

- Bóg zapłać za dobre słowa, ale co krzywda, to krzywda! - mruknęła stara.

- Nie ruchajmy tego! Proszę was ze szczerego serca, byście mi odpuściły.

- Złości już do was w sercu nie chowam - westchnęła ciężko Dominikowa.

- Ani ja! chociem niemało przecierpiała! - wyrzekła poważnie Jagusia i posłyszawszy sygnaturkę poszła się przybierać do kościoła.

- Wiecie, a to Jasio organistów idzie z kompanią - ozwała się po chwili

Hanka.

Jagusia posłyszawszy nowinę wypadła z chałupy na pół ubrana.

- Co ino sama organiścina mi powiedziała, jako koniecznie naparł się iść do Częstochowy! Raźniej będzie nama wędrować z księżykiem i honorniej! Ostajta z Bogiem. - Pożegnała się przyjacielsko i poszła do kościoła rozpowiadając po drodze nowinę, juści, co się jej dziwowali, tylko Jagustynka pokręciła głową i rzekła cicho:

- W tym coś jest! Już on ta z dobrej woli nie idzie, nie...

Ale nie pora była na dłuższe wywody, bo z pół wsi zebrało się w kościele i ksiądz już wychodził z wotywą, odprawianą na intencję pielgrzymki.

Jasio służył do mszy jak co dnia, jeno dzisia twarz miał cosik bledszą i dziwnie zbolałą, zaś oczy podsiniałe i, jeszcze szkliste od łez, że jakoby we mgłach majaczył mu cały kościół, Tereska, leżąca krzyżem przez całe nabożeństwo, wystrachane oczy Jagusi, matka, siedząca w dworskiej ławce, i te przystępujące do komunii wędrowniki - jak przez mgłę widział, przez te łzy zaledwie powstrzymywane, przez żałość szarpiącą mu serce i przez ten śmiertelny smutek.

Proboszcz od ołtarza żegnał odchodzących, a kiej się wywalili przed kościół, skropił ich wodą święconą i pobłogosławił, podnieśli zaraz chorągiew, krzyż błyszczał na czele, ktosik zaśpiewał i kompania ruszyła w daleką drogę.

Z Lipiec szły: Hanka, Marysia Balcerkówna, Kłębowa z córką, Grzela z krzywą gębą, Tereska z mężem, które się ochfiarowały przez całą drogę nie brać do ust nic gorącego, i parę komornic, ale wraz z ludźmi z drugich wsi zebrało się ze sto narodu.

Odprowadzała ich cała wieś, zaś wozy zawalone tobołami szły na zajdach. Ale mimo wczesnej godziny upał się już wzmagał, słońce ślepiło oczy i kurz podnosił się tumanami, że szli jakby w tych szarych, duszących obłokach.

Jagusia szła z matką i z drugimi, była strasznie zmizerowana, trzęsła się w sobie z żałości, a łykając gorzkie, sieroce łzy patrzyła w Jasia kieby w to słońce, juści, co z dala, bo organiścina z dziećmi nie opuszczała go ani na chwilę, że nie było sposobu przemówić do niego ni nawet stanąć mu w oczach.

Mateusz mówił cosik do niej, to matka, to drugie, cóż, kiej tylko jedno wiedziała, że Jasio na zawsze odchodzi, że już go nigdy nie zobaczy, przenigdy.

Pod figurą na Podlesiu pożegnali kompanię, która zaraz pociągnęła dalej, wśród śpiewań oddalając się coraz barzej, aż i zginęła całkiem z oczów, a tylko kajś w rozsłonecznionych dalach, nad drogami, podnosiły się kłęby kurzawy.

- Laczego? laczego? - jęczała wlekąc się niby trup za powracającymi do wsi.

- Padnę i zamrę! - myślała czując w sobie jakby poczynanie się śmierci, szła coraz wolniej i ciężej, wyzbyta ze sił skwarem, zmęczeniem i tą straszną udręką.

- I cóż ja teraz pocznę, co? - pytała, zapatrzona w ten dzień dziwnie pusty i boleśnie ślepiący.

Czekała z upragnieniem nocy i cichości, ale i noc nie przyniosła jej folgi ni ukoju, tłukła się do samego świtania kole chałupy, szła na drogi, poleciała nawet na Podlesie pod figurę, kaj ostatni raz widziała Jasia, i zapiekłymi od męki oczami szukała na szerokiej, piaszczystej drodze jakby śladów jego kroków, choćby cienia po nim, choćby tej grudki ziemi tkniętej przez niego.

Nie było, nie było la niej nic i nikaj, nie było już zmiłowania i poratunku.

Zabrakło jej w końcu nawet łez, zabite smutkiem i rozpaczą, oczy świeciły kiej studnie niezgłębionej boleści.

A tylko niekiej, przy pacierzu, zrywała się ze spiekłych warg żałosna skarga.

- I za co to wszystko, mój Boże, za co?

ROZDZIAŁ 13

U Dominikowej zrobiło się już zgoła nie do wytrzymania, Jagusia bowiem łaziła kiej nieprzytomna i o Bożym świecie nie wiedząca, Jędrzych też jeno zbywał roboty, coraz częściej przesiadując u Szymków, a w gospodarstwie czynił się taki upadek i opuszczenie, że nieraz nie wydojone krowy pędzili na paśniki, świnie kwiczały z głodu i konie obgryzały drabiny rżąc przy pustych żłobach, boć staranie poredziła zaradzić wszystkiemu, jeszczek ona utykała o kiju, z przewiązanymi oczami, na pół ślepa, to i nie dziwota, co głowa jej pękała od turbacji.

Bo i jakże: gnój pod pszenicę wysychał w polu, a nie miał go kto przyorać, len się już prosił o wyrywanie, ziemniaki zdałoby się jeszcze raz oplęć i osypać, brakowało drew na opał, porządek gospodarski niszczał, żniwa były za pasem, roboty starczyło choćby i na dziesięć rąk, a tu szło, kieby kto w nosie podłubywał. Przynajęła nawet komornicę, sama też zabiegała, jak mogła, i dzieci pędziła do roboty, ale Jagusia była jakby głucha na wszyćkie prośby i przekładania, zaś Jędrzych na jakąś pogrozę odburknął hardo:

- Bo ciepnę wszyćko i pójdę se we świat! Wypędziliście Szymka, to sobie tera sami róbcie! Jemu ta nie cni się za wami, chałupę ma, grosz ma, kobietę ma, krowę ma i gospodarz całą gębą. - Pyskował przemyślnie, trzymając się z dala.

- Juści, co ten zbój poredził zaradnie wszystkiemu! - westchnęła ciężko.

- A bogać, że uredzi wszyćkiemu, nawet Nastusia się dziwuje !

- Trza by kogo przynająć abo i zgodzić parobka myślała głośno.

Jędrzych podrapał się i rzekł nieśmiało:

- Hale, szukać obcego, kiej Szymek gotowy... żeby mu ino rzec to słowo...

- Głupiś! Nie wyciągaj szyją, kiej do cię nie piją! - warknęła i srodze się tym zgryzła, że tak czy owak, a trza będzie ustąpić i jakąś zgodę z nim zrobić.

Jednak najbarzej martwiła się o Jagusię, na darmo bowiem próbowała się wywiedzieć, co jej jest. Jędrzych też nie wiedział, a kum nie śmiała się wypytywać, bych za wiele nie dołożyły. Przez całe te trzy dni, po wyjściu kompanii do Częstochowy, błąkała się w przeróżnych domysłach kieby w tej uprzykrzonej ćmie, jaż dopiero w sobotę po południu doprowadzona już do ostatka wzięła sielnego kaczora pod pachę i poszła na plebanię.

Wróciła nad wieczorem zburzona, kiej ta noc jesienna, spłakana i ciężko wzdychająca, nie odzywała się do nikogo, aż po kolacji, kiej ostała sama z Jagusią, przywarła drzwi do sieni i rzekła:

- A wiesz, co rozpowiadają o tobie i Jasiu?

- Nie ciekawam plotów! - odrzekła niechętnie, podnosząc zgorączkowane oczy.

- Ciekawaś czy nie, a powinnaś wiedzieć, że przed ludźmi nic się nie uchowa! A kto cicho robi, o tym głośno mówią! A o tobie wygadują, że niech Bóg broni!

Rozpowiedziała szeroko, czego się dowiedziała od proboszcza i organistów.

- Zaraz w nocy zrobiły nad nim sąd, organista zerżnął mu skórę, ksiądz swoje, cybuchem dołożył i bych ustrzec przed tobą, wyprawili go do Częstochowy. Słyszysz to? Pomiarkujże, coś narobiła! - krzyknęła groźnie.

- Jezus Maria! Biły go! Jasia biły! - zerwała się gotowa lecieć na jego obronę, ale jeno zakrzyczała przez zaciśnięte zęby:

- A żeby im kulasy poodpadały, żeby ich nie oszczędziła zaraza! - I zapłakała, z zaczerwienionych oczów polały się strugi gorzkich łez, a wszystkie rany duszy spłynęły jakby tą żywą, serdeczną krwią.

Ale Dominikowa nie bacząc na to jęła ją bić, niby kijem, przypominkami wszystkich przewin i grzechów, nie darowała ani jednego, wypominając, co ją ttylko żarło od dawien dawna i nad czym srodze bolała.

- To musi się już raz skończyć, rozumiesz! Tak ci już dalej żyć nie sposób! - krzyczała coraz zawzięciej, chociaż palące łzy ciekły jej spod szmat przewiązujących oczy. - Żeby cię mieli za najgorszą, żeby cię już wytykali palcami! Taki wstyd na moje stare lata, taki wstyd, mój Jezu - jęczała rozpaczliwie.

- I wyście pono za młodu byli nie lepsi! - trzasnęła ją złym słowem.

Stara tak się zaniesła gniewem, że ledwie już wybełkotała:

- Choćby świętemu, a nie przepuszczą!

Nie śmiała już się więcej pastwić nad nią, zaś Jagusia wzięła się prasować jakieś fryzki na jutro; wieczór szedł wiejny, szumiały drzewa, po niebie, zawalonym drobnymi chmurami, leciał księżyc, kajś na wsi śpiewały dzieuchy, a jakieś skrzypki rzępoliły drygliwą wielce nutą.

Przed oknami rozległ się głos przechodzącej wójtowej:

- Jak wczoraj pojechał do kancelarii, tak i przepadł...

- Pojechał z pisarzem do powiatu jeszcze wczoraj na noc. Powiadał sołtys, jako wezwał ich do siebie naczelnik - odpowiadał Mateusz.

Gdy przeszli, stara odezwała się znowu, ale już łagodniej:

- Czemu to przepędziłaś z chałupy Mateusza?

- Bo mi obmierzł i po co tu będzie wysiadywał! Nie szukam se chłopa!

- Czas by ci już było obejrzeć się za którym, czas! Zaraz by i ludzie przestali cię napastować! Choćby i Mateusz, też nie do pogardzenia, chłop zmyślny, poczciwy...

Długo się nad nim rozwodziła i wielce zachętliwie, ale Jagusia się nie odezwała ani słóweczkiem, zajęta robotą i swoimi strapieniami, że stara dała spokój i wzięła się do różańca. Na dworze pocichły już głosy, tylko drzewiny szarpały się z wiatrem i młyn turkotał, noc była późna, księżyc jakby całkiem zatonął w zwałach, że jeno kajś niekaj świeciły obrzeża chmur i wydzierały się snopy brzasków.

- Jaguś, trza ci jutro do spowiedzi. Lżej ci będzie, jak zbędziesz się grzechów.

- Co mi tam, nie pójdę!

- Nie chcesz do spowiedzi! - Aż głos jej schrypnął ze zgrozy,

- A nie. Ksiądz do kary to skory, ale z pomocą to się nikomu nie pokwapi...

- Cicho, żeby cię Pan Jezus nie skarał za takie grzeszne gadanie! A ja ci mówię, do spowiedzi idź, pokutuj i Boga proś, to ci się jeszcze wszystko przemieni na dobre.

- A mało to mam pokuty, co? A cóżem to zgrzeszyła? Za co? To pewnie za moje kochanie i za moje cierpienia taka mnie spotyka nadgroda, co? Ze już co najgorszeé we świecie, to mnie spotkało! - skarżyła się żałośnie.

Nie przeczuwała nawet biedula, że spadnie na nią jeszcze cosik gorsze i bardziej niespodziane, i bardziej niesprawiedliwe.

Nazajutrz bowiem, w niedzielę, przed sumą gruchnęła po wsi wieść, zgoła niepodobna do wiary, że wójta aresztowali za brak pieniędzy w kasie gminnej.

Nie sposób było zrazu uwierzyć, i chociaż prawie z każdą godziną ktosik przylatywał z nową i coraz gorszą przykładką, jeszcze nie brali tego zbytnio do serca.

- Próżniaki wymyślą se co niebądź i roztrząsają se la zabawy! - mówili poważniejsi.

Ale uwierzono, gdy kowal wrócił z miasta i wszystko co do słowa potwierdził, a Jankiel w południe powiedział do całej gromady:

- Wszystko prawda! W kasie brakuje pięć tysięcy, zabiorą mu za to całą gospodarkę, a jak będzie jeszcze mało, Lipce muszą za niego dopłacić!

Wzburzyło to wszystkich, że niech Bóg broni, jakże, bieda wszędy jaże piszczy, do garnka nie ma co włożyć, niejeden się zapożyczył, aby jeno dociągnąć do żniw, a tu przyjdzie płacić za złodzieja! Tego była już za wiela na ludzką cierpliwość, to i nie dziwota, że cała wieś jakby się wściekła ze złości, klątwy, pogrozy i wyzwiska posypały się kieby kamienie:

- A żebyś, ścierwo, skapiał jak ten pies!

- Nie trzymałem z nim spółki, to i płacił za niego nie będę.
- Ani ja! Balował się, używał, a ty cierp za cudze! - pogadywali tak
sfrasowani, jaże niejednemu płakać się chciało z markotności.
- Dawno miałem oko na niego i mówiłem, do czego to idzie, przekładałem,
nie słuchaliśta i tera mata bal! - dogadywał z rozmysłem stary Płoszka,
pomagała mu Płoszkowa rozpowiadając kto ino chciał słuchać.
- Wiecie, Antek już wyrachował, co na wspomożenie pana wójta zapłacim
po trzy ruble z morgi, ale za takiego przyjaciela nie żal i po dziesięć...
I tak te wiadomości przygnębiły ludzi, że mało wiela poszło do kościoła, a
jeno radzili użalając się pospólnie, że pełno było w opłotkach, przed
chałupami, a zwłaszcza nad stawem, na próżno się przy tym głowiąc, kaj
zadział tylachna pieniędzy.
- Musieli go podebrać, nie sposób, aby tyla sam jeden zmarnował.
- Pisarzowi zawierzał, a wiadomo, jakie to ziółko!
- Szkoda człowieka, nama juści zrobił krzywdę, ale sobie najgorszą! -
mówili poniektórzy co stateczniejsi, a na to wraziła między nich tłuste
brzucho Płoszkowa i dalejże niby to żałująco wyrzekać i trzeć suche ślepie.
- A mnie żal wójtowej! Biedna kobieta, panią se była i nos zadzierała, a
teraz co! Chałupę wezmą, grunt przedadzą i na komorne pójść pójdzie
chudzina, na wyrobek. I żeby se chociaż użyła!
- A mało to jeszcze wysmakowała dobrego! - wrzasnęła Kozłowa wtórując
gorąco, jeno na drugi sposób - używały se ścierwy kieby jakie dziedzice. Co
dnia jadły mięso! Wójtowa pół garczka cukru kładła se do kawy, a czysty
harak pili szklankami! Widziałam, jak zwoził z miasta półkoszki
przeróżnych przysmaków. A z czegóż to im brzuchy spęczniały, przecież
nie z postu!
Słuchali rozważnie, choć w końcu pletła już trzy po trzy, ale dopiero
organiścina trafiła wszystkim do serca, nalazła się na wsi niby to
przypadkiem i posłuchawszy rozmów rzekła od niechcenia:
- Jak to, to nie wiecie, na co wójt wydał tyle pieniędzy?
Jęli się cisnąć dokoła i pytać niewoląc ją do odpowiedzi.
- Stracił na Jagusię, wiadomo.
Tego się nie spodziewano, więc jeno w zdumieniu spozierali po sobie.
- Już cała parafia mówi o tym od wiosny! Ja wam nie rozpowiem, ale
spytajcie się kogo bądź, choćby z Modlicy, a dowiecie się całej prawdy!
I odeszła jakby nie chcąc się zdradzić, ale baby jej nie puściły, przyparły
kajś do płota, tak molestowały, że zaczęła im rozpowiadać na niby pod
sekretem: jakie to wójt przywoził dla Jagusi piesztrzonki ze szczerego złota,
a jakie chusty jedwabne, a jakie płótna cieniuśkie, a jakie korale, a ile to jej
nadawał gotowych pieniędzy! Juści, co cyganiła, jaże się kurzyło, ale
święcie uwierzyły, tylko jedna Jagustynka ozwała się gniewnie:
- Klituś bajduś, módl się za nami. Widziała to pani?
- A widziałam i mogę przysięgnąć nawet w kościele, że dla niej ukradł, dla
niej, a może go nawet namówiła! Ho, ho, gotowa ona na wszystko, nic dla

niej nie ma świętego, bez wstydu już i sumienia! Jak ta rozciekana suka lata po wsi, a roznosi jeno zgorszenie i nieszczęście. Nawet mojego Jasia zwieść chciała, chłopiec niewinny jak dziecko, to uciekł od niej i wszystko mi opowiedział! Czy to nie zgroza, księdzu nawet nie daje spokoju! - gadała prędko, ledwie już dysząc od złości.

Jakby iskra padła na prochy, tak buchnęły naraz wszystkie dawne urazy do Jagusi, wszystkie zazdroście i gniewy, i nienawiście; jęły wypominać, co ino która miała na wątpiach, że podniósł się niewypowiedziany wrzask. Krzyczały jedna przez drugą i coraz zapamiętalej.

- Ze to taką święta ziemia nosi!
- A przez kogo pomarł Maciej? Wspomnijcie jeno sobie!
- Całej wsi przyjdzie pokutować za taką zapowietrzoną!
- I nawet księdza chciała przywieść do grzechu! Jezu, bądź nam miłościwy!
- A wiela to już było przez nią pijatyk, swarów a obrazy boskiej !
- Zakała całej wsi! Już przez nią Lipce wytykają palcami!
- Morowe powietrze nie gorsze niźli taka zaraza.
- Póki taka jest we wsi, potąd ciągle będzie grzech, rozpusta i zło, bo dzisiaj wójt ukradł dla niej, a jutro zrobi to samo drugi!
- Kijami zatłuc i ścierwo rzucić psom!
- Wygnać ją ze wsi, wypędzić na bory i lasy, kiej tę zarazę!
- Wypędzić ! Jedyna rada ! Wypędzić! - zawrzeszczały rozsrożone, gotowe już na wszystko i z namowy organiściny pociągnęły do wójtowej.

Wyszła do nich, zapuchnięta od płaczu, a tak zbiedzona, tak nieszczęśliwa i rozlamentowana, że wzięły ją ściskać płacząc nad nią i użalając się ze wszystkiego serca.

Dopiero po jakimś czasie organiścina wspomniała jej o Jagusi.

- Święta prawda! Ona wszystkiemu winowata, ona - zalamentowała rozpacznie. - Ten tłuk sobaczy, ta piekielnica! A żebyś zdechła pod płotem za moją krzywdę, a żeby cię robaki roztoczyły za mój wstyd, za moje nieszczęście! - padła kajś na ławę tarzając się w niewypowiedzianej męce i szlochaniu.

Napłakały się nad nią do woli, nabiedziły i rozeszły się do domu, bo słońce kłoniło się już ku zachodowi. Ostała tylko organiścina i zamknąwszy się z nią, cosik ważnego uradziły, gdyż jeszcze przed zmierzchem poleciały na wieś po chałupach, rozpoczynając jakąś cichą i tajną robotę.

Przystały do nich Płoszki, przyniewoliły jeszcze niektórych i poszli razem do proboszcza, wysłuchał wszystkiego, ale rozłożył ręce i zawołał:

- Nie mieszam się do niczego, róbcie, co chcecie, ja nie wiem o niczym i jutro z rana jadę do Żarnowa na cały dzień!

Wieczór uczynił się wielce swarliwy, pełen narad, sprzeczek i tajemniczych szeptów, a gdy już ciemna noc zapadła, wszyscy zmówieni zeszli się do karczmy, i ugaszczani przez organistów, jęli znowu radzić i deliberować. A zeszli się co najpierwsi gospodarze i prawie wszystkie żeniate kobiety i uradzali już dość długo, gdy Płoszkowa zakrzyczała:

- A kajże to Antek Boryna? Cała wieś się zebrała, on pierwszy w Lipcach gospodarz, to przez niego nie można radzić, będzie nieważne.
- Prawda, posłać po niego! Musi przyjść! Bez niego nie można! - wrzeszczeli.
- A może będzie jej bronił, kto wie? - szepnęła któraś.
- Śmiałby to całej wsi się przeciwić! Kiej wszystkie, to wszystkie! Kopnął się po niego sołtys i z łóżka musiał ściągać, bo już był spał.
- Musicie iść i powiedzieć swoje! A nie pójdziecie, to powiedzą, co ją osłaniacie i przeciwko gromadzie na sprzeciw idziecie! Baby wam nie darują dawnych grzechów. Chodźcież, raz trzeba z tym skończyć.
I poszedł, chociaż z ciężkim sercem, bo iść musiał.

Karczma była jakby nabita, że trudno już było palec wrazić, i wrzało z cicha, gdyż organista stojał właśnie na ławie i prawił niby to kazanie.
- ... i drugiego sposobu nie ma! Wieś to jak ten dom, niech jeden złodziej wyjmie spod niego przyciesię, niech drugi złakomi się na belki, a trzeciemu zachce się wyjąć kawał ściany, to w końcu chałupa się zwali i na śmierć wszystkich przygniecie! Wymiarkujcie to sobie dobrze! A niechże tu każdemu będzie wolno kraść, rozbijać, krzywdzić, rozpustę czynić, to i cóż się stanie ze wsią? Powiadam wam, nie wieś to już będzie, a jeno ten chlew diabelski, a hańba i wstyd la poczciwych! Że omijać ją będą z daleka i żegnać się na jej przypomnienie. Ale mówię wam, że prędzej czy później kara boska na taką wieś spaść musi, jak spadła na ową Sodomę i Gomorę! Spadnie i wszystkich wytraci, bo wszyscy są zarówno winni, tak ci, którzy źle robią, jak i ci, którzy pozwalają rozrastać się złemu! Pismo święte nas poucza: jeśli zgorszy cię ręka twoja, odetnij ją, a jeśli zgrzeszyło oko, wyłup je i ciśnij psom! Jagusia, mówię wam, to gorsza od moru, gorsza od zarazy, bo sieje zgorszenie, grzeszy przeciw wszystkim przykazaniom i ściąga na wieś gniew Boży i jego straszną pomstę! Wypędźta ją, póki jeszcze czas! Już się przebrała miarka jej grzechów i przyszedł czas na pokaranie! - ryczał kiej byk, jaże mu oczy wyłaziły z rozczerwienionej twarzy.
- Juści! Pora! Naród mocen jest karać i mocen wynadgradzać! Wygnać ją ze wsi! Wygnać! - wrzeszczeli coraz głośniej.

Prawił jeszcze Grzela, wójtów brat, przemawiał stary Płoszka, pyskował Gulbas, ale mało kto słuchał, bo już wszyscy wraz mówili. Organiścina cięgiem rozpowiadała, jak to było z Jasiem, wójtowa też swoje krzywdy każdemu w uszy kładła, a i drugie pofolgowały se niezgorzej, że już wrzało kiej na jarmarku.

Tylko Antek się nie odzywał, stojał przy szynkwasie chmurny kiej noc, z zaciętymi zębami, pobladły od męki, a przychodziły na niego takie minuty, że chciało mu się chycić ławę i prać nią te wszystkie rozwrzeszczone pyski, a obcasami tratować kiej to paskudne robactwo i tak mu się już wszystko zmierziło, iż pił kieliszek po kieliszku, a spluwał jeno i klął cicho.

Podszedł doń Płoszka i głośno na całą karczmę zapytał:
- Już wszystkie zgodziły się na jedno, że Jagusię trza wygnać ze wsi.

Rzeknij i ty swoje, Antoni.

Przycichło nagle w karczmie, wszystkie oczy wlepiły się w niego, byli prawie pewni, że się sprzeciwi, ale on odsapnął, wyprostował się i rzekł głośno:

- W gromadzie żyję, to i z gromadą trzymam! Chceta ją wypędzić, wypędźta; a chceta se ją posadzić na ołtarzu, posadźta! Zarówno mi jedno!

Odsunął ręką zalegających mu drogę i wyszedł nie patrząc na nikogo.

Długo jeszcze po jego wyjściu radzili, prawie do samego świtania, a rankiem wiedzieli już wszyscy, że postanowiono wypędzić ze wsi Jagusię.

Mało kto stawał w jej obronie, bo każdego zakrzyczeli, tylko jeden Mateusz nie uląkłszy się nikogo klął wszystkich w oczy i pomstował całą wieś, że już rozwścieklony do ostatka, poleciał szukać ratunku u Antka.

- Wiesz o Jagusi? - blady był kiej trup i cały dygotał.

- A wiem, prawo za nimi! - rzekł krótko, myjąc się pod studnią.

- Żeby ich mór z takim prawem! To robota organistów! Jakże, dopuścim do takiej niesprawiedliwości! Cóż to komu zawiniła? A o co ją winią, to nieprawda, czyste cygaństwo! Jezu, żeby się ważyli wyganiać człowieka jak tego wściekłego psa. Nie sposób, żeby to miało być!

- Sprzeciwisz się to całej gromadzie?

- Rzekłeś, jakbyś z nimi trzymał - zawarczał z groźnym wyrzutem.

- Z nikim nie trzymam, ale i tyla mi do niej, co do tego kamienia.

- Ratuj, Antek, poradź co niebądź. Laboga, już mi się we łbie mąci! pomiarkuj ino, cóż ona pocznie, kaj się podzieje? A psiekrwie, zbóje, wilki jedne. Siekierę chyba chycę i będę rąbał, a nie dopuszczę, nie dopuszczę!

- Nic ci nie pomogę. Postanowili, to cóż znaczy jeden sprzeciw, nic.

- Masz do niej złość! - zawrzeszczał niespodzianie.

- Mam złość czy nie, nic komu do tego - powiedział surowo i wsparty o studnię zapatrzył się kajś daleko. Bolesnym kłębem zwiły się w nim jeno przytajone a wiecznie czujne miłowania i zazdrości, że chwiał się w sobie z pojękiem niby drzewo targane przez wichurę.

Obejrzał się naraz, Mateusza już nie było, a wieś wydała mu się jakaś obca i dziwnie przykra, i strasznie rozwrzeszczana.

Prawda, co i ten dzień pamiętny także był jakiś niezwyczajny. Słońce wlekło się blade i jakby obrzękłe, duszno było na świecie i strasznie gorąco, niebo wisiało nisko, zawalone paskudnymi chmurzyskami, wiatr zrywał się co chwila i zamiatał, a nad drogami podnosiły się kłęby kurzawy, miało się na burzę, kajś nad borami jakby się łyskało.

Zaś między ludźmi już się srożyła sielna zawierucha, latali po wsi kieby poszaleli, kłótnie wrzały po wszystkich chałupach, jakieś baby pobiły się nad stawem, psy ujadały bezustannie, prawie nikt nie wyszedł w pole do roboty, bydło nie wypędzone na paszę ryczało po oborach, nawet mszy tego dnia ksiądz nie odprawił i wyjechał równo ze świtem, zamęt podniósł się coraz większy i niespokojność rosła z minuty na minutę.

Antek dojrzawszy, że w organistowych opłotkach zbiera się coraz więcej narodu, wziął kosę na ramię i śpiesznie poszedł w pole pod las.

Przeszkadzał mu wiatr plącząc zboże i bijąc piaskiem w oczy, ale wparł się w zagon i jął siec, spokojnie nasłuchując zarazem dalekich gwarów.

- Może to już - przemknęło mu naraz przez głowę, serce zatłukło kieby młotem, gniew nim zatargał i rozprężył grzbiet, już miał rzucić kosę i lecieć na ratunek, ale opamiętał się jeszcze w porę.

- Kto zawinił, niech weźmie karę. A niechta, a niechta.

Żyta z chrzęstem kłoniły mu się do nóg i biły w niego niby rozkolebane wody, wiatr rozwiewał mu włosy i suszył twarz spotniałą z męki, oczy prawie nic nie widziały, jakby już wszystek był tam, przy Jagusi, że tylko twarde przyuczone ręce same wodziły kosę kładąc pokos za pokosem.

Wiatr przyniósł od wsi jakiś długi, przeciągły krzyk.

Rzucił kosę i przysiadł pod żytnią ścianą, jakby się wparł w ziemię, jakby się jej czepił całą mocą, zaś cały się jej ujął jakby w żelazne pazury i zdzierżył, i nie dał się, chociaż oczy latały nad wsią niby oszalałe ptaki, choć serce skwierczało z trwogi, choć trząsł się i dygotał z niespokoju. - Wszyćko musi iść po swojemu, wszyćko. Trza orać, by siać, trza siać, by zbierać, a co jeno przeszkadza, trza wyplenić kiej zły chwast - mówił w nim jakiś surowy, prawieczny głos jakby tej ziemi i tych ludzkich siedlisk.

Buntował się jeszcze, ale już słuchał coraz pokorniej.

- Juści, że każdy ma prawo bronić się przed wilkami, każdy.

Chyciły go jakieś ostatnie żałoście i myśli, kiej lute kąśliwe wichry, owiały go mrocznym tumanem ponosząc z miejsca.

Porwał się na nogi, naostrzył kosę osełką, przeżegnał się, splunął w garście i jął się do roboty, waląc pokos za pokosem z taką zapamiętałością, jaże świstało płytkie ostrze kosy i pojękiwały ściany żyta.

A tymczasem na wsi nastał straszny czas sądu i kary, że już i nie opowiedzieć, co się tam wyrabiało. Jakoby dur ogarnął Lipce, a ludzie zgoła się powściekali, bo co jeno było rozważniejsze, pozamykało się w chałupach lub uciekło na pola, zaś reszta, pozbierana nad stawem w gromady i jakby opita złością, wrzała coraz zapalczywiej jurząc się nawzajem krzykami, że już każden się wydzierał, każden pomstował, każden się srożył wraz, czyniąc przeraźliwy warkot, podobien dalekim i groźnym grzmotom.

I w jakiejś minucie cała wieś ruszyła do Dominikowej kieby ten wezbrany, szumiący potok, wiedła organiścina z wójtową, a za nimi przepychało się z rykiem całe rozjuszone stado.

Wdarli się do chałupy kiej burza, jaże zadygotały ściany, Dominikowa zastąpiła drogę, to ją stratowali, Jędrych skoczył bronić i w oczymgnienie zrobili z nim to samo, wreszcie Mateusz chciał ich powstrzymać przed komorą i chociaż prał drągiem, chociaż bronił całą mocą, ale nie wyszło i Zdrowaś, już leżał kajś pod ścianą z rozbitym łbem i nieprzytomny.

Jagusia była zaparta w alkierzu, a kiej wyrwali drzwi, stała przytulona do ściany i nie broniła się, nie wydała nawet głosu, blada była kiej trup, a w oczach szeroko rozwartych gorzało ponure płomię grozy i śmierci.

Sto rąk wyciągnęło się po nią, sto rąk głodnymi, chciwymi pazurami chyciło ją ze wszystkich stron, wyrwało niby kierz płytko wrośnięty w ziemię i powlekło w opłotki.

- Związać ją, wyrwie się jeszcze i ucieknie - rozrządziła wójtowa.

Na drodze stał już gotowy wóz, nałożony świńskim nawozem po wręby desek i zaprzężony we dwie czarne krowy, rzucili ją na gnój związaną niby barana i ruszyli wśród piekielnego zamętu; urągliwe wyzwiska, śmiechy i przekleństwa posypały się na nią kiej grad po stokroć zabijający

Ale przed kościołem cały pochód przystanął.

- Trza ją zewlec do naga i pod kruchtą wysiec rózgami! - krzyknęła Kozłowa.

- Zawdy takie bili pod kościołem! Do pierwszej krwi, bierzta ją! - wrzeszczały.

Na szczęście, brama smętarza była zawarta, zaś we furtce stojał Jambroż z proboszczowską strzelbą w ręku i skoro się wstrzymali, ryknął z całej piersi:

- Kto się poważy wejść na kościelne, zastrzelę, jak mi Bóg miły. Ubiję jak psa - groził i tak jakoś strasznie patrzał gotując broń jakby do strzału, że poniechawszy zamiaru ruszyli dalej na topolową.

Zaczęli nawet pośpieszać, gdyż burza mogła wybuchnąć leda chwila, niebo posępniało coraz barzej, wiater bił w topole, jaże się pokładały, kurzawa zrywała się spod nóg zasypując oczy i stronami hurkotały grzmoty.

- Poganiaj, Pietrek, prędzej - przynaglali rozglądając się niespokojnie po niebie, przycichli jakoś, szli bezładnie bokami drogi, bo środkiem był srogi piasek, że tylko niekiedy co tam któraś zawziętsza dopadłszy wozu ulżyła se pokrzykując zajadle:

- Ty świnio! ty tłumoku! A do sołdatów, łajdusie zapowietrzony!

- Używałaś, to nażrej się teraz wstydu, posmakuj zgryzoty! - darły się nad nią.

Pietrek, parobek Borynów, któren powoził, bo żaden drugi nie chciał, szedł przy wozie, smagał krowy, a skoro jeno upatrzył porę, szeptał do niej litośnie:

- Już niedaleczko... pomsty za taką krzywdę... ścierpcie ino...

Zaś Jagusia w postronkach, na gnoju, zbita do krwi, w porwanym odzieniu, pohańbiona na wieki, skrzywdzona ponad człowiecze wyrozumienie i nieszczęsna ponad wszystko, leżała jakby już nie słysząc ni czując, co się dzieje dokoła, tylko żywe łzy nieustanną strugą ciekły po jej twarzy posiniaczonej, a niekiedy wzniosła się pierś niby w tym krzyku skamieniałym.

- Prędzej, Pietrek! prędzej! - wołali coraz częściej, rosła w nich bowiem niecierpliwość, jakby opamiętanie, że już prawie w dyrdy dosięgli granicznych kopców pod samym lasem.

Podnieśli deski woza i wraz z gnojem jak to ścierwo obmierzłe rzucili, jaże ziemia pod nią jęknęła, padła wznak i nawet się nie poruszyła.

Dopadła jej wójtowa i kopnąwszy nogą zawrzeszczała:

- A wrócisz do wsi, to cię zaszczujemy psami! - podniesła jakąś grudę czy kamień i grzmotnęła w nią z całej siły - za krzywdę moich dzieci!

- Za wstyd całej wsi! - biła ją druga.

- Byś sczezła na wieki!

- By cię święta ziemia wyrzuciła!

- Byś zdechła z głodu i pragnienia!

Biły w nią głosy, grudy ziemi, kamienie i przygarście piachu, a ona leżała kiej kłoda, zapatrzona jeno w rozkolebane nad sobą drzewa.

Spochmurniało nagle na świecie, zaczął padać deszcz gruby i rzęsisty.

Pietrek z wozem cosik się zamarudził, że już nie czekając na niego wracali kupami, a jakoś dziwnie cicho, ale gdzieś w połowie drogi spotkali Dominikową, szła okrwawiona w potarganej odzieży, zaszlochana i z trudem macająca kijem drogę, a gdy pomiarkowała, kto ją wymija, wybuchnęła strasznym głosem:

- A żeby was mór! A żeby was zaraza! A żeby was ogień i woda nie szczędziły!

Każden jeno głowę wtulił w ramiona i uciekał zestrachany.

A ona wielkimi krokami pobiegła na ratunek Jagusi.

Burza rozsrożyła się już na dobre, niebo posiniało kiej wątroba, kurz zakotłował wielgachnymi kłębami, topole z jakimś szlochaniem i krzykiem przyginały się do ziemi, zawyły wiatry i jęły coraz zapamiętalej walić się na zboża pierzchające we wszystkie strony i rycząc kiej byki zjuszone, rypnęły w lasy zwarte, rozchybotane i wniebogłosy szumiące.

Grzmoty już szły za grzmotami przewalając się z hurkotem wskroś całego świata, jaże ziemia dygotała i chałupy się trzęsły.

Zwite kołtuny miedzianogranatowych chmur zwiesiły nisko spęczniałe opuchłe kałduny i coraz to któraś się rozpękła, trzaskał pierun i buchały potoki oślepiającej jasności.

Niekiedy sypał rzadki grad trzeszcząc po liściach i gałęziach.

A w sinej ćmie dnia, kurzawy i gradów targały się rozpaczliwie drzewa, krzaki i zboża jakby rwąc się do ucieczki, ale bite wichurą ze wszystkich stron, ślepione piorunami, obłąkane hukiem, kręciły się jeno i szarpały z dzikim poświstem, a kajś z wysoka, przez chmury, ciemnicę i rozwieję przelatywały modre łyskawice, leciały niby stado wężów ognistych, leciały wyrwane skądściś i nie wiadomo kaj ciskane, leciały migotliwe a zagubione, oślepiające wszystek świat, a ślepe i nieme kiej dola człowiekowa. I trwało tak z przerwami do samego wieczora, dopiero na samym zmierzchu całkiem się uspokoiło i przyszła noc cicha, ciemna i chłodnawa.

A nazajutrz dzień podniósł się bardzo cudny, niebo było bez chmur i modrzało kiej opłukane, ziemia polśniewała rosami, śpiewały radośnie ptaki, a wszelaki stwór pławił się z lubością w rzeźwym, pachnącym powietrzu.

Zaś w Lipcach wróciło wszystko do dawnego, ale skoro jeno słońce wyniesło się na parę chłopa, to jakby zmówieni wszyscy zaczęli wychodzić do żniwa, że ano z każdej chałupy ruszali całą gromadą, z każdej chałupy błyskały sierpy i kosy, z każdego obejścia wytaczały się wozy na miedze i polne drożyny.

A kiej sygnaturka zaświegotała na kościele, już każden stojał gotowy na swoim zagonie i posłyszawszy dzwonienie, a jak poniektórzy na co bliższych polach i przejmujące granie organów, jęli odmawiać pacierze, kto przyklękał, kto nawet modlił się w głos, kto jeno wzdychał pobożnie nabierając przy tym tchu i mocy, a każden się żegnał, w garście spluwał, nogami krzepko w zagon się wpierał, przyginał grzbiet i żarliwie imając się sierpa czy kosy zaczynał rznąć i kosić.

Wielka, uroczysta. cichość przejęła żniwne pola, zrobiło się jakby święte nabożeństwo znojnej, nieustannej i owocnej pracy.

Słońce podnosiło się coraz wyżej, skwar wzmagał się z godziny na godzinę, ogniste blaski zalewały pola i żniwny dzień potoczył się kiej to pszeniczne złoto i dzwonił kiej złotem ciężkim, żrałym ziarnem.

Wieś ostała pusta i jakby wymarta, chałupy były pozawierane, ba wszystko, co jeno żyło i mogło się dźwignąć z miejsca, ruszało do żniw, że nawet dzieci, nawet stare i schorzałe, nawet pieski rwały się z postronków i ciągnęły od opustoszałych domostw za narodem.

Że już na wszystkich polach, jak jeno było można sięgnąć okiem, w straszliwym skwarze, wśród zbóż złotawych, w rozmigotanym i ślepiącym powietrzu, od świtu do późnego wieczora połyskiwały sierpy i kosy, bielały koszule, czerwieniały wełniaki, gmerali się niestrudzenie ludzie i szła cicha, wytężona robota i nikto się już nie lenił, na somsiadów nie oglądał, o niczym drugim nie myślał, a jeno przygięty nad zagonem kiej wół, w pocie czoła pracował.

Tylko jedne pola Dominikowej stojały opuszczone i jakby zapomniane; ziarno się już sypało z kłosów, zboża mdlały od suszy, a nikto się tam nawet nie pokazał, z lękliwym smutkiem odwracano od nich oczy, niejeden już wzdychał nad nimi, niejeden drapał się frasobliwie, oglądał trwożnie na drugich i potem jeszcze skwapniej przypinał się do roboty, nie pora była deliberować nad taką marnacją i upadkiem.

Albowiem te żniwne dnie toczyły się już kiej koła rozmigotane złocistymi szprychami słońca i przechodziły jedne za drugimi, a coraz chybciej, i zarówno znojne, i zarówno ciężkim a radosnym trudom oddane.

A wkrótce po paru dniach, że czas był wybrany i pogody cięgiem dopisywały, to wzięli pożęte zboża wiązać w grubachne snopy, ustawiać je na zagonach mendlami, a z wolna przewozić do Lipiec.

Że już bez przerwy toczyły się ciężkie, nastroszone wozy; toczyły się ze wszystkich pól, wszystkimi drożynami i do wszystkich na ścieżaj powywieranych stodół, jakoby sypkim złotem nabrane fale rozlały się po drogach, podworcach i klepiskach, trzęsły się nawet nad staw, nawet u drzew nad drogami wisiały złote, słomiane brody, a wszystek świat rozpachniał się przywiędłą słomą, trawami a młodym ziarnem.

Już gdzieniegdzie po stodołach biły cepy, spiesznie młócące na chleb. A na przestronnych, pustoszejących polach, na złotawych rżyskach, stada gęsi bobrowały chciwie za kłosami, pasły się całe zgony owiec i krów, kaj niekaj dymiły pierwsze ognie, a już po całych dniach rozgłaszały się dzieuszyne przyśpiewki, wrzaski radosne, nawoływania, turkoty wozów i jaśniały opalone, szczęsne twarze ludzi.

I nie położyli jeszcze żyta, to już po górkach owsy skamlały się o kosy, a jęczmiona dojrzewały prawie na oczach, a pszenice coraz złościej rdzawiały, że nie było czasu odzipnąć ni nawet podjeść jako tako, ale mimo tej ciężkiej pracy i takiego utrudzenia, iż niejeden zasypiał nad miską wieczorami, kiej pościągali z pól, Lipce jaże się trzęsły od wrzawy radosnej, śmiechów, rozpowiadań, śpiewań a muzyki.

Skończył się bowiem przednówek, stodoły były pełne, zboże sypało niezgorzej i każden, choćby najbiedniejszy, hardo podnosił głowę, z dufnością patrzał w jutro i roił se jakoweś z dawien dawna upragnione szczęśliwości.

Któregoś z takich żniwnych, złotych dni, kiej już zwozili jęczmiona, przechodził przez wieś ślepy dziad, wodzony przez pieska, lecz mimo spieki nikaj nie wstąpił, spieszył się bowiem na Podlesie. Ciężko mu było dźwigać spaśny brzuch i pokręcone kulasy, to wlókł się z wolna i cięgiem pociągał nosem, uszami czujnie strzygł i przystając przy żniwiarzach Boga chwalił, tabaką częstował, a kiej mu jaki grosz kapnął niespodzianie, pacierze mamrotał, ale i przemyślnie, od niechcenia zagadywał o Jagusię i lipeckie sprawy.

Niewiela się jednak wywiedział, bo go czym niebądź i niechętliwie zbywali.

Dopiero na Podlesiu, kiej przysiadł pod figurą odzipnąć nieco, napotkał go Mateusz, rychtujący niedaleczko drzewo na kowalowy wiatrak.

- Pokażcie mi drogę do Szymków! - prosił dziad dźwigając się na kule.

- Nie zażyjecie u nich wywczasu! Tam jeno płacz i zgryzota! - szepnął Mateusz.

- Jagusia chora jeszcze? Powiadały, jako się jej cosik w głowie popsuło...

- Nieprawda, leży jednak cięgiem i mało wiele o Bożym świecie pamięta! Kamień by się nad nią zlitował! O ludzie, ludzie !

- Żeby tak zatracić duszę chrześcijańską! Ale stara pono skarży całą wieś?

- Nic nie wskóra! Wszystkie postanowiły, całą gromadą, prawo mają...

- Straszna rzecz gniew całego narodu, straszna! - Jaże się wstrząsł.

- Juści, ale głupia i zła, i niesprawiedliwa! - wybuchnął Mateusz i podprowadziwszy go pod chałupę sam zajrzał do środka, ale rychło wyszedł obcierając ukradkiem łzy. Nastusia przędła len pod ścianą, dziad przysiadł poboki wyjął niebieską flaszkę.

- Wiecie, trza tą wodą pokropić Jagusię trzy razy na dzień i nacierać jej ciemię, a do tygodnia jakby ręką odjął! Dały mi tę wodę zakonnice w Przyrowie.

- Bóg wam zapłać! Dwie niedziele już przeszło, a ona cięgiem leży bez pamięci, czasami jeno rwie się kajś uciekać, lamentuje i Jasia przyzywa.

- Jakże Dominikowa?

- A też kiej trup, jeno przy niej przesiaduje. Nie pociągną oni długo, nie.

- Jezu, co się marnuje narodu, Jezu! A kajże to Szymek?

- W Lipcach siedzi, przeciek wszyćko na jego głowie, bo ja muszę przy obu stróżować.

Wetknęła mu w garść całą dziesiątkę, ale dziad wziąć nie chciał.

- Z dobrego serca la niej przyniosłem i jeszcze jaki paciorek dołożę do Przemienienia Pańskiego! Dobra była la biednych jak mało kto drugi na świecie, poczciwa.

- Prawda, co miała dobre serce, prawda! A może to i bez to musi tyle przecierpieć! - szepnęła wlekąc smutnymi oczami po świecie.

Od Lipiec roznosiło się dzwonienie na Anioł Pański, a niekiedy dochodziły turkoty wozów, szczęki naostrzanych kos i dalekie, dalekie śpiewania, złocista kurzawa zachodu przysłaniać jęła całą wieś i pola wszystkie, i lasy.

Dziad podniósł się, spędził psa, poprawił torebek i wsparłszy się na kulach rzekł:

- Ostańcie z Bogiem, ludzie kochane.